UM ECO NA ESCURIDÃO

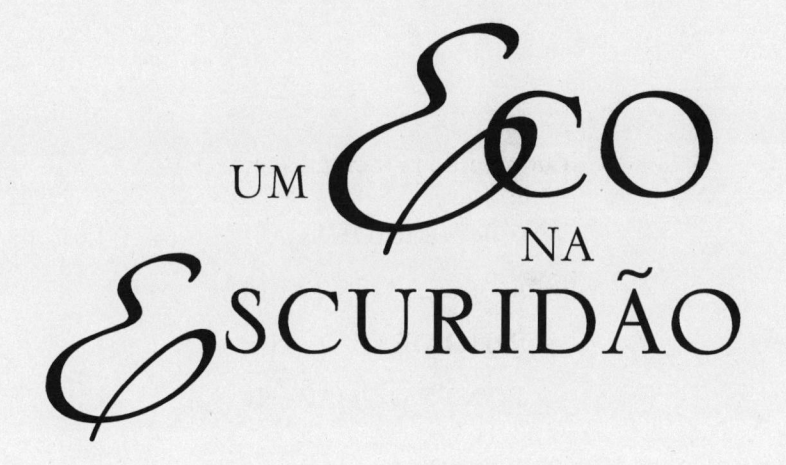

Também de Francine Rivers

AMOR DE REDENÇÃO
A ESPERANÇA DE UMA MÃE
O SONHO DE UMA FILHA
A PONTE DE HAVEN

UMA VOZ AO VENTO – SÉRIE A MARCA DO LEÃO, LIVRO 1

UM ECO NA ESCURIDÃO

A Marca do Leão ❖ Livro 2

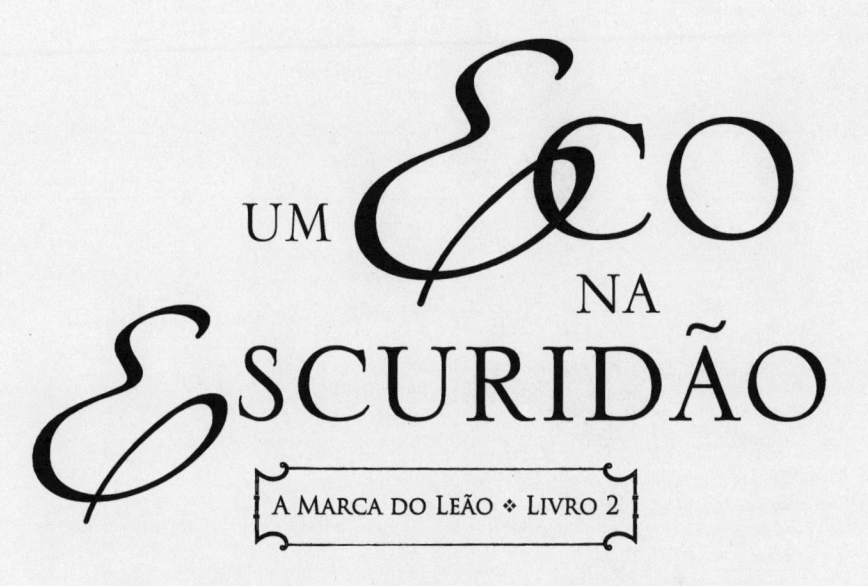

FRANCINE RIVERS

Tradução
Sandra Martha Dolinsky

3ª edição
Rio de Janeiro-RJ / São Paulo-SP, 2025

VERUS
EDITORA

Editora Raïssa Castro	**Capa** Adaptação da original (© Ron Kaufmann)
Coordenadora editorial Ana Paula Gomes	**Ilustração da capa** © Robert Papp, 2008
Copidesque Maria Lúcia A. Maier	**Projeto gráfico** André S. Tavares da Silva
Revisão Cleide Salme	**Diagramação** Juliana Brandt

Título original
An Echo in the Darkness
Mark of the Lion, book II

ISBN:978-85-7686-766-1

Copyright © Francine Rivers,1994, 2002
Todos os direitos reservados.
Edição publicada mediante acordo com Browne & Miller Literary Associates, LLC.

Tradução © Verus Editora, 2019
Direitos reservados em língua portuguesa, no Brasil, por Verus Editora. Nenhuma parte desta obra po de ser reproduzida ou transmitida por qualquer forma e/ou quaisquer meios (eletrônico ou mecânico, incluindo fotocópia e gravação) ou arquivada em qualquer sistema ou banco de dados sem permissão escrita da editora.

Verus Editora Ltda.
Rua Argentina, 171, São Cristóvão, Rio de Janeiro/RJ, 20921-380
www.veruseditora.com.br

CIP-BRASIL. CATALOGAÇÃO NA FONTE
SINDICATO NACIONAL DOS EDITORES DE LIVROS, RJ

R522e

Rivers, Francine, 1947-
    Um eco na escuridão / Francine Rivers ; tradução Sandra Martha Dolinsky. – 3. ed. – São Paulo, SP : Verus, 2025.
    23 cm.   (A Marca do Leão ; 2)

Tradução de: An Echo in the Darkness
Sequência de: Uma voz ao vento
ISBN 978-85-7686-766-1

1. Romance americano. I. Dolinsky, Sandra Martha. II. Título. III. Série.

19-56431	CDD: 813 CDU: 82-31(73)

Leandra Felix da Cruz – Bibliotecária – CRB-7/6135

Revisado conforme o novo acordo ortográfico.

Seja um leitor preferencial Record.
Cadastre-se no site www.record.com.br e receba
informações sobre nossos lançamentos e nossas promoções.

Atendimento e venda direta ao leitor:
sac@record.com.br

*Para Peggy Lynch e Lynn Moffett,
amadas amigas e guerreiras de oração*

SUMÁRIO

Prólogo   9

Parte I: **O ECO**   17

Parte II: **O BARRO**   99

Parte III: **A MODELAGEM**   221

Parte IV: **O FORNO**   309

Parte V: **O CÁLICE DE OURO**   417

Epílogo   443

Glossário   445

Agradecimentos   447

PRÓLOGO

Diante da Porta da Morte, Alexandre Demócedes Amandino aguardava a chance de aprender mais sobre a vida. Como nunca gostara dos jogos, fora à arena com alguma relutância. No entanto, agora estava paralisado diante do que testemunhava, impressionado até os ossos. Olhou para a garota caída e sentiu uma inexplicável sensação de triunfo.

A louca intensidade da turba sempre o deixava inquieto. Seu pai havia dito que alguns se sentiam aliviados ao assistir à violência infligida aos outros, e Alexandre pensara nisso quando, em ocasiões assim, vira esse sentimento quase doentio em vários rostos na multidão. Em Roma. Em Corinto. Ali, em Éfeso. Talvez aqueles que viam os horrores fossem gratos aos deuses por não serem eles a enfrentar os leões, um gladiador experiente ou outra maneira mais grotesca e obscena de morte.

Era como se milhares de pessoas encontrassem catarse no derramamento de sangue, como se esse abraço de desordem planejada protegesse cada um deles do caos crescente de um mundo cada vez mais corrupto e arbitrário. Ninguém parecia notar que o fedor de sangue era tão forte quanto o da luxúria e do medo que permeava o ar que respiravam.

Amandino se agarrava às barras de ferro enquanto olhava para a areia onde jazia a jovem. Ela havia saído do meio das outras vítimas — que caminhavam para a morte — calma e estranhamente alegre. Ele não conseguira deixar de observá-la, pois havia notado na moça algo extraordinário, algo que desafiava as palavras. Ela cantara, e, por um breve momento, sua doce voz pairara no ar.

A multidão enlouquecida havia sufocado aquele som delicado e agitava-se mais e mais enquanto ela continuava avançando, atravessando a arena com serenidade em direção a Alexandre. O coração dele batia mais forte a cada passo que a jovem dava. Sua aparência era muito simples, mas havia nela um brilho, uma aura de luz que a rodeava. Ou teria sido apenas sua imaginação? Quando a leoa se jogou sobre ela, Alexandre sentiu o golpe em si mesmo.

Agora, duas leoas brigavam pelo corpo. Ele estremeceu quando um animal afundou as presas na coxa da moça e começou a arrastá-la para longe. A outra leoa saltou, e as duas rolaram, engalfinhando-se.

Uma garotinha vestindo uma túnica esfarrapada e suja passou correndo pelo portão de ferro. Alexandre rangeu os dentes, tentando permanecer firme ao ouvir os gritos aterrorizados. Ao tentar proteger a menina, a mãe da criança foi derrubada por uma leoa com a coleira coberta de pedras preciosas. As mãos de Alexandre estavam brancas de tanto apertar as barras de ferro, quando outra leoa correu atrás da criança. *Corra, garota, corra!*

A visão de tanto sofrimento e morte o agrediu, provocando-lhe náuseas. Ele pressionou a testa contra as barras, o coração batendo forte.

Ele ouvira todos os argumentos a favor dos jogos. As pessoas mandadas para a arena eram criminosas, mereciam morrer. Essas que estavam diante dele agora pertenciam a uma religião que incentivara a derrubada de Roma. No entanto, ele não podia deixar de pensar se uma sociedade que assassinava crianças indefesas não merecia perecer.

Os gritos da criança provocaram um calafrio em Alexandre. Ele quase agradeceu quando as mandíbulas da leoa se fecharam em torno da pequena garganta, extinguindo o som. Soltou o ar, que nem sabia que estava segurando, e ouviu um guarda rir sarcasticamente atrás de si.

— Um bocado bem pequeno, esse aí.

Alexandre sentiu um músculo estremecer no queixo. Queria fechar os olhos para não ver a carnificina, mas o guarda o observava. Ele podia sentir o brilho frio daqueles olhos duros e escuros através da viseira do capacete polido. *Ele está me observando.* E Alexandre não se humilharia demonstrando fraqueza. Se quisesse se tornar um bom médico, teria de superar suas aversões e sensibilidades. Acaso Flégon, seu professor, não o havia avisado?

"Você precisa endurecer esses sentimentos ternos se quiser ter sucesso", dissera mais de uma vez, com desdém. "Afinal, ver a morte é parte da vida de um médico."

Alexandre sabia que aquele experiente homem estava certo. E sabia que, se não fosse por causa dos jogos, não teria oportunidade de aprofundar seus estudos de anatomia humana. Ele havia ido o mais longe possível estudando desenhos e textos, e só realizando a vivissecção poderia aprender mais. Flégon conhecia a aversão que Alexandre tinha à prática, mas o velho médico fora inflexível, capturando-o em uma armadilha racional.

"Você afirma que quer ser médico?", ele o desafiara. "Então me diga, meu bom aluno, você permitiria que um médico realizasse cirurgias sem conhecimento prático da anatomia humana? Gráficos e desenhos não são o mesmo que trabalhar em um ser humano. Agradeça o fato de os jogos lhe darem essa oportunidade!"

Agradecer? Alexandre observava as vítimas tombarem, uma a uma, até os terríveis sons de dor e terror serem abafados pela relativa quietude dos leões enquanto comiam. Gratidão? Ele balançou a cabeça. Não, isso era algo que ele nunca sentiria em relação aos jogos.

Subitamente, outro som mais perigoso que o dos leões começou a se espalhar. Alexandre o reconheceu de imediato — a onda de tédio, a crescente onda de descontentamento dos espectadores. O espetáculo havia acabado. Que as feras se empanturrassem no interior escuro de suas jaulas, em vez de sobrecarregar a multidão com um banquete enfadonho. Uma inquietação sombria varreu as arquibancadas como um incêndio em um cortiço.

O aviso foi rapidamente ouvido pelo *editor* dos jogos.

As feras ouviram os portões se abrirem e enfiaram com mais força garras e dentes em suas presas, enquanto tratadores armados surgiam para levá-las de volta às jaulas. Alexandre suplicou a Marte que os homens trabalhassem rápido, e a Asclépio que houvesse um lampejo de vida em pelo menos uma das vítimas. Caso contrário, ele teria que permanecer ali até que surgisse outra oportunidade.

Alexandre não estava interessado no drama de separar os animais de suas vítimas. Seu olhar varreu a areia à procura de um sobrevivente, mas as esperanças de que houvesse algum eram remotas. Seus olhos pousaram sobre a jovem novamente.

Não havia nenhum leão perto dela. Achou isso curioso, visto que ela estava longe dos homens que guiavam os animais para os portões. Viu um leve tremeluzir de movimento; inclinou-se para a frente e apertou os olhos para ver por entre o brilho. *Ela mexeu os dedos!*

— Ali — disse depressa ao guarda. — Quase no meio.

— Ela foi a primeira a ser atacada. Está morta.

— Quero dar uma olhada nela.

— Como quiser.

O guarda avançou um passo à frente, levou dois dedos aos lábios e deu dois assobios rápidos e agudos. Fez um sinal para o rosto emplumado de Caronte, que dançava entre os mortos. Alexandre observou o ator fantasiado pular e se voltar para a garota caída. Caronte se inclinou ligeiramente e virou a cabeça bicuda coberta de penas como se tentasse ouvir algum som ou sinal de vida, enquanto agitava teatralmente o martelo no ar, preparado para baixá-lo se encontrasse algum. Parecendo satisfeito pelo fato de a garota estar morta, ele a pegou pelo braço e a arrastou rudemente em direção à Porta da Morte.

No mesmo instante, uma leoa desviou os olhos para o tratador de animais que a conduzia. A multidão se levantou, gritando de emoção. O homem mal conseguiu escapar do ataque do animal. Com habilidade, usou seu chicote para afastar a leoa enfurecida da criança que estava comendo e fazê-la seguir em direção ao túnel e às jaulas.

O guarda aproveitou a distração e abriu o portão.

— Depressa! — sussurrou, e Caronte correu, arrastando a garota para as sombras.

O guarda estalou os dedos e dois escravos correram para pegá-la pelos braços e pernas, levando-a para o corredor pouco iluminado.

— Cuidado! — Alexandre disse, furioso, quando a jogaram em cima de uma mesa suja e manchada de sangue.

Ele os dispensou, certo de que aqueles imbecis haviam acabado de matá-la com tal manuseio brusco.

A mão forte do guarda apertou firmemente o braço de Alexandre.

— Seis sestércios antes que você a abra — disse friamente.

— É meio alto, não?

O guarda sorriu.

— Não muito alto para um aluno de Flégon. Seu cofre deve estar cheio de ouro para pagar a tutela dele — disse o guarda, estendendo a mão.

— Está se esvaziando depressa — disse Alexandre secamente, abrindo a bolsa que levava à cintura.

Ele não sabia quanto tempo tinha para trabalhar com a garota antes de ela morrer, de modo que não perderia tempo discutindo por algumas moedas. O guarda pegou o produto do suborno e se retirou, reservando três moedas para Caronte.

Alexandre voltou a atenção para a garota. Seu rosto era uma massa crua de areia e carne dilacerada. Sua túnica estava encharcada de sangue. Tão encharcada que ele tinha certeza de que ela estava morta. Inclinou-se, aproximou o ouvido dos lábios da garota e se espantou ao sentir a suave e quente exalação de vida. Não tinha muito tempo.

Fez sinal para seus escravos, pegou uma toalha e enxugou as mãos.

— Levem-na para longe do barulho. *Com delicadeza!*

Os dois escravos obedeceram diligentemente. O escravo de Flégon, Troas, também observava. Alexandre apertou os lábios. Admirava as habilidades de Troas, mas não suas maneiras frias.

— Dê-me um pouco de luz — disse Alexandre, estalando os dedos.

Uma tocha foi levada para perto, e ele se inclinou sobre a garota deitada na laje, nos recônditos escuros do corredor.

Era para isso que estava ali, era esse o único propósito de suportar os jogos: retirar a pele e os músculos da região abdominal para estudar os órgãos expostos. Com determinação redobrada, desamarrou seu estojo de couro e o abriu, exibindo suas ferramentas de cirurgião. Retirou uma faca fina e afiada.

Suas mãos transpiravam. Não, tremiam. O suor brotava de sua testa também. Ele podia sentir Troas o analisando. Alexandre precisava ser rápido e aprender tudo que pudesse dentro dos poucos minutos que teria até que a garota morresse em consequência dos ferimentos ou de seu procedimento.

Em silêncio, amaldiçoou a lei romana que proibia a dissecação de cadáveres, forçando-o, assim, a essa prática medonha. Mas de que outra forma aprenderia o que precisava saber sobre o corpo humano? De que outra forma poderia treinar suas habilidades para salvar vidas?

Enxugou o suor da testa e em silêncio amaldiçoou a própria fraqueza.

— Ela não sentirá nada — disse Troas, baixinho.

Com os dentes cerrados, Alexandre cortou o decote da roupa da menina e rasgou sua túnica manchada de sangue até a bainha, abrindo-a cuidadosamente e expondo-a à avaliação profissional. Depois de um momento, recuou, franzindo a testa. Dos seios à virilha, tinha apenas marcas de feridas superficiais e contusões escuras.

— Traga a tocha mais perto — ordenou, inclinando-se sobre os ferimentos na cabeça e reavaliando-os.

Havia sulcos profundos desde o couro cabeludo até o queixo. Outro corte marcava a garganta, bem perto da artéria pulsante. Desceu o olhar lentamente, notando as feridas profundas no antebraço direito. Os ossos estavam quebrados. Muito pior, no entanto, eram as feridas na coxa, onde a leoa enfiara suas presas e tentara arrastá-la. Alexandre arregalou os olhos. A garota teria sangrado até a morte se a areia não houvesse obstruído as feridas, efetivamente estancando o fluxo de sangue.

Alexandre recuou. Com um corte rápido e hábil poderia começar seu estudo. Mas também com um corte rápido e hábil, ele a mataria.

O suor escorria por suas têmporas; seu coração batia forte. Ele observou o peito da garota subindo e descendo, a leve pulsação em sua garganta, e se sentiu mal.

— Ela não sentirá nada, meu senhor — repetiu Troas. — Está inconsciente.

— Estou vendo! — disse Alexandre secamente, lançando ao servo um olhar sombrio.

Aproximou-se e posicionou a faca. Havia trabalhado em um gladiador no dia anterior e aprendido mais sobre anatomia humana em alguns minutos que em horas de palestras. Felizmente, o moribundo não abrira os olhos em momento algum. Mas suas feridas eram muito piores que essas.

Alexandre fechou os olhos, fortalecendo-se. Já havia observado Flégon trabalhar. Ainda podia ouvir o grande médico falando enquanto cortava com habilidade. "Você tem que trabalhar depressa. Assim. Eles estão quase mortos quando os pegamos, e o choque pode levá-los em um instante. Não perca tempo se preocupando se vão sentir algo. Você precisa aprender tudo que puder com o pouco tempo que os deuses lhe derem. No momento em que o coração parar, deve se retirar ou enfrentar a ira das divindades e da lei romana." O homem em quem Flégon trabalhava vivera apenas alguns minutos antes de sangrar até a morte na mesa onde estava amarrado. No entanto, seus gritos ainda ecoavam nos ouvidos de Alexandre.

Ele olhou para Troas, o inestimável servo de Flégon. O fato de Flégon tê-lo enviado indica a esperança do mestre médico em relação ao futuro de Alexandre. Troas havia ajudado Flégon muitas vezes no passado e sabia mais sobre medicina que a maioria dos médicos livres. Ele era egípcio, de pele escura e pálpebras pesadas. Talvez guardasse consigo os mistérios de sua raça.

Alexandre desejou não ter sido agraciado por tão grande honra.

— Quantas vezes você já viu isto, Troas?

— Uma centena de vezes, talvez até mais — disse o egípcio, com um sorriso irônico. — Quer ficar de fora?

— Não.

— Então prossiga. O que aprender aqui hoje salvará outros amanhã.

A garota gemeu e se mexeu em cima da mesa. Troas estalou os dedos e os dois servos de Alexandre deram um passo à frente.

— Segurem-na pelos pulsos e tornozelos e mantenham-na imóvel.

Ela soltou um grito áspero quando tomaram seu braço quebrado.

— Jeová — sussurrou e abriu os olhos.

Alexandre fitou aqueles olhos castanho-escuros cheios de dor e confusão e não conseguiu se mexer. Ela não era apenas um corpo no qual trabalhar. Era um ser humano que estava sofrendo.

— Meu senhor — disse Troas com mais firmeza —, precisa trabalhar depressa.

Ela murmurou algo em uma língua estranha e seu corpo relaxou. A faca caiu da mão de Alexandre e bateu no chão de pedra. Troas contornou a mesa de cimento e a pegou, estendendo-a a ele novamente.

— Ela desmaiou. Pode trabalhar agora sem preocupação.

— Dê-me uma tigela com água.

— O que quer fazer? Revivê-la?

Alexandre olhou para aquele rosto zombeteiro.

— Você se atreve a me questionar?

Troas viu a imperiosidade naquele rosto jovem e inteligente. Alexandre Demócedes Amandino podia ser apenas um estudante, mas era *livre*. E, ressentido, o egípcio teve de reconhecer que, independentemente de sua experiência ou habilidade, ele ainda era um escravo, e não ousou desafiar mais o homem. Engolindo a raiva e o orgulho, recuou.

— Desculpe-me, meu senhor — disse, sem inflexão na voz. — Só quis lhe recordar que ela está condenada à morte.

— Parece que os deuses lhe pouparam a vida.

— Pelo *senhor*. Os deuses a pouparam para que o senhor possa aprender o que precisa para se tornar um médico.

— E não serei eu a matá-la!

— Seja racional. Por ordem do procônsul, ela já está morta. Não será o senhor. Não foi por ordem sua que ela foi enviada aos leões.

Alexandre pegou a faca da mão de Troas e a guardou de volta com as outras ferramentas no estojo de couro.

— Não vou arriscar a ira do deus que poupou sua vida tirando-a dela agora. — Balançou a cabeça. — Como você pode ver claramente, seus ferimentos não atingiram órgãos vitais.

— Prefere condená-la a uma morte lenta por infecção?

Alexandre enrijeceu.

— Não quero que ela morra de jeito nenhum.

Sua mente fervia. Ele a vira caminhando pela areia, cantando, com os braços abertos como se fosse abraçar o céu.

— Temos que tirá-la daqui.

— Está louco? — sibilou Troas, olhando para trás para ver se o guarda o ouvira.

— Não tenho aqui o que necessito para tratar seus ferimentos ou consertar seu braço — murmurou Alexandre. Estalou os dedos, emitindo ordens sem palavras.

Sem poder se controlar, Troas segurou o braço de Alexandre.

— Não pode fazer isso, senhor! — disse com voz firme e mal contida, indicando enfaticamente o guarda. — Vai pôr todos nós em risco de morte se tentar resgatar um prisioneiro condenado.

— Então é melhor rezarmos ao deus desta moça para que ele nos proteja e ajude. Agora, pare de discutir comigo e tire-a daqui imediatamente. Não tenha medo do guarda; vou distraí-lo e me juntar a vocês assim que puder.

O egípcio o fitou com seus olhos escuros e incrédulos.

— *Mexa-se!*

Vendo que não havia como discutir, Troas gesticulou depressa para os outros. Sussurrou ordens enquanto Alexandre enrolava o estojo de couro. O guarda os observava com curiosidade. Alexandre pegou a toalha, limpou o sangue das mãos e caminhou calmamente em direção a ele.

— Você não pode tirá-la daqui — disse o guarda sombriamente.

— Ela está morta — mentiu Alexandre. — Eles vão se livrar do corpo. Recostou-se no portão de ferro rangente e fitou a areia quente. — Ela não valia seis sestércios. Já estava morta.

O guarda sorriu friamente.

— Você que a escolheu.

Alexandre deu uma risada seca e fingiu interesse em dois gladiadores.

— Quanto tempo dura esse embate?

O guarda avaliou os adversários.

— Trinta minutos, talvez mais. Mas não haverá sobrevivente desta vez.

Alexandre franziu a testa com impaciência fingida e jogou de lado a toalha manchada de sangue.

— Nesse caso, vou comprar um pouco de vinho.

Ao passar pela mesa, pegou seu estojo de couro. Caminhou pelos corredores iluminados por tochas, reprimindo o desejo de correr. Seu coração batia mais depressa a cada passo. Quando saiu à luz do sol, uma brisa suave roçou seu rosto.

Depressa! Depressa!

Assustado, olhou para trás. Ele ouvira as palavras claramente, como se alguém sussurrasse urgentemente em seu ouvido. Mas não havia ninguém ali.

Com o coração disparado, voltou-se em direção a sua casa e começou a correr, impelido por uma voz ao vento, mansa e delicada.

O ECO

1

UM ANO DEPOIS

Marcus Luciano Valeriano caminhava pelo labirinto de ruas da Cidade Eterna na esperança de encontrar um santuário de paz dentro de si. Mas não conseguia. Roma era deprimente. Havia esquecido o fedor do Tibre poluído e da opressora e heterogênea humanidade. Ou talvez nunca o houvesse percebido, sempre ocupado com a própria vida e suas atividades. Nas últimas semanas desde que voltara à cidade onde nascera, passara horas vagando pelas ruas, visitando lugares que sempre apreciara. Agora, o riso de seus amigos era vazio, os frenéticos banquetes e bebidas eram exaustivos em vez de prazerosos.

Abatido e precisando de distração, concordara em ir aos jogos com Antígono. Seu amigo era agora um poderoso senador e ocupava um lugar de honra no pódio. Marcus tentou acalmar suas emoções conforme entrou na arquibancada e encontrou seu lugar. Mas não podia negar que se sentiu desconfortável no momento em que as trombetas começaram a tocar. Sentiu um aperto no peito e um forte nó no estômago quando a procissão começou.

Ele não ia aos jogos desde Éfeso. E se perguntava se teria estômago para assistir agora. Era dolorosamente claro que Antígono estava ainda mais obcecado por eles que quando Marcus deixara Roma, e havia apostado pesado em um gladiador da Gália.

Várias mulheres se juntaram a eles sob o toldo. Bonitas e voluptuosas, logo ao chegar demonstraram tanto interesse em Marcus quanto nos jogos. Algo se agitou nele quando olhou para elas, mas a emoção desapareceu tão rápido quanto surgiu. Essas mulheres eram superficiais, águas contaminadas comparadas ao vinho puro e inebriante que era Hadassah. E Marcus não se deleitava com suas conversas vãs e inúteis. Até mesmo Antígono, que sempre o divertira, começava a irritá-lo com sua coleção de piadas indecentes. Marcus pensava em como um dia pudera achar histórias tão obscenas divertidas ou se apiedar da ladainha de problemas financeiros do amigo.

— Conte outra — disse uma das mulheres, rindo, apreciando a piada grosseira que Antígono acabara de lhes contar.

— Suas orelhas vão arder — alertou o senador com olhos animados.

— Outra! — concordaram todos.

Todos menos Marcus. Ele ficou em silêncio, tomado por um sentimento de repugnância. *Eles se vestem como pavões frívolos e riem como corvos estridentes*, pensou enquanto os observava.

Uma das mulheres se ajeitou para se recostar ao lado dele. Pressionou o quadril contra ele sedutoramente.

— Os jogos me deixam agitada — disse ela, ronronando suavemente, com os olhos escuros.

Enojado, Marcus a ignorou. Ela começou a falar de um de seus muitos amantes, examinando o rosto de Marcus em busca de sinais de interesse. Mas isso só conseguiu deixá-lo mais enojado. Ele a fitou, sem fazer esforço algum para esconder seus sentimentos, mas ela não percebeu. Simplesmente continuou tentando seduzi-lo com a sutileza de uma tigresa fingindo ser uma gata domesticada.

Enquanto isso, os jogos sangrentos prosseguiam. Antígono e as mulheres riam, zombavam e gritavam impropérios para as vítimas na arena. Marcus foi ficando cada vez mais nervoso ao observar seus companheiros, percebendo que eles se regozijavam com o sofrimento e a morte que se desenrolava diante deles.

Nauseado pelo que estava vendo, voltou-se para beber, para escapar daquele horror. Esvaziou sucessivas taças de vinho, desesperado para abafar os gritos das pessoas na arena. No entanto, nem um tonel da bebida seria capaz de apagar a imagem que lhe assaltava a mente: a imagem de outro lugar, de outra vítima. Ele esperava que o vinho entorpecesse seus pensamentos, mas, em vez disso, só os deixava mais conscientes.

Em volta, as massas estavam frenéticas, excitadas. Antígono abraçou uma das mulheres e os dois ficaram se agarrando. Sem pedir permissão, uma visão surgiu na mente de Marcus: a visão de Júlia, sua irmã. Ele recordou quando a levara aos jogos pela primeira vez e rira da excitação ardente em seus olhos escuros.

"Eu não vou envergonhá-lo, Marcus. Não hesitarei, por mais sangue que haja." E ela não hesitara.

Nem naquele dia, nem mais tarde.

Incapaz de suportar mais, Marcus se levantou.

Abriu caminho por entre a multidão extasiada e subiu os degraus. Assim que pôde, saiu correndo — como fizera em Éfeso. Queria se afastar do barulho, do cheiro de sangue humano. Parou para recuperar o fôlego, apoiou o ombro contra uma parede de pedra e vomitou.

Durante horas após o término dos jogos, ele ainda podia ouvir o som da turba faminta, gritando por mais vítimas. O som ecoava em sua mente, atormentando-o.

Isso era tudo que ele sentia desde a morte de Hadassah.

Tormento. E um terrível vazio negro.

———-|-|———-

— Você tem nos evitado? — perguntou Antígono alguns dias depois, quando foi fazer uma visita a Marcus. — Não foi à festa de Crasso na noite passada. Estavam todos ansiosos para vê-lo.

— Eu tinha trabalho a fazer.

Marcus havia pensado em voltar a Roma em definitivo, com a esperança de encontrar a paz por que tanto ansiava. Mas agora sabia que suas esperanças haviam sido em vão. Olhou para Antígono e balançou a cabeça.

— Só ficarei em Roma por mais alguns meses.

— Pensei que você tinha voltado para ficar — disse Antígono, claramente surpreso.

— Mudei de ideia — respondeu Marcus brevemente.

— Mas por quê?

— Por razões que prefiro não discutir.

Os olhos de Antígono escureceram e sua voz gotejava sarcasmo quando disse:

— Bem, espero que encontre tempo para participar da festa que planejei em *sua* homenagem. Por que está tão aborrecido? Pelos deuses, Marcus, você mudou desde que foi para Éfeso. O que aconteceu lá?

— Eu tenho trabalho a fazer, Antígono.

— Você precisa se livrar desses seus humores sombrios.

O senador estava sendo tão bajulador que Marcus desconfiou de que ele logo pediria dinheiro.

— Eu organizei uma festa com diversão suficiente para afastar qualquer pensamento ruim que possa assolar sua mente.

— Tudo bem, tudo bem! Eu vou ao seu maldito banquete — disse Marcus, impaciente para que Antígono fosse embora. Por que ninguém entendia que ele só queria ficar sozinho? — Mas não tenho tempo para conversa fiada hoje — complementou.

— Quanta delicadeza — disse Antígono, zombeteiro, levantando-se para partir. Ajeitando as vestes ao redor do corpo, dirigiu-se à porta, em seguida parou e olhou para seu amigo. — Espero que esteja com um humor melhor amanhã à noite.

Mas o humor de Marcus não melhorou.

Antígono não lhe dissera que Arria estaria presente. Pouco depois de chegar, Marcus a viu. Lançou a Antígono um olhar irritado, mas o senador apenas sorriu com presunção e se inclinou para ele com uma expressão maliciosa:

— Ela foi sua amante por quase dois anos, Marcus. — Riu baixinho. — Foi seu relacionamento mais longo.

Ao ver a expressão no rosto de Marcus, ergueu uma sobrancelha e continuou:

— Você parece contrariado. Você disse que se separou dela amigavelmente.

Arria ainda era bonita, ainda tentava seduzir todos os homens do salão, ainda era amoral e ansiosa por qualquer excitação nova. No entanto, Marcus via nela mudanças sutis. A beleza suave da juventude dera lugar à experiência de vida. Sua risada não demonstrava mais exuberância ou prazer; ao contrário, carregava uma confiança e uma crueza irritantes. Vários homens pairavam em torno dela, e ela provocava cada um, fazendo piadas à custa deles e oferecendo observações sugestivas em forma de sussurros. Ela olhou através do salão e viu Marcus. Ele sabia que ela se perguntava por que ele não fora capturado por seu sorriso quando entrara. Mas ele conhecia o que era aquele sorriso: a isca para um peixe faminto.

Infelizmente para Arria, Marcus não estava com fome. Não mais.

Antígono se aproximou.

— Veja como ela olha para você, Marcus. Poderia tê-la de volta em um estalar de dedos. Aquele homem que a observa como um cachorrinho de estimação é sua atual conquista, Metrodoro Crateuas Merula. O que lhe falta em inteligência ele mais que compensa em dinheiro. É quase tão rico quanto você, mas nossa pequena Arria tem seu próprio dinheiro hoje em dia. Seu livro causou um grande furor.

— Livro? — Marcus perguntou, dando uma risada sarcástica. — Eu não sabia que Arria era capaz de escrever seu nome, quanto mais de reunir palavras suficientes para formar uma frase.

— Obviamente você não sabe sobre o que ela escreveu, ou não estaria dizendo isso. Não é questão para rir. Nossa pequena Arria tinha talentos secretos que desconhecíamos. Ela se tornou uma mulher de letras, ou, mais precisamente, do erotismo. Lançou uma coleção de histórias sem censura. Pelos deuses, isso causou problemas em alguns círculos. Um senador perdeu a esposa por causa disso. Não que ele se importasse por perder a mulher, mas os laços familiares dela lhe custaram caro. Há rumores de que ele pode ter sido forçado ao suicídio. Arria nunca foi o que poderíamos chamar de "discreta". Agora, acho que está viciada em escândalos. Mantém escribas trabalhando dia e noite, fazendo cópias de seu livrinho. E o preço de uma cópia é exorbitante.

— Preço que você, sem dúvida, pagou — disse Marcus secamente.

— Mas é claro — Antígono confirmou, rindo. — Queria ver se ela mencionaria meu nome. E mencionou. No capítulo onze. Para meu espanto, foi uma menção bastante superficial. — Olhou para Marcus com um sorriso divertido. — Mas escreveu a seu respeito com detalhes, e longamente. Não admira que Sarapais estivesse tão encantada com você nos jogos outro dia. Ela queria ver se você era tudo que Arria diz que é. — Sorriu. — Você devia comprar uma cópia para ler, Marcus. Pode lhe trazer de volta algumas lembranças doces.

— Com toda sua beleza requintada, Arria é obtusa e é melhor esquecê-la.

— Uma avaliação bastante cruel de uma mulher que você amou um dia, não é? — disse Antígono, medindo-o.

— Eu nunca a amei.

Marcus voltou sua atenção para as dançarinas que ondulavam diante dele. Os sinos em seus tornozelos e pulsos tilintavam, irritando-o. Em vez de se excitar com a ousadia daquela dança sensual e aqueles corpos transparentemente velados, sentia-se embaraçado. Desejou que a apresentação terminasse e elas fossem embora.

Antígono estendeu a mão e puxou uma das mulheres para seu colo. Apesar de ela se debater, ele a beijou apaixonadamente. Quando recuou, riu e disse a Marcus:

— Escolha uma para você.

A escrava gritou, e o som fez Marcus instintivamente se encolher. Ele já tinha visto esse olhar antes — nos olhos de Hadassah, quando deixara suas próprias paixões fugirem ao controle.

— Deixe-a em paz, Antígono.

Outros observavam o senador, rindo e incentivando-o. Bêbado e sentindo-se provocado, a determinação de Antígono de conseguir o que queria se tornou mais rude. A garota gritou mais uma vez.

Subitamente, Marcus se levantou.

— Solte a moça!

O salão ficou em silêncio; todos os olhos se voltaram para ele com espanto. Rindo, Antígono ergueu a cabeça e o fitou com leve surpresa. Seu riso desapareceu. Alarmado, rolou de lado, soltando a garota.

Chorando histericamente, ela saiu, cambaleante.

Antígono fitou Marcus, intrigado.

— Desculpe-me, Marcus. Se a queria tanto assim, por que não disse antes?

Marcus sentiu os olhos de Arria fixos nele como brasas, queimando de ciúme. Logo imaginou que punição a escrava iria receber nas mãos de Arria por algo que não tinha nada a ver com ela.

— Eu não a queria — disse secamente. — Nem a qualquer outra neste salão.

Sussurros espalharam-se por todos os cantos. Várias mulheres olharam para Arria e sorriram com malícia.

O semblante de Antígono se tornou sombrio.

— Então por que se intrometeu no meu prazer?

— Porque você estava prestes a estuprar a garota.

Antígono riu com indiferença.

— Estuprar? Ela bem que teria gostado.

— Duvido.

O humor de Antígono evaporou; seus olhos brilhavam diante do insulto.

— Desde quando se importa com os sentimentos de uma escrava? Já vi você satisfazer seu prazer da mesma forma algumas vezes.

— Não preciso que me recorde disso — Marcus rebateu, sério, servindo o restante do vinho em sua taça. — Preciso de um pouco de ar fresco.

Ele foi para os jardins, mas não encontrou alívio, pois Arria o seguiu, com Merula ao lado. Rangendo os dentes, Marcus teve de suportar sua presença. Ela falava sobre o romance deles como se houvesse terminado no dia anterior, e não há quatro anos. Merula olhava feio para Marcus, que sentia pena do homem. Arria sempre gostara de atormentar seus amantes.

— Você leu meu livro, Marcus? — ela perguntou com voz melosa.

— Não.

— É muito bom. Você vai adorar.

— Perdi o gosto por lixo — disse ele, fitando-a com seu olhar cintilante.

Os olhos de Arria se acenderam.

— Eu menti sobre você, Marcus — disse ela com o rosto desfigurado pela raiva. — Você foi o pior amante que eu já tive!

Marcus sorriu para ela com frieza.

— Isso porque eu fui o único que se afastou de você ainda com sangue nas veias.

E, dando-lhe as costas e ignorando as ofensas que ela gritava, saiu do jardim. Voltou ao salão e procurou distração nas conversas com velhos conhecidos e amigos. Mas o riso deles o irritava; sempre se divertiam à custa dos outros. Ele ouvia a mesquinhez por trás das observações divertidas, o prazer nas novas tragédias relatadas.

Abandonou o grupo e se reclinou em um divã, bebendo morosamente e observando as pessoas. Notou os joguinhos que praticavam umas com as outras. Punham máscaras de civilidade, mas o tempo todo vomitavam veneno. E então ele percebeu: reuniões e festas como essa haviam sido grande parte de sua vida. E ele se *divertira*.

Agora Marcus se perguntava por que estava ali, por que tinha voltado para Roma.

Antígono se aproximou, com o braço descuidadamente ao redor de uma garota de pele clara, ricamente vestida, de sorriso sensual e curvas de Afrodite. E, por um instante, a carne de Marcus respondeu à intensidade escura dos olhos dela. Fazia muito tempo que não ficava com uma mulher.

Antígono notou o olhar avaliador de Marcus e sorriu.

— Gostou dela. Eu sabia que gostaria. Ela é deliciosa.

Retirando o braço da cintura da mulher, deu-lhe uma leve cutucada. Mas ela não precisava de incentivo: caiu graciosamente contra o peito de Marcus e o fitou com os lábios entreabertos. Antígono sorriu, obviamente satisfeito consigo mesmo.

— Seu nome é Dídima.

Marcus segurou Dídima pelos ombros e a afastou, sorrindo ironicamente para Antígono. A mulher olhou dele para seu amo. Antígono deu de ombros.

— Parece que ele não a quer, Didi — disse, dispensando-a.

Resoluto, Marcus deixou sua taça na mesa.

— Eu agradeço o gesto, Antígono...

— Mas... — o homem o interrompeu, pesaroso, e balançou a cabeça. — Você me deixa perplexo, Marcus. Não tem interesse em mulheres. Não tem interesse nos jogos. O que aconteceu com você em Éfeso?

— Nada que você possa entender.

— Conte-me.

Marcus deu-lhe um sorriso sarcástico.

— Eu não confiaria minha vida privada a um homem tão popular.

Antígono estreitou os olhos.

— Suas palavras são mordazes ultimamente — disse com suavidade. — Que ofensas lhe fiz para me condenar tanto?

Marcus sacudiu a cabeça.

— Não é você, Antígono. É tudo.

— Tudo *o quê*? — perguntou Antígono, confuso.

— A vida. A maldita *vida*!

Os prazeres sensuais que Marcus já havia saboreado agora eram areia em sua boca. Quando Hadassah morrera, algo dentro dele morrera também. Como poderia explicar a dor, as profundas mudanças dentro de si a um homem como Antígono, ainda consumido e obcecado pelas paixões carnais?

Como poderia explicar que tudo havia perdido o sentido para ele quando uma escrava comum morrera em uma arena de Éfeso?

— Desculpe-me — disse Marcus, indiferente, levantando-se para sair. — Sou uma péssima companhia hoje em dia.

Recebeu outros convites no mês seguinte, mas declinou, optando por se dedicar aos negócios. Mas também não encontrava paz ali. Não importava quão freneticamente trabalhasse, continuava atormentado. Por fim, entendeu que tinha que se livrar do passado, de Roma, de tudo.

Vendeu a pedreira e os contratos de construção restantes — com um lucro considerável, embora não sentisse orgulho ou satisfação com seus ganhos. Reuniu-se com os administradores de seus armazéns no Tibre e revisou as contas. Sexto, um antigo parceiro de seu pai, havia se mostrado fiel aos interesses dos Valeriano durante muitos anos. Marcus lhe ofereceu o cargo de administrador das propriedades da família em Roma, com uma generosa porcentagem da receita bruta.

Sexto não conseguia acreditar.

— O senhor nunca foi tão generoso.

Havia um desafio sutil e uma desconfiança silenciosa em suas palavras.

— Pode distribuir o dinheiro como quiser. Não precisa me dar satisfação.

— Eu não estou falando de dinheiro — disse Sexto sem rodeios. — Estou falando de *controle*. A menos que eu esteja entendendo mal, o senhor está me entregando as rédeas de seus negócios em Roma.

— Isso mesmo.

— Esqueceu que já fui escravo de seu pai?

— Não.

Sexto o avaliou com os olhos apertados. Conhecera Décimo muito bem e sabia que Marcus dera ao pai muito desgosto. A ambição do jovem era como uma febre em seu sangue, queimando sua consciência. Qual era seu jogo agora?

— Não era seu objetivo controlar as propriedades de seu pai, assim como as suas?

Marcus curvou os lábios em um sorriso frio.

— Você fala francamente.

— Preferiria que eu não falasse, meu senhor? Diga-me se for o caso, para que eu possa lhe comprazer.

Marcus apertou os lábios, mas manteve a calma. Forçou-se a lembrar que esse homem havia sido um amigo leal de seu pai.

— Meu pai e eu fizemos as pazes em Éfeso.

O silêncio de Sexto revelava sua descrença.

Marcus olhou diretamente nos olhos daquele homem mais velho e sustentou seu olhar.

— O sangue de meu pai corre em minhas veias, Sexto — disse com frieza.
— Não lhe fiz essa proposta levianamente nem tenho segundas intenções que o ameacem. Pensei bastante nas últimas semanas. Você cuidou das cargas que foram trazidas a estes armazéns por dezessete anos, conhece pelo nome os homens que descarregam os navios e estocam os produtos. Sabe em quais comerciantes se pode confiar e em quais não. E sempre apresentou a contabilidade correta de todas as transações. Em quem mais eu poderia confiar?

Estendeu o pergaminho. Sexto não fez nenhum movimento para pegá-lo.

— Aceite ou recuse, como achar melhor — disse Marcus —, mas saiba que vendi minhas outras propriedades em Roma. A única razão pela qual não vendi os navios e armazéns é porque eram parte importante da vida de meu pai. Foram seu suor e seu sangue que construíram este empreendimento, não os meus. Eu lhe ofereço esse cargo porque você é capaz, mas, mais importante que isso, porque era amigo de meu pai. Se recusar minha oferta, vou vender tudo. Não tenha dúvidas disso, Sexto.

O homem deu uma risada dura.

— Mesmo que esteja falando sério, você não conseguiria. Roma está lutando para sobreviver. Neste momento, não conheço ninguém que tenha dinheiro para comprar uma empresa desse porte.

— Eu sei — disse Marcus com um olhar frio. — Não sou contra me desfazer totalmente da frota e de todas as propriedades.

Sexto viu que ele estava falando sério e ficou chocado diante de tal pensamento oportunista. Como esse jovem podia ser filho de Décimo?

— Você emprega mais de quinhentas pessoas! Homens livres, a maioria. Não se importa com eles e com o bem-estar de suas famílias?

— Você os conhece melhor que eu.

— Se vender agora, ganhará apenas uma fração do valor de tudo isso — disse Sexto, aludindo ao conhecido amor de Marcus pelo dinheiro. — Duvido que leve isso adiante.

— Se quiser arriscar — disse o rapaz, jogando o pergaminho na mesa entre os dois.

Sexto o estudou por um longo tempo, alarmado com a dureza no rosto do jovem. Ele não estava blefando.

— *Por quê?*

— Porque não quero essa pedra em volta do meu pescoço, prendendo-me a Roma.

— E você iria tão longe? Se o que disse é verdade e fez as pazes com seu pai, por que destruiria o que ele levou uma vida inteira para construir?

— Não é o que quero fazer — respondeu Marcus simplesmente. — Mas vou lhe dizer uma coisa, Sexto. No fim, papai via tudo isso como vaidade, e agora concordo com ele. — Apontou para o pergaminho. — Qual é sua resposta?

— Preciso de tempo para pensar.

— Você tem o tempo que eu levarei para sair por aquela porta.

Sexto se enrijeceu diante de tanta arrogância. Mas então relaxou. Curvou levemente os lábios. Expirou forte e balançou a cabeça, rindo com suavidade.

— Você é muito parecido com seu pai, Marcus. Mesmo depois de me dar minha liberdade, ele sempre soube como conseguir o que queria.

— Não em tudo — disse Marcus, enigmático.

Sexto sentiu a dor de Marcus. Talvez houvesse mesmo feito as pazes com o pai e agora se arrependia dos anos de rebelião desperdiçados. Pegou o pergaminho e bateu com ele na palma da mão. Lembrando-se do pai, Sexto estudou o filho.

— Eu aceito — declarou. — Mas com uma condição.

— Diga.

— Vou tratar com você da mesma maneira que tratava com seu pai — disse, jogando o pergaminho nas brasas e estendendo a mão.

Sentindo a garganta se fechar, Marcus a apertou.

Na manhã seguinte, ao nascer do sol, navegava em direção a Éfeso.

Durante as longas semanas da viagem, passou horas parado na proa do navio, sentindo o vento salgado no rosto. Ali, por fim, permitiu que seus pensamentos voltassem a ser de Hadassah. Lembrou-se de estar com ela em uma proa como aquela, observando os fios macios de seus cabelos escuros voarem em torno de seu rosto, sua expressão séria enquanto falava de seu deus invisível: *Deus falou... Uma vozinha calma. Uma voz ao vento.*

Assim como a voz dela parecia falar com ele agora, calma, baixinha, sussurrando para ele ao vento, acenando para ele, chamando-o.

Mas para onde? Para o desespero? Para a morte?

Ele se sentia dividido entre querer esquecê-la e temer fazê-lo. E agora era como se estivesse abrindo sua mente para ela e não pudesse fechá-la novamente.

A voz de Hadassah se tornou uma presença insistente, ecoando na escuridão em que ele agora vivia.

2

Ao desembarcar em Éfeso, Marcus não teve nenhuma sensação de volta ao lar ou de alívio pelo fim da viagem. Deixou suas posses nas mãos de servos e foi diretamente para a casa de sua mãe, em uma encosta não muito longe do centro da cidade.

Foi recebido por um criado surpreso, que informou que ela havia saído, mas voltaria em uma hora. Cansado e deprimido, foi até o pátio interno para se sentar e esperar.

Os raios de sol desciam até o átrio, lançando sua luz bruxuleante na água ondulante da piscina ornamental. A água brilhava e dançava, e o som reconfortante da fonte ecoava pelos corredores mais baixos. No entanto, ele não sentiu conforto quando se sentou à sombra de uma pequena alcova.

Recostou a cabeça na parede, tentando deixar o som melódico banhá-lo e aliviar-lhe o espírito dolorido. Mas, em vez disso, assombrado pelas memórias, sua dor cresceu até quase sufocá-lo.

Fazia catorze meses que Hadassah morrera, mas a angústia o dominava como se houvesse sido ontem. Ela se sentava nesse mesmo banco, rezando a seu deus invisível e encontrando uma paz que ainda lhe escapava. Marcus quase podia ouvir sua voz — baixa, doce, purificadora como a água. Ela orava por seu pai e sua mãe. Orava por ele. Orava por *Júlia*!

Fechou os olhos, desejando poder mudar o passado. Se isso fosse suficiente para trazer Hadassah de volta... Quem dera. Se com um passe de mágica a agonia dos últimos meses pudesse ser apagada, ela estaria sentada ao lado dele, viva e bem. Se ao menos ele pudesse pronunciar seu nome, como um encantamento, e, com o poder de seu amor, fazê-la ressuscitar dos mortos...

— Hadassah... — sussurrou com voz rouca. — *Hadassah.*

No entanto, em vez de ela se levantar das névoas de sua imaginação, surgiram as imagens obscenas e violentas de sua morte, seguidas pelo tumulto de sua alma — o horror, a dor e a culpa, tudo colapsando em uma raiva profunda e implacável que agora era sua companheira constante.

De que adiantou rezar?, ele se perguntava amargamente, tentando impedir em sua mente a visão da morte de Hadassah. Ela ficara parada calmamente enquanto o leão a atacava. Se houvesse gritado, ele não a teria ouvido com o barulho dos aplausos dos efésios... de sua própria irmã.

Antes de ele partir para Roma, sua mãe dissera que o tempo curava todas as feridas, mas o que ele sentira naquele dia ao ver Hadassah morrer só se tornara mais pesado e difícil de suportar, não mais fácil. Agora sua dor era uma massa sólida constante dentro dele, que o puxava para baixo.

Marcus soltou um suspiro e se levantou. Não podia se permitir viver no passado. Não nesse dia, tão cansado, exausto da longa e monótona viagem marítima. Ir para Roma não adiantara nada para fazer desaparecer a apatia que sentia, só deixara a vida pior. Agora ele estava ali, em Éfeso, sem se sentir nem um pouco melhor do que no dia em que partira.

Parado no peristilo da casa de sua mãe na encosta da colina, sentia-se invadido por uma tristeza dolorosa e indizível. A casa estava tomada de silêncio, mesmo cercada de criados. Ele sentia a presença deles ali, mas eram sábios o suficiente para se manter distantes. A porta da frente se abriu e se fechou. Ele ouviu vozes suaves e passos apressados indo em sua direção.

— Marcus! — sua mãe exclamou, correndo até ele e o abraçando.

— Mãe — ele retribuiu o cumprimento, sorrindo e segurando-a à distância de um braço para ver como ela se saíra em sua ausência. — Você parece bem.

Inclinou-se para beijar-lhe as faces.

— Por que voltou tão cedo? — ela perguntou. — Pensei que não o veria durante anos.

— Concluí meus negócios. Não havia razão para ficar.

— Estava tudo como você esperava?

— Sou mais rico agora que há um ano, se é disso que está falando.

O sorriso de Marcus não tinha emoção. Febe o encarou e sua expressão se suavizou. Levou delicadamente a mão ao rosto dele, como se ele fosse uma criança ferida.

— Marcus — ela disse, cheia de compaixão. — Sua viagem não fez você esquecer.

Ele se afastou, perguntando-se se toda mãe era capaz de olhar dentro da alma do filho.

— Eu passei a administração dos armazéns a Sexto — soltou abruptamente. — Ele é capaz e confiável.

Febe acompanhou a mudança de assunto.

— Você sempre teve o instinto de seu pai sobre as pessoas — disse baixinho, observando-o.

— Nem sempre — ele rebateu pesadamente, tentando tirar sua irmã do pensamento. — Iulius me informou que você teve febre por várias semanas.

— Sim — respondeu Febe —, mas já estou bem.

Marcus a avaliou com mais atenção.

— Ele disse que você ainda se cansa facilmente. Está mais magra que da última vez que a vi.

Ela riu.

— Não precisa se preocupar comigo. Agora que você está em casa de novo, terei mais apetite. — Ela pegou a mão dele. — Você sabe que eu sempre me preocupava quando seu pai fazia uma de suas longas viagens. Imagino que agora me preocuparei com você. O mar é muito imprevisível.

Ela se sentou no banco, mas ele ficou em pé. Febe o notava inquieto e mais magro, seu rosto marcado e mais duro.

— Como estava Roma?

— Igual. Vi Antígono, com seu séquito de bajuladores. Estava choramingando sobre dinheiro, como sempre.

— E você lhe deu o que ele pediu?

— Não.

— Por que não?

— Porque ele queria trezentos mil sestércios, e cada moeda patrocinaria os jogos.

Ele deu meia-volta. Antes, teria concordado sem hesitar e, de fato, teria gostado de assistir aos jogos. E, claro, Antígono teria demonstrado gratidão com contratos de construção governamentais e referências de ricos aristocratas que quisessem moradias maiores e mais elaboradas.

Um político como Antígono tinha que cortejar a plebe. E a melhor maneira de fazer isso era patrocinando os jogos. Não interessava à plebe o que um senador representava, desde que tivesse entretenimento e distração dos verdadeiros problemas cotidianos: instabilidades no comércio, revoltas civis, fome, doenças, escravos invadindo as províncias e tomando os empregos de homens livres...

Mas Marcus não queria mais participar de nada disso. Envergonhava-se de ter dado centenas de milhares de sestércios a Antígono no passado. Só pensava na época em tirar vantagem comercial do fato de ter um amigo nas altas esferas do poder. Nem uma única vez pensara no que suas ações significavam em termos de vidas humanas. Na verdade, não se importava. Financiar Antígono era conveniente; Marcus queria contratos para construir nos locais mais ricos de Roma, e encher os cofres de Antígono com sestércios era o meio mais rápido para o sucesso financeiro. O suborno lhe dera oportunidades; as oportunidades lhe deram riqueza. Seu deus: Fortuna.

Agora, como se olhasse em um espelho, ele conseguia enxergar como vivia antes: entediado, embebedando-se com amigos enquanto um homem era pregado na cruz, comendo iguarias servidas por um escravo enquanto homens eram postos uns contra os outros e forçados a lutar até a morte. E por qual motivo? Para entreter uma turba entediada e faminta, uma massa da qual ele era membro pagante. E agora estava pagando um preço ainda mais alto: a consciência de que havia tido participação na morte de Hadassah, tanto quanto qualquer outra pessoa.

Lembrava-se de ter rido quando vira um homem correr aterrorizado, tentando inutilmente escapar de uma matilha de cães. Ainda podia ouvir os milhares de pessoas gritando e aplaudindo descontroladamente enquanto a leoa rasgava a carne de Hadassah. Qual fora o crime dela, além de ter uma doce pureza que havia ferido a consciência e despertado o ciúme de uma sórdida prostituta? Uma prostituta que era irmã de Marcus...

Sentada em silêncio em um banco à sombra, Febe observava o rosto amargurado do filho.

— Júlia perguntou quando você voltaria.

Ele sentiu os músculos da mandíbula se retesarem ao ouvir o nome da irmã.

— Ela quer vê-lo, Marcus.

Ele se manteve calado.

— Ela precisa de você.

— As necessidades dela não me interessam.

— E se ela quiser se redimir?

— Se redimir? Como? Acaso ela pode trazer Hadassah de volta à vida? Pode desfazer o que fez? Não, mãe. Não há redenção possível para o que ela fez.

— Ela ainda é sua irmã — Febe disse gentilmente.

— Você pode ter uma filha, mãe, mas eu juro que não tenho mais uma irmã.

Febe viu a ferocidade no olhar de Marcus, o movimento intransigente em sua mandíbula.

— Não pode deixar o passado de lado? — implorou.

— Não.

— Nem perdoar?

— Nunca! E lhe digo que rezo para que toda a maldição do mundo caia sobre a cabeça de Júlia.

Lágrimas encheram os olhos de sua mãe.

— Talvez, se você tentar lembrar como Hadassah viveu, e não como morreu...

As palavras dela atingiram o coração de Marcus, e ele se voltou levemente, irritado por ela o alertar disso.

— Eu me lembro muito bem — disse com voz rouca.

— Talvez nós não a recordemos do mesmo modo — disse Febe com suavidade.

Ergueu a mão para sentir o pingente escondido embaixo do *palus*. Nela estava o emblema de sua nova fé: um pastor carregando nos ombros um cordeiro perdido. Marcus não sabia. Ela hesitou, imaginando se seria a hora de lhe contar.

Era estranho que, ao observar Hadassah, Febe houvesse encontrado tão claramente o caminho que sua própria vida deveria seguir. Ela se tornara cristã, batizada pela água e pelo Espírito do Deus vivo. Não fora uma luta para ela — não como havia sido para Décimo, que esperara até o fim para aceitar o Senhor.

Agora era Marcus, tão parecido com o pai, que lutava contra o Espírito. Marcus, que não queria mestres em sua vida e não reconheceria nenhum.

Observando a postura impaciente do filho, Febe sabia que aquele não era o momento de lhe falar sobre Jesus e sua fé. Marcus sentiria raiva, ele não entenderia. Sentiria medo por ela, medo de perdê-la da mesma maneira que perdera Hadassah. Ah, se ao menos ele pudesse ver que Hadassah não estava perdida... *Ele* é que estava.

— O que Hadassah lhe pediria para fazer?

Marcus fechou os olhos.

— Se ela tivesse feito as coisas de maneira diferente, ainda estaria viva.

— Se ela tivesse sido diferente, Marcus, você não a teria amado desse jeito, com todo o seu coração, sua mente e sua alma.

Como ele deveria amar a Deus, mas ele não via que era o Espírito dentro de Hadassah que o atraía.

Vendo sua dor, Febe sofria por ele. Ela se levantou e se aproximou do filho.

— Sua homenagem a Hadassah vai ser o ódio implacável por sua própria irmã?

— Pare com isso, mamãe — disse ele com voz rouca.

— Como poderia? — ela retrucou tristemente. — Você é meu filho, e, não importa o que Júlia tenha feito, continua sendo minha filha. Eu amo *vocês dois*. E amo Hadassah.

— Hadassah está *morta*, mãe. E morreu por causa de algum crime que cometeu? Não! Ela foi assassinada por ciúme, por uma prostituta.

Febe pousou a mão no braço de Marcus.

— Hadassah não está morta para mim. Nem para você.

— Não está morta... — disse ele, sombrio. — Como pode dizer isso? Ela está aqui conosco?

Ele se afastou e se sentou no banco onde Hadassah costumava ficar na quietude da noite e antes do amanhecer. Parecia exausto, recostado na parede.

Ela se sentou no banco ao lado e pegou sua mão.

— Você se lembra do que ela disse a seu pai pouco antes de ele morrer?

— Ele pegou minha mão e a pousou sobre a de Hadassah. Ela pertencia a mim.

Ele ainda podia ver a expressão nos olhos escuros da moça quando fechou a mão firmemente ao redor da dela. Acaso seu pai sabia que ela estava em perigo? Estava pedindo que a protegesse? Ele deveria tê-la tomado de Júlia naquele momento, em vez de esperar que fosse conveniente. Júlia estava grávida naquela época, seu amante desaparecido. Sentira pena da situação da irmã e não percebera o perigo. Se ele tivesse sido sábio, Hadassah ainda estaria viva. E seria sua esposa.

— Marcus, Hadassah disse que, se você acreditar e aceitar a graça de Deus, estará com o Senhor no paraíso. Ela nos disse que todo aquele que crer em Jesus não perecerá e terá a vida eterna.

Ele apertou a mão de sua mãe.

— Palavras para consolar um moribundo que achava que sua vida não tivera sentido, mãe. Não existe vida após a morte, só pó e escuridão. Tudo que temos está bem aqui, agora. O único tipo de vida eterna que alguém pode esperar está no coração de outra pessoa. Hadassah está viva, e assim permanecerá enquanto eu viver. Ela está viva em mim. — Seu olhar endureceu. — E por causa do meu amor por ela, nunca vou esquecer como ela morreu e quem é a culpada.

— Acaso um dia vai entender por que ela morreu? — perguntou Febe com os olhos brilhantes de lágrimas.

— Eu *sei* por quê. Ela foi assassinada por ciúme e despeito. Sua pureza expôs a impureza de Júlia.

Tenso, ele afastou a mão da de sua mãe, lutando contra as emoções que grassavam dentro dele. Não queria descontar nela. Ela não tinha culpa de ter dado à luz uma cobra venenosa. Mas por que ela falava dessas coisas agora, quando ele se sentia tão vulnerável?

— Às vezes eu queria poder esquecer — disse, baixando a cabeça entre as mãos e massageando a testa, como se doesse em razão das lembranças. — Certa vez ela me disse que seu deus falava com ela ao vento, mas eu não ouço nada, só o fraco eco da voz *dela*.

— Então escute.

— Não posso! Não suporto!

— Talvez o que você precise fazer seja buscar o Deus dela para receber a paz da qual Hadassah falava.

Marcus levantou a cabeça bruscamente e soltou uma risada dura.

— Buscar o deus dela?

— A fé nele era a essência de Hadassah, Marcus. Certamente você sabe disso.
Ele se levantou e se afastou.
— Onde estava esse deus todo-poderoso quando ela enfrentou os leões? Se ele existe, é um covarde, porque a abandonou!
— Se você realmente acredita nisso, precisa descobrir por quê.
— Como faço isso, mãe? Pergunto aos sacerdotes de um templo que não existe mais? Tito destruiu Jerusalém. A Judeia está em ruínas.
— Vá até o Deus dela e pergunte.
Ele franziu a testa com um olhar penetrante.
— Você não está começando a acreditar nesse maldito Jesus, está? Eu lhe disse o que aconteceu com o homem. Ele não passava de um carpinteiro que estava do lado errado dos judeus. Eles o entregaram para ser crucificado.
— Você amava Hadassah.
— Eu ainda amo.
— Então ela não vale seus questionamentos? O que ela queria que você fizesse, Marcus? O que importava para ela mais que a própria vida? Você deve buscar o Deus dela e perguntar por que ela morreu. Só ele pode lhe dar as respostas de que você necessita.
Marcus retorceu os lábios com ironia.
— Como alguém procura o rosto de um deus invisível?
— Como Hadassah fazia. *Orando.*
A tristeza o dominou, acompanhada por um sentimento de raiva e amargura.
— Pelos deuses, mãe, de que adiantou a oração para ela?
No olhar surpreso e na expressão decepcionada de Febe, Marcus viu que a magoara profundamente. Obrigou-se a relaxar, a ser racional.
— Mãe, eu sei que está tentando me consolar, mas não há conforto. Você não entende? Talvez o tempo mude as coisas, não sei, mas nenhum deus vai me fazer bem. — Ele sacudiu a cabeça, com raiva na voz mais uma vez. — Desde que eu era criança, lembro de você colocar suas oferendas diante de seus deuses domésticos no larário. Isso salvou seus outros filhos da febre? Manteve o papai vivo? Você alguma vez ouviu uma voz ao vento? — Sua ira se esvaiu, deixando apenas uma terrível sensação de vazio. — Deuses não existem.
— Então tudo que Hadassah dizia era mentira.
Ele estremeceu.
— Não. Ela acreditava em cada palavra do que dizia.
— Ela acreditava em uma mentira, Marcus? Ela morreu por nada?
Febe o viu apertar os punhos nas laterais do corpo e entendeu que suas perguntas lhe causavam dor. Mas melhor sentir dor agora que morrer para sempre.

Ela se levantou e se aproximou de Marcus mais uma vez, pousando suavemente a mão em sua face.

— Marcus, se você realmente acredita que o Deus de Hadassah a abandonou, pergunte por que ele faria isso a alguém como ela.

— O que isso importa agora?

— Importa. Importa mais do que você imagina. De que outra forma você ficaria em paz com o que aconteceu?

O rosto de Marcus empalideceu.

— A paz é uma ilusão. Não existe paz verdadeira. Se eu for buscar o deus de Hadassah, mãe, não será para louvá-lo como ela, mas para amaldiçoá-lo.

Febe não disse mais nada, mas seu coração gritou de angústia.

Oh, Senhor Deus, perdoa-o. Ele não sabe o que diz.

Marcus se afastou, não queria ser confortado. Acreditava que tudo que lhe restava era o doce eco da voz de Hadassah na escuridão que se fechara sobre ele.

3

— Aquela ali — disse Júlia Valeriano, apontando para uma pequena cabra na tenda em frente ao templo. — A marrom-escura. Ela é perfeita?

— Todas as minhas cabras são perfeitas — o comerciante respondeu, abrindo caminho entre o rebanho aglomerado no curral e pegando a que ela pedia.

Passou uma corda em volta do pescoço do animal.

— Estes animais não têm defeito — salientou, erguendo a cabra que se debatia e se voltando para ela para informar o preço.

Júlia estreitou os olhos com raiva, do animal esquelético para o comerciante avarento.

— Eu não vou lhe pagar tanto por uma cabra tão pequena!

Ele passou explicitamente o olhar pelo fino *palus* de lã dela e se demorou nas pérolas de seu cabelo e no colar de carbúnculo em volta do pescoço.

— Você parece que pode pagar, mas, se o que procura é uma pechincha, desista. — Deixou a cabra no chão e se endireitou. — Eu não vou perder tempo regateando, mulher. Vê essa marca na orelha dela? Esse animal foi ungido para sacrifício por um dos harúspices. Essa concessão é fornecida pelos videntes para seu benefício. O dinheiro que você paga por este animal vai para o harúspice e para o templo, entende? Se quiser comprar uma cabra mais barata em outro lugar e tentar levá-la aos deuses e seus representantes, faça-o por sua conta e risco — disse com olhos escuros e zombeteiros.

Júlia estremeceu. Tinha plena consciência de que estava sendo enganada, mas não tinha escolha. Aquele homem terrível estava certo: só um tolo tentaria enganar os deuses — ou o harúspice, a quem os deuses haviam escolhido para ler os sinais sagrados ocultos nos órgãos vitais dos animais sacrificados. Olhou para a pequena cabra com desgosto. Estava ali para descobrir o que a afligia, e, se isso significava ter que comprar um animal de sacrifício a um preço escandaloso, era o que faria.

— Desculpe-me — disse. — Vou levá-la.

Júlia tirou seu bracelete e abriu um compartimento que havia nele. Colocou três sestércios na mão do comerciante enquanto tentava ignorar sua soberba. Ele esfregou as moedas entre os dedos e as guardou na bolsa que levava à cintura.

— É sua — disse, entregando-lhe a corda. — Que ela lhe traga saúde.

— Pegue-a — Júlia ordenou secamente a Eudemas, afastando-se para que a escrava pudesse tirar do curral lotado o animal que balia e se debatia.

O comerciante a observou e riu.

Quando Júlia entrou no templo com Eudemas e a cabra, sentiu-se fraca. O aroma enjoativo do incenso não conseguia subjugar o cheiro de sangue e morte. Sentiu o estômago revirar. Entrou na fila, atrás das outras pessoas que esperavam. Fechou os olhos e engoliu a náusea. Suor frio cobria-lhe a testa. Não conseguia parar de pensar na noite anterior e em sua discussão com Primo.

―――― I-I ――――

— Você se tornou uma chata, Júlia — disse Primo. — Impõe sua tristeza em cada festa a que vai.

— Que gentileza sua, *querido marido*, pensar em minha saúde e em meu bem-estar.

Júlia olhou para Calabah em busca de apoio, mas esta fazia um sinal a Eudemas para que lhe trouxesse a bandeja com fígado de ganso.

Calabah escolheu um e sorriu de um jeito que fez a escrava corar e depois empalidecer. Em seguida a dispensou, enquanto a observava levar a bandeja para Primo. Até esse momento, não havia notado que Júlia a encarava. Então, simplesmente arqueou uma sobrancelha e a fitou com seus olhos sombrios, frios, vazios e indiferentes.

— O que foi, querida?

— Você não se importa se estou doente?

— Claro que me importo — disse Calabah com voz calma, mas com uma nota de impaciência. — É você que parece não se importar. Júlia, meu amor, nós já falamos sobre isso muitas vezes antes de se tornar um tédio. A resposta é simples, você é que se recusa a aceitá-la. Foque sua mente em ser saudável. Deixe que sua vontade a cure. Você consegue tudo o que quiser com a força da sua mente.

— Acha que já não tentei, Calabah?

— Não com força suficiente, minha querida, ou estaria bem. Você deve focar seus pensamentos em si mesma todas as manhãs e meditar como lhe ensinei. Esvazie sua mente de tudo, exceto da percepção de que você é seu próprio deus e de que seu corpo é apenas o templo que você habita. Você tem poder sobre seu templo. Sua vontade será feita, Júlia. O problema é que você não tem fé. Você *precisa* acreditar. Se acreditar sem reservas, conseguirá tudo o que quiser.

Júlia desviou o olhar dos olhos escuros daquela mulher. Manhã após manhã, ela fazia exatamente o que Calabah dizia. Às vezes a febre chegava no meio da meditação, e ela tremia de fraqueza e náusea. Oprimida por uma sensação de desesperança, disse baixinho:

— Algumas coisas estão além da nossa vontade.

Calabah olhou para ela com desdém.

— Se você não tem fé em si mesma e em seus poderes, talvez deva fazer o que Primo sugeriu. Vá ao templo e faça um sacrifício. Quanto a mim, não tenho fé nos deuses. Tudo que consegui veio dos meus próprios esforços e do meu intelecto, sem a ajuda de nenhum poder invisível e sobrenatural. No entanto, se você realmente acredita que não tem poder dentro de si, Júlia, que recurso lógico lhe resta senão pegar emprestado em outro lugar o que necessita?

Após tantos meses de intimidade, Júlia ficou perplexa com o pouco-caso de Calabah, a insensível indiferença a seu sofrimento. Ela a observou comer mais um fígado de ganso e depois pedir a Eudemas água perfumada para lavar as mãos. A garota fez o que sua senhora lhe pediu, fitando Calabah com êxtase e adoração e corando quando os longos dedos cheios de joias acariciaram seu braço antes de dispensá-la. Júlia viu a especulação sombria nos olhos de Calabah enquanto observava a criada se retirar. Um leve sorriso predatório brincava nos lábios da experiente mulher.

Júlia ficou enjoada. Sabia que estava sendo traída diante de seus próprios olhos e que não havia nada que pudesse fazer a respeito, além de sentir o sangue ferver. Primo notou a cena que se desenrolava entre as duas, divertindo-se cruelmente ao perceber que Júlia o observava.

— O procônsul sempre vai aos harúspices para inquirir os deuses — disse ele, quebrando o silêncio sufocante. — Eles saberão se houver um surto de doença. Pelo menos você saberá se o que a aflige é algo ordenado pelos deuses.

— E como saber disso vai me ajudar? — ela retrucou com raiva.

Era evidente que nem Calabah nem Primo realmente se importavam com o que acontecia com ela.

Calabah soltou um suspiro pesado e se levantou.

— Estou cansada desta conversa.

— Aonde você vai? — perguntou Júlia, desanimada.

A mulher suspirou novamente e lhe lançou um olhar demorado.

— Às termas. Eu disse a Safira que a veria esta noite.

Júlia ficou ainda mais angustiada com a menção à moça. Safira era jovem e bonita e provinha de uma conhecida família romana. Quando a conheceram, Calabah dissera que a achara "promissora".

— Não estou com vontade de ir a lugar nenhum, Calabah.

A outra arqueou as sobrancelhas novamente.

— Eu não a convidei.

Júlia a fitou.

— Você não tem consideração pelos meus sentimentos? — perguntou.

— Eu *tenho* consideração pelos seus sentimentos. Mas sabia que você diria "não", e não vi razão para chamá-la. Você nunca gostou de Safira, não é?

— Mas você sim — acusou Júlia.

— Tem razão — disse Calabah com um sorriso frio que mais parecia uma punhalada. — Eu gosto *muito* de Safira. Você precisa entender, minha querida. Ela é nova, inocente, é um mundo cheio de possibilidades.

— Como você dizia que eu era — Júlia rebateu amargamente.

Calabah abriu um sorriso de escárnio.

— Você sabia onde estava se metendo, Júlia. *Eu* não mudei.

Os olhos marejados de Júlia brilhavam de raiva.

— Se eu mudei, foi porque queria lhe agradar.

Calabah riu baixinho.

— Ah, minha amada Júlia. Existe apenas uma regra neste mundo: agradar a si mesma. — Passou seu olhar frio pelo rosto e pelo corpo esguio de Júlia. — Você é tão importante para mim quanto sempre foi.

Júlia sentiu pouco conforto nessas palavras. Calabah inclinou a cabeça levemente e a avaliou com olhos sombrios, sem pestanejar, desafiando-a a responder. Júlia permaneceu em silêncio, sabendo que o desafio deveria permanecer sem resposta. Às vezes, ela sentia que Calabah só esperava que ela fizesse ou dissesse algo que lhe desse o pretexto para abandoná-la de vez.

— Você está pálida, minha querida — disse Calabah, despreocupada. — Descanse esta noite. Talvez se sinta melhor amanhã.

E saiu graciosamente da sala, parando brevemente para roçar de leve a ponta dos dedos no rosto de Eudemas e dizer algo em seu ouvido.

Incapaz de impedi-la, Júlia apertou as mãos. Pensara que poderia confiar seu coração a Calabah, mas agora estava tomada pela fúria.

Durante toda a sua vida ela havia sofrido nas mãos dos homens. Primeiro seu pai a controlava, ditando todas as suas atitudes, até obrigá-la a se casar com Cláudio, um intelectual romano que possuía terras em Cápua. Cláudio a entediava com suas pesquisas sobre as religiões do Império, e ela fora salva de uma vida maçante com ele graças à sua morte acidental.

Ela fora loucamente apaixonada pelo segundo marido, Caio, certa de que essa união lhe daria tudo por que tanto ansiava: prazer, liberdade, adoração. Mas então descobrira que ele era muito pior que Cláudio. Caio gastara milhares de sestércios pertencentes a ela em corridas e com outras mulheres enquanto descontava em Júlia sua falta de sorte e seu humor sombrio. Ela suportara quanto pudera. Por fim, orientada por Calabah, certificara-se de que Caio nunca mais a machucasse. Recordou com um arrepio sua morte lenta, resultado do veneno que ela colocara em sua comida.

Então aparecera Atretes... sua grande paixão. Ela entregara seu coração a ele, ficando totalmente vulnerável, demandando apenas que ele não lhe pedisse para desistir de sua liberdade. E ele a abandonara porque ela não aceitara seu pedido de casamento e se casara com Primo para garantir sua independência financeira. Atretes se recusara a entender por que ela precisava fazer isso. A dor do último e raivoso encontro a dominou momentaneamente, e ela sacudiu a cabeça com fúria. Atretes não era mais que um escravo capturado na revolta germânica, um gladiador. Quem era ele para dizer o que ela deveria fazer? Acaso achava que ela se casaria com ele e renunciaria a todos os seus direitos em nome de um bárbaro sem instrução?

O casamento por *usus* com Primo havia sido o caminho mais inteligente para ela — dava-lhe a liberdade de ser uma mulher casada sem correr nenhum risco, pois Primo não teria direito sobre suas finanças ou bens. Mas Atretes era muito pouco civilizado para compreender isso.

Até Marcus, seu amado e adorado irmão, a havia traído no final, amaldiçoando-a nos jogos porque ela evitara que ele fizesse papel de tolo por causa de uma escrava. A traição dele fora o maior golpe de todos. Suas palavras, cheias de raiva e repugnância, ainda ecoavam nos ouvidos de Júlia. Ela ainda podia ver a fúria fria no rosto de Marcus quando ele se voltara para Calabah.

— Você a quer, Calabah?
— Eu sempre a quis.
— Pois fique com ela.

Desde aquele momento, ele se recusava a vê-la ou a falar com ela.

Pai, maridos e irmão a decepcionaram. Por conseguinte, ela se entregara à guarda de Calabah, confiando nela absolutamente. Afinal, não fora Calabah que lhe jurara amor eterno? Não fora ela que apontara as fragilidades e as infidelidades dos homens e a fizera abrir os olhos? Não fora Calabah que cuidara dela, que a mimara e guiara?

E agora Júlia descobria que Calabah era tão traiçoeira quanto os demais, e sua traição calou dentro dela de forma mais profunda e surpreendente.

Júlia foi arrancada de seus pensamentos quando Primo se serviu de mais vinho e ergueu a taça na direção dela.

— Talvez agora você compreenda melhor como eu me senti quando a afeição de Prometeu se voltou para outra pessoa — disse ele com ironia, recordando-lhe seu belo catamita, que fugira. — Você não se lembra? Ele foi arrebatado pelas palavras de Hadassah, e no fim ela roubou o coração dele de mim.

— Calabah é livre para fazer o que quiser — disse Júlia com olhos brilhantes, fingindo indiferença, mas com a voz trêmula. — Assim como eu.

Ela queria magoá-lo por fazê-la se lembrar de Hadassah. O simples nome da escrava, como uma maldição, sempre despertava um incompreensível sentimento de solidão e medo em Júlia.

— Além disso, Primo, a afeição de Calabah não pode ser comparada à de Prometeu. Ele não o procurou por iniciativa própria, não é? Você teve de *comprá-lo* em uma daquelas barracas sórdidas que existem nas arenas. — Vendo que suas palavras haviam atingido o alvo, ela sorriu e deu de ombros. — Eu não tenho nada com que me preocupar. Safira é apenas uma distração passageira. Calabah logo se cansará dela.

— Como está cansada de você?

Júlia levantou a cabeça bruscamente e viu os olhos de Primo brilharem, vitoriosos e cheios de malícia. A fúria cresceu dentro dela, mas ela se controlou, falando baixinho:

— Você é muito atrevido, considerando sua situação precária em *minha* casa.

— Do que está falando?

— Meu pai está morto. Meu irmão renunciou a todos os direitos sobre mim e minhas posses. Não *preciso* mais de você como marido, não é? O que é meu é meu — sorriu com frieza —, com ou *sem* você.

Ele pestanejou ao entender a ameaça, e seu comportamento mudou tão depressa quanto um camaleão muda de cor.

— Você me entendeu mal, Júlia. Seus sentimentos são o que mais importa para mim. Eu só quis dizer que, se alguém pode entender o que você está passando, esse alguém sou eu. Eu *sei* o que você está sentindo, minha querida. Eu mesmo não sofri? Quem foi que a consolou depois que Atretes a abandonou? Eu. Quem lhe avisou que sua escrava estava roubando o afeto de seu irmão e envenenando a mente dele contra você, como fez com Prometeu?

Júlia virou o rosto; não queria pensar no passado e odiava Primo por fazê-la lembrar.

— Eu me preocupo com você — disse ele. — Sou o único amigo de verdade que você tem.

Amigo, pensou ela com amargura. A única razão pela qual Primo ainda estava ali era porque ela pagava a casa, as roupas e as joias que ele usava, a comida abundante e rica que ele amava e os prazeres da carne que abraçava. Ele não tinha dinheiro. O pouco que ganhava provinha de clientes temerosos de que ele voltasse sua mordaz sagacidade contra eles e revelasse seus segredos. No entanto, esse meio de sustento se mostrava cada vez mais perigoso, e seus inimigos aumentavam. Agora ele dependia fortemente da ajuda financeira de Júlia. A necessidade mútua entre eles era o que tornara o casamento conveniente no começo. Ele precisava do dinheiro dela; ela precisava viver com ele para manter o controle sobre seu dinheiro.

Mas isso fora antes.

Agora ninguém mais se importava com o que ela fazia com seu dinheiro. Ou com sua vida.

Primo se aproximou e pegou sua mão fria.

— Você tem que acreditar em mim, Júlia.

Ela o encarou e viu medo. Sabia que ele fingia preocupação só para se proteger, mas precisava desesperadamente que alguém se importasse de verdade com ela.

— Eu acredito em você, Primo — disse.

— Então vá ao harúspice e descubra a causa dessas febres e desses surtos de fraqueza.

E assim Júlia se encontrava ali, naquele santuário escuro iluminado por tochas, testemunhando um sombrio ritual. Após estudar os textos e as tabuletas, o harúspice cortou a garganta da pequena cabra que se debatia. Júlia virou o rosto enquanto o balido aterrorizado do animal se aquietava. Ficou tonta e se esforçou para não desmaiar. Com outro golpe hábil, o sacerdote abriu a barriga da cabra e retirou o fígado. Servos removeram a carcaça enquanto o sacerdote colocava reverentemente o órgão ensanguentado em uma bandeja de ouro. Sondou com os dedos gordos, estudando o fígado, certo de que as respostas sobre qualquer doença que houvesse acometido Júlia seriam encontradas em sua superfície lisa e negra.

O sacerdote deu sua opinião e a dispensou, sem que ela entendesse bem o que a afligia. As frases veladas do homem sugeriam uma infinidade de possibilidades. A visita fora inútil, ele praticamente dissera "Os deuses se recusaram a falar" e a dispensara. Ao olhar em volta, ela viu outras pessoas, mais importantes, aguardando — funcionários do governo preocupados com possíveis surtos de doenças ou futuras calamidades. E então entendeu. Por que o destino de uma jovem doente, assustada e solitária seria importante para alguém? O que importava eram as moedas de ouro que ela havia dado pela cabra.

— Talvez uma oferenda votiva ajudasse — disse um sacerdote iniciante enquanto ela era guiada para fora.

Para qual deus?, perguntou-se em desespero. Como saberia qual divindade entre aquelas do panteão intercederia por ela? E a quem esse deus apelaria? E se ela houvesse ofendido um dos deuses, como saberia qual deles apaziguar com uma oferenda? E qual oferenda seria suficiente?

Sua cabeça doía de pensar nas inúmeras possibilidades.

— Tudo vai ficar bem, minha senhora — disse Eudemas.

Mas a tentativa de confortá-la a irritou ainda mais. Ela sabia muito bem que a simpatia de Eudemas não era sincera. A escrava fingia se importar porque sua sobrevivência dependia da boa vontade de sua senhora. Tinha de agradecer a Prometeu pelo modo como os escravos a tratavam. Antes de fugir, ele contara a todos os servos que ela mandara Hadassah para a arena.

Lágrimas ardiam nos olhos de Júlia quando ela desviou o olhar da garota. Devia ter vendido todos os seus escravos domésticos e comprado outros, recém-saídos de navios provindos dos confins mais distantes do Império. Como uma tola, ela decidira vender apenas alguns, sem levar em conta que os novos na casa logo saberiam o que acontecera com os anteriores. Poucos dias depois que chegaram, Júlia sentia o medo como uma força palpável ao seu redor. Ninguém nunca a olhava nos olhos. Eles se curvavam e obedeciam a todas as suas ordens, e ela os odiava.

Às vezes, contra sua vontade, lembrava como era ser servida por amor. Lembrava-se da segurança que sentia ao confiar por completo em outra pessoa, sabendo que ela lhe era devotada, mesmo diante da morte. Nessas ocasiões, sua solidão era maior e seu desespero, mais debilitante.

Calabah dizia que era saudável que um escravo temesse seu senhor.

— Aquele que é sábio nos caminhos do mundo deve aprender a cultivar o medo. Nada lhe dá mais poder e vantagem sobre os outros. Só quando se tem poder, se é verdadeiramente livre.

Júlia sabia que tinha o poder de vida e morte sobre os outros, mas isso não lhe dava mais vantagem ou segurança. Acaso não odiara o pai quando ele controlava sua vida? Não odiara Cláudio, e depois Caio, pelo mesmo motivo? E, mesmo após se apaixonar por Atretes, temia que ele a controlasse.

O poder não era a resposta.

Nos últimos seis meses, Júlia começara a se perguntar se a vida tinha algum significado. Ela tinha dinheiro e posição, não devia satisfações a ninguém. Calabah lhe mostrara todos os prazeres que o Império tinha para oferecer, e ela os aceitara sem questionar.

Mas, ainda assim, algo dentro dela gritava, e o vazio abismal permanecia. Estava faminta de algo que não conseguia definir.

E agora estava doente e ninguém se importava. Ninguém a amava o suficiente para se importar com ela.

Júlia estava sozinha.

Essa doença miserável só piorava as coisas, pois a deixava vulnerável. Quando sentia febre, era forçada a confiar nos outros. Como em Calabah, cuja luxúria se voltava para outras mulheres. Como em Primo, que nunca se importara com ela. Como em Eudemas e todos os outros, que a serviam por medo.

Júlia saiu do templo. Ansiava pelo calor da luz do sol. Jannes, um escravo macedônio de belas proporções que havia atiçado as fantasias de Primo, ajudou-a a subir na liteira. Depois de mandar Eudemas ao mercado para comprar um frasco de poção para dormir, deu instruções a Jannes para chegar à casa de sua mãe. Ele e mais três a ergueram e a carregaram pelas ruas lotadas.

Cansada em virtude da provação no templo, fechou os olhos. O balanço da liteira a deixou tonta, e a transpiração começou a brotar em sua testa. Suas mãos tremiam. Apertou-as no colo, esforçando-se para controlar o crescente mal-estar. Ao olhar para fora, viu que a levavam pela Rua Kuretes. Não estava longe da casa de sua mãe, e a esperança a fez morder o lábio. Certamente ela não se recusaria a vê-la.

Apenas duas vezes nos últimos meses sua mãe havia ido à casa de Júlia. Na primeira vez, a conversa fora tensa e artificial. As anedotas de Primo sobre altos funcionários e personagens conhecidos deixaram Febe constrangida. Júlia já havia se acostumado às insinuações crassas e ao humor ácido do marido, mas, na presença de sua mãe, essas palavras a envergonhavam. Ela também tinha plena consciência das sutis reações de Febe à maneira abertamente possessiva e afetuosa de Calabah. Júlia começara a se perguntar se Calabah se comportava dessa maneira deliberadamente e lhe lançara um olhar suplicante. Mas ficara surpresa ao ver a raiva venenosa brilhando naqueles olhos escuros.

Na segunda visita, Calabah não fizera esforço algum para ser discreta ou educada. Quando Febe fora conduzida ao triclínio, Calabah se levantara, erguera o queixo de Júlia e a beijara na boca apaixonadamente. Endireitando-se, dera um sorriso provocador e desdenhoso e se retirara sem pretexto algum. Júlia nunca tinha visto sua mãe tão pálida ou enojada e sentira-se mortificada pelo comportamento de Calabah. Essa cena causara a primeira ruptura na paixão de Júlia por sua mentora.

— Você a chocou de propósito! Foi rude! — dissera mais tarde em seus aposentos, no andar de cima.

— Por que eu deveria me preocupar com os sentimentos de uma tradicionalista?

— Ela é minha *mãe*!

Calabah arqueara a sobrancelha ao ouvir o tom imperioso de Júlia.

— Não me importa quem ela é.

Júlia fitara a escuridão fria dos olhos de Calabah, insondáveis como um poço escuro e profundo.

— E se importa comigo e com meus sentimentos?

— Você faz perguntas tolas e exigências injustificadas. Não vou aturar a presença dela para lhe agradar. Já sou indulgente o bastante.

— Indulgente? É uma indulgência demonstrar cortesia ao único parente que tenho que ainda fala comigo?

— Quem é você para me questionar? Você não passava de uma criança tola e ingênua quando a encontrei em Roma. Nem conhecia seu potencial. Eu a guiei e lhe ensinei tudo, abri seus olhos para os prazeres deste mundo, e você vive inebriada com eles desde então. *Eu* é que mereço sua lealdade, não uma mulher que por um acidente biológico a deu à luz! — Calabah a fitara com uma intensidade assustadora. — Quem é essa sua *mãe*? Quão importante ela é comparada a *mim*? É uma tola retrógrada de mente estreita que nunca aprovou nosso amor. Ela olha para mim como se eu fosse uma criatura sórdida e anormal que corrompeu sua filha. Ela me suporta para poder ver você. Estou lhe dizendo, ela polui o ar que eu respiro, exatamente como sua escravazinha cristã fazia. Eu a desprezo, e a todos como ela, e você também devia desprezá-los. Eles deveriam se curvar diante de mim.

Júlia estremeceu ao recordar o rosto de Calabah, grotesco de ódio e raiva. A mulher recuperara rapidamente a compostura, mas Júlia ficara abalada, imaginando se o rosto suave e sorridente não passaria de uma máscara que escondia a verdadeira natureza de Calabah.

Quando a liteira foi abaixada, Júlia abriu a cortina e viu a parede de mármore e a escadaria. Não voltava àquela casa desde que seu pai morrera. A saudade a invadiu ao pensar nele, e pestanejou para conter as lágrimas.

— Preciso de ajuda — disse com voz rouca, estendendo a mão.

Impassível, Jannes a ajudou a sair da liteira.

Ela fitou os degraus de mármore, sentindo-se cansada. Passou um longo tempo reunindo forças e então começou a subir a escada. Quando chegou ao topo, enxugou o suor do rosto antes de puxar o cordão.

— Pode voltar e esperar com os outros — disse a Jannes.

Ficou aliviada quando ele se afastou. Não queria um escravo presente se fosse humilhada e rejeitada por sua própria família.

Iulius abriu a porta, e seu rosto familiar foi tomado por uma expressão de surpresa.

— Senhora Júlia, sua mãe não a esperava.

Ela ergueu o queixo.

— Uma filha precisa marcar hora para ver a mãe? — disse e passou por ele, entrando na fria antecâmara.

— Não, minha senhora, claro que não. Mas sua mãe não está.

Júlia se voltou e olhou para ele.

— Onde ela foi?

Havia decepção em sua voz impaciente.

— Foi levar roupas para algumas viúvas.

— Viúvas?

— Sim, minha senhora. Viúvas de homens que trabalhavam para seu pai e seu irmão. A senhora Febe assumiu o compromisso de provê-las.

— Que os filhos lhes deem o que necessitam!

— Duas delas têm filhos novos demais para trabalhar. O filho de outra está com o exército romano na Gália. E as outras...

— Não importa — disse Júlia. — Não me interessa.

A última coisa que ela queria era ouvir os problemas dos outros, sendo os dela já tão pesados.

— A que horas ela volta?

— Geralmente ao anoitecer.

Profundamente consternada, Júlia teve vontade de chorar. Não podia esperar tanto tempo. O crepúsculo tardaria a chegar, e Calabah iria querer saber por que ela demorara tanto para voltar do harúspice. Se admitisse que tinha ido ver sua mãe, ela se arriscaria ainda mais a descontentar Calabah.

Pressionou os dedos contra as têmporas latejantes.

— Está pálida, minha senhora — disse Iulius. — Gostaria de um refresco?

— Vinho — disse ela. — Vou beber no peristilo.

— Como quiser.

Júlia seguiu pelo corredor de mármore e passou sob um dos arcos. Sentou-se na pequena alcova do outro lado. Seu coração batia rápido, como se tivesse corrido. Havia se sentado ali no dia em que seu pai morrera, chorando inconsolavelmente enquanto os outros se reuniam em torno dele. Ela não suportara vê-lo tão emaciado pela doença, seus olhos encovados cheios de dor e tristeza. Não fora capaz de enfrentar sua decepção com a vida. Com ela.

Lágrimas de autopiedade inundaram seus olhos. No fim, não importava, de qualquer maneira. Naqueles últimos momentos preciosos de vida, ele havia chamado *Hadassah*, e não a própria filha. Ele dera sua bênção a uma escrava em vez de dá-la à sua própria carne e sangue.

Júlia apertou as mãos, irritada. Ninguém a entendia. Nunca entendera. Ela pensara que Marcus a compreendia, pois tivera tanta sede de vida quanto ela, e ainda teria se não tivesse sido um tolo, apaixonando-se por uma escrava cristã. O que ele tinha visto nela?

Suspirou. Talvez Calabah tivesse razão. Talvez ninguém fosse capaz de compreendê-la, de compreender sua sede, o desespero que sentia, o terrível anseio e o medo que eram seus companheiros constantes. Sua família estava satisfeita com a vida simples e tranquila, reconfortada por rotinas maçantes, baseada em costumes convencionais. Eles a haviam esmagado sob suas expectativas.

Assim como Calabah e Primo estão me esmagando agora.

Esse pensamento surgiu como um choque na mente de Júlia, e ela teve de lutar contra a náusea e a tontura que a dominaram. Calabah e Primo diziam amá-la. Mas será que a amavam mesmo? Como demonstravam seu amor ultimamente?

Você se tornou uma chata, Júlia. Impõe sua tristeza em cada festa a que vai.

Existe apenas uma regra neste mundo: agradar a si mesma.

Cansada, Júlia fechou os olhos e suspirou. Talvez sua doença houvesse despertado nela pensamentos tão desleais.

Será?

O suor cobria-lhe a testa; ela a tocou com as costas da mão.

Júlia pensara que estava a salvo com Calabah, que ela era sua única amiga de verdade. Pensara que Calabah, e somente ela, a amava como era. Mas ultimamente Júlia se perguntava se Calabah era capaz de amar, e pensar nisso a deixava insegura e assustada. E se tivesse cometido um erro terrível?

Desde a discussão por causa de sua mãe, Júlia se tornara cada vez mais consciente do modo como Calabah e Primo tratavam as pessoas. Parecia que estavam sempre procurando uma palavra ou atitude que pudesse revelar alguma reprovação oculta ao modo de vida dos demais. E quando a oportunidade surgia, de fato ou em sua imaginação fértil, o ataque era feroz e imediato. Primo soltava palavras tão amargas e mordazes que seus ouvintes se encolhiam, gratos por não serem o alvo que ele destruía. Calabah se valia de suas ideias puramente racionais para oprimir aqueles que questionassem sua ética e moralidade, considerando obtusa ou arcaica qualquer pessoa que tivesse um ponto de vista diferente do seu. O tempo todo na defensiva, Primo e Calabah estavam sempre prontos a atacar. Por que isso seria tão necessário se estivessem realmente certos?

Júlia se sentiu confusa por um medo indescritível. *E se eles estiverem errados?*

Iulius entrou no peristilo, resgatando-a de suas sombrias contemplações.

— Seu vinho, minha senhora.

Ela pegou a taça de prata na bandeja e olhou para ele.

— Minha mãe teve notícias de Marcus?

— Ele a visita algumas vezes por semana, minha senhora. Esteve aqui ontem.

A notícia a atingiu como um soco no estômago.

— Pensei que ele estivesse em Roma — disse, forçando a voz a parecer normal.

— Estava, minha senhora, mas retornou poucos meses depois. Foi uma surpresa agradável para sua mãe; ela não esperava vê-lo por vários anos.

Júlia apertou a taça com suas mãos frias e desviou o olhar.

— Quando ele chegou?

Iulius hesitou, ciente do alcance da pergunta de Júlia Valeriano.

— Há várias semanas — disse, tentando imaginar qual seria a resposta dela. Ela tinha o hábito de descarregar sua ira sobre o portador das más notícias.

Júlia não disse nada. *Várias semanas.* Marcus voltara havia semanas e nem se dera o trabalho de avisá-la. Seu silêncio era uma fria proclamação de que nada fora esquecido. Ou perdoado. As mãos de Júlia tremiam quando ela levou a taça aos lábios e tomou um gole de vinho.

Surpreso e aliviado, Iulius ficou ali parado. Ela parecia indisposta.

— Posso lhe trazer mais alguma coisa, senhora Júlia? Comprei cerejas de Céraso e pêssegos armênios esta manhã.

Essas frutas sempre foram as favoritas dela.

— Não — disse Júlia, feliz pela consideração da parte dele. Quanto tempo fazia que um criado não falava com ela dessa maneira gentil?

Desde Hadassah.

A traidora lembrança provocou-lhe uma pontada de dor.

— Não quero nada.

Ele pegou um sininho na bandeja e o colocou no banco ao lado dela.

— Se precisar de alguma coisa, não hesite em chamar — disse e se retirou.

Júlia bebeu seu vinho; desejava não ter ido ali. O vazio da casa tornava sua própria solidão ainda mais insuportável. Sentiu a garganta se contrair e apertou os olhos para conter as lágrimas.

Marcus estava em Éfeso.

Antes de ele voltar a Roma, ela lhe mandara sucessivas mensagens, cada uma delas devolvida com o selo intacto. Ela fora à casa dele uma vez. Um dos servos atendera e dissera: "O amo disse que não tem irmã", e fechara a porta em sua cara. Ela batera e gritara que houvera um mal-entendido e que precisava falar com Marcus. A porta permanecera fechada. Todos os seus esforços para ver o irmão e conversar com ele não tinham valido de nada.

Júlia se perguntou se faria alguma diferença se Marcus soubesse que ela estava doente. Poderia encontrar um de seus amigos e assim avisá-lo. Talvez, então, ele fosse vê-la. Ele imploraria perdão por devolver suas cartas intactas e por se recusar a vê-la. Diria que ela era sua irmã, que cuidaria dela, que ainda a adorava. Ela o faria sofrer um pouco antes de perdoá-lo, e então ele a provocaria, riria com ela e lhe contaria histórias divertidas, como sempre fizera em Roma.

Lágrimas escorreram pelas faces pálidas de Júlia.

Um sonho maravilhoso, mas ela sabia que a situação era outra. Marcus deixara tudo bem claro. Se ele soubesse de sua doença, diria apenas que era o que ela merecia. Diria que ela provocara todo esse estado de coisas. E repetiria: "Que os deuses a amaldiçoem!"

E eles assim o fizeram.

Ela só podia tentar esquecer tudo. Precisava apagar o passado da mente; o presente já era pesado demais para suportar. E não conseguia pensar no futuro.

Apertou as mãos ao redor da taça. Bebeu um gole, na esperança de se fortalecer. Quando baixou o vinho, fitou o líquido vermelho. Parecia sangue. Jogou-o longe, começou a tremer e limpou a boca com as costas da mão.

Iulius ouviu o estrondo e entrou no peristilo.

— Está bem, minha senhora?

Viu o vinho espalhado sobre o piso de mármore e se inclinou para pegar a taça.

— Eu não devia ter vindo — disse ela, mais para si que para ele. Jannes contaria a Primo, e este contaria a Calabah.

E, sem Calabah, Júlia tinha medo de que sua vida acabasse completamente.

4

Marcus dispensou seu criado e retirou o selo de um pergaminho que havia chegado naquela manhã. Leu-o rapidamente, franzindo a testa. A carta era de Ismael, um egípcio com quem negociara com frequência no passado. Tudo que o homem dizia em sua carta ainda era verdade. A demanda por areia era maior que nunca, visto que os jogos haviam se tornado um vício. Ismael lembrava a Marcus que ele fizera seu primeiro milhão de áureos de ouro transportando areia do Egito para as arenas romanas. E havia mercado para areia também em Éfeso, Corinto e Cesareia. Respeitosamente, e com um tato admirável, Ismael tentava saber o motivo do longo silêncio de Marcus.

Marcus amassou o pergaminho e o jogou no braseiro. A voz de seu pai ecoou em sua memória: *Roma precisa de cereais*. Ah, mas ele, Marcus Luciano Valeriano, em sua luxúria juvenil e zelo pelos prazeres da vida — e na arrogância de pensar que sabia mais que o pai —, havia importado o que Roma *queria*: areia para absorver sangue.

A imagem de uma garota gentil caída sobre seu próprio sangue na areia que ele tinha vendido o fez passar as mãos pelos cabelos curtos. Levantou-se e foi até a janela, que dava para o porto.

Um de seus navios chegara da Sicília carregado de mercadorias. Observou os *sacrarii* descarregando sacas de grãos, fardos de couro e caixotes de madeira. Um de seus supervisores, um escravo macedônio chamado Orestes, que fora treinado por seu pai, observava e checava quantidades e produtos embarcados. Orestes sabia tanto sobre as idas e vindas dos navios dos Valeriano quanto ele, e era tão confiável e leal à memória de Décimo Valeriano quanto Sexto em Roma. Havia também vários outros que trabalhavam sob a bandeira valeriana, incluindo Silus, que estava ao lado da balança com os *mensores*, supervisionando a pesagem dos grãos. Décimo havia sido um bom juiz de caráter.

O porto era uma colmeia fervilhante, navios chegando e partindo, homens subindo e descendo por tábuas, carregando e descarregando mercadorias. Dois de seus navios estavam programados para zarpar antes do fim da semana: um para Corinto, outro para a Cesareia. Marcus sentiu o impulso de embarcar no último. Talvez sua mãe estivesse certa; talvez devesse ir em busca do deus de Hadassah. A escrava havia dito que seu deus era amoroso e misericordioso. Marcus apertou as mãos. Ele desejava descobrir por que um deus supostamente amoroso permitiria que uma adoradora devota sofresse uma morte tão impiedosa e humilhante.

Bateu com o punho na treliça de ferro, afastou-se da janela e voltou para sua mesa de trabalho.

Olhou os pergaminhos espalhados sobre ela, cada um com um registro de bens levados para Éfeso em um de seus navios nos últimos meses: da Grécia, artigos de bronze; de Társis, prata, ferro, estanho e chumbo; de Damasco, vinho e lã; de Rodes, marfim e ébano. Lindas roupas, tecidos azuis, bordados e tapetes multicoloridos eram transportados por caravanas do Oriente e enchiam seus navios com destino a Roma. A Arábia fornecia cordeiros, carneiros e cabras; Togarma, cavalos para as corridas e para a guerra e mulas para o exército romano.

Furioso, passou a mão pela mesa, espalhando os documentos no chão. Precisava de movimento, qualquer coisa para silenciar seus pensamentos sombrios. Rejeitando a ideia de pegar uma liteira e ir às termas particulares que normalmente frequentava, foi a pé a um balneário público, que ficava mais perto das docas e era diferente de sua experiência habitual. Qualquer coisa para se distrair.

Pagou os pequenos quadrantes de cobre e entrou no vestiário barulhento, ignorando os olhares de surpresa dos trabalhadores. Deixou a túnica dobrada em uma prateleira, imaginando se estaria ali quando voltasse. Era feita da melhor lã e adornada com fios de ouro e púrpura, uma vestimenta indiscutivelmente cobiçada por alguns dos frequentadores daquele caótico estabelecimento de plebeus. Pegou uma toalha, jogou-a sobre o ombro e entrou no tepidário.

Ergueu levemente as sobrancelhas quando se deu conta de que as termas eram usadas por ambos os sexos. Não estava acostumado a se banhar com mulheres, mas supunha que naquela atmosfera apinhada não fazia diferença. Jogou a toalha de lado e entrou na primeira piscina, banhando-se na água morna e passando por baixo da fonte que fazia parte do sistema de circulação.

Saiu da primeira piscina e entrou na segunda. Os murais estavam lascados, o mofo crescia nas fendas. A água desta era um pouco mais quente que a da primeira, e ele se permitiu tempo suficiente para que seu corpo se adaptasse antes de entrar na terceira piscina. Todos os tipos de cidadãos desfrutavam das termas, e a cacofonia de sotaques e assuntos enchia a câmara. O barulho era quase ensurdecedor, mas ele ficou satisfeito, grato por ter seus pensamentos sombrios abafados pelo caos à sua volta.

Mergulhou e recostou a cabeça nos azulejos. Vários jovens brincavam de espirrar água. Uma criança que corria no piso molhado caiu, soltando um lamento agudo. Dois homens discutiam política acaloradamente, enquanto várias mulheres riam e fofocavam.

Cansado do barulho, Marcus entrou no caldário menor. A sala tinha bancos ao longo das paredes e uma fonte no centro de algumas pedras quentes. Um escravo núbio, de tanga, jogava água sobre elas, mantendo a câmara cheia de vapor. Havia somente mais duas pessoas ali, um idoso careca e um homem mais jovem que Marcus. O suor fazia brilhar o corpo musculoso do jovem, que ele raspava com um estrígil enquanto conversava com o colega mais velho em tom confidencial.

Marcus os ignorou, se esticou em um dos bancos e fechou os olhos, na esperança de que o calor intenso do local diminuísse sua tensão. Precisava de uma noite de sono tranquilo.

Involuntariamente, as palavras sinceras do jovem, sua voz abafada, cheias de abjeta frustração, foram entrando na consciência de Marcus.

— Eu fui com a melhor das intenções, Calixto, mas Vindácio *zombou* de mim, com aquele tom cáustico que ele usa quando acha que sabe mais que todo mundo. "Diga-me, querido Estaque", ele falou, "como pode acreditar em um deus que se senta em um trono aberto, cujo centro está em toda parte, mas que não pode ser medido? Como pode um deus encher os céus e ainda ser pequeno o suficiente para habitar um coração humano?" E então ele *riu* de mim! Perguntou por que alguém com o mínimo de inteligência adoraria um deus que deixou o próprio filho ser crucificado.

Marcus se retesou. Pelos deuses! Nem ali podia escapar!

— E o que você respondeu? — perguntou o velho.

— Não respondi. Depois disso fiquei furioso demais para dizer qualquer coisa. Por que me abrir e ser mais humilhado? Tive que me segurar para não lhe dar um soco na cara. E eu fui para salvar a alma dele!

— Talvez o problema não tenha sido com Vindácio.

— O que quer dizer? — perguntou Estaque, claramente desanimado com a repreensão.

— Quando eu aceitei Jesus como meu Senhor, fui tomado pelo desejo de converter todos à minha volta. Eu carregava minha nova fé no mundo como um cajado, pronto para espancar todos que eu conhecia para que acreditassem na Boa-Nova. Minha motivação era equivocada.

— Como pode ser equivocada a motivação de salvar as pessoas?

— O que fez o Senhor descer dos céus, Estaque?

— Ele veio nos salvar.

— Você já me falou bastante sobre Vindácio. E agora eu lhe pergunto: Você foi até esse homem que sempre considerou seu superior intelectual para vencê-lo com argumentos racionais? Para que ele visse sua virtude em Cristo? Ou você foi até ele por amor, para conquistar seu coração para o Senhor, para o bem dele?

Houve um longo silêncio, e então o mais novo respondeu, desanimado:

— Agora eu entendo.

Calixto o consolou.

— Nós conhecemos a Verdade, ela é evidente para todos na criação de Deus. Mas é a bondade do Senhor que leva o homem ao arrependimento. Quando falar com Vindácio da próxima vez, lembre que sua luta não é contra ele. É contra as forças espirituais das trevas que o mantêm cativo. Vista a armadura de Deus...

O escravo derramou água sobre as pedras quentes novamente e o chiado abafou as próximas palavras de Calixto. Quando o ruído abrandou, Marcus só ouviu o silêncio. Levantou-se e percebeu que os homens haviam saído da câmara. Pegou o estrígil e raspou com raiva o suor do corpo.

Armadura de Deus, dissera o velho. *Que armadura?*, Marcus se perguntou tristemente. Se o deus invisível de Hadassah tivesse lhe dado uma armadura, isso ainda não a salvaria de uma morte horripilante. Não salvaria ninguém. Ele queria alertar o jovem a não pregar uma fé que lhe causaria a morte.

O que esse deus fazia de bom para seus seguidores? Que proteção oferecia? Marcus se levantou do banco com a intenção de ir atrás de Estaque e confrontá-lo com a verdade. Esse deus de bondade e misericórdia abandonava seus crentes quando mais precisavam dele!

Marcus saiu do caldário e entrou no frigidário. A queda de temperatura foi impressionante. Parado sobre um mural de azulejos, varreu a piscina com o olhar, à procura dos dois homens. Haviam ido embora. Contrariado, mergulhou na água fria e nadou até a outra extremidade da piscina. Saiu do lado oposto com a graça e a agilidade de um atleta. Sacudindo a água do cabelo, pegou uma toalha em uma prateleira e a enrolou em volta da cintura enquanto se dirigia para uma das mesas de massagem.

Deitado na mesa, tentou esvaziar a mente e deixar que o vigoroso amassamento de seus músculos o fizesse relaxar. O massagista derramou azeite na palma das mãos e massageou as costas e coxas de Marcus, em seguida o instruiu a se virar. Quando terminou, Marcus se levantou e um escravo retirou o excesso de óleo com outro estrígil.

Passou por homens que se exercitavam e mulheres reunidas ao redor de jogos de tabuleiro e se dirigiu aos vestiários. Surpreendentemente, sua roupa estava onde a deixara. Vestiu a túnica e ajustou a faixa brônzea. Saiu tão inquieto quanto entrara.

Barracas ladeavam a rua; vendedores ambulantes ofereciam uma variedade de produtos e serviços para os clientes que entravam e saíam das termas. Marcus abriu caminho por entre a multidão. Antes, ansiava pelo barulho caótico das pessoas para abafar seus pensamentos, mas agora só queria a solidão e o silêncio de sua casa.

Um jovem gritou um nome e correu para alcançar um conhecido. Trombou com Marcus, que recuou um passo e praguejou ao colidir com alguém atrás. Ao ouvir o leve grito de dor de uma mulher, ele se voltou e viu uma pequena figura envolta em pesados véus cinzentos. Ela cambaleou para trás, segurando uma bengala com sua mãozinha enquanto tentava recuperar o equilíbrio.

Ele a segurou pelo braço e a estabilizou.

— Minhas desculpas — disse, apressado.

A mulher levantou a cabeça bruscamente, e ele notou que ela o observava. Não conseguia ver o rosto sob o manto cinza-escuro que a cobria da cabeça aos pés. Ela baixou a cabeça depressa, como se quisesse se esconder, e ele ficou imaginando que terrível deformidade seus véus cobririam. Podia até ser uma leprosa. Ele tirou a mão do braço dela.

Marcus a contornou e se afastou por entre a multidão. Sentiu que ela ainda o observava e olhou para trás. A mulher velada estava voltada para ele, ainda imóvel em meio ao mar de pessoas. Ele parou, perplexo. Ela deu meia-volta e saiu mancando cautelosamente pela rua, atravessando a multidão para se afastar dele.

Marcus ficou estranhamente tocado ao ver aquela pequena figura velada ser empurrada enquanto atravessava a massa de pessoas aglomeradas na rua estreita em frente às termas. Ele a observou até ela entrar em uma das tendas dos médicos, sem dúvida buscando alguma cura. Ele se voltou e foi para casa.

Lycus, seu escravo coríntio, cumprimentou-o e pegou seu manto.

— Sua mãe o convidou para jantar esta noite, meu senhor.

— Mande uma mensagem dizendo que não posso comparecer. Vou visitá-la amanhã.

Ele entrou em sua câmara privada e abriu a treliça de ferro que dava para o terraço. A visão do Artemísion era de tirar o fôlego. Havia pagado uma fortuna pela vila por causa do templo, com a intenção de levar Hadassah para lá como sua esposa. Imaginara passar todas as manhãs com ela no terraço ensolarado, voltado para a beleza indescritível de Éfeso.

Lycus lhe levou vinho.

— O que sabe sobre os cristãos, Lycus? — perguntou Marcus sem olhar para o escravo.

Havia comprado Lycus quando voltara a Éfeso. O coríntio fora vendido como pajem e tinha a fama de ter sido educado por seu antigo mestre, um grego que cometera suicídio quando enfrentara a ruína financeira.

Marcus se perguntava se a educação de seu servo incluía assuntos religiosos.

— Eles acreditam em um só deus, meu senhor.

— O que você sabe sobre o deus deles?

— Só o que ouvi falar, meu senhor.

— Diga-me o que você ouviu.

— O deus dos cristãos é o Messias dos judeus.

— Então são o mesmo.

— É difícil dizer, meu senhor. Eu não sou judeu nem cristão.

Marcus se virou e olhou para o servo.

— Qual é sua religião?

— Eu acredito em servir a meu mestre.

Marcus riu com ironia.

— Boa resposta, Lycus. — Olhou para o escravo com seriedade. — Eu não estou testando você. Responda-me como homem, não como escravo.

Lycus ficou em silêncio por tanto tempo que Marcus pensou que não responderia.

— Não sei, meu senhor — disse francamente. — Eu adorei muitos deuses na vida, mas nunca esse.

— E algum deles o ajudou?

— O que me ajudava era pensar que eles poderiam ajudar.

— No que você acredita agora?

— Eu passei a acreditar que cada homem deve estar em harmonia com sua própria vida e situação e aproveitar tudo ao máximo, sendo escravo ou livre.

— Então você não acredita em vida após a morte, como os que adoram Cibele ou os que se curvam diante desse Jesus de Nazaré?

Lycus ouviu a tensão na voz de seu amo e respondeu com cautela:

— Seria reconfortante acreditar nisso.

— Isso não é resposta, Lycus.

— Talvez eu não tenha as respostas que procura, meu senhor.

Marcus suspirou, sabendo que Lycus não seria totalmente sincero com ele. Era uma simples questão de sobrevivência para um escravo manter seus verdadeiros sentimentos em segredo. Se Hadassah tivesse mantido sua fé em segredo, ainda estaria viva.

— Não — disse Marcus —, você não tem as respostas de que preciso. Talvez ninguém tenha. Suponho que, como você sugere, cada pessoa tenha sua própria religião. — Bebeu um gole de vinho. — Para alguns, isso significa a morte — disse, concluindo. — Pode ir, Lycus.

O sol se pôs antes de Marcus deixar o terraço. Mudou de ideia sobre visitar sua mãe. Parecia imperativo falar com ela naquela noite mesmo.

Iulius abriu a porta quando ele chegou.

— Meu senhor, recebemos a mensagem de que não viria esta noite.

— Então imagino que minha mãe tenha saído — disse Marcus, desanimado. Entrou no salão, tirou a capa de lã e a jogou displicentemente em um banco de mármore.

Iulius a pegou e a pousou em seu braço.

— Ela está no larário. Por favor, fique à vontade no triclínio ou no peristilo, vou avisar que o senhor está aqui.

O servo deixou Marcus e desceu pelo corredor azulejado que se abria para o peristilo. O larário ficava aninhado no canto esquerdo, ali situado para propiciar privacidade e tranquilidade. A porta estava aberta, e Iulius viu Febe sentada em uma cadeira com a cabeça inclinada. Ela o ouviu e olhou em sua direção.

— Peço desculpas por interromper suas orações, minha senhora — disse com sinceridade.

— Tudo bem, Iulius. Estou exausta esta noite, não consigo me concentrar.

Ela se levantou, e, à luz da lamparina, Iulius viu novas marcas de fadiga em seu rosto adorável.

— O que foi?

— Seu filho está aqui.

— Oh!

Sorrindo, ela passou apressada por ele.

Iulius a seguiu e a viu abraçar o filho. O servo esperava que Marcus notasse o esgotamento da mãe e falasse com ela para poupar suas forças no cuidado aos pobres. Ela saíra de madrugada e voltara poucas horas atrás. Iulius se excedera uma vez, tentando sugerir que ela permitisse que ele ou os outros criados entregassem a comida e as roupas que quisesse levar aos pobres, mas Febe insistira que aquela atividade lhe era prazerosa.

— O filho de Atena não estava bem hoje. Quero ver se amanhã estará melhor — dissera ela, referindo-se a uma mulher cujo marido navegara havia muitos anos em um dos navios de Décimo Valeriano e fora jogado ao mar durante uma forte tempestade. Desde a morte de Décimo, Febe fizera amizade com todas as famílias cujo marido ou pai morreu enquanto trabalhava em navios ou docas valerianos.

Iulius sempre a acompanhava nas visitas às famílias necessitadas. Uma jovem que havia acabado de ficar viúva, aterrorizada por não encontrar maneira de sustentar os filhos, prostrara-se diante de Febe ao vê-la chegar ao triste cortiço. Consternada, Febe puxara a moça para si e a abraçara. Sendo viúva, Febe entendia sua dor. Ficara várias horas ali, conversando com a jovem, compartilhando sua angústia e oferecendo conforto.

O escravo reverenciava sua senhora, pois ela se doava por amor, e não por senso de responsabilidade ou medo da plebe. As viúvas e os órfãos dos cortiços infestados de ratos perto das docas de Éfeso sabiam que ela os amava e retribuíam seu amor.

Agora Iulius a observava enquanto a afeição pelo filho iluminava seu rosto cansado.

— Seu servo mandou dizer que você não viria esta noite, Marcus. Achei que estivesse ocupado — disse Febe.

Marcus notou sua fadiga, mas não fez nenhuma observação. Ele a encorajara a descansar mais da última vez que a visitara, mas isso pouco ajudara. Além disso, ele tinha outras coisas em mente esta noite.

— Eu queria refletir sobre algumas coisas.

Ela não o pressionou. Entraram no triclínio, e Marcus a levou para o divã antes de se recostar em outro. Recusou o vinho que Iulius lhe oferecer. Febe sussurrou instruções para o servo trazer pão, frutas e carne fatiada para o filho e aguardou pacientemente que Marcus falasse, sabendo que ele evitaria suas perguntas. Marcus sempre odiara ser interrogado sobre sua vida. Ela saberia mais ouvindo. Por ora, ele parecia satisfeito falando dos navios que chegavam e da carga que traziam.

— Um de nossos navios chegou da Cesareia com um lindo tecido azul e bordados vindos de uma caravana do Oriente. Posso lhe trazer o que quiser.

— Não tenho muita necessidade de bordados, Marcus, mas gostaria de um pouco do tecido azul. E lã, se você tiver.

Com isso, ela poderia fazer vestidos para as viúvas.

— Chegou lá de Damasco esta manhã. Da melhor qualidade.

Febe observava o filho comer sem muito interesse enquanto ele falava sobre comércio, suas atividades rotineiras, as pessoas que tinha visto. E, apesar de tudo que ouviu, ela sabia que ele não falara do que realmente lhe passava pela cabeça.

Então, surpreendendo-a, ele perguntou:

— Hadassah falou da família dela com você?

Certamente Marcus sabia mais que ela. Ele estava profundamente apaixonado pela escrava.

— Vocês nunca conversaram sobre a família dela? — perguntou Febe.

— Nunca me pareceu importante. Presumi que haviam morrido em Jerusalém. Ela lhe contou algo sobre eles?

Febe pensou por um longo momento.

— Se bem me lembro, seu pai era oleiro. Ela nunca me disse o nome dele, mas mencionou que as pessoas iam de outras províncias para vê-lo trabalhar e conversar com ele. Ela tinha um irmão e uma irmã mais nova também. O nome da irmã era Lea. Lembro porque achei o nome lindo. Hadassah contou que ela morreu quando foram levadas para as ruínas do templo judeu e mantidas em cativeiro no Pátio das Mulheres.

— Os pais dela também morreram no cativeiro?

— Não. Hadassah disse que o pai foi à cidade para ensinar sobre Jesus e nunca mais voltou. A mãe morreu depois, de fome, e logo seu irmão foi morto por um soldado romano quando a cidade foi destruída.

Marcus se lembrou de como Hadassah era magra quando a vira pela primeira vez. Estava com a cabeça raspada e seu cabelo começava a crescer. Ele a achara feia. Talvez até lhe houvesse dito isso.

— Filha de um oleiro de Jerusalém... — murmurou, imaginando se essa informação o ajudaria de alguma forma.

— A família dela era da Galileia, não de Jerusalém.

— Se eram da Galileia, o que estavam fazendo em Jerusalém?

— Não sei bem, Marcus. Lembro de Hadassah comentar que a família dela voltava a Jerusalém uma vez por ano durante a Páscoa judaica. Iam para lá celebrar a comunhão com outros crentes do Caminho.

— O que é comunhão?

— É uma refeição com vinho e pão compartilhada por aqueles que aceitam Cristo como seu Senhor. Come-se em memória a ele.

Era muito mais que isso, mas Marcus não entenderia. Ela viu a dúvida tomar os olhos do filho e escurecer seu semblante. Acaso ele suspeitava de algo?

— Você parece saber muitas coisas sobre as práticas cristãs, mãe.

Ela não queria alarmá-lo, de modo que escolheu o caminho mais fácil.

— Hadassah ficou em nossa casa durante quatro anos. Ela se tornou muito querida para mim.

— Posso entender que papai tenha se agarrado à ideia de imortalidade em seu último suspiro, mas...

— Seu pai buscava a paz, Marcus, não a imortalidade.

Marcus se levantou, agitado. Sentia a mudança em sua mãe e tinha medo do que isso significava. Não queria perguntar. Já havia perdido Hadassah por causa de sua fé inflexível naquele deus invisível. E se sua mãe agora adorasse o mesmo deus? Sentiu um nó no estômago só de pensar.

— Por que está fazendo todas essas perguntas, Marcus?

— Porque estou pensando em aceitar sua sugestão e ir em busca do deus de Hadassah.

Febe soltou um leve suspiro, e seu coração se iluminou de alegria.

— Você vai rezar?

— Não, eu vou para a Judeia.

— Judeia? — disse ela, chocada com a resposta. — Por que precisa ir tão longe?

— Que lugar melhor para encontrar um deus judeu que uma pátria judia?

Ela tentou se recuperar do choque do anúncio do filho, agarrando-se à pequena centelha de esperança que via naquilo que suas palavras implicavam.

— Então você acredita que o Deus de Hadassah existe.

— Não sei se acredito em alguma coisa — disse ele sem emoção, deixando-a arrasada. — Mas talvez eu a entenda melhor e me sinta mais próximo dela na Judeia. Talvez eu descubra por que ela abraçou essa religião tão obstinadamente.

Ele se recostou em uma coluna de mármore, olhando para o peristilo, onde tantas vezes havia conversado com Hadassah.

— Antes de eu partir de Roma da primeira vez e vir para cá com você e o papai, meus amigos e eu passávamos horas sentados, bebendo vinho e conversando. — Ele se voltou para ela de novo. — Dois assuntos seguramente sempre despertavam um debate acalorado: política e religião. A maioria dos meus amigos adorava deuses que davam rédea solta a seus prazeres. Ísis, Ártemis, Baco. Outros adoravam por medo ou necessidade.

Ele começou a andar de um lado para o outro enquanto falava, como se caminhar o ajudasse a ponderar várias ideias enquanto tentava encontrar alguma conclusão fugaz que lhe escapava.

— Faz sentido, não é? Soldados invocam Marte. Mulheres grávidas apelam a Hera, pedindo um parto seguro. Médicos e pacientes levantam as mãos para Asclépio os curar. Pastores se voltam a um deus das montanhas e dos bosques solitários, como Pã.

— O que quer dizer, Marcus? Que o homem cria deuses segundo seus desejos e necessidades? Que o Deus de Hadassah nunca existiu, exceto pela necessidade dela de um redentor para sua escravidão?

Aquelas perguntas pronunciadas tão suavemente o deixaram na defensiva.

— Estou dizendo que o homem molda seu modo de vida. Seria tão inconcebível, então, que moldasse um deus para satisfazer suas necessidades?

Febe ouvia suas teorias com o coração partido. Seus dois filhos estavam perdidos, ambos atormentados, e parecia não haver nada que ela pudesse fazer, a não ser deixá-los encontrar seu próprio caminho. Os esforços de Décimo de controlar o humor impetuoso de Júlia haviam acabado em desastre, e fora Hadassah quem levara Marcus para mais perto da família. Agora, sentada ali no triclínio, aparentemente calma, ouvindo seu filho, teve vontade de chorar, gritar e arrancar os cabelos. Sentia-se em uma praia segura enquanto seu filho se afogava diante de seus olhos, em um mar escuro e agitado.

O que devo dizer, Senhor? Sua garganta se apertou com força e ela não conseguiu dizer nada.

O que seria de seu filho se continuasse naquele caminho? Se Hadassah, com toda a sua sabedoria e amor, não fora capaz de atingi-lo, como Febe poderia? *Oh, Deus!*, gritou em seu coração, *meu filho é tão teimoso quanto o pai, tão passional e impetuoso quanto a irmã. O que eu faço? Oh, Jesus, como posso salvá-lo?*

Marcus notou a angústia de sua mãe e foi até ela. Sentou-se no divã onde ela estava e pegou uma de suas mãos.

— Não era meu desejo causar-lhe mais dor, mãe.

— Eu sei, Marcus.

Ela o viu voltar para Roma pensando que passaria anos sem vê-lo, e ele voltara mais angustiado do que quando partira. E agora dizia que tinha de partir de novo, dessa vez a um país devastado pela guerra, que odiava Roma.

— Mas a Judeia, Marcus. A *Judeia*...

— É a terra natal de Hadassah. Eu quero saber por que ela morreu. Tenho de encontrar a verdade, e se esse deus existir eu o encontrarei lá. Não tenho respostas, mãe, e parece que não consigo encontrá-las aqui em Éfeso. Sinto que estou afundando em areia movediça. O som da plebe ainda ecoa em meus ouvidos.

Febe viu a dor nos olhos do filho, antes que ele baixasse a cabeça. Desejou desesperadamente consolá-lo, tomá-lo nos braços e niná-lo, como fazia quando ele era pequeno. Mas ele já era um homem, e alguma coisa a deteve dizendo que ela já dissera o suficiente.

Marcus apertou as mãos da mãe.

— Não consigo explicar o que sinto, mãe. Eu quero que você entenda, mas eu mesmo não entendo. — Ele a encarou de novo. — Eu anseio pela paz de encostas que nunca trilhei e pelo cheiro de um mar que nunca vi. — Seus olhos se encheram de lágrimas. — Porque *ela* esteve lá.

Febe pensou que entendia o que seu filho lhe dizia. Ela sabia que Hadassah teria se entristecido ao saber que Marcus a colocara em um pedestal, como um ídolo. Hadassah havia sido a lua que refletia a luz do sol em tudo que dizia e fazia; ela não era a luz, nunca alegara ser. No entanto, era o que ela havia se tornado para Marcus. A vida dele se erguia no amor por ela. E era assim que as coisas deveriam ser?

Ela queria dizer algo, algo sábio que o desviasse do caminho em que estava, mas não lhe ocorreu nada. Que escolha tinha, exceto deixá-lo ir e confiar que o Senhor o guiaria? O apóstolo João dissera que Jesus prometera: "Busca e encontrarás".

O próprio Jesus disse isso.

Jesus.

Febe pousou a mão carinhosamente na face de Marcus, lutando contra as próprias lágrimas e projetando as palavras de esperança de Cristo ao redor de si como um escudo protetor contra a escuridão que mantinha seu filho prisioneiro.

— Marcus, se você acredita que só encontrará as respostas de que precisa na Judeia, é para lá que deve ir.

Os dois se abraçaram. Ela o manteve perto de si por um longo momento e depois o soltou, rezando em silêncio, com fervor:

Oh, Jesus, abençoado Salvador, eu te dou meu filho. Por favor, vigia-o e protege-o do mal. Oh, Senhor Deus, Pai de toda a criação, afasta de mim o medo pelo destino de meu filho e me ensina a descansar e a confiar em ti.

Agarrando-se a isso, ela beijou o rosto de Marcus para abençoá-lo e sussurrou:

— Faça o que tiver de fazer.

Só ela sabia que aquelas palavras não foram ditas a seu filho, e sim ao Deus invisível no qual ela confiava de todo o coração.

5

Alexandre Demócedes Amandino se recostou no banco do caldário enquanto seus dois amigos continuavam a debater sobre a prática da medicina. Ele não os via desde que deixara a tutela de Flégon, com quem os três estudaram. Vitrúvio Plauto Musa sempre tivera dificuldade com o trabalho de escrita que Flégon exigia, ao passo que Celso Fedro Timalchio tomava todas as palavras que o mestre médico dizia como autoridade final. Após um ano de estudos com Flégon, Vitrúvio decidira que era empírico e procurara outro mestre que compartilhasse suas opiniões. Cletas aparentemente o satisfazia. Alexandre reservava para si seus comentários sobre ele, concluindo que o que quer que dissesse cairia em ouvidos moucos, de qualquer maneira.

E agora Vitrúvio, sentado diante dele, recostado à parede, as pernas fortes esticadas à frente, declarava que os verdadeiros médicos recebiam suas habilidades de cura diretamente dos deuses — uma visão indubitavelmente defendida por Cletas. Alexandre sorriu com discrição, perguntando-se se o jovem Celso havia notado que Vitrúvio se gabava para encobrir um sentimento de inferioridade. Flégon frequentemente parabenizava Celso pela rápida compreensão dos conceitos médicos, especialmente aqueles que ele mesmo preferia.

— Então você acha que curar é um dom dado pelos deuses — disse Celso, sentado perto da fonte fumegante.

Estava pálido, o suor pingava de seu corpo, e não estava com humor para o falatório de Vitrúvio.

— Ore aos deuses quanto quiser, mas eu fico com o que Flégon ensina. Ele provou que a doença vem de um desequilíbrio dos humores e elementos, enraizados em fogo, ar, terra e água.

— Provou? Só porque Flégon disse que a saúde vem do equilíbrio dos fluidos corporais, você engole isso como um fato? — questionou Vitrúvio. — Não tem ideias próprias?

— Sim, eu tenho ideias próprias. O suficiente para não engolir suas bobagens — retrucou Celso, aproximando-se do vapor quente que subia das pedras.

— Se aquele velho tivesse razão sobre como tratar um paciente, você teria superado essas febres de que sofre desde que estudou em Roma. Você vem "equilibrando humores" desde que nos conhecemos. Se as teorias dele funcionassem, você seria o homem mais saudável do Império!

— A febre está mais fraca que ontem — disse Celso, rígido.

— Ah... então a sangria e os eméticos ajudaram — observou Vitrúvio, com um riso irônico. — Se fosse assim, você não estaria aí, tremendo neste calor!

Celso o fitou com crescente frustração.

— Se você tem tanta certeza de suas habilidades divinamente inspiradas, demonstre! Pela lógica de Cletas, tudo que um médico precisa fazer é pronunciar as palavras certas e fazer um movimento com a mão para curar! Sussurre seus encantamentos, Vitrúvio, e vamos ver se consegue curar alguém *realmente* doente. Vamos ver esse seu *dom* em ação!

— Encantamentos mágicos são apenas o começo — disse Vitrúvio com altivez. — Remédios animais e vegetais...

Celso levantou a mão.

— Se vai sugerir que eu beba uma cerveja como aquela que você preparou com estrume de leão e sangue de um gladiador moribundo, poupe seu fôlego. Quase me matou!

Vitrúvio se inclinou para a frente.

— Talvez o que lhe falte seja o devido respeito pelos deuses!

— Se eu tivesse beijado os pés deles, teria feito alguma diferença?

Vendo que o que havia começado como uma interessante troca de ideias se transformara em discussão, Alexandre intercedeu:

— O que o aflige, Celso, é algo comum a muitos que moram em Roma. Acho que tem algo a ver com as inundações mefíticas que ocorrem lá.

Vitrúvio revirou os olhos e se recostou de novo.

— Mais uma de suas teorias, Alexandre? Já a compartilhou com Flégon? Ou ele ainda não fala com você por tê-lo desafiado, contrabandeando aquela escrava para fora da arena?

Alexandre o ignorou e continuou falando com Celso:

— Eu estudei em Roma antes de vir para Éfeso e escrevi extensas notas sobre minhas observações. As febres vêm e vão, às vezes com semanas ou meses entre as crises. Às vezes elas pioram...

Celso assentiu.

— São exatamente meus sintomas.

Vitrúvio olhou para ele:

— Alexandre vai dizer mais uma vez que as doenças são transmitidas por corpúsculos invisíveis e que, se os casos médicos fossem registrados de maneira lógica e metódica, seria possível encontrar uma semelhança entre eles. — Agitou a mão no ar. — Por experimentação, ou pelo método de tentativa e erro, se preferir, existiria uma cura viável para quase qualquer doença.

Alexandre lhe lançou um sorriso.

— Perfeitamente resumido, Vitrúvio. Do jeito que fala, parece que eu o persuadi a um novo modo de pensar.

— Às vezes você é bastante persuasivo — admitiu Vitrúvio —, mas seria necessária uma lógica melhor que a sua para me convencer. Suas teorias não fazem nenhum sentido, Alex, especialmente porque *todas as doenças* são um mistério para o homem e residem nas mãos dos deuses. Portanto, é lógico que se deva apelar para eles.

Alexandre arqueou a sobrancelha.

— Se o que você diz é verdade, por que ter o trabalho de treinar médicos?

— Porque os médicos devem saber o que agrada aos deuses.

Alexandre sorriu.

— Você está confuso acerca de sua profissão, meu amigo. Não deveria estar se preparando para ser médico. Com seu zelo pela religião, deveria estar com as vestes de um sacerdote. Um harúspice, talvez. Poderia aprender como estripar corretamente cabras indefesas e ler os sinais em suas entranhas.

— Você está zombando dos deuses?

Alexandre curvou os lábios com pesar.

— Como você, eu adoro Apolo e Asclépio e muitas divindades de cura, como Higeia e Panaceia. E com tudo isso ainda acho impossível acreditar que o homem possa manipular um deus para fazer o que ele quer simplesmente proferindo um encantamento e queimando um pouco de incenso.

— Eu concordo — disse Celso, enrolando uma toalha nos ombros e se aconchegando embaixo dela. — Mas qual é a resposta?

— Um estudo mais profundo da anatomia humana.

Vitrúvio fez uma careta.

— Com "estudo mais profundo", Alexandre quer dizer a prática que Flégon defende com um prazer tão horrível. Vivissecção.

— Eu detesto vivissecção — disse Alexandre.

— Então por que estuda com Flégon?

— Porque ele é um cirurgião brilhante. Pode remover a perna de um homem em menos de cinco minutos. Você já o viu trabalhar?

— Mais vezes do que gosto de me lembrar — disse Vitrúvio, estremecendo. — Os gritos de seus pacientes ainda ferem meus ouvidos.

— Quem é seu professor agora? — Celso perguntou a Alexandre.

— Ninguém.
— Ninguém?
— Eu abri meu próprio consultório.
— Aqui nas termas? — Celso perguntou, surpreso.

Era bastante comum que os médicos começassem a atender ali, próximo das termas, mas não alguém com o talento e as habilidades de Alexandre. Ele havia sido preparado para trabalhar em locais mais grandiosos que aquele.

— Em uma tenda perto daqui.
— Não é muito promissor praticar medicina em uma tenda — disse Vitrúvio.
— Fale com Cletas, eu o recomendarei.

Alexandre tentou falar com tato:

— Cletas não pratica cirurgia e defende teorias que eu considero... inquietantes — disse, sentindo que sua resposta era insatisfatória, mas não querendo declarar que achava Cletas uma fraude.

O homem se autoproclamava professor, mas era mais um mágico adornado com vestes impressionantes dotado de uma voz de orador. Tudo bem, era bem-sucedido, mas seu sucesso se devia ao fato de que sempre escolhia pacientes muito ricos e não gravemente doentes. Vitrúvio, com sua boa aparência, seu sotaque aristocrático e sua falta de ética, provavelmente se daria muito bem praticando o mesmo tipo de medicina.

— Por mais desagradável que seja — disse Celso —, a vivissecção é necessária para um médico.

— Não vejo como torturar e matar cidadãos pode representar avanços para a medicina — disse Vitrúvio com desdém.

— Flégon nunca sugeriu que usássemos qualquer homem para isso — retorquiu Celso, furioso. — Eu só fiz vivissecção em criminosos de arena.

— Eles gritam mais baixo que uma pessoa comum?

Celso ficou rígido.

— Como um médico vai desenvolver suas habilidades em cirurgia se não praticar em alguém? Ou você acha que uma pessoa com uma perna gangrenosa deve ser tratada com encantamentos e uma poção nojenta feita com asas de morcego e línguas de lagarto?

O sarcasmo de Celso atingiu seu alvo. Vitrúvio ficou vermelho.

— Eu não uso asas de morcego.

— Sei. Então talvez deva experimentar para ver se surtem melhor efeito que sua última poção, que não funcionou de modo algum!

Notando o rosto de Vitrúvio escurecer ainda mais, Alexandre esboçou um sorriso irônico.

— Talvez devêssemos entrar no frigidário para vocês dois se refrescarem.
— Boa ideia — disse Vitrúvio, saindo da pequena câmara.
Celso praguejou, sentado no banco mais próximo da fonte fumegante. Estava pálido e trêmulo; o suor escorria por seu rosto.
— Eu antes o admirava. Agora vejo que é um tolo presunçoso.
— O que você admirava eram as conexões da família dele — disse Alexandre, pegando outra toalha para o amigo.
Ele entendia a sensação de inadequação de Celso. Sentira o mesmo ao entrar na escola de medicina em Roma. Alexandre era o único aluno cujo pai havia sido escravo, fato que teve menos impacto em Roma, onde ele ainda tinha fundos ilimitados, que agora em Éfeso, onde a maior parte de sua herança se esgotara. As pessoas tendiam a ignorar a linhagem de uma pessoa com muito mais facilidade quando ela tinha uma reserva financeira. Coisa que Alexandre não tinha mais.
Levou seus pensamentos de volta a Celso.
— Talvez este calor úmido não lhe faça bem — disse, entregando-lhe a toalha.
Celso a pegou e enxugou o rosto.
— Você aprendeu a tratar essa febre quando estudava em Roma?
— O mestre prescrevia repouso, massagens e dieta controlada, mas os resultados não foram totalmente bem-sucedidos. As febres não cessaram. — Hesitou. — Revendo casos, observei que elas sempre pioravam quando o paciente estava cansado e em más condições físicas. Três pacientes foram à minha tenda, e eu os alertei para que se fortalecessem entre as crises. Assim que puder, siga uma dieta de cevada e exercícios.
— Está sugerindo que eu treine como um gladiador? — disse Celso, rindo sem alegria.
— Não exatamente — disse Alexandre, sem se ofender. — Os expurgos e eméticos que Flégon prescreveu só serviram para minar suas forças.
— Eram para purificar meu corpo.
— Então, agora que está purificado, precisa se fortalecer.
— Eu não sei mais em quem acreditar, Alexandre. Vitrúvio tem lá seus argumentos. Talvez eu não reverencie o suficiente os deuses e eles estejam me punindo. Flégon diz que é uma questão de equilíbrio, e agora você está me dizendo outra coisa. — Celso suspirou e descansou a cabeça entre as mãos. — Só sei que, quando me sinto assim, tudo que quero é morrer e acabar de uma vez com isso.
Alexandre pousou a mão no ombro do amigo.
— Venha até a minha tenda e descanse um pouco antes de voltar.
Ambos deixaram o caldário. Alexandre mergulhou na piscina do frigidário para se refrescar enquanto Celso se secava e se arrumava no vestiário. Alexandre

se despediu de Vitrúvio, o qual lhe acenou brevemente em resposta, deitando-se em uma das mesas de massagem.

Celso estava calado enquanto percorria ao lado de Alexandre a curta distância que separava as termas públicas da tenda onde o jovem médico praticava a medicina. Um pesado biombo de madeira fora colocado na frente da tenda, com uma plaquinha anunciando que o médico só retornaria ao final da tarde. Dois soldados passaram e acenaram para Alexandre enquanto ele afastava uma parte do biombo, deixando Celso entrar, antes de fechá-lo.

Uma pequena lamparina a óleo permanecia acesa em cima da mesa de trabalho no canto, ao fundo.

— Bem — disse Alexandre, vendo Celso observar tudo. — O que achou?

Sentado em um banquinho, Celso apertou a capa ao redor do corpo enquanto olhava o interior mal iluminado. Comparado às instalações de Flégon, o lugar era tosco e pequeno, quase primitivo. O chão era de terra, não de mármore. No entanto, apesar da rudeza do toldo e das paredes de argamassa, era surpreendentemente bem equipado para um jovem médico iniciando a carreira.

Um banco estreito para exames e um biombo estavam encostados na parede à esquerda, e cada centímetro quadrado de espaço parecia bem utilizado. Havia um pequeno balcão na parede dos fundos. Nele, viam-se pilões e almofarizes, balanças e pesos, placas de mármore para fazer comprimidos. Prateleiras acima do balcão exibiam garrafas, pequenas ânforas, frascos de vidro, potinhos com conta-gotas, cada um meticulosamente rotulado e categorizado como adstringente, cáustico, purificador, erosivo e emoliente. Bem-arrumadas em prateleiras na parede oposta, havia várias ferramentas de ofício: conchas, colheres, espátulas, lâminas, fórceps, ganchos, sondas, bisturis, espéculos e cautérios.

Celso pegou um bisturi e o observou.

— Da província alpina de Nórica — disse Alexandre com orgulho.

— Flégon diz que eles fazem os melhores instrumentos cirúrgicos de aço — observou Celso, colocando a ferramenta de volta com cuidado.

— E custou uma verdadeira fortuna — disse Alexandre, sombrio, pondo mais combustível nas brasas incandescentes do braseiro.

— Há quanto tempo você tem esta tenda? — perguntou Celso, colocando um banquinho perto do calor.

— Dois meses — Alexandre respondeu. — Antes disso, passei a maior parte do tempo cuidando de minha primeira e única paciente.

— Eu ouvi os rumores — admitiu Celso. — Uma escrava, não é?

— Sim. Uma cristã jogada aos leões.

— Você a curou?

Alexandre hesitou.

— Não exatamente, mas ela está curada.

Celso franziu a testa.

— O que quer dizer?

— Eu não tinha as habilidades necessárias para prevenir a infecção. As feridas em sua perna direita inflamaram. Era necessária uma amputação, mas, quando a preparei, vi que as feridas estavam claras. Ela disse que Jesus a curou.

Celso balançou a cabeça, olhando em volta de novo.

— É uma pena que você tenha perdido sua posição junto a Flégon por salvar alguém que nem sequer valoriza seu sacrifício.

— Eu não quis dizer que a garota não é grata — disse Alexandre.

— No entanto, ela não credita a cura a você.

— Bem, não exatamente. — Sorriu. — Ela diz que eu não passo de uma ferramenta nas mãos de Deus.

— Eu ouvi dizer que os cristãos são loucos.

— Ela não é louca. Só um pouco estranha.

— Seja o que for, ela lhe custou uma carreira promissora. Se você se desculpasse com Flégon, tenho certeza de que ele o aceitaria de volta. Certa vez, ele disse que você foi o aluno mais brilhante que ele já teve.

— Não vejo necessidade de me desculpar, e discordo de Flégon em muitos assuntos. Por que eu deveria voltar?

— Você passou três anos estudando no Corpo Hipocrático de Alexandria. Depois estudou em Roma, com Cato. Quando aprendeu tudo que ele podia lhe ensinar, veio para Éfeso, buscando os ensinamentos de Flégon, um dos mais famosos professores de medicina de todo o Império. Mas agora aqui está você, em uma tenda em frente às termas públicas.

Alexandre riu.

— Não fique tão angustiado. É escolha minha estar aqui.

— Mas por quê? Você poderia ter um consultório de prestígio em qualquer lugar, até mesmo em Roma, se quisesse. Poderia ser médico dos maiores homens do Império. Em vez disso, desafia Flégon, se estabelece por conta própria e acaba aqui, assim. Não entendo.

— Eu tratei mais pacientes nos últimos seis meses do que em um ano com Flégon, e não tenho de aguentar Troas respirando no meu cangote — disse Alexandre, referindo-se ao escravo egípcio do mestre médico, um talentoso curador e cirurgião por mérito próprio.

— Mas que tipo de pacientes chegam até você?

Alexandre arqueou uma sobrancelha.

— Pessoas com outros problemas que não gota e mentagra, ou doenças causadas pela vida de fartura — disse, apontando para uma pilha de pergaminhos cuidadosamente guardados em uma prateleira no canto. — Que melhor maneira de aprender medicina que tratando as massas?

— Mas elas podem pagar?

Alexandre olhou para ele com uma expressão irônica.

— Sim, elas pagam. Claro que não cobro os mesmos honorários que Flégon, mas não estou aqui para enriquecer, Celso. Meu propósito é aprender tudo que puder e aplicar o conhecimento para o benefício dos outros.

— E você não poderia ter feito isso trabalhando com Flégon?

— Sob as condições dele, não. Ele tem ideias muito rígidas.

Alguém tentou abrir o biombo, mas recuou.

— Alguém está tentando entrar — disse Celso, alarmado.

Alexandre se levantou depressa e afastou o pesado biombo.

— Eu deveria ter deixado aberto para você — disse para a pessoa do lado de fora, olhando para Celso enquanto uma figura velada entrava, mancando pela abertura. — Esta é a mulher de quem falamos antes.

Celso não se levantou quando uma mulher manca, coberta por grossos véus, entrou na pequena tenda. Alexandre fechou o biombo atrás dela.

— Conseguiu a mandrágora? — perguntou, pegando a cestinha que ela levava em um braço e descobrindo o conteúdo.

— Sim, meu senhor — foi sua resposta suave. — Mas muito menos do que queria. Tetricus acabou de receber um pouco de opobálsamo, e usei o dinheiro que me deu para comprá-lo.

Celso franziu a testa, ouvindo atentamente. Ela tinha uma leve dificuldade para falar, mas não disfarçava o forte sotaque da Judeia.

— Fez bem — disse Alexandre, satisfeito.

Pegou o potinho com o precioso bálsamo e deixou a cesta no balcão. Levou o frasco cuidadosamente para perto da chama bruxuleante para ver sua cor intensa. O opobálsamo era feito do extrato de diversas plantas, sendo a mais famosa delas o bálsamo-de-meca ou bálsamo-de-gileade. Essa droga tinha dezenas de usos, entre eles a limpeza e a supuração de feridas, por sua ação erosiva e emoliente.

— Está fazendo mitridato? — perguntou Celso.

Ele aludia a um antigo antídoto conhecido por neutralizar venenos introduzidos no corpo por meio de mordidas, comida ou bebida. O nome era uma homenagem a seu inventor, um rei brilhante e erudito do Ponto, Mitrídates VI, que bebia veneno diariamente para torná-lo inofensivo a seu próprio organismo.

Quando recebera a ordem de tirar a própria vida, o veneno fora ineficaz, e ele morrera pela espada.

— O mitridato teria mais procura se eu fosse médico do procônsul ou de outro funcionário do alto escalão — disse Alexandre, com humor. — Como trato trabalhadores e escravos, prefiro usar o opobálsamo, que traz muito mais benefícios. É um dos ingredientes de vários cataplasmas que faço, e também é útil como unguento para aliviar a nevralgia. Ainda se mostrou eficaz como pomada para os olhos. — Olhou para a escrava. — É resina?

— Não, meu senhor — ela respondeu em voz baixa. — É de folhas, sementes e galhos fervidos.

— Isso faz diferença? — perguntou Celso.

Alexandre pegou uma caixa de bronze e removeu a tampa deslizante.

— Só no preço, não na eficácia — disse, colocando o potinho cuidadosamente em um dos compartimentos internos antes de fechar a tampa de novo. Guardou a caixa de volta na prateleira, que estava repleta de outras drogas e ingredientes medicinais.

Voltando-se, Alexandre notou que Celso havia esquecido os desconfortos da febre e dos calafrios, distraído e curioso que estava a respeito da garota velada. Muitas pessoas a olhavam do mesmo modo, imaginando o que ela escondia sob o véu. Ele olhou para a garota. Ela estava levemente encurvada, segurando a bengala com sua mãozinha. Os dedos estavam brancos devido ao esforço. Alexandre pegou o banquinho em sua mesa e o colocou perto do braseiro, do outro lado de Celso.

— Sente-se e descanse, Hadassah. Vou comprar pão e vinho e volto logo.

Celso ficou assustado ao se ver sozinho com a garota; os véus o deixavam desconfortável. Ela afundou no banquinho e ele ouviu seu suave suspiro de alívio. Ela deixou a bengala de lado e esfregou a perna direita. Sua mão era pequena e delicada, com unhas ovais e muito limpas. Era uma mão linda, muito feminina e jovem. Ele se surpreendeu.

— Por que usa esse véu? — perguntou abruptamente.

— Minhas cicatrizes constrangem as pessoas, meu senhor.

— Eu sou médico. Deixe-me vê-las.

Ela hesitou e então, lentamente, levantou os véus, revelando seu rosto. Celso fez uma careta. Balançando a cabeça, fez um gesto indicando que se cobrisse. Alexandre havia sido cruel resgatando essa garota; ela estaria melhor se estivesse morta. Que tipo de vida poderia ter, aleijada e com aquela aparência? E que utilidade teria como serva, tão lenta e desajeitada?

Ele começou a tremer de novo e puxou a capa em torno de si, tentando controlar os arrepios. Praguejou baixinho, desejando ter pegado uma liteira e voltado para casa.

A escrava se levantou com certo esforço. Celso a viu mancar até os fundos da tenda e se abaixar para pegar um rolo de roupas de cama embaixo da mesa. Abriu um grosso cobertor, levou-o para ele e o colocou sobre seus ombros.

— Ficaria mais confortável deitado, meu senhor?

— Provavelmente não.

Viu-a mancar até o balcão. Ela despejou água em uma panelinha e a colocou no braseiro para aquecer. Em seguida, pegou vários recipientes da prateleira de remédios. Mediu meticulosamente os ingredientes e recolocou os frascos na prateleira, antes de moer com o pilão o que havia retirado. A água começou a ferver. Ela polvilhou na panela o que moera e mexeu a água com um palito.

— Inale isto, meu senhor.

Sua voz e modos eram muito calmantes, e ele ficou surpreso com o conhecimento dela.

— Não seria prudente não mexer nas coisas de seu mestre? — perguntou, inclinando-se para a frente.

— Ele não vai se opor — foi sua resposta rouca e suave.

Enquanto enchia os pulmões com um aroma surpreendentemente agradável, notou que ela sorria.

— Você se aproveita da natureza gentil dele?

— Não, meu senhor. O mestre usou esse tratamento em outros pacientes com febre. Certamente ele iria gostar que o senhor se sentisse bem.

— Oh — disse ele, sentindo-se meio envergonhado por tê-la criticado quando ela só queria servir a seu mestre, e a ele também.

Celso respirou o vapor aromático, que fez relaxar seus músculos. O peso do cobertor o reconfortou. O calor do caldário havia desaparecido, e agora o calor do braseiro e o vapor doce que subia da panelinha o deixavam sonolento. Começou a cochilar, mas logo acordou, sobressaltado, ao oscilar no banco.

A garota se levantou, pegou outro cobertor embaixo da mesa e o colocou no chão de terra batida. Celso sentiu o braço dela apertar seu ombro e a ouviu sussurrar:

— Venha descansar, meu senhor. Vai se sentir muito melhor.

Ela era mais forte do que parecia e o ajudou a se levantar; no entanto, quando ele se apoiou mais fortemente contra ela, ouviu um leve suspiro.

Sua perna deve doer, pensou, mas logo afundou no catre que ela havia lhe preparado. Enquanto ela ajeitava o cobertor sobre seu corpo, ele sorriu.

— Ninguém faz isso por mim desde que eu era criança.

Ela passou levemente os dedos pela testa dele, e ele sentiu uma peculiar sensação de bem-estar.

Levantando-se com rigidez, Hadassah foi mancando até o banquinho e se sentou. Suspirando, massageou os músculos doloridos da perna direita. Fechou os olhos e desejou poder massagear a dor de seu coração também.

Lágrimas brotaram inesperadamente, e ela tentou contê-las, sabendo que Alexandre voltaria em breve e saberia que ela andara chorando. Então ia querer saber se sua perna estava doendo de novo. Se ela dissesse que sim, ele insistiria em massageá-la. Se dissesse que não, ele faria perguntas que ela não tinha coragem de responder.

Ela tinha visto Marcus!

Ele havia trombado com ela na rua ali em frente. Hadassah era empurrada com tanta frequência pela multidão que se dirigia às termas que nem se dera conta. Então ele falara. Atordoada pelo som de sua voz, ela erguera os olhos e vira que *era* ele, não apenas sua memória brincando com ela novamente.

Ele ainda era devastadoramente bonito, mas parecia mais velho e mais duro. A boca que ela recordava como sedutora e sensual estava apertada. Seu coração batera tão rápido, assim como batia agora enquanto recordava. Quando ele a pegara pelo braço para firmá-la, ela quase desmaiara.

Incrível como mais de um ano podia ser apagado em um instante. Ela olhara nos olhos de Marcus e cada momento que passara com ele lhe voltara com uma onda de saudade. Ela quase estendera a mão para tocar seu rosto, mas ele recuara um pouco, com a mesma cautela que ela via com frequência nas pessoas que a fitavam. Uma mulher coberta de véus era uma visão desconcertante. Ele inclinara a cabeça e olhara para ela com uma expressão confusa. Mesmo sabendo que ele não poderia ver seu rosto marcado, ela temera por isso e baixara depressa a cabeça. Naquele momento, ele virara de costas.

Ela ficara ali, no meio da multidão, com os olhos marejados enquanto o observava se afastar. Marcus saíra de sua vida como antes.

Agora, sentada na segurança da tenda de Alexandre, Hadassah se perguntava se Marcus Luciano Valeriano acaso se lembrava dela.

— Senhor, por que permitiu que isso acontecesse comigo? — sussurrou na quietude da tenda mal iluminada.

Através das lágrimas e dos véus, olhou para as brasas, e todo o amor que sentira por Marcus voltou e a encheu de uma tristeza dolorosa pelo que poderia ter sido.

— Eu me sinto unida a ele, Senhor — prosseguiu baixinho, batendo suavemente no peito com o punho. — Unida...

Baixou a cabeça.

Ela sabia que Marcus não tinha o hábito de frequentar as termas públicas. Ele sempre se banhava em estabelecimentos exclusivos, reservados àqueles que podiam pagar altas taxas de adesão.

Então por que estava ali?

Ela suspirou. O que isso importava? Deus a tirou da vida dele e a pusera ali, naquela pequena tenda, com um jovem médico ansioso para salvar o mundo de tudo. De tudo, menos da escuridão espiritual. Ele era como o primeiro marido de Júlia, Cláudio: insaciável por conhecimento, mas ainda cego à sabedoria.

Sentiu seu coração doer. *Por que não me deixou morrer, Senhor? Por quê?*, chorou em silêncio, clamando a Deus por uma resposta. Não obteve nenhuma. Ela pensara que sabia o propósito de Deus para ela: morrer por ele. Mas, ainda assim, estava viva, carregando suas cicatrizes escondidas sob véus escuros. Toda a serenidade e a aceitação que encontrara no ano anterior haviam sido destruídas. E por quê? Porque ela tinha visto Marcus de novo. Um encontro casual que durara menos de um minuto.

O biombo se moveu e Alexandre entrou. Hadassah olhou para ele, aliviada por sua presença. Seu rosto se tornara caro a ela durante os meses de convalescença. Ela ficara doente, sentira dor demais para perceber o sacrifício que ele havia feito para tirá-la da arena. Só mais tarde soubera que ele havia perdido sua posição junto a um renomado mestre médico, ganhando o desprezo de muitos amigos por se arriscar tanto por uma mera escrava.

Hadassah sabia, sem sombra de dúvida, que Deus havia posto a mão sobre Alexandre naquele dia, nas sombras da Porta da Morte. Ele havia sido o instrumento de Deus. Enquanto o observava agora, admitia que seus sentimentos por ele às vezes eram muito confusos. Ela era grata, mas havia mais que isso. Gostava dele e o admirava. Seu desejo de curar era sincero, não uma questão de lucro e conveniência. Ele se importava, a ponto de se entristecer quando perdia um paciente. Lembrou-se da primeira vez que o vira chorar — por causa de um garoto que morrera de febre — e sentiu o amor por Alexandre a inundar. Mas sabia que não amava esse homem do jeito que ainda amava Marcus.

No entanto, ela não podia negar que eles estavam profundamente ligados.

Ele olhou para ela e seus olhares se encontraram. Um sorriso cansado cruzou o rosto dele.

— Aqueça mais um pouco de água, Hadassah — pediu.

— Sim, meu senhor.

Ela atendeu ao seu pedido e viu quando ele adicionou vários ingredientes à água e se agachou para acordar Celso.

— Vamos, sente-se, meu amigo.

Hadassah ficou comovida com a nota de compaixão em sua voz. Ele levou a bebida aos lábios de Celso. No primeiro gole, o jovem fez uma careta e afastou a cabeça, desconfiado.

Alexandre riu.

— Não tem asas de morcego nem línguas de lagarto — disse.

Hadassah tentou imaginar o que ele teria querido dizer, enquanto Celso pegava a xícara e engolia o conteúdo.

Alexandre se levantou.

— Contratei uma liteira para levá-lo para casa.

— Obrigado — disse Celso, levantando-se e deixando os cobertores caírem ao redor das sandálias.

Quando ele se afastou, Hadassah pegou os cobertores e os dobrou, colocando-os sob a mesa. Celso ajeitou sua capa amassada.

— Eu precisava mesmo descansar um pouco — disse, olhando para Hadassah e depois para Alexandre. — Talvez eu volte para ler alguns dos seus casos.

Alexandre pousou a mão em seu ombro para reconfortá-lo.

— Faça isso de manhã. Eu mal tenho tempo para respirar o restante do dia.

Ele empurrou o biombo para o lado, indicando que estava pronto para receber os pacientes.

Muitos deles já esperavam do lado de fora.

Celso saiu e subiu na liteira.

— Espere — ordenou, quando os dois escravos o levantaram. — O que havia naquela bebida que você me deu? — gritou para Alexandre, que posicionava uma mesinha na frente da tenda, onde Hadassah arrumava um tinteiro e um rolo de pergaminho.

Alexandre riu.

— Um pouco disso e daquilo. Avise-me se funcionou.

Celso deu as instruções aos carregadores e se aconchegou nas dobras de sua capa. Olhou para trás enquanto o levavam e viu os pacientes se adiantando. E franziu a testa, pois, em vez de se agruparem em torno de Alexandre, o médico, eles se aproximaram da mulher velada.

Sem saber que era objeto de escrutínio, Hadassah jogou meia dúzia de grãos de fuligem no tinteiro e acrescentou água. Misturou tudo cuidadosamente e pegou sua pena.

— Nome, por favor — disse ao homem sentado no banquinho, ao lado da mesa onde ela trabalhava.

Ela mergulhou a pena na tinta e posicionou a ponta sobre a tabuleta encerada, na qual escreveu as informações mais rudimentares: nome e queixa. As informações seriam posteriormente transferidas para pergaminhos, e a tabuleta encerada, lavada para usar no dia seguinte. Já havia vários pergaminhos guardados nos fundos da tenda, que incluíam extensas listas de pacientes tratados por Alexandre: suas queixas físicas, sintomas, tratamentos prescritos e resultados.

— Boethus — o homem respondeu. — Vai demorar para o médico me atender? Não tenho muito tempo.

Ela anotou o nome.

— Ele o atenderá assim que puder — informou gentilmente.

Todos tinham necessidades urgentes, e era difícil prever o tempo que Alexandre levaria com cada paciente. Alguns tinham doenças que o fascinavam, e ele passava mais tempo questionando-os e examinando-os. Ela observou o homem através de seus véus. Era profundamente bronzeado e magro, as mãos retorcidas e manchadas pelo trabalho duro. O cabelo curto era salpicado de fios acinzentados, e tinha rugas profundas ao redor dos olhos e da boca.

— Qual a sua profissão?

— Eu era calafetador — disse com desalento.

Hadassah escreveu a ocupação do homem ao lado do nome: "calafetador de navios". Trabalho árduo e tedioso.

— Sua queixa?

Ele ficou em silêncio, fitando o nada.

— Boethus — disse ela, largando a pena. — Por que veio ao médico?

Ele a fitou, abrindo os dedos sobre as coxas e cravando-os, como se tentasse se controlar.

— Não consigo dormir nem comer. E tenho tido uma dor de cabeça constante nos últimos dias.

Hadassah pegou a pena de novo e escreveu com cuidado. Notou que ele observava seus movimentos, fascinado.

— Eu trabalhava até algumas semanas — disse ele —, mas não tem havido trabalho para mim ultimamente. Menos navios estão chegando, e os supervisores contratam os mais jovens.

Hadassah levantou a cabeça.

— Você tem família, Boethus?

— Esposa e quatro filhos. — As linhas de seu rosto se aprofundaram e ele ficou ainda mais pálido. Franziu a testa quando ela largou a pena. — Vou dar um jeito de pagar pelos serviços do doutor. Eu juro.

— Não precisa se preocupar com isso, Boethus.

— Para você é fácil falar, mas, se eu adoecer gravemente, o que vai ser deles?

Hadassah entendia seu medo. Já tinha visto inúmeras famílias morando nas ruas, implorando por um pedaço de pão, enquanto a poucos metros havia um templo luxuoso e palácios construídos nas encostas das colinas.

— Fale-me sobre sua família.

Ele começou dizendo o nome e a idade do filho e das três filhas. Falou de sua esposa trabalhadora. O amor profundo que tinha por ela era evidente em suas palavras. Os modos gentis e as perguntas calmas de Hadassah o encorajaram, até que ele se curvou para a frente, vertendo seus medos mais profundos sobre o que seria de seus filhos e de sua esposa se não conseguisse arranjar trabalho logo. O proprietário do pequeno cortiço onde a família morava o estava pressionando para receber o aluguel, e Boethus não tinha como pagar. Ele não sabia mais o que fazer. E agora, para piorar a situação, estava ficando cada vez mais doente.

— Os deuses estão contra mim — disse ele em desespero.

A cortina que dava privacidade aos pacientes se abriu e uma mulher saiu da tenda. Pagou a Hadassah uma moeda de cobre. Hadassah se levantou e pousou a mão no ombro de Boethus, pedindo-lhe que aguardasse.

O homem a observou falar com uma jovem ali parada, sozinha. Notou os olhos pintados e, nos tornozelos da mulher, os adereços que tilintavam com suavidade ao menor movimento. Sua profissão: prostituta.

Boethus continuava observando com interesse enquanto a assistente velada do médico pegava a mão da prostituta entre as suas e falava. A jovem assentiu devagar, e a assistente entrou para conversar com o médico.

Hadassah abriu levemente a cortina e tentou resumir o que sabia da próxima paciente de Alexandre.

— Seu nome é Severina e tem dezessete anos.

Desinteressado por informações pessoais, Alexandre pediu detalhes.

— Está tendo perda de sangue há várias semanas.

Ele assentiu, enxaguando um de seus instrumentos e secando-o.

— Mande-a entrar.

Hadassah notou que ele estava cansado e distraído. Talvez ainda estivesse remoendo o que descobrira sobre a doença do paciente anterior. Era comum que ele se preocupasse com seus pacientes e avançasse madrugada adentro, revisando seus registros e fazendo anotações meticulosas. Ele nunca mencionava seus sucessos, que eram muitos, mas via cada pessoa que atendia como um novo desafio, com doenças a serem vencidas pelo seu conhecimento.

— Ela era prostituta do templo, meu senhor. Disse que eles realizaram uma cerimônia de purificação e, como não adiantou, a expulsaram.

Ele colocou o instrumento na prateleira.

— Outra paciente que não pode pagar.

O comentário seco a surpreendeu. Alexandre raramente fazia menção ao dinheiro. Ele não estabelecia honorários para seus pacientes, simplesmente aceitava o que pudessem lhe dar em troca de sua ajuda. Às vezes, o pagamento não passava de uma moeda de cobre. Hadassah sabia que o dinheiro importava menos para ele que o que aprendia e o que era capaz de fazer para os outros com tal conhecimento. Acaso não havia gastado toda a sua herança viajando e aprendendo o que podia para a profissão que escolhera?

Não, não era o dinheiro que o incomodava.

Ele olhou para ela, e Hadassah viu a frustração em seus olhos.

— Estou ficando sem suprimentos, Hadassah. E o aluguel desta tenda vence amanhã de manhã.

— Alexandre — disse ela, pousando a mão em seu braço. — O Senhor não proveu o aluguel mês passado?

Ouvi-la usar seu nome o aqueceu por dentro. Sorriu para ela com tristeza.

— De fato. Mas esse seu deus tem sempre que esperar até o último momento?

— Talvez ele esteja tentando lhe ensinar a confiar nele.

— Infelizmente não temos tempo para um debate esotérico — falou ele, indicando a cortina. — Temos uma fila de pacientes esperando para ser atendida. Muito bem, o que você estava dizendo sobre a próxima? É prostituta?

As doenças venéreas eram galopantes entre essas mulheres.

— Ela *era*, meu senhor. Foi expulsa do templo e está vivendo nas ruas. Tem outros problemas além dos físicos...

Ele levantou a mão, silenciando-a, e inclinou os lábios em um sorriso amargo.

— Com esses problemas não podemos nos preocupar. Mande-a entrar e tratarei o que puder. Que os deuses dela façam o resto.

— Seus outros problemas afetam sua condição física.

— Se ela ficar bem, esses outros problemas desaparecerão.

— Mas...

— Vá — disse ele, um tanto impaciente. — Podemos discutir suas teorias mais tarde, em um momento mais tranquilo.

Hadassah fez o que ele ordenou e depois se sentou à mesa novamente, frustrada. Por acaso Alexandre via essas pessoas apenas como seres físicos que precisavam de uma cura rápida? As necessidades das pessoas eram complexas. Não podiam ser resolvidas com um medicamento, uma massagem ou outro tratamento qualquer. Alexandre só notava as manifestações físicas das diversas doenças, e não sua causa mais profunda e oculta. Desde que começara a ajudá-lo, a cada dia que passava Hadassah estava mais convicta de que muitos pacientes poderiam ser curados se o Espírito Santo os habitasse.

Mas como convenceria Alexandre disso, se ele mesmo recorria a seus deuses de cura só em último caso e via Deus Todo-Poderoso com desconfiança assustadora?

Ela notou que Boethus a observava, expectante. Sentiu aquele olhar em seu íntimo, e seus olhos se encheram de lágrimas. Baixou a cabeça, rezando em silêncio, desesperadamente. *Senhor, o que digo a este homem? Ele e sua família precisam de pão, não de palavras.*

No entanto, foram palavras que surgiram.

Ela inspirou fundo. Inclinou a cabeça levemente e observou o rosto cansado de Boethus.

— Certa vez, meu pai se sentou em uma encosta, na Judeia, para ouvir seu Mestre. Muitas pessoas iam ouvir o que o Mestre tinha a dizer; percorriam longas distâncias e ficavam ali o dia todo. Sentiam fome. Alguns seguidores ficaram preocupados e disseram ao Mestre que ele deveria mandar aquelas pessoas para casa. Ele pediu que dessem de comer às pessoas, mas eles responderam que não tinham nada para dar.

Ela sorriu sob o véu, e o sorriso iluminou seus olhos.

— Um menininho tinha um peixe e um pedaço de pão. Ele deu um passo à frente e os entregou ao Mestre, e, com isso, o Mestre alimentou a todos.

— Quem era esse mestre?

— Seu nome é Jesus — disse ela, pegando a mão de Boethus entre as suas. — Ele disse outra coisa também, Boethus. Disse que o homem não vive só de pão.

Hadassah se inclinou para ele e falou da Boa-Nova. Os dois conversaram baixinho durante o atendimento que Alexandre prestava à prostituta.

A mulher saiu e entregou um cobre a Hadassah.

— Fique com os dois quadrantes de troco para você — disse.

Surpresa, Hadassah agradeceu.

Boethus observou a mulher se afastar.

— Às vezes — disse Hadassah, sorrindo de novo —, o Senhor responde às orações de maneira rápida e inesperada.

Ele a fitou enquanto ela se levantava para falar rapidamente com um rapaz que tinha uma tosse severa. Foi para trás da cortina novamente.

— O que temos agora? — perguntou Alexandre enquanto lavava as mãos em uma bacia de água fria.

— Seu nome é Ariovisto e tem vinte e três anos. É assentador e tem uma tosse que não passa. É profunda e tem um som abafado.

Ela pegou uma caixa de dinheiro em uma prateleirinha escondida debaixo da mesa de Alexandre.

— Severina nos deu um cobre. Queria que eu ficasse com os dois quadrantes de troco.

— Deve ter ficado grata por alguém conversar com ela — disse ele, anuindo.

Hadassah agradeceu a Deus, pegou dois quadrantes da caixa e a guardou debaixo da mesa.

Boethus ainda estava sentado no banquinho perto da mesa do lado de fora. Ergueu os olhos quando ela saiu de trás da cortina.

— Minha dor de cabeça passou — revelou o homem, confuso. — Acho que não preciso mais falar com o médico, afinal. Eu só quis esperar para lhe agradecer por conversar comigo — disse, levantando-se.

Hadassah tomou sua mão, virou-lhe a palma para cima e colocou as duas moedas nela.

— Vieram do Senhor — falou a jovem, fechando os dedos dele. — Pão para sua família.

Necessitando de um momento de descanso e de um pouco de ar fresco, Alexandre saiu da tenda. Estava cansado e com fome, e já era tarde. Observou os pacientes que ainda esperavam para ser atendidos e desejou ser mais que humano e poder fazer o tempo parar. Não era possível atender a todos que precisavam dele. Pessoas como aquelas, que tinham pouco dinheiro e ainda menos esperança, procuravam um médico como último recurso. Mandá-las embora sem lhes dar a atenção e o cuidado de que tanto precisavam causava-lhe um terrível mal-estar. Mas o que mais poderia fazer? Havia muitos atendimentos a prestar, e ele era um só.

Viu que Hadassah estava sentada diante de uma mulher com uma criança chorosa no colo. A mãe de rosto pálido a olhava, concentrada, enquanto ela falava; seu olhar vagava para Alexandre com nervosismo. O médico sabia que os pacientes costumavam temê-lo, certos de que qualquer tratamento que ele fizesse resultaria em uma dor considerável.

Infelizmente, isso muitas vezes era verdade. Não era possível suturar feridas ou recolocar membros sem infligir dor aos pacientes. Ele lutava contra a frustração que brotava dentro de si. Se tivesse dinheiro, daria doses de mandrágora antes de fazer seu trabalho. Mas sua única opção era guardar o medicamento para usar durante as cirurgias.

Suspirou e sorriu para a mulher, tentando aliviar sua apreensão, mas ela pestanejou e desviou depressa o olhar. Balançando a cabeça, ele voltou a atenção para o pergaminho sobre sua mesa. Passou a ponta do dedo pelos nomes ali escritos cuidadosamente e encontrou a pessoa que havia acabado de atender. Anunciou o próximo paciente.

— Boethus — disse e olhou para as pessoas em pé, sentadas em frente à tenda.

Quatro homens e três mulheres aguardavam, além da mãe com a criança chorosa no colo. Ele já havia atendido dez pacientes e sabia que não teria tempo de atender mais que dois ou três antes de precisar fechar e descansar.

Hadassah se apoiou pesadamente na bengala e se levantou.

— Boethus! — Alexandre repetiu, impaciente.

— Lamento, meu senhor, Boethus foi embora. Agripina é a próxima, mas concordou em deixar Epícaris passar na frente. A filha de Epícaris, Helena, tem uma ferida no pé que lhe provoca uma dor terrível.

Ele olhou para a mãe e fez um gesto.

— Traga-a para cá — disse abruptamente e foi para trás da cortina.

Quando a mãe se levantou para segui-lo, sua filha gritou, debatendo-se em seus braços. A mãe tentou tranquilizá-la, mas seu próprio medo era evidente: tinha os olhos arregalados e brilhantes, os lábios trêmulos. Hadassah se aproximou, mas hesitou; sabia que Alexandre não queria que ela interferisse com o que tinha de ser feito. Epícaris levou a filha para trás da cortina.

Hadassah sentiu vontade de tampar os ouvidos quando os sons de terror cortaram o ar. Ouviu a voz de Alexandre, não muito paciente.

— Pelos deuses, mulher! Precisa segurá-la, assim não consigo trabalhar.

Então a mãe disse algo, e Hadassah soube que ela estava chorando enquanto se esforçava para fazer o que o médico lhe pedira. Os gritos aumentaram.

Apertando as mãos, Hadassah recordou a dor que sentira quando despertara depois de ser atacada pelas leoas. Alexandre executara todos os procedimentos com a máxima suavidade, mas ainda assim a dor fora excruciante.

Subitamente, Alexandre puxou a cortina para o lado e chamou Hadassah.

— Veja se pode fazer alguma coisa com elas — disse, tenso e pálido. — Desse jeito, vão pensar que estou dissecando uma pessoa viva — murmurou.

Ela passou por ele para chegar à criança histérica. Lágrimas escorriam pelo rosto pálido da mãe, que se agarrava à filha, com tanto medo de Alexandre quanto a criança.

— Por que não vai comer alguma coisa, meu senhor? — sugeriu Hadassah com delicadeza, fazendo-o girar de frente para a cortina.

Assim que ele saiu, os gritos sonoros da criança diminuíram, tornando-se soluços abafados. Hadassah colocou duas banquetas perto do braseiro quente. Indicou à mulher que se sentasse em uma enquanto se acomodava dolorosamente na outra. Havia sido um longo dia, e sua perna doía tanto que cada movimento fazia a dor subir até o joelho. No entanto, tinha certeza de que sua dor era muito menor que a da pobre criança. Algo tinha que ser feito.

Mas o quê?

Alexandre era muito ansioso com o bisturi.

Subitamente, ela se lembrou de como sua mãe havia tratado um furúnculo na mão de um vizinho. Talvez o mesmo método funcionasse ali.

Por favor, Senhor, permita que dê certo, para tua glória.

Primeiro, a criança precisava estar calma e cooperativa. Hadassah se levantou novamente e fez perguntas à mulher sobre sua família, enquanto enchia de água fresca uma bacia e a colocava no chão, em frente aos pés de Epícaris. A criança olhou para baixo com desconfiança e escondeu o rosto nos seios da mãe. Hadassah continuou falando baixinho, encorajando a mãe a responder. Enquanto Epícaris falava, foi relaxando. E, quando relaxou, a criança relaxou também, se voltou e se sentou no joelho da mãe, olhando para Hadassah, que mergulhava cristais de sal na água fumegante da panela no braseiro.

— Por que não tira o curativo do pé dela? — sugeriu Hadassah. — Ela vai ficar mais confortável. Vou colocar um pouco de água quente na bacia para ela molhar o pé. Isso vai aliviar a dor.

A criança gemeu quando a mãe fez o que Hadassah disse.

— Coloque o pé na água, Helena. Assim, meu amor. Eu sei que dói, eu sei. Foi por isso que viemos ao médico, para ele fazer seu pé melhorar.

— Quer que eu lhe conte uma história? — perguntou Hadassah.

E, diante da tímida anuência da criança, ela falou sobre um jovem casal que viajou para uma cidade distante para se registrar em um censo. A mulher estava esperando um bebê, e, quando chegou a hora de a criança nascer, não havia lugar para eles em nenhuma estalagem. Desesperado, o casal encontrou abrigo em uma gruta, onde ficavam vacas, jumentos e outros animais, e ali nasceu o bebezinho.

— Quando o bebê nasceu, José e Maria o enrolaram em alguns panos e o colocaram em uma manjedoura.

— Ele ficou com frio? — perguntou Helena. — Eu sinto frio às vezes.

A mãe afastou os cabelos loiros do rosto da criança e beijou sua bochecha.

— Os panos e o feno o aqueceram — disse Hadassah.

Ela retirou um pouco de água da bacia, acrescentou mais água quente e devolveu a panela ao braseiro.

— Era primavera, e os pastores haviam levado as ovelhas para as montanhas. Naquela noite, no céu escuro, viram uma linda estrela nova. Uma estrela que brilhava mais intensamente que todas as outras. E então uma coisa maravilhosa aconteceu.

Ela falou sobre os anjos enviados por Deus para anunciar aos pastores a chegada do bebê, e, quando Helena perguntou, Hadassah explicou à garotinha o que eram anjos.

— Os pastores foram ver o bebê e se curvaram diante dele como seu Messias, que significa "o ungido de Deus".

— E o que aconteceu? — perguntou Helena, ansiosa para saber mais.

— Bem, a nova família ficou em Belém por um bom tempo. José era um bom carpinteiro e assim pôde trabalhar e sustentar sua família. Alguns meses depois, uns homens chegaram de outro país para ver a criança que nascera sob a nova estrela. Reconheceram que essa criança era muito especial, que era mais que apenas um homem.

— Ele era um deus? — indagou Helena, com os olhos arregalados.

— Ele era o Deus que desceu dos céus para viver entre nós, e os homens da terra distante lhe deram presentes: ouro, porque ele era um rei; incenso, porque era o sumo sacerdote de todos os homens; e mirra, porque ele morreria pelos pecados do mundo.

— O bebê ia morrer? — perguntou a criança, decepcionada.

— Shhh, Helena. Ouça a história... — disse a mãe, igualmente interessada.

Hadassah pôs mais água quente na bacia.

— Havia um rei perverso que sabia que o bebê cresceria e seria rei, de modo que o procurou para matá-lo. — Colocou a panela de novo no braseiro. — Os homens dos países distantes sabiam dos planos desse rei e avisaram José e Maria. Eles não sabiam o que fazer e esperaram que o Senhor lhes dissesse. Um anjo apareceu para José e disse para levar a esposa e o filho para o Egito, onde estariam a salvo.

Enquanto contava a história, Hadassah continuava retirando um pouco da água já fria da bacia e acrescentando mais e mais água quente, até o vapor subir da bacia onde a criança mantinha o pé mergulhado. A elevação gradual da temperatura não aumentou a dor e quase não foi notada.

— O rei malvado morreu, e El Roi, o "Deus que tudo vê", mandou uma mensagem para eles por meio de outro anjo...

A pequena Helena teve um sobressalto e deu um leve gemido. A água da bacia ficou vermelha quando o furúnculo se rompeu.

Hadassah acariciou a panturrilha da criança.

— Muito bem. Mantenha o pé na água. Deixe o furúnculo drenar — orientou, agradecendo a Deus por sua misericórdia. — Não se sente melhor?

Apoiando-se pesadamente em sua bengala, ela se levantou e fez um emplastro de ervas, como os que Alexandre preparava para pacientes com feridas purulentas. Quando terminou, olhou para elas.

— Sua mãe vai colocar você em cima da mesa e eu vou enfaixar seu pé — disse a Helena. Epícaris se levantou e seguiu as instruções.

Hadassah enxaguou gentilmente o pé de Helena e depois o secou, certificando-se de que todo o pus tivesse sido drenado. Aplicou o cataplasma com suavidade e envolveu o pé firmemente com um pedaço de linho limpo. Lavou as mãos e as secou. Em seguida tocou o nariz de Helena e disse em tom divertido:

— Não corra por uns dias.

Helena se sentou e riu. Seus olhos cintilavam, e uma expressão séria dominou seu rostinho de elfo.

— O que aconteceu com o menininho?

Hadassah respondeu, dobrando o restante do linho:

— Ele cresceu e proclamou seu reino, e o governo descansou sobre seus ombros; e ele foi chamado de Maravilhoso Conselheiro, Deus Poderoso, Pai Eterno, Príncipe da Paz.

Guardou o linho na estante novamente.

— Pronto, Helena. O menino escapou de todo o mal — disse Epícaris.

— Não. — Hadassah sacudiu a cabeça. — O menino cresceu e ficou forte. Cresceu em sabedoria e estatura, e no apreço de Deus e dos homens. Mas alguns homens o traíram. Contaram mentiras sobre ele e o entregaram para ser crucificado.

Helena ficou boquiaberta e Epícaris parecia consternada, desejando que Hadassah tivesse deixado de fora essa parte da história.

Hadassah ergueu o queixo da menina.

— Veja, nem mesmo seus seguidores entenderam quem realmente era Jesus. Eles pensavam que Jesus era apenas um homem, Helena. Seus inimigos pensaram que, se o matassem, seu poder acabaria. Seu corpo foi posto em um túmulo lacrado, e puseram guardas romanos para vigiá-lo. Mas três dias depois Jesus se levantou da sepultura.

O rosto de Helena se iluminou com um sorriso.

— É *mesmo*?

— Ah, sim. E ainda está vivo.

— Conte mais!

Epícaris riu.

— Temos que ir, Helena. Há outras pessoas esperando.

Sorrindo, ela entregou dois quadrantes a Hadassah e pegou a filha no colo.

— Obrigada por cuidar do pé dela. E pela história.

— Não é só uma história, Epícaris. É verdade. Meu pai o testemunhou.

Epícaris olhou para ela com espanto. Puxou Helena mais para si e hesitou, como se quisesse ficar e conversar mais. Mas ela estava certa, havia outras pessoas necessitadas, esperando do lado de fora.

Hadassah pousou a mão no braço da mulher.

— Volte quando quiser e eu lhe contarei todas as coisas que Jesus fez.

— Ah, por favor, mamãe — disse Helena.

Epícaris assentiu. Abriu a cortina e se assustou quando viu Alexandre sentado em um banquinho do lado de fora. Murmurou, constrangida, um pedido de desculpas e passou por ele. Helena virou a cabeça e se agarrou com mais força à mãe. Curvando-se levemente, Epícaris saiu, apressada. Alexandre a observou se afastar. Ele tinha visto o medo em seus olhos — e nos da criança — quando olhou para ele. No entanto, ambas confiavam completamente em Hadassah.

— Onde estão os outros? — perguntou Hadassah.

— Eu disse a eles para voltarem amanhã.

— Está bravo comigo?

— Não. Fui eu que lhe pedi para ver o que podia fazer com elas. Só não esperava... — Ele deu um riso pesaroso e balançou a cabeça. Em seguida se levantou e olhou para ela. — Vou ter que ficar de olho em você, senão vai roubar meus pacientes bem debaixo do meu nariz — disse, puxando seu véu de leve e com carinho.

Então entrou na tenda, fechou a cortina e tirou a caixa de dinheiro do esconderijo.

— A propósito, por que Boethus foi embora? Você o curou enquanto ele esperava?

Hadassah decidiu responder à pergunta provocativa com seriedade.

— Acho que suas queixas físicas eram causadas pelo medo.

Alexandre olhou para ela, interessado.

— Medo? Como assim?

— Preocupação, meu senhor. Ele está sem emprego e tem uma família para sustentar e abrigar. Disse que seus problemas de estômago começaram há algumas semanas. E isso foi quando ele trabalhou pela última vez nas docas. E sua dor de cabeça começou há alguns dias, mais ou menos na mesma época em que seu senhorio disse que, se ele não tiver o dinheiro do aluguel, a família será posta na rua.

— É um problema considerável e nada incomum. Você o resolveu?

— Não, meu senhor.

— Então ele ainda estava sofrendo seus mal-estares quando foi embora? — Suspirou. — Provavelmente se cansou de esperar. — Tirou algumas moedas da caixa e bateu a tampa. — Não que eu o culpe — acrescentou, empurrando-a de volta ao cubículo. — Se eu pudesse trabalhar mais rápido, conseguiria tratar mais pacientes...

— Ele disse que a dor de cabeça havia sumido.

Alexandre a fitou, surpreso. Endireitando-se, franziu a testa, inquieto. Não era a primeira vez que ele se sentia assim em sua presença. Ele quase que tinha medo de tocá-la desde que suas feridas inflamadas haviam desaparecido sem nenhuma explicação lógica. Certamente seu deus havia intervindo, e um deus com tal poder não deveria ser tomado levianamente.

— Você invocou o nome de seu Jesus?

— Invocar? — perguntou ela, aprumando-se levemente. — Se está perguntando se eu fiz um encantamento, a resposta é *não*.

— Então, como pediu a seu deus que fizesse sua vontade?

— Eu não pedi! É a vontade do Senhor que prevalece sobre tudo.

— Você fez *alguma coisa*. O que foi?

— Eu *escutei* Boethus.

— Só isso?

— Eu orei e falei a Boethus sobre Jesus. Então Deus atuou no coração de Severina, e ela me deu os dois quadrantes para ele.

Alexandre sacudiu a cabeça, totalmente confuso com a explicação.

— Isso não faz sentido, Hadassah. Em primeiro lugar, Severina lhe deu o dinheiro porque você foi gentil com ela. Em segundo lugar, ela não sabia dos problemas de Boethus.

— Mas *Deus* sabia.

Alexandre estava perplexo.

— Você fala muito abertamente sobre esse deus e seu poder, Hadassah. Eu pensei que, depois de tudo que sofreu, você, entre todas as pessoas, era a que mais saberia que o mundo é como o rei malvado de sua história. Você não conhece nenhuma das pessoas que vêm a esta tenda e mesmo assim fala a elas sobre Jesus sem nenhum remorso.

Nesse momento, Hadassah se deu conta de que Alexandre estivera sentado perto da cortina e ouvira cada palavra que ela dissera a Epícaris e Helena.

— Independentemente de como pareça, o mundo pertence ao Senhor, Alexandre. O que tenho a temer?

— A morte.

Ela sacudiu a cabeça.

— Jesus me deu a vida eterna nele. Os homens podem tirar minha vida aqui, mas Deus segura minha mão e ninguém pode me tirar dele. — Ela abriu as mãos.

— Você não vê, Alexandre? Não precisei ser cautelosa diante de Boethus. Nem de Severina, nem de Epícaris e Helena. Todos eles precisam saber que Deus os ama, assim como a mim e a você.

Alexandre rolou as moedas na mão. Às vezes, tinha medo das convicções de Hadassah. Ela já havia provado a profundidade de sua fé — excessiva o bastante para desistir de sua vida. E ele se perguntava se um dia essa fé a tiraria dele...

Afastou rapidamente esse pensamento, evitando analisar a pontada aguda de medo que o atravessou. Perdê-la era algo que não estava disposto a considerar.

Tinha mais medo ainda do poder que sentia emanar dela. Seria esse poder só dela, ou um dom de seu deus, passível de ser revogado a qualquer momento? Qualquer que fosse a resposta, às vezes ela dizia coisas que lhe provocavam arrepios.

— Eu preciso pensar — ele murmurou e saiu, deixando-a ali.

Caminhando em meio à corrente humana que saía das termas, Alexandre pensava no que sabia sobre medicina e no que Hadassah havia dito sobre a ansiedade ser a causadora de algumas doenças. Quanto mais pensava nisso, mais curioso ficava para ver se o que ela sugeria podia ser comprovado por meio de registros adequados. Comprou pão e vinho e voltou, ansioso para falar com ela.

Fechou a tenda pelo restante da noite. Pegou sua roupa de cama embaixo da mesa e se sentou sobre ela. Arrancou um pedaço de pão e o entregou a Hadassah enquanto ela se sentava em suas cobertas, diante dele. Pegou o odre de pele de cabra e serviu vinho para os dois.

— Quero ouvir mais sobre suas teorias — disse ele enquanto comiam. — Primeiro, o furúnculo. Como você sabia o que fazer?

— Minha mãe tratou o furúnculo de um vizinho. Eu experimentei o método dela. Pela graça de Deus, funcionou.

Pela graça de Deus...

Ele decidiu recordar essas palavras. Talvez fossem mais importantes do que ela percebia. Talvez um pouco de seu poder estivesse nelas.

— Eu vi você curar várias pessoas que vieram à tenda.

— Eu nunca curei ninguém.

— Na verdade, curou sim. Boethus foi um. Você o curou. O homem chegou aqui com todos os tipos de sintomas e foi embora curado. Eu, obviamente, não tive nada a ver com isso. Nem cheguei a falar com ele.

Hadassah ficou agitada.

— Tudo que ofereci a Boethus foi esperança.

— Esperança — repetiu Alexandre, partindo um pedacinho de pão e mergulhando-o no vinho. — Não creio que isso faça muita diferença, mas vá em frente, explique.

E colocou o pão na boca.

Senhor, Senhor, orou Hadassah, *ele é tão parecido com Cláudio, e Cláudio nunca teve ouvidos para ouvir.* Segurando o copo de madeira entre as mãos, ela rezou para que Alexandre não apenas ouvisse, mas compreendesse.

— Deus criou a humanidade para viver um relacionamento de amor com ele e para refletir seu caráter. As pessoas não foram criadas para viver independentes de Deus.

— Continue — disse ele, acenando com a mão, impaciente para ouvir.

Ela contou sobre Adão e Eva no paraíso, que Deus lhes dera livre-arbítrio e eles pecaram ao acreditar em Satanás acima de Deus. Contou como foram expulsos do Jardim. Contou sobre Moisés e a Lei, e que todos os dias eram queimadas oferendas para encobrir os pecados. No entanto, todos esses sacrifícios não bastavam para fazê-los desaparecer. Somente Deus havia sido capaz de fazer isso, enviando seu Filho unigênito para morrer como o sacrifício expiatório final por toda a humanidade. Por meio de Jesus, os muros foram derrubados e o homem pôde estar novamente com Deus, por ter o Espírito Santo habitando em si.

— "Porque Deus... deu seu Filho unigênito, para que todo aquele que nele crê não pereça, mas tenha a vida eterna" — citou. — Ainda assim, a maioria das pessoas vive em estado de separação.

— E esse estado de separação é o que causa as doenças? — perguntou Alexandre, intrigado.

Ela balançou a cabeça.

— Você vê as coisas apenas no plano físico, Alexandre. A doença pode surgir quando o homem se recusa a viver dentro do plano de Deus. Severina, por exemplo. O Senhor a alertou contra a prática da prostituição. Ele a alertou contra a promiscuidade. Ele a advertiu de muitas coisas, e aqueles que as praticam devem suportar as consequências de seus pecados. Talvez muitas doenças sejam apenas isto, consequências da desobediência.

— E se Severina obedecesse às leis de seu deus, ficaria bem de novo. É isso?

Hadassah fechou os olhos por trás do véu. *Senhor, por que me deixaste viver se eu sempre falho em tudo que me dás? Por que não consigo encontrar as palavras para fazê-lo entender?*

— Hadassah?

Lágrimas de frustração queimavam-lhe os olhos. Ela falou devagar, como se falasse com uma criança.

— A Lei foi dada para que o homem reconheça sua condição pecaminosa, se afaste da iniquidade e se aproxime do Senhor. Você vê a humanidade como algo físico e busca soluções neste reino, mas o homem também é um ser espiritual, criado à imagem de Deus. Como você vai saber quem e o que é sem saber quem é Deus?

A voz de Hadassah tremia; ela o viu franzindo o cenho. Mordeu o lábio antes de continuar:

— Nossa relação com Deus afeta nosso corpo, sim. Mas afeta nossas emoções e nossa mente também. Afeta nosso espírito. — Apertou o copo de madeira enquanto baixava a cabeça. — Eu acredito que a verdadeira cura só possa acontecer quando uma pessoa é restaurada em Deus.

Alexandre ficou em silêncio, pensativo. Arrancou outro pedaço de pão e o mergulhou no vinho, ganhando tempo para pensar no que ela havia acabado de dizer. Seu coração começou a bater depressa, como sempre acontecia quando tinha uma ideia. Comeu o pão, apressado, e esvaziou a taça, deixando-a de lado. Levantando-se, tirou as migalhas de pão das mãos e abriu espaço na mesa. Misturando fuligem com água, preparou tinta para escrever. Pegou um pergaminho em branco, sentou-se e o abriu, colocando pesos nas pontas para mantê-lo aberto.

— Diga-me algumas dessas leis — ordenou, escrevendo "Pela graça de Deus" como primeira anotação.

Ele não ouviu nada, Senhor? Nada mesmo?

— A salvação não está na lei.

— Não estou falando de salvação. Estou falando de tratamento de pacientes.

— Deus! Por que me deixaste aqui? Por que não me levaste para casa? — gritou ela.

O grito era de pura angústia e frustração, e Alexandre sentiu sua nuca arrepiar. Ela estava chorando, segurando a cabeça entre as mãos, e era culpa dele. O que o deus dela faria com ele agora?

Ele abandonou seu banco e se ajoelhou diante dela.

— Não convoque a ira de seu deus contra mim antes de ouvir o que tenho a dizer — disse ele, pegando as mãos dela e levando-as à testa.

Ela puxou as mãos e o empurrou.

— Não fique de joelhos diante de mim! Acaso sou Deus para você ter que se curvar diante de mim?

Atônito, ele recuou.

— Seu deus a escolheu. Ele ouve você — disse, levantando-se e voltando a se sentar. — Como certa vez você me falou, eu não salvei sua vida. Nem posso explicar como isso aconteceu. Suas feridas estavam em estado de putrefação, Hadassah. Por todas as leis da natureza e da ciência que conheço, você *deveria* estar morta. No entanto, aqui está você.

— Coberta de cicatrizes e aleijada...

— Mas, afora isso, saudável. Por que seu deus salvaria você, e não outras pessoas?

— Não sei — disse ela, sem esperanças, sacudindo a cabeça. — Não sei por que ele salvou minha vida.

Hadassah havia pensado que sabia qual era o propósito de Deus para ela: morrer na arena. Mas parecia que ele lhe reservara outra missão.

— Talvez ele a tenha salvado para que possa me instruir nos caminhos dele.

Ela levantou a cabeça e o fitou através dos véus.

— E como posso fazer isso, se você não tem ouvidos para ouvir nem uma palavra?

— Eu ouço.

— Então, ouça isto. Que importa o corpo se a alma está morta?

— E como você restaura uma alma se o corpo está morrendo por uma doença? Como alguém se arrepende sem entender o pecado que cometeu?

A mente de Alexandre estava cheia de pensamentos mais complexos do que ele mesmo era capaz de imaginar.

Hadassah franziu a testa, lembrando-se de seu pai falar sobre Josias, rei de Judá, cujo servo encontrara o livro da Lei e o lera para ele. Ao ouvi-lo, Josias rasgara sua roupa, reconhecendo seu próprio pecado e o pecado de seu povo contra Deus.

O arrependimento chegara por meio do conhecimento. Mas ela não tinha uma cópia escrita da Torá. Não tinha cópias das Memórias dos Apóstolos. Tudo que ela tinha era sua memória.

— De agora em diante, você não vai mais ser minha assistente, Hadassah — disse Alexandre, deixando de lado sua pena. — Nós vamos trabalhar juntos.

Ela ficou alarmada.

— Eu não tenho treinamento médico.

— Não como o meu, talvez, mas você tem mais treinamento do que imagina. Eu sou versado na natureza física do homem, e seu deus lhe deu conhecimento sobre o reino espiritual. É lógico que devemos trabalhar juntos para tratar pacientes cujas queixas sejam mais complicadas do que um corte que precise de cuidados imediatos.

Hadassah ficou sem reação.

— Você concorda?

Ela sentia algo mais profundo atuando, mais profundo do que ela ou Alexandre podiam entender. Aquela era uma oferta de Deus ou do mal?

— Eu não sei — gaguejou. — Preciso rezar...

— Ótimo — disse Alexandre, satisfeito. — É exatamente o que eu quero que você faça. Pergunte a seu deus e depois me diga...

— Não! — ela soltou, sentindo aquelas palavras dispararem um alarme dentro dela. — Você fala como se eu fosse um médium, como aqueles das tendas perto do Artemísion.

— Então eu farei uma oferenda a seu deus.

— A única oferenda que Deus vai aceitar é *você*.

Alexandre se recostou e não disse nada por um longo momento. Sorriu com ironia.

— Lamento dizer que não vou me sacrificar, Hadassah. Não gosto de leões.

Ela riu baixinho.

— Eu mesma não gosto muito deles.

Ele riu com ela, mas logo ficou sério de novo.

— No entanto, você estava disposta a dar a vida pelo que acredita.

— Eu não comecei minha caminhada com Deus em uma arena.

Ele torceu os lábios.

— Onde começou?

Lágrimas brotaram quando o calor preencheu Hadassah. Ela gostava desse homem. Sua vontade de conhecer e compreender provinha do profundo desejo de ajudar as pessoas. Talvez *fosse* propósito de Deus que ela o instruísse acerca do que sabia sobre o Senhor. Talvez houvesse respostas nas leis que Moisés recebera de Deus para os israelitas. Jesus havia dito que viera para cumprir a Lei, não para aboli-la.

Ela estendeu a mão. Alexandre a tomou na sua, grande e forte, apertando-a firmemente. Ela se levantou de suas cobertas e estremeceu ao se ajoelhar no chão de barro. Pegando a outra mão dele, ela o puxou para baixo, de modo que ambos ficaram de joelhos, as mãos unidas, fitando-se.

— Vamos começar aqui.

Imitando-a, Alexandre baixou a cabeça, concentrando-se em cada palavra de Hadassah.

Mais tarde ele as anotaria.

6

Eudemas entrou no triclínio e entregou a Júlia um pequeno pergaminho selado. Ela empalideceu visivelmente quando o pegou e dispensou a serva. Sentado à sua frente, Primo sorriu com sarcasmo quando ela o guardou rapidamente entre as dobras da túnica de seda chinesa.

— Está escondendo alguma coisa, Júlia?
— Não estou escondendo nada.
— Então por que não lê sua carta agora?
— Porque eu não quero — disse ela secamente, sem olhá-lo.

Ela puxou seu xale de seda vermelha em torno de si e tocou o bracelete de ouro e diamantes. Primo notou como ela ficara mais agitada com sua observação. Júlia apertou os lábios enquanto ele continuava a observando. Ficou tensa e calada, fingindo não notar. As cores vivas das roupas que escolhera vestir só intensificavam sua palidez e aprofundavam as olheiras causadas pelas noites insones. Júlia, que antes brilhava de luxúria e vida, agora exibia uma pele amarelada e doentia. Tremendo, ela se serviu de mais vinho, em seguida ficou olhando para a taça dourada, com os olhos embaçados.

Depois de um momento, olhou para ele.

— Por que está me encarando?
— Estou? — perguntou Primo com um sorriso provocativo. — Estou vendo como você está linda esta noite.

Ela virou a cabeça, ciente de que seus elogios eram vazios e cruéis.

— Que gentileza a sua — respondeu amargamente.

Primo pegou uma iguaria da bandeja.

— Pobre Júlia. Ainda está tentando se explicar para Marcus, não é?

Ela ergueu o queixo com arrogância e seus olhos escuros cintilaram.

— Eu não preciso me explicar para ninguém. Não tenho que me desculpar pelo que fiz.

— Então por que insiste? — indagou ele, comendo o que havia pegado.
— Não estou insistindo!

— Sei. Você está implorando pelo perdão de Marcus desde que ele a deixou na arena. Ele devolve todas as cartas que você lhe envia — fez um gesto com a mão —, assim como esta, com o selo intocado.

Ela o fitou.

— E como você sabe das cartas que envio, e para quem?

Rindo com suavidade, ele escolheu um úbere de vaca recheado da bandeja de deliciosas iguarias.

— Sempre achei extremamente divertido observar as pessoas ao meu redor. — Mudou de posição para ficar mais confortável. — E a você em particular, meu doce.

— Eudemas lhe disse que eu escrevi para ele?

— Não foi preciso, eu mesmo percebi. Você estava bêbada ontem à noite, e sentimental. E, quando fica sentimental, você se retira para o seu quarto cedo e escreve para o seu irmão. É tudo muito previsível, Júlia. Previsível a ponto de ser tedioso. Você sabe muito bem que ele nunca a perdoará, mas insiste nisso. Eu acho original esse ódio implacável dele, mas, francamente, minha querida, sua busca incansável pelo perdão se tornou patética.

Ela ficou calada por um instante, tentando controlar as intensas emoções.

— Ele não me odeia, só pensa que sim.

— Ele a odeia, Júlia. Ele a odeia profundamente. Nunca duvide disso, nem por um minuto.

As palavras a dilaceravam; seus olhos ardiam pelas lágrimas que segurava.

— Eu desprezo você — disse ela com toda a soturnidade de suas emoções.

Reconhecendo sua frágil tentativa de retaliação, ele zombou abertamente da esposa.

— Ah, eu sei, minha querida, mas sou tudo que você tem, não é? Calabah a abandonou e partiu para Roma com a linda Safira. Seus amigos a evitam por causa de sua doença. Você recebeu apenas um convite na última semana, e lamento informar que Cretaneus ficou decididamente aliviado quando você o declinou. Então, minha querida, quem além de mim você tem para lhe fazer companhia? — Estalou a língua. — Pobre Júlia, todos a abandonam. Que pena...

— Sempre posso contar com sua compreensão, não é, Primo? A propósito, algum de seus mercenários encontrou pistas de seu amado Prometeu? — Ela inclinou a cabeça para o lado, colocando a ponta do dedo no queixo, parodiando uma musa pensativa. — Por que você acha que é cada vez mais difícil encontrar amantes? — Abriu as mãos, fingido súbita compreensão. — Seria por sua crescente corpulência?

As feições de Primo se anuviaram.

— Nossos problemas poderiam ter sido evitados se você tivesse escutado Calabah e mandado matar aquela judiazinha *antes*.

Ela pegou sua taça de vinho e a jogou nele, errando por pouco sua cabeça. Frustrada e respirando pesadamente, ofendeu-o com palavras sórdidas e se levantou do divã, fitando-o.

— Meus problemas teriam sido evitados se eu nunca tivesse me unido a *você*!

Ele limpou as gotas de vinho do rosto; seus olhos faiscavam.

— Culpe-me se quiser, mas todo mundo sabe que foi *você* quem escolheu. — Riu, sombrio. — E agora tem que viver com isso ou morrer...

— Você é um verme desprezível!

— E você, uma porca estúpida!

— Eu devia ter escutado Marcus — disse ela, lutando contra as lágrimas. — Ele sabia o tipo de pessoa que você é.

Primo sorriu, presunçoso, ao ver que quase conseguira levá-la à histeria.

— Sabia, não é? Mas você também sabia, Júlia. Você entrou nisso com os olhos bem abertos, pensando que tudo seria exatamente como queria. E por um tempo foi, não é, meu amor? Exatamente como *você* queria. Dinheiro, posição, Atretes, Calabah... e eu.

Ela queria esmagá-lo, apagar aquele sorriso presunçoso de seu rosto para sempre. Mas Primo era tudo que tinha, e ela sabia disso. Estreitou os olhos.

— Talvez eu tenha mudado de ideia em relação ao que quero.

— Oh, céus, outra ameaça vazia. Estou tremendo.

— Um dia você vai descobrir que minhas ameaças não são tão vazias.

Primo sabia que ela estava doente, tão doente que duvidava de que sobrevivesse. Estreitou os olhos com frieza, regozijando-se com sua ira secreta e sentindo-se aquecido por ela.

— Quando você mudar de ideia, todo o seu dinheiro terá acabado, e então não fará diferença, não é? — disse ele com uma calma enganadora. — Acaso já se perguntou por que eu continuo com você? Acha que é porque a *amo*?

Ele viu o minúsculo lampejo de medo nos olhos dela e se sentiu satisfeito. Sabia que o maior medo de Júlia era ficar sozinha, e ela ficaria sozinha quando fosse a hora certa. Ele se vingaria por todos os insultos, por todo o desprezo que sofrera dela. E se vingaria pelo abandono de Prometeu.

Mas, enquanto isso, ele fingia remorso por fazê-la se sentir vulnerável. Levantou a mão.

— Desculpe pelo que falei — disse com falso arrependimento, satisfeito por ter atingido parte de seu propósito. — Por que discutimos tanto, querida? Isso não leva a nada. Você precisa crescer, Júlia, aceitar o que é. Você bebeu do mesmo poço que eu, e durante tanto tempo que não pode mais voltar atrás. Eu sou o único amigo que lhe restou.

— Se me der licença — pediu ela com uma doçura acre, dando-lhe as costas.

— Como quiser, meu bem. Acho que vou guardar minhas novidades para outra hora — disse ele com suavidade, rindo disfarçadamente. — Foi algo que ouvi na festa de Fúlvio na noite passada. Sobre Marcus.

Ela se voltou para ele, desconfiada.

— O que foi desta vez?

— Ah, esqueça — disse ele com um aceno de mão, fazendo-a suar, enjoar e perder a esperança. — Isso pode esperar para quando você estiver mais bem-disposta.

— Que fofoca você ouviu desta vez, Primo?

— Fofoca? Em relação a seu irmão? Ele se tornou uma pessoa enfadonha além da conta. Sem mulheres, sem *homens*. — Riu com escárnio, sabendo que capturara toda a atenção dela. — Pobre Marcus... Não sabe mais aproveitar a vida. Trabalha, vai às termas, volta para casa. Dia após dia após dia. Sua maior paixão é odiar você, e o faz muito bem, não é? Quanta resolução, quanta dedicação!

O rosto de Júlia era impassível, não deixava transparecer nenhuma pista da angústia que as palavras dele lhe causavam. Ela sabia muito bem que Primo gostava de suas pequenas crueldades, e a única maneira de se defender era fingindo que não sentia absolutamente nada. Mas seu estômago doía em razão do esforço e seu coração disparou.

Ela o odiava tanto que sentia um gosto metálico encher-lhe a boca. Quanta satisfação se pudesse enfiar uma faca naquela barriga gorda de Primo e ouvi-lo gritar. Certamente ela o mataria se isso não significasse sua própria morte. Mas talvez valesse a pena. Afinal que motivo tinha para viver? Por que havia nascido?

Retorceu os lábios com amargura.

— Você não ouviu nada, não é? Nada importante. Você odeia Marcus porque ele é o dobro do homem que você é ou poderia ser. Ele é admirado, *respeitado*... E você? Não passa de um inseto que vive de caluniar os que são melhores que você.

Os olhos de Primo cintilavam.

— Por acaso eu não guardei todos os *seus* segredos, Júlia, minha amada? — disse ele com suavidade. — Que seu primeiro marido morreu por sua causa, que você assassinou o segundo? E seus filhos? Ainda gritam nas rochas? Quantos outros você arrancou do útero antes de jogar fora a semente de Atretes? — Ele viu o rosto de Júlia ficar ainda mais pálido e sorriu. — Eu mantenho seus segredos trancados, não é?

Levou os dedos aos lábios e lhe jogou um beijo.

Ela tremia. Como ele sabia a respeito dessas coisas? Ninguém sabia que ela havia envenenado seu segundo marido... Claro, ninguém exceto Calabah. Calabah, sua amante e confidente, devia ter contado a ele.

Primo se ajeitou sobre as almofadas, aproximando-se da bandeja repleta de iguarias.

— Eu ouvi algo bastante importante que me deu motivos para pensar. A questão é: Devo compartilhar essa informação com você, oh, a mais ingrata das mulheres?

Júlia controlou sua fúria. Ele estava jogando a isca de novo, mas ela não ousava ir embora por medo de que ele realmente soubesse de alguma coisa. Queria expulsá-lo de sua casa, mas sabia que, se o fizesse, ficaria à mercê de sua língua maliciosa. Ele exporia suas atitudes a todos. Pior, exporia a sordidez da doença que lhe devorava as carnes.

— Muito bem, Primo. — *Solte seu veneno, sua cobra miserável. Um dia, alguém cortará sua cabeça.* — Estou ouvindo. O que tem a me dizer sobre meu irmão?

— Marcus vai embora de Éfeso. Isso deve animá-la, minha querida.

Ele curvou os lábios quando a pouca cor que ela tinha se esvaiu do rosto.

— Pense nas vantagens — prosseguiu. — Você não precisará mais arranjar desculpas quando as pessoas lhe perguntarem por que seu irmão tão estimado e popular recusa convites para qualquer reunião em que você possa estar presente.

Júlia inclinou a cabeça, fingindo que suas palavras não tinham efeito sobre ela.

— Então ele vai voltar para Roma. E daí?

— Há rumores de que ele vai partir em um de seus navios, mas não para Roma.

Apertando as mãos, ela viu Primo escolher outro úbere de vaca e devorá-lo com um prazer repugnante. Chupou a gordura dos dedos e pegou outro enquanto ela esperava.

Primo sentia a impaciência de Júlia irradiar por toda a sala e a saboreou quase tanto quanto o que estava comendo. Tinha toda a atenção dela em si, e era isso que queria. Quase podia ouvir as batidas pesadas de seu coração, pulsando de medo. Passou os dedos pelos ricos alimentos, acariciando-os, e escolheu outro petisco.

Enjoada de vê-lo comer, Júlia lutava para controlar as emoções agitadas.

— Navegando para *onde*, Primo? — perguntou, comedida. — Rodes? Corinto?

Ele encheu a boca com outro úbere e esfregou os dedos engordurados em uma dobra da toga.

— Para a Judeia — disse ele com a boca cheia.

— Judeia?

Ele engoliu e lambeu os lábios carnudos.

— Sim, para a Judeia, pátria de sua pequena judia. E parece que planeja ficar lá por muito, muito tempo.

— Como você sabe quanto tempo ele planeja ficar?

— Dedução. Soube que Marcus vendeu seus negócios em Roma, exceto a casa de sua família, que deixou à disposição de sua mãe. Sabe o que ela fez? Mandou alugar a propriedade e vai usar o dinheiro para *dar de comer* aos pobres da província. Pode imaginar todo esse dinheiro sendo usado para alimentar sujos e esfarrapados? Que desperdício! Melhor seria se o usasse para reabastecer nossos cofres cada vez mais dilapidados.

— *Meus* cofres.

— Como quiser, *seus* cofres — disse ele, dando de ombros.

Mergulhou uma tira de língua de avestruz em um molho de mel temperado. Sua Júlia mal sabia, considerou ele com presunção, que a maior parte do dinheiro dela já havia passado para suas próprias mãos e sido guardada para o futuro. E tudo havia sido feito sem que ela soubesse. A doença de Júlia o ajudara; ela estava tão obcecada com seus mal-estares que dava pouca atenção a sua situação financeira. Confiava em seus agentes.

Incrível como um suborno dá poder às pessoas, pensou ele, se divertindo. *O tipo de conhecimento que poderia ser embaraçoso se viesse à luz.*

Mas o agente de Júlia mandara avisá-lo esta manhã que ela estava exigindo que fosse feito um balanço completo de todos os recursos. Primo sabia que era melhor dar a Júlia algo mais para ocupar sua mente, além das circunstâncias em que estavam seus bens.

Por isso, continuou tecendo sua teia:

— Desperdiçar todo esse dinheiro... — ele repetiu, sacudindo a cabeça. — É inimaginável. A menos que... Você acha que sua mãe foi corrompida por aquela sua judia e se tornou *cristã*?

Júlia estremeceu por dentro ao ouvir isso. Sua mãe, cristã? Se assim fosse, ela sabia que mais uma porta lhe estaria fechada.

Primo notou as feições de Júlia se alterarem sutilmente e soube que a estava atingindo pouco a pouco, cada vez mais fundo. Queria deixá-la exposta e que as aves de rapina se banqueteassem com suas entranhas.

— Quanto aos negócios de seu irmão aqui em Éfeso, os navios e armazéns, ele os deixou sob a administração de criados de confiança de seu pai. Deixou tudo que possui nas mãos de dois administradores, Orestes e Silas.

Ele mastigou a cara iguaria e, fazendo uma careta, cuspiu-a em uma travessa. Serviu-se de vinho falerniano, o melhor de Cápua, e o agitou um pouco na boca para tirar o gosto. Engoliu-o e prosseguiu:

— Tudo indica que seu irmão não tem planos de voltar tão cedo, se é que pretende voltar um dia. Suponho que vai fazer uma peregrinação pela memória de sua amada, a falecida Hadassah. — Levantando o cálice dourado para um brinde, provocou Júlia com um sorriso. — Que a partida dele traga um pouco de alívio a sua culpa, minha querida — disse, saboreando o tormento dela e regozijando-se com a dor que viu em seus olhos. Aquelas notícias a haviam ferido profundamente. Ela não podia mais esconder.

Mortificada, Júlia abandonou o triclínio. Quando chegou ao seu quarto, afundou no divã e tirou o pequeno pergaminho das dobras de sua túnica brilhante. Tremendo, tocou o selo. Estava intacto. Sua visão ficou borrada pelas lágrimas. Marcus provavelmente nem havia encostado nele.

Judeia! Por que ele iria tão longe, a um lugar tão terrível? A menos que Primo estivesse certo e isso tivesse algo a ver com aquela escrava miserável.

Ela respirava com dificuldade. Por que ele não esquecia Hadassah? Por que não esquecia o que havia acontecido? Mordeu o lábio; queria gritar de angústia. Mas para quem? Ninguém se importava com o que acontecia com ela.

Se ela soubesse que tudo terminaria assim, não teria feito o que fez. Por que Marcus não a perdoava? Ela era sua irmã, carne de sua carne, sangue de seu sangue. Acaso ele não sabia quanto ela sempre o amara, quanto o amava ainda? Ela só queria que as coisas fossem como antes, quando os dois eram crianças, quando parecia estar unidos contra o mundo inteiro. Acaso ele havia esquecido como eram próximos, que podiam conversar sobre tudo? Ela nunca confiara em ninguém como confiava nele.

Exceto por Hadassah, sussurrou uma vozinha dentro dela.

Esse pensamento indesejado lhe doeu. Ela fechou os olhos, desejando destruir as lembranças que a envolviam... lembranças de como era ser amada, amada de verdade.

— Não. *Não*. Não vou pensar nela. Não vou!

O silêncio e a escuridão a envolveram.

Ela pegou o pergaminho.

— Marcus — sussurrou com voz entrecortada. — Você prometeu que me amaria, independentemente do que eu fizesse. — O vazio solitário de seu quarto tinha um peso esmagador. — Você prometeu, Marcus.

Desesperada, amassou seu último apelo ao irmão e o jogou no braseiro. O pergaminho pegou fogo e foi logo reduzido a cinzas.

Sentada, observou enquanto a última esperança de que o irmão a perdoasse se desintegrava.

— Você prometeu...

Cobriu o rosto e começou a se balançar para a frente e para trás, as lágrimas escorrendo lentamente.

O BARRO

7

— É uma grande honra para nós tê-lo a bordo, meu senhor — disse Sátiro, observando o jovem enquanto gesticulava para que tomasse o lugar de honra no divã.

Uma refeição simples, mas deliciosamente preparada, foi colocada na mesinha entre eles.

— A honra é minha, Sátiro — respondeu Marcus, acenando para que o servo do capitão lhe servisse vinho. — Você é considerado uma lenda nos mares. Poucos sobrevivem a um naufrágio.

Arrancou um pedaço de pão e o devolveu à bandeja de prata.

Sátiro assentiu solenemente.

— Está se referindo ao naufrágio em Malta? Eu não era capitão, apenas um simples marinheiro naquele navio. E não fui o único a sobreviver. Havia duzentas e setenta e seis pessoas a bordo naquele navio e nenhuma morreu.

Alguém bateu na porta da cabine do capitão. O servo atendeu e falou brevemente com um dos marinheiros. Transmitiu a mensagem sobre os ventos a Sátiro, que deu instruções para serem passadas aos timoneiros. O *Minerva* estava avançando bem.

Sátiro voltou sua atenção para Marcus e pediu desculpas pela interrupção. Os dois conversaram sobre a carga: o porão estava cheio de mármore e madeira das ilhas gregas, destinados à expansão da Cesareia. Havia uma profusão de outros caixotes embaixo, alguns comprados por Marcus para investimento, outros a pedido de vários comerciantes da Judeia. Em todos os espaços disponíveis havia couro da Britânia, prata e ouro da Hispânia, cerâmica da Gália, peles da Germânia, vinhos finos da Sicília e medicamentos da Grécia. A maioria dos bens seria descarregada na Cesareia.

— Ficaremos na Cesareia apenas para descarregar as mercadorias e embarcar passageiros com destino a Alexandria — disse Sátiro.

Marcus assentiu. Em Alexandria, a *corbita* atracaria e seus representantes o encontrariam no navio. O *Minerva* levaria itens valiosos para o mercado romano: carapaças de tartaruga e marfim da Etiópia; óleos e especiarias da África Oriental; pérolas, corantes e cidra do Ocidente. Em poucos meses o navio voltaria a Roma, seu ponto de partida na rota comercial que Décimo Vindácio Valeriano estabelecera havia mais de vinte anos.

Sátiro deu um sorriso pesaroso.

— Eliab Mosad vai pechinchar para comprar. Sempre perdemos algumas semanas para resolver as coisas no Egito antes de podermos partir de volta a Roma.

— Ele vai querer que você aceite escravos — disse Marcus. — Mas não, nem areia. Não importa o preço. Eu já falei com ele e informei que não trabalho mais com essas mercadorias.

— Vamos precisar de lastro, senhor.

— Os grãos egípcios servirão.

— Como quiser — disse Sátiro.

Ele ouvira rumores sobre a mudança de pensamento de Marcus Valeriano — rumores agora confirmados. Observou o jovem mais discretamente. O que teria acontecido para mudar o conhecido axioma de Marcus Valeriano de dar a Roma o que ela queria? Marcus havia acumulado fortuna vendendo areia e escravos. E agora não queria sequer transportá-los. Talvez já estivesse farto e tivesse os mesmos escrúpulos de seu pai... Mas por que agora e não antes? O que havia mudado?

— Eu ficarei na Cesareia — disse Marcus.

Mais uma vez, Sátiro mal conseguiu disfarçar a surpresa. Esperava que Marcus ficasse a bordo até Alexandria, ou talvez Roma. O velho Valeriano às vezes percorria a rota comercial inteira para se reunir com seus representantes e obter informações de primeira mão sobre a condução de suas operações.

— Vai achar a Cesareia diferente e interessante, comparada a Éfeso, meu senhor. Embora lhe faltem elementos de grandeza, tem suas arenas e belas mulheres.

Marcus era conhecido por desfrutar de ambos ao máximo.

— Pretendo ficar na Cesareia só o tempo suficiente para me preparar para viajar outra vez.

Sátiro ergueu levemente as sobrancelhas grisalhas.

— Há pouco na Judeia que interesse a um romano. O que quer ver?

— Jerusalém.

O capitão soltou um discreto lamento.

— Por que raio o senhor, entre todas as pessoas, escolheria o lugar mais deprimente do mundo para visitar?

Tarde demais percebeu a rude intromissão que praticara com sua pergunta impensada.

— Segundo o que ouvi, Jerusalém não passa de uma pilha de escombros, meu senhor — acrescentou apressadamente. — As torres Antônia e Mariana talvez ainda sirvam como defesa, mas tenho lá minhas dúvidas. As ordens de Tito foram para não deixar pedra sobre pedra.

— Estou bem ciente disso, Sátiro — disse Marcus com frieza.

O homem franziu o cenho, percebendo tardiamente que Marcus, claro, já devia saber de tudo. Como proprietário dos navios valerianos e das rotas comerciais, tinha que se manter bem informado acerca das circunstâncias em todas as regiões do Império. Seu grande sucesso revelava sua astúcia a esse respeito. No entanto, Sátiro não pôde refrear a curiosidade diante de um anúncio tão surpreendente.

— Por que está interessado em um lugar tão desolado?

Marcus decidiu responder francamente.

— Não é o lugar que me interessa, e sim o deus que ali residia.

Por cima da borda da taça, observou o rosto do homem, esperando a inevitável pergunta: Por que um romano estaria interessado no deus judeu? Não sabia bem como responder a isso. Não estava totalmente ciente das razões.

No entanto, Sátiro o surpreendeu:

— Talvez aí esteja a razão do desastre que atingiu a cidade.

— A que razão se refere?

— O deus deles não pode ficar contido em um templo.

As palavras de Sátiro refletiam tão bem as que Hadassah dizia que aguçaram o interesse de Marcus.

— O que você sabe sobre o deus dos judeus?

— Só o que aprendi com um prisioneiro há muito tempo, no navio a que se referiu anteriormente, senhor. Mas isso não iria lhe interessar.

— Interessa e muito.

Sátiro pensou por um momento.

— O homem era judeu, um insurgente, segundo os relatos. A todo lugar que ia causava tumulto. Quando o conheci, estava sob a custódia de um centurião do imperador chamado Júlio, a caminho de Roma para enfrentar César, em virtude de seus crimes. Mais tarde, ouvi dizer que foi decapitado. Seu nome era Paulo, e era de Tarso. Talvez tenha ouvido falar dele.

Marcus ouvira, mas daqueles que o insultavam e zombavam de suas alegações acerca de um deus amoroso e todo-poderoso.

— O que esse Paulo lhe contou?

— Ele disse que Deus enviou seu Filho unigênito para viver entre os homens e ser crucificado por nossos pecados para que pudéssemos ser restaurados e viver nos céus com o Deus Pai. Por meio desse Cristo, como ele o chamava, todos os homens podem ser salvos e ter a vida eterna. Ninguém o escutou, até que o euraquilão nos atingiu.

Marcus conhecia os temidos ventos que já haviam afundado muitos navios.

— Paulo já tinha nos avisado que sofreríamos grandes perdas, não apenas no navio e na carga, mas também em vidas humanas — continuou Sátiro.

— Você disse antes que ninguém havia morrido.

— É verdade, mas tenho certeza de que foi porque Paulo orou por nós. Acho que seu Deus lhe deu o que ele pediu: nossa vida. — Ele se serviu de mais vinho. — Ficamos presos naqueles ventos violentos e fomos arrastados. Conseguimos nos abrigar em Cauda para içar o navio e reforçá-lo com cordas. Não que isso tenha nos ajudado: quando retomamos o caminho, a tempestade se intensificou. Lançamos fora a carga. No terceiro dia, jogamos ao mar os equipamentos da embarcação. Não conseguíamos ver nenhuma estrela, de modo que não tínhamos como navegar, não sabíamos onde estávamos. Navegávamos às cegas. Não havia um marinheiro ou passageiro a bordo que não estivesse apavorado, temendo pela própria vida. Exceto Paulo.

Sátiro se inclinou para a frente e arrancou um pedaço de pão.

— Foi durante a pior parte da tempestade que ele se postou entre nós e disse que só o navio se perderia. Teve de gritar para ser ouvido com o barulho da tempestade, mas estava absolutamente calmo. Disse que um anjo de seu Deus havia sido enviado para lhe assegurar o que estava nos dizendo. E que não precisávamos temer, que encalharíamos em uma ilha, mas que ninguém morreria.

Sorriu levemente e sacudiu a cabeça, perplexo.

— Era como se seu Deus quisesse que ele vivesse para falar com César e, para salvá-lo, decidisse salvar o restante de nós também.

— Pode ter sido coincidência.

— Talvez, mas eu tenho certeza de que não foi.

— Por quê?

— Seria preciso estar lá para entender, meu senhor. Eu nunca vi uma tempestade como aquela. O cenário era de completa destruição e morte, mas Paulo estava absolutamente calmo. Ele não tinha medo da morte. E nos disse para não temer. Ele pegou pão, deu graças a Deus e comeu. Consegue imaginar uma coisa dessas? Ele *comeu* no meio daquele caos. — Sacudiu a cabeça, ainda espantado enquanto recordava. — Eu nunca vi nada parecido com sua fé antes, e poucas vezes desde então.

Sátiro mergulhou seu pão no vinho.

Marcus recordou Hadassah caminhando calmamente pela arena, sem se afetar pela multidão que gritava ou pelo rugido dos leões.

Sátiro pegou uma fatia de carne salgada e continuou:

— Quando alguém vê uma fé dessas, tem que acreditar que há alguma coisa ali.

— Talvez tenham sido suas próprias ilusões.

— Não, foi mais que isso. Paulo *sabia*. Deus lhe havia revelado o que estava por vir. Paulo disse que o navio seria destruído, e realmente foi — explicou, comendo a carne.

— Prossiga — pediu Marcus.

Seu apetite havia desaparecido pelo anseio de ouvir mais.

— O navio começou a rachar, e os soldados seriam obrigados a matar os prisioneiros para não deixá-los escapar — continuou Sátiro. — Eles morreriam, se tentassem. Mas Júlio os deteve. Então, aqueles que sabiam nadar pularam ao mar, e o restante ficou flutuando em tábuas e no que havia de disponível no navio. A ilha era Malta. Nenhuma pessoa morreu. Nem uma única, meu senhor. É algo realmente inacreditável.

— Talvez — disse Marcus. — Mas por que dar o crédito de salvar todos a esse Cristo judeu? Por que não agradecer a Netuno ou a outro deus exaltado do panteão?

— Porque todos nós estávamos clamando ajuda aos nossos deuses. Brahma! Vishnu! Varuna! Nenhum deles atendeu a nossas súplicas. E então coisas ainda mais surpreendentes aconteceram em Malta para confirmar, a mim e a todos os outros, que Paulo era servo de um Deus todo-poderoso.

Notando o agudo interesse de Marcus, procurou explicar melhor:

— Os nativos foram muito gentis em nos receber. Fizeram uma fogueira para nós, mas, assim que nos instalamos, uma víbora apareceu e enfiou as presas na mão de Paulo. Ele jogou a cobra no fogo. Todos nós sabíamos que era venenosa e que ele morreria em breve por causa da picada. As pessoas tinham certeza de que ele era um assassino e que a cobra havia sido enviada como punição dos deuses.

— Obviamente, ele não morreu. Eu estava em Roma quando ele foi levado para lá sob guarda.

— Não, ele não morreu. Nem adoeceu. Sua mão não inchou. Nada. Os nativos esperaram a noite toda. De manhã, estavam convencidos de que ele era um deus e o adoraram como tal. Paulo disse que não era um deus, simplesmente o servo de alguém que ele chamava de Jesus, o Cristo. Pregou para eles o que havia nos dito.

Sátiro pegou vários figos secos da bandeja.

— Nosso anfitrião, Públio, era quem governava a ilha. Ele nos entreteve durante três dias, até que seu pai ficou muito doente. Paulo curou o velho apenas pousando as mãos nele. O pai de Públio estava à beira da morte, e de repente, no dia seguinte, estava em pé, gozando de perfeita saúde. A notícia se espalhou e os doentes começaram a chegar de todas as partes da ilha.

— Ele os curou?

— Todos os que eu vi. As pessoas nos reverenciavam por causa da presença de Paulo. Cuidaram de tudo para continuarmos nossa viagem, nos proveram de todas as necessidades. Paulo partiu em um navio alexandrino cujas figuras de proa eram Castor e Pólux. Eu parti em outro navio e nunca mais o vi.

A pergunta que atormentava Marcus havia meses agora queimava sua mente como uma febre. Ele pegou a taça e franziu a testa.

— Se esse deus era tão poderoso, por que não salvou Paulo da execução?

Sátiro sacudiu a cabeça.

— Não sei. Eu me fiz a mesma pergunta quando soube de seu destino. Mas uma coisa eu sei: por mais misterioso que seja, havia um propósito.

Marcus ficou olhando para o vinho, sombrio.

— Parece que esse Cristo destrói todos que acreditam nele. — Esvaziou a taça e a deixou no chão. — Eu gostaria de saber por quê.

— Eu não tenho resposta para isso, meu senhor, mas vou lhe dizer uma coisa: depois de conhecer Paulo, sei que o mundo não é como parece ser. Os deuses que nós, romanos, adoramos não podem ser comparados ao Deus a quem ele servia.

— É Roma que governa o mundo, Sátiro — Marcus afirmou com sarcasmo —, não esse Jesus de quem Paulo falava. Basta ver o que aconteceu na Judeia para saber disso.

— Não sei. Paulo disse que Jesus venceu a morte e abriu o caminho para quem acredita nele.

— Eu não vi um único cristão vencer a morte — disse Marcus com a voz dura. — Todos eles a enfrentam louvando Jesus Cristo. E todos morrem como qualquer outro homem ou mulher.

Sátiro observou Marcus atentamente, sentindo que algum tormento profundo o levava através dos mares a uma terra rebelde.

— Se é esse Deus que procura, é melhor tomar muito cuidado.

— Por quê?

— Ele pode destruí-lo.

Marcus torceu os lábios com amargura.

— Ele já me destruiu — disse enigmaticamente e se levantou. Agradeceu a Sátiro por sua hospitalidade e saiu.

Os dias passavam devagar, mas os ventos continuavam bons e as condições do mar eram vantajosas.

Marcus caminhou pelo convés, lutando com suas intensas emoções. Por fim, voltou a seus aposentos, uma pequena câmara mobiliada com simplicidade. Esticou-se no divã estreito encravado na parede e ficou olhando para o teto de madeira polida.

Dormiu mal. Hadassah aparecia em seus sonhos todas as noites. Gritava para ele, e ele se debatia nas mãos que o seguravam. Júlia também estava lá, e Primo. Calabah se regozijava quando leões rugiam. Um deles corria em direção a Hadassah e Marcus lutava desesperadamente, mas a fera pulava e a derrubava.

Noite após noite ele acordava sobressaltado, tremendo, coberto de suor e com o coração acelerado. Sentava-se e agarrava a cabeça nas mãos. Afundando os dedos nos cabelos, praguejava e lutava contra a dor que o dominava.

Ao fechar os olhos, recordou Hadassah ajoelhada ao luar, as mãos erguidas para seu deus. Recordou que tomara o rosto dela nas mãos e fitara seus belos olhos castanhos, tão cheios de amor e tranquilidade. Cada pedaço dele ansiava por ela, com uma sede tão profunda que o fez gemer.

— Que tipo de deus é você para matá-la? — murmurou, com os olhos ardendo de lágrimas. — Por que deixou que isso acontecesse? — A raiva queimava dentro de Marcus, e ele cerrou os punhos. — Eu quero saber quem você é — sussurrou, entredentes. — Quero saber...

Levantou-se ainda de madrugada e se vestiu para subir ao convés. Precisava do ar frio do mar. Parado na proa, sentia a presença de Hadassah ao seu lado. Ela o assombrava, mas ele era grato. As lembranças que tinha dela eram tudo que lhe restava.

Os passageiros foram acordando pouco a pouco, o movimento se intensificando ao nascer do sol. Marcus atravessou o convés a sota-vento para ficar sozinho. Os viajantes, em sua maioria, eram árabes e sírios que haviam concluído seus negócios em Éfeso e voltavam para casa. Marcus conhecia muito pouco da língua deles e não queria companhia. A *corbita* podia acomodar até trezentos passageiros, mas havia somente cento e cinquenta e sete no navio, porque Marcus ordenara que a maior parte do espaço fosse utilizada para carga. Era grato por não haver mais pessoas a bordo.

Os ventos eram favoráveis e o navio seguia firme. Inquieto, ele caminhava pelo convés todos os dias até ficar exausto. Jantava com o capitão e voltava a seus aposentos.

Faltando alguns dias para chegar à Cesareia, estava mais calmo. Com os braços apoiados em uma pilha de caixas, olhava o mar azul-esverdeado, que refletia a luz do sol. Sabia que logo começaria sua jornada pela terra da Judeia.

Os marinheiros gritavam uns aos outros enquanto trabalhavam nas cordas. As velas se estendiam acima dele. O navio singrava os mares com suavidade. O *Minerva* havia feito um bom percurso, mas Marcus estava impaciente, ansioso para chegar a seu destino.

Um golfinho saltou abaixo dele.

A princípio ele mal o notou, até que apareceu novamente. Mergulhou e depois subiu, acompanhando o deslizar tranquilo do navio. Pulou mais uma vez e fez um barulho estranho antes de mergulhar de novo. Um dos tripulantes manejou as velas e gritou que os deuses estavam com eles. Os passageiros correram a sota-vento e rodearam Marcus para observar o golfinho. Um árabe vestindo uma túnica vermelha adornada com uma faixa preta forçou passagem para ver melhor.

O golfinho subiu de novo e de novo, bem abaixo de Marcus. Arqueando-se com graça, saltava repetidamente e depois deslizava com elegância sob a superfície do mar. O animal brincalhão era acompanhado por mais três, e saltaram em uníssono, deliciando os passageiros, que começaram a chamá-los em várias línguas.

— É um bom presságio! — disse alguém, empolgado.

— Oh, servo de Netuno! — outro gritou com reverência. — Nós lhe agradecemos por abençoar nosso navio!

— Uma oferenda! Uma oferenda! Deem-lhes uma oferenda!

Vários passageiros jogaram moedas ao mar. Uma atingiu o primeiro golfinho, surpreendendo-o. Ele virou e desapareceu, seguido pelos outros. O entusiasmo morreu com a partida dos animais, e os passageiros se afastaram de Marcus, encontrando outras maneiras de passar o tempo. Diversos grupos se reuniram para jogar dados, enquanto outros cochilavam ao sol.

Sátiro passou o leme a seu imediato e desceu para ficar ao lado de Marcus.

— É um bom sinal para sua jornada, meu senhor.

— Um Messias judeu enviaria uma mensagem por meio de um símbolo pagão? — perguntou Marcus secamente.

Seus braços ainda descansavam no costado enquanto observava os flashes da luz do sol na água azul-esverdeada.

— Segundo Paulo, todas as coisas foram criadas por esse Deus que o senhor procura. Assim sendo, ele não poderia enviar uma mensagem por qualquer meio que escolhesse?

— Então um deus todo-poderoso está enviando um peixe.

Sátiro olhou para ele com firmeza.

— O golfinho é um símbolo que todos nós reconhecemos, meu senhor, mesmo quem não tem fé em nenhuma religião. Talvez Deus o tenha enviado para lhe dar esperança.

— Eu não preciso de esperança. Preciso de respostas. — Seu semblante endureceu. Em tom desafiador e irritado, ele estendeu a mão sobre a água, gritando: — Ouça, mensageiro do Todo-Poderoso! Eu não aceito nenhum emissário!

Sátiro sentiu o medo que Marcus deveria sentir.

— Está desafiando Deus sem pensar nas consequências?

Marcus se segurou no costado do navio.

— Eu *quero* as consequências. Assim pelo menos saberei que esse deus realmente existe, que não é uma ilusão que alguém inventou para impingir à humanidade ingênua.

Sátiro recuou.

— Ele existe — afirmou.

— Por que você pensa assim? Porque sobreviveu a uma tempestade e a um naufrágio? Porque uma cobra picou um homem e ele não morreu? O Paulo de quem você fala morreu, Sátiro. De joelhos, com a cabeça em uma pedra. Diga-me, de que serve um deus que não protege seus fiéis?

— Eu não tenho as respostas que o senhor procura.

— Ninguém tem. Nenhum homem, pelo menos. Só Deus, se ele falasse. — Levantou a cabeça e bradou: — Eu quero saber!

— Está zombando dele. E se ele o ouvir?

— Deixe que ouça — disse Marcus, e então repetiu: — *Está me ouvindo?* — Lançou as palavras ao mar como um desafio, indiferente aos olhares curiosos que atraía. — Eu quero que ele ouça, Sátiro. Eu o desafio a ouvir.

Nesse momento, o capitão desejou estar bem longe de Marcus Valeriano.

— Está arriscando sua vida.

Marcus deu uma risada instável.

— Atualmente minha vida não significa mais nada para mim. Se Deus quiser levá-la, que a leve. Ela já é vazia e sem sentido. — Ele se debruçou no costado novamente, o corpo rígido e o queixo tenso. — Mas que olhe para mim quando o fizer.

8

Alexandre entrou no pátio do templo de Asclépio. Dois homens em uma liteira que seguia apressada passaram por ele, atravessaram o portão e desapareceram atrás dos muros. Curioso, ele se inclinou para a frente, avaliando a cena sombria diante dele.

Seu pai o levara ao templo de Asclépio em Atenas quando ele era menino, na esperança de que suas oferendas e uma vigília de um dia inteiro salvassem da febre o irmão mais novo e a irmã mais velha de Alexandre. Estava escuro quando ele e o pai chegaram, como nesse momento, apenas com tochas bruxuleantes projetando sombras misteriosas sobre o mármore reluzente do grande pátio. O que ele vira em seguida, ao adentrar os portões, lhe causara uma angústia indescritível...

E agora, ao ver o quadro trágico à sua frente, foi novamente tomado pela mesma angústia — e por uma esmagadora sensação de desamparo.

Mais de vinte homens e mulheres jaziam nos degraus do templo, enfermos, sofrendo, morrendo. Humanidade descartada. A maioria havia sido abandonada na calada da noite por amos indiferentes, sem sequer um cobertor para cobri-los. Alexandre lutava contra suas emoções enquanto passava os olhos pelos corpos espalhados diante de si. Voltou-se para Hadassah.

Sua expressão atordoada o fez gelar, e Alexandre sentiu seu coração se encolher. Ele tinha medo da reação da jovem, sabendo o que ela veria e tentara prepará-la na noite anterior.

— Meu pai foi escravo — dissera ele, observando o rosto dela à luz bruxuleante da pequena lamparina a óleo pousada na mesa que os separava.

Ele pudera ver a surpresa nos olhos dela, pois Alexandre raramente falava de si ou de seu passado. Só o fazia nesse momento para ajudá-la a entender o que planejava fazer.

— Ele teve a sorte de pertencer a um amo gentil e, como tinha tino para os negócios, era encarregado das finanças de seu dono. Recebia uma quantia em dinheiro para uso pessoal e conseguiu juntar o suficiente para comprar sua liberdade. Como meio de manter seus serviços, Caio Ancus Herófilo, meu avô, ofereceu a filha, Drusila, em casamento. Meu pai estava apaixonado por minha mãe havia muito tempo e aceitou de bom grado. Quando meu avô morreu, meu pai herdou a propriedade dele por meio de minha mãe. Eles tiveram sete filhos...

Quando fizera uma pausa, Hadassah estudara suas feições. Alexandre sabia que ela notara que ainda não havia acabado, pois estava em silêncio, esperando.

Alexandre a fitara, e seus olhos refletiam uma dor antiga.

— Meus pais tinham propriedades, dinheiro e prestígio, todas as vantagens que alguém poderia desejar. E, mesmo com tudo isso, eu fui o único filho que sobreviveu. Meus irmãos e irmãs morreram ainda pequenos. E toda a riqueza, todas as orações e oferendas nos templos, todas as lágrimas no rosto de minha mãe não puderam mudar nada.

— Foi por isso você decidiu ser médico?

— Em parte. Eu presenciei meus irmãos e irmãs morrerem de várias doenças da infância, e vi quanto isso custou para meus pais. Mas foi mais que isso. Pude sentir na pele cada vez que meu pai me levava ao templo de Asclépio para pedir a graça do deus. Eu me sentia impotente diante da miséria que via ali. Não havia um único sinal de poder, só sofrimento. E eu queria fazer alguma coisa em relação àquilo. Desde então, aprendi que não podemos mudar muita coisa neste mundo. Eu faço o que posso e tento me contentar com isso.

Ele estendera a mão para pegar a dela.

— Ouça, Hadassah — prosseguira. — Você vai ver coisas amanhã que vão deixá-la abalada. Mas só podemos trazer um paciente conosco.

Ela assentira.

— Sim, meu senhor.

— Eu lhe aviso para não ter expectativas. Aquele que escolhermos terá poucas chances de sobreviver. Os escravos que você verá no templo de Asclépio são inúteis para seus amos e foram deixados ali para morrer. Eu falhei mais vezes do que consegui curá-los.

— Quantas vezes fez isso?

— Uma dezena de vezes, talvez mais. Na primeira delas, tentei curar um escravo deixado em um templo em Roma. Eu tinha mais dinheiro e aposentos privados. Mas o homem morreu em uma semana. Ainda assim, pelo menos morreu com conforto. Perdi mais quatro depois disso e quase desisti.

Os olhos de Hadassah brilhavam de compaixão.

— E por que não desistiu?

— Porque parte de meu treinamento implicava adoração às divindades de cura. Eu não podia passar por essas pessoas e fingir que não estavam ali. — Suspirara, sacudindo a cabeça. — Não posso dizer que minhas razões eram totalmente altruístas. Quando um estudante de medicina perde um paciente deixado nos degraus do templo de Asclépio, ninguém se importa. Mas, se perder um homem livre, pode se despedir de seu futuro. — Uma careta atravessara seu rosto. — Meus motivos são bons e ruins, Hadassah. Eu quero ajudar, mas também quero aprender.

— Algum desses pacientes sobreviveu?

— Três. Um em Roma, um grego tão teimoso quanto meu pai. E dois em Alexandria.

— Então o que você fez valeu a pena — dissera ela com convicção.

Agora, porém, observando o olhar no rosto da jovem, Alexandre se perguntava se estava certo em prosseguir com aquilo, se deveria ter levado Hadassah consigo. Apesar de tudo que ele havia dito na noite anterior, podia ver que ela estava horrorizada diante da visão de tantos escravos abandonados nos degraus do templo.

— Oh — sussurrou ela, parando ao lado de Alexandre.

Essa única palavra feriu o coração do jovem médico, com sua carga de compaixão e tristeza.

Alexandre desviou o olhar; sentia a garganta apertada pela emoção. Depois de um momento, falou com voz rouca:

— Vamos. Não temos muito tempo.

Ele passou por um homem emaciado de cabelos grisalhos e se abaixou ao lado de outro, mais novo. Hadassah o seguiu em direção aos degraus de mármore do templo de Asclépio, mas parou ao lado do homem por quem Alexandre passara. Caiu de joelhos e tocou a testa febril do velho. Ele não abriu os olhos.

— Deixe-o — orientou Alexandre enquanto percorria o pátio até os degraus do templo.

Hadassah ergueu os olhos e o viu passar depressa por mais dois escravos abandonados. Seus senhores não haviam tido tempo de colocá-los nos degraus mais altos, onde havia certo abrigo. Esse pobre homem havia sido descartado poucos passos adiante do propileu. Outros ali perto estavam inconscientes, devastados por doenças desconhecidas.

— Vamos encontrar um que possa ser curado e fazer o que estiver ao nosso alcance — dissera Alexandre repetidas vezes na noite passada, acrescentando um aviso: — Você vai ver muitos com doenças fatais, ou simplesmente velhos acabados. Terá que ser forte para passar por eles, Hadassah. Só podemos trazer um conosco, um que tenha chances de sobreviver.

Ela olhou os degraus de mármore reluzente do templo pagão e contou mais de vinte homens e mulheres deitados ali. Humanidade descartada. Olhou para o velho de novo. Ele havia sido abandonado ali à noite sem sequer uma manta para cobri-lo.

— Deixe-o — ordenou Alexandre com severidade.

— Nós poderíamos...

— Veja a cor da pele dele, Hadassah. Ele não vai viver nem mais um dia. Além disso, é velho. Um mais novo tem mais chance.

Hadassah viu os olhos do velho escravo tremerem e sentiu uma dor imensa.

— Há alguém que o ama — disse. — O nome dele é Jesus.

O velho estava fraco e doente demais para falar, mas, quando a fitou com olhos vidrados e febris, ela lhe falou da Boa-Nova de Cristo. Ela não sabia se ele a entendia ou foi consolado por aquelas palavras, mas pegou-lhe a mão magra entre as suas e disse:

— Acredite e seja salvo. Deixe-se consolar.

Alexandre olhava, sombrio, aquela seleção de escravos abandonados. A maioria estava a um passo da morte para merecer atenção. Ao olhar para trás, viu Hadassah ainda inclinada sobre o velho agonizante.

— Hadassah! — gritou, em tom imperioso desta vez. — Afaste-se dele. — Fez sinal para ela avançar. — Olhe os outros.

Ela apertou a mão flácida do velho contra seu rosto velado e rezou:

— Pai, tem misericórdia deste homem.

Tirou o xale e o colocou sobre ele; seus olhos se embaçaram de lágrimas quando ele lhe deu um sorriso frágil.

— Por favor, Jeová, aceita-o, que ele esteja contigo no paraíso.

Ela se levantou dolorosamente, impotente; não podia fazer mais nada por ele.

Apoiando-se pesadamente na bengala, atravessou o pátio e subiu os degraus atrás de Alexandre. Quando foi se abaixar diante de outro homem, o jovem médico lhe disse para não perder tempo com aquele também.

— Ele está morto. Olhe os outros ali.

Enquanto avançava com dificuldade, ela observava cada homem ou mulher abandonado ali, nos degraus brancos e reluzentes do templo de Asclépio. Queria gritar de raiva. Mais de vinte escravos doentes e moribundos haviam sido deixados naquele lugar por seus amos insensíveis. Alguns já haviam morrido e logo seriam levados por assistentes do templo. Outros, como o velho, estavam quase desmaiados, sem nenhuma esperança ou conforto, simplesmente aguardando a morte chegar. Alguns gemiam de dor, tomados pelo delírio.

Os assistentes do templo removiam alguns — não para cuidar deles, mas para tirá-los de vista, a fim de não ofender os olhos dos adoradores matutinos, alguns dos quais já haviam chegado em luxuosas liteiras, cobertas de véus, carregadas por escravos. Quando os ricos devotos desciam e subiam os degraus, mantinham os olhos voltados para a frente, concentrando-se no majestoso templo, e não no sofrimento humano que o precedia. Eles tinham seus próprios problemas com que se preocupar e, ao contrário daqueles que estavam espalhados ali, o dinheiro necessário para oferendas, cerimônias e orações.

Hadassah se inclinou diante de outro homem. Virou-o gentilmente e viu que já estava morto. Quando se levantou, sentiu-se fraca e nauseada. Tanta dor e sofrimento e, no entanto, apenas uma dessas miseráveis criaturas ganharia a atenção e os cuidados médicos de Alexandre.

Deus, quem deve ser? Qual vida vais poupar hoje? Ela olhava em volta, confusa e desanimada. *Quem, Senhor?*

Sentiu alguém a observando e se voltou. Vários degraus acima havia um homem corpulento de pele escura, encarando-a com seus olhos negros e febris. Tinha feições aquilinas e usava uma túnica cinza encardida.

Um árabe.

Ele lhe provocou uma lembrança lancinante da longa marcha partindo de Jerusalém, acorrentada ao lado de outros cativos. Homens muito parecidos com ele haviam lhe jogado estrume e a outros prisioneiros judeus. Homens como ele lhe cuspiram quando ela passara.

Este, Senhor? Ela desviou o olhar, passando novamente por todos os outros e voltando para o árabe que jazia ali em cima.

Este.

Hadassah subiu os degraus em direção a ele.

Os dedos do homem se moviam depressa enquanto orava. A Vishnu.

Ela se abaixou dolorosamente no degrau de mármore logo abaixo dele e deixou sua bengala de lado. Tomou-lhe a mão, acalmando seus rogos fúteis e repetitivos.

— Shhh — disse gentilmente. — Deus ouviu suas orações.

Ele afrouxou os dedos, e ela pegou o rosário que o homem segurava e o guardou em sua faixa, para o caso de ele o desejar mais tarde. Tocou-lhe a testa timidamente e avaliou seus olhos enquanto ele a fitava. Surpreendeu-se com o medo que viu neles. Acaso pensava que ela era o espectro da morte sob aqueles véus? Ele respirava com dificuldade.

Ela levantou a cabeça e fez um sinal para Alexandre.

— Aqui, meu senhor!

Alexandre correu até ela. Quando chegou, o homem tossiu. A tosse provinha das profundezas de seus pulmões, maltratando seu corpo. Alexandre notou pequenas manchas de sangue no mármore.

— Febre no pulmão — disse, sombrio, e sacudiu a cabeça.
— É este — disse Hadassah, passando o braço sob os ombros largos do homem.
— Hadassah, a doença já consumiu seus pulmões. Não posso fazer nada por ele.
Ignorando-o, ela falou com o árabe:
— Vamos levá-lo para casa conosco. Nós lhe daremos remédios e comida. Você terá abrigo e descanso. — Ajudou-o a se sentar. — Deus me enviou a você.
— Hadassah — Alexandre alertou, apertando os lábios.
— É este — insistiu ela.
Alexandre a fitou duramente. Nunca havia sentido uma determinação tão feroz nela.
— Muito bem — disse e pousou a mão pesada no ombro de Hadassah. — Vou levá-lo.
Ele a ajudou a se levantar e a afastou para o lado. Entregando-lhe a bengala, olhou em volta, em busca de ajuda, e chamou dois assistentes do templo. Ansiosos por se livrar do homem doente, eles o levaram até uma liteira alugada.
Alexandre fitou o árabe novamente. Desperdiçaria tempo e medicamentos com ele.
Hadassah ainda estava ali, olhando todos os outros que tinha de deixar para trás, à beira da morte.
— Venha, Hadassah. Precisamos indicar o caminho a esses homens — disse Alexandre.
Ela baixou a cabeça de tal modo que ele percebeu que estava chorando baixinho sob os véus. Ele franziu a testa.
— Eu deveria tê-la deixado na tenda em vez de trazê-la para ver isso.
Ela apertava a mão na bengala enquanto caminhava ao lado dele.
— É melhor se esconder do que saber o que acontece no mundo?
— Às vezes. Especialmente quando não há nada que se possa fazer para mudar as coisas — ele respondeu, diminuindo o ritmo para facilitar a caminhada dela.
— Você está mudando as coisas para um homem — ela redarguiu.
Ele olhou para o árabe, que era carregado na liteira. Sua pele escura estava um pouco acinzentada e brilhava de suor. Tinha cavidades profundas sob os olhos.
— Duvido que sobreviva.
— Vai sobreviver.
Alexandre se impressionou com a convicção com que Hadassah falava, mas aprendera a respeitar o que ela dizia. Ela tinha conhecimentos que ele não conseguia entender.

— Farei o que puder por ele, mas vai depender da vontade de Deus ele viver ou morrer.

— Sim — ela concordou e ficou em silêncio.

Ele sabia, pelo jeito como ela mancava e segurava a bengala, que todos os seus esforços estavam concentrados em percorrer as ruas lotadas. Ficou à frente dela, com a liteira à esquerda, para proteger seu caminho. Hadassah estava cansada e sentia dor, não precisava que transeuntes descuidados a empurrassem, e ele pretendia garantir que ninguém o fizesse.

Quando chegaram à tenda, Alexandre colocou o árabe na mesa para examiná-lo melhor. Hadassah tirou a garrafa de pele de cabra do gancho na parede e despejou água em um copo de barro. Pendurou a garrafa no gancho e se aproximou do homem, passando o braço sob seus ombros e levantando-o o suficiente para que pudesse beber.

— Devo marcar este copo para não o usarmos por engano, meu senhor?

Ele riu.

— Agora que conseguiu me fazer trazê-lo para cá, é "meu senhor" de novo?

— Sem dúvida, meu senhor — ela repetiu, e ele notou o sorriso em seu tom de voz.

Ela deitou o árabe. Alexandre a viu acariciar os cabelos do homem para trás, como uma mãe faria. Ele conhecia a ternura que havia naquele toque e a compaixão que brilhava em seus olhos. Uma súbita necessidade de protegê-la o dominou. Pensar que alguém poderia ter desejado sua morte, mandando-a aos leões, provocou-lhe uma fúria que o assustou.

Subitamente, dirigiu o olhar ao árabe.

— Seu nome — disse.

— Amraphel — murmurou o homem. — Rashid Ched-or-laomer — concluiu.

— É muito nome para qualquer pessoa — disse Alexandre. — Vamos chamá-lo de Rashid. — Pegou o pano úmido que Hadassah lhe entregara e enxugou o rosto suado do enfermo. — Você não tem amo agora, Rashid, entendeu? Quem o deixou nos degraus perdeu todos os direitos sobre você. E eu não reivindico nada. Sua única obrigação para comigo é fazer o que eu disser até ficar bem. Então você decide se vai embora ou fica para trabalhar comigo.

Rashid tossiu forte. Alexandre ficou parado, observando-o com uma expressão sombria. Quando o espasmo por fim passou, o homem gemeu de dor e afundou debilmente na mesa.

Hadassah pousou a mão no peito de Rashid e sentiu os batimentos fortes do coração dele sob a palma da mão. *Ele vai sobreviver*, afirmou aquela vozinha de novo. Deus sabia como. Deus sabia por quê.

Rashid relaxou, pousou a mão sobre a dela e a fitou com olhos profundos de obsidiana. Ela alisou seus cabelos negros novamente.

— Deus não o abandonou.

Ele reconheceu o sotaque da Judeia e franziu a testa levemente. Por que uma judia teria pena de um árabe?

— Descanse. Vamos preparar uma cama para você.

Com tudo pronto, Alexandre o ajudou a se deitar. Ele dormiu quase no mesmo instante em que foi coberto com as mantas de lã.

O médico pôs as mãos nos quadris, observando seu paciente adormecido.

— Com boa saúde, ele deve ter sido um homem bem preparado.

— E será de novo. Como vai tratá-lo?

— Com marrolho e banana-da-terra. Não que vá ajudar muito, a essa altura da doença.

— Vou preparar um cataplasma de feno-grego — disse ela.

— Francamente, seria mais produtivo rogar por ele a seu deus.

— Eu tenho orado, meu senhor, e continuarei orando — confirmou ela. — Mas há algumas coisas que podemos fazer por ele também.

— Então vamos fazer.

9

Rashid fez pouco mais que dormir nas semanas seguintes. Sua esteira ficava nos fundos da tenda, fora do caminho. Quando estava acordado, ele observava Alexandre e Hadassah cuidarem dos pacientes. Ouvia tudo que era dito e prestava atenção ao que era feito.

Hadassah lhe dava peixe, legumes e pão embebido em vinho duas vezes ao dia. Ele não tinha apetite, mas ela insistia que comesse.

— Você vai recuperar suas forças.

Ela falava com tanta certeza que ele obedecia.

Quando o longo dia terminava, ele a observava preparar a refeição noturna e se surpreendia quando era chegado o momento de servi-la. Ela sempre lhe servia primeiro, depois ao médico e, só depois que os dois haviam comido o suficiente, fazia o próprio prato.

Todas as noites, ele os ouvia travar longas discussões sobre cada um dos pacientes. Logo ficou evidente para Rashid que a mulher velada sabia mais que o próprio médico sobre cada homem, mulher e criança que iam à tenda. Este ouvia palavras; aquela ouvia dores, angústias e temores. Este via cada paciente como portador de uma doença física; aquela conhecia a alma de todos... assim como conhecera a dele no momento em que lhe pousara os olhos. Sentira isso quando ela o tocara.

Cada vez mais as pessoas iam até ali para falar com ela, mas Hadassah as conduzia gentilmente até o médico. No entanto, Rashid não podia deixar de pensar, conforme as semanas se passavam, se alguma coisa que o médico fazia ajudaria em algo sem a presença dela.

Ele olhava enquanto Alexandre se sentava a sua mesa, ali perto, transferindo tudo que Hadassah havia escrito nas tabuletas, acrescentando o que fora feito com cada paciente. Quando terminasse essa tarefa, ele faria o inventário noturno dos medicamentos, anotando o que estivesse faltando. Depois prepararia os remédios.

E, enquanto ele trabalhava, ela ficava sentada no banquinho perto do braseiro, escondida sob seus véus, rezando.

Para Rashid, parecia que ela rezava o tempo todo. Algumas vezes, ele a ouvia cantarolar baixinho. Outras, ela abria as mãos com as palmas para cima. Mesmo durante o dia, enquanto ela falava com os doentes, havia algo nela que o fazia pensar que ela estava *ouvindo*, contemplando algo invisível.

Observá-la lhe dava uma sensação de paz, pois havia visto coisas surpreendentes acontecerem naquela tenda nas últimas semanas. Tinha certeza de que o Deus de Abraão a havia tocado com seu poder.

Conforme foi melhorando, passou a se sentar em uma esteira do lado de fora e a ouvir outras coisas.

— Ela tem o toque de cura.

Mais de uma pessoa dizia isso para quem quisesse ouvir. As notícias sobre Hadassah e Alexandre se espalhavam, pois alguns que iam até ali não provinham das ruas estreitas próximas ao cais ou às termas, mas de toda a cidade.

Uma pequena multidão se reunia do lado de fora todas as manhãs. Sussurravam respeitosamente, esperando que o biombo fosse retirado e a tenda fosse aberta. Alguns iam porque estavam doentes ou feridos e precisavam de atendimento médico. Outros iam para ouvir as histórias de Hadassah e fazer perguntas sobre seu deus.

Uma mulher chamada Epícaris ia com frequência com sua filhinha, Helena. E também um homem chamado Boethus. Às vezes, ele levava a esposa e os quatro filhos. Nunca saía sem dar algumas moedas a Hadassah, "para alguém que esteja precisando", como dizia. E a oferenda sempre era dada a alguém antes do término do dia.

Certa manhã, chegou uma jovem à tenda. Rashid a notou imediatamente, pois ela era um adorável pintassilgo entre um bando de pardais. Embora vestisse uma túnica simples marrom com uma faixa branca na cintura e um xale sobre os cabelos escuros, sua beleza o cativou. Uma mulher como aquela devia estar acostumada a seda e joias.

Hadassah ficou satisfeita ao vê-la.

— Severina! Venha, sente-se. Diga-me como você está.

Rashid observava Severina enquanto ela passava graciosamente por entre os demais; ela possuía o brilho de uma estrela cintilando no céu. Severina se acomodou no banquinho ao lado da mesa de Hadassah e disse:

— Pensei que você não se lembraria de mim. Estive aqui há muito tempo.

Hadassah cobriu a mão da mulher com a sua.

— Você parece bem de saúde.

— Estou mesmo — disse ela. — E não voltei ao Artemísion.

Hadassah permaneceu em silêncio, dando-lhe liberdade de dizer mais, se quisesse. Severina levantou os olhos.

— Eu me vendi como escrava doméstica. O amo que me comprou é gentil, assim como sua esposa. Ela me ensinou a tecer; gosto muito do trabalho.

— O Senhor tem sido bom para você.

Os olhos de Severina se encheram de lágrimas. Com as mãos trêmulas, ela pegou as de Hadassah e as apertou.

— Você foi gentil comigo quando cheguei aqui, perguntou meu nome e agora se lembra de mim. São coisas tão simples, mas tão importantes que você nem pode imaginar. — Ela corou. Soltou as mãos de Hadassah e se levantou. — Eu só queria que você soubesse — sussurrou e deu meia-volta, apressada.

Hadassah se levantou desajeitadamente.

— Severina, espere, por favor!

Foi mancando até onde estava a jovem, insegura, diante do círculo de pacientes que aguardavam a consulta. Conversaram por alguns minutos enquanto os outros observavam. Hadassah a abraçou e Severina se agarrou a ela, até que recuou e se afastou rapidamente.

Rashid observou o andar duro e desajeitado de Hadassah enquanto ela voltava para seu banquinho. Perguntou-se se acaso ela notava que vários dos pacientes sentados na rua de paralelepípedos que esperavam para falar com o médico tocavam a bainha de sua túnica quando ela passava.

―――――

A cada dia o árabe melhorava um pouco. Alexandre o examinava diariamente e registrava a quantidade de marrolho e banana-da-terra que lhe administrava, bem como os cataplasmas de feno-grego que Hadassah amarrava em seu peito. Talvez tudo isso, bem como a comida nutritiva e o aconchego dos cobertores, houvesse contribuído para salvá-lo da morte. Mas Rashid sabia que era mais que remédios ou abrigo o que restaurara sua vida. Por isso, tratava Hadassah com um respeito que beirava a reverência.

No entanto, uma coisa o incomodava. Certa noite, ele reuniu coragem e foi em busca da resposta.

— Você é escrava dele? — perguntou a Hadassah.

— Não exatamente — ela respondeu.

Alexandre escrevia, debruçado sobre um pergaminho. Ergueu os olhos ao ouvir a resposta.

— Ela é livre, Rashid. Assim como você.

Hadassah se voltou para Alexandre.

— Eu sou uma escrava, meu senhor, e assim permanecerei até que seja legalmente libertada.

Rashid notou que sua afirmação incomodava o médico, pois ele pousou a pena e se voltou totalmente para o banco dela.

— Seus amos perderam todos os direitos sobre você quando a mandaram para aquela arena. Seu deus a protegeu e *eu* a ajudei a se recuperar.

— Se soubesse que eu estou viva, meu senhor, minha senhora teria direito de exigir a minha volta.

— Então ela não vai saber — ele respondeu simplesmente. — Diga-me o nome dela para que eu possa evitá-la.

Hadassah ficou em silêncio.

— Por que não lhe diz? — perguntou Rashid, perplexo.

Alexandre sorriu com ironia.

— Porque ela é teimosa, Rashid. Todos os dias você vê como ela é teimosa.

— Se não fosse por ela, você teria passado por mim nos degraus do templo — Rashid observou, sombrio.

Alexandre ergueu levemente as sobrancelhas.

— Admito que isso é verdade. Pensei que você estivesse à beira da morte.

— E estava.

— Parece que não tão à beira assim. Está melhorando dia após dia.

— Eu estava mais perto da morte do que imagina. Mas *ela* me tocou.

O significado disso era muito claro, e Alexandre sorriu com sarcasmo para Hadassah.

— Ele pensa que meus tratamentos não tiveram nada a ver com sua melhora — disse, retornando aos pergaminhos.

— Não me dê crédito por curá-lo, Rashid — Hadassah pediu, chateada. — Não fui eu, e sim Jesus Cristo.

— Você disse aos outros que esse Cristo habita em você — Rashid emendou.

— Assim como habita em todos aqueles que acreditam nele. E habitaria em você se abrisse seu coração para ele.

— Eu pertenço a Shiva.

— Somos todos filhos de Abraão, Rashid. E existe somente um Deus, o verdadeiro Deus, Jesus, Filho de Deus.

— Ouvi você falar muitas vezes dele, mas esse não é o caminho que Shiva escolheu para mim. Você perdoa seu inimigo, eu mato o meu. — Seus olhos escureceram. — E juro diante de Shiva que matarei os seus se eles se aproximarem de você.

Atordoada, ela ficou quieta, fitando através dos véus aquele rosto escuro, orgulhoso e rígido.

Alexandre olhou por cima do ombro, igualmente surpreso com uma veemência tão feroz. Voltando-se, avaliou o árabe.

— Que posição você tinha na casa de seu amo, Rashid?
— Eu era guarda do filho dele até minha doença me vencer.
— Então você é um soldado treinado.
— De uma raça de guerreiros — completou Rashid, erguendo a cabeça, orgulhoso.

Alexandre sorriu, pesaroso.

— Parece que Deus não me enviou um aprendiz, Hadassah. Enviou um protetor para você.

10

Júlia estava no meio da multidão, no propileu do templo de Asclépio, ouvindo a apresentação aparentemente interminável de poetas que competiam no festival trienal em homenagem ao deus da cura. Havia gostado mais da apresentação anterior, com eventos esportivos e de ginástica.

Aquele mar de palavras não significava nada para ela. Não era poeta nem atleta. E estava com problemas de saúde. A razão pela qual ia com tanta frequência ao templo de Asclépio era para obter a misericórdia desse deus. Como não podia agradar à divindade com obras literárias ou feitos de força e agilidade, faria uma vigília durante a longa noite para honrá-la e apaziguá-la.

Quando o sol se pôs, ela entrou no templo e se ajoelhou diante do altar onde eram feitos os sacrifícios. Rezou para o deus da saúde e do corpo. Rezou até seus joelhos e costas doerem. Quando não aguentou mais ficar ajoelhada, deitou-se de bruços no mármore frio, com os braços estendidos em direção à estátua de Asclépio.

A manhã chegou e a encontrou cheia de dores. Ela ouviu o coro cantando hinos rituais. Levantou-se e ficou com os outros que haviam feito a vigília noturna com ela. Um sacerdote fez um longo discurso, mas, exausta como estava, pouco do que ele dizia fazia sentido para ela.

Onde estava a misericórdia? A compaixão? Quantas oferendas e vigílias ela teria que fazer para ser curada?

Fraca em virtude da longa vigília, deprimida e doente, ela se abaixou e se recostou pesadamente contra uma das colunas de mármore. Fechou os olhos. O sacerdote continuou recitando seu interminável sermão.

Acordou com um sobressalto, com alguém a sacudindo. Olhou para cima, confusa, ainda meio adormecida.

— Aqui não é lugar para dormir, mulher! Levante-se e vá para casa — disse o homem, nitidamente irritado com sua presença.

Por suas vestes, ela soube que era um dos guardiões do templo.

— Não posso.

— Como assim, não pode?

— Passei a noite toda aqui, rezando — balbuciou ela.

Ele a pegou e a puxou rudemente para levantá-la.

— Não trouxe uma serva? — perguntou, impaciente, avaliando o linho fino da túnica e dos véus que ela usava.

Júlia varreu o ambiente com o olhar, à procura de Eudemas.

— Ela deve ter me deixado aqui em algum momento da noite.

— Vou chamar um escravo para levá-la para casa.

— Não. Não posso ir para casa. Eu rezei durante horas. Por favor, deixe-me entrar no *abaton* e receber a cura.

— Você precisa passar pela cerimônia de purificação e se lavar no Poço Sagrado para poder entrar no *abaton*, mulher. Já devia saber disso. Além do mais, depende da vontade do deus você recuperar ou não a saúde.

— Eu farei qualquer coisa que pedir — retrucou ela, desesperada.

Ele a avaliou novamente.

— É muito caro — murmurou.

— Quanto? — ela se apressou em perguntar.

Ela viu os olhos dele se moverem para seus brincos de ouro, então os retirou e os entregou. Ele os guardou rapidamente nas dobras da faixa de seda vermelha e olhou para o pingente de ouro. Ela o tirou também e o colocou na palma da mão dele. Seus dedos grossos se fecharam em torno do pingente e o empurraram apressadamente nas dobras da faixa, onde já estavam os brincos.

— Agora vai me deixar entrar?

— Você não tem mais nada?

Ela olhou para as próprias mãos, brancas e trêmulas.

— Tudo que me resta é este anel de ouro e lazurita que meu pai me deu quando eu era criança.

Ele pegou a mão dela e a analisou.

— Vou ficar com ele — disse, soltando-a.

Com lágrimas embaçando os olhos, ela foi virando o anel até conseguir tirá-lo do dedo mínimo da mão direita. Observou-o guardá-lo com os brincos e o pingente.

— Siga-me — disse ele.

Ele a deixou em uma câmara de purificação, onde mandaram que ela tirasse toda a roupa. Ela sempre se orgulhara de seu corpo, mas, enquanto uma serva a lavava, preparando-a para entrar no Poço Sagrado, sentiu-se envergonhada e constrangida. As úlceras purulentas e as estranhas contusões cor de púrpura que evidenciavam sua misteriosa e maligna doença agora estavam expostas. Quando lhe entregaram uma túnica branca e solta, ela a pegou e a vestiu depressa, cobrindo-se dos olhares curiosos.

Júlia entrou na câmara que protegia o Poço Sagrado e viu outros esperando à sua frente. Desviou o olhar de uma mulher que tinha mentagra, uma terrível doença de pele. Esforçou-se para controlar uma onda de repulsa diante das feias erupções no rosto da mulher. Viu um homem com as articulações inchadas entrar na piscina sagrada. Ele teve um intenso ataque de tosse quando os assistentes começaram a baixá-lo, e foi preciso esperar que passasse.

A próxima a entrar na piscina foi uma mulher obesa que tremia violentamente. Ao som de hinos rituais e repetidos encantamentos, cada um dos pleiteantes ao deus, cada qual com sua doença ou deformidade, descia os degraus até as águas sagradas.

Júlia estava tão impressionada com o que via que não conseguia se concentrar no cântico dos hinos. Ela observara os assistentes mergulharem a mulher com mentagra na piscina turva, e agora tinha de se banhar na mesma água que lavara aquelas erupções repugnantes.

Os assistentes pegaram suas mãos com firmeza e a ajudaram a descer os degraus escorregadios. Ela lutou contra o pânico quando a inclinaram para trás e sentiu a água fria tocar-lhe as costas até cobrir-lhe o rosto. Queria gritar, mas controlou o pânico, apertando os lábios e prendendo a respiração. Afundando, afundando, foi entrando na água turva do Poço Sagrado. O enxofre queimava-lhe os olhos, mesmo fechados.

Foi novamente erguida e precisou de toda a força de vontade para não se soltar dos assistentes e subir os degraus para sair daquela piscina nojenta. Deu um sorriso falso e hesitante àqueles que a haviam ajudado, mas eles já estavam concentrados no homem de trás, que nesse momento mergulhava nas águas sagradas.

Tremendo, ela entrou na câmara seguinte, onde descartou a túnica branca encharcada e vestiu outra, igualmente branca e solta. Um assistente a conduziu por um longo corredor aberto até o *abaton*, um dormitório sagrado adjacente ao templo de Asclépio, onde ela passaria a noite "incubada". À sua frente estava o poço sagrado das cobras. Sacerdotes derramavam libações naquela massa retorcida de répteis agitados, cantando e rezando em voz alta para os deuses e espíritos do submundo.

Júlia entrou no *abaton*. Não tinha apetite, mas comeu a comida e bebeu o vinho que lhe levaram. Talvez contivessem drogas que induziriam os sonhos de cura. Deitou-se no banco de dormir e rezou de novo. Sabia que, se sonhasse com cães lambendo seu corpo ou com cobras rastejando sobre ela, era sinal de que Asclépio a favoreceria e a curaria. Então rezou para que os cães e cobras fossem até ela, sentindo-se aterrorizada com o pensamento.

Sentiu as pálpebras e o corpo pesados. Achou que alguém havia entrado no cômodo, mas estava cansada demais para abrir os olhos. Ouviu a voz de um homem sussurrando, invocando os deuses e espíritos do submundo para curá-la de suas aflições. Sentiu o corpo mais e mais pesado enquanto mergulhava em um poço escuro...

Havia cobras embaixo dela, milhares delas, de todos os tamanhos, contorcendo-se e retorcendo-se em uma massa pavorosa. Jiboias e minúsculas áspides, pequenas serpentes inofensivas que ela já vira no jardim de sua casa em Roma, e najas venenosas com o pescoço dilatado. Mexiam a língua bífida sucessivas vezes para dentro e para fora, cada vez mais perto, até encostarem em sua carne. Cada toque era como uma labareda de fogo, até que seu corpo foi consumido por elas.

Chorando, Júlia se debateu e acordou.

Havia alguém nas sombras de sua pequena cela, falando com ela em voz baixa. Júlia se esforçou para ver quem era, mas sua visão estava distorcida, seus pensamentos, nublados.

— Marcus?

A pessoa não respondeu. Desorientada, ela fechou os olhos. Onde estava? Respirou devagar e profundamente até conseguir acalmar um pouco a mente, e então recordou. O *abaton*. Tinha ido até ali para se curar.

Começou a chorar. Deveria estar feliz. As cobras haviam se arrastado sobre ela em seu sonho; isso era um sinal dos deuses de que ela ficaria bem. Mas, mesmo assim, não podia calar a voz da dúvida que ecoava em sua mente. E se o sonho não significasse nada? E se os deuses estivessem zombando dela? Seu peito doía enquanto tentava parar de soluçar.

Virou a cabeça e viu a figura sombria ainda em pé, no canto escuro da cela. Teria Asclépio ido até ela?

— Quem é você? — sussurrou, rouca e assustada, mas esperançosa.

O vulto começou a sussurrar em uma voz estranha, e ela percebeu que ele estava cantando. A voz continuou; as palavras não faziam sentido para ela. Sentiu-se sonolenta novamente, mas lutou contra o sono, não queria sonhar com o poço de cobras. No entanto, não podia suportar o efeito das drogas que lhe haviam dado e mergulhou na escuridão...

Ouviu cachorros latindo e ganindo. Estavam se aproximando, cada vez mais perto e mais rápido. Ela correu por uma planície quente e rochosa. Quando olhou para trás, viu os cães chegando em bando, correndo em direção a ela. Tropeçou e caiu, levantou-se de novo, ofegando. Seus pulmões queimavam enquanto ela tentava correr mais rápido. Eles se aproximaram, latindo ferozmente, com os dentes à mostra.

— Alguém me ajude! Alguém me...

Tropeçou de novo, e, antes que pudesse se levantar, os cães estavam sobre ela, não lambendo sua carne doente, mas rasgando-a com suas presas afiadas. Gritando, ela lutava contra eles.

Acordou sobressaltada e se sentou na cama estreita. Levou um instante para desacelerar a respiração e perceber que fora apenas um sonho. Não havia nenhuma figura sombria no canto escuro. Cobriu o rosto e chorou, com medo de dormir de novo. Então esperou durante frias e longas horas, até que a escuridão começou a desaparecer.

Um administrador do templo foi até ela ao amanhecer e perguntou o que havia sonhado. Ela contou com o máximo de detalhes que conseguiu recordar, e ele pareceu perturbado.

— Qual é o problema? É um mau presságio? Eu vou ficar bem? — Júlia perguntou sem fôlego, quase aos prantos novamente.

Sentiu-se tremer por dentro, o que era um aviso da histeria que se aproximava. Apertando as mãos, lutou contra ela.

— Asclépio enviou um bom sinal — afirmou o administrador com calma e desprovido de emoção. — Muitas cobras, muitos cachorros, isso é incomum. Suas orações encontraram grande boa vontade de nosso deus mais elevado.

Júlia se sentiu vagamente desconfortável com a interpretação. Tinha visto nos olhos do homem algo terrível e inquietante. Tinha certeza de que ele estava dizendo o que ela ansiava ouvir. Ainda assim, não pôde deixar de perguntar:

— Então vou ficar bem de novo?

Ele assentiu.

— Com o tempo, Asclépio restaurará sua saúde.

— Com o tempo? — perguntou ela, desolada. — Quanto tempo?

— Precisa demonstrar mais fé, mulher.

Nesse momento, ela entendeu.

— Como faço para demonstrar a Asclépio que tenho fé suficiente para ele me curar? — perguntou, tentando controlar o amargo cinismo de sua voz.

Ela sabia o que estava por vir. Diversas vezes ouvira o mesmo conselho de meia dúzia de sacerdotes que clamavam a outros deuses, cujos favores ela buscara, mas não obtivera resposta favorável.

O administrador levantou a cabeça levemente, estreitando os olhos.

— Com vigílias, orações, meditação e oferendas votivas. E, quando estiver bem, demonstrando a gratidão apropriada com presentes dignos.

Ela desviou os olhos e os fechou. Não tinha forças para longas vigílias nem coração para orar e meditar. A riqueza que ela pensara ser suficiente para mantê-la em uma vida de luxo para sempre havia se reduzido a quase nada, sugada pelas ambições de Primo. Ele a despojara da maior parte de seus bens e desaparecera de Éfeso. Talvez, como Calabah, houvesse simplesmente embarcado em um navio e ido para Roma, onde encontraria uma vida muito mais excitante que aquela, em que era obrigado a testemunhar sua mulher morrer lentamente de uma doença desconhecida.

Fazia apenas alguns dias que ela descobrira que mal tinha dinheiro para viver com relativo conforto. Não podia pagar o tipo de oferendas votivas a que o administrador aludia: réplicas de ouro dos órgãos internos que lhe causavam dor.

A bem da verdade, não eram dores insuportáveis o que ela sentia, era mais uma fraqueza que se espalhava... As febres constantes, as náuseas e suores, os tremores e as feridas que supuravam em lugares secretos, tudo esgotando seu corpo até o ponto da exaustão.

— Por que não se mata e acaba logo com isso? — dissera Primo durante a conversa que mais tarde ela descobrira ter sido a última antes que ele a abandonasse. — Acabe de uma vez com essa vida miserável.

Mas ela queria viver! Não queria morrer e ficar na escuridão pelo resto da eternidade. Não queria morrer e enfrentar os horrores desconhecidos que possivelmente a aguardavam.

Ela tinha medo.

— Tenho muito pouco dinheiro — explicou, fitando o administrador, que aguardava em silêncio que ela se manifestasse. — Meu marido tomou a maior parte dos meus bens e me deixou. Não tenho o suficiente para oferendas votivas feitas de ouro ou prata, nem mesmo de latão.

— É uma pena — disse ele sem emoção e se levantou. — Sua roupa está na prateleira. Por favor, deixe a túnica.

Ela ficou chocada com sua indiferença.

Sozinha, Júlia se sentou no divã, desanimada demais para sentir alguma coisa. Levantou-se depois de um longo tempo, tirou a roupa branca que havia recebido e vestiu sua túnica de linho azul. Levou as mãos aos lóbulos das orelhas e ao pescoço, onde suas últimas peças de ouro haviam estado, e as deixou cair nas laterais do corpo. Pegou seu xale azul, elegantemente bordado com uma flor, e o colocou sobre a cabeça e os ombros.

Erguendo o queixo levemente, saiu para o corredor. Várias pessoas a detiveram, perguntando-lhe como havia sido a noite, se os deuses haviam respondido a suas orações. Sorrindo, ela mentiu e disse que havia sido curada de sua aflição.

— Asclépio seja louvado! — disseram, uma após a outra.

Ela atravessou rapidamente o pátio e o propileu até chegar à rua lotada. Queria estar em casa. Não em sua casa em Éfeso. Júlia queria estar na casa de Roma, ser criança novamente. Queria voltar aos tempos em que tinha a vida toda pela frente, linda e brilhante como as cores do amanhecer, fresca e nova, cheia de oportunidades.

Queria começar de novo. Se pudesse, como faria as coisas diferente! Como as coisas seriam diferentes!

Ela pensara que Asclépio lhe daria isso. Achava que suas oferendas, vigílias e preces lhe renderiam isso. E ele enviara as cobras, enviara os cachorros. Ainda assim, ela sabia, no fundo, que era tudo em vão.

Um profundo sentimento de raiva e impotência a dominou.

— Pedra! Isso é tudo que você é! Você não pode curar ninguém! Você não é nada além de um bloco de pedra fria e sem vida!

Esbarrou em alguém, que gritou:

— Maldita seja, mulher! Olhe por onde anda!

Em prantos, Júlia saiu correndo.

11

O Minerva atracou na Cesareia Marítima no início da primavera. Embora a cidade tivesse sido construída por um rei judeu, a Marcus pareceu romana, tanto na aparência quanto na atmosfera, tal qual a Cidade Eterna, onde havia sido criado. Quatro séculos antes, esse mesmo local havia sido colonizado por fenícios, que construíram um pequeno ancoradouro fortificado chamado Torre de Straton, em homenagem a um de seus reis. O ancoradouro se expandira e se modernizara graças a Herodes, o Grande, e a nova cidade recebeu um novo nome em homenagem ao imperador César Augusto. A Cesareia se tornara um dos portos mais importantes do Império e a sede dos oficiais romanos que governavam a Palestina.

Herodes havia reconstruído a cidade de olho em Roma, tomando emprestado o estilo dos gregos conquistados. Via-se fortemente a influência helênica no anfiteatro, no hipódromo, nas termas e nos aquedutos. Havia também um templo em homenagem a Augusto, bem como estátuas de vários deuses gregos e romanos que continuavam enfurecendo os judeus justos.

Marcus sabia que muitas vezes surgiam conflitos entre judeus e gregos da cidade. A última rebelião sangrenta fora desencadeada dez anos antes, esmagada por Vespasiano e seu filho Tito antes de marcharem contra Jerusalém, o coração da Judeia. Vespasiano havia sido declarado imperador na Cesareia e prontamente elevara a cidade a colônia romana.

Apesar da mão de ferro romana sobre a cidade, Marcus notou a inquietação subjacente enquanto caminhava pelas ruas estreitas. Sátiro o advertira sobre entrar em certas partes da cidade, e foi para esses mesmos lugares que Marcus se dirigiu. Aquele era o povo de Hadassah. Ele queria saber o que os tornava tão obstinados e determinados em sua fé.

Não perdeu tempo pensando na violência que poderia sofrer nas mãos de zelotes ou sicários. Estava decidido a encontrar o deus de Hadassah, e não o encontraria nas termas e arenas romanas, tampouco nas casas de comerciantes romanos. A informação de que necessitava estava na mente daqueles patriotas judeus que tinham a mesma obstinação que sentira em Hadassah.

Três dias após sua chegada, Marcus comprou um forte cavalo do deserto, suprimentos para a viagem por terra e um mapa indicando estradas, *stationes* e *civitates*, com a distância umas das outras. Depois de passar um dia estudando o mapa, saiu da Cesareia e seguiu para sudeste, mais especificamente para Sebastia, na província de Samaria.

Chegou à cidade no início da tarde do segundo dia. Já havia sido informado de que a antiga vila judaica competia em grandeza com Jerusalém antes da destruição. Ele a viu muito antes de alcançá-la, pois ficava no alto de uma colina. Graças às conversas com Sátiro enquanto navegavam no *Minerva*, Marcus sabia que Sebastia era a única cidade fundada pelos antigos hebreus. Construída pelo rei Omri mais de novecentos anos antes, Samaria — como anteriormente fora chamada — servira de capital para o reino de Israel, enquanto Jerusalém era a capital do reino de Judá.

A cidade tinha uma história longa e sangrenta. Fora ali que um judeu chamado Elias assassinara duzentos profetas de Baal. Mais tarde, a dinastia do rei Acabe e sua esposa fenícia, Jezabel, fora derrubada por um homem chamado Jeú, que massacrara os adoradores de Baal e transformara o templo do deus em uma latrina. Mas o derramamento de sangue não terminara ali.

Ao longo dos séculos, Samaria fora conquistada pelos assírios, babilônios, persas e macedônios. Por fim, um líder asmoneu chamado João Hircano I fizera da cidade parte de um reino judeu novamente. Mas, menos de dois séculos depois, Pompeu tomara a cidade para Roma. César Augusto dera Samaria de presente a Herodes, o Grande, e o rei judeu a renomeara como Sebastia, palavra grega para "Augusto".

Quando Marcus atravessou os portões da cidade, viu a marca da influência grega e romana. A população era uma mistura de raças: romanos, gregos, árabes e judeus. Encontrou uma pousada perto do mercado — ou um lugar que se dizia uma pousada. Na verdade, era pouco mais que um pátio protegido, com tendas ao longo dos muros internos e um fogo ao centro. Ainda assim, era um abrigo.

Após uma visita às termas, ele voltou à pousada e fez perguntas ao proprietário, um grego magro de olhos astutos chamado Malco.

— Está perdendo seu tempo procurando o deus dos judeus. Até eles disputam entre si qual montanha é *o* monte sagrado. Em Sebastia, dizem que foi ao monte Gerizim que Abraão levou seu filho para ser sacrificado.

— O que quer dizer com "sacrificado"?

— A raça dos judeus começou com um homem chamado Abraão, que foi instruído por seu deus a sacrificar seu único filho, que ele teve na velhice e que lhe fora prometido por esse mesmo deus — Malco explicou, servindo vinho no cálice de Marcus.

Marcus deu um sorriso triste.

— Então ele mata sua gente desde o começo.

— Eles não veem a coisa assim. Os judeus acreditam que o deus deles estava testando a fé do patriarca. Acaso esse Abraão escolheria amar a Deus mais que a seu único filho? Ele passou no teste e seu filho foi poupado. Esse é considerado um dos acontecimentos mais importantes de sua história religiosa. A obediência de Abraão a seu deus foi o que fez de seus descendentes "o povo escolhido". É de pensar que eles saberiam onde isso aconteceu, mas, em certo momento, o local entrou em disputa. Pode ser Moriá, ao sul, ou Gerizim, perto daqui. Não ajuda em nada o fato de que os judeus de Jerusalém veem os daqui de Samaria como uma raça corrompida.

— Corrompida por quê?

— Pelo casamento com gentios. Você e eu somos gentios, meu senhor. De fato, quem não nasceu descendente direto desse Abraão é gentio. Eles são inflexíveis em relação a isso. Até os que mais tarde abraçam sua religião não são considerados judeus verdadeiros, nem mesmo depois de terem sido circuncidados.

Marcus estremeceu. Ele já tinha ouvido falar sobre essa tal "circuncisão".

— Que homem em plena posse de sua razão concordaria com uma prática bárbara como essa?

— Quem queira aderir à lei judaica — disse Malco. — O problema é que os judeus não conseguem sequer concordar entre si. E guardam rancor, mais que qualquer romano. Os judeus das províncias da Judeia e da Galileia odeiam os de Samaria, e isso tem a ver com o que aconteceu séculos atrás — explicou. — Houve um templo aqui, mas foi destruído por um judeu asmoneu chamado João Hircano. Os samaritanos também não esquecem isso. Eles têm memória longa. Há muito sangue ruim entre eles, e a distância aumenta com o passar do tempo.

— Eu pensei que adorar um único deus uniria um povo.

— Até parece. Os judeus se dividem em todos os tipos de facções e seitas. Há os essênios, os zelotes, os fariseus e os saduceus. Há os samaritanos, que proclamam o monte Gerizim como a montanha sagrada, e judeus na Judeia que ainda oram no que resta das paredes do templo. E novas seitas surgem o tempo todo. Esses cristãos, por exemplo, estão durando mais que a maioria, embora os judeus tenham levado quase todos para fora da Palestina. Ainda há alguns decididos a ficar e *salvar* o restante. E vou lhe dizer, onde houver cristãos na Palestina, pode ter certeza de que haverá tumulto e alguém será apedrejado.

— Há cristãos aqui em Sebastia? — perguntou Marcus.

— Alguns. Eu não tenho nada a ver com eles. Não é bom para os negócios.

— Onde posso encontrá-los?

— Não chegue perto deles. E, se chegar, não traga nenhum para minha pousada. Os judeus odeiam os cristãos mais que aos romanos.

— Achei que teriam um interesse em comum: o mesmo deus.

— Você está perguntando ao homem errado. Tudo que sei é que os cristãos acreditam que o Messias já chegou. Seu nome era Jesus. — Ele riu, sarcástico. — Esse Jesus, que foi supostamente ungido por Deus, provinha de um pequeno monturo na Galileia chamado Nazaré. Acredite em mim, nada de bom sai da Galileia. Pescadores e pastores ignorantes, principalmente, mas com certeza não um Messias como o que os judeus estão esperando. Supõe-se que o Messias seja um rei guerreiro que desce dos céus com uma legião de anjos. Os cristãos adoram um Messias que era carpinteiro. Além disso, ele foi crucificado, embora afirmem que ressuscitou dos mortos. Segundo essa seita, Jesus cumpriu a Lei e, com isso, a aboliu. Essa afirmação é suficiente para manter uma guerra para sempre. Se há uma coisa que aprendi a conhecer em vinte anos neste país miserável foi o seguinte: um judeu não é judeu sem *a Lei*. É o ar que eles respiram. — Sacudiu a cabeça. — E vou lhe dizer outra coisa: eles têm mais leis que Roma e não param de inventá-las. Eles têm a Torá, escrita por Moisés. Têm suas leis civis e morais. Têm até leis alimentares, além de muitas tradições. Juro, os judeus têm leis sobre tudo, até sobre como e onde um homem pode se aliviar!

Marcus franziu a testa. Algo que Hadassah dissera uma vez sobre a Lei se acendeu como uma pequena chama em sua mente. Ela havia resumido toda a Lei em poucas palavras para Cláudio, o primeiro marido de Júlia. Ele escrevera isso em um de seus pergaminhos e depois lera as palavras dela para ele. Quais eram mesmo?

— Eu preciso descobrir — ele murmurou para si mesmo.

— Descobrir o quê? — questionou Malco.

— Qual é a verdade.

O homem apertou os olhos, sem entender nada.

— Como chego ao monte Gerizim? — perguntou Marcus.

— Basta sair por aquela porta e verá duas montanhas: o monte Ebal, ao norte, e o monte Gerizim, ao sul. Entre eles está a passagem para o vale de Nablus. Abraão atravessou por ali para sua "Terra Prometida".

Marcus lhe deu uma moeda de ouro.

Malco ergueu levemente as sobrancelhas, girando-a entre os dedos. Esse romano devia ser muito rico.

— A estrada vai levá-lo através da cidade de Siquém, mas vou lhe avisar: os romanos são odiados em toda a Palestina, e um romano viajando sozinho está pedindo problemas. Especialmente com dinheiro.

— Disseram-me que uma legião romana guarda essas estradas.

Malco riu pesarosamente.

— Nenhuma estrada está a salvo dos sicários. E eles cortam sua garganta antes mesmo de ouvirem um pedido de misericórdia.

— Ficarei atento aos zelotes.

— Esses homens não são zelotes. Os zelotes são como aqueles que cometeram suicídio em Massada há alguns anos. Eles preferiram a morte à escravidão. Dá para respeitar homens assim. Mas os sicários são completamente diferentes. Eles se acham patriotas, mas não passam de bandidos assassinos.

O comerciante guardou a moeda de ouro na dobra da faixa encardida e prosseguiu:

— Escolheu um país sórdido para visitar, meu senhor. Não há nada aqui que se recomende a um romano.

— Eu vim para saber sobre o deus deles.

Malco riu, surpreso.

— Por que alguém quer ter algo a ver com o deus deles? Não se pode vê-lo, não se pode ouvi-lo. E veja o que aconteceu com os judeus. Se quiser minha opinião, fique bem longe desse deus.

— Não pedi sua opinião — disse Marcus, dispensando o homem.

— A vida é sua — murmurou Malco, indo atender outros clientes.

A esposa de Malco deixou uma tigela de barro diante de Marcus. Faminto, ele comeu e achou satisfatória a mistura de lentilhas, feijões e grãos com mel e azeite. Quando terminou, levantou-se e foi até seu aposento, colado à parede do pátio aberto. Seu cavalo havia recebido feno e grãos. Empurrando o animal de lado, Marcus desenrolou sua cama e se deitou.

Dormiu mal, acordando toda vez que alguém se mexia ou se levantava. Dois viajantes de Jericó beberam vinho, riram de piadas e conversaram até tarde da noite. Outros, como um soldado aposentado e sua jovem esposa e filho, deitaram cedo.

Marcus despertou ao amanhecer e partiu para o monte Gerizim. Atravessou a cidade de Siquém no final da tarde. Ansioso para chegar a seu destino, não parou, continuou subindo a montanha. Deteve-se em um santuário judeu para fazer perguntas, mas, ao ouvir seu sotaque e notar suas vestes, as pessoas o evitavam. Cavalgou um pouco mais, então amarrou seu cavalo e seguiu a pé até o topo.

Encontrou uma vista magnífica da região montanhosa da Terra Prometida judia. Mas não havia sinal algum de um deus. Não que ele pudesse ver. Frustrado, gritou no vazio:

— Onde está você? Por que se esconde de mim?

Passou a noite olhando as estrelas e ouvindo o uivo de um lobo em algum lugar no vale. Hadassah dizia que seu deus falava com ela ao vento, e ele se esforçou para ouvir o que o vento tinha a lhe dizer.

Mas nada ouviu.

Passou todo o dia seguinte esperando e ouvindo. Nada ainda.

Começou a descer a montanha no terceiro dia, faminto e sedento.

Encontrou um jovem pastor perto de seu cavalo, alimentando-o com folhagens na palma da mão. Espalhadas ao redor da encosta, havia ovelhas pastando.

Marcus desceu a encosta. Lançando um olhar frio ao garoto, tirou seu odre de pele de cabra da sela e bebeu. Estava com sede. O garoto não recuou, observando-o com interesse, e disse alguma coisa.

— Não entendo aramaico — Marcus retrucou secamente, irritado pelo fato de o garoto continuar ali.

O jovem pastor falou em grego dessa vez:

— Teve sorte de seu cavalo ainda estar aqui. Há muitas pessoas nestas redondezas que não pensariam duas vezes antes de roubá-lo.

Marcus curvou os lábios com ironia.

— Pensei que os judeus tinham um mandamento contra roubar.

O menino sorriu.

— Não de romanos.

— Então que bom que ele ainda está aqui.

O garoto acariciou o focinho aveludado do animal.

— É um bom cavalo.

— E me levará aonde vou.

— Aonde vai?

— Ao monte Moriá — disse Marcus. E, após uma breve hesitação, acrescentou: — Encontrar Deus.

Surpreso, o garoto o fitou e o estudou com curiosidade.

— Meu pai disse que os romanos têm muitos deuses. Com tantos para escolher, por que procura outro?

— Para fazer perguntas.

— Que tipo de perguntas?

Marcus desviou o olhar. Perguntaria na cara de Deus por que permitira que Hadassah morresse. Perguntaria por que, se ele era o Criador Todo-Poderoso, criara um mundo tão cheio de violência. Mais que tudo, queria saber se Deus existia.

— Se eu o encontrar, vou perguntar a ele sobre muitas coisas — disse e fitou o garoto.

O pequeno pastor o observou com olhos negros e pensativos.

— O senhor não encontrará Deus no monte Moriá — afirmou o garoto, simplesmente.

— Já o procurei no monte Gerizim.

— Ele não está no topo de uma montanha, como seu Júpiter.

— Então onde vou encontrá-lo?

O garoto deu de ombros.

— Não sei se poderá encontrá-lo da maneira que pretende.

— Está me dizendo que esse deus nunca se mostra ao homem? E quanto a Moisés? Seu deus não apareceu para ele?

— Às vezes ele aparece para as pessoas — disse o garoto.

— Como ele é?

— Nem sempre é igual. Ele apareceu como um viajante comum para Abraão. Quando os israelitas saíram do Egito, Deus seguiu à frente deles como uma coluna de fumaça durante o dia e de fogo durante a noite. Um dos nossos profetas viu Deus e escreveu que ele era como uma roda dentro de uma roda, tinha várias cabeças de feras e brilhava como fogo.

— Então ele muda de forma, como Zeus.

O garoto sacudiu a cabeça.

— Nosso Deus não é como os deuses dos romanos.

— Acha que não? — disse Marcus, rindo com cinismo. — Ele é mais parecido com eles do que você imagina.

A dor de Marcus cresceu e o oprimiu. Um deus que amava seu povo teria descido do céu para salvar Hadassah. Só um deus cruel poderia vê-la morrer.

Qual dos dois é você?

O garoto o fitou, solene, mas sem medo.

— O senhor está com raiva.

— Sim — afirmou Marcus categoricamente. — Estou com raiva. E também estou perdendo tempo.

Desamarrou o cavalo e montou.

O garoto recuou quando o animal empinou.

— O que quer de Deus, romano?

Era uma pergunta imperiosa para um garoto tão pequeno, feita com um curioso misto de humildade e exigência.

— Saberei quando estiver frente a frente com ele.

— Talvez as respostas que procura não possam ser encontradas em algo que se pode ver e tocar.

Divertindo-se, Marcus sorriu.

— Você tem grandes pensamentos para um garoto tão jovem.
O menino sorriu.
— Os pastores têm tempo para pensar.
— Então, meu pequeno filósofo, o que me aconselharia?
O sorriso do garoto desapareceu.
— Quando estiver de frente para Deus, lembre-se de que ele é Deus.
— Eu vou me lembrar do que ele fez — Marcus rebateu com frieza.
— Isso também — disse o garoto, quase gentilmente.
Marcus franziu a testa de leve, observando o menino com mais atenção. Em seguida, concluiu ironicamente:
— Você é o primeiro judeu que fala comigo de homem para homem. É uma pena.
Virando o cavalo, ele desceu a colina. Ouviu o tilintar de sinos e olhou para trás. O garoto atravessava a encosta gramada, batendo seu cajado com sininhos no solo. As ovelhas respondiam depressa, aproximando-se e seguindo-o enquanto ele se dirigia à encosta oeste.
Marcus sentiu algo estranho por dentro enquanto observava o garoto com suas ovelhas. Era como uma fome que doía. Uma sede. Subitamente, sentiu uma presença invisível... um vago indício de algo, como um doce e tentador aroma de comida logo além de seu alcance.
Perplexo, puxou as rédeas do cavalo, parou e ficou observando o jovem pastor por um momento. O que havia de diferente nele? Balançou a cabeça, riu de si mesmo e açulou o cavalo. Havia passado muito tempo na montanha sem comer ou beber, estava tendo miragens.
Seguiu para o sul em ritmo acelerado montanha abaixo, em direção a Jerusalém.

12

Hadassah acordou com alguém batendo no biombo da tenda e pedindo ajuda.
— Meu senhor! Meu senhor! Por favor. Precisamos de um médico!
Ela se sentou, lutando contra o sono.
— Não — disse Rashid, movendo-se depressa para interceptá-la. — É tarde, e você precisa descansar.
Ele passou por ela para empurrar o biombo para o lado, determinado a silenciar e espantar a intrusa.
— O que quer, mulher? O médico e sua assistente estão dormindo.
— Meu amo me enviou. Por favor, deixe-me falar com ele. Chegou a hora de minha senhora, e descobrimos que o médico dela foi embora de Éfeso, desonrado. Minha senhora está em grande dificuldade.
— Vá embora. Há outros médicos nas termas. Esta tenda está fechada.
— Ela vai morrer se não tiver ajuda. Você tem que acordá-lo, ele precisa ir. Eu lhe imploro, por favor. Ela está com dores terríveis e o bebê não quer nascer. Meu amo é rico, ele pagará o que você pedir.
— Rashid — disse Hadassah enquanto puxava os véus sobre o rosto. — Diga a ela que iremos.
— Você acabou de se deitar para descansar, minha senhora — ele protestou.
— Faça o que ela mandou — pediu Alexandre, já se levantando, checando seus instrumentos e acrescentando outros a seu estojo de couro. — Pegue a mandrágora, Hadassah. Se a coisa é tão ruim quanto parece, poderemos precisar.
— Sim, meu senhor.
Ela colocou várias outras drogas na caixa além da mandrágora. Ficou pronta antes dele e, pegando sua bengala, foi mancando até o biombo. Rashid bloqueou seu caminho. Ela pousou a mão no braço dele.
— Deixe-me falar com ela.
— Acaso você não precisa descansar como qualquer outra pessoa? — indagou ele, olhando para a escrava ali fora. — Deixe que ela peça ajuda em outro lugar.

— Ela veio até nós. Agora afaste-se.

Com a boca apertada, Rashid puxou o biombo e Hadassah saiu. A escrava se afastou dela, pálida ao luar. Hadassah entendeu sua apreensão, pois já tinha visto isso muitas vezes. Os véus deixavam muitas pessoas nervosas. Tentou aliviar a ansiedade da escrava:

— O doutor já vem — avisou gentilmente. — Ele tem muito conhecimento e fará tudo que puder por sua senhora. Está reunindo as coisas de que necessita.

— Oh, obrigada, obrigada — disse a garota, curvando-se várias vezes e caindo em lágrimas. — As dores de minha senhora começaram ontem à tarde e estão piorando.

— Diga-me seu nome.

— Livilla, minha senhora.

— E o nome da sua senhora?

— Antônia Estefânia Magoniano, esposa de Habinnas Attalus.

Alexandre surgiu e a interpelou:

— Magoniano? Magoniano, o ourives?

— Esse mesmo, meu senhor — confirmou Livilla, claramente angustiada com o atraso. — Temos que nos apressar, por favor, temos que nos apressar!

— Mostre o caminho — pediu Alexandre.

Livilla partiu rapidamente. Rashid puxou o biombo com uma mão e a seguiu.

— Você não pode acompanhar o ritmo deles — falou, andando ao lado de Hadassah.

Ela sabia que ele estava certo, pois a dor já tomava sua perna ruim. Ela tropeçou e ofegou. Rashid a fitou com severidade e estendeu a mão para pegar seu braço.

— Está vendo?

Alexandre olhou para trás e percebeu sua dificuldade. Parou e esperou que ela o alcançasse.

— Não — disse ela, ofegante. — Vá sem mim. Eu irei o mais rápido que puder.

— Ela não deveria ir de jeito nenhum — advertiu Rashid, aborrecido.

Hadassah se livrou da mão dele e saiu mancando atrás de Livilla, que estava parada em uma esquina, acenando para se apressarem. Alexandre se aproximou de Hadassah.

— Rashid está certo. É muito longe e difícil para você. Volte, mandarei Magoniano enviar uma liteira para buscá-la.

Apertando os dentes por causa da dor, Hadassah mal o ouviu. Toda sua atenção estava na escrava assustada que pedia para que se apressassem.

Rashid praguejou em seu idioma e pegou Hadassah nos braços. Subiu a colina com ela, ainda resmungando.

— Obrigada, Rashid — agradeceu Hadassah com o braço em volta do pescoço dele. — Deus a enviou a nós por um motivo.

Seguiram Livilla pelo labirinto de ruas escuras da cidade até chegarem a uma grande loja, de frente para o Artemísion. Bastou um olhar para que Hadassah soubesse quem estavam indo atender. Magoniano, o ourives. O artesão de ídolos.

Rashid a carregou por dentro da loja até a residência.

— Por aqui — orientou Livilla, ofegante em virtude do esforço de subir correndo uma escadaria de mármore.

Em algum lugar lá em cima, uma mulher gritou.

— *Depressa!* Por favor, depressa!

Rashid a seguiu até um quarto no segundo andar e ficou olhando em volta, ainda com Hadassah nos braços. Alexandre estava atrás dele e parou à porta, demonstrando a mesma reação. O ambiente luxuoso era impressionante. O aposento resplandecia de cores. *Murrine* brilhavam nos vidros, e cortinas babilônicas cobriam a parede à direita. Dois murais exibiam uma riqueza imensamente distante da pequena tenda deles, em frente às termas públicas. Um cobria a parede esquerda e ostentava fadas dançando na floresta, enquanto dois amantes se entrelaçavam em um leito de flores. Outro, na parede ao fundo, exibia uma cena de caça.

Mas Hadassah não via nada além da jovem que se contorcia na cama.

— Coloque-me no chão, Rashid.

Espantado, ele obedeceu, olhando para a visível prova de prosperidade de Magoniano.

Hadassah foi mancando até a cama.

— Antônia, estamos aqui para ajudá-la — disse, pousando a mão na testa úmida da jovem.

Ela não era mais velha que Júlia quando se casara. Do outro lado, estava um homem grisalho muito parecido com Cláudio, segurando a mãozinha branca de Antônia. O rosto do homem estava cansado, pálido e coberto de suor. Ela gritou novamente quando sentiu outra contração, e uma expressão de agonia atravessou seu rosto exausto.

— Faça algo por ela, mulher. Faça alguma coisa!

— Precisa ficar calmo por ela, meu senhor.

— Habinnas! — exclamou Antônia, arregalando os olhos azuis de medo quando olhou para Hadassah. — Quem é ela? Por que está coberta de véus?

— Não tenha medo, minha senhora — disse Hadassah gentilmente, sorrindo, embora soubesse que Antônia não podia ver seu rosto.

Era melhor que não pudesse mesmo, pois suas terríveis cicatrizes a assustariam ainda mais.

— Eu vim com o médico para ajudar em seu parto.

Antônia ofegou de novo, gemendo.

— Oh... ohhh... ohhhh, Hera, tenha misericórdia!

Quando Hadassah lhe acariciou gentilmente a testa, viu um amuleto em seu pescoço. Já tinha visto muitos iguais nos últimos meses. Alguns, feitos de pedra ou da membrana gástrica da lebre, eram usados para facilitar o parto. Outros, como esse, estimulavam a fertilidade. Ela pegou a hematita oval e lisa na mão e viu gravada de um lado uma serpente devorando a própria cauda. Sabia, sem precisar virá-lo, que do outro lado haveria uma imagem da deusa Ísis e um escaravelho.

Também gravada em mínimos detalhes havia uma invocação em grego e os nomes Oroiouth, Iao e Jeová. As pessoas acreditavam que a combinação de motivos e palavras gregas, egípcias e semíticas propiciava poderes mágicos. Desamarrando o pingente, ela o colocou de lado.

— Eu vou morrer — a garota choramingou, balançando energicamente a cabeça. — Eu vou morrer.

— Não — disse Habinnas, angustiado. — Você não vai morrer. Não vou deixar você morrer. Neste momento, os sacerdotes estão fazendo sacrifícios em seu nome para Ártemis e Hera.

Hadassah se aproximou.

— É seu primeiro filho, Antônia?

— Não.

— Ela perdeu outros dois — explicou Habinnas.

— E agora este não vai nascer — disse Antônia, ofegante, apertando com uma mão o cobertor úmido enquanto a outra segurava a mão do marido. — Eu empurro, empurro, mas a criança não vem. Ah, Habinnas, está doendo! Ajude-me. Ajude-me! — gritava, arqueando o corpo em agonia.

Chorando, Habinnas apertou a mão dela nas suas.

Ainda distraído pela opulência do ambiente, Alexandre atravessou a sala e retirou os frascos de perfume e os unguentos de uma mesa de marfim. Olhou em volta de novo, vendo a cama de bronze coríntio, brilhante, com dossel de seda chinesa, o intrincado padrão colorido de mármore no chão, o grande braseiro ornamentado e os candeeiros de ouro.

Enquanto retirava metodicamente óleos, esponjas do mar, pedaços de lã, ataduras para o recém-nascido e instrumentos cirúrgicos, ele se perguntava por que um homem tão rico como Magoniano mandaria uma escrava às termas públicas buscar um médico de plebeus.

Outro pensamento surgiu logo após o primeiro, uma percepção sombria que o encheu de dúvidas. Se não conseguisse salvar a amada esposa de Magoniano, seria expulso da cidade e sua reputação de médico estaria destruída.

— Eu deveria ter escutado você — sussurrou para Rashid.

— Diga que não pode fazer nada e vá embora.

Alexandre riu suavemente, sem alegria, e olhou para a cama.

— Eu não conseguiria tirar Hadassah daqui.

Os gritos de Antônia diminuíram. Hadassah falava baixinho com ela e o perturbado Habinnas.

— Que Asclépio me guie — disse Alexandre, aproximando-se da cama.

— Vamos precisar de água quente, meu senhor — Hadassah pediu a Habinnas.

— Sim, sim, claro — disse ele, soltando a mão de sua jovem esposa.

— Não me deixe — rogou Antônia, soluçando. — Não me deixe.

— Ele não vai embora, minha senhora — explicou Hadassah, pegando a mão da moça. — Só vai mandar Livilla buscar água.

— Está vindo de novo! Está vindo — disse Antônia, gemendo e arqueando as costas. — Não suporto! Não aguento mais...

Habinnas não voltou para ficar ao lado da mulher na cama. Em vez disso, permaneceu parado, apertando os punhos contra as têmporas e murmurando:

— Ártemis, deusa todo-poderosa, tenha piedade dela. Tenha piedade.

Hadassah pousou a mão na testa de Antônia e sentiu sua pele quente. A moça prendeu a respiração; seus olhos se encheram de lágrimas enquanto o rosto ficava vermelho. As veias do pescoço estavam dilatadas e as lágrimas escorreram. Ela apertou os dentes e soltou um gemido profundo. Apertou a mão de Hadassah de tal forma que esta pensou que a esmagaria.

Quando a contração diminuiu, Antônia desabou de novo, exausta, soluçando. Os olhos de Hadassah estavam embaçados de lágrimas, e ela acariciou a testa da jovem, desejando poder confortá-la mais. Olhou para Alexandre.

— O que podemos fazer? — sussurrou.

Mas ele apenas observava, sombrio.

— Faça isso parar — implorou Antônia com voz rouca. — Por favor, faça parar.

Como Alexandre não disse nada, Hadassah se inclinou para Antônia.

— Nós não vamos abandonar você — disse com suavidade, enxugando o suor da testa da senhora com um pano.

— Preciso examiná-la — disse Alexandre por fim.

Ao sentir a tensão de Antônia, ele foi explicando baixinho o que estava fazendo e por quê. Ela relaxou, pois as mãos dele eram gentis. Mas o relaxamento durou pouco, pois teve outra contração. Ela gemia de agonia. Alexandre não tirou as mãos da mulher até que ela relaxou novamente, chorando. Ele se aprumou e a expressão em seu rosto encheu Hadassah de ansiedade.

— Qual é o problema?

— A criança está na posição errada.

— O que pode fazer?

— Posso fazer uma cirurgia, tirar o bebê pelo abdome, mas existem riscos. Preciso da permissão de Magoniano para isso — respondeu ele, afastando-se da cama.

Hadassah estava cheia de dúvidas enquanto Alexandre falava com Habinnas Attalus Magoniano, baixinho demais para que ela pudesse ouvir.

— Não! — disse Magoniano de repente, alarmado. — Se não pode garantir que ela vai sobreviver, não vou permitir. Ela é mais importante para mim que o bebê. Não vou permitir que ponha a vida dela em risco!

— Então, só há uma coisa a fazer — disse Alexandre, olhando para Hadassah, como se hesitasse.

Com as feições contraídas, olhou de novo para Magoniano e sussurrou. Hadassah viu o homem empalidecer ainda mais, aturdido.

— Tem certeza? Não pode fazer mais nada?

Alexandre sacudiu a cabeça. Magoniano assentiu, devagar.

— Então faça o que for preciso. Mas, pelos deuses, faça depressa, para que ela pare de sofrer.

Com o coração acelerado, Hadassah observou os instrumentos que Alexandre tirava do estojo de couro. Sentiu um nó no estômago. Ela o viu pedir a Rashid que levasse a mesa até os pés da cama. Alexandre olhou para ela.

— Dê-lhe um grande gole de mandrágora branca e saia. Rashid vai me ajudar.

— A mandrágora vai fazê-la dormir.

— É melhor que ela esteja dormindo para o que tenho que fazer.

Alexandre deixou à mão, na mesa, um bisturi em forma de gancho, um alicate cirúrgico, um fórceps e um embriótomo.

Hadassah se levantou e o interceptou.

— O que pretende fazer com ela para me mandar sair do quarto? — sussurrou com a mão no braço dele enquanto olhava para aqueles instrumentos assustadores.

Ele se inclinou perto dela e falou ao seu ouvido:

— Ela vai morrer se eu não tirar a criança.

— Tirar? — murmurou ela.

Olhou os instrumentos cirúrgicos de novo e percebeu, com um sobressalto de repugnância, que ele pretendia desmembrar a criança para extraí-la do útero da jovem.

— Você não pode fazer isso, Alexandre.

Ele a pegou pelo braço e a puxou com firmeza para o lado. Segurando-a diante de si, sussurrou, sério, para que só ela pudesse ouvir:

— Você quer que os dois morram, Hadassah? A criança está entalada dentro dela, entende? Do jeito que está posicionada, não *pode* nascer.

— Vire a criança.

— Não posso — disse ele com firmeza, estendendo as mãos para que ela visse como eram grandes. — Você pode?

— Você não pode fazer isso, Alexandre.

— Não gosto disso tanto quanto você — disse ele em voz baixa e feroz, com desespero nos olhos —, mas não há mais nada a fazer. Além disso, provavelmente a criança já está morta. Ela está em trabalho de parto há dois dias. A mãe é mais importante que a criança.

— Ambos são importantes aos olhos de Deus.

— Saia e espere que eu a chame. Sei que você não tem estômago para essa parte da medicina. É melhor não assistir. Você poderá cuidar dela depois.

Ele foi passar por ela, mas Hadassah segurou seu braço com uma força surpreendente.

— Por favor, Alexandre!

— Se tiver outra sugestão, Hadassah, sou todo ouvidos. Caso contrário, saia do caminho. Ela não pode esperar.

Como se confirmasse suas palavras, Antônia gritou de novo.

Hadassah podia ver que Alexandre não estava ansioso para fazer o que havia dito, mas optara pelo que julgava que salvaria a vida de Antônia. Ela balançou a cabeça.

— Temos que rezar.

— Orações não vão salvar esta mulher! Eu sei o que tem que ser feito.

Hadassah conhecia muito bem o pouco valor atribuído à vida de um bebê. Mesmo quando uma criança chegava a nascer, havia grande chance de ela morrer. Tão grande, na verdade, que as leis proibiam o enterro de crianças dentro das muralhas da cidade, e antes das primeiras semanas nem nome recebiam. Os bebês eram descartados nos jardins das casas e jogados em pilhas de lixo. Havia até o costume de colocar um recém-nascido na fundação de um novo edifício!

Hadassah olhou para Habinnas; ela sabia que não obteria ajuda dele. Sua única preocupação era com a jovem esposa.

Vendo-a olhar para o artesão de ídolos, Alexandre segurou seu braço com força.

— Não posso deixar esta mulher morrer, Hadassah. Você tem ideia de quem é este homem? É um dos homens mais ricos de Éfeso. Ele come na mesa do procônsul. Se a esposa dele morrer sob os meus cuidados, minha carreira médica *acabou*, entendeu? *Acabou!* Mesmo antes de começar. Eu teria que sair da cidade e tentar recomeçar em outro lugar.

Hadassah sustentou firmemente seu olhar.

— Não tenha tanta pressa para destruir uma vida humana. Peça ajuda àquele que criou Antônia *e* o filho dela.

Alexandre recuou. Ele não podia ver seu rosto por trás dos véus, mas sentia a convicção de suas palavras.

— Então eu imploro a ele e a você. Fale com seu deus, por favor — pediu ele em voz baixa. — Mas ore com força e *depressa*, e que ele a ouça rápido, porque não posso lhe dar mais tempo que o que levar para preparar tudo para a cirurgia.

Ele se afastou de Hadassah e um medo frio envolveu seu coração. Se houvesse outra maneira de salvar Antônia, ele a aceitaria, mas o tempo não lhe deixava escolha. Teria que cortar a criança ao meio e esmagar seu crânio para extraí-la do ventre da jovem. E, se não fizesse isso com cuidado e logo, a mãe poderia morrer. Ninguém se importaria com o fato de ele ter sido chamado só no último instante. A culpa recairia sobre ele.

Quando Alexandre voltou a atenção para seus instrumentos, o coração de Hadassah gritou de angústia. Toda a fé dele estava em seus próprios conhecimentos, naquilo que outros mestres lhe haviam ensinado. E isso não era suficiente.

Hadassah se acercou de Antônia. Outra contração já havia começado, e ela choramingava, agarrando os lençóis úmidos enquanto a dor aumentava. Não tinha mais força sequer para gritar.

— Meu bebê — gemeu. — Salve meu bebê.

— Deus, por favor... — suplicou Hadassah, pousando as mãos no abdome distendido de Antônia.

Ela movia os lábios, mas nenhum som saía deles enquanto clamava ao Senhor por sua intervenção.

Oh, Deus, Criador desta mulher e desta criança. Salva os dois! Torna as coisas certas para que ambos possam viver. Torna as coisas certas para que Alexandre não faça o que está pensando em fazer e se cubra de pecado. Por favor, Jesus, deixa que eles vejam teu poder e teu amor.

Antônia soltou um grito profundo, e Habinnas correu até a cama.

— Deixe-a em paz! Você a está machucando mais ainda!

Rashid o deteve. Habinnas se debateu, mas o árabe o jogou contra o mural de fadas, indiferente a sua riqueza e poder.

Ao ouvir os gemidos de Antônia, Hadassah implorou, chorando:

— Por favor, Jesus, por favor — sussurrou, fazendo uma suave carícia sobre a criança presa no útero. — Por favor, Senhor, ouve-nos. Por favor, tem misericórdia dela e de seu filho. Vira o bebê e traze-o para fora.

A criança se mexeu.

Hadassah manteve as mãos levemente sobre Antônia e sentiu o bebê girar devagar, com suavidade, como se mãos invisíveis o segurassem gentilmente. Chorou ainda mais, tomada de alegria, e suas lágrimas caíram sobre a pele tensa da jovem.

Antônia gritou novamente, mas de um jeito diferente desta vez. Parado com o bisturi em forma de gancho na mão, Alexandre viu o que estava acontecendo e o soltou.

Habinnas havia parado de gritar e se debater nas mãos de Rashid.

— O que está acontecendo? — perguntou.

— O bebê virou — disse Alexandre, incapaz de conter a excitação na voz.

Não houve tempo para pôr Antônia na cadeira de parto. Ele apoiou um joelho na ponta da cama e se inclinou para a frente. Outra contração já havia começado, e então o bebê deslizou com suavidade para fora do corpo de Antônia, nas mãos do médico. Ela soltou uma forte exalação e afundou na cama.

Alexandre riu, olhando para a criança em suas mãos.

— Você tem um filho, Magoniano! — exclamou, com um misto de alívio e admiração. — Venha dar uma olhada nele — insistiu, enquanto cortava o cordão umbilical e o amarrava.

Hadassah recuou, tremendo violentamente, arrebatada pelo que vira.

Rashid soltou Habinnas, que ficou imóvel por um momento, ouvindo o grito de seu filho recém-nascido. Livilla já estava ali para pegá-lo das mãos de Alexandre.

— Um filho, Habinnas — disse Antônia, exausta. — Eu lhe dei um filho...

Ela tentou se levantar para ver o bebê, mas não teve forças. Caiu contra a cama úmida, sua respiração foi desacelerando e ela relaxou, fechando as pálpebras.

Após lançar um breve olhar para a criança que chorava nos braços de Livilla, Habinnas se ajoelhou ao lado da cama. Vendo o sangue nos lençóis, enterrou a cabeça no pescoço da esposa. Seus ombros tremiam.

— Nunca mais. Eu juro, nunca mais você vai passar por isso.

— Cuide do bebê — disse Alexandre a Hadassah, massageando o abdome de Antônia para que seu corpo expulsasse a placenta. — Eu cuido dela.

Livilla colocou a criança nos braços de Hadassah e se afastou, tremendo visivelmente, com os olhos arregalados. Hadassah franziu a testa, imaginando o que haveria de errado com a escrava.

Lavou o bebê cuidadosamente em uma bacia de água morna. Em seguida, colocou-o com suavidade sobre um tecido macio e esfregou seu corpinho todo com sal para evitar infecções. Recordando como sua mãe havia enrolado Lea, fez o mesmo. Conversando baixinho com ele, embrulhou-o apertado, como uma pequena múmia. Pegou uma faixa de linho branco e a enrolou na cabeça do bebê, passando-a por baixo do queixo e pela testa. Então o ergueu, seguro e aquecido, e o levou até a mãe.

Habinnas se levantou quando ela se aproximou.

— Livilla vai levá-lo à ama de leite.

— Ele não será dado a uma ama de leite. Ele precisa da mãe — disse Hadassah e se inclinou. — Antônia — chamou com suavidade, acariciando a testa da jovem —, seu filho.

Sorrindo, sonolenta, Antônia se virou levemente e Hadassah deitou a criança ao seu lado. A moça riu de alegria quando a boca do bebê se fechou em seu mamilo. Mas logo ficou desanimada.

— Não tenho leite — lamentou, contendo as lágrimas e lutando contra a exaustão.

Hadassah acariciou seu rosto gentilmente.

— Não se preocupe, você terá.

Os olhos de Antônia já estavam se fechando outra vez.

O quarto estava em silêncio. Hadassah continuou acariciando a face de Antônia, agradecendo a Deus por poupar a ela e à criança. Sentia a alegria tomá-la por dentro e ansiava por cantar louvores, como outrora fazia, mas as cicatrizes causadas pelo ataque dos leões na arena fizeram mais que desfigurá-la. As infecções que se seguiram tomaram a maior parte de sua voz. Mas ela sabia que isso não importava. Deus ouvira suas orações. E agora ouvia o canto de seu coração.

Pestanejando para conter as lágrimas, levantou a cabeça. Habinnas Attalus Magoniano estava do outro lado da cama, olhando para ela.

Hadassah viu em seus olhos o que tinha visto nos de Livilla um momento antes: medo.

Alexandre se afastou da cama ao acabar de enfaixar Antônia. Instruiu Livilla a cuidar de sua senhora. Evitando o olhar de Magoniano, Hadassah se aproximou da escrava, que se curvou profundamente, e lhe ensinou a trocar os panos do bebê uma vez por dia.

— Lave-o com cuidado e esfregue-o com sal. Depois, enrole-o como me viu fazer. Não o entregue a uma ama de leite, permita que a mãe cuide dele.

— Assim farei, minha senhora — concordou Livilla, curvando-se de novo.

Habinnas falou com outra serva. Deixou a cabeceira do leito de sua esposa e se aproximou de Alexandre e Hadassah enquanto eles guardavam os instrumentos e os medicamentos não utilizados.

— Eu nem sei seu nome.

Alexandre se apresentou, mas hesitou quando viu Habinnas olhar para Hadassah.

— Minha assistente — disse, omitindo o nome dela por uma razão que ele mesmo não conseguia entender.

E, olhando para Rashid, acrescentou:

— Já terminamos. Pode levá-la de volta.

Quando Rashid se curvou e pegou Hadassah nos braços, Alexandre se voltou para Magoniano, ignorando os suaves protestos dela enquanto o árabe a tirava do quarto.

— Por que um homem de sua posição mandou chamar um médico que atende em frente às termas públicas? — perguntou, curioso, mas também querendo distrair a atenção de Habinnas sobre Hadassah.

— Cátulo saiu de Éfeso — disse Magoniano.

Alexandre reconheceu o nome do proeminente médico. Cátulo tinha a reputação de ser um dos melhores médicos da cidade e atendia apenas os ricos e poderosos.

— Eu soube da desgraça dele quando já era tarde demais para fazer outros arranjos — explicou Habinnas, pesaroso. — Mandei a escrava de minha esposa buscar ajuda. Não sei como ela o encontrou, mas agradeço aos deuses por isso.

Deus a enviou a nós, Hadassah dissera no caminho. Alexandre franziu a testa. Teria ele a enviado mesmo?

— Certifique-se de que ela fique aquecida — disse, apontando para Antônia. — Ela vai precisar de descanso. Voltarei amanhã para vê-la.

— Ela voltará também? — perguntou Habinnas, apontando para a porta pela qual Rashid saíra com Hadassah.

— Não, a menos que você deseje — disse Alexandre com cautela.

— Sim. Eu gostaria de saber mais sobre ela.

O médico se endireitou, segurando seu estojo de couro embaixo do braço.

— O que deseja saber?

— Eu vi com meus próprios olhos o que ela fez. Essa mulher tem grande poder. Quem é ela? A que deus serve?

Alexandre hesitou, inseguro diante do desconforto que sentia dentro de si. Será que esse homem frequentava os mesmos círculos sociais que os amos de Hadassah? Se assim fosse, revelar sua identidade a colocaria em perigo? Seus antigos amos a mandaram para a arena. Será que, se soubessem que ainda estava viva, tomariam posse dela e a mandariam para lá novamente?

— Quem é ela? — repetiu Habinnas.

— Se ela desejar se revelar a você, fará isso — disse Alexandre, dirigindo-se até a porta.

Um criado estava ali parado, com uma caixinha de cedro nas mãos.

— Espere — disse Habinnas, pegando a caixa e estendendo-a a Alexandre. — O pagamento por seus serviços.

A caixa era pesada.

— Assegure-se de que o médico chegue em casa em segurança — o homem ordenou ao escravo. Em seguida, ordenou que outro serviçal levasse um divã até o quarto para ele zelar pela esposa e pelo filho.

Alexandre saiu e deu o endereço de sua tenda aos quatro carregadores da luxuosa liteira de Habinnas. Quando os escravos a ergueram, ele fechou as finas cortinas e se recostou nas almofadas macias. Embora exausto, sua mente fervilhava.

Essa noite havia sido importante! E tamanha importância o enchia de inquietação.

Chegou à tenda antes de Rashid e Hadassah. Com peso na consciência, deu-se conta de que nem ao menos os procurara no caminho. Entrou e guardou os instrumentos e remédios. Sentou-se à mesa, misturou fuligem e água e anotou no pergaminho os últimos acontecimentos. Recostando-se levemente, leu o que havia escrito, insatisfeito:

Hadassah pousou as mãos no abdome de Antônia e chorou. Ao fazê-lo, suas lágrimas caíram sobre a mulher, e a criança se virou e conseguiu nascer.

Era costume engarrafarem-se lágrimas para serem utilizadas como medicamento. Haveria poder de cura nas lágrimas de Hadassah? Ou teria sido seu toque que provocara o milagre? Ou as palavras que ela pronunciara silenciosamente a seu deus?

Alguém chutou o biombo, então Alexandre se levantou e o puxou. Rashid entrou, com Hadassah adormecida nos braços. Ele a pousou gentilmente no colchão, nos fundos da tenda, e a cobriu com cuidado. Levantou-se e se voltou para o médico.

— Ela precisa descansar.

— Está quase amanhecendo — disse Alexandre. — Logo haverá uma multidão de pacientes aí fora.

Rashid cerrou os dentes.

— Precisa mandá-los embora.

Alexandre torceu os lábios ao ouvir seu tom de voz.

— Tem certeza de que você era escravo, Rashid, e não um amo? — Levantou a mão e acrescentou: — Você tem razão.

Pegou uma tabuleta e escreveu uma mensagem.

— Coloque o aviso lá fora, na entrada. Tomara que as pessoas que vierem saibam ler.

Rashid leu a tabuleta.

— Está bom assim para você? — perguntou Alexandre secamente.

— Sim, meu senhor.

Quando Rashid voltou, o médico indicou com a cabeça a caixinha de cedro sobre o balcão.

— Dê uma olhada — pediu enquanto polvilhava areia em suas anotações.

Rashid a abriu. Pegou uma das moedas de ouro e a girou entre os dedos. Um áureo.

— Uma fortuna — disse.

— Habinnas tem muito apreço pela vida de sua esposa. Aí tem o suficiente para alugar um aposento e comprar mais suprimentos. — Apertou os lábios. — Tenho a sensação de que vamos precisar dos dois em breve.

Rashid colocou a moeda de volta na caixa e a fechou.

— Sim, meu senhor. Esta noite abriu um novo caminho. Hadassah tocou aquela mulher e a criança nasceu. Magoniano viu, vai espalhar a notícia e outras pessoas virão.

Alexandre assentiu, apreensivo.

— Eu sei. — Colocou a areia de volta na tigelinha. — Desde que a compaixão de Hadassah se limitasse a pessoas comuns ou escravos como você, nosso único problema seria ter mais pacientes do que poderíamos atender. Mas agora é perigoso.

O olhar de Rashid se ensombrou.

— Magoniano frequenta altos círculos — disse.

— Sim, assim como os amos que mandaram Hadassah para a morte na arena — concluiu Alexandre.

Rashid compreendeu a ameaça. Alexandre enrolou o pergaminho e o guardou em um cubículo acima da mesa.

— Como Hadassah disse, legalmente ela ainda pertence àqueles que a compraram.

— Você também corre perigo por abrigá-la, meu senhor.

Alexandre não havia pensado nisso.

— É, acho que sim. O problema é: O que faremos agora? Ela tem um dom valioso, e muita gente precisa dele.

Pensar no que poderia acontecer se os donos de Hadassah descobrissem que ela estava viva fez Alexandre pular do banquinho. Começou a andar, frustrado.

— Não vou devolvê-la a ninguém que a tenha mandado para a arena, sejam quais forem suas razões!

— Descubra o nome dessas pessoas e eu as matarei.

Atônito, Alexandre o fitou e viu a sombria ferocidade nos olhos do árabe.

— Não tenho dúvida de que você poderia fazer uma coisa dessas — disse, chocado, sacudindo a cabeça. — Certos lados de sua personalidade me preocupam, Rashid. Eu sou médico, não assassino. E me esforço para salvar vidas, não para tirá-las. Nisso, Hadassah e eu somos iguais.

— Eu vou protegê-la a qualquer preço.

— Hadassah não aprovaria seus meios de proteção. Na verdade, isso lhe causaria imensa dor.

— Ela não precisa saber.

— Ela saberia. Não sei como, mas saberia. — Olhou para Hadassah, que dormia na esteira. — Ela é estranha. É capaz de ver dentro das pessoas e saber coisas sobre elas. Ela diz que é só porque é observadora, mas acho que é mais que isso. Acho que o deus dela lhe revela coisas.

Ela estava de lado, encolhida como uma criança. Ele se aproximou e gentilmente afastou os véus, expondo as cicatrizes que a desfiguravam. Com delicadeza, tocou seu rosto marcado, com cuidado para não a acordar.

— O fato de ela estar viva é testemunho do poder de seu deus. Minhas habilidades como médico não teriam sido suficientes. — Endireitando-se, olhou para Rashid. — Talvez devêssemos deixar que seu deus continue a protegendo.

O árabe ficou calado.

Alexandre observou seu rosto insondável.

— Você sabe por que ela usa véus?

— Porque sente vergonha.

Alexandre sacudiu a cabeça.

— Ela não tem um pingo de vaidade. Ela cobre as cicatrizes porque incomodam os outros. Essa é a única razão. As pessoas veem a marca do leão nela, mas não conseguem ver o que isso significa.

Alexandre se abaixou e alisou os cachos de seus cabelos. Seu coração doía por Hadassah. Desde que a vira entrar na arena, sentira-se atraído por ela. Ela era como os escravos no templo de Asclépio: abandonada e esquecida. Sua vida não tinha importância no esquema das coisas. E, ainda assim, sua doçura e humildade eram como um farol para o coração de Alexandre — e para muitos outros. Repleta de cicatrizes, alquebrada, Hadassah tinha uma resiliência que desafiava a razão. Às vezes, o amor que ela expressava a um paciente por meio de um leve toque ou uma palavra gentilmente dita o emocionava. Esse era o amor que ele queria mostrar... o amor de que ele parecia carecer.

Ele se importava. Hadassah *amava*.

Balançou a cabeça, maravilhado. Como era possível que alguém que tinha sofrido o que ela sofrera fosse assim?

— Eu nunca conheci ninguém como ela, Rashid — disse, acariciando uma mecha de cabelo escuro entre os dedos. — Não farei nada que a desagrade.

Surpreendeu-se ao perceber que sua voz tremia em razão da intensidade de suas emoções e se endireitou rapidamente. Olhou para o árabe, fitando seus olhos escuros com determinação.

— Nem você.

— Eu jurei protegê-la, meu senhor.

— Então a proteja, mas de uma maneira que agrade a Hadassah, e não a si mesmo.

— Minha vida pertence a ela. Por isso não posso deixar que ninguém lhe tire a vida.

Alexandre torceu os lábios.

— Hadassah diria que sua vida pertence a Deus, assim como a dela. — Suspirou e esfregou a nuca, cansado. — Não me peça respostas, não tenho nenhuma. Talvez estejamos só imaginando problemas. Pode ser que nada aconteça por causa desta noite, nem oportunidades nem ameaças. Vamos dormir um pouco. Enfrentaremos melhor o que vier depois que descansarmos.

Mas o descanso não veio.

Alexandre ficou acordado, repassando na mente os acontecimentos da noite, impressionado com o que havia acontecido, mas confuso e preocupado ao pensar na intensidade de seus sentimentos e na possibilidade de Hadassah estar correndo perigo. Tentava se convencer de que era natural estar preocupado, afinal Hadassah era uma assistente capaz e valiosa. Mas algo no fundo dele lhe dizia que havia muito mais que isso.

Por fim, alguém bateu no biombo e disse algo em hebraico. Alexandre reconheceu algumas palavras e entendeu que o homem não o estava chamando, mas a Hadassah.

Pelo jeito, Rashid também estava tendo dificuldade para dormir, pois se levantou depressa e entreabriu o biombo para falar com o intruso.

— Seu tolo! Não sabe ler?

— Preciso falar com *Rapha*.

— O médico saiu da cidade e só volta amanhã.

— *Rapha*. Eu quero falar com *Rapha*.

— Ela não está aqui. Vá embora! Há outros médicos nas termas, leve seu problema para eles.

Ele fechou o biombo com firmeza e se deitou novamente. Suas feições se enrijeceram ao ver que Hadassah acordara.

Ela se sentou, esfregando o rosto. Fez uma careta quando viu a fresta de luz que entrava pelo biombo.

— Já é de manhã.

— Não — mentiu Rashid. — É só o brilho da lua.

— Tão brilhante assim?

— Volte a dormir, minha senhora. Ninguém vai perturbá-la.

— Eu ouvi alguém...

— Não ouviu — disse ele gentilmente. — Você estava sonhando que voltava à Judeia.

Ela esfregou o rosto e ergueu a sobrancelha.

— Se eu estava sonhando, como você sabe que as pessoas falavam em hebraico no sonho?

Ela pegou seus véus, mas Alexandre se levantou.

— Eu vou olhar — disse, plenamente consciente de que ela não poderia ignorar o pedido de ajuda de alguém, independentemente de quanto precisasse descansar.

Passou por cima dela e foi até o biombo. Espreitou pela fresta e viu um homem indo embora, desanimado.

— Não tem ninguém ali fora — disse com sinceridade.

— Tem certeza?

— Absoluta.

Foi até os fundos da tenda, onde pegou um odre. Derramou água no copinho de barro de Hadassah, acrescentou uma porção de mandrágora e a levou para ela.

— Beba isto — disse, levando o copo aos seus lábios. — Você precisa descansar ou não poderá ajudar ninguém. Eu a acordo antes de abrir a tenda.

Sedenta e exausta, ela bebeu.

— E Antônia?

— Antônia está dormindo, como deveria. Vamos vê-la amanhã.

Ele a cobriu de novo e ficou agachado ao seu lado até a droga fazer efeito. Assim que ela adormeceu, voltou para sua esteira.

Rashid a ficou observando.

— Descanse, Rashid. Ela vai dormir durante horas.

O árabe se reclinou.

— Você ouviu como o judeu a chamou?
— Ouvi. O que significa?
Rashid lhe explicou.
Alexandre ficou pensando por um longo tempo e então assentiu, satisfeito.
— Acho que temos nossa resposta.
— Resposta a quê?
— A como protegê-la. De agora em diante, Hadassah não será conhecida por seu nome, Rashid. Será conhecida pelo título que acabou de receber: Rapha.
A curadora.

13

Marcus cavalgava para o sul, rumo a Jerusalém, seguindo a estrada que atravessava Mispá. Seguiu até Ramá, onde parou para comprar amêndoas, figos, pão ázimo e um odre de vinho. As pessoas se afastavam dele. Viu uma mulher reunir seus filhos e apressá-los a entrar em uma casinha de barro, feito uma galinha protegendo seus pintinhos de um predador.

Entendeu tudo quando viu Jerusalém.

À medida que cavalgava em direção à cidade, sentiu a mortalha da morte sobre ela. Roma inteira falava a respeito da conquista e da destruição de Jerusalém simplesmente como mais uma insurreição esmagada com sucesso pelas legiões romanas. Agora, ele via com seus próprios olhos a aniquilação de que Roma fora capaz.

Atravessou o vale árido e ficou chocado com o que viu. Onde antes existira uma grande cidade, havia muros e edificações destruídos, restos enegrecidos de casas queimadas — uma terra despojada de vida. Submersos em um riacho atrás de uma montanha, havia emaranhados de ossos alvejados, como se milhares deles tivessem sido jogados ali sem o menor cuidado. Duas torres estratégicas haviam sobrevivido à destruição e se erguiam como sentinelas solitárias em meio aos escombros.

Jerusalém, a "Morada da Paz", era mesmo pacífica, reduzida a um cemitério a céu aberto.

Marcus acampou em uma pequena encosta, sob uma oliveira. Olhando para o pequeno vale, podia ver as ruínas das antigas muralhas de Jerusalém. Dormiu mal, perturbado pelo silêncio ecoante de tantos mortos.

Acordou com o barulho de sandálias tachonadas na rocha. Levantou-se e viu um legionário romano indo em sua direção.

— Quem é você e por que está aqui? — perguntou o soldado.

Marcus conteve a irritação e disse seu nome.

— Vim para ver a casa do deus dos judeus.

O legionário riu.

— O que sobrou está naquela colina — disse. — Eles o chamam de monte Moriá, mas não é nada comparado ao Vesúvio. Não sobrou muita coisa do templo. Nós o destruímos e utilizamos o material para reconstruir quartéis e a pequena aldeia que pode ver ali.

— Você estava com Tito durante o cerco?

O legionário o fitou com olhar enigmático.

— Eu estava na Germânia. Sob o comando de Civil.

Marcus observou o homem com mais atenção. Civil se rebelara contra César e lutara com as tribos germânicas durante essa breve revolta. Domiciano havia comandado as legiões que trouxeram a ordem de volta à fronteira. Civil fora sentenciado à morte em Roma, e um a cada dez homens sob seu comando morrera em campo, mediante o peso da espada. Aparentemente, o restante fora enviado a postos de serviço espalhados pelo Império. A Judeia era o pior lugar de todos.

— A dizimação tem o poder de restaurar a lealdade — disse o soldado, olhando profundamente nos olhos de Marcus. — Ser mandado para cá assegurou isso. — Torceu os lábios em um sorriso amargo.

Marcus o encarou sem medo.

— Eu vim ver o templo.

— Não há templo. Não mais. As ordens de Tito foram para não deixar pedra sobre pedra, até que nada sobrasse. — Encarou Marcus novamente. — Deixamos somente um muro erguido. Por que está tão interessado no templo?

— O deus deles deveria habitar nele.

O soldado varreu a extensão da devastação com o olhar.

— Se algum dia houve um deus aqui, agora não resta mais nada dele. Não que Roma consiga convencer os judeus disso. Eles ainda vêm aqui. Alguns ficam só vagando pelas ruínas outros ficam ao lado daquele muro amaldiçoado e choram. Nós os mandamos embora, mas sempre voltam. Às vezes penso que deveríamos derrubar tudo e esmagar cada pedra até virar pó. — Suspirou e olhou para Marcus de novo. — Mas isso não importa, já que não há homens suficientes em toda a Judeia para causar problemas sérios a Roma durante as próximas gerações.

— Por que me contou que fez parte da rebelião de Civil? — perguntou Marcus.

— Para alertá-lo.

— Alertar-me de quê?

— Eu lutei durante vinte e três longos anos para que homens como você pudessem se deitar em divãs confortáveis em Roma e usufruir de uma vida segura e tranquila. — Sorriu com ironia, passando os olhos pela luxuosa túnica de Marcus, com seu cinturão de latão e couro. — A marca de Roma está estampada em você. Mas já vou avisando que não levantarei um dedo para salvar seu pescoço neste lugar.

Marcus o observou enquanto se afastava. Sacudindo a cabeça, pegou seu manto e o colocou sobre os ombros.

Amarrou as rédeas do cavalo no pequeno monte e entrou nas ruínas. Ao abrir caminho por entre as pedras caídas e as construções destruídas, concentrou seus pensamentos em Hadassah. Ela estivera ali quando a cidade fora sitiada. Passara fome e medo. Estivera ali quando da invasão de Tito, vendo milhares morrerem sob a espada e crucificados.

No entanto, ele jamais vira no olhar dela o que acabara de ver no do soldado romano.

Ela havia dado as pequenas e insignificantes moedas de seu *peculium* a uma romana que não tinha dinheiro para comprar pão. E o fizera de boa vontade, mesmo sabendo que o filho da mulher fora legionário e participara da destruição de sua terra natal.

Ela havia perdido todos ali: pai, mãe, irmão e irmã. Em algum lugar entre aquelas construções em ruínas e os escombros enegrecidos, jaziam os ossos esquecidos daqueles que ela amara.

Os judeus acreditavam que seu deus havia prometido que os descendentes de Abraão se tornariam tão numerosos quanto as estrelas no céu. Mas essa multidão fora reduzida a milhares de pessoas dispersas pelo Império, sob o jugo de Roma.

Marcus olhou em volta, imaginando como Hadassah havia sobrevivido.

Meu Deus não me abandonou. As palavras dela ecoaram em sua mente.

— Aqui está a prova, Hadassah — sussurrou ele, sob o vento quente e seco que levantava poeira ao seu redor.

Meu Deus não me abandonou.

Marcus se sentou em um bloco de granito. Lembrava-se claramente da primeira vez que a vira em Roma. Ela estava entre outros escravos que Enoque levara do mercado para casa — homens da Judeia, de corpo emaciado e espírito alquebrado. E ela estava entre eles, pequena, magra, cabeça raspada, olhos grandes demais para o rosto... Olhos sem nenhuma animosidade, mas repletos de medo. À época, ele se impressionara com sua fragilidade, mas não sentira pena. Ela era judia, não era? Seu povo não atraíra a destruição para si com a guerra civil e a insurreição?

Agora, ali, ele via a vingança romana.

Acaso alguém merecia uma devastação tão grande como aquela? Antes ele não se importara. Sem pensar no que uma escrava poderia ter passado, ele a olhara, mas não vira nada que lhe interessasse. Chamara-a de feia, sem atentar para a beleza que ela tinha por dentro, seu espírito gentil, sua capacidade de amor e lealdade.

Ela era uma criança durante a queda de Jerusalém. Como tal, vira milhares de pessoas morrerem por causa da guerra civil sangrenta, da fome, da aniquilação. Homens, mulheres, crianças. Quantos milhares de pessoas ela vira pregados na cruz ao redor desta cidade? Quantos mais veria em sua jornada para o norte, rumo às arenas e mercados de escravos?

No entanto, mesmo com o trauma que sofrera e o jugo da escravidão em volta do pescoço, havia doçura em seu rosto naquele dia no jardim de sua casa. Uma doçura que se mantivera inalterada até o dia em que ela entrara naquela arena, com os braços abertos, sob a luz do sol.

Deus nunca me abandonará...
Ele gemeu e levou as mãos à cabeça.

Sentado naquele lugar desolado, conseguia acreditar que o deus de Hadassah a livrara da morte certa quando criança. Por que, então, ele a abandonara mais tarde, quando o amor dela por esse deus era ainda mais forte?

Olhando para o monte sagrado, a mente de Marcus fervilhava de perguntas. Ele se sentia estranhamente ligado àquela paisagem devastada. De certo modo, ela refletia a devastação de sua própria vida quando perdera Hadassah. A luz se apagara dentro dele, assim como acontecera com Jerusalém. Com ela, ele se sentia vivo. Nela, conhecia a esperança. Perto dela, experimentara a alegria. Ela despertara nele um desejo que lhe dilacerara a alma, e agora ali estava ele, sangrando no rescaldo. Ferido. Perdido.

Fechou os punhos. Não devia ter lhe *proposto* casamento. Devia tê-la levado para sua casa. Se assim tivesse feito, ela ainda estaria viva.

À sua volta, o pesado silêncio jazia como uma mortalha sobre as ruínas de Jerusalém. Ele quase podia ouvir o grito dos moribundos, o choro de milhares de pessoas ecoando pelo vale.

Ouviu alguém chorando de verdade.

Apurou os ouvidos, então se levantou e foi em direção ao som.

Um velho se lamentava diante do muro remanescente do templo, com as palmas e a testa contra a pedra fria; seus ombros tremiam por causa dos soluços. Marcus ficou atrás dele e o observou, e um inexplicável sentimento de tristeza e vergonha o invadiu.

O homem lhe recordava o fiel Enoque, mordomo da casa de sua família em Roma. O pai de Marcus havia sido tolerante com todas as religiões, permitindo que seus escravos adorassem qualquer deus, da maneira que quisessem. Enoque era um judeu justo, seguia a letra da lei judaica. Seguir a letra da lei era o alicerce de sua fé, a rocha sobre a qual sua religião fora construída. No entanto, Enoque nunca tivera oportunidade de fazer os sacrifícios necessários que suas leis exigiam. Só ali, em Jerusalém, isso teria sido possível. Só ali, Enoque poderia fazer a oferenda certa para que o sacerdócio escolhido fosse sacrificado no altar consagrado.

Agora, nada restava daquele sacro altar.

Pax Romana, pensou Marcus, observando o velho chorar pelo que estava perdido. A Judeia finalmente estava em paz, uma paz construída sobre sangue e morte. Mas a que custo?

Acaso Tito sabia quão grande era sua vitória sobre os judeus? Teria ele percebido quão completo fora seu triunfo? Ele arrancara deles mais que construções — arrancara o coração de sua religião.

O povo poderia continuar estudando as leis, poderia continuar profetizando em suas sinagogas. Mas com que finalidade? Para que, afinal? Sem o templo, sem o sacerdócio, sem os sacrifícios pela expiação dos pecados, sua religião era vazia. Estava acabada. Quando as paredes do templo ruíram, desabara também o poder de seu deus invisível todo-poderoso.

Oh, Marcus, amado, você não pode limitar Deus a um templo...

Gemendo, ele tampou os ouvidos.

— Por que fala assim comigo?

O velho ouviu e se voltou. Quando viu Marcus, saiu correndo.

Ele gemeu. Era como se Hadassah estivesse ao seu lado entre as ruínas daquela cidade antiga. Por que o eco de suas palavras ganhava vida tão intensamente naquele lugar de morte e destruição? Abriu os braços.

— Não há nada aqui! Seu deus está morto! — gritou.

Você não pode limitar Deus a um templo.

— Então onde ele está? *Onde ele está?* — Só o som de sua voz ecoava no que restava do muro.

Procure e encontrará... procure... procure...

Marcus abandonou a sombra da muralha atingida pela guerra e abriu caminho entre os escombros até encontrar o centro do templo. Deparou-se com uma grande pedra semienterrada e olhou ao redor.

Seria essa a mesma pedra sobre a qual Abraão colocara seu filho Isaque para ser sacrificado? Seria o santuário interno, o Santo dos Santos? Teria sido ali que a aliança entre Deus e Abraão se firmara?

Marcus olhou para as colinas. Em algum lugar ali, Jesus de Nazaré havia sido crucificado, além dos portões da cidade, mas à vista de onde a promessa fora feita. "Deus enviou seu Filho unigênito para viver entre os homens e ser crucificado por nossos pecados... Por meio desse Cristo, todos os homens podem ser salvos e ter a vida eterna", dissera Sátiro, o capitão do navio.

Teria sido coincidência que Jesus de Nazaré fosse crucificado durante a Páscoa? Teria sido coincidência que a queda de Jerusalém tivesse se iniciado durante essa mesma celebração?

Milhares de pessoas haviam chegado a essa cidade para comemorar e ficaram presas ali por causa da guerra civil e das legiões de Tito. Tudo que acontecera fora por acaso ou existira um plano e uma mensagem destinados a toda a humanidade?

Talvez, se ele fosse até Jamnia, pudesse aprender algo com os líderes da fé. Sátiro lhe dissera que um fariseu chamado rabino Yochanan se tornara o novo líder religioso e transferira o Sinédrio para lá. Tão rápido quanto a ideia surgiu, Marcus a descartou. As respostas de que necessitava não proviriam de nenhum homem, e sim do próprio Deus, se ele realmente existisse. E Marcus não tinha mais certeza de quem estava procurando. Procurava por Adonai, Deus dos judeus, ou Jesus de Nazaré, a quem Hadassah adorava? Qual deles queria enfrentar? Ou ambos eram o mesmo deus, como dissera Sátiro?

Um vento quente soprou por entre as ruínas, levantando poeira.

Um amargor encheu a boca de Marcus.

— Ela escolheu você acima de mim. Isso não foi suficiente?

Nenhuma voz suave lhe falou ao vento. O eco das palavras de Hadassah não lhe falava. Desolado, Marcus sentiu a garganta se fechar. Realmente esperava uma resposta?

Afastando-se da laje de pedra escura, chutou um pedaço de mármore enegrecido e voltou. Quando chegou à pequena encosta, sentou-se à sombra da oliveira, acalorado e frustrado, cansado até a alma.

Não encontraria nenhuma resposta nessa cidade sem vida.

Talvez, se a visse de fora, entendesse por que esse lugar era tão especial para a fé dos judeus. Ele queria entender. Precisava entender.

Desamarrou as rédeas do cavalo, montou e cavalgou em direção às colinas. Nos três dias que se seguiram, atravessou riachos e vales, olhando para Jerusalém de todos os ângulos. De nada adiantou.

— Oh, Senhor Deus de Abraão, por que escolheu este lugar? — perguntou, confuso, sem perceber que perguntava a um deus em quem não acreditava.

As colinas de Jerusalém não eram próprias para a agricultura, não possuíam depósitos minerais valiosos nem importância militar estratégica. Ficavam a treze quilômetros da rota comercial mais próxima.

— Por que aqui?

A promessa...

— "Sobre esta pedra edificarei minha igreja" — disse em voz alta.

Não lembrava onde tinha ouvido isso. Sátiro o dissera ou ele imaginara?

A pedra de Abraão, pensou. Uma pedra de sacrifício. Era tudo que Jerusalém tinha para fazer jus à escolha.

Era mesmo?

Ele não se importava mais. Talvez não houvesse ido encontrar Deus; talvez houvesse ido parar naquele lugar porque Hadassah estivera ali e ele fora atraído para lá só por esse motivo. Queria andar por onde ela andara. Respirar o ar que ela respirara. Queria se sentir perto dela.

Quando a noite chegou, ele se enrolou em seu manto e deitou no chão para descansar. O sono foi chegando devagar, com sonhos confusos.

Continue, continue, uma voz parecia sussurrar. Suas perguntas não seriam respondidas ali.

Acordou abruptamente e viu a silhueta de um legionário parado ao seu lado, recortada contra o sol nascente.

— Então você ainda está aqui. — A voz zombeteira lhe era familiar.

Marcus se levantou.

— Sim. Ainda estou aqui.

— Betânia fica três quilômetros a leste, há uma nova pousada ali. Uma boa noite de sono lhe faria bem.

— Obrigado pelo conselho — Marcus agradeceu com ironia.

— Encontrou o que está procurando?

— Ainda não, mas já vi o suficiente de Jerusalém.

O sorriso do legionário era quase um insulto.

— Para onde vai agora?

— Jericó e vale do Jordão.

— Haverá uma companhia patrulhando aquela estrada em aproximadamente duas horas. Cavalgue com eles.

— Se eu quisesse companhia, contrataria.

— A morte de um tolo pode custar a vida de muitos homens bons.

Marcus estreitou os olhos com frieza.

— O que quer dizer?

— Roma não gosta de ver seus cidadãos assassinados, não importa quanto eles desafiem o destino.

— A responsabilidade do que quer que aconteça é minha.

— Ótimo — disse o homem com um meio-sorriso. — Porque eu já fiz todas as crucificações que pretendia na vida. Se puser a cabeça na boca de um leão, esteja certo de que a perderá.

Ele começou a se afastar, mas então se voltou e encarou Marcus. Estranhamente, havia perplexidade em seu rosto endurecido.

— Por que está aqui?
— Estou procurando a verdade.
— A verdade sobre o quê?

Marcus hesitou e deu um sorriso envergonhado.

— Deus — disse, esperando que o soldado risse dele.

O legionário o fitou por um longo momento, até que anuiu lentamente e foi embora sem dizer mais nada.

Marcus seguiu para leste, em direção a Qumran. A "cidade do sal" ficava em um lugar alto perto do mar Morto e fora habitada primeiramente por uma seita judaica de homens santos chamados essênios, que estudavam e adoravam ali. Com a ameaça de invasão, os homens santos partiram, escondendo seus preciosos pergaminhos, assim como a si mesmos, nas cavernas do deserto da Judeia, deixando a cidade nas mãos das tropas romanas.

Quando Marcus chegou ao cruzamento, seguiu em direção ao nordeste de Jericó. Cavalgou por um profundo riacho aberto pela erosão, nas encostas áridas que desciam rumo ao vale do Jordão.

O sol se erguia quente e pesado, oprimindo-o mais a cada hora. Ele parou, tirou o manto e pegou o odre de água. Bebeu profundamente e lavou o rosto.

Seu cavalo empinou de repente e se esquivou.

Um lagarto deve tê-lo assustado, pensou Marcus, inclinando-se para acariciar e acalmar o animal.

Algo se moveu em sua visão periférica, na margem do riacho. Ele observou o local com cuidado, mas não viu nada. Virando-se levemente sobre a sela, olhou ao redor. Em algum lugar ali perto, uma cascata de pedras rolou pelo declive íngreme do riacho. Marcus supôs que fosse outro bode, como os inúmeros que tinha visto alguns quilômetros atrás.

Inclinou-se para prender o odre de água na sela, justamente no instante em que uma pedra passou por sua cabeça. O cavalo soltou um relincho agudo e recuou bruscamente, e Marcus se endireitou rapidamente na sela.

Quatro homens saíram de seu esconderijo à margem do rio e correram em direção a Marcus. Praguejando, ele tentou controlar o cavalo. Um dos homens pegou uma pedra e armou sua funda enquanto corria. Marcus se abaixou quando outra pedra passou por sua cabeça. O cavalo empinou bruscamente, e ele mal conseguiu se segurar na sela quando um dos homens o alcançou e tentou puxá-lo.

Quando o cavalo pôs os cascos no chão, dois ladrões tentaram pegar as rédeas. Marcus chutou o rosto de um deles, afastando-o. Outro pulou. Marcus se esquivou e deixou que o impulso fizesse o homem cair do outro lado da sela.

Aterrorizado, o cavalo soltou outro relincho estridente e empinou novamente, levantando um homem do chão e se livrando do domínio do outro. Alguém agarrou Marcus de lado, ele deu uma cotovelada no rosto do agressor e afundou os calcanhares nos flancos do cavalo. O animal saltou para a frente, indo direto para cima de outro sicário. O homem conseguiu pular de lado e sair do caminho. Em seguida se levantou e girou sua funda.

Marcus sentiu uma dor irromper na cabeça quando a pedra o atingiu. Seus dedos soltaram as rédeas e ele perdeu o equilíbrio. Podia ouvir as palavras do legionário ecoando à sua volta: *Se puser a cabeça na boca de um leão, esteja certo de que a perderá*. Sentiu que o arrancavam da sela. Tentou lutar, mas não adiantou. Bateu no chão com força, perdendo o fôlego. Um dos sicários chutou sua cabeça, e outro seu flanco. Um último chute na virilha o fez sentir uma dor lancinante e ele finalmente foi caindo por um túnel escuro.

Mas despertou depressa.

— Seu porco romano fedorento! — atacou alguém, cuspindo nele.

Em meio a uma névoa de dor, Marcus sentiu mãos se agitarem freneticamente sobre ele. Alguém lhe arrancou o pingente de ouro do pescoço. Outro tirou seu cinto, levando o áureo de ouro escondido dentro. Todos remexiam nele como abutres. Quando sentiu que um deles tentava tirar o anel de sinete de ouro que seu pai lhe dera, Marcus fechou a mão. Levou um soco na lateral da cabeça. Sentiu gosto de sangue e lutou para não desmaiar. Afrouxou os dedos e sentiu o anel de seu pai ser arrancado.

Ouviu vozes enquanto era cercado por uma desordem que o esmagava.

— Não o corte ainda. A túnica é de linho bom, tire-a primeiro.

— Depressa! Ouvi dizer que uma patrulha romana está chegando.

— Vamos conseguir um bom preço pela túnica.

— Quer ser pregado em uma cruz?

Arrancaram-lhe a túnica.

— Jogue-o no riacho. Se o encontrarem, irão atrás de nós.

— Rápido! — sibilou um deles.

Pegaram-no pelos calcanhares e o arrastaram.

Marcus gemeu ao sentir as pedras rasgarem suas costas nuas. Deixaram-no perto da margem.

— Depressa!

Um homem saiu correndo enquanto o que ficou puxava uma faca curva.

— *Raca* romano — disse o homem, cuspindo no rosto de Marcus.

Ele viu a lâmina descer e instintivamente rolou para o lado. Sentiu a faca entrar em suas costelas quando caiu pela margem do rio. Bateu na borda estreita e então rolou e deslizou pelo barranco. O homem o amaldiçoou. Os outros gritavam ao longe. Em seguida, ouviu o som dos cascos batendo no chão.

Gemendo, Marcus tentava se segurar em algo. A dor lancinante não o deixava respirar. Ao olhar para a borda do riacho, sua visão dobrou e escureceu. Atordoado e lutando contra a náusea, ficou ali, impotente, no íngreme barranco do rio, encravado em algumas rochas.

O som dos cavalos foi se aproximando.

Ele tentou gritar, mas suas palavras foram um profundo gemido. Tentou se levantar, mas caiu para trás e deslizou mais alguns metros pelo declive escarpado.

Os cavalos estavam na estrada, logo acima dele.

— Ajudem-me... — murmurou, lutando para não perder a consciência. — Ajudem-me...

O som dos cascos diminuiu e uma nuvem de poeira desceu até o rio.

Fez-se silêncio. Nem um pássaro cantava. Nem uma leve brisa agitava a frágil vegetação. Apenas o sol batia nele, como uma esfera de luz quente e impiedosa.

E então, o nada.

Hadassah ajeitava as pequenas ânforas, frascos e caixas na prateleira enquanto Rashid e Alexandre carregavam uma mesa de exames. Passara a manhã toda pensando em Marcus. Fechou os olhos, imaginando o motivo do desassossego que sentia. Ela não o vira mais desde aquele dia em que se esbarraram diante das termas. Por que agora ele não saía de sua mente?

Deus, onde quer que ele esteja, o que quer que esteja fazendo, vigia-o e protege-o.

Ela voltou ao seu trabalho e tentou se concentrar na arrumação correta das drogas e medicamentos. Alexandre e Rashid haviam saído de novo, e ela podia ouvi-los conversando enquanto desciam os degraus.

O dinheiro que Magoniano dera a Alexandre pelo parto de seu filho havia sido gasto no aluguel desses aposentos maiores e mais espaçosos, mais próximos do centro de Éfeso e da escola de medicina onde Flégon dava aulas.

— É um risco, eu sei — dissera Alexandre quando contara a Hadassah sua decisão, na manhã seguinte à que o bebê de Antônia nascera. — Mas acho que vamos precisar de melhores acomodações para nossos pacientes.

— Os pacientes que você atendia perto das termas não irão até lá.

— Poderão ir, mas, se não forem, outros irão. Amigos de Magoniano.

— E eles têm mais necessidade que os outros?

— Não — respondera Alexandre —, mas podem pagar, e eu preciso de dinheiro para continuar meus estudos.

— E quanto a Boethus e sua esposa e filhos? E Epícaris e Helena?
— Não vamos abandoná-los. Estou comunicando a todos os pacientes onde poderão nos encontrar, caso precisem.

Hadassah ficara consternada com a pressa com que ele tomava decisões e com a direção que estavam seguindo.

Ele tomara o rosto dela com carinho.
— Precisa confiar em mim, Rapha.
Ela recuara levemente.
— Por que está me chamando assim?
— É como as pessoas a estão chamando.
— Mas foi o Senhor quem...
Ele pousara a ponta do dedo sobre os lábios dela.
— Realizou o milagre. Sim, eu sei que você acredita nisso. Então, acredite que foi o Senhor quem providenciou esse nome.
— Com que propósito?
— Para proteger sua identidade daqueles que tentaram matá-la. Magoniano frequenta o círculo social dos ricos e poderosos. Ajudaria se você me dissesse o nome dos seus antigos amos, para que pudéssemos evitá-los. Mas como você não...

Ela virara o rosto, mas ele o puxara, levantando seu queixo e olhando-a nos olhos.
— Hadassah, você é muito importante para mim. Não vou correr o risco de perdê-la.

O coração de Hadassah dera um salto. *Importante como?*, ela se perguntara, observando os olhos dele.
— O que você fez na noite passada...
— Não fiz nada — dissera ela com insistência.
— Você rezou. Deus a ouviu e fez o que você pediu.
Ela vira claramente o pensamento de Alexandre.
— Não. Não se pode manipular Deus, Alexandre. Jamais pense isso. Não se pode rezar na esperança de conseguir o que se deseja. É a vontade de Deus que prevalece. Foi Deus quem salvou Antônia e seu filho. Deus, não eu.
— Ele ouviu suas súplicas.
— Não mais do que ouve as suas — dissera ela, com os olhos cheios de lágrimas.
Ele segurara seu rosto.
— Isso pode ser verdade, e, se for, ele está me ouvindo agradecer agora por trazê-la à minha vida. Eu temi por você ontem à noite, assim como Rashid. E então a resposta veio claramente quando alguém gritou em frente ao biombo. — Ele rira. — *Rapha*. Tão simples. E assim você será chamada.

Alexandre vira a preocupação dela.

— Fique tranquila — ele acrescentara.
Mas tudo acontecera tão depressa que ela mal conseguia pensar.
O que Alexandre e Rashid suspeitaram aconteceu. Quando chegaram à residência de Magoniano, no fim da tarde, foram imediatamente conduzidos aos aposentos de Antônia. Ela já estava com visitas. O bebê, adormecido, era embalado nos braços da mãe enquanto três mulheres sussurravam, rindo e o admirando. Magoniano estava ali, parado, com o ar orgulhoso de pai.
Ele os viu primeiro e pousou a mão no ombro da jovem esposa.
— Eles estão aqui, meu amor.
Todos se voltaram para eles em silêncio. A mão de Alexandre estava tensa sob o braço de Hadassah quando se aproximaram da cama. Hadassah sentiu a curiosidade das três mulheres e baixou a cabeça levemente, receosa, como se pudessem ver através dos véus.
— Rapha e eu voltamos para ver como está, minha senhora. Parece bem — disse Alexandre, sorrindo para Antônia.
— Ela está realmente bem.
Os olhos de Magoniano brilhavam. Antônia sorriu para ele e depois olhou para Hadassah.
— Obrigada — sussurrou, erguendo levemente o bebê. — Quer segurá-lo?
Hadassah tomou a criança cuidadosamente nos braços.
— Oh, Senhor, abençoa este menino. Faz que fique bem e cria-o para ser teu filho — murmurou, tocando-lhe a bochechinha macia e aveludada.
Ele mexeu a cabeça levemente e sua boquinha entrou em ação, como se estivesse mamando. Ela riu, ofegante.
— Marcus...
O leve sussurro do nome dele preencheu-lhe a mente e o coração. Teria sido porque segurava um recém-nascido nos braços, sabendo que poderia ser o filho dela com Marcus? Lágrimas brotaram nos olhos de Hadassah, e ela devolveu a criança à mãe.
— Ele é muito bonito.
Marcus, eu ainda amo você. Ainda o amo muito.
Marcus... Marcus...
Pai, não seria tua vontade que eu me apaixonasse por um homem que te rejeita, seria? Ajuda-me a esquecê-lo. Como posso atender a ti com sinceridade se ainda anseio por ele? Tu conheces os desejos mais profundos de meu coração. Oh, por favor, Senhor, tira esse fardo de mim...
Mas agora, enquanto guardava as drogas e ervas curativas nas novas instalações, o leve sussurro voltou, insistente, para não ser ignorado.

Marcus... Marcus... Marcus...
Ela sentiu o chamado e levou o punho apertado ao coração.
Senhor, está com Marcus. Cuida dele e protege-o. Cerca-o de anjos. Pai, deixa-o conhecer tua misericórdia...

Alexandre subiu a escada carregando uma escrivaninha. Bateu a borda dela na entrada, esmagando os dedos. Praguejou baixinho, conduzindo o volumoso fardo sala adentro e soltando-o com um baque.

Hadassah estava de joelhos, cabisbaixa, as mãos no coração.

Rashid entrou atrás dele, trazendo um quadro. Viu-a também e olhou para Alexandre com um olhar interrogativo. O médico deu de ombros. Em silêncio, começaram a colocar as coisas no lugar.

Subitamente, Rashid cutucou Alexandre; havia medo em seus olhos escuros. Alexandre virou a cabeça e sentiu um arrepio percorrer-lhe as costas.

Ainda ajoelhada na mesma posição, Hadassah estava banhada por um luminoso raio de sol.

14

— Tafata, temos que nos apressar, ou não chegaremos a Jericó antes do anoitecer! — Esdras Barjachin gritou para sua filha por cima do ombro.

Virou o jumento. Seguindo-o em um jumento menor, Tafata obedeceu à ordem do pai, mas bateu tão leve nas ancas do animal que ele continuou em seu ritmo vagaroso.

— É para bater nesse animal preguiçoso com o chicote, filha, não para acariciá-lo!

Mordendo o lábio, Tafata aplicou uma mão mais pesada e o animal acelerou o passo.

Esdras balançou a cabeça e se voltou de novo, olhando, aflito, para a estrada à sua frente. Não devia ter comprado o jumento. Era pequeno e muito manso, mas o considerara perfeito para seu neto, Shimei. Agora, no entanto, a natureza plácida do animal estava comprometendo a segurança deles. Teriam ido mais rápido se ele puxasse o jumento enquanto Tafata montava.

Observou a estrada adiante. Ladrões costumavam se esconder nessas montanhas, aguardando a passagem de viajantes desafortunados. Esdras bateu novamente no flanco do jumento, que começou a subir a ladeira. Ele se sentiria mais seguro quando chegassem ao topo das colinas e pudessem ver as encostas descendo até Jericó. Ali a estrada era desolada, o sol ardia e o risco de ataques pairava sobre eles como as aves de rapina que se assomavam à frente.

Olhou para Tafata, torcendo para que a filha não tivesse visto os pássaros. Ela bateu gentilmente no animal de novo. Em outro momento, Esdras sabia que ela teria pena do jumento e não o montaria.

— Temos que nos apressar, filha.

Ele nunca deveria ter dado ouvidos a seu irmão Amni e deixado que ela o acompanhasse nessa viagem. Como o mais velho e mais bem-sucedido da família, Amni sempre o intimidara.

Agora, Tafata estava nessa estrada sem lei com ele, e a viagem havia sido um desastre sem sentido. Não só não houvera acordo de casamento como laços familiares haviam sido cortados. Era improvável que Amni perdoasse a ele ou a Tafata pelo fracasso ocorrido.

O que ele poderia ter feito diferente? Se houvesse ignorado Amni e deixado Tafata em casa, teria tudo saído como ele esperava? E se ela tivesse se casado com Adonias? Teria sido uma união desastrosa?

Ele admitia que, sem Tafata presente, a questão de seu casamento teria sido resolvida facilmente — se Amni fosse razoável, e Adonias, menos insistente.

Esdras olhou em volta de novo. Já tinha preocupações suficientes tentando arranjar um futuro estável para Tafata. Agora, tinha mais o fardo de temer que ladrões se aproximassem dela e a despojassem de sua virtude.

Adonias nunca fora sua primeira escolha de marido para Tafata. A primeira escolha havia sido José. Filho de um oleiro da tribo de Benjamim, José era inteiramente dedicado a Deus. Mas o rapaz estava morto. Soldados romanos o haviam capturado um ano antes e o crucificado, para além das muralhas da cidade.

Tafata estava com quinze anos agora, um a mais que sua irmã quando se casara. Deus já havia abençoado sua filha Basemate com um menino e uma menina. Certamente, ele abençoaria Tafata ainda mais, pois ela era dedicada ao Senhor.

Esdras tinha que encontrar um bom marido para ela e garantir sua felicidade futura, bem como a continuação de sua própria linhagem e legado. Tantos haviam morrido em Jerusalém, tantos outros haviam acabado em arenas romanas. Alguns preciosos haviam sido vendidos como escravos aos senhores romanos e agora estavam espalhados pelos territórios conquistados.

Deus prometera que os descendentes de Abraão seriam numerosos como as estrelas, mas só restava um punhado deles, e mesmo assim esse triste número ainda diminuía. Vespasiano publicara um decreto ordenando que todos os descendentes de Davi fossem mortos, e só por isso Isaque havia sido pregado na cruz.

Deus, por que nos abandonaste? O que será de minha filha mais nova?

Em Jericó inteira, Esdras não conhecia um homem suficientemente bom para ela. Muitos afirmavam ser judeus, mas interpretavam a lei segundo os próprios desejos. Alguns bons homens, de imensa fé, eram inadequados em virtude da miscigenação. Bartolomeu seria perfeito para Tafata. Como ela, era devoto e forte no espírito do Senhor. Mas, infelizmente, seu pai era grego. Josefo era outro que se aproximara de Esdras várias vezes. Era um bom homem, mas sua avó era síria.

Ainda mais deprimido, Esdras açoitou novamente o jumento. Tivera tanta certeza de que o futuro de Tafata seria resolvido nessa viagem... Tivera tanta certeza de que, quando Amni visse sua beleza, seu espírito gentil, sua pureza, desejaria sua filha para o filho dele. Que pai não desejaria? E ele estava certo.

— Ela é maravilhosa — elogiara ele em voz baixa. — Mas Adonias insiste em vê-la pessoalmente. Eu vou aconselhá-lo, claro. Ela é adorável.

Quando Adonias se juntara a eles, mal olhara para Esdras, saudando-o superficialmente. Bonito, dono de uma postura orgulhosa, fixara o olhar surpreso em Tafata, e um pequeno sorriso tocara seus lábios. Enquanto ele a observava, Amni se gabara da perspicácia do filho em questões de religião e negócios. Satisfeito com o que vira, Adonias se aproximara dela com ousadia. Amni ficara contente quando seu filho pegara o queixo de Tafata e lhe levantara a cabeça.

— Sorria para mim, prima — pedira ele.

E então a filha de Esdras, que nunca lhe desobedecera nem lhe causara tristeza alguma, recuara e dissera sem rodeios:

— Não vou me casar com este homem, pai.

O semblante de Adonias se ensombrara.

— O que você disse? — perguntara com sarcasmo.

Ela o fitara diretamente nos olhos.

— Não vou me casar com ninguém que trate meu pai com desdém ou que ignore os conselhos do próprio pai.

E com isso saíra da sala.

Esdras gelou ao lembrar a cena.

— Sua filha é uma tola! — gritara Amni, indignado.

Envergonhado, Esdras olhara para o irmão e o sobrinho.

— Vá falar com ela, tio — aconselhara Adonias com altivez. — É improvável que minha bela prima encontre uma oportunidade melhor que esta.

Esdras falara com ela.

— Seria loucura eu me casar com um homem assim, pai — dissera ela, chorando. — Ele olha para você com desprezo porque os cofres dele são mais pesados. Recusa o conselho do próprio pai e olha para mim como se eu fosse uma novilha a ser oferecida em um sacrifício pagão. Você viu o rosto dele?

— Ele é muito bonito.

Ela sacudira a cabeça, levando as mãos ao rosto.

— Ele é arrogante.

— Tafata, ele é da nossa tribo, e não restam muitos de nós. Amni é um homem justo.

— O que ele tem de justo, pai? Havia bondade em seus olhos? Ele o cumprimentou com respeito? Seu irmão lavou seus pés ou lhe deu um beijo? E o que fez Adonias quando entrou na sala? Dirigiu-se a um ancião com o devido respeito? Se eles não são capazes de amar você, não são capazes de amar a Deus.

— Você os julga com muita severidade. Eu sei que Amni é arrogante, e tem direito de ser. Ele fez sua fortuna sozinho. Ele...

— Adonias não me olhou nos olhos, pai, nem uma única vez. Era como se ele estivesse... me tocando. Eu senti meus ossos gelarem.

— Se não se casar com Adonias, o que será de você, Tafata?

Ela se jogara no chão diante dele, com a testa em seus pés, os ombros trêmulos.

— Eu vou ficar com você, pai. Vou cuidar de você. Por favor, não me entregue a esse homem.

As lágrimas de Tafata sempre foram a ruína de Esdras. Ele fora até o irmão e dissera que não haveria casamento.

— Eu ofereci uma grande honra a sua filha e ela se atreve a nos insultar. Pegue-a e vá embora. Não quero mais nenhum laço com você ou com qualquer membro de sua família.

Enquanto Esdras ajudava Tafata a montar no jumento, Amni gritara para ele da porta:

— Sua filha é uma tola, e você também!

Ele precisara de todo seu autocontrole para não responder da mesma maneira. Olhara para Tafata, e ela sorrira para ele com olhos claros.

Talvez ele fosse mesmo um tolo. Só um tolo estaria nesta maldita estrada.

O calor do meio-dia os oprimia. Ele apertava os lábios enquanto açulava o jumento. Sabia que devia confiar no Senhor. O Senhor proveria a Tafata um marido justo; um marido de sua própria tribo.

Mas apressa-te, Senhor. Somos tão poucos...

Ele olhou para trás e viu Tafata andando, com a corda na mão.

— Filha, o que está fazendo?

— Está muito quente, pai, e o pobre animal está exausto de me carregar. — Ela subiu correndo a estrada em direção a ele. — Além disso, estou cansada de montar — disse alegremente.

— Você vai se cansar logo neste calor — comentou ele, enxugando o suor da testa com a manga da túnica.

Não adiantava insistir que ela montasse. Além disso, o jumento não precisava ser açulado, agora que ela o puxava pela corda.

— O que acha que estão fazendo, pai?

— O quê? — disse ele, alarmado.

Olhou em volta em busca de ladrões pulando das rochas.

— Lá em cima — apontou ela.

Quando levantou a cabeça levemente, ele viu os abutres de novo.

— Alguma coisa morreu — disse com indiferença. *Ou foi morta*, acrescentou para si mesmo.

E eles poderiam ser os próximos se não saíssem daquelas colinas e descessem até Jericó.

Tafata continuou observando os pássaros que voavam em círculos lentos e graciosos.

— Uma cabra deve ter caído no barranco — disse Esdras, tentando aplacar a preocupação da filha.

Bateu no jumento com o cajado, apressando o passo à medida que se aproximavam.

— As cabras têm pés bem firmes, pai.

— Talvez tenha sido uma cabra *velha*.

— Talvez não seja uma cabra.

Os abutres voavam perto. Esdras apertou seu cajado. Olhou para cima de novo e franziu a testa. Não estariam voando em círculos ainda se sua presa tivesse morrido, certo? Estariam, sim, se banqueteando. E se fosse um homem?

— Por que eu, Senhor? — murmurou baixinho e fez um gesto brusco para Tafata. — Fique longe do barranco. Eu vou verificar.

Desceu do jumento e lhe entregou a corda. Andou até a borda e olhou para o riacho. Não viu nada além de pedras, poeira e alguns arbustos que seriam levados nas primeiras chuvas. Já ia recuar quando ouviu um barulho de pedras. Olhou para a esquerda e para baixo, no barranco íngreme do riacho.

— O que é, pai?

— Um homem — disse, apreensivo.

Quase despido e sangrando. Parecia morto. Esdras procurou onde firmar os pés e começou a descer. Agora que o tinha visto, não podia ir embora sem saber se estava vivo ou morto.

— Por que eu, Senhor? — murmurou de novo, deslizando com cuidado por uma superfície rochosa até poder descer mais um pouco sem jogar uma cascata de pedras sobre o homem. Olhou para cima e viu sua filha agachada, inclinada sobre a borda. — Fique para trás, Tafata.

— Vou pegar o cobertor.

— Acho que não será necessário — disse ele em voz baixa.

Quando se aproximou, viu que o homem havia sido atingido no flanco. A ferida aberta estava coberta de moscas. A pele estava queimada de sol, e os olhos, enegrecidos e inchados. O lábio estava rachado, e o corpo, coberto de hematomas e arranhões. Sicários deviam tê-lo espancado, roubado e o jogado barranco abaixo.

Penalizado, Esdras fincou um joelho na terra, mas, quando se inclinou sobre ele, percebeu que o cabelo do homem era curto. *Um romano!* Um exame mais detalhado revelou uma pálida marca branca em torno do mindinho da mão direita, onde estivera um anel de sinete. Esdras recuou e se levantou.

Olhou para o homem ferido, lutando contra o crescente calor da animosidade. Os romanos haviam destruído sua amada Jerusalém, a noiva do Cordeiro. Haviam crucificado José e acabado com as chances de sua filha ter um futuro seguro e feliz. Havia um pé romano no pescoço de todos os judeus.

— Ele está vivo, pai? — gritou Tafata.

— Ele é romano!

— Está *vivo*?

O homem mexeu levemente a cabeça.

— Ajude-me — murmurou em grego.

Esdras estremeceu ao sentir a dor naquela voz. Abaixou-se de novo, observando as contusões, o corte profundo, a pele queimada... e sua raiva evaporou, transformando-se em uma calorosa onda de compaixão. Romano ou não, era um ser humano.

— Não vamos abandoná-lo — disse ele, e gritou para sua filha: — Amarre o odre de água na corda e baixe. Meu manto também.

Tafata desapareceu da borda por um instante e então retornou. Baixou o odre de água e Esdras o desamarrou. Ela puxou a corda e fez a mesma coisa com o manto. Os dois jumentos olhavam para ele à beira do barranco.

Esdras inclinou a cabeça do romano e deixou cair algumas gotas de água em sua boca. Derramou uma pequena quantidade de água na mão em concha e resfriou o rosto queimado do homem. O romano se mexeu levemente e gemeu de dor.

— Não se mexa. Beba — disse Esdras em grego, levando o odre aos lábios do homem.

O romano engoliu o líquido precioso, deixando escorrer um pouco pelo queixo e pescoço, até o peito esfolado.

— Atacado...

— Você ainda não está fora de perigo e põe em risco a mim e a minha filha — disse Esdras, sombrio.

— Deixe-me. Mande a patrulha para cá.

— Até lá você já estaria morto, e eu teria que responder a Deus.

Colocou o manto sobre o homem.

— Jogue a corda — gritou Esdras para Tafata.

Ele a pegou enquanto deslizava pela encosta. O homem desmaiou novamente. Esdras aproveitou para enrolar o manto firmemente em torno do romano e amarrá-lo, improvisando um arreio.

Senhor, ajuda-me, orou e começou a puxá-lo. *Sou muito velho para isso. Como vou levá-lo até a estrada lá em cima?*

— Pai, você vai machucá-lo mais puxando-o desse jeito — gritou Tafata.

— Ele desmaiou de novo — disse Esdras, apertando os dentes enquanto se esforçava para puxar o homem, um passo de cada vez. Parou para recuperar o fôlego. — Pena que você não é magro, romano. Se fosse, eu poderia jogá-lo por cima do ombro.

Com toda a força, começou a puxar de novo.

O som de terra misturado a uma cascata de pedras que rolava próximo dali o fez voltar o olhar bruscamente.

— O que está fazendo, Tafata? Fique na estrada.

— Ele é muito pesado para você. — Ela descia a encosta, segurando o jumento pela corda. O outro a seguia. — Vai ser mais fácil levá-lo ao riacho, pai. Se ele foi atacado aqui, os ladrões podem estar esperando em algum ponto da estrada.

— Você não pode descer. É muito íngreme.

— Posso sim.

Ele a observou descer devagar com o jumento. O pequeno animal a seguia docilmente. Como ela havia conseguido encontrar um lugar para levar os animais em segurança ao riacho, ele não sabia. Apoiando um pé de cada vez, Esdras começou a puxar o romano para baixo, em direção à água.

Assim que Tafata chegou a solo firme, deixou os animais e foi ajudar o pai. Ao ver o rosto machucado do romano, seus olhos se encheram de lágrimas. Ela pegou o outro lado do arreio improvisado e ajudou Esdras. Quando chegaram à planície, Esdras desamarrou o odre de água que levava ao ombro e levantou a cabeça do homem para que bebesse mais um pouco.

O romano segurou seu pulso.

— Obrigado — murmurou.

— Não se mexa. Minha filha e eu vamos fazer uma liteira com o que pudermos encontrar — disse Esdras.

Tomado pela dor, Marcus ouviu o homem e sua filha conversarem em aramaico. Quando voltaram, colocaram-no cuidadosamente sobre a liteira que haviam feito. Ele desmaiou por um instante, flutuando entre um submundo sombrio e a consciência agonizante. Um de seus olhos estava inchado, mas ele conseguia distinguir imagens borradas com o outro. As encostas erodidas do riacho se erguiam acima dele de ambos os lados. Cada movimento fazia seu corpo doer, mas pelo menos era poupado do brilhante clarão da luz do sol, uma vez que seguiam à sombra dos penhascos.

Um mar de dor o envolveu. Enquanto se deixava levar em direção à escuridão, ouviu Hadassah sussurrar: *Ainda que eu andasse pelo vale da sombra da morte, não temeria mal algum, porque Tu estás comigo...*

15

— Está fazendo muita coisa, minha senhora — disse Iulius a Febe, mudando de braço os pacotes que carregava enquanto caminhavam pelo beco estreito perto das docas. — Não pode continuar assim.

— Estou um pouco cansada hoje, Iulius, só isso.

O escravo apertou os lábios. Ela estava se exaurindo para tentar ajudar as viúvas e os filhos dos marinheiros. Levantava-se ao amanhecer, trabalhava até o meio da manhã e depois o chamava para levarem roupa e comida às famílias necessitadas. Quando voltava a casa à tarde, estava exausta, mas decidida a cumprir as horas de trabalho noturno que estabelecera para si mesma. Não era raro encontrá-la dormindo sobre seu tear.

— Não pode vestir e alimentar todos, minha senhora.

— Temos que fazer o que pudermos — disse ela, olhando para o cortiço pelo qual passavam. — Há tantos necessitados, Iulius...

Ela viu mulheres pendurando roupas velhas para secar enquanto crianças com vestes esfarrapadas brincavam de soldado em uma rua coberta de excrementos. Febe reconheceu várias crianças e as cumprimentou calorosamente.

Iulius via o mesmo que ela.

— Sempre haverá pobres entre nós, minha senhora. Não pode cuidar de todos eles.

— Está me repreendendo, Iulius? — perguntou Febe, sorrindo.

Ele mudou de braço o pacote pesado.

— Perdão, minha senhora. Longe de mim repreendê-la.

O sorriso de Febe desapareceu diante dos modos obstinados do servo.

— Você sabe muito bem que não falei isso para lembrá-lo de que é escravo, Iulius. Pode ter sua liberdade agora mesmo, se assim desejar.

Ele corou.

— Meu senhor Décimo não gostaria que eu a abandonasse.

— Não deve se privar de nada por mim, Iulius — ela o lembrou.

Mas pensar em perdê-lo a entristecia. Ela confiava totalmente nele e não conseguia imaginar cumprir todas as suas responsabilidades diárias sem sua ajuda. E ele era um bom companheiro.

Iulius apertou os punhos. Como uma mulher de quarenta e seis anos podia ser tão ingênua? Como não notava que ele a amava? Às vezes, ele tinha certeza de que Febe sabia o que ele sentia, mas, então, ela dizia algo que deixava claro que não tinha a menor noção de sua necessidade de estar perto dela. Ele preferia ser um escravo a seu lado a um homem livre longe dela.

— Como escravo, estou ligado à senhora e sou livre para lhe servir da maneira que precisar — disse ele. — Como homem livre, teria que sair de sua casa.

— Eu nunca o mandaria embora.

— Se eu ficasse, minha senhora não seria mais vista como uma mulher de virtude inquestionável.

Ela franziu a testa um instante. E, ao compreender o que ele quis dizer, corou.

— As pessoas nunca pensariam que...

— Ah, sim, pensariam. Minha senhora vive no mundo, mas nunca fez parte dele. Não faz ideia do mal que há na mente das pessoas.

— Eu não sou tola, Iulius. Sei que o mal está solto no mundo. E essa é mais uma razão pela qual devemos nos esforçar para praticar o bem. Nós *precisamos* ajudar essas pessoas.

— Mas minha senhora não pode ajudar todas elas.

— Não estou tentando fazer o impossível. As mulheres que eu ajudo tinham maridos que trabalhavam para Décimo ou para Marcus. Não posso virar as costas a elas quando mais precisam de mim.

— E Pilia e Candace? E Vernasia e Epafra? O marido delas trabalhava para o senhor Décimo ou para Marcus?

— Há exceções — admitiu ela. — Eu soube das dificuldades delas por outras pessoas.

— Mas não pode cuidar do mundo inteiro.

— Não estou tentando cuidar do mundo inteiro! — disse ela, sobrecarregada. Por que ele tinha que atormentá-la logo nesse dia, quando sua condição física estava tão enfraquecida? Ela não estava só cansada, estava exausta. Esgotada. E havia muito a fazer, muitas pessoas para visitar e muito pouco tempo.

Iulius ficou em silêncio.

Febe o fitou demoradamente e viu seu semblante rígido. Estava exasperado com ela. A mulher sorriu com doçura.

— Você se preocupava com Décimo da mesma maneira que agora se preocupa comigo.

Não era a mesma coisa.

— Não é de minha natureza ser obsequioso.

— Nunca lhe pedi que fosse.

— Não, minha senhora.

— Eu não sou criança, Iulius.

Ele não disse nada.

— Não se aborreça comigo, Iulius, por favor. Eu queria que você entendesse...

— Eu entendo, minha senhora — disse ele mais gentilmente. — Passa o tempo todo acordada servindo aos outros para não ter tempo para pensar...

— Não diga isso.

Ele estremeceu por dentro ao notar a dor que emanava da suave voz de Febe. Não queria machucá-la.

— Não posso mudar algumas coisas, Iulius — ela comentou com a voz embargada de emoção. — Aqui, eu posso.

Duas garotinhas estavam sentadas no umbral de uma porta do outro lado da rua, brincando com uma boneca de pano encardida. Uma a viu.

— Senhora Febe!

As garotas correram pela rua até ela com sorrisos radiantes.

— Olá, Hera — cumprimentou Febe, rindo de alegria pela calorosa saudação.

A garotinha ergueu a boneca para que Febe a visse.

— Minha mãe fez para mim — disse, orgulhosa. — Ela falou que a senhora lhe deu uma túnica nova, então ela me fez esta bebê com a velha. Não é linda?

— É uma bebê muito bonita, Hera — elogiou Febe, ainda lutando contra as lágrimas que brotaram inesperadamente pelas palavras de Iulius.

Teria ele razão? Acaso ela se ocupava da manhã à noite para esquecer que Décimo estava morto e que seus próprios filhos também estavam perdidos para ela?

— Como ela se chama?

— Febe — respondeu a criança com um sorriso. — Como a senhora.

— É uma grande honra para mim.

— Bom dia, senhora Febe — disse alguém.

Ela olhou para cima e acenou.

— Bom dia, Olímpia. Vi seu filho há alguns minutos. Ele parece muito bem.

— Sim. — Olímpia riu. — O remédio que nos trouxe fez maravilhas. Ele e seus amigos estão brincando a manhã toda.

Febe afastou da mente as palavras de Iulius e entrou no cortiço. Tinha ido visitar uma viúva cujo marido morrera no mar. A mulher tinha três filhos pequenos. Febe viu que seus próprios problemas eram irrisórios comparados aos da mulher; os dela eram assuntos do coração, não de sobrevivência.

Quando entrou no pequeno aposento, as crianças se acercaram dela, puxando sua túnica e competindo para receber atenção. Rindo, Febe pegou a menorzinha no colo e se sentou, enquanto a mãe colocava um pedaço de lenha no braseiro.

Iulius largou os pacotes e abasteceu uma cesta com feijões, lentilhas e cereais. Colocou o suficiente para uma semana, enquanto ouvia Febe conversar com a mulher sobre crianças e coisas femininas. Ela deixou a criança no chão e pegou outra, até que todas ganharam um abraço e passaram um tempo em seu colo. Era evidente que as crianças a adoravam.

Ele apertou os lábios ao pensar em Marcus, tão absorto em sua própria dor que não conseguia ver o sofrimento que causava à mãe. E quando fora a última vez que Júlia se dera o trabalho de visitá-la?

Febe deu à mulher um xale novo e uma bolsinha de moedas.

— Isto é suficiente para pagar o aluguel e alguns itens essenciais.

A jovem começou a chorar.

— Oh, minha senhora, como poderei retribuir?

Febe tomou seu rosto e beijou-lhe uma face, depois a outra.

— As coisas não serão sempre assim, Vernasia. Quando suas condições melhorarem, ajude alguém como eu ajudei você. E dê graças a Deus.

Febe e Iulius deixaram o cortiço e seguiram pelo beco estreito e fedorento até outro, mais perto do porto. Prisca morava no último andar. Seu marido havia morrido semanas antes, e Febe soubera da terrível situação da velha por meio de uma mulher que a procurara.

— Ouvi falar que ajuda as viúvas, minha senhora. Conheço uma idosa que precisa desesperadamente de ajuda. Seu nome é Prisca. Seu filho embarcou no *Minerva* há dois meses e não voltará antes de um ano ou mais. O marido dela trabalhou trinta e três anos calafetando navios e morreu no convés há algumas semanas. Ela mora no mesmo aposento há vinte anos, mas agora não consegue pagar o aluguel e o proprietário vai expulsá-la. Eu a ajudaria, se pudesse, mas mal temos o suficiente para alimentar nossa própria família. Não sei o que será daquela pobre velha se alguém não a ajudar. Por favor, minha senhora, se puder...

Febe gostava muito de Prisca. A velha era divertida. A vida dura não a tornara amarga nem a intimidara. Ficava sentada junto à pequena janela "tomando ar" e observando o movimento nas ruas. Tinha plena posse de suas faculdades mentais, sabia de tudo que acontecia em Éfeso e transmitia sua irônica sabedoria a respeito. Era velha demais para se preocupar com decoro e tratava Febe com o carinho e a franqueza que poderia ter reservado a sua própria filha, se tivesse uma.

Febe bateu na porta e entrou quando ouviu Prisca responder. A velha estava sentada junto à janela, com o braço apoiado na esquadria, olhando a rua. Sorrindo, Febe atravessou a sala e se abaixou para beijar seu rosto.

— Como está hoje, mãe Prisca?

— Do jeito que se espera para uma velha de oitenta e sete anos. — Ela pegou o queixo de Febe como se fosse uma criança e a observou com uma leve carranca. — Qual é o problema?

Febe recuou um pouco, evitando o escrutínio da senhora, e forçou um sorriso.

— Não há problema algum.

— Não me diga que não há nada errado. Eu sou *velha*, não tola. Pois bem, por que está chateada?

— Não estou chateada.

— Está cansada *e* chateada.

Febe pegou a mão da velha e lhe deu um tapinha, sentando-se em uma cadeira que Prisca deixava ali perto para as visitas.

— Conte-me tudo que fez desde a última vez que a vi.

Prisca olhou para Iulius e notou como ele observava sua senhora, como se ela fosse um precioso vaso coríntio prestes a se quebrar.

— Tudo bem, pode mudar de assunto — disse a velha, meio contrariada. — Terminei os xales e os dei a Olímpia. Ela os entregou às mulheres que você mencionou.

— Que maravilha. Como terminou tão depressa? Iulius só trouxe a lã na semana passada.

— Poupe seus elogios. O que mais uma velha tem para fazer? — Ela se levantou. — Quer uma xícara de *posca*?

A bebida, apreciada pelos pobres e soldados, era uma refrescante mistura de vinho barato e água.

— Obrigada — disse Febe.

Ela pegou a xícara e sorriu enquanto a velha servia outra para Iulius. Prisca se sentou novamente, suspirando.

Febe ficou uma hora ali. Gostava de ouvir Prisca repetir as histórias que seu filho lhe contava sobre suas viagens.

— Décimo sempre voltava bronzeado e cheio de vida do mar — disse Febe, melancólica. — Eu tinha ciúme do fascínio que a viagem provocava nele. Quando ele era mais jovem, tinha tanta sede de explorar, de abrir novas rotas comerciais, de saber o que estava acontecendo nos confins do Império. Às vezes, eu via esse olhar em seu rosto e me sentia como uma âncora.

— Ele a amava, minha senhora — disse Iulius em voz baixa.

Lágrimas surgiram inesperadamente, e ela desviou o olhar para escondê-las. Constrangida pelo silêncio que se fez no aposento, ela se levantou. Quando se voltou com um sorriso, viu que Prisca a observava.

— Desculpe — murmurou ao ver os olhos da velha se encherem de lágrimas também.

— Não se desculpe. — Prisca bufou. — Prefiro ver sua dor sincera a uma máscara de coragem.

Febe estremeceu. Inclinou-se e deu um beijo na face seca e enrugada da mulher.

— Você é uma mulher muito difícil, sabia, Prisca?

— Só porque não sou cega e surda?

— Voltarei daqui a alguns dias.

Prisca deu um tapinha no rosto de Febe.

— Mande mais lá para mim.

Febe ficou calada na caminhada de volta aos armazéns dos Valeriano. Sua mente estava tomada pelas lembranças de Décimo, Marcus e Júlia. Queria afastá-las, porque só provocavam angústia. Tinha de aceitar e não chorar suas perdas; tinha de viver como Deus esperava que vivesse. "Amai-vos uns aos outros", dissera Jesus a seus discípulos, e era isso que ela tentava fazer. Seu trabalho era cuidar de todos que pudesse com os recursos que tinha disponíveis.

O passado e o futuro não estavam em suas mãos. Um havia acabado e não podia ser desfeito. O outro estava além da imaginação. E ela não queria imaginá-lo. Não podia. A dor de perder Décimo havia sido o suficiente. Enfrentar o fato de que a vida de seus dois filhos era um caos era demais. Ela só tinha o momento presente e precisava vivê-lo com dignidade. De que adiantaria se permitir se arrepender e lamentar, pensar incessantemente no que poderia ter feito diferente? Poderia ter mudado o rumo da vida de Marcus e Júlia? Será?

Quando ela aceitara Jesus como seu Salvador, aceitara seu jugo. Agora, tinha de ser digna. "Amai-vos uns aos outros", dissera ele a seus apóstolos e discípulos. Amar uns aos outros não com palavras, e sim com ações.

Isso não significava *fazer algo* pelos outros? Certamente, seu trabalho era a vontade de Deus.

A liteira já esperava no armazém. Iulius a ajudou a subir e ela afundou nas almofadas, exausta. Precisava descansar no caminho para casa para poder fazer os preparativos para o dia seguinte. Mas não conseguiu.

A casa estava em silêncio quando entrou. Essa era a parte do dia que Febe mais temia — voltar para uma casa vazia. Através do peristilo, viu a porta do larário, mas deu meia-volta. Sabia que tinha que orar, mas estava cansada demais para pensar.

Subiu as escadas e seguiu pelo corredor aberto até seu quarto. Tirou o xale e saiu à sacada que dava para Éfeso. Ao entardecer, a cidade brilhava, colorida, enquanto o sol caía sobre o Artemísion. Era uma construção linda, de uma grandeza inacreditável. Milhares de pessoas eram atraídas para os altares de Ártemis, apegadas a promessas vazias.

Será que Júlia ainda frequentava o templo?

— Eu lhe trouxe algo para comer, minha senhora — disse sua criada.

— Obrigada, Lavínia — respondeu Febe, sem se voltar.

Precisava parar de pensar em Júlia. De que adiantava reviver o passado tentando saber onde havia errado? Da última vez que fora ver sua filha, fora levada ao triclínio por Primo.

— Ela não está se sentindo bem esta noite — dissera ele.

Mas era evidente que Júlia estava embriagada. Quando a moça a vira, lançara ao marido insultos e acusações tão chocantes que Febe ficara perplexa. Nunca ouvira alguém falar como sua filha. Primo ficara ali, parado, consternado, desculpando-se pelo comportamento dela, mas isso só parecera inflamar Júlia ainda mais. Ela o amaldiçoara. Envergonhada e triste, Febe fora embora. Toda vez que pensava em voltar, algo a impedia. Às vezes, era apenas uma forte sensação de que devia deixar Júlia sozinha para encontrar seu próprio caminho.

Febe perdera Júlia e Marcus. Recordando o propósito da busca de seu filho, ela se perguntava se um dia o veria vivo novamente.

Tentou afastar os pensamentos do sofrimento de seus filhos e se concentrar nas necessidades das viúvas que veria no dia seguinte. Havia feito tudo que podia por Marcus e Júlia. Viver no passado só minava suas chances de mudar o futuro. Precisava ajudar as pessoas que podia e deixar as que não podia seguirem seu caminho.

Mas eram seus próprios filhos. Como poderia deixá-los seguir seu caminho? Como poderia suportar ver a angústia que eles mesmos causavam para si?

Sozinha e perdida, com uma sensação de fracasso, Febe se segurou na grade de ferro e chorou. De alguma forma, havia falhado com eles. Não os amara o suficiente, não lhes ensinara o que precisavam saber para sobreviver no mundo. E o que podia fazer agora? Sentia-se impotente e desesperançosa.

— Sou um fracasso, Senhor. O que eu faço agora? Oh, Deus, o que eu faço agora?

Ela tremia, sua mente era um turbilhão. Apertou as têmporas doloridas com a ponta dos dedos, lembrando-se de Júlia correndo pelos jardins e pulando nos braços do pai quando ele voltava de uma longa viagem. Quase podia ouvir seu riso alegre quando Décimo a erguia no ar e a abraçava, dizendo que ela se tornara uma linda garotinha nos meses que estivera fora.

Mais tarde, essa mesma filha gritara que o odiava e desejara sua morte.

Oh, Jesus, o que eu faço por minha filha? O que eu faço? Oh, Deus, mostra-me o que fazer!

Sentiu uma estranha fraqueza. Apoiou a mão esquerda na balaustrada para não cair. Sentada no chão da varanda, inclinou-se pesadamente contra as barras de ferro. Queria chamar sua criada, mas, quando abriu a boca, tudo o que saiu foi um som ininteligível. Tentou se levantar, mas não sentiu o braço nem a perna direita. Foi tomada pelo medo, até que tudo que conseguiu ouvir foi o som do próprio coração, batendo nos ouvidos.

O sol caía lentamente, e ela sentia seu calor rosado nas costas.

———-⊢-⊢———-

Alguém bateu à porta dos aposentos de Febe.

— Minha senhora?

A criada abriu devagar e espiou dentro do quarto. Curiosa, entrou e foi até onde havia deixado a bandeja de comida. Estava tudo intocado.

Lavínia se endireitou com a bandeja e olhou para a cama. Como não viu ninguém deitado ali, olhou ao redor de novo, e então em direção à varanda.

Soltando um grito, largou a bandeja. O barulho reverberou pela casa inteira.

— Minha senhora! — gritou, correndo até Febe.

Jogando-se de joelhos, inclinou-se sobre sua ama.

— Minha senhora! Oh, minha senhora!

Iulius entrou no quarto e viu a criada chorando histericamente na sacada, inclinada sobre Febe. Correu até ela.

— O que aconteceu?

Empurrou a garota de lado para poder levantar a mulher dos azulejos frios.

— Não sei! Eu entrei para pegar a bandeja e a vi caída aqui.

— Fique quieta, menina!

Ele levou Febe para a cama e a deitou com suavidade. Os olhos dela estavam abertos e brilhavam de medo. Levantou debilmente a mão esquerda e ele a tomou.

— Pegue alguns cobertores — ordenou ele, então ouviu a criada sair correndo do quarto. — Tem trabalhado muito, minha senhora. Precisa descansar agora. Vai se sentir melhor daqui a alguns dias — disse ele, com uma segurança que estava longe de sentir.

Temendo por ela, acariciou sua testa, perguntando-se se Febe entendia o que ele estava dizendo. O rosto dela estava flácido de um lado, a pálpebra e a boca caídas. Ela emitia alguns sons, mas eram ininteligíveis. Quanto mais ela tentava, mais perturbada ficava. Incapaz de suportar, ele pousou os dedos nos lábios de Febe.

— Não tente falar agora, minha senhora. Descanse. Durma.

Lágrimas corriam pelas faces de Febe. Ela fechou os olhos.

Lavínia voltou com cobertores. Outros a seguiram até o quarto, criados que amavam sua senhora e temiam por ela.

— Gaius foi buscar um médico — avisou Perenna, a criada do andar de baixo.

Um jovem pôs mais lenha no braseiro e o colocou mais perto da cama. Todas as lavadeiras, cozinheiras e outras servas estavam no quarto, paradas ao lado na cama, sofrendo como se Febe Valeriano estivesse à beira da morte.

O filho da cozinheira, Gaius, conduziu o médico escada acima e entrou no quarto de Febe. Iulius pediu a todos que saíssem e ficou observando enquanto o homem a examinava.

— O que há de errado com ela, meu senhor? — perguntou Iulius depois do exame.

O médico não respondeu. Afastando-se da cama, olhou para ele.

— Você é o responsável aqui?

— Sim, meu senhor.

O homem sacudiu a cabeça.

— Não há nada a fazer.

— Como? O que aconteceu com ela?

— Um deus a tocou, causando-lhe uma convulsão cerebral. Ela nem sabe o que está acontecendo à sua volta.

— O senhor não vai ajudá-la?

— Não posso fazer nada. A ajuda está nas mãos do deus que a tocou. — E começou a andar em direção à porta, mas Iulius bloqueou seu caminho.

— O senhor é médico. Não pode simplesmente ir embora e deixá-la assim!

— Quem pensa que é para me questionar? Eu sei muito mais que você sobre esses assuntos e digo que não há nada a fazer por ela. Você tem duas escolhas: pode tentar alimentá-la e mantê-la viva na esperança de que o deus ou a deusa que fez isso se arrependa e expulse a maldição, ou pode deixá-la em paz e permitir que ela morra com dignidade.

— Morrer com dignidade?

— Sim. E aconselho que faça isso. Seja misericordioso e ponha um pouco disto em sua bebida — orientou o médico, estendendo um pequeno frasco.

Como Iulius não o pegou, o médico o deixou na mesinha perto da cama.

— Você pode deixar a natureza seguir seu curso — disse —, mas, na minha opinião, isso seria crueldade. — Olhou para a cama. — Nesse estado, ela tem pouca utilidade para si ou para qualquer outra pessoa. Se tivesse escolha, tenho certeza de que ela preferiria morrer.

Sozinho com Febe, Iulius se sentou em um banquinho ao lado da cama. Olhava para ela, tão quieta e pálida, totalmente indefesa. Seus olhos estavam fechados. O único sinal de que estava viva era o movimento suave de seu peito.

Pensou em quanto ela trabalhava para ajudar os outros, as horas que passava com os preparativos para o dia seguinte. Acaso ela gostaria de viver assim?

E ele poderia suportar a vida sem ela?

Iulius pegou o pequeno frasco na mão e o fitou. A convicção do médico sobre o estado de saúde de sua senhora ecoou em seus ouvidos. Era preciso pensar *nela*, no que ela preferiria. Mas, depois de um momento, devolveu-o à mesinha.

— Não posso fazer isso, minha senhora — disse, com a voz embargada. — Sinto muito, não posso deixá-la partir.

Pegou-lhe a mão esquerda e a apertou.

16

— *D*eixe a bandeja ali — disse Alexandre ao criado que entrava na biblioteca, sem sequer levantar os olhos do pergaminho que estava estudando.

Bateu com o dedo no documento, frustrado.

— Li e reli esses registros, Rapha, e ainda não sei o que há de errado com ela. Os banhos e massagens não adiantaram. Ela está tão mal agora quanto estava há algumas semanas.

Hadassah estava perto das janelas, olhando a cidade de Éfeso. Estavam muito longe da tenda em frente às termas. Podia ver o Artemísion dali, sua magnífica fachada que atraía as massas a seu ambiente escuro de adoração pagã. Não se sentia à vontade nesse lugar, perto demais dos degraus daquele templo sujo, apesar de belo. Lembrou-se de Júlia com seu *palus* vermelho saindo dali para seduzir o famoso gladiador, Atretes. Oh, quanta tragédia decorrera disso! Que outras tristezas acometiam aqueles que se curvaram diante de Ártemis e de outros falsos deuses e deusas como ela?

— Você está ouvindo, Hadassah?

Ela olhou para ele.

— Desculpe...

Ele repetiu o que havia dito e perguntou:

— O que você acha?

Quantas vezes eles tiveram essa mesma conversa? Às vezes, ela ficava tão cansada e desanimada que chorava. Como nesse momento, quando sua mente estava em outro lugar. Por que Marcus ocupava tanto seus pensamentos ultimamente?

— Hadassah?

— Talvez você esteja muito ocupado tratando os sintomas e negligenciando a possível causa.

— Detalhes — disse Alexandre. — Preciso de detalhes.

— Você disse que não encontrou nada nos exames físicos de Venescia que explique a gravidade e a persistência de suas várias doenças.

— Exato.

— E o que sabe sobre ela?

— Sei que é rica. Seu marido é um dos conselheiros do procônsul.

Hadassah se voltou para Alexandre, e ele fitou os véus azuis que cobriam suas cicatrizes. Quando sua condição financeira melhorara, ele comprara novas túnicas e véus para ela, mas Hadassah continuava usando as vestes cinza. Por fim, exasperado, ele explodira:

— Por que tanta obstinação em se vestir como um espectro da morte? Deus tem algo contra as cores para você ter que se parecer com um corvo coberto de véus? Você mais parece um servo do submundo pronto para levar alguém através do Styx que uma curadora!

Claro, ele imediatamente se arrependera de sua explosão e pedira desculpas. E, na manhã seguinte, ela aparecera de túnica azul e com os véus que usava agora. Ele ficara envergonhado, seu rosto queimara. Algo dentro dele estava mudando sutilmente em relação a ela, e ele não sabia o que era ou o que significava.

Os pacientes geralmente davam dinheiro a ela de presente. Hadassah não os dissuadia e aceitava murmurando palavras de agradecimento, depois simplesmente jogava as moedas em uma caixa e as deixava esquecidas em uma prateleira. As únicas vezes que ela abria a caixa era quando ia visitar os pacientes de que haviam tratado perto das termas. Despejava o conteúdo em uma bolsa e a levava consigo. Quando voltava, a bolsa estava sempre vazia.

Mas seu tempo estava se tornando mais precioso à medida que o consultório crescia em número de atendimentos, exigindo mais dela.

— Você me ouviu, Hadassah? — Alexandre quis saber, perplexo ao vê-la tão pensativa essa noite.

Estava rezando de novo? Às vezes ele percebia isso simplesmente pela quietude que a rodeava.

— Eu o ouvi, meu senhor. Acha que a riqueza de Venescia tem algo a ver com sua doença?

Cansado, Alexandre tentou controlar a impaciência. Já era noite, e ele havia atendido mais de vinte pacientes, a maioria com queixas simples, facilmente tratáveis. Mas Venescia era diferente. E seu marido era importante. Um diagnóstico errado poderia significar o fim de sua carreira.

Havia dias em que ele desejava ter continuado a trabalhar na tenda em frente às termas.

— Você novamente está tentando me levar a algum lugar, sem me dizer aonde — ele observou. — Diga o que está pensando e pare de esperar que eu chegue às conclusões certas sozinho.

Ela se voltou e o fitou.

— Não sei o que é o certo a fazer — ela expôs simplesmente. — Você é médico e quer respostas *médicas*. Tudo que sei sobre dietas é o que me lembro da Torá, e isso você já anotou. Tudo que sei sobre remédios aprendi com você. E tudo que sei sobre técnicas de massagem aprendi o observando.

— Ore, então, e me conte o que Deus diz.

Hadassah apertou as mãos.

— Eu oro. Rezo o tempo todo. Por *você*. — E se voltou para as janelas de novo. — E pelos outros — acrescentou depois de um momento.

Será que Marcus estava bem? Por que ela tinha essa necessidade constante de orar por ele? E Júlia? Por que pensava tanto nela ultimamente?

Senhor, eu rezo e rezo e ainda não sinto paz em relação a eles.

— Então o problema de Venescia não é físico — disse ele, tentando obstinadamente encontrar um tratamento.

Hadassah ficou calada. Talvez estivesse pensando no problema. Alexandre pegou um pouco de carne da travessa e se serviu de vinho.

— Tudo bem, vamos analisar logicamente. Se não é físico, é mental. Talvez ela *pense* que tem uma doença. — Ele mastigou a carne tenra e engoliu. — Talvez a resposta seja ela mudar sua forma de pensar.

— E você? Vai mudar a sua um dia?

Ele levantou a cabeça e a observou, parada diante das janelas. Algo em sua postura o fez notar sua tristeza. Franziu a testa. Atravessou a sala e pousou as mãos nos ombros dela.

— Eu acredito em tudo que você me diz, Rapha, juro. Eu sei que Deus existe. Eu *sei* que ele é poderoso.

— Até os demônios acreditam, Alexandre.

Ele apertou os ombros dela para virá-la de frente. Tomado por uma fúria inexplicável, afastou os véus de seu rosto para poder ver seus olhos.

— O que está dizendo? Que eu sou um demônio a seus olhos?

— Estou dizendo que seu conhecimento está todo na cabeça, e isso não é suficiente. O conhecimento para salvar vem do coração.

— Eu quero o conhecimento para *salvar* — disse ele, mais tranquilo, pensando em Venescia. — O que acha que tenho procurado durante todo esse tempo que estamos juntos?

Hadassah sacudiu a cabeça. Ele tirou as mãos de seus ombros e ela se sentou em um banquinho.

Alexandre se abaixou diante dela e pôs as mãos em seus joelhos.

— Eu acredito, Rapha. Eu rezo exatamente como ouço você rezar, mas mesmo assim nunca encontro as respostas de que preciso. Diga-me o que estou fazendo de errado.

— Talvez você não receba respostas porque pede as coisas erradas. — Ela pousou suas mãos sobre as dele. — Talvez o que você realmente deseje seja o poder de Deus, e não a revelação de sua sabedoria.

Alexandre suspirou.

— Eu aceitaria qualquer um dos dois se isso ajudasse aquela mulher a se curar. É só o que eu quero, Rapha: curar as pessoas.

— É o que eu quero também, só que em um reino diferente. Deus vem primeiro.

— Eu só conheço o reino da realidade. Carne e osso, terra, razão. Tenho que lidar com as coisas que conheço melhor.

— Então, pense assim: a vida é como um lago. Toda decisão que tomamos e todo ato que cometemos, bons ou maus, são uma pedra jogada nesse lago. A água ondula e se espalha em círculos. Talvez Venescia esteja sofrendo as consequências das escolhas que fez na vida.

— Eu pensei nisso. Eu disse a ela para se abster de relações sexuais com outros homens além de seu marido, e ela já parou de beber vinho e consumir lótus.

— Você ainda não entendeu, Alexandre. A resposta não é *retirar* as coisas da vida dela ou *acrescentar* mais regras. A resposta é devolver a vida ao Deus que nos criou. E ele é tão real quanto a carne e o sangue, a terra e a *razão*. Mas não posso obrigá-lo a enxergar isso, não posso abrir seus olhos e ouvidos.

Ele deu um forte suspiro e se levantou. Massageou a nuca e voltou a seus pergaminhos.

— Infelizmente, acho que Venescia não está em busca de Deus, Rapha.

— Eu sei — disse Hadassah, baixinho.

Venescia era como muitos pacientes que os procuravam desde que Antônia dera à luz. Eles chegavam em busca de curas milagrosas e pronta recuperação. Alguns eram pálidos e magros, viciados em vomitar um banquete para participar do próximo. Outros reclamavam de músculos trêmulos enquanto seu hálito cheirava a vinho e sua pele era amarelada de icterícia. Homens e mulheres levavam uma vida promíscua e depois queriam curar as úlceras de seus genitais ou suas secreções nocivas. O que queriam era sempre o mesmo: deixe-me bem para que eu possa continuar fazendo o que quero.

Eles queriam pecado sem consequências.

Como nos suporta, Senhor, se somos tão teimosos e tolos? Como nos suporta?

E o pobre Alexandre, empático à dor e ao sofrimento deles, esforçava-se para ser um bom médico, ansiava por respostas concretas para todos os males da humanidade.

Remédios, ele sempre pensava em possibilidades de remédios! Evite o sol do meio-dia, o frio da manhã e da noite. Tenha cuidado para não respirar o ar próximo aos pântanos. Observe a cor de sua urina. Exercite-se, transpire, tome muitos banhos, faça massagens, leia em voz alta, ande, corra, brinque. Cuidado com o corte da carne, o tipo de solo em que seus alimentos foram cultivados, a qualidade da água e o frescor dos alimentos.

Nenhum deles, nem mesmo Alexandre, parecia perceber que eles não eram apenas seres físicos, que Deus havia deixado uma marca sobre cada um pelo simples fato de tê-los criado. Eles preferiam seus ídolos tangíveis, com características caprichosas como eles, facilmente entendidos. Queriam algo que pudessem manipular.

Deus era inconcebível, intangível, incompreensível, inexplorável. Eles não queriam uma vida de sacrifícios, pureza, compromissos, uma vida de seja feita a *Tua* vontade, não a minha. Queriam ser donos da própria vida, seguir seu próprio caminho e não responder a ninguém.

E tu permites, Pai. Absolutamente te recusas a violar nosso livre-arbítrio. Oh, Senhor, abençoado Jesus, às vezes eu gostaria que viesses e tomasses conta de nós, e nos sacudisses tanto que ninguém seria capaz de te negar — cada homem, mulher e criança se curvaria diante de ti. Perdoa-nos, Senhor. Perdoa-me. Estou tão desanimada... Eu te via trabalhando naquelas pessoas perto das termas, mas aqui, Senhor, só vejo dor e luta obstinada. Pai, vejo Júlia no rosto dessas pessoas. Vejo nelas a mesma sede insaciável e injustificada que via no rosto dela. Fortalece-me, Senhor. Por favor, fortalece-me.

— Vou dizer a Venescia e seu marido que procurem outro médico — disse Alexandre, enrolando o pergaminho.

Hadassah o fitou, surpresa.

— Que motivo vai lhes dar?

— A verdade — respondeu ele simplesmente. — Direi a eles que você acredita que a doença de Venescia é de natureza espiritual. Não vou lutar contra Deus. — Guardou o pergaminho em um dos muitos cubículos que havia na grande prateleira acima da mesa. — Talvez eu recomende Vitrúvio. Ele lutaria contra qualquer coisa.

— Não a mande a um adivinho, meu senhor. Por favor.

— Aonde você sugere que eu a encaminhe?

— Deixe isso com ela.

Alguém bateu à porta e Alexandre mandou entrar. Rashid apareceu.

— Há um rapaz lá embaixo procurando por Rapha. Disse que sua senhora foi acometida por uma súbita e estranha paralisia. Eu não o teria incomodado, mas, quando ele me disse o nome dela, achei melhor avisá-lo.

— Qual é o nome dela?
— Febe Valeriano.
Hadassah ergueu a cabeça bruscamente. Rashid a fitou.
— Conhece esse nome?
— Todo mundo conhece esse nome — disse Alexandre. — Décimo Vindácio Valeriano era um dos comerciantes mais ricos e poderosos de Roma. Diz a lenda que ele começou seus negócios aqui em Éfeso e depois se mudou para as colinas mais lucrativas de Roma, onde prosperou. Ouvi dizer que ele voltou para cá com a família há alguns anos e morreu de uma doença devastadora. Pelo que sei, seu filho, Marcus Luciano, tomou as rédeas dos negócios. Foi o filho que enviou esse servo?

O coração de Hadassah batia desgovernado.

— Ele não disse quem o mandou — respondeu Rashid. — Vim avisá-lo, meu senhor, porque sei que Valeriano é um nome muito mais poderoso que Magoniano.

Alexandre ergueu as sobrancelhas.

— Então a mensagem foi uma intimação.
— Não, meu senhor. Ele *implorou,* como se sua vida dependesse disso.
— Valeriano. Não sei se quero me envolver com alguém com conexões tão poderosas — ponderou Alexandre, pensando em seu atual dilema em relação a Venescia.

Já tinha problemas suficientes com ela. Poderia se dar ao luxo de correr mais riscos?

— Diga a ele que iremos, Rashid — Hadassah pediu e se levantou.

Surpreso, Alexandre protestou.

— Temos que pensar nisso!
— Você é médico ou não é, Alexandre?

———·-·———

Hadassah não reconheceu o servo. Era jovem e bonito, de pele morena. O tipo de escravo que Júlia compraria, não Febe.

— Qual é seu nome?
— Gaius, minha senhora.

Lembrou-se dele: o garoto que trabalhava na cozinha.

— Rashid — disse Alexandre —, chame a liteira.
— Não será necessário, meu senhor — Gaius interpelou, curvando-se. — Há uma liteira esperando lá fora.

Foram conduzidos rapidamente para a casa dos Valeriano, na parte mais exclusiva de Éfeso. Alexandre ajudou Hadassah a descer da liteira e a carregou pelos degraus de mármore. Outra escrava os esperava e abriu a porta para recebê-los.

— Por aqui, meu senhor — orientou a jovem, correndo em direção a outra escada, também de mármore.

Alexandre observou o peristilo e pensou que era um dos mais bonitos e aconchegantes que já vira.

Carregou Hadassah escada acima e a pôs no chão quando chegaram ao corredor superior. Ela cambaleou levemente, e ele pegou sua mão para firmá-la. Estava gelada.

— Algum problema? — perguntou.

Ela sacudiu a cabeça e se soltou dele, precedendo-o pelo corredor até o quarto. Reconheceu Iulius imediatamente. O homem havia sido criado pessoal de Décimo, mas ela nunca conversara muito com ele. Estava ao lado da cama de Febe, com o semblante tomado de preocupação. A escrava falou baixinho com ele, e _Iulius se levantou e foi na direção deles. Curvando-se profundamente, disse:

— Obrigado por vir, meu senhor. — Inclinou-se desta vez para Hadassah. — Rapha.

Havia muito respeito naquela única palavra — e grande esperança também.

Hadassah olhou para a cama e para a mulher ali deitada. Caminhou lentamente em direção a ela; cada passo lhe provocava lembranças lancinantes. Os cabelos de Febe estavam espalhados nas almofadas. Sua pele era pálida, quase translúcida.

Enquanto questionava Iulius, Alexandre examinava Febe. O homem lhe contou que uma escrava a encontrara caída no chão da sacada, que ela tinha dificuldade para falar e só conseguia mexer a mão esquerda.

Enquanto conversavam e Alexandre trabalhava, Hadassah se acercou de Febe, observando-a com atenção. Seu rosto estava frouxo, a boca levemente caída, um olho sem brilho. Murmurou umas palavras truncadas para Alexandre enquanto ele a examinava.

— Ela estava trabalhando demais, meu senhor — prosseguiu Iulius. — Muito mesmo. Passava todos os dias nos cortiços perto das docas visitando as viúvas dos marinheiros. Ficava acordada até tarde da noite no tear, fazendo tecidos para as túnicas.

— Preciso falar com o filho dela — disse Alexandre, erguendo a pálpebra de Febe e inclinando-se para observá-la melhor.

— Ele foi para a Judeia há alguns meses. Não temos notícias dele desde então.

O coração de Hadassah deu um pulo. Judeia! Por que Marcus iria àquele país devastado pela guerra? Mas se comoveu ao recordar as encostas salpicadas de flores da Galileia.

Alexandre encostou a cabeça no peito de Febe Valeriano, ouvindo seus batimentos cardíacos e sua respiração.

— Ela tem outros filhos? — perguntou, endireitando-se.

— Uma filha.

— Aqui em Éfeso?

— Sim, mas elas não se veem — disse Iulius.

Alexandre se aprumou e se afastou da cama. O servo o seguiu.

Hadassah se aproximou de Febe. Viu uma corrente em volta de seu pescoço e um pequeno medalhão encostado em sua pele alva. Inclinou-se, pegou o pequeno medalhão e o girou na palma da mão, esperando ver um dos muitos deuses que Febe sempre adorara em seu larário. Mas, em vez disso, encontrou a gravura de um pastor segurando um cordeiro nos ombros.

— *Oh!* — suspirou, e calor e gratidão a dominaram.

Febe mexeu os olhos; um deles pareceu se concentrar nos véus de Hadassah, confuso. Ela se aproximou e fitou o rosto da mulher, observando-a atentamente.

— Você conhece o Senhor, não é?

Alexandre falava com Iulius a alguns passos de distância.

— Ela sofreu uma convulsão cerebral.

— Foi o que o outro médico diagnosticou — disse Iulius. — Pode ajudá-la?

— Sinto muito, mas não posso — lamentou Alexandre categoricamente. — Ninguém pode fazer nada. Já vi alguns casos assim antes, e tudo que é possível fazer é deixá-la confortável até a morte. Felizmente, não creio que ela tenha ciência do que está acontecendo à sua volta.

— E se tiver? — perguntou Iulius, com a voz embargada.

— É uma possibilidade dolorosa demais para cogitar — disse Alexandre, pesaroso. Olhou para o outro lado do quarto e viu Hadassah inclinada sobre a mulher, apertando algo na mão enquanto falava suavemente com ela.

Ao presenciar a cena, Iulius voltou para o leito. Olhou para Rapha, inquieto.

— Isso é muito importante para ela.

— Espero que sim — ela respondeu, baixinho. Levantou a cabeça, olhando através dos véus azuis para Alexandre e Iulius. — Que deuses ela tem em seu larário?

Iulius ficou tenso ao ouvir a pergunta e não disse nada.

— Pode me dizer a verdade sem medo, Iulius.

Ele pestanejou, surpreso pelo fato de ela saber seu nome.

— Nenhum — respondeu, em confiança. — Ela queimou seus ídolos de madeira há dois anos. O outro médico disse que um deus pôs a mão sobre ela. É esse o problema? Um dos deuses dos quais ela se desfez lhe lançou uma maldição?

— Não. O Deus a quem sua senhora serve é o único verdadeiro, e ele faz tudo com bom propósito para aqueles que o amam.

— Então por que ele fez isso com ela? Ela o ama, Rapha. Ela se esgotou a serviço dele, e agora o médico diz que não há nada que se possa fazer, que simplesmente devo deixá-la morrer. Os outros médicos disseram a mesma coisa. Um até deixou um frasco de veneno para acabar logo com a vida dela — acrescentou, apontando para o vidro colorido na mesa, perto da cama. — O que posso fazer por ela, Rapha?

Seu rosto estava tomado de desespero.

— Não perca a esperança. Ela respira, Iulius. Seu coração bate. Ela está viva.

— Mas e sua mente? — questionou Alexandre, contrariado por ela dar esperança quando não havia nenhuma. — Uma pessoa está realmente viva quando sua mente não funciona mais?

Hadassah olhou para Febe.

— Deixe-me sozinha com ela um pouco.

Ansioso por uma cura milagrosa, Iulius se retirou. Mesmo já tendo visto o que Deus podia fazer, Alexandre ainda se agarrava à razão e duvidava da intervenção sobrenatural.

— O que você vai fazer?

— Falar com ela.

— Ela não pode entendê-la, Rapha, nem você a ela. Já vi casos assim antes, quando estudava com Flégon. A mente dela está confusa. Ela está além do alcance. Vai ficar cada vez mais debilitada, até morrer.

— Acho que ela entende muito bem, Alexandre.

— Por que diz isso?

— Olhe-a nos olhos.

— Já olhei.

Ela pousou a mão no braço dele e disse:

— Deixe-me falar a sós com ela.

Alexandre olhou para a cama e em seguida para Hadassah. Queria perguntar o que pretendia fazer, que palavras pretendia proferir.

— Vá, por favor, Alexandre.

— Estarei do lado de fora. — Ele segurou o braço dela. — Aconteça o que acontecer, quero os detalhes depois.

Quando ele saiu do quarto, um servo fechou as portas, deixando Hadassah sozinha. Ela se aproximou mais da cama.

— Minha senhora...

Febe ouviu aquela voz gentil e sentiu a leve pressão no colchão de lã quando alguém se sentou na cama ao seu lado. A voz era rouca e baixa, desconhecida.

— Sabe quem eu sou? — perguntou a voz.

Febe moveu os olhos em direção ao som e tentou focá-los. Mas só o que conseguiu distinguir foi uma nuvem de véus azuis.

— Não tenha medo de mim — disse a mulher e começou a levantar as camadas de véus que a escondiam.

Quando Febe viu aquele rosto tomado de cicatrizes, sentiu pena e tristeza. Então, olhou nos olhos da jovem. Eram olhos escuros e luminosos, tão gentis, tão calmos... E ela os conhecia tão bem. Hadassah! Como era possível? Tentou falar, mas as palavras saíram distorcidas e ininteligíveis. Tentou com mais afinco. Lágrimas encheram seus olhos. Mexeu a mão esquerda lentamente.

Hadassah a pegou, apertando-a contra o peito.

— Você me reconhece — disse, sorrindo para Febe. — Oh, minha senhora, você está bem.

— Haa... daaa...

Hadassah acariciou a testa de Febe, acalmando-a.

— O Senhor é bom, minha senhora. Andei desanimada estas últimas semanas, e agora vejo que a Palavra dele não é em vão. Você abriu o coração a ele, não foi?

Ela sentiu a mão de Febe apertar a sua fragilmente. Hadassah a beijou, e lágrimas de alegria rolavam pela face das duas.

— Não perca a esperança, minha senhora. Lembre-se de que descansa nele e ele a ama. Quando se voltou para Deus, ele derramou suas bênçãos sobre você. Bênçãos infinitas. Não sei por que essa paralisia a atingiu, mas sei que Jesus não a abandonou. Ele *nunca* a abandonará, minha senhora. Essa pode até ser sua maneira de aproximá-la dele. Observe o rosto dele. Ouça-o. Lembre-se de quem é ele, nosso consolo, nossa força, nosso conselheiro, nosso curador. Pergunte a ele qual é sua vontade. Ele não a levou de volta para casa sem um propósito e vai lhe revelar esse motivo. Pode ser que Deus tenha feito isso para lhe dar uma missão maior do que a que poderia assumir sozinha.

Hadassah sentiu os dedos de Febe acariciarem fragilmente os seus. Pousou as duas mãos no rosto de sua senhora, como se estivesse rezando.

— Vou orar para que Deus revele seu amor por você de maneira que lhe dê um novo propósito.

— Mar...

Lágrimas rolaram pelo rosto de Febe, molhando seu cabelo grisalho.

Os olhos de Hadassah também se encheram de lágrimas.

— Eu nunca deixei de rezar por Marcus. — Ela se inclinou e beijou o rosto de Febe. — Eu a amo, minha senhora. Entregue-se totalmente ao Senhor que ele a guiará.

Então se levantou da cama e cobriu o rosto com os véus. Foi até a porta e a abriu. Iulius e Alexandre estavam do lado de fora, assim como vários servos. Carregada de emoção e alegria, ela sorriu.

— Entrem, por favor.

Iulius foi até a cama. Ficou olhando para sua senhora, até que deixou os ombros caírem.

— Ela não melhorou — concluiu. — Pensei que...

— Olhe nos olhos dela, Iulius. Sua mente não está confusa; ela entende perfeitamente. Não está perdida para nós, meu amigo. Pegue a mão dela.

Ele a pegou, prendendo a respiração enquanto os dedos de Febe pressionavam fragilmente os seus. Inclinou-se e a olhou nos olhos. Ela piscou devagar.

— Oh, minha senhora...

Hadassah olhou para Alexandre e viu sua postura sombria. Perguntou-se quais pensamentos estariam passando por sua mente.

— O que fazemos agora, meu senhor? — Iulius questionou. — O que faço para cuidar bem dela?

Alexandre lhe deu instruções sobre como preparar alimentos nutritivos, fáceis de ingerir. Disse a Iulius que ele ou um dos servos deveria mudar Febe de posição regularmente.

— Não a deixe na mesma posição por muitas horas. Ela desenvolverá feridas e hematomas em virtude da pressão, e isso só agravaria seu estado. Massageie seus músculos e movimente seus braços e pernas com suavidade. Afora isso, não sei mais o que lhe dizer.

Hadassah se sentou na cama e pegou a outra mão de Febe, que mexeu os olhos brilhantes até se focarem nela.

Acariciou-lhe a mão.

— Iulius a levará à varanda todos os dias, quando o tempo estiver bom, para que possa sentir o calor do sol no rosto e ouvir o canto dos pássaros. Ele sabe que você entende, minha senhora. — Levantou a cabeça. — Converse com ela, Iulius. Em alguns momentos, ela ficará desanimada e assustada. Lembre-a sempre de que Deus a ama e está com ela, e que nenhum poder deste mundo poderá tirá-la das mãos de Deus.

Olhou para Febe.

— Ainda lhe resta algum movimento, minha senhora. Encontre maneiras de dizer a Iulius o que necessita e o que está sentindo.

Febe fechou os olhos e os abriu de novo.

— Muito bem — disse Hadassah, acariciando levemente a face de Febe com as costas dos dedos. — Voltarei para visitá-la quando puder, minha senhora.

Febe fechou os olhos e os abriu de novo. Estavam marejados.

Hadassah se levantou e pegou o frasco que estava na mesinha. Estendeu a mão para Iulius.

— Jogue isto fora.

Ele pegou o frasco e o arremessou em direção à sacada. O vidro se espatifou nos ladrilhos do piso.

— Obrigado, Rapha — disse, curvando-se.

Ela retribuiu a reverência com seriedade.

— Agradeça a Deus, Iulius. Agradeça a *Deus*.

Alexandre falou pouco no caminho de volta. Ajudou Hadassah a descer da liteira, conduzindo-a pelo braço em direção à porta. Rashid os vira de cima e esperava por eles. Pegou Hadassah no colo e subiu os degraus com ela até o aposento principal. Gentilmente a pôs no chão. Ela foi mancando até um divã e se sentou, esfregando a perna ruim.

Alexandre serviu um pouco de vinho a Hadassah. Ela afastou os véus e bebeu.

— Que vida essa mulher pode ter, atada a um corpo imprestável? — disse ele, desabafando sua raiva enquanto se servia de um cálice de vinho falerniano. — Seria melhor se ela morresse. Pelo menos sua alma estaria livre, e não presa naquela casca inútil que seu corpo se tornou.

— Ela é livre, meu senhor.

— Como pode dizer isso? Ela mal consegue se mexer, quanto mais andar. Não pode pronunciar uma palavra inteligível. Só consegue mexer a mão e o pé esquerdos e pestanejar. E é provável que nunca mais possa fazer mais que isso.

Ela sorriu.

— Eu nunca fui mais livre que quando estava presa naquela masmorra, esperando para ser jogada na arena para morrer. Deus estava ali na escuridão comigo, assim como está com ela agora.

— Que utilidade ela tem para si mesma ou para qualquer outra pessoa?

Ela levantou a cabeça, e seus olhos escuros brilhavam.

— Quem é você para dizer se ela é útil ou não? Ela está *viva*, e isso é suficiente. — Sua raiva se aliviou, e ela tentou tranquilizá-lo. — Deus tem um propósito para ela.

— Que propósito pode ter alguém naquele estado? Que tipo de vida ela terá, Rapha?

— A vida que Deus lhe deu.

— Não acha que seria mais misericordioso acabar com seu sofrimento que permitir que ela permaneça desse jeito?

— Certa vez você disse que é Deus quem decide se um homem vive ou morre. Mudou de ideia? Agora está dizendo que *você* ou outro médico qualquer pode decidir se ela deve viver? Assassinato não é um ato de misericórdia, meu senhor.

Ele sentiu o rosto se aquecer.

— Você sabe que não estou falando de assassinato!

— Na verdade está, mesmo que tente encobri-lo usando outras palavras — disse ela com convicção e tristeza. — Que outro nome pode dar a acabar com a vida de alguém antes do tempo de Deus?

— Não considero essa pergunta razoável, Rapha.

— O que é uma pergunta razoável?

— Uma pergunta que não envolva interpretação celestial, o que está além da capacidade de qualquer homem. — Apertou os lábios. — Acho melhor mudarmos de assunto.

— Nenhum pardal cai do céu sem que Deus saiba. Ele já sabe a hora e o motivo pelo qual Febe Valeriano deverá morrer. Nada se esconde aos olhos de Deus.

Ela descansou a caneca de barro no colo, sabendo que o que tinha a dizer o magoaria.

— Talvez você nem sequer esteja ciente das razões mais profundas que tem para querer acabar com a vida dela.

— E que razões poderiam ser?

— Conveniência.

Ele ficou vermelho.

— Como pode me dizer isso?

— Ela vai ficar totalmente dependente dos outros para cuidarem dela. Isso requer muita compaixão e amor, Alexandre, coisa que Iulius tem. Mas você não tem tempo para isso.

Ele raramente sentia raiva, mas aquelas palavras lhe despertaram uma imensa fúria.

— Alguma vez eu não tive compaixão? Meu único desejo não foi sempre aprender tudo que pudesse para ajudar as pessoas?

— E aqueles a quem você vira as costas?

— Eu só evito pacientes que sei que não posso curar.

— Eles têm menos necessidade de seu amor?

Ele não percebeu nenhuma condenação em suas palavras, mas sentiu seu gume afiado no coração.

— O que eu devo fazer, Rapha? Aceitar todos que me pedem ajuda? O que gostaria que eu fizesse?

Deixando sua caneca de lado, ela se levantou e atravessou a sala, mancando. Parou diante dele e disse simplesmente:

— Isto.

E o abraçou. Em seguida não disse mais nada, e seu doce abraço fez o coração de Alexandre doer. Sentiu a mão dela afagar suavemente suas costas, e toda a raiva e confusão o abandonaram. Seus olhos ardiam. Ele os fechou e a abraçou, pousando a face no topo de sua cabeça. Suspirou lentamente.

— Às vezes tenho vontade de torcer seu pescoço. Você me deixa frustrado — disse ele, áspero.

Ela riu baixinho.

— Eu sei exatamente como se sente.

Sorrindo, ele recuou e pousou as mãos no rosto dela, levantando-o.

— O que eu faria sem você, Rapha?

A descontração abandonou o rosto de Hadassah. Ela pegou as mãos dele e as apertou.

— Você teria que aprender a confiar no Senhor.

Alexandre se sentiu desanimado quando ela soltou suas mãos e foi mancando lentamente em direção à porta. De repente, inexplicavelmente, soube que estava sozinho. Sabia que a acabaria perdendo. Não sabia como ou por que, simplesmente *sabia*.

Algo havia acontecido essa noite, algo que ele não podia definir. Teria Deus mostrado outro caminho a ela? Pela primeira vez na vida ele desejou ser seu dono, poder reivindicar sua posse legal e mantê-la a seu lado para sempre.

Franziu o cenho, pensando na inquietação que sentia, e recordou as suspeitas que tivera quando Rashid dissera que havia um servo dos Valeriano esperando lá embaixo. Hadassah voltara a cabeça como se tivesse sido atingida por um raio.

Teve uma compreensão súbita e olhou para ela, horrorizado.

— Você a conhecia, não é, Hadassah? Não tinha apenas ouvido falar de Febe Valeriano, você a conhecia pessoalmente. — Seu coração batia forte. — Os Valeriano são seus donos, não é?

O medo o dominou. Medo por ela, medo por ele e medo de perdê-la.

— O que você fez enquanto esteve sozinha com ela? Hadassah!

Ela saiu da sala sem responder.

Mas Alexandre sabia o que ela havia feito. Hadassah havia retirado seus véus. Ela se revelara a um membro da mesma casa que tentara matá-la.

— Pelos deuses... — murmurou, passando as mãos pelos cabelos.

Por que ele não perguntara se ela conhecia os Valeriano antes de levá-la para lá? Desde o começo ele sabia que havia riscos. E agora ele a colocara em perigo. E para quê? Para testemunhar outro milagre de cura? Não! Ele a levara consigo porque tinha *orgulho* de suas habilidades, *orgulho* de tê-la como assistente. E o que conseguiu com seu orgulho insuportável?

O desespero e a impotência o dominaram. *Deus, protege-a! Eu fui um idiota! Eu a coloquei em perigo mortal. Eu a expus à família que tentou matá-la.*

E se a mulher recuperasse a voz? O que aconteceria? *Deus,* ele orava fervorosamente, com os punhos apertados, *mantém a língua daquela mulher confusa. Mantém aquela mulher em silêncio!*

Sentando-se, ele se amaldiçoou.

Hadassah se entregava a Deus, mas ele não conseguia ser tão confiante. Perdê-la seria perder tudo. Alexandre estava apenas começando a entender isso, apenas começando a encarar o que ela significava para ele. Talvez tivesse que deixar todos os escrúpulos de lado e cuidar do assunto. Além de tudo, aquela mulher estaria melhor morta. Estremeceu ao pensar no que Hadassah havia dito. Mas ele tinha que ser racional.

Com uma visita a Febe Valeriano, ele poderia garantir que Hadassah estivesse fora de perigo para sempre. Uma vez que Febe Valeriano estivesse morta, ele se certificaria de que Hadassah nunca mais se aproximasse de outro membro daquela família.

Repentinamente, as palavras de Hadassah ecoaram em sua mente. *Conveniência.* Conveniência seria razão suficiente para matar alguém? Não. E proteger a vida de outra pessoa? E *retribuição?* Os Valeriano tentaram matá-la, mandando-a para a arena para enfrentar os leões. E *vingança?*

Ele estremeceu ao notar o curso de seus pensamentos. Recordou Hadassah inclinada sobre Febe Valeriano. A maneira como ela se posicionara e falara revelava o amor que tinha por aquela mulher. Como era possível?

Cerrou os dentes. Havia várias maneiras de proteger Rapha dos Valeriano.

Mas esse não era o problema real.

Como protegeria Hadassah de si mesma?

17

Esdras Barjachin jogou as mãos para o alto, frustrado. Por que sua esposa tinha que se desesperar agora que ele precisava dela firme ao seu lado?

— Eu sei que ele é romano, não precisa me dizer!

— Se sabe, por que o trouxe para nossa casa? Por que fez essa coisa terrível conosco? — choramingava Josebate. — Todo mundo sabe! Viram você entrar pelos portões da cidade. Viram você trazer esse homem pela rua e entrar na nossa casa. Posso sentir os olhos ardentes de todos perfurando as paredes. Eles não vão deixar que você entre na sinagoga depois disso!

— O que queria que eu fizesse, Josebate? Que o deixasse naquele riacho até morrer?

— *Sim!* É o mínimo que um romano merece! Você se esqueceu de José? Esqueceu os outros que morreram em Jerusalém? Esqueceu os milhares que foram levados como escravos para cães gentios como ele?

— Eu não esqueci nada! — Ele lhe deu as costas. — Sua filha não me deixou largá-lo lá.

— *Minha* filha? Então você põe a culpa em mim, mesmo eu não estando lá? Ela é *sua* filha, com a cabeça sempre nas nuvens. Vocês dois têm que pôr os pés na terra! Você leva nossa filha para arranjar um casamento para ela, e o que acontece? Volta e diz que seu irmão o expulsou e que nunca mais quer vê-lo! E, para piorar as coisas, encontra um romano na estrada e o traz para casa!

— Eu tentei deixá-lo na pousada, mas Megido não aceitou. Eu até ofereci pagar.

Ela se desfez em lágrimas.

— O que os vizinhos vão dizer?

Tafata estava ouvindo nos degraus do terraço, aonde ela e o pai haviam levado o romano. Havia ficado ali até que ele adormecera. A longa e dolorosa provação da viagem a Jericó fora muito difícil para ele. Ela estava grata por ter acabado; estava grata por ele estar vivo.

Estava grata também por ele não ouvir o que sua mãe dizia.

O único som que ouvia agora era o choro de sua mãe. Desceu os últimos degraus. Seu pai olhou para ela, perturbado e impotente, e sacudiu a cabeça, frustrado.

Tafata se ajoelhou diante de sua mãe.

— Mamãe, os vizinhos vão dizer que o papai se lembrou das Escrituras. Deus quer misericórdia, não sacrifício.

Josebate levantou a cabeça devagar, suas faces estavam marcadas de lágrimas. Olhou, pensativa, para o rosto da filha. Como Tafata desenvolvera um espírito tão doce e bonito?

Não pode ter puxado a mim, pensou Josebate com tristeza, pois conhecia o próprio temperamento, revoltado e desconfiado. Nem poderia ter puxado a Esdras, que vivia em uma luta constante contra as circunstâncias. Josebate apertou os lábios — circunstâncias que ele costumava provocar.

Pousou a mão no rosto de Tafata e balançou a cabeça, pesarosamente.

— Eles não vão se lembrar disso. Vão se lembrar de Jerusalém. Vão se lembrar de José. Vão se lembrar de *Massada*. E por isso vão virar as costas para nós, porque demos abrigo a um romano, um gentio. Nós contaminamos a nossa casa.

— Então vamos fazê-los recordar o que Deus disse, mamãe. Que devemos ter piedade. Não se preocupe tanto com o que os outros dizem. Tema a Deus. É ao Senhor que devemos agradar.

Josebate sorriu com frieza.

— Sim, vamos fazê-los recordar — concordou, duvidando de que isso fosse ajudar.

Mas agora que escolha tinham? O mal já estava feito.

Tafata deu-lhe um beijo na face.

— Vou buscar um pouco de água — disse.

Esdras a observou pegar o grande jarro de barro e sair pela porta, à luz do sol. Ela calçou as sandálias e, equilibrando o jarro na cabeça, começou a descer a rua. Ele foi até a porta aberta e se recostou no batente, observando a filha.

— Às vezes acho que Deus chamou nossa filha para dar testemunho dele.

— Isso não é nada reconfortante, considerando o que acontece com os profetas.

As palavras dela o atingiram. Ele fechou os olhos, descansando a cabeça no batente da porta, perto do mezuzá. Ele sabia de cor as palavras contidas naqueles pequenos retângulos de pedra. Era capaz de recitar cada um dos Dez Mandamentos e as Sagradas Escrituras, escritos com tanto cuidado em pergaminho para poderem ser guardados no mezuzá, pregado no batente da porta de sua casa. Ele acreditava profundamente naquelas Escrituras, mas, mesmo assim, algumas palavras de sua mulher conseguiam lhe provocar dúvidas. Teria ele posto sua filha em perigo ao ajudar o romano? Teria posto todos eles em perigo?

Ajuda-me, Senhor, orou, voltando-se para a esposa. Erguendo a mão, beijou-a e tocou o mezuzá antes de voltar para dentro.

— Eu não podia simplesmente deixá-lo morrer, Josebate. Que Deus me perdoe, eu nem pensei nisso.

O rosto dela se suavizou.

— Você é um bom homem, Esdras. — Suspirou. — Bom demais — ressaltou, levantando-se e voltando ao trabalho.

— Assim que o romano estiver bem, ele vai embora — garantiu ele.

— Qual é a pressa? O mal já está feito! — Ela olhou em direção aos degraus que levavam ao terraço. — Você o colocou na cama do tabernáculo?

— Sim.

Ela sovou a massa com golpes duros. Era como se Esdras tivesse jogado fora a melhor cama. Bem, por ela, quando o romano partisse, poderia enrolar aquela cama contaminada e levá-la consigo.

18

Marcus acordou ao som de um pregoeiro na cidade. Podia ouvir claramente o homem gritando em aramaico no alto de um terraço próximo. Tentou se sentar, mas caiu para trás, suspirando de dor; sua cabeça latejava.

— Vai se sentir melhor daqui a alguns dias — disse uma mulher.

Ouviu algo ser enxaguado e suspirou quando um pano frio foi colocado sobre sua testa e seus olhos. Pigarreou.

— Roubado... cavalo... cinta de dinheiro. — Ele riu baixinho, com desprezo. Seu lábio cortado latejou. A mandíbula e os dentes doíam. — Até minha túnica.

— Nós lhe daremos outra — disse Tafata.

Marcus notou a ressonância da voz da garota, seu sotaque.

— Você é judia?

— Sim, meu senhor.

Suas palavras provocaram lembranças de Hadassah.

— Um homem me ajudou.

— Meu pai. Nós o encontramos no rio e o trouxemos para cá.

— Pensei que todos os judeus odiavam os romanos. Por que você e seu pai me ajudaram?

— Porque você precisava.

Ele se lembrava de ter ouvido a patrulha romana na estrada. Ouvira outras pessoas passando acima dele, falando grego. Se ouviram seu chamado, não perderam tempo o procurando.

— Como ele está, filha? — perguntou uma voz masculina.

— Melhor, pai. A febre baixou.

— Que bom.

Marcus sentiu o homem se aproximar.

— Eu fui alertado para não viajar sozinho — disse secamente.

— Sábio conselho, romano. Siga-o da próxima vez.

Apesar da dor no lábio, Marcus sorriu com sarcasmo.

— Às vezes um homem não consegue encontrar o que procura com outras pessoas ao lado.

Tafata inclinou a cabeça, curiosa.

— O que está procurando?

— O Deus de Abraão.

— Vocês não têm deuses suficientes? — Esdras perguntou ironicamente.

Sua filha o olhou com um apelo silencioso.

— Não estão dispostos a compartilhar o seu? — rebateu Marcus.

— Isso depende de suas razões para querer conhecê-lo.

Esdras fez um gesto para Tafata se afastar e se agachou para retirar o pano e enxaguá-lo. Não queria que sua filha passasse muito tempo com aquele gentio. Recolocou o pano frio sobre o rosto do romano.

Marcus se mexeu, soltando um suspiro por entre os dentes apertados.

— Não tente se sentar ainda. Deve estar com algumas costelas quebradas.

— Meu nome é Marcus Luciano Valeriano. — A revelação não provocou comentários nem perguntas. — Esse nome não significa nada para vocês?

— É importante?

Marcus riu.

— Aparentemente, não o bastante.

Esdras olhou para a filha.

— Vá ajudar sua mãe, Tafata.

Ela baixou os olhos e respondeu com doçura:

— Sim, pai.

Marcus escutou o som de seus passos indo em direção à escada.

— Tafata — disse. — É um nome bonito.

Esdras apertou os lábios.

— Você teve sorte, Marcus Luciano. Perdeu suas posses, teve arranhões e hematomas, mas está vivo.

— Sim, estou vivo.

Esdras notou o desânimo nas palavras do romano e se perguntou que razões haveria por trás disso.

— Minha esposa e minha filha aplicaram sal e terebintina em suas feridas. O corte no flanco foi selado com breu. Estará bom em alguns dias.

— E então seguirei meu caminho — disse Marcus, curvando os lábios levemente. — Onde estou?

— Em Jericó. No terraço da minha casa.

Marcus ouviu o pregoeiro gritar seus anúncios pela vizinhança.

— Obrigado por não me deixar morrer naquele riacho.

Esdras franziu a testa ao notar a humildade naquelas palavras e relaxou levemente.

— Sou Esdras Barjachin.
— Estou em dívida com você, Esdras Barjachin.
— Sua dívida é com Deus.

Irritado pelo problema que o romano representava em sua casa, Esdras se levantou e saiu.

Marcus cochilou, acordando de vez em quando com os sons que provinham da rua. Tafata voltou e lhe deu um grosso mingau de lentilha. Sua fome era tanta que achou o gosto bom. Depois de comer, sentia muita dor para conversar. Com mãos gentis, ela ajeitou os cobertores sobre ele. Ele sentiu o perfume de sua pele — uma mistura de sol, cominho e pão assado —, pouco antes de ela o deixar sozinho de novo.

A noite chegou, portando consigo um frio abençoado. Ele sonhou que estava à deriva no mar. Não via nenhuma linha costeira, somente um vasto e infinito azul até o horizonte.

Acordou quando o sol nasceu. Podia ouvir crianças brincando na rua, carroças passando. O pregoeiro gritou de novo em aramaico, depois em grego. O inchaço em torno de seus olhos havia diminuído, de modo que ele conseguiu abri-los. Sua visão estava levemente turva. Quando tentou se sentar, caiu para trás novamente, vencido pela tontura.

Esdras subiu até o terraço.

— Trouxe comida.

Marcus tentou se sentar e gemeu.

— Não se esforce, romano.

Ele deixou que Esdras o alimentasse.

— Que dificuldades lhe criei por estar aqui?

O homem não respondeu. Marcus observou aquele rosto solene, barbado, emoldurado por dois longos cachos de cabelo. Suspeitava de que ele sofria as consequências de seu ato de bondade e se arrependia sinceramente de tê-lo praticado.

— O que faz para ganhar a vida, Esdras Barjachin?

— Sou *soferim* — disse solenemente. — Escriba — explicou, quando Marcus franziu a testa, sem entender. — Eu copio as Sagradas Escrituras para os filactérios e os mezuzás.

— O quê?

Esdras explicou que os filactérios continham tiras de pergaminho nas quais estavam escritas quatro passagens selecionadas, duas do livro do Êxodo e duas do Deuteronômio. Esses pergaminhos ficavam em uma caixinha quadrada de couro preto de bezerro, presa na parte interna do braço mais próximo do coração, entre o cotovelo e o ombro, por longas tiras de couro. Outro filactério era amarrado na testa durante as orações.

O mezuzá, explicou ainda, era uma caixinha retangular colocada no batente das casas judias. Dentro havia um pedaço de pergaminho no qual estavam escritas duas passagens do Deuteronômio marcadas com a palavra *Shaddai*, nome do Todo-Poderoso. Os pergaminhos eram substituídos depois de um tempo, quando um sacerdote abençoava o mezuzá e a casa.

Terminada a refeição, Marcus afundou de volta na cama.

— Que Escrituras são tão importantes para que tenham que usá-las no braço, na cabeça e na porta?

Esdras hesitou, porque não sabia se devia compartilhar as Escrituras com um cão gentio romano. Mas algo o compeliu a fazê-lo.

— "Ouve, Israel, o Senhor nosso Deus é o único Senhor. Amarás, pois, o Senhor teu Deus de todo o teu coração, e de toda a tua alma e de todas as tuas forças. E estas palavras, que hoje te ordeno, estarão no teu coração. E as ensinarás a teus filhos e delas falarás assentado em tua casa, e andando pelo caminho, e deitando-te e levantando-te. Também as atarás por sinal na tua mão, e te serão por frontais entre os teus olhos. E as escreverás nos umbrais de tua casa, e nas tuas portas."

Marcus ouvia atentamente enquanto as palavras fluíam da boca de Esdras. Havia reverência em sua voz. Ele citara as Escrituras com precisão, mas de maneira que deixava claro que estavam escritas em seu coração, não apenas enraizadas em sua mente depois de anos as copiando.

— "Ao Senhor teu Deus temerás e a ele servirás, e pelo seu nome jurarás. Não seguireis outros deuses, os deuses dos povos que houver ao redor de vós (porque o Senhor teu Deus é um Deus zeloso de ti), para que a ira do Senhor teu Deus se não acenda contra ti e te destrua de sobre a face da Terra" — prosseguiu Esdras, de olhos fechados.

Quando terminou de recitar as Escrituras para o romano, ficou em silêncio. Não importava quantas vezes as ouvia, essas palavras eram como música para ele. Cantavam em seu sangue.

— Não há meios-termos — disse o romano, sombrio —, senão Deus vai varrê-lo da face da Terra.

Esdras o fitou.

— Deus abençoa aqueles que o amam de todo o coração.

— Nem sempre. Eu conheci uma mulher que amava seu deus de todo o coração. — Ficou em silêncio por um longo momento. — Eu a vi morrer, Esdras Barjachin. Ela não merecia aquela morte. Ela não merecia morrer de jeito nenhum.

Esdras sentiu uma pontada no coração.

— Então está procurando Deus para obter respostas.

— Não sei se existe alguma resposta. Não sei se existe um deus como esse em quem você acredita e a quem ela serviu. Ele está em seu coração e em seus pensamentos, mas isso não significa que seja real.

— Deus é real, Marcus Luciano Valeriano.

— Para você.

Esdras se apiedou dele. O romano havia sido espancado mais que fisicamente. E, com aquele sentimento de piedade, Esdras sentiu o primeiro lampejo de esperança desde que vira José crucificado. Muitos inimigos se voltaram contra o povo escolhido de Deus. Alguns os haviam conquistado porque Israel pecara contra o Senhor. Jerusalém, a noiva do Cordeiro, havia sido subjugada por outras nações. Mas, quando o povo voltara para Deus, este seguira à frente dele, destruindo seus inimigos e devolvendo-lhe a Terra Prometida. A Assíria, a Pérsia e a Babilônia haviam subjugado Israel e foram chamadas a julgamento. E, assim como a Assíria, a Pérsia e a Babilônia haviam caído, Roma também cairia. E então os cativos retornariam a Sião.

Com uma única pergunta, o romano interrompeu os devaneios de Esdras.

— O que você sabe sobre Jesus de Nazaré?

O homem recuou.

— Por que me pergunta sobre *ele*?

— A mulher de quem falei disse que Jesus era o Filho de Deus que descera à Terra para expiar os pecados dos homens.

Esdras sentiu um calafrio.

— Blasfêmia!

Marcus ficou surpreso com a veemência dessa única palavra. Talvez não devesse fazer perguntas a esse judeu.

— Por que me fez essa pergunta? — Esdras inquiriu rispidamente.

— Desculpe-me. Eu só queria saber. Quem você diria que é esse Jesus?

Um calor tomou conta do rosto do judeu.

— Ele foi um profeta e curador de Nazaré, julgado e condenado pelo Sinédrio e crucificado pelos romanos. Morreu há mais de quarenta anos.

— Então vocês não o aceitam como seu Messias?

Esdras se levantou, agitado. Olhou para o romano, ressentido por sua presença, por suas razões para estar ali, pela perturbação em sua própria casa, em sua mente. E agora essa pergunta!

Por que me enviaste este homem, Senhor? Estás alimentando as dúvidas que eu tive todos estes anos? Estás testando minha fé em ti? Tu és meu Deus, e não há outro!

— Eu o irritei — concluiu Marcus, apertando os olhos para se proteger da luz do sol.

Mesmo com a visão borrada, ele podia ver a inquietação de Esdras na maneira como se afastava. Quantas outras armadilhas enfrentaria ao conversar com esse judeu? Por que não ficara calado? Por que não esperara para perguntar a outro, alguém experiente, mas com um temperamento mais frio e objetivo? Estava claro que esse homem não era assim.

Esdras estava em pé, com as mãos apoiadas na parede.

— Não é você que me irrita, romano. É a persistência dessa crença. Meu pai me disse há muito tempo que Jesus havia dito a seus seguidores que veio para pôr homens contra pais, filhas contra mães, noras contra sogras. E assim fez. Ele colocou judeus contra judeus.

Ele havia colocado o pai de Esdras contra seu tio.

— Você conhece algum cristão?

Esdras olhou para a rua, inundado de lembranças dolorosas.

— Conheci um.

Ele recordou o irmão de seu pai indo àquela mesma casa quando Esdras era garoto. Esdras trabalhava duro, treinando escrever cartas enquanto seu pai e seu tio conversavam. Ouvia atentamente, curioso acerca do homem chamado Jesus. Ouvira muitas coisas sobre ele: que era um profeta, um pobre carpinteiro de Nazaré com um bando de seguidores que incluía pescadores, um coletor de impostos, um zelote e uma suposta prostituta que havia sido possuída pelo demônio. Famílias inteiras o seguiam. Alguns diziam que ele era um milagreiro. Outros, um revolucionário. Esdras ouvira dizer que Jesus havia expulsado demônios, curado doentes, feito paralíticos andarem e cegos enxergarem. Mas seu pai insistia que isso era histeria, boatos, falsas alegações.

Então, Jesus, o suposto Messias, fora crucificado. Julgado e condenado por seu próprio povo. O pai de Esdras comentara apenas que estava contente pelo fato de aquele debate sobre o homem acabar. Mas depois...

— Eu lhe trouxe boas notícias, Jachin — dissera seu tio anos atrás. — Jesus ressuscitou!

Esdras ainda se lembrava do olhar incrédulo e cínico no rosto do pai.

— Você é louco. Isso é impossível!

— Eu o vi. Ele falou conosco na Galileia. Quinhentas pessoas estavam lá.

— Isso não é possível! Era alguém parecido com ele.

— Eu já menti para você, irmão? Segui Jesus por dois anos, eu o conhecia bem.

— Você pensou que o viu. Era outra pessoa.

— Era Jesus.

Seu pai argumentara com veemência.

— Os fariseus disseram que ele era um encrenqueiro e que era contra os sacrifícios no templo! Não negue! Ouvi dizer que certo dia ele se rebelou, virou a mesa dos mercadores em frente do templo e os expulsou de lá com um chicote.

— Eles estavam enganando as pessoas. Jesus disse: "Está escrito: a minha casa será chamada casa de oração, mas vós a tendes convertido em covil de ladrões".

— Os saduceus disseram que ele negava os céus!

— Não, Jachin. Ele disse que não há casamento nos céus, que os homens serão como anjos.

Seu pai ficara discutindo com seu tio. Com o passar do tempo, Esdras vira a distância entre os dois aumentar — seu tio, calmo, cheio de alegria e segurança; seu pai, frustrado, com medo, cada vez mais enfurecido.

— Eles vão apedrejá-lo se você contar essa história!

E assim fizeram.

— Se você proclamar que Jesus é o Cristo, serei o primeiro a apedrejá-lo!

E assim fizera ele.

— Essa blasfêmia é uma afronta a Deus e a seu povo — o pai dissera a Esdras mais tarde, e nada mais fora dito.

Após todos aqueles anos, a única coisa clara na mente de Esdras eram as palavras do tio, que não paravam de ecoar em seus ouvidos. "Jesus ressuscitou. Ele está *vivo*. 'Onde está, ó morte, o teu aguilhão?'" Ele podia ouvir o riso alegre de seu tio. "Não percebe o que isso significa, irmão? Nós somos *livres*! O ungido de Deus por fim chegou. Jesus *é* o Messias."

Tentara durante anos reprimir aquelas palavras, mas elas permaneciam: "O Messias chegou... o *Messias*..."

E agora ali estava um pagão, um adorador de ídolos, um desprezível cão *romano* cuja presença estava virando a casa de Esdras de cabeça para baixo, fazendo a única pergunta que sempre aterrorizara Esdras: "Quem *você* diria que é esse Jesus?"

Por quê, Senhor? Por que o trouxeste até mim?

A verdade era que Esdras não sabia quem era Jesus. Tinha medo de pensar nisso, mas em seu coração sempre pensava. Ele ansiava por respostas e tinha esperança de obtê-las, mas temia descobri-las sozinho.

O corpo de seu tio não havia sido posto em um túmulo. Havia sido esmagado até a morte sob o peso das pedras, deixado para apodrecer em um poço para além dos muros da cidade. Um destino terrível para qualquer homem. E tudo porque ele acreditava em Jesus.

Após a morte violenta do tio, nenhuma palavra mais fora pronunciada sobre ele ou Jesus de Nazaré. Era uma lei tácita que imperara daquele dia em diante: nenhum dos dois jamais existira, o nome de nenhum dos dois deveria ser novamente pronunciado. E assim fora, durante vinte e três anos.

Esdras pensava que seu pai havia esquecido totalmente o que acontecera. Até aquele dia, sentado ao lado de seu leito de morte.

Seu pai havia dado a Amni, irmão de Esdras, uma última bênção. O tempo era curto. Amni se levantara e se afastara. Esdras se ajoelhara e pegara a mão do pai para confortá-lo. O velho voltara a cabeça lentamente e o fitara. Então sussurrara aquelas palavras inquietantes:

— Será que eu agi certo?

As palavras atingiram Esdras como um soco no estômago. Instantaneamente ele entendera do que seu pai estava falando.

— Responda! Diga que sim — implorara sua mãe. — Ele precisa de paz.

Mas Esdras não podia.

Amni falara com veemência.

— Você fez a coisa certa, pai. A lei deve ser preservada.

Mesmo assim, o pai de Esdras olhara para ele.

— E se fosse verdade?

Esdras sentira um medo enorme se agitar dentro de si. Queria falar. Queria dizer: "Eu acreditava nele, pai", mas Amni o fitara com frieza, como se o obrigasse a responder como ele. Sua mãe o fitara também, em expectativa, assustada e insegura. Ele não conseguia nem respirar, muito menos falar.

E então era tarde demais para dizer qualquer coisa.

— Acabou — dissera sua mãe com suavidade, quase aliviada.

Ela se inclinara e fechara os olhos do marido. O irmão de Esdras saíra do quarto sem dizer palavra. Alguns minutos depois, as carpideiras lamentaram e choraram do lado de fora.

Nos anos que se seguiram, com a dificuldade de ganhar a vida para si e sua família, Esdras esquecera o que sentira à cabeceira da cama de seu pai moribundo. A intensidade e as exigências de seu trabalho, o seu amor por estar entre amigos na sinagoga e os limites seguros de sua existência ajudaram-no a esquecer aquele sentimento.

Mas a pergunta continuava ali. Então ele a empurrara para o fundo da mente, em um lugar onde ela não poderia interferir em sua vida ou complicá-la. Só raramente voltava a pensar nela — em sonhos.

"Quem você diria que eu sou, Esdras Barjachin?", dizia uma voz suave, e Esdras se via diante de um homem com marcas de pregos nas mãos e nos pés. "Quem eu sou para você?"

E aquela sensação estranha que ele sentira havia muito tempo voltava, poderosa, persuasiva, revirando algo dentro dele que ele temia contemplar, tinha pavor de encarar. Seu coração disparou, como se houvesse asas batendo dentro de seu peito. Sentia-se à beira de um precipício, prestes a cair — ou a ser resgatado.
Oh, Senhor Deus, ajuda-me.
E se fosse verdade?

19

Tafata ficou ruborizada quando Marcus a olhou. Os olhos castanho-escuros do rapaz tinham uma intensidade que fez seu estômago se apertar e sua pulsação disparar. Alguns dias antes, Marcus lhe perguntara se ele lhe causava medo. Ela negara, mas depois refletira se o medo não fazia parte do que sentia — medo de seu crescente fascínio por um gentio, nada menos que um romano.

Marcus Luciano Valeriano era diferente de qualquer homem que ela já havia conhecido. Embora ele fosse gentil, ela sentia que ele era capaz de ser cruel. Às vezes, ela o ouvia dizer coisas a seu pai assustadoramente frias e cínicas. No entanto, percebia nele uma terrível vulnerabilidade. Ele era como um homem andando contra o vento, lutando contra forças impossíveis de compreender, mas desafiando-as, instigando sua própria destruição, quase ansioso por isso.

Certa vez, ouvira Marcus falar com seu pai de uma mulher que ele conhecera que amava Deus. Intuitivamente, Tafata sabia que era o amor por aquela mulher que ainda consumia os pensamentos de Marcus. Tudo que ele procurava tinha a ver com ela.

Como seria ser amada de forma tão obsessiva por um homem como Marcus Valeriano? Ele havia dito que a mulher morrera, no entanto não desistira dela. Ela estava com ele a cada instante, mesmo em momentos como esse, quando olhava para Tafata tão intensamente.

A garota imaginava o que ele estaria pensando. Com frequência, ela se surpreendia desejando que ele esquecesse aquela mulher que ele amara e perdera e a amasse. Outras vezes, lutava contra o desejo de estar com ele no terraço, ouvir sua voz, encarar seus olhos. Nessas horas, imaginava como seria se Marcus Valeriano lhe estendesse a mão... Esses sentimentos *realmente* a assustavam.

Marcus era um homem proibido. Desde sempre seu pai lhe ensinara que as tragédias decorriam da desobediência ao Senhor, e o Senhor proibia claramente o casamento com gentios. Bem, muitos gentios haviam se tornado prosélitos, foram circuncidados e se tornaram judeus, mas isso nunca aconteceria com Marcus. Ele dissera que estava em busca de Deus, mas havia rudeza em suas perguntas. O muro pelo qual se cercava seu coração era quase palpável.

O que ele realmente esperava encontrar?

O pai de Tafata não gostava que ela passasse muito tempo com Marcus. Ela entendia o motivo, mas as circunstâncias a haviam levado até ele, pois sua mãe nem sequer subia no terraço.

— Eu não servirei a nenhum romano — dissera ela no dia em que Marcus fora levado a sua casa.

E assim, durante os dias que se seguiram, quando seu pai estava em sua escrivaninha, a tarefa de cuidar de Marcus cabia a Tafata.

E, cada vez que ela subia no terraço, sentia-se mais atraída por ele, portanto mais vulnerável.

O olhar firme dele fez seu corpo se aquecer.

— Você está muito quieta hoje — disse Marcus, sorrindo para ela enquanto pegava o pão de suas mãos.

Seus dedos roçaram os dela levemente, fazendo-a sentir uma onda de calor. Ela sabia que o toque havia sido acidental, mas não conseguia respirar naturalmente. Baixou os olhos, envergonhada por sua reação a ele.

— Qual é o problema, pequena?

A simples pergunta fez o coração de Tafata bater mais rápido.

— Não há nenhum problema, meu senhor — respondeu ela, lutando para parecer natural, abalada com o tremor que se notava em sua voz.

— Então por que não olha para mim?

Ela levantou a cabeça e se forçou a fitá-lo. O inchaço de seu rosto desaparecera, mas a pele ao redor dos olhos ainda estava arroxeada. Assim que ele se sentira bem o bastante para se levantar e andar pelo terraço, ela notara seu porte orgulhoso e sua força. Tinha certeza de que suas belas feições deviam ter virado a cabeça de muitas mulheres antes dela. Agora ele sorria de novo, curvando lentamente os lábios e lhe provocando um frio na barriga.

Percebendo que estava fitando a boca de Marcus, ela corou e baixou os olhos. O que ele pensaria dela?

Marcus apoiou o quadril na parede.

— Você me faz lembrar alguém que conheci um dia.

Hadassah ficava embaraçada com a menor atenção que ele lhe dispensava, assim como essa jovem.

Tafata levantou a cabeça e viu a expressão de dor em seu rosto.

— Ela era muito bonita?

— Não — disse ele com um sorriso triste. — Ela era comum. — Marcus gentilmente estendeu a mão e inclinou o queixo da garota. — Pequena Tafata, você é muito bonita. Todos os homens de Roma rastejariam a seus pés só para ganhar um sorriso seu. E as mulheres morreriam de ciúme.

Tafata sentiu um estranho orgulho pela maneira como ele a avaliava. Ela sabia que não era uma mulher comum. Via como os homens a olhavam quando ia ao poço. Às vezes, ela queria ser comum para que eles não a olhassem como Adonias fizera. No entanto, agradava-lhe que Marcus a achasse bonita.

Ele tocou a pele lisa e impecável da face de Tafata. Quanto tempo se passara desde que tocara uma mulher ou percebera uma como percebia Tafata? Deslizou os dedos sobre a pulsação rápida em seu pescoço e afastou a mão.

— Hadassah não era bonita do jeito que o mundo vê a beleza — explicou. — É a inocência e a gentileza que existem em você que me fazem lembrar dela.

O rosto de Marcus ficou sombrio novamente, e, embora olhasse para Tafata, ela sabia que ele estava pensando em outra pessoa. Ela murmurou:

— Você deve tê-la amado muito, meu senhor.

— Eu ainda a amo — disse ele, desviando o olhar, com a mandíbula tensa. — Nunca vou deixar de amá-la. Vou amá-la até o fim dos meus dias.

Suas palavras a entristeceram mais do que ela queria admitir.

— Ela o amava tanto assim, Marcus Luciano Valeriano?

Ele curvou os lábios com amargura. Olhou para a garota de novo. Hadassah devia ter a idade de Tafata quando ele percebera que estava apaixonado por ela. Lembrava-se de como os olhos escuros de Hadassah pareciam conter todos os mistérios do universo. Assim como os de Tafata. Observando-a, ele notou outras coisas também. Suas faces estavam coradas. Seus olhos castanhos tinham um brilho suave. Seria fácil, muito fácil, aproveitar-se dela.

— Você e eu nunca falaremos de amor, pequena Tafata. Esse é um assunto que se deve evitar entre um romano e uma judia.

Envergonhada, Tafata não conseguia pronunciar palavra. Ela pensava que seus sentimentos por ele eram secretos e ocultos, mas agora se dava conta de que havia feito papel de tola. Marcus a lera tão facilmente quanto seu pai lia as Escrituras, e era óbvio que não sentia nada por ela. Com as faces em chamas e lágrimas queimando-lhe os olhos, deu meia-volta para fugir.

Marcus a segurou pelos ombros.

— A última coisa que quero é magoá-la — disse, áspero.

Sentiu-a tremer e apertou as mãos. Ela era atraente demais para manter a paz de espírito de um homem. Virou-a. Vendo suas lágrimas — lágrimas que ele sabia que havia causado —, teve vontade de abraçá-la e confortá-la. Mas essa era a última coisa que poderia se permitir fazer.

Tinha plena consciência de como ela o percebia. Ela estava despertando fisicamente, como um botão de flor se abrindo, suculento e doce. Antes, ele gostava de se aproveitar de momentos como esse, satisfazendo suas necessidades de prazer. Mas Tafata, filha de Esdras Barjachin, não era Arria nem uma mulher como ela. Ela era como Hadassah.

Parecida demais com Hadassah.

Marcus a soltou.

— Mais um dia ou dois e vou embora.

Tafata prendeu a respiração e o fitou, esquecendo seu embaraço. Desejava que ele ficasse.

— Você não vai estar pronto para viajar tão cedo, meu senhor. Suas costelas precisam se curar. Suas forças ainda não voltaram completamente.

— Mesmo assim — disse ele, apertando os lábios. Estava mais preocupado com o coração dela que com suas costelas. — É muito confortável aqui, neste terraço.

Era uma sensação inebriante demais ter uma bela jovem olhando para ele como ela o olhava, tentando-o a se apaixonar de novo. Havia tão poucas esperanças no amor por Tafata quanto houvera no amor por Hadassah.

— Papai vai dissuadi-lo.

— Acho que não — disse ele com um sorriso triste.

Esdras subiu no terraço quando a noite caiu. Marcus notou que estava com seus filactérios e soube que ele havia ido rezar. Começou a fazer seus exercícios, movimentos lentos para alongar e fortalecer os músculos enfraquecidos. Dissimuladamente, observou Esdras andando pelo terraço enquanto movia os lábios e levantava as mãos de quando em quando. Às vezes, ele parava e levantava a cabeça, como se buscasse o calor do sol poente. Então, recomeçava a andar, falando baixinho com seu deus. Esdras não se prostrou nem se ajoelhou, como Hadassah fazia no jardim da casa de Roma. No entanto, Marcus sentia que seu amor por seu deus era tão profundo quanto o dela.

Cansado e com dor, Marcus se acomodou na cama, sob o dossel. Serviu-se de um pouco de água e bebeu.

Esdras parou na mureta mais próxima da cama do romano, observando os tons de vermelho e laranja do pôr do sol.

— Tafata me disse que você pretende partir dentro de alguns dias.

— Eu partiria amanhã, se pudesse fazer os arranjos necessários — disse Marcus, sombrio. — Já causei sofrimento suficiente a sua família. Não há motivo para prolongar mais a situação.

— Refere-se a minha esposa ou a minha filha?

Marcus ergueu os olhos, hesitante.

— A ambas — disse, após um momento. — Sua esposa mal sai dali debaixo enquanto estou aqui, em seu terraço. E Tafata...

Esdras virou a cabeça levemente.

Marcus sentiu o impacto de seus olhos. O homem apertava os lábios.

— Sua filha é muito bonita, Esdras. E muito, muito jovem.

Esdras não disse nada por um longo tempo. Ficou observando as estrelas.

— Até que esteja totalmente recuperado, você é bem-vindo aqui.

Marcus deu um sorriso tímido e irônico.

— Tem certeza de que isso é sensato?

Esdras se voltou e o fitou.

— Porque minha filha é linda e porque pela primeira vez na vida olhou para um homem com estima?

Marcus não esperava tanta calma e franqueza. Sua admiração por Esdras aumentou.

— Exatamente — ele respondeu, com a mesma franqueza. — Seria melhor se ela não viesse aqui em cima. Eu sou romano, lembra? — Seu sorriso demonstrava autodesprezo. — Um maldito cão, segundo os padrões judaicos. — Seu sorriso desapareceu. — Além do mais, minha presença em sua casa certamente lhe causou problemas com seu povo, para não dizer com sua esposa. Você teria sido mais sábio se tivesse me deixado naquele riacho.

— É melhor ter problemas com os homens do que com Deus.

Marcus riu com desprezo.

— Deus — repetiu baixinho. Sentiu uma dor aguda no flanco. Havia se esforçado demais. — Você é um bom homem, Esdras, mas um tolo. — Inclinou-se para trás lentamente e olhou para o dossel com frieza. — Devia ter me deixado em uma pousada.

— Ninguém o aceitaria.

Marcus começou a rir, mas prendeu a respiração quando a dor atravessou suas costelas. Cerrou os dentes e tentou pensar em algo além da dor.

Esdras se sentou. Desamarrou os filactérios e os segurou na palma das mãos.

— Todos os homens são tolos de alguma forma — disse. — Os homens querem o que não podem ter.

Marcus estremeceu e foi se sentando devagar. Observou as rugas profundas ao redor dos olhos de Esdras.

— O que você não pode ter, meu velho?

O que quer que fosse, Marcus lhe daria na primeira oportunidade. Uma casa melhor, animais, artigos de luxo — poderia dar a Esdras Barjachin qualquer coisa que ele quisesse. E por que não? Se não fosse por Esdras, ele estaria morto. Seu corpo estaria apodrecendo naquele barranco sórdido.

Esdras apertou os filactérios com força nas mãos.

— Não posso ser como Enoque.

Com um sorriso pesaroso, olhou para Marcus Valeriano e se perguntou por que compartilhava sentimentos tão profundos com um incrédulo, e ainda por cima romano.

— Quem é Enoque?

— Enoque caminhou com Deus como um homem ao lado de um amigo. Alguns viram Deus: Adão, Moisés... Mas só Enoque tinha um coração que agradava tanto a Deus que foi levado aos céus sem nunca ter que provar a morte. — Olhou para o azul profundo e aveludado do céu noturno. — É para isso que eu rezo.

— Para não provar a morte?

— Não. Todos os homens provam a morte, é parte natural da vida. Eu anseio por um coração que agrade ao Senhor.

As feições de Marcus se enrijeceram.

— Hadassah queria agradar a Deus e veja o que conseguiu, meu velho. A morte. — Seus olhos escureceram. — O que esse seu deus quer de você além de cada gota de seu sangue?

— Obediência.

— Obediência! — repetiu Marcus com rispidez. — A que preço?

— A qualquer preço.

Marcus puxou a borda do dossel e se levantou abruptamente. Sibilou de dor, levando as mãos ao flanco. Soltou um palavrão e caiu sobre um joelho, tonto. Praguejou de novo, ainda mais grosseiramente que da primeira vez.

Esdras o observou com estranha piedade.

Marcus levantou a cabeça com o rosto devastado de dor.

— Seu deus e o dela parecem o mesmo. Obediência à vontade dele, independentemente de qual seja o preço a pagar. — A dor o exasperou. — Que tipo de deus mata uma garota que o amava mais que qualquer outra coisa no mundo, mais até que a própria vida? Que tipo de deus manda o próprio filho morrer na cruz em sacrifício pelos erros dos outros?

As palavras de Marcus atingiram Esdras.

— Você está falando de Jesus.

— Sim, *Jesus* — disse Marcus, como se pronunciasse uma maldição.

— Diga-me o que sabe sobre ele — pediu Esdras. — Mas baixinho.

Marcus revelou a história que Sátiro lhe contara durante a viagem. Esdras ouvira seu pai falar de Saulo de Tarso, no começo em termos brilhantes, mas depois com fúria e escárnio.

— Se esse Cristo tinha o poder de fazer milagres, por que deixou seus crentes morrerem? — perguntou Marcus. — Primeiro seus discípulos, e agora hordas de outros. Eu os vi serem queimados vivos em Roma. Vi serem mortos à espada por gladiadores. Eu os vi serem devorados por leões... — Balançou a cabeça, desejando apagar essas lembranças da mente.

— O que mais esse Sátiro lhe contou sobre Jesus?

Marcus passou as mãos pelos cabelos.

— Por que quer saber disso agora? Você mesmo disse que ele era um falso profeta.

— Como podemos combater o que não entendemos?

O que Esdras dissera era verdade. Marcus precisava conhecer e entender seu adversário.

— Tudo bem. Ele me disse que Jesus foi traído por um amigo por trinta moedas de prata. Seus discípulos já o haviam abandonado antes de seu julgamento por crimes que ele não cometera. As pessoas lhe cuspiram, o feriram e o espancaram. Isso parece o filho de um deus para você? Ele foi crucificado entre dois ladrões enquanto as pessoas o insultavam e os guardas sorteavam suas roupas. E, enquanto estava morrendo, ele orou por eles. Orou para que seu pai os perdoasse. Diga-me, que tipo de deus permitiria que tudo isso acontecesse a ele ou a seu filho? E, pior ainda, aos que o seguiam?

Esdras não respondeu. Não podia. Sentia um frio entorpecente nas entranhas. Levantou-se, foi até a mureta e se agarrou a ela. Depois de um momento, olhou para o céu. As palavras do romano fizeram as profecias de Zacarias e Isaías ecoarem em seus ouvidos. Fechou os olhos com força e rezou.

Livra-me das dúvidas! Mostra-me a verdade!

O que recebeu foi uma convicção tão rápida e surpreendente que ele cambaleou.

E pesaram o meu salário, trinta moedas de prata... Arroja isso ao oleiro, esse belo preço em que fui avaliado por eles.

Cerrou as mãos quando recordou a velha profecia. E então recordou outra.

Ele foi oprimido e afligido, mas não abriu a boca; como um cordeiro, foi levado ao matadouro.

Esdras podia ver as palavras que ele próprio havia copiado nos pergaminhos, contando cada letra, conferindo repetidamente a exatidão. Cada letra e cada linha tinham que ser exatas.

E puseram a sua sepultura com os ímpios, e com o rico na sua morte.

Mentalmente, ele gritava de angústia. *Mas, Senhor, o Messias não deveria ser alguém como o rei Davi, um guerreiro enviado para salvar seu povo da opressão de Roma?*

Recebeu depressa a resposta:

Porquanto derramou a sua alma na morte, e foi contado com os transgressores; mas ele levou sobre si o pecado de muitos, e intercedeu pelos transgressores.

Ele baixou a cabeça e fechou os olhos com força, sentindo seu coração se partir. Não queria recordar essas Escrituras, pois nunca haviam feito sentido para ele. Tentava não se lembrar, mas, de repente, inexplicavelmente, elas surgiram como trombetas. As palavras corriam e cresciam, derramando-se sobre ele como uma inundação, até ele mal poder respirar.

Mas ele foi ferido por causa das nossas transgressões, e moído por causa das nossas iniquidades; o castigo que nos traz a paz estava sobre ele, e pelas suas pisaduras fomos sarados. Todos nós andávamos desgarrados como ovelhas...

E então, como se os recantos mais profundos de sua mente houvessem sido iluminados, Esdras se lembrou de um dia, havia muito tempo, quando o céu escurecera ao meio-dia e a terra tremera violentamente. Ele era apenas um menininho quando isso acontecera. Viu-se sentado em uma esteira, em uma casa alugada em Jerusalém, onde sua família se reunira para a Páscoa. Sua mãe ria e conversava com as outras mulheres enquanto preparavam a comida. E, de repente, tudo ficara escuro. Um grande rugido surgira do céu. Sua mãe gritara. Ele gritara também.

Agora, erguendo a cabeça, Esdras abriu os olhos, olhou para as estrelas e disse em voz alta:

— "E sucederá que, naquele dia, diz o Senhor Deus, farei que o sol se ponha ao meio-dia, e a terra se entenebreça no dia claro."

Foram as palavras de Amós.

Teria o profeta se referido a Deus usar a Assíria para julgar Israel ou suas palavras tinham um significado mais profundo? Amós também recebera uma advertência sobre o que aconteceria quando o Messias viesse salvar seu povo?

"Jesus ressuscitou", dissera seu tio muitos anos atrás. E o que Esdras sentira ao ouvir essas palavras voltava para ele agora. Medo. Assombro. Excitação. *Fascínio.*

E se fosse verdade?

Esdras olhou mais um momento para os céus. Seu coração batia forte. Sentiu-se como se houvesse acabado de acordar de um longo sono e visse o mundo claramente pela primeira vez.

"Jesus ressuscitou! Eu o vi!"

Foi tomado de excitação. Voltou-se e se sentou diante de Marcus.

— Conte-me *tudo* sobre essa mulher que você conheceu. Conte-me tudo que ela lhe contou sobre Jesus de Nazaré.

Marcus notou seus olhos febris.

— Por quê? — perguntou, franzindo a testa. — Que importância tem isso?

— Conte-me apenas, Marcus Luciano Valeriano. Conte-me *tudo*. Desde o começo. Deixe que eu decida que importância tem isso.

E então Marcus fez o que ele lhe pediu. Cedeu à profunda necessidade de falar de Hadassah. E durante todo o tempo que falou dela não conseguiu perceber a ironia do que estava fazendo, pois, enquanto contava a história de uma simples escrava judia, Marcus Luciano Valeriano, um romano que não acreditava em nada, proclamava o evangelho de Jesus Cristo.

A MODELAGEM

20

Júlia se serviu outra taça de vinho. A casa estava silenciosa. Estava tão sozinha que sentia falta do humor ácido de Primo e de suas fofocas maldosas. Pelo menos ele servia para distraí-la de outros pensamentos perturbadores sobre sua vida e seu destino que se avizinhava.

Ninguém mais a visitava. Estava doente, e todos que ela conhecia a evitavam por causa disso. Júlia entendia muito bem. Doença era coisa deprimente, chata e enfadonha. Só pessoas doentes queriam falar sobre isso. Recordou vários amigos que haviam ficado doentes; ela os evitara, assim como os outros agora a evitavam. Não queria ouvir histórias e mais histórias entediantes sobre dores e sintomas, não queria encarar o fato de que era mortal. A vida era curta demais para ser desperdiçada com a tragédia dos outros.

Agora ela vivia sua própria tragédia.

Levou a taça aos lábios e tomou um gole de vinho. Queria se embebedar a ponto de não ser capaz de pensar no futuro nem *sentir* o presente. Queria só flutuar em um mar de ébria tranquilidade. Sem dores, sem medos, sem arrependimentos.

Nos bons tempos, seus jantares eram regados a flor de lótus embebida em excelentes vinhos. Agora, era obrigada a beber *posca*, mistura de água e vinho azedo. No entanto, isso de nada servia, pois já não sentia nada.

Ninguém se importava. E por que deveria? Ela não se importava. Nunca se importara com nenhum deles. Só fingia para se divertir.

Soltou um riso frágil que ecoou na câmara. Então, fez silêncio outra vez, olhando demoradamente para o cálice, desejando poder se afogar no vinho cor de ferrugem.

Sentia-se vazia. Talvez sua doença houvesse corroído suas entranhas. A vida era uma brincadeira cruel. Ela havia possuído tudo de que necessitava para ser feliz: dinheiro, posição, beleza, liberdade para fazer o que quisesse. Acaso não havia enfrentado circunstâncias difíceis e conseguido superá-las de acordo com sua própria vontade?

Então por que a vida agora era tão insuportável? O que havia feito de errado?

Sua mão tremia ao levantar o cálice. Bebeu o vinho amargo enquanto tentava engolir os sentimentos que vinham à tona. Sentia-se sufocar.

Não queria pensar em nada desagradável naquele dia. Queria pensar em coisas que a faziam feliz.

Mas o que a fazia feliz?

Lembrou-se de como sempre correra para seu irmão, Marcus, quando ele voltava para casa em Roma. Ele a provocava, a mimava, a adorava. Pestanejando para conter as lágrimas, forçou-se a lembrar que ele havia quebrado sua promessa de amá-la independentemente do que ela fizesse. Recordou a si mesma que, quando ela mais precisara dele, ele lhe virara as costas.

Afastando-o da mente, começou a relembrar os relacionamentos de seu passado: seus pais, Cláudio, Caio, Atretes, Primo, Calabah. Cada nome despertava um sentimento de raiva e arrependimento, mágoa e autopiedade, fundamentado por atitudes de defesa e justificativas. Ninguém tinha o direito de lhe dizer como viver. Ninguém! Mas era isso que todos sempre tentavam fazer.

Seu pai a idealizava segundo suas próprias aspirações. Cláudio queria que ela fosse uma cópia de sua primeira esposa, falecida. Ele fora um tolo indo atrás de Júlia, quando ela saíra certa noite. Ela não tinha culpa pelo acidente que ele sofrera, ao cair do cavalo e quebrar o pescoço. Caio havia sido cruel com ela, usando seu corpo e seu dinheiro para os próprios prazeres, e então, quando as circunstâncias se voltaram contra ele, ele a espancara e a culpara. Caio havia envenenado sua vida. Que melhor troco ela poderia ter dado que envenená-lo também?

Sentiu uma dor no coração ao pensar em Atretes. Atretes, oh, o mais belo dos homens... Como ela o amara! Nunca houve um gladiador como ele. Atretes parecia um deus, com suas feições perfeitas e os olhos azuis brilhantes, o corpo atlético e musculoso. Multidões de mulheres e homens o desejavam, mas Atretes só tinha olhos para *ela*. Pelo menos até Júlia decidir se proteger contra seu domínio, recusando sua oferta de casamento e fazendo uma união de conveniência com Primo. Então até mesmo Atretes, cuja moralidade bárbara plebeia desafiava a razão, a abandonara.

Franziu a testa enquanto imagens do passado povoavam sua mente. Se tivesse que fazer de novo, o que faria diferente? Como poderia mudar alguma coisa e manter o controle sobre sua própria vida?

Um por um, em cada caso e com cada pessoa, Júlia se sentou no banco dos réus, absolvendo-se de toda culpa. No entanto, a incômoda dúvida permanecia, alimentada por seu coração: Será que ela fizera tudo o que fizera por vontade própria, ou foram as atitudes dos outros que a fizeram agir assim?

Tomou outro gole de vinho, tentando aliviar a dor no peito, mas isso só a intensificou.

Se não houvesse se casado com Primo, talvez tudo estivesse diferente agora. Ela ainda poderia ter Atretes. Acaso ele não comprara uma casa para ela? Não queria que ela fosse sua esposa?

Pensou no filho que ela lhe dera e a dor aumentou, crua e fria, apertando seu coração. Ainda podia ouvir o eco fraco de um choro suave e indefeso e suas próprias palavras voltando para assombrá-la: *Deixe-o nas rochas para morrer.*

Fechou os olhos com força, apertando o cálice nas mãos. Não fora culpa dela. Atretes dissera que a odiava, que não queria a criança. Dissera que não reconheceria o filho. O que mais ela poderia fazer?

Hadassah lhe havia pedido: *Olhe para seu filho, minha senhora.*

O filho de Atretes.

Seu próprio filho.

Ela gemeu, lutando para esconder as emoções nos recônditos mais profundos de seu ser, onde poderia esquecê-las. A dor que sentia se tornou pesada e insuportável.

Fora tudo culpa de Calabah, com suas mentiras astutas, seu poder de manipulação. *Já acabou, tente esquecer,* as palavras de Calabah ecoaram em sua mente. Repetidamente, ela ouvia Calabah, com suas palavras sedutoras, lembrando-lhe que todos os homens que Júlia conhecera a machucaram... Calabah afirmando sedutoramente que nenhum homem seria capaz de entender e amar uma mulher como outra mulher.

Comigo, você sempre terá sua liberdade. Poderá fazer o que quiser.

Calabah e suas promessas vazias. Calabah, uma mulher fria como um túmulo de pedra.

Eu sempre vou amá-la, Júlia. Nunca tentarei escravizá-la como um homem faria.

Mas ela era escrava, de um jeito que nunca imaginara ser possível. Uma escrava das expectativas dos outros, uma escrava de suas próprias paixões, das circunstâncias, do medo.

Uma escrava da *culpa*.

Gemendo, Júlia se levantou do divã. Sentiu o estômago revirar e apertou os dentes, tentando controlar a náusea crescente. A pele pálida ficou coberta de suor. Instável, deixou o cálice e se recostou em um pilar de mármore para se firmar. A náusea diminuiu levemente.

Um facho de luz solar entrou no peristilo. Como ela ansiava por calor! Saiu e levantou a cabeça para sentir o sol no rosto. Sentia um anseio profundo e doloroso. Ficou sob o calor, querendo que penetrasse sua pele e a aquecesse por dentro. Às vezes, sentia tanto frio que nem as águas quentes do tepidário eram suficientes para aquecê-la. Cogitou que a frieza emanava de seu coração.

Abraçando-se, fechou os olhos e viu o calor âmbar e avermelhado contra suas pálpebras. Sombras se moviam. Não queria ver nada além disso. Não queria pensar em nada nem sentir outra coisa senão esse único momento. Queria esquecer o passado e não temer o futuro.

Então, a luz se foi.

Tremendo, abriu os olhos e viu que o raio de sol estava ofuscado por uma nuvem. A tristeza brotou dentro dela até que se sentiu sufocar sob seu peso.

Inexplicavelmente, sentia-se como uma criança assustada que precisava desesperadamente da mãe. Só mais três pessoas estavam na casa com ela, todos escravos: Tropas, um cozinheiro grego; Isidora, uma serva doméstica da Macedônia; e Dídimas, a criada egípcia que comprara depois que Eudemas fugira.

Haviam se passado apenas dois anos desde que tivera uma casa cheia de servos a sua disposição? Já tivera quatro carregadores de liteira etíopes, dois guarda-costas gauleses, uma escrava bretã e outras duas cretenses. Havia mais servas quando Calabah morava ali, todas mulheres jovens e bonitas dos confins do Império. Primo tinha seu próprio séquito de servos masculinos; tinha vendido três antes de abandoná-la. Ele levara o belo tocador de alaúde grego e um bruto macedônio mudo de semblante duro. Desejava que o macedônio houvesse cortado a garganta de Primo e o jogado ao mar para alimentar os peixes. Que homem traiçoeiro e insidiosamente malvado ele era! Muito pior que Caio.

Nos últimos meses, ela havia sido forçada a vender a maioria de seus escravos. Não tinha mais áureos para luxos, muito menos denários para o essencial. Tivera que recorrer a todos os meios possíveis para obter dinheiro. Com apenas três escravos para lhe servir, a vida parecia cada vez mais sombria.

Sentindo-se cansada, decidiu se recolher. Apoiou-se pesadamente no corrimão de mármore e subiu as escadas devagar. Sua cabeça girava por causa do vinho. Foi cambaleando pelo corredor e entrou em seu quarto.

Dídimas estava amarrando o fino véu sobre seu divã de dormir. Júlia notou que os ombros da criada se enrijeceram quando ela entrou no quarto. Ela a havia chicoteado dois dias atrás por não cumprir seus deveres.

— Lavou o chão como eu mandei?
— Sim, minha senhora.
— E pôs lençóis limpos no divã?
— Sim, minha senhora.

Júlia se incomodou com o tom plácido de Dídimas. Não via nenhuma evidência de animosidade na expressão da garota, mas ela era palpável. Precisava colocar a criada em seu devido lugar. Olhou em volta, procurando algo para criticar.

— Não há flores nos vasos.

— O vendedor queria dois sestércios pelos lírios. A senhora só me deu um.

— Você devia ter regateado com ele!

— Eu regateei, minha senhora, mas ele tinha muitos clientes e disse que não abaixaria o preço.

Júlia ficou vermelha de vergonha. Muitos clientes. E cada um com mais dinheiro que ela.

— O quarto fica deprimente sem flores.

Dídimas não disse nada, e seu silêncio servil deprimiu Júlia ainda mais. Os escravos que sua família possuíra em Roma sempre serviam com carinho. Nunca haviam sido frios e reservados, não guardavam ressentimentos quando eram devidamente disciplinados. Recordou alguns que até riam no cumprimento de seus deveres.

Pensou em Hadassah. Cambaleando, apoiou-se pesadamente no batente da porta. Não queria pensar em Hadassah. A ruína de sua vida começara com aquela garota miserável. Se não fosse por causa dela, tudo seria diferente agora.

Piscando para conter as lágrimas, olhou para o rosto inexpressivo de Dídimas. A escrava não se mexeu. Ela não faria nada para ajudar se não fosse incitada a fazê-lo. De algum lugar nos recônditos indefesos da mente de Júlia, surgiu uma traidora percepção. Hadassah não teria esperado. Ela não teria ficado olhando para o nada, impassível, exalando em silêncio toda a sua animosidade. Hadassah teria ido até ela e a amparado.

Júlia olhou para os ricos ornamentos de seu quarto e sentiu a inutilidade deles. Não teve vontade de entrar.

— Vou sair — disse.

Dídimas ficou calada, em expectativa.

— Não fique aí parada! — repreendeu Júlia. — Prepare meu *palus* azul e me traga uma bacia de água morna.

— Sim, minha senhora.

Abatida, Júlia observou a criada pegar o *palus* azul e colocá-lo sobre o divã. Afastou o cabelo do rosto e entrou no quarto com o máximo de dignidade que pôde, ignorando Dídimas, que saía para buscar a água.

Segurando-se na penteadeira de mármore, sentou-se pesadamente. Olhou para a moldura de metal brilhante do espelho e nele viu refletido um rosto pálido e magro, com círculos arroxeados sob os grandes olhos castanhos. Seu cabelo escuro estava desgrenhado, como se a estranha que ela fitava há dias não tivesse se dado o trabalho de escová-lo ou penteá-lo. Quantos dias?

Pegou um pente de casco de tartaruga e começou a desembaraçar os fios. Por fim, desistiu, decidindo esperar pela criada. Quando esta voltou, Júlia se levantou e lavou o rosto. Enxugou as faces com uma toalha, afundou mais uma vez na cadeira diante do espelho e ordenou a Dídimas que a penteasse.

Estremeceu ao primeiro puxão do pente e se voltou furiosa para a escrava:

— Sua idiota! Se me machucar de novo, vou mandá-la para os leões. Já fiz isso antes, caso não saiba. E faria de novo!

Dídimas empalideceu. Feliz por intimidar a escrava, Júlia se voltou e ergueu o queixo:

— Agora, faça direito.

Com mãos trêmulas, Dídimas a penteou com uma cautela tediosa.

Depois de alguns minutos, Júlia se sentia pior que antes. O medo da escrava era mais deprimente que sua animosidade. Erguendo os olhos, olhou para o rosto pálido e tenso de Dídimas. A garota pestanejou, e Júlia notou que ela a penteava ainda mais devagar. Desanimada, desviou o olhar.

— Seu cabelo é lindo, minha senhora.

Júlia pegou uma mecha de cabelo escuro e opaco e a enrolou no dedo. Sabia o que eram essas palavras: bajulação vazia.

— Antes ele era brilhante — lamentou.

— Gostaria que eu o escovasse com um pouco de óleo perfumado, minha senhora?

Tão deferente agora, com a ameaça da arena pairando sobre sua cabeça...

— Sim, faça isso — disse Júlia, olhando-a pelo espelho. — Faça-o brilhar de novo com os recursos que temos disponíveis.

As mãos de Dídimas tremiam enquanto ela derramava algumas gotas de óleo nas palmas. Ela as esfregou e as passou com suavidade nos cabelos e no couro cabeludo de Júlia. Suspirando, a moça relaxou um pouco.

— Trance-o em forma de coroa — ordenou.

Dídimas obedeceu.

— Está de seu agrado, minha senhora? — a serva perguntou, ao terminar.

Crítica, Júlia observou o resultado. O penteado que antes a fazia parecer uma rainha agora lhe dava um ar austero.

— Eudemas colocava pérolas em meu cabelo — disse.

— Não temos pérolas, minha senhora.

— Eu não pedi que me recordasse isso!

Dídimas deu um passo para trás, os olhos repletos de medo.

Júlia lamentou ter falado nas pérolas. O que os escravos pensariam de sua situação? Acaso comentavam e se regozijavam com seu fracasso? Não, eles estavam preocupados apenas com o próprio destino, não com o dela.

— O que temos na caixa de joias? — Júlia perguntou, imperiosa.
Dídimas abriu a caixa e analisou o conteúdo.
— Três colares de contas de vidro, minha senhora, e alguns cristais.
— Devo ter mais que isso — disse Júlia, impaciente. — Traga-a aqui.
Ela pegou a caixa das mãos de Dídimas e a pousou no colo. Vasculhou o que tinha dentro, mas não encontrou mais que aquilo que Dídimas dissera. Pegou um cristal de ametista e o colocou na palma da mão. Ela o comprara havia muito tempo, em Roma, de um egípcio misterioso que tinha uma barraca no mercado. Sua amiga Otávia estava com ela. A última notícia que tinha era de que o pai de Otávia, profundamente endividado, havia se suicidado. Que fim havia levado Otávia?, perguntou-se. Estaria ainda prestando favores a qualquer gladiador que os aceitasse? Ou finalmente encontrara um homem de sua condição, tolo o suficiente para se casar com ela?

Júlia segurou a ametista na mão. O que o homem lhe havia dito mesmo? Não dissera que o cristal tinha uma qualidade curativa? Colocou a corrente em volta do pescoço e segurou o cristal na mão com força.

Asclépio, que assim seja.

— Veja o que consegue fazer com as contas — disse.

Dídimas soltou seu cabelo e o trançou novamente, colocando as contas de vidro nos fios desta vez.

Júlia observou o efeito final e suspirou.

— Vai ter que servir.
— Sim, minha senhora.
— Pode ir.
— Sim, minha senhora.

Dídimas se curvou e saiu do quarto, apressada.

Júlia pegou um pote de alvaiade e passou um pouco embaixo dos olhos para suavizar as sombras escuras. Quanto seria necessário para apagar o arroxeado sob seus olhos? Passou o alvaiade com habilidade. Em seguida pegou um pote de ocra. Acrescentou um toque final de *kohl* nas pálpebras e observou seu reflexo.

Estava apresentável. Mas só apresentável. Antes, ficava linda. Em todos os lugares a que ia os homens a olhavam com admiração. As mulheres invejavam seus olhos castanho-escuros e sua pele aveludada, sua boca vermelha carnuda, as maçãs do rosto altas e o corpo elegante e cheio de curvas. Agora seus olhos eram vítreos, sua pele pálida, sua boca vermelha, mas de modo completamente artificial. E as maçãs do rosto se destacavam por causa dos problemas de saúde.

Abriu um sorriso forçado e tentou pôr um pouco de vida no rosto, mas a imagem refletida no espelho mais parecia uma caricatura. Ela parecia o que era: uma mulher que perdera toda a inocência.

Afastou-se de seu reflexo e se levantou. Soltou a toga, deixou-a cair no chão e pegou o *palus* azul. Dídimas havia separado o cinto de prata e Júlia o colocou. Pendia frouxo em sua cintura. Quanto peso perdera desde a última vez que o usara?

— Dídimas!

A garota atendeu depressa à convocação.

— Arrume este cinto e coloque as sandálias em mim.

Ela ajustou o cinto e o colocou de novo em Júlia. Então se ajoelhou e calçou as sandálias prateadas nos pés de sua ama.

— O xale azul-claro — pediu Júlia com frieza, estendendo os braços.

Dídimas pegou o xale e o pousou sobre os ombros de sua senhora.

Júlia tirou uma moeda da caixa de dinheiro e a entregou à serva.

— Diga a Tropas que alugue uma liteira para mim.

— Ele precisará de mais dinheiro que isso, minha senhora.

Júlia sentiu o calor tomar seu rosto e esbofeteou a garota.

— Dê-me a moeda!

Ela a pegou de volta, tremendo de raiva.

— Vou a pé — disse, levantando o queixo. — Está um dia lindo, e a casa de minha mãe não é tão longe.

Devolveu a moeda na caixa e fechou a tampa, pousando as mãos em cima.

— Eu sei exatamente quantas moedas há nesta caixa, Dídimas. Se faltar uma sequer quando eu voltar, vou cobrá-la de você, entendeu?

— Sim, minha senhora — respondeu a garota, paralisada.

Seu rosto estava vermelho, marcado pela mão de Júlia.

— Enquanto eu estiver fora, areje este quarto e arrume algumas flores para pôr no vaso, perto da cama. Roube, se for preciso. Ou dê seus favores em troca. Não me interessa o que faça para conseguir, mas *arranje flores,* entendeu?

— Sim, minha senhora.

— Não suporto a tristeza deste lugar.

Foi andando até a via principal e descansou em um dos lindos templos de mármore, coberto de parreiras. A rua estava lotada de pessoas que se dirigiam ao Artemísion. Fechando os olhos, apoiou a cabeça no pilar de mármore e escutou o rumor da vida que passava por ela. Estava com sede, mas não pensara em pegar dinheiro, nem mesmo um cobre para comprar uma caneca de vinho aguado de um dos vendedores ambulantes.

Fazia semanas que não tinha nenhuma notícia de sua mãe. Geralmente, recebia uma mensagem por intermédio de um dos servos de Febe: "Gostaria de vir cear comigo?" Um cordial convite de uma mãe zelosa. Júlia sempre mandava de volta recusas educadas. No entanto, agora se dava conta de como ansiava por esses convites. Mesmo que os recusasse, eles representavam o último laço com sua mãe e seu passado.

Talvez agora esse laço também estivesse cortado.

Ela precisava saber.

Um pouco mais descansada, levantou-se e prosseguiu. Quando chegou a seu destino, parou na base da escadaria de pedra. Observou a formidável e imponente mansão. Seu pai nunca precisara pensar no custo de nada, e essa casa situada na encosta da colina exibia muita riqueza e posição. Não era diferente daquela que Marcus possuía, não muito longe dali. Naturalmente, a dele ficava um pouco mais perto do centro da cidade e da atividade comercial. Quantos empórios seu irmão possuía agora? Dois? Três? Sem dúvida, mais que da última vez que falara com ele.

Reunindo coragem, subiu os degraus. Ficou sem fôlego quando chegou ao topo e bateu à porta. Como ninguém atendeu, bateu de novo. Seu coração estava acelerado. O que sua mãe lhe diria depois de tanto tempo? Ficaria feliz com a visita? Ou aquele doloroso olhar de desilusão tomaria conta de sua expressão?

Ela reconheceu o escravo que abriu a porta, mas não conseguiu lembrar seu nome. Seu pai o havia comprado pouco depois de chegar a Éfeso.

— Senhora Júlia — disse ele, surpreso.

Ela passou por ele, entrando na antecâmara. Olhou em volta, sentindo o peso da sensação de volta a casa.

— Diga a minha mãe que vim vê-la. Vou esperar no peristilo.

Ele hesitou, com uma expressão estranha no rosto.

Diante de sua hesitação, ela ergueu o queixo, imperiosa.

— Ouviu o que eu disse, escravo? Faça o que eu mandei.

Iulius não se mexeu, espantado com a arrogância e a insensibilidade da jovem.

— Sua mãe está doente, minha senhora.

Júlia pestanejou.

— Doente? O que quer dizer com isso?

Intrigado, o criado ficou imaginando se Júlia estava preocupada com a mãe ou simplesmente irritada com o inconveniente.

— Ela não pode se mexer nem falar, senhora Júlia.

Alarmada, ela olhou para a escada.

— Quero vê-la. Agora!

— Claro — disse ele, fazendo um gesto para que ela subisse as escadas, como desejava. — Ela está na varanda que dá para o porto. Eu lhe mostrarei o caminho, caso não se recorde.

Percebendo a reprimenda, ela o fitou. Não queria lembrar quanto tempo fazia que não entrava naquela casa.

— Eu sei onde é.

Júlia entrou no quarto da mãe e a viu na sacada. Estava sentada ao sol, perto do parapeito. Atravessou o quarto rapidamente e passou pelos arcos.

— Mãe? Estou aqui — disse.

Sua mãe não se voltou para saudá-la com alegria. Continuou imóvel. Nervosa com a falta de boas-vindas, Júlia a contornou e parou diante dela.

Olhou para a mãe, chocada com sua aparência. Como alguém podia mudar tanto em tão poucas semanas? Seu cabelo estava branco, e suas mãos, cobertas de veias salientes. Seu rosto caía de um lado e a boca estava levemente aberta. Apesar de tudo, alguém tivera o cuidado de pentear seus cabelos e vesti-la com um *palus* branco. Ela parecia lamentavelmente digna.

O medo se apoderou de Júlia. O que ela faria sem sua mãe? Olhou para o escravo.

— Há quanto tempo ela está assim?

— Ela foi acometida por uma convulsão. Aconteceu há quarenta e seis dias.

— Por que ninguém me avisou?

— Foram avisá-la, minha senhora. Duas vezes.

Júlia pestanejou, tentando se lembrar de quando recebera a última carta de sua mãe. Alguém havia aparecido uma noite, algumas semanas atrás, não? E ela mandara o intruso embora. Claro, estava bêbada — o que era compreensível, pois havia acabado de saber todos os detalhes de sua situação financeira e da perfídia de Primo.

Outro mensageiro aparecera uma semana depois, mas ela não estava bem naquele momento e não tinha condições emocionais de receber palavras que pudessem despertar intensos sentimentos de culpa. Calabah sempre dizia que a culpa era autodestrutiva.

— Não me lembro de nenhum mensageiro.

Iulius sabia que ela estava mentindo. Júlia nunca soubera mentir muito bem. Seu semblante ficava tenso e ela desviava o olhar quando falava. Ele se apiedou dela, pois parecia assustada e aflita. Queria acreditar que a preocupação dela era por causa de Febe, mas podia quase jurar que só estava pensando em si.

— Ela sabe que está aqui, minha senhora.

— Sabe?

— Tenho certeza de que ela está feliz com sua visita.

— Feliz? — Ela soltou um riso apreensivo. — Como você sabe?

Iulius não respondeu. Cerrou os lábios. Por que essa garota havia aparecido? Será que ela não tinha sentimentos profundos pela mãe? Júlia ficou olhando para Febe. O olhar de Júlia o incomodou. Ele pensou que seria um prazer jogá-la sacada abaixo. Mas, conhecendo Júlia Valeriano, sabia que, como um gato, ela cairia em pé e o mandaria para a arena.

Ele se agachou ao lado da cadeira de Febe.

— Minha senhora — disse gentilmente, desejando dar-lhe notícias agradáveis —, sua filha veio visitá-la.

Febe mexeu a mão levemente. Tentou falar, mas o som que saiu de seus lábios era pouco mais que um gemido profundo e truncado. Uma gota de saliva brilhava em seus lábios.

Júlia recuou com repulsa.

— O que estão fazendo por ela?

Ele olhou para cima e viu o olhar de nojo no rosto de Júlia. Levantou-se.

— Tudo que é possível fazer.

— Ela vai melhorar?

— Só Deus sabe.

— O que significa que não vai — concluiu Júlia. Derrotada, soltou um suspiro e observou o porto, do outro lado da cidade. — E agora, o que eu vou fazer?

Febe tentou falar novamente. Júlia fechou os olhos com força, encolhendo os ombros ao ouvir aquele som patético. Queria cobrir os ouvidos e abafar totalmente aquele ruído.

Iulius entendeu o que Febe queria.

— Vou deixá-la sozinha com ela, minha senhora — disse a Júlia, sombrio. — Seria gentil de sua parte se falasse com ela.

E então saiu.

Júlia ficou olhando para a cidade com a visão borrada de lágrimas. Ele lhe dissera para falar com ela. Como se sua mãe pudesse entender alguma coisa nesse estado.

— Você era minha última esperança, mãe. — Ela se voltou e olhou para Febe com tristeza. — Oh, mãe...

Então caiu de joelhos, pousou a cabeça no colo da mãe e chorou, agarrada ao linho macio do *palus* de Febe.

— Não é justo! Não é justo tudo que aconteceu comigo. Ninguém jamais se importou com o meu sofrimento. E agora você está *assim*. Os deuses estão todos contra mim.

A mão de Febe tremulou levemente e seus dedos roçaram o cabelo de Júlia.

— Mãe, o que vou fazer agora? O que vou fazer?

Sua mãe tentou falar, mas Júlia não suportava aqueles sons distorcidos que não faziam nenhum sentido. Febe parecia louca. Júlia levantou a cabeça e viu as lágrimas correndo pelas faces da mãe. Com um grito, fugiu dali.

Atravessou quase correndo a sacada e saiu do quarto. Quando Iulius tentou interceptá-la, ela o mandou sair do caminho, desceu apressadamente os degraus e foi embora.

Vagou pelas ruas de Éfeso. Embora o sol brilhasse, ela se sentia cercada por uma escuridão opressiva. Estava com fome, mas não tinha dinheiro para comprar pão. Já estava anoitecendo quando voltou para casa. Dídimas a saudou reverentemente e pegou seu xale. Júlia foi para o triclínio. Exausta, reclinou-se em um dos divãs. A sala pulsava um silêncio frio.

Tropas surgiu com uma bandeja. Colocou-a diante dela com a cerimônia habitual e lhe serviu uma taça de *posca*. Ela não disse nada, e ele saiu. Júlia olhou para a comida que ele preparara para ela: uma pequena pomba assada, uma fatia fina de pão de cereais e um damasco enrugado. Deu um sorriso amargo. Um dia ela comera as iguarias mais ricas que o Império podia oferecer, e agora esse era seu banquete.

Comeu a carne de pomba até restar somente a pequena carcaça. Mergulhou o pão no vinho e o comeu também. Estava com tão poucos recursos que até uma refeição pobre como essa tinha um gosto bom para ela.

Havia uma pequena faca na bandeja. Júlia a pegou e ficou brincando com o talher, pensando no pai de Otávia. Talvez ela devesse cortar as próprias veias, como ele havia feito, e acabar logo com esse estado de coisas, essa ruína lenta e dolorosa. Ela ia morrer de qualquer maneira. Sua doença misteriosa estava lentamente tirando suas forças e a corroendo por dentro. Seria preferível morrer rápido com um pouco de dor a morrer devagar, agonizando por causas desconhecidas.

Suas mãos começaram a suar. A mão que segurava a faca tremia. Ela posicionou a lâmina sobre as linhas azuis que corriam sob a carne pálida de seu pulso. Sua mão tremeu ainda mais.

— Tenho que fazer isso. Não há outro jeito...

Fechou os olhos, tentando desesperadamente reunir coragem para acabar com a própria vida.

Com um leve gemido, inclinou-se para a frente, deixando a faca cair dos dedos e bater no piso de mármore. O som ecoou por todo o peristilo.

Encolhida no longo divã, cobriu o rosto com as mãos trêmulas e chorou.

21

Marcus estava no terraço com Esdras Barjachin pela última vez. Embora suas forças não houvessem voltado por completo e seu ferimento não estivesse totalmente curado, ele se sentia impelido a continuar sua busca. Havia informado a Esdras na noite anterior que iria embora de manhã e pedira roupas para a jornada com a promessa de recompensá-lo.

— Aceite isto como um presente — disse Esdras.

Entregou a Marcus uma túnica nova, sem costuras, que chegava até os tornozelos, uma faixa de tecido listrado colorido, um manto pesado para lhe servir de capa e roupa de cama e um par de sandálias novas.

Marcus ficou profundamente tocado por sua gentileza e generosidade e ainda mais determinado a recompensá-lo pela inconveniência que lhe causara. Pediu a Tafata que encontrasse um mensageiro romano, dando uma carta ao homem e lhe prometendo o pagamento quando ele chegasse ao destino. Demorou um pouco para convencê-lo, mas o mensageiro finalmente concordou em ir até a Cesareia Marítima e contatar os representantes de Marcus. Assim que eles lessem suas instruções e vissem sua assinatura, Marcus sabia que mandariam o que ele pedia e que tudo seria feito como ele ordenara.

Marcus olhou para o velho parado junto ao parapeito do terraço. Como Esdras usava o *tallis* na cabeça, Marcus sabia que estava rezando. Sentiu um misto de impaciência e inveja. O homem era tão disciplinado e persistente quanto Hadassah. Compartilharia o mesmo destino dela? Suas orações eram boas? As dela eram boas?

E por que Esdras ficara tão ansioso para saber mais sobre Jesus?

Marcus se surpreendera com a atenção com que Esdras ouvira todas as informações que ele pudera relatar sobre o que Hadassah lhe havia dito a respeito do homem que ela adorava como um deus. Tivera a esperança de que, contando tudo a Esdras, a verdade viesse à tona. Talvez aquele judeu erudito visse as impossibilidades e as discrepâncias da estranha história de um carpinteiro milagroso que se proclamava filho de Adonai e que, segundo alguns, ressuscitara.

Mas algo havia acontecido naquele terraço em seus derradeiros dias ali. Marcus havia testemunhado uma mudança em Esdras. Sutil, indescritível, mas inegável. Não sabia dizer o que era, só sentia isso dentro de si. Era como se estivesse com alguém totalmente diferente do Esdras Barjachin que o encontrara moribundo no riacho.

Marcus olhou para Esdras e o analisou. O velho mirava distraidamente a rua. Precisava ter certeza.

— Você acredita que Jesus é seu Messias, não é, meu velho?

Esdras levantou a cabeça e olhou para o céu.

— É como você disse.

— Como *eu* disse? Essa história não é minha. Eu não disse que Jesus era seu Messias, ou Deus, ou qualquer outra coisa além de um homem. Eu lhe contei o que Hadassah acreditava que ele era.

— Sim, mas, a cada palavra que você dizia, eu me lembrava do que as Escrituras haviam profetizado sobre ele. — Olhou para Marcus. — Meu tio foi apedrejado porque acreditava que Jesus era o Messias. Em sua última visita aqui, eu o ouvi dizer a meu pai o que Jesus dissera às pessoas próximas dele: "Eu sou o Caminho, a Verdade e a Vida; ninguém vem ao Pai senão por Mim".

— Qualquer homem poderia dizer isso.

— Mas apenas um poderia cumprir. No meio de seu sofrimento, Jó disse: "Eis que também agora minha testemunha está no céu, e nas alturas o meu testemunho está". O homem precisa de alguém para representá-lo diante do Senhor. Jó disse também: "Porque eu sei que o meu Redentor vive, e que por fim se levantará sobre a terra". Um redentor que se sacrificou por nossa causa. Só Deus é puro e sem pecado, Marcus. Eu acredito que Jesus é o Redentor por quem esperei a vida inteira.

— Use a razão. Você espera há tanto tempo seu Messias que quer que esse Jesus seja o escolhido. Mas o que mais ele fez além de morrer na cruz entre outros criminosos?

— Ele se apresentou como o Cordeiro da Páscoa. Foi sacrificado para expiar os pecados de toda a humanidade.

— Você está dizendo que ele abriu mão da vida dele e se tornou um símbolo?

— Não, ele não é um símbolo. É a *Verdade*. Eu acredito que ele ressuscitou. Eu acredito que ele é o Filho de Deus.

Marcus sacudiu a cabeça. Seria possível que tudo que ele havia dito para fazer aquele homem ver a falácia da fé de Hadassah só o convencera de que tudo era verdade?

— Por quê? Como pode acreditar?

— Você me contou muitas coisas nos últimos dias, Marcus. Acontecimentos que eu recordo desde a minha infância. Eu era menino quando Jesus veio a Jerusalém e foi crucificado. Escutei as palavras ditas à época. Além disso, leio e copio as Escrituras desde pequeno, é meu ofício. Seu testemunho, Marcus, a Palavra de Deus e o que eu recordo daqueles tempos confirmaram tudo que já estava em meu coração. Jesus é o caminho para o Deus Todo-Poderoso. Só por meio dele vou encontrar o que tenho ansiado a minha vida inteira.

— O quê?

— Uma relação pessoal com o Senhor.

— Cuidado com o que deseja, meu velho. Jesus é o caminho para a morte. Acredite, eu sei. Ele exigirá seu sangue.

— E o terá.

Marcus desviou o olhar, perturbado. O que havia feito com o velho? Ele não devia ter dito nada. Tentou bloquear a lembrança de Hadassah imóvel no meio da arena.

— Espero que sua crença não signifique sua morte.

— Por que endurece seu coração contra Deus, Marcus Valeriano? Quem você acha que me levou até você naquela estrada de Jerusalém?

Marcus riu.

— Foram os abutres que o conduziram até mim, lembra?

Ele viu que Esdras ia dizer algo, mas levantou a mão.

— Mas não vamos discutir uma coisa com a qual nunca vamos concordar — acrescentou, pois não queria que sua última conversa com Esdras terminasse mal. — Chegou a hora de partir. Quero caminhar o máximo de tempo possível antes do anoitecer.

— Que assim seja.

Esdras acompanhou Marcus até os portões da cidade e ali o abençoou.

— Que o Senhor mostre sua face brilhante e lhe dê a paz, Marcus Luciano Valeriano.

Marcus fez uma careta.

— Tenho muito a lhe agradecer, Esdras Barjachin, mas receio que tenha lhe causado muito mal — disse, estendendo a mão.

Esdras apertou seu braço.

— Você me deu um presente que não tem preço.

Marcus abriu um sorriso irônico.

— Você é um bom homem... para um judeu.

Sabendo que Marcus não queria insultá-lo, Esdras riu.

— Talvez um dia você supere esse seu sangue romano — retrucou.

Essas simples palavras atingiram Marcus como um soco, pois sem intenção despertaram em sua mente a imagem de si mesmo rindo e aplaudindo enquanto homens e mulheres morriam pela única razão de entreter a plebe.

Esdras notou sua angústia e entendeu.

— Sua Hadassah está viva, Marcus.

— Ela está morta — o romano contestou, enquanto recolhia a mão. — Eu a vi morrer em uma arena em Éfeso.

— A vida é muito mais do que vemos com os olhos. Sua Hadassah está com Deus, e Deus é eterno.

A dor apertou o coração de Marcus.

— Eu gostaria de acreditar nisso.

— No tempo de Deus, talvez você acredite.

— Que seu deus o proteja — disse Marcus, sorrindo timidamente. — E traga um homem bom e forte para Tafata.

Esdras ficou parado junto ao portão, observando-o descer a estrada. Sentiu uma profunda compaixão pelo atormentado jovem romano e se perguntou o que aconteceria com ele.

No caminho de volta para casa, orou para que Deus o protegesse durante a viagem.

Josebate levantou os olhos de seu trabalho quando Esdras entrou.

— Talvez agora que *ele* se foi, tudo volte ao normal.

— Nada mais será como antes — disse Esdras.

— Bartolomeu acompanhou Tafata até aqui quando voltavam do poço ontem à tarde. Disse que ela mal falou com ele. — Apertou os lábios. — Mas para conversar com aquele romano que você trouxe para a nossa casa ela nunca teve dificuldade.

— Tafata terá o homem que Deus escolher para ela.

Josebate largou no colo a roupa que estava consertando e o fitou.

— E quem será esse homem?

— Você se preocupa demais, mulher — disse ele, servindo-se de água em um copo de barro.

— Você sempre se preocupou com Tafata. Até mais do que eu. — Havia incerteza em seus olhos. — O que aconteceu com você ultimamente?

— Coisas maravilhosas — disse ele e bebeu sua água.

Ela franziu a testa, contrariada.

— Que coisas *maravilhosas* são essas?

Ele baixou o copo. Logo lhe contaria, mas não nesse momento.

— Preciso de tempo para refletir o que aprendi antes de poder explicar de maneira que você entenda.

— Acaso sou tão estúpida? Diga-me, Esdras. Enquanto estiver refletindo sobre seja lá o que for que aprendeu, vai voltar ao trabalho?

Ele não respondeu. Ficou parado à porta, olhando para a rua. Tafata estava voltando do mercado, equilibrando uma cesta na cabeça. Bartolomeu a acompanhava. Ele era um jovem bom e persistente.

Esdras não contara a sua filha que Marcus partiria de manhã. Supôs que assim partiam os covardes. Os sentimentos dela pelo rapaz estavam se tornando mais e mais claros a cada dia. E a atração de Marcus Valeriano por ela também já era evidente. Era mérito do jovem ter partido. Um homem menos digno teria ficado e se aproveitado da paixão de uma linda garota.

Mas o que devia fazer agora?

Josebate se levantou e ficou ao lado do marido.

— Viu como ela o ignora? E tudo por causa de um romano — disse com amargura.

Esdras viu o desapontamento no rosto da esposa.

— O que vai dizer a ela?

— Que Marcus Luciano Valeriano foi embora.

— Já foi tarde — ela soltou, sentando-se e retomando a costura da roupa puída. — Teria sido muito melhor se tivesse partido antes.

Tafata parou e falou brevemente com Bartolomeu. Virou na direção da casa enquanto ele a observava percorrer o último trecho. Claramente desanimado, o jovem se voltou e começou a descer a rua.

— Bom dia, pai — disse ela alegremente, já perto da porta.

Tirando a cesta da cabeça, deu-lhe um beijo no rosto e entrou.

— Como Bartolomeu está? — perguntou Josebate, com os olhos na costura.

— Está bem, mãe. — E, murmurando baixinho, acrescentou: — Assim como os outros.

Tafata tirou as frutas da cesta e as colocou na tigela de barro, em cima da mesa.

— Bartolomeu disse que a mãe dele já está preparando as *hamantashen* de ameixa para o *mishlo'ah manot* este ano.

— Eu nem comecei os preparativos para o Purim — disse Josebate com tristeza. — Outras coisas interferiram — acrescentou, olhando acusadoramente para o marido.

— Eu a ajudo, mãe. Temos bastante tempo para preparar os presentes para os pobres e as cestas de alimento para os nossos amigos.

Ela escolheu dois damascos perfeitos e começou a subir os degraus que levavam ao terraço.

— Ele foi embora — disse Esdras.

Tafata parou e se voltou. Olhou para ele, alarmada.

— Ele não pode ter ido embora! — contestou, pestanejando. — Suas feridas não estavam totalmente curadas.

— Estavam suficientemente curadas — murmurou Josebate. — Ele partiu esta manhã, Tafata.

Ela subiu correndo os degraus até o terraço. Quando desceu, Esdras pensou que correria atrás de Marcus. Ela deu alguns passos até a porta e parou. Deixou cair os ombros e, suspirando, afundou em um banquinho. Seus olhos se encheram de lágrimas.

— Ele nem se despediu.

Apertando a roupa puída nas mãos, Josebate observou a filha. Olhou para o marido, implorando.

O que ela queria que ele fizesse?, Esdras se perguntava.

— Ele disse que partiria — Tafata comentou, trêmula, as lágrimas rolando pelo rosto. — Ele disse que seria melhor se partisse.

— Pena que não foi antes — sua mãe observou secamente.

— Eu esperava que ele ficasse para sempre.

— Para quê?

— Não sei, mãe. Só tinha *esperança*.

— Esperança de quê, Tafata? De que um romano concordasse em ser circuncidado? De que um romano se convertesse ao judaísmo? Pense, filha.

Tafata sacudiu a cabeça e desviou o olhar, seu rosto pálido de tristeza. Josebate ia dizer mais alguma coisa, mas Esdras fez um gesto para silenciá-la antes que falasse. Os olhos dela estavam cheios de lágrimas e acusações. Ele sabia o que ela estava pensando: que era culpa dele que Tafata tivesse se apaixonado por um gentio. Que era culpa dele que sua filha estivesse sofrendo. Que ele nunca deveria ter abrigado Marcus Valeriano na casa deles.

Mas, se não o tivesse abrigado, ele nunca saberia a verdade.

Não tendo palavras para aliviar a dor de sua filha, Esdras permaneceu em silêncio. Passados alguns minutos, Tafata se levantou e correu para o terraço.

— Você não podia dizer alguma coisa? — disse Josebate, em tom acusador, com as faces pálidas marcadas de lágrimas.

— Qualquer coisa que eu disser só vai magoá-la mais.

Josebate largou em uma cesta a roupa que estava costurando e se levantou.
— Então eu vou.
— Não, você não vai. Sente-se, mulher, e deixe-a em paz.
Com os olhos arregalados, Josebate obedeceu.

Tafata cumpriu seus deveres nos dias que se seguiram. Quase não falou. Josebate foi ao mercado e visitou as outras mulheres. Esdras retornou a seus pergaminhos, tintas e penas. Sentia uma inquietação, um anseio, e passava cada vez mais tempo no terraço durante a noite, orando e pedindo orientação.

Ele esperava algo, mas não sabia o quê.

Um advogado romano chegou da Cesareia Marítima sete dias após a partida de Marcus. O homem se vestia ricamente e estava acompanhado por oito guardas fortemente armados. Com grande cerimônia, apresentou a Esdras uma carta e indicou a dois guardas que colocassem uma urna sobre a mesa.

Confuso, Esdras arrancou o selo de cera e desenrolou o pergaminho. A carta dizia que Esdras Barjachin poderia navegar a qualquer momento e a qualquer destino, em qualquer navio de propriedade de Marcus Luciano Valeriano. Receberia as melhores acomodações e seria tratado com todo o respeito e toda a honra.

— Como isso é possível? — disse Esdras, aturdido. — Quem é ele para dizer tais coisas?

O advogado riu.

— Você não sabe quem estava sob seu teto, judeu? Marcus Luciano Valeriano pode fazer o que quiser. Ele é um cidadão romano e um dos mais ricos comerciantes do Império. Possui empórios em Roma, Éfeso, Cesareia Marítima e Alexandria. Seus navios navegam até Tartesso e Britânia.

Sem conseguir acreditar, Josebate se sentou pesadamente em seu banquinho. O advogado abriu a urna, revelando o conteúdo.

— Para você — disse com um movimento grandioso de mão.

A urna estava repleta de áureos de ouro.

Atordoado, Esdras recuou.

— Essa é a diferença entre um romano e um judeu — disse o advogado com arrogância, lançando um olhar desdenhoso à sala mobiliada com simplicidade.

Concluída sua tarefa, o advogado partiu, seguido pelos soldados.

Esdras olhou para a urna. Incapaz de acreditar no que seus olhos viam, pegou um punhado de moedas de ouro e sentiu seu peso nas mãos.

Josebate se levantou, trêmula. Olhou para a caixa e segurou a manga de Esdras.

— Aí há o suficiente para vivermos confortavelmente pelo resto da vida! Vamos poder comprar uma casa maior, ter escravos. Você vai poder se sentar nos portões da cidade com os anciões. Seu irmão Amni nunca mais vai humilhá-lo!

Tafata permaneceu em silêncio, com seus grandes olhos escuros sobre o pai.

— Não — disse Esdras. — Deus tem outro propósito para esse dinheiro.

— Que propósito? Ele o abençoou por sua retidão. Ele lhe deu riqueza para desfrutá-la.

Esdras sacudiu a cabeça.

— Não — repetiu, jogando as moedas de volta na urna. — Isso é para a obra dele.

— Você ficou maluco? Não ouviu os fariseus? Deus *recompensa* os justos.

— Ninguém é justo, mãe. Ninguém — disse Tafata com suavidade. — Só o Senhor é justo.

Esdras sorriu para a filha, sentindo o coração se engrandecer com suas palavras. Assentiu, com os olhos brilhando. Ela entenderia e acreditaria quando ele lhe contasse a Boa-Nova.

— Vamos esperar no Senhor.

— Sim, pai. Vamos esperar no Senhor.

Esdras fechou a tampa da urna e a trancou.

22

Marcus seguia para o norte, avistando as margens do rio Jordão. Passou por Archelais, Aenon e Salim e depois caminhou para noroeste, em direção à região montanhosa. Parava em cada aldeia para perguntar a qualquer um que falasse com ele se acaso se lembrava de uma menina chamada Hadassah que havia ido com a família para Jerusalém e não retornara após a destruição. Ninguém ouvira falar dela.

Desconfiado, perguntava-se se as pessoas com quem conversava lhe falavam a verdade. Muitas vezes, a cortesia com que era recebido se transformava repentinamente em cautela e hostilidade em virtude de seu sotaque acentuado. Marcus percebia a mudança no olhar das pessoas e sabia o que estavam pensando. Por que um romano se vestia como judeu? Devia ter alguma intenção oculta para enredá-los com o que dissessem.

Após alguns dias de caminhada, entrou em uma pequena aldeia chamada Naim, nas colinas da província da Galileia. Parou no mercado e comprou pão e vinho. Como havia acontecido antes, consideravam-no judeu, até que ele falava e seu sotaque era reconhecido. No entanto, desta vez o comerciante foi franco e direto.

— Por que está vestido como um judeu? — perguntou, surpreso e curioso.

Marcus lhe contou que fora roubado na estrada para Jericó e resgatado por Esdras Barjachin.

— Isto é um presente dele, que uso com orgulho.

O comerciante assentiu, aparentemente satisfeito com a resposta, mas ainda curioso.

— O que está fazendo aqui, nas montanhas da Galileia?

— Estou procurando a casa de uma garota chamada Hadassah.

— Hadassah?

— Já ouviu esse nome?

— Talvez sim, talvez não. Hadassah é um nome bastante comum entre garotas judias.

Marcus insistiu, descrevendo-a com o máximo de detalhes que conseguiu se lembrar.

O comerciante deu de ombros.

— Cabelos escuros, olhos castanho-escuros, constituição frágil... Centenas de garotas se encaixam nessa descrição. Qual era a característica mais notável nela?

— *Ela* era notável.

Havia uma idosa parada à sombra da barraca. Marcus sabia que ela ouvia sua conversa com o comerciante. Algo na expressão da mulher o fez dirigir sua próxima pergunta a ela.

— Conhece uma garota chamada Hadassah?

— É como Nahshon falou — disse a velha. — Há muitas Hadassahs.

Desanimado, Marcus começou a se afastar quando a velha disse:

— O pai dela era oleiro?

Ele franziu a testa, tentando recordar, e olhou para a mulher.

— Talvez, não tenho certeza.

— Havia um oleiro que morava aqui. Seu nome era Ananias. Ele se casou já com idade avançada. O nome de sua esposa era Rebeca. Ela lhe deu três filhos, um menino e duas meninas. Uma das meninas se chamava Hadassah. A outra, Lea. O filho se chamava Marcos. Eles foram para Jerusalém e nunca mais voltaram.

O comerciante parecia impaciente com ela.

— Essa Hadassah de quem você fala pode não ser a mesma.

— Hadassah dizia que o pai dela foi ressuscitado por Jesus de Nazaré — disse Marcus.

O comerciante voltou os olhos bruscamente para ele.

— Por que não falou isso logo?

— Então você a conhece.

— A Hadassah que você procura é a mesma — disse a velha. — A casa onde a família morava está fechada desde que eles foram para Jerusalém passar a Páscoa. Ouvimos dizer que todos morreram lá.

— Hadassah sobreviveu.

A velha balançou a cabeça, impressionada.

— Um ato de Deus — disse com reverência.

— Ela era uma criança tímida — comentou o comerciante. — Costuma-se pensar que os fortes sobrevivem, não os fracos.

Apoiando-se pesadamente em sua bengala, a velha observou Marcus atentamente.

— Onde está Hadassah agora?

Ele desviou o olhar.

— Onde ela morava? — perguntou.

Sua pergunta foi recebida com um longo silêncio. Ele olhou para a velha de novo.

— Preciso saber — disse, apreensivo.

A mulher o observou e seu rosto enrugado se suavizou.

— A casa de Ananias fica naquela rua, do lado direito, a quarta do fim para cá.

Marcus deu meia-volta.

— Romano — ela alertou gentilmente —, você não encontrará ninguém lá.

Ele achou a casa com facilidade e ficou surpreso ao ver como era pequena. A porta estava destrancada e rangeu quando ele a abriu. Ao entrar no local escuro, enroscou-se em teias de aranha, que afastou. O lugar cheirava a mofo pela falta de uso.

Olhou o pequeno aposento principal. Não havia degraus para um terraço no andar de cima, só uma porta ao fundo que se abria para um dormitório. Havia uma plataforma vazia, que servia de cama embutida na parede de barro.

Marcus atravessou a sala, levantou a pequena barra que travava as janelas e as abriu. O sol entrou, e com ele uma rajada de ar quente que fez as partículas de poeira dançarem no feixe de luz. Recuando, ele virou e viu o sol brilhar em cima de uma roda de oleiro. Aproximou-se e a fez rodar. A roda girou com rigidez, protestando após anos sem uso.

Afastando-se, Marcus passou a mão sobre a mesa, empoeirada e áspera. Sentou-se em um dos cinco bancos e olhou lentamente a sala. Havia um jugo e dois baldes perto da porta da frente. Afora isso, alguns jarros e tigelas de barro. Pouco mais. Certamente nada de valor.

Fechou os olhos e respirou profundamente, com as mãos espalmadas no móvel áspero. Hadassah crescera nessa casa. Dormira nesse quarto, comera nessa mesa. Abriu os dedos sobre a superfície arenosa ao pensar que as mãos dela a haviam tocado. Queria capturar a essência de Hadassah, estar perto dela.

Mas foi tomado pelo medo.

Ele não conseguia mais recordar os detalhes do rosto dela.

Tentou desesperadamente se agarrar a suas lembranças, mas elas estavam desaparecendo, borrando a imagem dela em sua mente. Cobriu o rosto e tentou se lembrar, reconstruir suas feições. Mas tudo que podia ver era uma garota sem rosto, de joelhos no jardim da casa de seu pai, com as mãos erguidas para o céu, para Deus.

— Não — gemeu, afundando os dedos nos cabelos. — Não me tire o pouco que tenho dela.

Mas não importava quanto ele implorasse, ou quanto tentasse, sabia que ela estava se afastando dele.

Exausto e deprimido, olhou em volta. Ele havia chegado tão longe, e para quê? Para isso? Fechou os olhos e apoiou a cabeça nos braços.

23

Dídimas entrou no quarto e foi para a pequena sacada onde estava Júlia, sentada com um pano frio na testa.

— Que foi? — a ama perguntou, irritada com a presença da escrava.

— Há um homem aqui que deseja vê-la, minha senhora.

Júlia sentiu o coração saltar. Teria Marcus voltado? Talvez finalmente ele tivesse recuperado o juízo e decidido que só tinham um ao outro. Mesmo sabendo que era improvável, que não deveria esperar por isso, sentiu a esperança crescer dentro do peito. Seus dedos tremiam enquanto ela continuava pressionando o pano úmido e frio contra a testa latejante. Tinha medo de revelar seu rosto para Dídimas. Sem dúvida, a escrava apreciaria secretamente seu tormento, e mais ainda sua dor.

— Quem é? — perguntou com fingida indiferença.

Ela não recebia visitas havia semanas. Quem, entre seus supostos amigos, iria vê-la no estado em que estava?

— O nome dele é Prometeu, minha senhora.

— Prometeu? — ela repetiu inexpressivamente, sentindo a decepção cair sobre si como um balde de água fria. — Quem é Prometeu? — perguntou, irritada.

O nome lhe era familiar, mas ela não conseguia situá-lo.

— Ele disse que é escravo desta casa, minha senhora. Perguntou primeiro pelo senhor Primo. Quando eu disse que o mestre não estava mais em Éfeso, pediu para falar com a senhora.

Com um choque, Júlia lembrou quem era. Prometeu, o catamita de Primo! O que estava fazendo ali? Ele havia fugido quase quatro anos antes. Por que voltaria agora? Se Primo estivesse ali, mataria o garoto ou, mais provavelmente, cairia de novo de paixão por ele. Mas o que *ela* deveria fazer?

Pensou depressa. Com Primo fora, Prometeu devia saber que estava colocando sua vida nas mãos dela. Talvez não soubesse das duas escravas que ela mandara para a arena em Roma, mas estivera ali quando ela entregara Hadassah aos leões. Ele também sabia que ela sempre repudiara a posição dele naquela casa.

Ela zombava da paixão de Primo por Prometeu e via o garoto como menos que um cãozinho treinado.

Sua cabeça latejava.

— Por que ele voltou agora?

O pano frio que segurava sobre os olhos pouco ajudava a aliviar a dor.

— Não sei, minha senhora. Ele não disse.

— Eu não estava perguntando para você, sua tola!

— Quer que o mande subir, minha senhora? Ou devo mandá-lo embora?

— Deixe-me pensar!

Distraída, Júlia refletiu brevemente sobre o passado. Prometeu gostava muito de Hadassah. De fato, fora a admiração dele pela escrava que despertara a terrível besta do ciúme e do ódio em Primo. Júlia recordou, ainda, que isso criara muitos problemas para ela. Às vezes, tarde da noite, Prometeu se sentava com Hadassah no peristilo e os dois ficavam conversando. Primo dizia que sua pequena judia estava seduzindo o garoto, mas Júlia sabia que nunca houvera esse tipo de relação entre eles. Apertou os lábios. Hadassah era *pura* demais para isso. No entanto, independentemente de quão inocentes fossem as conversas entre Hadassah e Prometeu, elas só criaram problemas.

Que tolo ele era para voltar! Ela poderia fazer o que quisesse com ele. Escravos que fugiam e eram capturados frequentemente eram atirados aos cães na arena. Ela podia pensar em coisas muito piores para fazer com ele.

O eco de leões rugindo tomou sua mente. Ela agarrou a cabeça, gemendo baixinho.

— O que ele quer?

— Ele não disse, minha senhora.

— Você perguntou?

— Pensei que não deveria.

Ela não queria pensar no passado. Prometeu só a faria lembrar.

— Mande-o embora.

— Está bem, minha senhora.

— Não, espere! — disse Júlia. — Estou curiosa.

Por que um escravo fugitivo voltaria para um mestre ou uma senhora que muito provavelmente mandaria torturá-lo e matá-lo? Prometeu certamente sabia o que ela gostaria de fazer com ele. Ao saber que Primo havia ido embora, ele devia ter caído em si e fugido da casa assim que Dídimas saíra da antecâmara.

— Se ele ainda estiver esperando, mande-o subir — ordenou ela. — Estou curiosa para ouvir o que ele tem a dizer.

Júlia ficou surpresa quando, poucos minutos depois, Dídimas o acompanhou até seus aposentos e foi até a sacada lhe dizer com uma voz desprovida de emoção:

— Prometeu, minha senhora.

— Gostaria de falar com ele a sós — disse Júlia, tirando o pano dos olhos e gesticulando, impaciente.

Dídimas saiu correndo da câmara.

Respirando fundo, Júlia jogou o pano de lado e se levantou do divã. Pegou um robe e foi vestindo-o enquanto entrava em seu dormitório.

Prometeu estava parado no meio do quarto. Ela o fitou, esperando que ele se prostrasse diante dela ou implorasse por misericórdia. Mas ele só ficou em silêncio. Ela ergueu as sobrancelhas.

Além de sua grave dignidade, sua aparência também estava muito mudada. Estava mais alto do que ela recordava e ficara mais bonito nos últimos anos. Era um mero garoto quando Primo o comprara dos traficantes de escravos nas tendas, sob as arquibancadas da arena. Agora, era um jovem bonito de quinze ou dezesseis anos, de cabelos curtos e rosto barbeado.

— Prometeu — disse ela, pronunciando seu nome em tom sombrio. — Que bom que voltou.

Ela não viu medo em seu rosto e não entendia sua calma.

— Eu vim pedir seu perdão, minha senhora, e perguntar se posso voltar a lhe servir.

Atordoada, Júlia o fitou.

— Veio pedir meu perdão e voltar para cá?

— Sim, minha senhora. Eu lhe serviria como quisesse, a menos que decida o contrário.

— Com *contrário* você quer dizer se eu resolver mandar matá-lo?

Ele hesitou e então disse com suavidade:

— Sim, minha senhora.

Ela se surpreendeu com sua atitude. Era evidente que ele não tinha dúvidas acerca de sua péssima situação financeira, mas não parecia ter medo. Ou talvez fosse tão hipócrita quanto aqueles que se apresentavam no teatro.

Ela sorriu debilmente.

— Servir-me como eu desejar? Considerando sua posição anterior em minha casa, essa é uma proposta interessante.

Ela ficou olhando para ele. Prometeu corou e baixou a cabeça. Júlia se surpreendeu mais com isso do que com qualquer outra coisa. Pensava que, certamente, o tempo que ele passara servindo às várias paixões aberrantes de Primo teria acabado com todo o seu pudor.

Ela abriu um sorriso zombeteiro.

— Você não percebe que partiu o coração de Primo quando o abandonou tão cruelmente? Ele estava loucamente apaixonado por você.

Prometeu não disse nada.

— Você devia se envergonhar de ter tratado seu mestre com tanta crueldade — disse ela com ironia, divertindo-se com o desconforto do rapaz. — Você devia estar rastejando.

Prometeu não se mexeu.

Estranhamente, ele a intrigava. E fazia muito tempo que nada a distraía de sua doença.

— Você o amou um dia?

Ela viu o garoto engolir em seco e entendeu que ele estava tentando controlar as emoções.

— Olhe para mim e responda com sinceridade. Você *realmente* amou Primo, mesmo por um mero instante? Responda!

— Não, minha senhora.

— O que você sentia por ele?

Ele levantou os olhos e a fitou.

— Nada.

Ela deu uma risada de pura satisfação.

— Ah, como eu gostaria que ele pudesse ouvi-lo dizer isso!

Ela o viu franzir levemente o cenho. Seu prazer desapareceu. Por acaso ele a considerava cruel pelo que ela dissera? Depois de tudo que ela sofrera nas mãos de Primo, ele também não merecia sofrer? Ele deveria ter sofrido muito mais!

Ela se voltou e se dirigiu à mesa onde ficava o jarro de vinho.

— Por trás de todo o charme político e a alegria de Primo, ele é um homem mau e vingativo que usa as pessoas para atingir os próprios objetivos. Ele as suga e deixa as carcaças vazias para trás. — Sentiu a garganta se fechar. — Mas você certamente sabia de tudo isso, não é, Prometeu? — disse com a voz embargada.

Então deixou o jarro intacto e voltou o olhar para Prometeu, esboçando um sorriso amargo.

— Fiquei feliz quando você fugiu, Prometeu. E sabe por quê? Porque magoou Primo. Ah, você o magoou terrivelmente. Ele chorou por você como se você fosse sua amada esposa que o traísse. — Soltou uma risada sombria. — Por um tempo, ele entendeu como eu me senti quando Atretes me abandonou.

Ela desviou o olhar, desejando não ter falado de seu amante. A mera menção de seu nome provocou-lhe dor e uma sensação de perda.

— Não que Primo fosse solidário — acrescentou. Recuperando o controle, encarou-o novamente, de cabeça erguida. — Quer saber de mais uma coisa, escravo? Passado um tempo, você se tornou minha defesa contra as inúmeras crueldades de Primo.

Prometeu parecia preocupado.

— Sinto muito, minha senhora.

Ele parecia sincero.

— Por ele? — Sorriu com amargura. — Não precisa. Ele encontrou uma maneira de se vingar.

— Por minha senhora.

A grave sinceridade de Prometeu a aturdiu brevemente. Ele falava como se realmente sentisse.

— Como é? — disse ela, defendendo-se. Sem entender, fitou-o e disse: — Oh, aposto que você lamenta muito, Prometeu. — Jogou a cabeça levemente para trás, observando-o com frieza. — Lamenta muito porque agora sabe o que posso fazer com você.

— Sim, minha senhora. Eu sei.

Era uma declaração simples, proferida com total aceitação. Ele não tinha medo de morrer.

Assim como Hadassah não tivera medo de morrer naquele dia, quando entrara na arena.

Júlia pestanejou, tentando fugir da recordação.

— Por que você voltou?

— Porque sou escravo. Eu não tinha o direito de ir embora.

— Você poderia estar a milhares de quilômetros de Éfeso agora. Quem iria saber se você era um escravo ou um homem livre?

— Eu sei, minha senhora.

A resposta dele não fazia sentido para ela.

— Você foi tolo em voltar. Sabe muito bem que eu o desprezo.

Ele baixou os olhos.

— Eu sei, minha senhora. Mas o certo era que eu voltasse, independentemente das consequências.

Ela sacudiu a cabeça. Atravessou o quarto e sentou-se debilmente na ponta de seu divã de dormir. Inclinando a cabeça para o lado, observou-o.

— Você está muito diferente do que me lembro.

— Aconteceram coisas que me fizeram mudar.

— Estou vendo — disse ela com um riso zombeteiro. — Para começar, você perdeu totalmente a cabeça.

Surpreendentemente, ele sorriu.

— De certa forma.

Os olhos de Prometeu brilhavam com uma incomensurável alegria interior.

Júlia sentiu seu ânimo melhorar um pouco só de olhar para ele. Um anseio estranho a dominou. Lutando contra isso, observou-o da cabeça aos pés e dos pés à cabeça. Gostou do que viu. Ele era como uma maravilhosa obra de arte.

O sorriso de Prometeu desapareceu sob o escrutínio íntimo de Júlia e suas faces coraram.

— Você está envergonhado — disse ela, surpresa.

— Sim, minha senhora — afirmou ele com franqueza.

Como, depois de tudo que ele fizera com Primo, podia ser tão sensível? Ela ficou comovida.

— Desculpe por encará-lo, Prometeu, mas é evidente que os deuses têm sido muito bons com você. Beleza e boa saúde. — Abriu um sorriso melancólico. — Os deuses não foram tão gentis comigo.

— Não há nada que possa ser feito, minha senhora?

A pergunta dele era um claro reconhecimento de sua lamentável condição física. Ela não sabia se sentia raiva de sua imprudência ou se estava grata por não ter que tentar manter uma falsa aparência. Sacudiu a cabeça levemente. Sua raiva ganhou força.

— Eu tentei de tudo — disse ela, surpresa com a própria franqueza, abrindo as mãos e dando de ombros. — Como pode ver, nada ajudou.

Prometeu a encarou abertamente, avaliando-a de maneira que a fez querer chorar.

— Já disseram qual é seu problema, minha senhora?

— Um disse que é uma doença devastadora. Outro disse que é uma maldição de Hera. Outro, que é a febre do Tibre que vem e vai.

— Sinto muito, minha senhora.

Ali estava ele de novo. Sentia muito. Por ela! Como devia ser patética, se até um humilde escravo sentia pena dela! Morrendo de frio, Júlia se levantou e apertou o robe com mais força ao redor do corpo.

Foi até a varanda, concentrando-se para andar com graça e dignidade. Marcus dissera certa vez que ela andava como uma rainha. Parou debaixo do arco e se voltou para fitá-lo. Erguendo o queixo levemente, forçou um sorriso — um sorriso frio, ciente de sua feminilidade.

— Você é muito bonito, Prometeu. Forte, musculoso. Bem masculino. Posso encontrar uma utilidade interessante para você.

Suas palavras haviam sido calculadas para feri-lo, e ela percebeu que havia conseguido. Suas feridas ainda deviam estar abertas, a ponto de ela poder manipulá-lo com facilidade. Ou se tornara tão hábil em ferir os outros como Calabah e Primo? Esse pensamento a deixou perturbada. Ela queria se sentir no controle da situação, mas o que sentia era vergonha.

Suspirou com suavidade.

— Não fique angustiado — disse gentilmente. — Eu só queria ver sua reação, Prometeu. Eu lhe asseguro que meu interesse por homens desapareceu há muito tempo. A última coisa que desejo ou necessito agora é outro amante. — Sorriu com ironia.

Prometeu ficou em silêncio por um longo momento.

— Posso lhe servir de outras maneiras...

— Por exemplo? — interrompeu ela, cansada.

— Eu poderia carregar sua liteira, minha senhora.

— Se eu tivesse uma liteira.

— Eu poderia levar mensagens.

— Se eu tivesse alguém a quem escrever uma carta. — Ela balançou a cabeça. — Não, Prometeu. A única coisa de que preciso agora é *dinheiro*. E a única coisa que posso pensar em fazer com você é levá-lo ao mercado de escravos e leiloá-lo. Há muitos homens como Primo nesta cidade que pagariam caro por um jovem com o treinamento especializado que você tem.

O silêncio de Prometeu era como um grito angustiado no quarto. Ela o sentia e também o via. Os olhos dele estavam úmidos. Ele não disse nada, mas ela sabia que estava prestes a implorar. No entanto, ficou em silêncio, rígido, controlado. Oh, como o desejo de não ter voltado devia estar fixo em seus pensamentos.

Algo havia muito esquecido despertou dentro dela. A compaixão agitou as asas macias dentro de seu peito. Ela sentiu a angústia dele e por um breve momento a compartilhou. Naturalmente a vontade de Prometeu era de fugir novamente, e quem poderia culpá-lo? Quanto mais Júlia!

— Você não gostaria desse destino, não é? — disse ela, baixinho.

— Não, minha senhora — respondeu ele, com a voz trêmula.

— Preferiria que eu o vendesse ao *editor* dos jogos? Eles o transformariam em um gladiador.

Ele parecia derrotado.

— Eu não lutaria.

— Certamente você poderia lutar. Parece forte o bastante para isso. Eles o treinariam antes de mandá-lo para a arena. Você teria chance de sobreviver.

— Eu não disse que não seria capaz de lutar, minha senhora. Disse que *não lutaria*.

— Por que não?

— É contra minhas crenças religiosas.

Ela enrijeceu. Memórias tortuosas de Hadassah voltaram e a assombraram. Por que agora? Ela apertou os punhos.

— Você lutaria, se sua vida dependesse disso!

— Não, minha senhora. Eu não lutaria.

Ela olhou para ele de novo, de perto, e percebeu. Ele era exatamente como Hadassah.

— Os deuses o mandaram aqui para me atormentar?

A cabeça de Júlia começou a pulsar. A dor turvou sua visão. Ela suspirou.

— Ohhhh... — Apertou as têmporas com as mãos. — Por que teve que vir até mim agora?

Ela não conseguia pensar em nada além das pontadas na cabeça. Sentindo-se fraca e lutando contra as náuseas, foi cambaleando até seu divã de dormir.

— Por que veio?

— Para lhe servir.

— Como pode me servir? — ela perguntou com um sarcasmo mordaz.

— Vou atendê-la como necessitar, minha senhora.

— Pode me curar desta aflição? — ela gritou com amargura e escárnio.

— Não, mas ouvi falar de um médico na cidade...

Ela apertou as mãos até seus punhos ficarem brancos.

— Eu já consultei muitos médicos, estou farta deles! Já estive em todos os templos! Já me prostrei e implorei por misericórdia diante de uma dúzia de ídolos. Gastei uma fortuna comprando oferendas votivas de mercadores sanguessugas. De que adiantou? De que, eu lhe pergunto! *De que adiantou?!*

Ele se aproximou dela e falou gentilmente:

— Dizem que esse médico tem uma assistente que faz milagres.

Ela deu uma risada cínica e o encarou.

— Quanto custa um milagre hoje em dia? — Torceu os lábios com amargura. — Dê uma olhada ao redor, Prometeu. Há algo de real valor aqui?

Ela mesma olhou em volta do quarto estéril, envergonhada.

— Tudo que me resta é esta casa, e já está sobrecarregada de dívidas.

Ao lhe revelar esses fatos, ela se perguntava por que admitia sua total humilhação a um escravo.

— Quanto vale a vida para a senhora?

A raiva de Júlia evaporou diante da pergunta de Prometeu. O medo tomou seu lugar. Ela olhou para ele de novo, sentindo-se miserável.

— Não sei. Não sei se minha vida vale alguma coisa. Ninguém se importa com o que acontece comigo. Nem eu sei mais se me importo.

Prometeu se ajoelhou diante dela e pegou sua mão gelada.

— Eu me importo — disse ele baixinho.

Ela o fitou, espantada. Queria desesperadamente se agarrar à esperança que ele lhe oferecia, e por um breve instante quase o fez. Mas teve medo de acreditar nele. Afinal, por que ele se importaria com ela? Ela nunca fora gentil com ele; na verdade, sempre o tratara com desdém e repulsa. Não fazia sentido que ele se importasse com ela agora. E se fosse algum truque terrível? Sentiu o medo a dominar.

E do medo nasceu a raiva.

Ah, ela sabia por que ele se importava! Quase podia ouvir a voz de Calabah ecoando em sua cabeça, fazendo-a recordar como as coisas realmente eram. "Claro que ele *se importa*", diria ela. "Ele está preocupado com a própria pele." A risada sombria e zombeteira de Calabah ecoou em seus ouvidos.

Júlia retirou a mão da dele.

— Muito tocante — disse com frieza, fitando-o.

Começou a tremer e se afastou, de cabeça erguida e coração acelerado, permitindo que a raiva dominasse seus pensamentos. Mas ela não tinha forças para sustentar a raiva, a qual rapidamente cedeu lugar ao desespero e à autopiedade.

— Não pense que acredito em você. Nem por um minuto — disse, de costas para ele. — Ninguém se importa. — Choramingou com o lábio trêmulo. — Você é como todos os outros, sorrindo e fingindo, quando na verdade me odeia e gostaria de me ver morta. Toda vez que Dídimas entra neste quarto, posso ver como me olha. Eu sei o que ela pensa; ela vai dançar sobre o meu túmulo.

Talvez ela me mate antes de esse dia chegar!

Ela se voltou e viu que ele estava em pé novamente, solene e destemido. Olhou para Prometeu por um longo tempo, sentindo-se estranhamente confortada por sua calma. Havia quanto tempo não se sentia assim?

— Vou ficar com você — anunciou ela por fim, perguntando-se por que estava fazendo isso.

O que faria com ele? Que bem ele lhe faria?

Um lampejo de alívio cruzou o rosto de Prometeu.

— Obrigado, minha senhora.

— Vou ter que pensar sobre seus deveres, mas não agora.

Ela tremia de fraqueza. O suor cobria-lhe a testa, ela estava nauseada. Estendeu a mão.

— Ajude-me a deitar.

Ele a ajudou, levantando suas pernas gentilmente, estendendo-as sobre o divã.

— Estou com muito frio — disse ela, tremendo. — Não consigo me aquecer mais.

Prometeu a cobriu com um cobertor. Sem que ela dissesse o que fazer, pegou um pano seco e gentilmente enxugou as gotas de suor de sua testa.

— Vou pôr mais lenha no braseiro, minha senhora.

— Não temos madeira — ela informou, evitando seu olhar, envergonhada por sua pobreza.

Quão baixo ela havia caído desde que ele a conhecera!

Prometeu a cobriu com outra manta. Júlia a puxou sobre si.

— Acha que poderia encontrar esse médico de quem falou?

— Sim, minha senhora. Ele é bem conhecido na cidade, não deve ser muito difícil encontrá-lo.

— Vá, então, e veja o que ele diz. — Ela o observou caminhar em direção à porta aberta. — Não volte se não conseguir falar com ele. Tenho medo do que eu faria com você, entendeu?

— Sim, minha senhora.

Ela viu que ele entendia.

— Pode ir, e que os deuses o acompanhem.

Ele saiu pela porta. Ela afundou no divã, desanimada.

Talvez Prometeu tivesse mais sorte com os deuses do que ela.

24

Alexandre se jogou nas almofadas macias de seu novo divã e soltou um longo suspiro. Estava exausto.

— Se alguém mais vier, Rashid, mande embora.
— Onde está Rapha?
— Está anotando os tratamentos no diário. Em breve terminará.
— Quer comer agora ou vai esperá-la?

Alexandre abriu um olho e olhou para ele.

— Vou esperá-la.
— Está bem, meu senhor.

Sorriu levemente ao fechar o olho de novo para cochilar até que Hadassah chegasse.

Um criado entrou.

— Meu senhor, há um jovem lá embaixo querendo vê-lo.

O médico gemeu.

— Ele não leu a placa? Não vou atender mais nenhum paciente até amanhã de manhã.
— Ele não sabe ler, meu senhor.
— Então leia para ele.
— Eu li, meu senhor.
— Diga a ele para voltar amanhã.

Rapha entrou no quarto e Alexandre se endireitou. Só pela maneira como mancava, ele já sabia como ela estava cansada. Ela afundou no divã em frente a ele e deixou a bengala de lado. Deixou cair os ombros e esfregou a perna ruim.

— Direi a Andrônico que vocês estão prontos para jantar — Rashid anunciou, e saiu da sala.

Alexandre se levantou.

— Estou ansioso para ver o que Andrônico preparou esta noite — disse, sorrindo para ela. — Esse homem é um gênio na cozinha e estou morrendo de fome. Venha, deixe-me ajudá-la.

Ele passou os braços pelas costas dela, e ela ofegou de dor quando se reclinou.

— Você exagerou de novo — disse ele, pegando sua perna ruim e estendendo-a cuidadosamente.

Ela recuperou o fôlego.

— Ficar sentada muito tempo causa cãibra nos músculos — explicou ele, massageando suavemente a perna de Hadassah.

— Eu precisava terminar de fazer as anotações.

— Vamos contratar um escriba para fazer isso.

Ele foi descendo com os polegares e viu os dedos dela esbranquiçarem na almofada.

— Você precisa de um bom banho no caldário.

— Amanhã, talvez.

— Hoje — disse ele com firmeza. — Assim que terminarmos de comer.

Rashid entrou com uma grande bandeja de prata com duas suculentas perdizes dispostas artisticamente em um ninho de frutas e verduras cortadas. O aroma fez o estômago de Alexandre doer de fome, enchendo sua boca de água.

Rapha agradeceu em silêncio e ergueu os véus. A perdiz estava tão perfeitamente assada que ela removeu uma coxa com extrema facilidade. Estava uma delícia. Ela estivera tão concentrada no trabalho que não percebera como estava faminta. Enquanto comia, observava Alexandre, divertida. Ele estava gostando da refeição.

Alexandre terminou de comer uma coxa de perdiz e pegou outra.

— Clementia deixou outra bolsa de moedas para você esta tarde — disse, arrancando a carne do osso com os dentes.

Hadassah ergueu os olhos, chateada.

— Eu disse a ela para não fazer isso.

Ele engoliu e falou, agitando a coxa da perdiz.

— Não se oponha. Ela é grata a você. Dar-lhe um presente a deixa feliz. Que mal há nisso? Orestes fez o mesmo — argumentou ele, dando outra mordida.

Hadassah franziu a testa e continuou comendo. Estava preocupada. Ela não se opusera ao presente de Orestes porque, à época, eles estavam precisando de dinheiro. Agora, atarefada pelo número avassalador de clientes e pela quantidade de trabalho, ela tinha pouco tempo para procurar os necessitados, e um excesso de moedas de ouro estava se acumulando em sua caixa de dinheiro.

Alexandre notou que ela estava angustiada. Não devia ter contado sobre Clementia enquanto ela não acabasse de comer. Sabia que presentes caros e bolsas de dinheiro a incomodavam, e sabia por quê. Achava suas razões tolas: "A gratidão deles pertence a Deus", dizia ela, mas Alexandre não via nada de errado em receber a recompensa.

Uma semana antes, Hadassah entrara na antecâmara e um homem se curvara para ela. Alexandre nunca a tinha visto furiosa antes.

— Levante-se! — gritara ela, e o homem pulara de susto.

— Rapha — dissera Alexandre gentilmente, tentando interceder.

Mas ela também se voltara contra ele.

— Por acaso sou um deus para que ele se curve diante de mim?

Ela fora mancando em direção ao homem, que se afastara, pálido de medo. Ela estendera o braço.

— Toque-me — dissera.

O homem levantara a mão, mas estava claro que não se atrevia a fazer o que ela dissera. Ela pegara com firmeza a mão dele e a colocara em seu braço, pousando a mão sobre a dele.

— Carne e sangue. Nunca, nunca se curve para mim de novo, entendeu?

O homem assentira, mas, quando ela se voltara, Alexandre vira o olhar no rosto dele.

Alexandre também tinha visto o mesmo olhar no rosto dos outros. O homem a reverenciava.

— Pense no dinheiro como honorários — orientou ele, tentando aplacar suas preocupações.

— Você sabe muito bem que Clementia já pagou seus honorários. Ela que entregue sua gratidão a Deus.

— Você já está fazendo isso o bastante — disse ele, mas foi interrompido quando o servo entrou de novo. — O que foi agora?

— O homem disse que vai esperar, meu senhor.

Alexandre apertou os lábios. A chuva batia no telhado.

— Pois que espere — disse, determinado a aproveitar a refeição.

— Quem vai esperar? — perguntou Hadassah.

— Alguém que queria falar comigo.

— Está chovendo.

— Eu pedi que voltasse amanhã. Se ele insiste em esperar, que se molhe!

— Quem é ele?

— Não sei — disse, jogando um osso no prato, contrariado.

— Ele está doente? — perguntou Hadassah ao criado.

— Não, minha senhora. Parece bastante saudável.

— Ele parece chateado?

— Não, minha senhora. Está bastante calmo. Quando eu disse que teria que esperar até amanhã, ele me agradeceu e se sentou colado à parede.

Alexandre dividiu sua perdiz ao meio, irritado. Por que as pessoas não entendiam que os médicos precisavam descansar como qualquer outro ser humano? Podia sentir Hadassah olhando para ele em um apelo silencioso.

— Obviamente não é urgente — murmurou.

Ela continuou olhando para ele.

— É chuva morna, Rapha.

Incrível como o silêncio podia falar alto.

— Muito bem! — disse ele, resignado, acenando para o criado. — Convide o infeliz a entrar e deixe-o se secar na antecâmara.

— Sim, meu senhor. Vai falar com ele hoje?

— Não, estou cansado demais.

Ele viu Hadassah começar a se levantar.

— Nem pense nisso! — disse, em um tom que não permitia argumentos.

Rashid se aproximou do divã dela. Hadassah o fitou e depois olhou para Alexandre com um sorriso pesaroso.

— Você não vai fazer mais nada além de comer essa ave e ir às termas.

Ela viu que ele falava sério e se reclinou.

— O homem pode esperar — disse Alexandre, olhando para seu servo. — Se o braseiro ainda estiver aceso, acrescente lenha. E dê-lhe uma túnica seca.

— Sim, meu senhor.

Ele olhou para Hadassah.

— Satisfeita?

Ela sorriu.

— Talvez ele esteja com fome — disse, partindo sua perdiz ao meio e estendendo uma parte ao criado. — E ele vai precisar de uma cama, visto que vai ter que esperar a noite toda.

Alexandre assentiu.

— Faça o que ela diz.

Prometeu ficou surpreso quando o criado abriu a porta e lhe disse que poderia entrar para esperar. Havia um fogo preparado, e ele recebeu uma toalha e uma túnica secas. O servo saiu e voltou um pouco mais tarde com uma bandeja com metade de uma perdiz assada, pão e um jarro de vinho fino. Um homem grande de pele escura lhe deu uma esteira com roupas de cama.

— O médico vai recebê-lo amanhã — disse ele. — Pode dormir aqui.

Dando graças a Deus, Prometeu se maravilhou com a deliciosa refeição. Aquecido pelo fogo do braseiro e pelo bom vinho, deitou na esteira. Dormiu confortavelmente a noite toda.

O grande sírio o chacoalhou de manhã.

— Levante-se. O médico vai recebê-lo agora.

Prometeu o seguiu pela escada e pelo corredor até uma biblioteca. Havia um rapaz atrás de uma escrivaninha, lendo um pergaminho. Ele ergueu os olhos quando Prometeu entrou atrás do criado.

— Obrigado, Rashid — disse o homem, e o sírio saiu. — Sobre o que queria falar comigo?

Prometeu ficou surpreso ao ver que se tratava de um médico tão jovem. Ele esperava alguém idoso, com muita experiência.

— Vim implorar por minha senhora. Ela está gravemente doente, meu senhor.

— Existem muitos médicos na cidade. Por que veio a mim?

— Ela já consultou muitos médicos, meu senhor. Tem ido a sacerdotes, fez oferendas votivas a vários deuses. A escrava dela me informou que ela passou uma noite no *abaton*.

Alexandre ficou curioso.

— Como se manifesta essa doença?

Prometeu lhe contou tudo o que havia observado.

— É possível trazê-la até aqui?

— Eu teria que carregá-la, meu senhor. Embora ela não pese muito, é uma longa distância.

Alexandre franziu a testa.

— Muito bem — disse. — Eu tenho pessoas para atender hoje, mas vou arranjar um tempo para ir examiná-la esta noite. Onde ela mora?

Prometeu lhe deu o endereço.

Alexandre ergueu as sobrancelhas.

— Não é um bairro pobre — comentou secamente, perguntando-se por que ela não teria uma liteira.

— A doença a empobreceu, meu senhor.

— Ah — fez Alexandre.

O jovem se voltou para ir embora.

— Um momento — disse o médico. — Certifique-se de que ela entenda que não posso prometer nada. Se eu puder ajudá-la, ajudarei. Se não puder, seu destino ficará nas mãos dos deuses.

— Entendo, meu senhor.

— Espero poder ajudá-la.

— Obrigado, meu senhor — agradeceu Prometeu. — Que Deus o abençoe por sua gentileza.

Alexandre ergueu as sobrancelhas e levantou os olhos quando o escravo saiu da sala.

Hadassah entrou e parou na porta, olhando o jovem que saía.

— Quem era?

Alexandre olhou para ela.

— Era o jovem que queria falar comigo ontem à noite, lembra? — Abriu um sorriso irônico. — Aquele a quem você deu metade de sua perdiz.

— Sim, meu senhor, mas qual era o nome dele?

Embora Hadassah não o tivesse visto muito bem, parecia-lhe familiar.

Ele deu de ombros, voltando sua atenção ao pergaminho.

— Não perguntei.

Naquela noite, Alexandre teria sérios motivos para desejar ter perguntado.

25

Marcus ouviu uma batida na porta. Ignorando-a, continuou deitado na esteira, olhando para as vigas do teto. A luz do sol atravessava várias frestas. A casa já estava em mau estado — mais alguns anos de chuvas e intempéries, e o telhado começaria a desmoronar. Quantos anos a construção ainda aguentaria antes que os ventos e as tempestades a destruíssem completamente?

Ouviu a batida de novo, mais alto e insistente desta vez.

Irritado, se levantou. Atravessou a câmara escura com suas colunas de luz empoeirada. Talvez o intruso tivesse o bom senso de partir antes de ele chegar à porta. Abriu-a e encontrou a velha que falara com ele no mercado, inclinada sobre sua bengala.

— Então — começou ela — ainda está aqui.

— É o que parece — disse ele em um tom monótono. — O que quer?

Ela o avaliou da cabeça aos pés.

— Por que está morando na casa dos mortos?

Ele se encolheu, como se ela tivesse lhe dado um soco. Fora até ali para se sentir perto de Hadassah, não para lembrar que ela estava morta. Agarrou-se à porta até sua mão ficar branca.

— Por que está me incomodando, mulher? — perguntou, furioso, enquanto a encarava.

— Esta casa não lhe pertence.

Quem mais, além de uma velha próxima da morte, ousaria desafiar um romano por tomar posse de uma casa abandonada? Ele deu um sorriso duro.

— Veio tentar me expulsar?

Ela apoiou as duas mãos na bengala e a posicionou diante de si.

— Vim descobrir por que está aqui.

Irritado, ele ficou calado.

Ela o fitou.

— O que espera encontrar neste lugar, romano?

— Solidão — disse ele e fechou a porta.

Ela bateu de novo, três batidas secas.

— Vá embora! — gritou ele, sentando-se à mesa.

Passou os dedos pelos cabelos e segurou a cabeça entre as mãos. Ela bateu de novo, mais três batidas secas. Marcus praguejou baixinho.

— *Vá embora!*

Ela falou por trás da porta fechada.

— Esta casa não é sua.

Marcus cerrou o maxilar; seu coração batia forte, furioso.

— Diga-me o nome do dono e eu a comprarei!

Um longo momento se passou. Ele suspirou, pensando que ela havia desistido e ido embora.

Toc, toc, toc.

Ele deu um soco na mesa e se levantou. Abriu a porta e fitou a mulher de novo.

— O que quer, velha? Diga e me deixe em paz.

— Por que está aqui? — ela peguntou, com obstinada paciência.

— Isso é problema *meu*.

— Esta é *minha* aldeia. Eu nasci aqui há oitenta e sete anos. E esta casa pertencia a um homem que eu conhecia e respeitava. — Ela o olhou nos olhos. — Eu não conheço você.

Marcus estava chocado com a audácia daquela mulher.

— Esta *terra* miserável pertence a Roma! Eu posso pegar o que quiser, e quero esta casa.

Enquanto falava, Marcus notava a arrogância que ecoava em cada palavra que saía de seus lábios. Afastou os olhos dela.

— Vá embora — murmurou, voltando a fechar a porta.

Ela levantou a bengala e segurou a porta com ela.

— Eu não vou embora até ter uma resposta que me satisfaça. Por que está aqui?

Cansado, Marcus a observou por um longo momento, tentando pensar em uma resposta que a satisfizesse e a fizesse ir embora. Mas não conseguia pensar em nenhuma. Como poderia, se nem sabia mais por que estava ali? O vazio da casa arrasara seu espírito.

— Não sei — respondeu ele, sombrio. — Satisfeita?

Ele deu meia-volta e entrou. Ouvindo a bengala dela raspando no chão, virou e viu que ela o havia seguido.

— Eu não a convidei a entrar — disse ele com frieza.

— A mesma pessoa que convidou você a entrar me convidou — ela rebateu, cansada, parada a alguns metros da porta.

Suspirando fundo, ele passou as mãos pelos cabelos e afundou na mesa de novo. Não disse mais nada. Ela ficou calada por tanto tempo que ele levantou os olhos. Ela olhava ao redor, devagar.

— Não entro nesta casa desde que eles partiram — comentou, olhando para a luz que passava pelo telhado e sacudindo a cabeça com tristeza. — Ananias teria consertado as frestas.

Olhou para ele de novo e esperou.

Marcus a encarou em um silêncio obstinado.

— Já sei a resposta a minha pergunta — disse a velha por fim. — Você está aqui por causa de Hadassah. O que aconteceu com ela?

— Se eu lhe contar, você vai embora? — Marcus perguntou secamente.

— Sim.

— Ela foi morta em uma arena em Éfeso.

A velha se aproximou.

— Por que a morte de mais um judeu importaria tanto a um romano?

— Ela era escrava na casa de meu pai — disse ele, fitando-a.

— E só por isso você viaja tantos quilômetros para ver onde ela morava? — perguntou ela, sorrindo.

Incapaz de suportar seu escrutínio, Marcus se levantou e foi até a janela. Suspirando, olhou para o céu, quente e azul.

— Esse é um assunto pessoal, velha.

— Não tão pessoal que toda a aldeia já não saiba.

Ele se voltou.

— O que eles sabem?

— Que um romano veio em busca da casa de Hadassah. E, agora que a encontrou, trancou-se nela como se estivesse em um túmulo.

Enrijecendo, ele olhou para ela com raiva.

— O que minhas razões interessam a alguém? Eles que cuidem da própria vida e me deixem cuidar da minha.

— Minhas pernas estão cansadas. Convide-me a sentar.

— Prefiro convidá-la a ir embora!

Suspirando, fatigada, ela se inclinou mais pesadamente em sua bengala.

— Acho que vou ter que aguentar sua falta de hospitalidade.

A única resposta de Marcus foi um bufo rude.

— Claro que seria demais esperar até mesmo um pequeno ato de bondade de um romano.

— Está bem! Sente-se! E, depois que descansar, *vá embora.*

— Obrigada — disse ela, e um lampejo de humor iluminou suas feições. — Como posso recusar um convite tão amável?

Ela se sentou no banquinho. Ficou em silêncio por um longo tempo, observando-o. Marcus se sentia desconfortável.

— Esta é a sua Jerusalém, romano?

— O que quer dizer com isso?

— Naim é sua cidade santa? Está aqui em peregrinação para honrar uma escrava que você amava?

A pergunta dissolveu a raiva de Marcus e despertou sua dor. Ele se sentou pesadamente no banco embaixo da janela. Lutando contra as emoções que emergiam, recostou-se na parede.

— Por que não me deixa em paz, mulher?

— Que paz você encontrará aqui nesta casa? A paz da morte?

Ele fechou os olhos.

— Vá embora.

Ela permaneceu colada ao banco.

— Quando foi a última vez que comeu?

Ele deu uma risada sombria.

— Nem me lembro.

Ela se levantou com dificuldade.

— Venha comigo. Vou lhe dar algo para comer.

— Não estou com fome.

— Eu estou. Venha comigo e vamos conversar sobre o motivo de você estar aqui.

— É uma oferta gentil, mas, lamento, tenho que recusar.

— Lamenta, não é? — Ela o perfurou com seus olhos escuros. — Foi por sua causa que Hadassah morreu?

Marcus se levantou.

— Você é muito insistente.

Ela se inclinou sobre a bengala e olhou para ele, apreensiva.

— O que vai fazer? Jogar uma pobre velha aleijada na rua? — E sorriu diante do olhar consternado de Marcus. — Sou velha demais para ter medo de qualquer coisa. — Bateu levemente o cajado, fazendo Marcus recordar o pastor que vira nas colinas. — Venha comigo, romano, e contarei tudo que me lembro sobre Hadassah.

Eram palavras calculadas, e ele sabia disso.

— Você a conhecia bem?

Ela se dirigiu arduamente à porta e parou. A luz do sol batia nas costas dela, cegando-o, de modo que ele não podia ver sua expressão.

— Eu a conheci desde que nasceu até o dia em que ela foi com a família para Jerusalém passar a Páscoa. — E saiu à luz do sol.

Marcus a seguiu até a rua e diminuiu o ritmo para acompanhá-la. Passaram por algumas portas, e ela entrou em outra casa muito parecida com a que haviam acabado de deixar. Ele parou diante da porta aberta e olhou para o interior. Estava tudo limpo e organizado.

— Entre — convidou ela.

— Sua casa será profanada se eu entrar.

Ela riu, surpresa.

— Ora, você conhece alguma coisa sobre a nossa lei.

— O suficiente — disse ele, sombrio.

— Se nosso Senhor comeu com coletores de impostos e prostitutas, suponho que posso comer com um romano. — Apontou para um banquinho. — Sente-se.

Marcus entrou e se sentou. Sentindo o aroma de comida, seu estômago roncou. Ela empurrou uma tigelinha de tâmaras na direção dele.

— Pegue quantas quiser.

Ele apertou os lábios, observando-a. Ela havia planejado tudo.

Abaixando-se diante dos carvões em brasa, ela serviu um mingau grosso em uma tigela de madeira e a colocou diante dele. Serviu uma porção menor para si e se sentou de frente para Marcus. Empurrou uma cesta em direção a ele, deixando à mostra o pão ázimo que continha.

— Você disse que ia me falar sobre Hadassah.

— Coma primeiro.

Contrariado, Marcus partiu o pão e mergulhou um pedaço no mingau. Depois de sentir o gosto, cedeu à fome. Ela encheu um copo de barro com vinho e o colocou diante dele. Quando o copo ficou vazio, encheu-o de novo, então se sentou e o observou comer.

— Você estava jejuando ou querendo se matar de fome?

— Nem uma coisa nem outra.

Ela terminou seu mingau. Observando a tigela vazia dele, ergueu as sobrancelhas levemente.

— Quer mais? Tenho muito.

Ele sacudiu a cabeça e deu uma risada sombria.

— Obrigado — agradeceu simplesmente.

Ela empilhou as duas tigelas e as deixou de lado. Levantando-se rigidamente, atravessou a sala, soltando um gemido de alívio quando se sentou sobre algumas almofadas puídas.

— Meu nome é Débora — disse, fitando-o, em expectativa.

— Marcus Luciano Valeriano.

— Hadassah tinha um irmão mais velho chamado Marcos. Ananias começou a lhe ensinar o ofício de oleiro quando era bem jovem, dizia que o garoto demonstrava grande talento. Ananias se via como um simples oleiro, Marcos era um artista.

Ela indicou com a cabeça uma prateleira na grossa parede de barro.

— Ele fez aquela urna quando tinha doze anos.

Marcus ergueu os olhos e notou que o trabalho do garoto poderia concorrer com os que vira em Roma.

— Marcos tinha quinze anos quando partiram para Jerusalém.

Marcus observou a urna com uma sensação de tristeza. Se tinha se revelado uma promessa aos doze anos, o que o garoto teria conquistado se tivesse sobrevivido?

— É uma pena que morreu tão jovem.

— Uma pena para nós. Uma bênção para ele.

Marcus a fitou, angustiado.

— Você chama a morte de bênção?

— Marcos está com o Senhor, assim como a mãe dele, o pai e as irmãs.

Uma punhalada de dor atingiu seu coração.

— Você acharia uma bênção se eu lhe dissesse que Hadassah foi despedaçada por leões? Acharia uma bênção se eu dissesse que as pessoas *aplaudiram* quando ela morreu?

Inclusive Júlia, sua própria irmã.

— Você está com muita raiva, Marcus Luciano Valeriano. Qual é a razão disso?

Ele apertou os dentes.

— Eu vim aqui para ouvir sobre Hadassah, não para falar de mim.

Ela cruzou as mãos no colo e o fitou, enigmática.

— Há pouco a dizer. Hadassah era uma garota quieta e obediente. Não havia nada de notável nela. Ela era tímida. Toda vez que Ananias levava a família para Jerusalém, aquela criança ficava apavorada. Sua fé não era muito forte.

— Não era forte? — Ele riu com rudeza, incrédulo.

Ela o observou.

— Não pelo que me lembro.

Como Marcus não deu nenhuma explicação, ela deu de ombros.

— Hadassah teria ficado feliz se tivesse permanecido nesta aldeia a vida toda, se casado, tido filhos, sem nunca se aventurar mais longe que as margens do mar da Galileia, que ela adorava. Ela ficava à vontade na segurança da família, dos amigos e das coisas que lhe eram familiares.

— Tudo que seu deus tirou dela.
— É o que parece.
Ele pousou as duas mãos levemente ao redor do copo de barro.
— Ela tinha amigos?
— Meninas e meninos da mesma idade. Ninguém de quem eu possa falar.
— Por que não? Porque sou gentio?
— Porque a família dela não foi a única que não voltou de Jerusalém. Há muitas casas vazias em nossa aldeia.

Marcus estremeceu. Sentiu vergonha. Vergonha de suas maneiras para com a velha. Vergonha por ser romano. Levantou-se, foi até a porta e olhou para a rua suja. Um vento suave levantava poeira. Uma mulher desceu a rua com um grande jarro equilibrado na cabeça enquanto seus filhos pulavam ao seu lado. Havia um velho sentado do lado de fora de sua casa, encostado na parede.

— Como era Hadassah quando a conheceu? — perguntou a velha atrás dele.

Ele ergueu o olhar para o céu claro.

— Da primeira vez que a vi, achei que ela era exatamente como você disse: nada notável. Meio faminta. Sua cabeça havia sido raspada, seu cabelo estava começando a crescer. Tinha os maiores olhos castanhos que eu já tinha visto. — Ele se voltou para a velha. — Ela sentia medo de mim. No início, tremia toda vez que eu me aproximava. Depois, ela me disse coisas que ninguém teria ousado dizer.

Ele se lembrou de quando ela foi até ele nos jardins de Cláudio para implorar pela vida dos escravos — e por ele.

Por favor, Marcus, eu lhe imploro. Não peque derramando sangue inocente sobre sua cabeça.

Fechou os olhos.

— Eu sempre a encontrava no jardim, à noite, de joelhos, às vezes prostrada. — Abriu os olhos de novo, com feições tensas. — Sempre rezando para seu deus invisível. Seu *Cristo*.

Pronunciou a palavra como uma maldição e retesou o maxilar.

— Depois, mesmo durante o dia, só de ver seu olhar, dava para saber que ela estava orando. Enquanto trabalhava, enquanto servia. — Balançou a cabeça. — Você disse que ela não tinha muita fé, mas eu lhe digo que nunca conheci ninguém com uma fé mais obstinada que a dela. Nenhuma lógica podia dissuadi-la. Nem a ameaça de morte. Nem a morte em si.

Lágrimas escorriam dos olhos da velha, mas ela sorria.

— O Senhor a refinou.

Suas palavras despertaram a mais profunda raiva em Marcus.

— Ele a refinou para quê? Para um sacrifício digno?

Débora o encarou.

— Para seu bom propósito.

— Bom propósito? O que houve de bom na morte dela? Seu deus antigo ficava contente com o sangue de cordeiros. — Deu uma risada ríspida, sem alegria. — Quer saber por que Hadassah morreu? Porque o filho dele não se contenta com os antigos sacrifícios. Ele quer o sangue de seus crentes!

Débora levantou a mão levemente.

— Sente-se, Marcus. Fique quieto e ouça.

Ele se sentou no banquinho e colocou a cabeça entre as mãos.

— Nada do que você diga fará diferença.

No entanto, sua alma faminta enfraqueceu sua determinação de manter a própria raiva como um escudo. Estava cansado, sem ânimo.

Débora falou gentilmente, como se se dirigisse a uma criança.

— Se um centurião ordenasse que um legionário fosse para a batalha, ele não iria?

— Hadassah não era um soldado.

— Não? Roma forma exércitos para tomar terras e pessoas, para expandir os limites do Império até os confins do mundo. Mas Hadassah era um soldado em outro tipo de exército, que luta uma batalha espiritual para libertar o coração humano. E, nessa guerra, a vontade de Deus prevalece.

— Ela perdeu a batalha — disse ele com voz rouca, vendo em sua mente Júlia se regozijar enquanto Hadassah enfrentava a morte.

— Você está aqui.

As palavras de Débora, pronunciadas com suavidade, atingiram Marcus duramente. Ele arrastou o banquinho para trás e se levantou.

— Tem mais alguma coisa sábia para ensinar?

A velha Débora o olhou placidamente e não disse mais nada.

Marcus voltou para a casa abandonada. Furioso, fechou a porta com um pontapé e jurou que não a abriria a mais ninguém.

26

Hadassah entrou na casa de Júlia em silêncio. Desde o momento em que Alexandre pegara aquela rua, ela soubera onde estava e a que casa estava indo. Reconheceu a sensação que dominava suas entranhas, pois a sentira por muito tempo. *Medo.* No entanto, ela sabia que a mão de Deus estava ali e orou enquanto Rashid a carregava pelos degraus de mármore e Alexandre batia na porta. Ela saberia o que Deus queria dela quando chegasse a hora.

Uma jovem escrava abriu a porta. Hadassah não a reconheceu. A garota fixou os olhos em Hadassah mesmo enquanto cumprimentava Alexandre com grave respeito. A escrava recuou quando eles entraram, curvando-se enquanto Rashid levava Hadassah para a antecâmara.

Angustiada, Hadassah sussurrou a Rashid para que a pusesse no chão. Ele obedeceu e estendeu o braço para que ela se apoiasse.

— Por aqui, meu senhor — disse a escrava, nervosa, sem olhar novamente para Hadassah, e seguiu depressa em direção às escadas.

Hadassah observou a antecâmara. Lembrava-se de que havia duas estátuas de ninfas de mármore nessa sala, uma de cada lado. Haviam sobrado apenas os vasos com palmeiras, que estavam morrendo por falta de cuidados. Antes, as paredes eram cobertas de tapeçarias babilônicas, agora estavam nuas. Os pedestais de mármore com vasos coríntios cheios de flores também haviam desaparecido.

Apoiando-se fortemente no braço de Rashid, Hadassah foi mancando em direção à escada. Quando chegou à base, Rashid a ergueu nos braços novamente.

— O que você tem? — rosnou perto do ouvido dela enquanto a levava escada acima.

— Nada — disse ela, olhando para o peristilo enquanto avançavam.

A fonte ainda jorrava, mas uma grossa camada de sujeira cobria os murais de azulejos.

A garota bateu de leve na porta do quarto e um jovem a abriu. Quando Hadassah viu seu rosto, reconheceu-o imediatamente. Prometeu. Ele havia sido seu único amigo naquela casa.

— Meu senhor — disse Prometeu, saudando com gravidade, aliviado e satisfeito por ver Alexandre. — Por favor, entre. — E recuou, estendendo o braço para o centro do aposento. — A senhora Júlia está descansando.

Ele olhou para Hadassah nos braços de Rashid, mas sua expressão era mais de curiosidade que de admiração ou reconhecimento.

O medo de Hadassah desapareceu no momento em que viu Júlia deitada na cama. Chocada com sua aparência, ofegou. Rashid estancou.

Prometeu passou por eles e foi até a cama. Curvando-se, tocou o ombro de Júlia.

— Minha senhora, o médico chegou.

Ela despertou. Estendendo a mão, permitiu que o servo a ajudasse a se sentar. Afastando as mechas de cabelo úmidas do rosto pálido, olhou o quarto com os olhos turvos. Segurando-se no braço de Prometeu, levantou-se desajeitadamente.

— Oh! Coloque-me no chão, por favor — pediu Hadassah, com um nó na garganta.

Nesse instante, Rashid soube que estavam na cova dos leões.

— Rashid — ela chamou.

Ele a deixou no chão, mas segurou seu braço com dedos inflexíveis.

— Não se aproxime dela.

Hadassah não lhe deu atenção. Só tinha olhos para Júlia. Ela vestia um manto vermelho desbotado e tinha o cabelo trançado em forma de coroa. Parecia muito magra e doente ao estender a mão — régia, como sempre — para Alexandre. Ele se inclinou, como faria com uma jovem rainha.

— Minha senhora — cumprimentou gentilmente.

— Aceita um pouco de vinho?

— Não, obrigado, senhora Júlia.

— Melhor. O que tenho para oferecer não é muito bom — disse ela.

Hadassah percebeu que ela havia bebido muito. Júlia virou a cabeça e olhou para ela.

— Essa é a famosa Rapha? — perguntou com certo tom de deboche.

— Sim — respondeu Alexandre.

Ele notou que Hadassah estava a uma boa distância da cama e que Rashid segurava firme seu braço, como se a mantivesse ali. Franziu o cenho levemente e perscrutou o rosto escuro e tenso do árabe. Ficou subitamente alarmado ao ver a expressão no rosto de Rashid. O que estava acontecendo? Trocou um olhar com o árabe e ergueu levemente as sobrancelhas. Rashid o fitou ferozmente, passando seu olhar de Júlia a Rapha. Olhou para Alexandre de novo e indicou a porta com a cabeça.

Alexandre sentiu seu coração parar.

— Meu escravo me falou de você — disse Júlia, olhando para a mulher velada. — Dizem que você é capaz de operar milagres.

Hadassah deu um passo em direção a ela, estremecendo quando os dedos de Rashid apertaram seu braço.

— Milagres só acontecem para aqueles que são considerados dignos — disse ele com a voz sombria, de um jeito que Hadassah jamais ouvira.

Júlia sorriu com frieza, olhou para Prometeu e acrescentou:

— O que foi que eu lhe disse?

A vulnerabilidade que Hadassah vislumbrara um instante antes foi substituída por uma frieza implacável. Júlia olhou para Alexandre.

— E quanto vai custar para que a grande Rapha dispense seu toque de cura a meu pobre corpo indigno?

Alexandre sentiu uma repentina aversão por ela.

Hadassah puxou o braço da mão de Rashid e foi mancando em direção à cama.

— Rapha, não! — disse Alexandre, temendo que ela tirasse os véus como fizera para Febe Valeriano.

A mulher naquele quarto era o símbolo da malignidade.

Sem entender nada, Júlia recuou, arregalando os olhos de medo. Hadassah estendeu a mão, mas Júlia pestanejou, fitando-a, tentando ver por trás dos véus. Começou a estender a mão, mas, antes que seus dedos roçassem os de Hadassah, puxou o braço bruscamente.

— Você não me disse ainda quanto terei que pagar — insistiu com arrogância, levando o punho ao peito.

— Sua alma — disse Rashid, sombrio, ao mesmo tempo em que Hadassah o desdizia:

— Nada.

Júlia olhou para os dois, confusa.

— O quê? — perguntou.

— Pensei que havia chamado um médico — disse Alexandre, forçando bom humor, e se colocou entre Júlia e Hadassah. Tomando gentilmente o braço da moça, virou-a para a cama. — Deixe-me examiná-la e ver qual é o problema. Seu escravo pode ficar, se assim desejar.

— Eu não me importo — disse Júlia com tristeza. Já havia perdido o pudor havia muito tempo.

Hadassah foi mancando em direção à cama.

— Pode ir, Prometeu — dispensou-o.

O escravo voltou os olhos bruscamente para ela.

Júlia empalideceu.

— Como ela sabe o nome dele?

— Rapha sabe de muitas coisas — disse Rashid. — Ela é capaz de ver dentro da alma.

Hadassah virou de súbito.

— Você também pode ir, Rashid.

Ele levantou a cabeça levemente, fixando os olhos escuros em Júlia Valeriano.

— Por que ele me olha assim? — perguntou Júlia com voz trêmula. — Como se quisesse me matar?

— Vá! — disse Hadassah.

A expressão de Rashid não se alterou.

— Vou sair, mas ficarei por perto.

Júlia estremeceu ao ver o árabe se voltar e sair do quarto.

— Nunca pus os olhos nesse homem, e ele me olha com tanto ódio que quase posso senti-lo!

— É sua imaginação, minha senhora — disse Prometeu com suavidade.

Mas ele também se perguntava o que estava acontecendo.

— Mantenha-o fora daqui — ordenou Júlia, nervosa, voltando a atenção a Alexandre e Hadassah. — Devo tirar a roupa?

— Ainda não.

Alexandre fez um gesto, indicando que se sentasse na cama. Colocou um banquinho perto e também se sentou. Começou a fazer perguntas sobre a doença, ouvindo com tanta atenção que Júlia relaxou e contou todos os seus problemas, desde o abandono de Calabah até a perfídia de Primo. Ela interpretava o silêncio e os gestos de Alexandre como sinais de compreensão e empatia.

Mas ele não sentia nenhuma das duas coisas.

— E, depois de tudo isso, ele roubou todo o meu dinheiro antes de me abandonar. — Fungou e esfregou o nariz com as costas da mão.

Ela falou por um longo tempo. Alexandre deixou que continuasse, embora já suspeitasse qual era seu problema. Um breve exame confirmaria o que estava pensando.

Ele ficou sentado, ouvindo, imaginando qual teria sido o relacionamento entre essa jovem incrivelmente egocêntrica e Hadassah. A amargura de Júlia crescia conforme ela falava, enquanto Alexandre ia tendo uma imagem clara da extensão de sua imoralidade.

Por fim, ela ficou esgotada.

— Há algo mais que queira saber?

— Acho que já me contou o suficiente — disse ele, baixinho. — Tire o manto.

Ela obedeceu sem o menor escrúpulo. Tirou a túnica vermelha desbotada dos ombros. Com um leve sorriso, observou o rosto de Alexandre para ver se encontrava o menor vislumbre de admiração. Não havia nenhum.

Ele a examinou da cabeça aos pés, mas não se via nada além de um intenso interesse clínico em seu rosto.

— Deite-se, por favor.

Aos poucos, a autoconfiança de Júlia foi desmoronando. Ela obedeceu, parecendo pouco à vontade.

— Eu tinha um corpo lindo antes.

Hadassah se aproximou da cama.

O exame tomou muito tempo e levou Júlia a lágrimas de dor e vergonha. Alexandre era metódico e meticuloso. Tinha um estômago forte, mas, quando a extensão da doença de Júlia se revelou, teve de se esforçar para esconder a repugnância.

— Pode se vestir.

Ela se vestiu depressa, incapaz de olhar para ele.

Afastando-se da cama, Alexandre foi até uma bacia. Lavou as mãos com cuidado. Derramou a água em um vaso de plantas, encheu a bacia outra vez e se lavou novamente.

Hadassah foi mancando até Júlia e tocou seu ombro. A moça estremeceu levemente e ergueu os olhos.

— Oh — disse, suspirando de alívio. — Serei curada agora, não é?

— Só Deus cura, minha senhora.

— Deus? — Uma sombra de medo atravessou seu rosto. — Que deus?

Alexandre falou antes que Hadassah abrisse a boca.

— Que deus você adora? — perguntou, secando as mãos depressa e voltando para perto da cama.

— Qualquer um que você diga que devo adorar. Tenho sido fiel a Ártemis e Asclépio. E fiz oferendas a uma dúzia de outros.

Ele pousou a mão sob o cotovelo de Hadassah, fazendo-a se afastar para o lado.

Assustada, Júlia olhava de um para outro.

— Sabe o que há de errado comigo?

Alexandre soltou o pano úmido em cima de uma mesinha.

— Você tem uma doença venérea — declarou sem rodeios. — Uma variedade tão virulenta que nunca vi antes. — Sacudiu a cabeça. — Se tivesse me procurado antes...

— Antes? Está dizendo que não pode fazer nada?

Ele olhou para Hadassah.

— Além de prescrever pomadas para curar as erupções à medida que aparecerem, não. Não há nada que eu possa fazer.

Júlia pestanejou, lívida.

— Sinto muito — disse ele, sem nenhuma emoção.

— Não parece sentir coisa alguma! — rebateu Júlia, olhando para ele demoradamente, até suas feições se convulsionarem. — Qual é o problema? Eu não tenho dinheiro o bastante? Meu nome não é suficientemente importante? Quem é você para me negar alguma coisa?

Em toda a sua experiência, Alexandre nunca tinha sentido uma aversão tão profunda por alguém quanto sentira por essa jovem. Não só por perceber que ela era membro da família que mandara Hadassah para a arena, mas por constatar seu temperamento insuportável. Muitos de seus sintomas revelavam uma vida de esbanjamento e autoindulgência. Ela tinha a palidez e a magreza de um consumidor de lótus, o qual era usado por suas qualidades entorpecentes, e seu hálito cheirava fortemente a vinho barato. Suas façanhas sexuais estavam longe da decência mais comum. Ele imaginava se havia algo que essa jovem não tivesse feito, e tinha certeza de que não havia.

Durante mais de uma hora ela falara sobre si, seus males, suas queixas, sua dor, seu sofrimento. No entanto, Júlia não via que o que estava acontecendo com ela era consequência de suas escolhas, de seu estilo de vida, da busca de prazer em todos os altares conhecidos pela humanidade. E suas palavras eram discordantes. Não era seu direito buscar prazer, aproveitar a vida como quisesse? O que havia de errado nisso? Mas ela queria que Alexandre a curasse para continuar fazendo tudo do mesmo jeito. Ela não se importava com a carreira dele, com seus princípios e seus sentimentos. Em vez disso, exigia que ele a curasse, sendo que ela própria fora a responsável por todos os seus males.

Alexandre não sentia pena de uma mulher como essa.

Só conseguia pensar em Hadassah, seu corpo dilacerado, atormentado pela dor, sofrendo meses de convalescença. Nem uma única vez ela se queixara ou jogara a culpa em alguém. Não havia um dia, nem nunca haveria, em que ela não sentisse dor por causa dos ferimentos que sofrera na arena, e as cicatrizes que carregava destruíam qualquer chance de uma vida normal.

E agora essa jovem doente e repugnante pedia ajuda, ou melhor, exigia ajuda, sem demonstrar um pingo de humildade. Será que não sabia que ela mesma era a causa de tudo o que sentia?

— Não é justo! Não tenho culpa se estou doente!

— Não tem, mesmo? — questionou Alexandre enquanto guardava seus instrumentos no estojo.

— Dê-me algo para eu melhorar! Eu sei que você pode encontrar uma cura, se quiser.

— Eu tenho muitos pacientes.

— Não me interessam seus pacientes. Que importância eles têm diante do *meu* sofrimento?

O som estridente da voz de Júlia provocou um arrepio na nuca de Alexandre. Hadassah foi mancando até ele e pousou a mão em seu braço.

— Alexandre.

Ele ouviu o apelo gentil e reagiu com raiva.

— Nem pense nisso!

— Por favor.

— Você não ouviu nada? — sussurrou ferozmente.

— Eu ouço a voz de alguém perdido — disse ela.

— Que não vale a pena encontrar. Não — repetiu ele com firmeza.

O contraste entre as duas jovens endureceu seu coração e o deixou obstinado.

— Você nem sequer considera...

— Eu a examinei, Rapha. Você a tocou. É tudo que podemos fazer.

Júlia se desmanchou em lágrimas.

— Alexandre, por favor, escute... — continuou Hadassah.

Ele fechou o estojo com firmeza e o pegou.

— Não posso me dar ao luxo de ouvi-la — sussurrou. — Não vou arriscar minha reputação e minha carreira com alguém que sei que vai morrer.

Suas palavras foram altas o suficiente para que Júlia ouvisse. E cruéis o bastante para silenciá-la.

Hadassah se voltou para a cama, mas ele segurou seu braço e a levou para a porta.

— Rashid!

Ao chamado de Alexandre, o árabe atravessou o quarto, pegou Rapha no colo e a levou para fora.

Prometeu entrou no aposento e os observou partir. Viu Júlia chorando na cama e olhou para Alexandre.

— Não pode fazer nada?

— A doença está muito avançada.

Sob a brisa fresca da noite, Alexandre respirou fundo. A atmosfera dentro da casa de Júlia Valeriano era opressiva. Cheirava a corrupção.

Ele caminhou ao lado de Rashid, que carregava Hadassah escada abaixo. Ela não protestou. Rashid a colocou com gentileza dentro da liteira e ajeitou as almofadas para que ficasse confortável.

Alexandre tinha medo do que ela diria por trás da privacidade das cortinas. Ela ficaria implorando por aquela jovem desprezível, e nada conseguia tocar mais seu coração quanto as súplicas de Hadassah. Decidiu não lhe dar essa oportunidade.

— Vou a pé — disse e fechou as cortinas, deixando-a dentro da liteira. — Podem ir — ordenou aos carregadores.

Esta noite, ele não a ouviria. Esta noite, a misericórdia não teria vez.

Os carregadores ergueram a liteira e levaram Hadassah.

Rashid foi caminhando ao lado de Alexandre.

— O escravo me disse que ela é filha de Febe Valeriano. O pai dela morreu. Ela tem um irmão chamado Marcus, que saiu de Éfeso há alguns meses.

— Por todos os deuses, Rashid. Eu coloquei a cabeça dela na boca do leão, não foi?

— Rapha devia saber.

— Por que ela não disse nada?

Essa era uma pergunta que homem nenhum poderia responder satisfatoriamente. Nenhum dos dois a entendia. Ela sempre os surpreendia e desconcertava.

— Aquela Valeriano está morrendo, não é? — Rashid perguntou, olhando para a frente enquanto caminhava.

— Sim, ela está morrendo — respondeu Alexandre, olhando para o rosto pétreo do árabe. — É uma questão de meses, eu diria.

— Primeiro a mãe, agora a filha.

Alexandre assentiu.

— Isso me faz pensar se Deus não estaria se vingando dos Valeriano, um a um, pelo que fizeram a Hadassah — disse.

Ele se perguntava se Hadassah interpretaria dessa maneira o que estava acontecendo. Ela dizia que Jesus Cristo era a personificação do amor. Um deus do amor praticaria uma vingança dessas?

Rashid pensava em outras coisas.

— A morte dela será dolorosa? — perguntou.

— E lenta.

O rosto pétreo do árabe relaxou.

— Ótimo — disse ele. — Então a justiça será feita.

27

Marcus acordou com um raio de sol que entrava pela janela alta. Estremeceu quando sentiu a cabeça latejar. Gemendo, rolou para longe da luz e esbarrou na roda de oleiro. Praguejando, levantou-se e se recostou nela.

Sentia a boca seca, a língua grossa. Viu o odre que comprara na noite anterior caído no chão, vazio. Cada batida do coração era acompanhada de uma pontada de dor na cabeça.

Uma brisa suave agitou a poeira em volta, e ele notou que a porta estava aberta. Achava que a havia fechado na noite anterior, mas não se lembrava muito bem de nada.

Exceto do sonho.

Fechou os olhos e tentou recapturar alguns trechos preciosos... Hadassah sentada com ele em um banco no peristilo da casa de Roma... Hadassah com a lira nas mãos, cantando com a suavidade de um pastor. Em seus sonhos, ela era vívida, clara. Podia ver seu rosto, ouvir sua voz, tocá-la. Só nos momentos em que estava acordado, ela se afastava dele.

Como agora.

Praguejou baixinho e desistiu. Levantou-se, cambaleando pela sala. Nauseado, inclinou-se pesadamente sobre a mesa e olhou em volta, procurando outro odre de vinho, então viu a velha sentada nas sombras embaixo da janela.

— Você! — ele exclamou, sentando-se pesadamente no banquinho.

Levou as mãos à cabeça mais uma vez. A dor era excruciante.

— Você não parece bem, Marcus Luciano Valeriano.

— Já tive manhãs melhores.

— Tarde, não manhã.

— Obrigado pelo esclarecimento.

Ela riu.

— Você me faz lembrar de meu marido durante as celebrações do Purim. De acordo com nossas tradições, ele bebia até não saber a diferença entre "maldito seja Haman" e "bendito seja Mordecai". E, no dia seguinte, ficava igual a você agora. Pálido e enjoado.

Ele esfregou o rosto, na esperança de que, se não dissesse nada, ela fosse embora.

— Mas, claro, ele bebia para celebrar uma festa alegre. Você bebe para esquecer.

As mãos de Marcus ficaram imóveis. Ele as baixou lentamente e olhou para ela.

— Por que você continua vindo aqui?

— Eu lhe trouxe um jarro d'água. Beba um pouco e depois lave o rosto.

Marcus ficou irritado pelo fato de ela falar com ele como se repreendesse um garoto, mas se levantou, trêmulo, e fez o que a velha dissera. Talvez assim ela fosse embora. Bebeu um copo d'água e despejou um pouco em uma bacia. Quando terminou de lavar o rosto, sentou-se à mesa novamente.

— O que quer desta vez?

Sem se intimidar com sua grosseria, ela sorriu.

— Quero que você vá até as colinas e veja os cordeiros e os lírios do campo.

— Não estou interessado em cordeiros e lírios.

Ela se apoiou na bengala para se levantar.

— Você não vai encontrar o espírito de Hadassah nesta casa, Marcus.

Ao notar a dor em sua expressão, seu próprio semblante se suavizou.

— Se veio a Naim para estar perto dela, eu lhe mostrarei os lugares de que ela mais gostava. Vamos começar por uma encosta no lado leste da aldeia — disse ela, indo em direção à porta.

Inclinando a cabeça, Marcus apertou os olhos.

— Terei que aguentar sua companhia o caminho todo?

— Por sua aparência, acho que você não conseguiria fugir de mim — disse ela, dando uma risada triste e estremecendo.

Parou no limiar da porta.

— Hadassah gostava de cordeiros e lírios.

Obstinado, Marcus ficou sentado à mesa por um longo momento. Então se levantou, pegou o manto do chão, sacudiu a poeira e a seguiu.

As pessoas os olhavam com estranheza enquanto Débora e Marcus atravessavam a aldeia. Ele pensou que formavam mesmo uma dupla esquisita: uma velha de bengala e um romano de ressaca após uma noite de extravagância etílica. Ela parou duas vezes; a primeira para comprar pão, e a segunda, um odre de vinho. Fez que ele carregasse os dois.

— Eles não confiam em você — disse ela quando saíram do mercado.

— Por que deveriam? Eu sou romano — ele retrucou com um sorriso cínico. — Eu sou uma serpente no meio deles. Uma cria do diabo.

As colinas eram verdes, o céu azul. Flores silvestres salpicavam de cor as encostas. Débora parou e colocou a bengala diante de si, apoiando-se nela enquanto contemplava os prados.

— Nós podemos pegar água no poço e cuidar dos nossos jardins. É um trabalho duro, com pouco resultado. Mas uma noite da chuva de Deus faz *isso*.

— Você é como ela — disse Marcus. — Vê Deus em tudo.

— Você não vê poder no que está a sua frente? Não vê esplendor? Milagre?

— Eu vejo colinas rochosas com grama nova, um rebanho de ovelhas, algumas flores. Nada de extraordinário.

— As coisas mais comuns da vida são extraordinárias. O nascer do sol, a chuva...

— Só hoje, velha, fale comigo de outras coisas que não Deus. Ou, melhor ainda, não fale nada.

Ela grunhiu.

— Nada é importante neste mundo, exceto o fato de que ele pertence ao Senhor. É por isso que você está aqui, não é?

— O que quer dizer?

— Você o está procurando.

— Já fiz isso. Ele não existe.

— Como é possível ter tanta raiva de algo em que você nem acredita? — ela questionou e continuou andando.

Sem saber como responder, Marcus a olhou, frustrado. Notou que andar parecia aliviar a dor nas articulações da velha senhora. Ela tirou o xale da cabeça e levantou o rosto, como se gostasse de sentir o sol sobre ele.

Ele a alcançou e caminhou ao seu lado.

— Eu *não* acredito em Deus — disse com veemência.

— Em que você acredita?

Com um sorriso angustiado, ele respondeu, olhando para a frente.

— Eu acredito em certo e errado.

— E você vive à altura de seus padrões?

Ele estremeceu, retesando o maxilar.

— Por que não responde?

— Foi errado Hadassah morrer. Quero encontrar uma maneira de corrigir as coisas.

— E como vai conseguir fazer isso e atender ao mais alto padrão que estabeleceu para si mesmo?

As palavras da velha o abalaram, porque ele não sabia o que dizer. Olhando para o passado, analisando sua vida, ele se perguntava se algum dia tivera um padrão. Para ele, certo sempre fora aquilo que fosse rápido, e errado era não atingir seus objetivos, não conseguir o que queria, quando queria. Para Hadassah, a vida era clara. Para Marcus, nada estava claro. Ele vivia em uma cortina de fumaça.

Chegaram ao topo de uma encosta. Ele sabia que adiante estava o mar da Galileia.

— Não é longe — disse Débora. — Ananias muitas vezes levava sua família até Cafarnaum e seguiam a margem, até Betsaida-Julias. — Fez uma pausa, apoiando-se na bengala. — Jesus andou por estas mesmas estradas.

— Jesus — murmurou Marcus, sombrio.

Ela levantou a mão e apontou para o norte, em direção ao vasto horizonte, onde o mar se perdia de vista.

— Na encosta de uma colina, eu ouvi o Senhor falar. — Baixou a mão para a bengala. — E, quando ele terminou, pegou dois peixes, partiu alguns pães e alimentou cinco mil pessoas.

— Isso é impossível.

— Nada é impossível para o Filho de Deus. Eu vi com meus próprios olhos. Assim como vi Ananias voltar dos mortos.

As palavras dela fizeram Marcus sentir um arrepio na coluna. Ele apertou os dentes.

— Se ele era o Filho de Deus, por que seu povo o entregou para ser crucificado?

Lágrimas encheram os olhos da velha Débora.

— Porque, assim como você, esperávamos que Deus fosse algo diferente do que é.

Ele franziu a testa e a observou. Débora ficou em silêncio por um longo tempo antes de retomar a história:

— Há duzentos anos, os macabeus derrubaram o governante selêucida Antíoco IV e reconsagraram nosso templo. *Maccabee* significa martelo ou aquilo que extingue. Quando os macabeus recuperaram o poder e entraram em Jerusalém, o povo se alegrou, agitando folhas de palmeira. — Lágrimas rolaram por suas faces envelhecidas. — E assim fizemos novamente quando Jesus entrou em Jerusalém. Pensamos que ele vinha poderoso, como os macabeus. Gritamos: "Bem-aventurado aquele que vem em nome do Senhor". Mas nós nem o conhecíamos.

— Você estava lá?

Ela sacudiu a cabeça.

— Não. Eu estava aqui em Naim, tendo um filho.

— Então por que chora como se tivesse participado da crucificação dele? Você não teve participação nisso.

— Não há nada que eu mais queira que pensar que eu teria continuado fiel. Mas, se as pessoas mais próximas a ele, seus discípulos, seus próprios irmãos, se afastaram, quem sou eu para pensar que sou melhor que eles e que teria agido diferente? Não, Marcus, todos nós queríamos o que queríamos, e quando o Senhor cumpriu o propósito *dele*, e não o nosso, nós o atacamos. Assim como você, com raiva. Assim como você, decepcionados. No entanto, é a vontade de Deus que prevalece.

Ele desviou o olhar.

— Eu não entendo nada disso.

— Eu sei que não. Vejo isso em seu rosto, Marcus. Você não quer ver. Você endureceu seu coração contra ele.

Ela começou a caminhar.

— Assim como todos que valorizam a vida — disse ele, pensando na morte de Hadassah.

— Foi Deus que o trouxe até aqui.

Ele riu com ironia.

— Eu vim aqui por minha própria conta e com meus próprios propósitos.

— É mesmo?

O semblante de Marcus enrijeceu. Débora insistiu:

— Todos nós somos seres humanos incompletos e não vamos descansar até conseguirmos satisfazer a mais profunda fome e sede que temos dentro de nós. Você tentou satisfazê-las à sua maneira. Eu vejo isso em seus olhos também, como já vi em muitos outros. E, mesmo que você negue até seu último suspiro, sua alma anseia por Deus, Marcus Luciano Valeriano.

As palavras dela o enfureceram.

— Deuses à parte, Roma mostra ao mundo que a vida é o que os homens fazem dela.

— Se é isso, o que você está fazendo da sua?

— Eu possuo uma frota de navios, bem como empórios e casas. Eu tenho riqueza.

Mas, enquanto falava, Marcus sabia que tudo isso não significava nada. Seu pai chegara a essa conclusão pouco antes de morrer. Vaidade, era tudo vaidade vazia, sem significado.

A velha Débora parou no caminho.

— Roma aponta o caminho para a riqueza e o prazer, o poder e o conhecimento. Mas Roma continua faminta. Assim como você está faminto agora. Procure tudo que quiser como retribuição ou para dar significado a sua vida, mas, enquanto não encontrar Deus, viverá em vão.

Marcus não queria ouvir, mas aquelas palavras o tocavam profundamente, causando-lhe desassossego.

— Um de nossos filósofos romanos diz que a vida é o que nossos pensamentos fazem dela. Talvez aí esteja a resposta a como eu vou encontrar a paz.

Ela lhe sorriu. Um sorriso tolerante, meio divertido.

— O rei Salomão foi o homem mais sábio que já viveu e disse algo semelhante centenas de anos antes de Roma existir. "Porque, como imaginou no seu coração, assim é ele." Em que seu coração pensa, Marcus Luciano Valeriano? — ela lhe perguntou, fitando-o.

Atingido diretamente na alma, Marcus lhe respondeu, com voz rouca:

— Em Hadassah.

Ela assentiu, satisfeita.

— Então, permita-se pensar nela também. Lembre-se das palavras que ela disse. Lembre-se do que ela fez, como viveu.

— Eu me lembro de como ela morreu — disse ele, olhando para o mar da Galileia.

— Isso também — a velha respondeu, séria. — Trilhe os caminhos que ela trilhou e veja a vida pelos olhos dela. Talvez isso o aproxime do que está procurando. — Apontou para o morro. — Este é o caminho que ela sempre trilhou com o pai. Ele vai levá-lo à estrada e a Genesaré, e depois a Cafarnaum. Hadassah amava o mar.

— Vejo-a quando voltar a Naim.

— Eu conheço o meu caminho. Está na hora de você encontrar o seu.

Ele lhe lançou um sorriso doloroso.

— Acha que pode me expulsar com tanta facilidade, velha?

Ela deu um tapinha no braço de Marcus.

— Você está pronto para ir.

Ela deu meia-volta e seguiu pelo caminho que haviam feito juntos.

— O que lhe dá tanta certeza? — ele gritou, irritado por ter sido conduzido com tanta facilidade.

— Você trouxe seu manto.

Confuso, ele balançou a cabeça. Observou-a voltar e se deu conta de que ela havia comprado o pão e o vinho para ele, para a sua jornada.

Suspirou. Ela estava certa. Não tinha como voltar atrás.

Ficara o tempo que pudera suportar na casa onde Hadassah vivera quando criança. Tudo que encontrara havia sido poeira, desespero e memórias que eram como cinzas em sua boca.

Marcus olhou para o norte. Que esperança tinha de encontrar algo diferente nas margens do mar da Galileia? Mas a esperança nunca fizera parte dessa busca. A raiva, sim. E de alguma forma, ao longo do caminho, seu escudo de raiva fora arrancado, deixando-o indefeso. Com as emoções confusas, ele se sentia nu.

"Ela amava o mar", dissera Débora. Talvez fosse razão suficiente para continuar.

Ele começou a descer a colina, seguindo o mesmo caminho que Hadassah trilhara.

28

Alexandre bateu a taça de vinho na mesa, derramando o líquido vermelho.

— Foi Júlia quem a mandou para a arena, e agora está me dizendo que quer voltar para ela?

— Sim — Hadassah respondeu simplesmente.

— Só por cima do meu cadáver!

— Alexandre, há muito tempo você disse que eu era livre para fazer o que quisesse.

— Não uma loucura dessas. Você não a ouviu? Ela está consumida pela amargura. Não há um pingo de remorso nela por nada que tenha feito.

— Você não sabe disso, Alexandre. Só Deus conhece o coração dela.

— Você não vai voltar, Hadassah. Aquela mulher perdeu todos os direitos sobre você no momento em que a entregou ao *editor* dos jogos.

— Não importa.

Alexandre se levantou e começou a andar de um lado para o outro, furioso e frustrado.

— Não posso acreditar que você está pensando nisso.

Como ele poderia argumentar com esse tipo de pensamento?

— Tente entender, Alexandre. Ela precisa de mim.

Ele a fitou.

— Ela precisa de você? *Eu* preciso de você! Nossos pacientes precisam de você. Júlia Valeriano tem servos. Deixe que eles cuidem dela.

— Eu sou a serva dela.

— Não, não é — disse ele, inflexível. — Não mais.

— Os pais dela me compraram em Roma para ser criada de Júlia.

— Isso foi há muito tempo.

— O tempo não muda minhas obrigações. Eu ainda estou legalmente vinculada a ela.

— Você está errada. Caso não saiba, ela recebeu dinheiro para entregar você. Algumas moedas de cobre! Isso era quanto ela a valorizava. Nem mesmo um dia de salário de um trabalhador comum.

Ele estava mais bravo consigo mesmo que com ela, pois deveria ter previsto isso. Como um tolo, ele não pensara que a compaixão e a misericórdia de Hadassah se estenderiam a uma mulher que tentara assassiná-la.

Desde que tinham visto Júlia, coisa de uns sete dias atrás, Hadassah recusara tudo que não fosse água e pão ázimo. Falara com poucos pacientes, passara a maior parte do tempo orando. Alexandre pensara entender — claro que ela ficaria chateada depois de ver a mulher que a mandara para a arena. Claro que ela se retrairia, talvez até sentisse medo. Ele chegara a pensar brevemente se acaso ela não sentiria certa satisfação em ver como Júlia Valeriano estava sofrendo, embora tivesse vergonha de admitir.

Nem uma única vez lhe ocorrera que ela poderia deixar tudo de lado e *querer* voltar.

— Eu não consigo entender você — disse ele, tentando recuperar a calma e encontrar argumentos para convencê-la. — Você está me punindo porque eu não aceitei aquela mulher como paciente?

— Não, meu senhor — respondeu ela, surpresa por ele pensar assim.

— Não posso aceitá-la, Hadassah. Você conhece as leis de Éfeso. Quando um paciente morre, o médico é responsabilizado. É loucura aceitar um caso terminal. Você viu as feridas e as lesões.

— Eu vi — disse ela, muito calma.

— Então sabe que a doença se espalhou por todo o corpo dela.

— Sim, meu senhor.

— Não há nada que eu possa fazer além de mantê-la drogada até o fim, para que ela não sinta muita dor. Ela vai morrer, e não há nada que alguém possa fazer para evitar. Você a tocou, você sabe.

Ele notou que suas palavras a perturbaram.

— E não me olhe assim. Eu sei que você diz que não tem poder de cura, que é Deus que age por intermédio de você. Muito bem, eu acredito. Mas, quando pegou a mão dela, aconteceu alguma coisa?

Ela baixou a cabeça.

— Não — disse com suavidade.

— Já lhe ocorreu que toda a família Valeriano está sob a maldição de Deus pelo que fizeram com você?

Ela olhou para ele, atônita com o que ele sugeria.

— Todos são preciosos aos olhos de Deus.

— Alguns mais que outros.

— Não! O Senhor é imparcial.

— O Senhor é justo — disse ele com veemência, pensando que Júlia Valeriano estava recebendo o que merecia e que ele não se oporia à vontade de Deus. — Eu não vou perder minha carreira e a chance de ajudar inúmeros outros doentes por uma tentativa inútil de salvar uma mulher que merece tudo que está acontecendo com ela.

— Quem é você para julgar?

— Seu amigo! Aquele que a recebeu de Caronte, lembra? Aquele que a costurou de novo! Aquele que...

Ele parou de repente, atordoado com o que estava prestes a dizer: *Aquele que a ama!*

— Você quer o crédito por eu estar viva?

— Sim! — confirmou ele, exasperado. Fazendo uma careta, agitou a mão. — Não! — suspirou, massageando a nuca e se afastando dela. — Quer dizer, em parte.

Ela ficou calada por um longo momento.

— Você me disse mais de uma vez que acredita que a mão do Senhor está sobre mim.

Ele a fitou, tomado pelo desespero. Ela estava se afastando, ele podia sentir isso.

— Sim. Eu acredito que Deus a manteve viva para que você pudesse me ensinar.

— E por nenhum outro motivo?

— Todas as razões resultam disso. Você não vê? Se não fosse pelo que você me ensinou, o que teria acontecido com Severina, Boethus, Helena e outras centenas de pessoas que foram até nós naquela humilde tenda? Onde estariam a esposa e o filho de Magoniano agora, se não fosse por você? Quantos outros há nesta cidade que precisam dos dons que seu deus lhe deu?

Suas palavras não a dissuadiram.

— É uma questão de honra voltar para Júlia.

— Que honra? É pura insensatez deixar sua vida novamente nas mãos de uma mulher tão decadente e corrupta que está sendo comida viva pelos frutos de suas escolhas. Desconfio de que ela fez coisas tão vis que você não conseguiria sequer imaginar.

Hadassah tinha servido Júlia por sete anos. Sabia muito mais sobre ela do que Alexandre jamais saberia. Um lado seu queria pensar nessas coisas para usar as lembranças como escudo contra seu coração sensibilizado. Mas ela sabia que não devia. Ficar pensando nos pecados da vida de Júlia não agradaria a Deus. Muito pior, isso a impediria de fazer sua vontade.

— Eu dei minha palavra diante do Senhor.
— O Senhor deu você a *mim*.
Ela sorriu com gentileza.
— Porque ele sabia que, quando chegasse a hora, você me deixaria ir embora.
— Não, eu não vou deixar você ir embora — disse Alexandre.
Ela se sentou em silêncio, observando-o. Ele suspirou.
— Você não está pensando com clareza. No instante em que tirar os véus e ela vir quem você é, vai mandá-la aos leões novamente. E então, o que você terá conseguido, além de sua própria morte?
Ela baixou os olhos.
— Existe esse risco.
— Um risco que você não precisa correr.
Ela ergueu os olhos novamente. A incerteza que ele sentira nela havia desaparecido por completo.
— Grandes oportunidades demandam grandes riscos.
— Oportunidade! Oportunidade de quê?
— Se for a vontade de Deus, de levá-la à salvação.
Atônito, Alexandre a olhou, sem conseguir acreditar.
— Por que você quer que ela, entre todas as pessoas, seja salva de qualquer coisa?
Ele viu lágrimas nos olhos de Hadassah e arregalou os seus, perplexo. Ela acreditava no que dizia. Como podia ser tão ingênua?
Ele se aproximou e pegou as mãos dela.
— Eu nunca vou entender você — desabafou com voz rouca. — Qualquer outra pessoa gostaria de ficar ao lado da cama e vê-la morrer pelo que fez. Mas você... você *sofre* por ela.
— Ela foi uma criança um dia, Alexandre. Cheia de alegria e doçura. O mundo lhe fez mal.
— Não mais do que ela mesma fez a si e aos outros.
— Pode ser — disse Hadassah com tristeza —, mas o que eu peço para você fazer é muito menos do que foi feito por mim.
Ele apertou as mãos dela.
— Não posso deixá-la ir.
Ela era valiosa demais para a vida dos outros... para ele... ao passo que, a seus olhos, Júlia Valeriano era uma inútil.
— Não posso ouvir você, Alexandre. Devo ouvir o Senhor.
A convicção dela o desconcertava.
— Deus lhe disse claramente para voltar para ela?

— Meu coração está dizendo.
— E sua cabeça?
Ela sorriu.
— Eu já pensei nisso.
— Não o suficiente — disse ele, tomando nas mãos seu rosto marcado de cicatrizes. — Seu coração sempre foi mole como mingau, Hadassah. Aquela mulher é dura como pedra.

Ele abriu as mãos sobre as marcas irregulares que desfiguravam seu rosto, esperando que ela se lembrasse dos leões e de quem a mandara enfrentá-los. Olhou-a nos olhos e viu que ela se lembrava.

— Você é necessária aqui — disse, pensando que ela ouviria a voz da razão.

Como ela não disse nada, ele a puxou para seus braços. Seu coração batia com um feroz senso de proteção... e algo mais. Algo que ele não podia admitir, pois, se admitisse, se pronunciasse as palavras que martelavam em sua cabeça e depois a perdesse, não seria capaz de suportar. Falou com a voz embargada de emoção:

— Vou manter você a salvo. Assim como Rashid.
Ela recuou.
— Nenhum dos dois entende. Eu já tenho um protetor.
— Sim, e Deus a colocou aqui, comigo, e lhe mandou Rashid, violento como é. Então nos ouça! — Ele segurou seu rosto, olhando intensamente em seus olhos. — Eu não vou deixar você arriscar sua vida por alguém como ela.

Ela tirou as mãos dele do rosto e as segurou com força, apoiando-as em seus joelhos.

— Cada um de nós é precioso aos olhos de Deus, Alexandre. Nada lhe escapa. Ele sabe quantos fios de cabelo há em sua cabeça.

Ela o soltou e se levantou.

— Se está me dizendo que ele considera Júlia Valeriano tão preciosa quanto você, eu não acredito!

Ela tocou as folhas de uma palma.

— Você se lembra de quando me levou ao templo de Asclépio para ver as cerimônias? — perguntou.
— Sim. E daí?
— Havia uma insígnia à frente da procissão de sacerdotes. Uma haste alta com cobras entrelaçadas.
— Serpentes em uma haste. Sim, eu sei.
— Seu selo tem o mesmo símbolo.
— Sim. Isso me identifica como médico.
— Assim como a gravura que mandou fazer na porta desta casa.

Ele franziu a testa levemente.

— Isso a incomoda?

Claro que sim. Senão, por que ela falaria disso? Ele devia ter explicado antes.

— Imagino que parece um sacrilégio para você, mas eu não adoro a insígnia. Só a uso para informar o que sou: um médico. As pessoas veem a serpente na haste e a identificam com as serpentes sagradas de Asclépio, o deus da cura e da medicina.

Pensativa, ela afastou a mão da folhagem.

— Quando Deus tirou os israelitas do Egito, entregou os cananeus para serem destruídos. Então nosso povo partiu do monte Hor, pelo caminho do mar Vermelho, rumo às terras de Edom.

— O que está tentando me dizer com essa história?

Ela continuou, como se não o tivesse escutado.

— O povo estava aflito por causa da viagem. Falavam contra Deus, e o Senhor enviou serpentes. Muitos morreram por causa delas.

— Imagino que isso os fez mudar de ideia.

Ela olhou para ele.

— Sim. Eles perceberam que haviam pecado. Procuraram Moisés e lhe pediram para interceder junto ao Senhor, solicitando que retirasse as serpentes, e Moisés fez isso. O Senhor disse a Moisés para fazer uma serpente de metal e colocá-la em uma haste. Moisés obedeceu. Fez uma serpente de bronze e a colocou na haste, e então, se uma cobra mordesse algum homem, bastaria olhar para a serpente de bronze para sobreviver.

Esquecendo Júlia Valeriano, a curiosidade de Alexandre despertou.

— Talvez a origem da haste de Asclépio seja a mesma do Senhor.

— Não sei — disse ela, sem negar a possibilidade.

O que Deus dera ao homem, o homem corrompera.

— Da primeira vez que vi o símbolo, eu me lembrei da história que o meu pai tinha me contado. E lhe digo agora o que ele me disse. As pessoas viram seus pecados, se arrependeram, olharam para a haste que Deus lhes havia dado, *acreditaram* em seu poder de restauração... e viveram.

Ele estava perplexo.

Ela notou sua confusão, reconhecendo sua resistência. *Ajuda-me, Senhor*, orou e prosseguiu:

— Meu pai ouviu Jesus dizer que, assim como Moisés ergueu a serpente no deserto, assim também o Filho do Homem seria erguido.

Ele pensou que estava entendendo o que ela dizia, embora não compreendesse suas razões.

— Você está falando da ressurreição de Jesus?

— Não. Estou falando da crucificação. Ele foi pregado em uma cruz e colocado diante de toda a humanidade. Ele *é* a haste.

Ele se enregelou.

— Por que está me dizendo isso?

— Para ajudá-lo a entender por que tenho que voltar para Júlia.

A raiva de Alexandre voltou com força total.

— Para ser crucificada desta vez? Para ser pregada em uma cruz, em vez de jogada aos leões?

— Não, Alexandre. Para pegar a haste do Senhor e colocá-la diante dela.

Temendo por Hadassah, ele se levantou e se aproximou dela. Sua mente procurava desesperadamente um argumento que a levasse à sanidade. Com gentileza, segurou suas mãos.

— Ouça-me, Hadassah. Pense mais sobre isso. Você está realizando grandes coisas aqui comigo. Veja quão longe chegamos desde aquela pequena tenda em frente às termas. Veja o que você conseguiu fazer pelos outros. As pessoas a reverenciam.

Ela se afastou.

— Foi o Senhor que realizou, não eu...

— Eu sei disso — disse ele, tentando interromper.

— É o nome dele que deve ser glorificado. Não o de *Rapha*.

Ele franziu a testa.

— Eu não me dei conta de que a incomodava tanto ser chamada por esse nome.

— Eu não sou curadora, Alexandre. Jesus é *Rapha* — desabafou ela com lágrimas nos olhos. — Quantas vezes preciso lhe dizer? — Ela levou a mão ao coração. — Eu sou uma mulher comum que ama o Senhor. Isso é tudo o que sou.

— E seu Senhor não ungiu as pessoas com o toque da cura? Até eu ouvi falar dos apóstolos de Jesus que, com um mero toque, podiam curar os doentes.

— Eu não sou um apóstolo, Alexandre. Jesus ascendeu aos céus antes de eu nascer.

— Então como explica as coisas que aconteceram por intermédio de você? Você pode não acreditar em si mesma, mas as pessoas acreditam.

Ela se afastou. Ele percebeu seu erro no momento em que proferiu as palavras e tentou se retratar.

— Eu não quis dizer que elas a veem como um deus.

Ela se voltou. Seu olhar o levou a ser sincero.

— Tudo bem! Alguns a veem dessa maneira, mas você não fez nada para incentivá-los a isso. Não há razão para se sentir culpada.

— Não é culpa o que sinto, Alexandre. É tristeza.
Ele sabia que estava confundindo tudo.
Ela estendeu as mãos, com um sorriso cheio de ternura.
— Você sabia que esse dia chegaria.
Ele fechou os olhos e sacudiu a cabeça, querendo negar. Ela estava colocando sua vida em risco, e *ele* é quem estava tremendo. Olhou para ela, perguntando-se como ela podia ser tão destemida. Como ele poderia deixá-la ir?
— Eu não quero que você vá, Hadassah — disse baixinho e sorriu debilmente. — Não tinha percebido como preciso de você.
— Você não precisa de mim, Alexandre. Você tem o Senhor.
— O Senhor não pode se sentar e conversar comigo. Ele não pode olhar para mim com olhos escuros e insondáveis e me levar a encontrar as respostas de que preciso. Ele não pode agitar minha imaginação com uma palavra, meu coração com um toque...
— Ele pode fazer tudo isso, Alexandre, e muito mais.
Ele sacudiu a cabeça.
— Eu não o conheço como você o conhece. Preciso que fale com ele por mim.
As palavras de Alexandre entristeceram o coração de Hadassah.
— Eu me tornei uma pedra em seu caminho.
— Nunca — disse ele ferozmente, indo até ela. — Nunca — repetiu e estendeu a mão para puxá-la em seus braços.
Ele a abraçou em silêncio, sabendo que qualquer coisa que dissesse nesse momento seria infrutífera e possivelmente dolorosa.
Oh, Deus, se puderes me ouvir, se estiveres aí, protege-a! Por favor, não a leva de mim para sempre...
— Quanto tempo você vai ficar com ela? — ele perguntou, rouco.
— Até o fim.
— O seu ou o dela? — ele quis saber, com um sorriso irônico.
E ela respondeu com suavidade, já tendo ponderado todas as possibilidades:
— O que vier primeiro.

29

Mãe Prisca se sentou ereta no divã que Iulius colocou na varanda para ela. Em todos os seus oitenta e sete anos de vida, nunca se sentira tão nervosa. Sabia que Febe Valeriano era uma senhora importante e rica, mas, de alguma forma, conseguira deixar sua posição fora dos limites do cortiço onde vivia. Ali, naquela linda casa com sua bela vista para o porto e o Artemísion, ela não podia esquecer ou ignorar o abismo social que se abria entre elas.

Uma escrava levou uma bandeja com um arranjo de frutas e iguarias. Ela se inclinou, segurando-a diante de Prisca, e sorriu, encorajando-a. A senhora sacudiu a cabeça.

Iulius notou sua tensão e tentou deixá-la à vontade.

— Por favor, mãe Prisca, sinta-se em casa. Quantas vezes você nos ofereceu um refresco? E agora vai nos negar o prazer de lhe servir?

Mãe Prisca lhe lançou um olhar e então pegou um pêssego.

— Satisfeito? — perguntou, segurando-o delicadamente no colo, sobre as dobras de seu *palus* puído, como se fosse algo precioso demais para comer.

Febe murmurou alguma coisa e Iulius se inclinou para ela. Sua mão boa estava apoiada no colo, sobre um pratinho de cobre. Ela bateu nele e Prisca observou enquanto o homem ouvia atentamente.

— Hera — disse ele, olhando para mãe Prisca. — Como está Hera?

Mãe Prisca olhou para Febe, surpresa, e depois para Iulius, curiosa.

Balançando a cabeça, ele sorriu e explicou:

— A senhora Febe não pode falar nem se mexer, mas entende o que está acontecendo à sua volta.

Suas palavras provocaram em Prisca um profundo sentimento de pena e tristeza. Querendo escondê-lo, olhou para Febe e tentou renovar a antiga camaradagem que sentia por aquela mulher.

— A garotinha está bem. Ainda brinca com suas bonecas na porta das casas. Ela perguntou por que não tem aparecido, e eu disse que você não estava bem.

Passou levemente os dedos pela pele macia do pêssego, recordando as lágrimas da criança.

— Olímpia e o filho estão bem — continuou. — Ela arranjou emprego em um restaurante. Vernasia decidiu se casar de novo. O homem trabalha no empório de seu filho, Marcus, e mora no mesmo cortiço que ela. Acho que ainda sofre pela perda do jovem marido, mas não tem como se sustentar agora. Caio é mais velho, não corre riscos, trabalha em terra. Ele vai cuidar de Vernasia e dos filhos dela, e talvez tenha alguns também.

Febe ouvia atentamente cada palavra sobre o que acontecia na vida das viúvas que visitara. Prisca terminou de falar e ficou pouco à vontade. Febe via a tristeza gravada profundamente no rosto daquela velha querida e quis tranquilizá-la. Bateu em seu prato de cobre, usando o código que ela e Iulius haviam desenvolvido meticulosamente. Sabia que ele entenderia e transmitiria a mensagem.

— Ela disse: o Senhor não me abandonou — traduziu Iulius.

Lágrimas surgiram nos olhos de Prisca. Ela deixou o pêssego de lado e se levantou rigidamente. Inclinando-se, pegou a mão de Febe.

— Pode ser que não, minha criança, mas me entristece ver alguém jovem como você assim. Teria sido melhor se acontecesse com uma velha como eu, que viveu todos os anos que quis viver.

Beijou a mão de Febe e a apertou por um instante antes de baixá-la novamente. Voltou-se para ir embora.

Febe bateu no prato novamente.

Iulius estendeu a mão e a velha esperou, olhando para ele com curiosidade.

— Sim, minha senhora — ele disse a Febe.

Então o servo pegou um pano e o estendeu no divã onde Prisca estava sentada. Colocou o pêssego nele e mais todas as frutas do prato. Amarrou os cantos do tecido e o entregou à velha.

— Ela está querendo me engordar? — perguntou Prisca, envergonhada e perplexa.

— Coma com boa saúde e prazer — disse Iulius.

Febe fez barulho uma vez mais. Ele assentiu.

— Sim, minha senhora — disse, rindo, e olhou para Prisca. — Ela me lembrou de lhe dar mais lá.

— Quer me fazer trabalhar até a morte — murmurou Prisca, olhando furiosa para Febe. — Tem que me dar pêssegos, mesmo.

Em resposta, os olhos de Febe cintilaram.

Com os olhos cheios de lágrimas, Prisca deu um tapinha no ombro de Febe e se dirigiu às arcadas no quarto.

— As outras podem vir para visitá-la? — perguntou enquanto Iulius a acompanhava pelo corredor em direção à escada.

— Não muitas de cada vez. Ela se cansa com facilidade.

Prisca observou a grandiosidade do pátio interno e a fonte. A casa era enorme, mas deprimente e silenciosa.

— Ela não tem filhos ou netos para consolá-la?

— O filho, Marcus, nunca se casou. Ele está em algum lugar na Palestina. Dificilmente voltará tão cedo. A filha, Júlia, foi casada várias vezes, mas não tem filhos. Ela está aqui, em Éfeso.

— E sabe do estado da mãe?

— Ela sabe, mas tem sua própria vida.

Prisca reconheceu a riqueza de informações no que Iulius não dissera.

— Ela não vem visitar a mãe...

— O estado da mãe a deprime. Ela não vem há algumas semanas.

Ele não conseguiu evitar a repulsa na voz.

Prisca sacudiu a cabeça com tristeza.

— Quando são jovens, eles pisam em nossos pés. Quando crescem, pisam em nosso coração.

— Você foi a primeira pessoa a vir visitá-la, mãe Prisca — disse Iulius, abrindo a porta da frente para ela.

— E pode acreditar que eu voltarei — ela garantiu com firmeza, saindo pela porta.

Iulius a seguiu.

— Mãe Prisca, gostaria de lhe pedir um favor.

— Diga. Se estiver ao meu alcance, eu o farei.

— Traga Hera da próxima vez. A senhora Febe não vê uma criança desde que adoeceu.

A velha assentiu e partiu.

Ele voltou para o quarto no andar de cima.

— Já está sentada há muito tempo — disse e pegou Febe nos braços, levando-a para dentro.

Deitou-a gentilmente de lado, no divã de dormir. Conversou com ela, contou-lhe o que estava acontecendo na casa e que notícias haviam chegado do mundo exterior, enquanto lhe massageava as costas.

— Descanse um pouco — disse ele. — Vou trazer sua refeição.

E saiu do quarto.

Febe sabia que imediatamente outro escravo entraria e se sentaria a seu lado, para o caso de ela precisar de alguma coisa. Nunca a deixavam sozinha. Ouviu o canto dos pássaros vindo da varanda. Oh, que bom seria ter asas para voar, se libertar do corpo... No entanto, o Senhor a mantinha ali, daquele jeito, para seus propósitos.

Ela relaxou, abrigando-se nas promessas do Senhor. Hadassah estava certa: Febe sabia o que Adonai queria dela. A resposta chegara a ela claramente, como palavras pronunciadas em voz alta. Aos poucos, ela desistira da luta interior e se rendera por completo a ele. E nesses momentos, nesses momentos infinitamente preciosos, ela voava livre nos céus.

Ore, dissera a voz com suavidade. *Ore por seus filhos.*

E assim fazia Febe, hora após hora, dia após dia. E assim faria durante todos os anos que o Senhor lhe desse.

Senhor, eu lhe entrego Marcus. Senhor, muda o coração de minha filha... Senhor, eu lhe peço. Pai, perdoa-os... Abba, segura a mão deles... Em nome de seu Filho, Jesus, eu lhe peço... Oh, Senhor Deus do céu e da terra, salva meus filhos...

30

Enquanto a aurora tingia o horizonte de rosa, Hadassah permanecia parada diante da casa de Júlia Valeriano. Ela havia deixado a residência de Alexandre antes do amanhecer para evitar maiores conflitos com ele. Ele não entendia a determinação dela em voltar a trabalhar para sua antiga senhora. Achava isso uma enorme tolice, um grande erro. E agora, olhando a fachada daquela elegante residência, ela se perguntava se ele não teria razão.

O medo, seu antigo inimigo, voltou com força total. O medo sempre fora a fortaleza de Satanás sobre ela. Mesmo passado tanto tempo, repentinamente ela se sentia como a criança que havia sido quando esperara a morte entre a multidão de prisioneiros reunidos no Pátio das Mulheres do grande templo. Como pudera esquecer o que era temer por sua vida? O medo a dominava agora, fazendo-a tremer e suar frio. Ela podia sentir o gosto, como o elo de uma corrente metálica em sua boca. Ficou desesperada e hesitou.

Por que estou de volta aqui, Senhor? Tu não me salvaste dessa vida e dessa mulher? Por que estou aqui de novo? Eu estava errada quanto ao que querias de mim?

Mas ela sabia as respostas antes mesmo de perguntar a ele. Ele havia dito a mesma coisa repetidas vezes. Ele tinha vivido isso. Acaso o caminho dela não fora definido muito tempo antes de ela conhecer Júlia Valeriano? Seja feita a vontade de Deus, seja ela qual for. Mas, naquele momento, naquele lugar, essa era uma perspectiva assustadora.

Confie em mim, a voz suave sempre lhe dizia. *Confie em mim*.

Sua mão tremia quando a levou à tranca do portão. Surgiu em sua mente a imagem do rosto de Júlia retorcido grotescamente pelo ódio. Recordou os golpes dos punhos de sua senhora e seus gritos de raiva. Lembrou-se de ter sido chutada até perder a consciência. E, quando despertara, encontrara-se em uma masmorra com outros cristãos, esperando pela morte.

Oh, Senhor, se pudesses afastar esse cálice amargo de mim...

Segurou a tranca com força, mas não conseguiu abrir o portão. Mal podia respirar.

— Este é o lugar, Rapha? — perguntou o criado que carregara seus poucos pertences, aproximando-se e olhando para a fachada de pedra.

Hadassah estremeceu levemente, lembrando-se de todas as coisas vis que testemunhara naquela casa. Ergueu os olhos de novo. Podia mudar de ideia. Mesmo naquele momento, se decidisse, poderia voltar para Alexandre. Deus a perdoaria.

Eu não estava fazendo tua vontade lá, Senhor? Não poderia ficar com ele e ajudar os doentes?

Mas, quando olhou para a casa de pedra fria, soube que Deus a mandara para lá. Dar as costas a Júlia Valeriano agora significaria afastar-se do Senhor, e sem ele a vida não tinha sentido.

Sim, ela se lembrava da masmorra, fria, úmida, fétida. Mas não fora ali, na escuridão, que ela realmente vira a Luz e se sentira aquecida? Não fora ali que encontrara a paz que Deus sempre lhe prometera? Não fora ali que Deus realmente a libertara?

— Rapha? — chamou o criado. — Quer voltar?

— Não. Este é o lugar — disse ela e abriu o portão.

Apoiando-se pesadamente em sua bengala, subiu os degraus à frente. Sua perna doía terrivelmente quando chegou à porta. Respirou fundo e bateu com a aldrava.

Ninguém atendeu.

— Não há ninguém em casa, Rapha — informou o criado, com alívio.

Hadassah bateu de novo, mais alto, e tentou escutar algum movimento dentro da casa.

Silêncio.

— Vou chamar a liteira de volta — ele avisou, voltando-se e descendo um degrau.

Mudando a carga de braço, estendeu a mão para segurá-la.

— Não. Eu tenho que entrar.

Ela estava preocupada com a falta de resposta dentro da casa. Onde estavam os criados de Júlia? Levantou o trinco e empurrou. A porta cedeu com facilidade e se abriu.

— Rapha, não — disse o criado, com medo.

Ela o ignorou, entrou na antecâmara e olhou em volta.

— Deixe as coisas na porta.

— Mas não posso largar você aqui...

— Deixe tudo aí e vá embora. Vou ficar bem.

Nervoso, ele perscrutou o lugar. Parecia deserto. Obedecendo com relutância, fechou a porta atrás de si e a deixou na casa silenciosa.

A bengala batendo no piso de mármore ecoou pelo peristilo. A fonte estava parada, a água estagnada. Ela olhou para o triclínio e viu almofadas desbotadas e uma mesa empoeirada. As estátuas de mármore haviam desaparecido, mas um mosaico de Baco brincando com ninfas de madeira ainda adornava a parede da direita.

Voltando-se, Hadassah foi mancando até as escadas que levavam aos aposentos superiores. Quando chegou ao topo, parou para descansar. A dor que sentia na perna era tão intensa que a fez estremecer. Prestou atenção de novo, mas não ouviu ninguém. Depois de um momento, a dor diminuiu e ela seguiu pelo extenso corredor até a câmara de Júlia.

A porta estava aberta.

Seu coração batia tão rápido que parecia um pássaro sedento por liberdade. Parou no limiar da porta e olhou o interior do quarto.

Júlia não estava na cama.

Hadassah entrou. O aposento estava muito desarrumado e cheirava a urinol. Olhou para a varanda e viu Júlia. Ela estava sozinha, vestindo uma túnica surrada que lhe chegava aos tornozelos. Uma brisa fez a túnica se colar a seu corpo magro. Ela se segurou na mureta, com o rosto voltado para as colinas do leste. Seu semblante era tão desesperado que Hadassah se perguntou se não estaria pensando em Atretes. Ele havia construído uma bela casa para ela naquelas colinas, com a intenção de levá-la para lá como sua esposa.

Hadassah ficou onde estava, observando Júlia atentamente, imaginando se ainda era a mesma ou se as circunstâncias a haviam feito mudar. Júlia baixou a cabeça e a leve brisa agitou seus cabelos escuros sobre seu rosto e ombros. Parecia uma criança ferida. Tremendo, passou os braços em volta de si. Quando se voltou, viu Hadassah coberta de véus e se assustou.

— Rapha — suspirou.

Hadassah nunca a sentira mais vulnerável.

O medo que a havia tomado tão fortemente desapareceu. Ela se lembrou de alguns momentos singulares de doçura que vira em Júlia, uma garota alegre e apaixonada. Com tristeza, agora pôde notar uma mulher magra, pálida, devastada pela doença.

Foi mancando em direção a Júlia, batendo a bengala no chão de ladrilhos. A moça a fitava com os olhos arregalados, insegura.

— Por favor, perdoe-me por entrar em sua câmara sem avisar, minha senhora. Ninguém atendeu a porta.

— Você é bem-vinda — disse Júlia, formal, enquanto afundava debilmente em um divã perto da parede e colocava um cobertor sujo sobre os ombros. — Estou sozinha. Como ratos, Dídimas e Tropas abandonaram o navio condenado. — Retorceu os lábios com sarcasmo. — Não que eles me servissem para alguma coisa. — Desviando o olhar, disse baixinho: — Estou aliviada por terem partido. Pouparam-me o trabalho de vendê-los.

— Prometeu também se foi, minha senhora?

— Não. Eu o mandei à cidade encontrar trabalho. — Deu de ombros com indiferença. — Talvez ele volte, talvez não. Ele pertencia a Primo, não a mim. Primo era meu marido.

Ela ergueu o olhar para os véus de Hadassah e franziu levemente a testa pálida. Nervosa, fazia movimentos impacientes.

— Por que está aqui, senhora Rapha? Você me tocou e nada aconteceu. O médico disse que não havia mais esperança — disse, erguendo o queixo. — Voltou para ver se sua magia vai funcionar desta vez?

O desdém que demonstrava não ajudou a disfarçar o medo e a desilusão que dominavam suas feições.

— Não — respondeu Hadassah com suavidade.

Júlia se sentiu envergonhada, mas precisava se defender e fazia isso agarrando-se ao desprezo que demonstrava pelos outros.

— Talvez você não seja a milagreira que todos dizem que é.

— Não, eu não sou.

A angústia tomou o rosto de Júlia, que se abraçou novamente e desviou o olhar.

— Então por que está aqui?

Hadassah chegou mais perto.

— Vim lhe perguntar se posso ficar e cuidar da senhora.

Júlia se surpreendeu.

— Ficar comigo?

Engolindo em seco, ela fitou aquela mulher velada. Impotente, sua solidão e sua vulnerabilidade estavam completamente expostas.

— Eu não tenho dinheiro para pagá-la — disse.

— Não estou pedindo dinheiro.

— Não tenho nem para lhe comprar pão.

— Eu tenho dinheiro suficiente para sustentar nós duas.

Surpresa e confusa, Júlia a fitou.

— Você... você me sustentaria? — perguntou, trêmula. — Por quê?

— Porque devo fazê-lo.

Ela franziu a testa, sem entender.

— Quer dizer que o médico mudou de ideia e a mandou aqui para cuidar de mim?

— Não. O Senhor me enviou.

Júlia se enrijeceu levemente.

— O Senhor? — repetiu com voz embargada. — Que deus você adora?

Hadassah sentiu a reserva de Júlia tão forte como se fosse física. Também viu a cautela e o medo por trás de seu olhar. Aproximou-se e pousou a bengala à frente, usando-a como apoio. Ela sabia que Deus a conclamava a proferir as mesmas palavras que já havia dito a Júlia antes, palavras que provocaram ira e violência, palavras que representaram a sentença de morte para ela.

Senhor, já estás me testando? E então sentiu vergonha. Quantas vezes no passado ela não conseguira se expressar, antes daquela última noite com Júlia? *Senhor, perdoa-me. Eu te negava toda vez que me calava, toda vez que deixava passar uma oportunidade.*

— Eu acredito que Jesus é o Cristo, o Filho do Deus vivo.

O silêncio dominou a sacada. Até a brisa parecia imóvel. Só as palavras de fé de Hadassah pareciam ecoar no ar.

Júlia estremeceu e desviou o olhar, pálida e tensa.

— Sinceramente, Rapha, seu deus não a enviou para mim.

— Por que diz isso?

— Porque eu *sei.*

— Como sabe, senhora Júlia?

A moça a fitou com olhos arregalados e cheios de sofrimento.

— Porque, se há algum deus que tem motivos para guardar rancor de mim, é esse.

Hadassah se encheu de esperança ao ouvir a resposta de Júlia.

— Há apenas uma coisa que eu gostaria de lhe pedir — disse, quando teve certeza de que poderia falar sem chorar.

— Pronto — disse Júlia com sarcasmo. — Muito bem, o que quer de mim? Qual é o preço que devo pagar?

— Eu lhe peço que não me chame de Rapha.

A surpresa tomou as feições de Júlia.

— Só isso?

— Sim.

Ela estreitou os olhos.

— Por que não? — perguntou.

— Porque é um título do qual nunca fui digna. É um nome que me foi dado por motivos gentis, mas equivocados.

Júlia a fitou, incerta.

— Como deseja que eu a chame?

O coração de Hadassah batia descontroladamente. Pensou em se revelar, mas algo dentro de si a impedia. *Oh, Senhor, eu não sou como a Hadassah do Purim, que salvou seu povo. Sou muito menos que isso. Pai, mostra-me quem eu sou para ela. Dá-me um nome no qual eu possa me aprimorar. Um nome que Júlia possa usar com tranquilidade.*

E o nome lhe surgiu como um sussurro. Sorriu.

— Eu lhe peço que me chame de Ézer.

Ézer, auxiliadora.

— Ézer — repetiu Júlia. — É um nome bonito.

— Sim — disse Hadassah, sentindo uma repentina leveza no coração e grata por isso. — Ézer.

— Chamarei você por esse nome — concordou Júlia.

— É sua escolha eu ficar ou ir, minha senhora. Farei como quiser.

A moça ficou em silêncio por um longo tempo. Cheia de dúvida e desconfiança, tinha medo de dizer "sim". Por que uma *cristã* a ajudaria? O que ganharia com isso? Se Rapha, ou melhor, *Ézer* soubesse tudo que ela havia feito, certamente se afastaria. E Júlia sabia que era apenas questão de tempo até que alguém lhe contasse.

— Não acredito que você vá ficar — falou. — Por que ficaria? Todos em Éfeso sabem a seu respeito, você é muito requisitada.

Ninguém abriria mão da fama e da riqueza em troca de uma vida de labuta e solidão ao lado de uma mulher agonizante. Ela mesma não faria isso. Não fazia sentido.

Hadassah se aproximou e se sentou dolorosamente em um banco, de frente para Júlia.

— Vou ficar.

— Alguns dias? Algumas semanas? Um mês ou dois?

— Até o fim.

Júlia estudou os véus, tentando ver o rosto por trás. Mas não pôde. Talvez Rapha... Ézer... fosse uma senhora muito idosa. Sem dúvida, o modo como se movia e a voz estranhamente rouca sugeriam uma mulher de idade avançada. Talvez fosse isso: ela estava cansada e precisava descansar cuidando de apenas uma pessoa, em vez de muitas. Mas, se Rapha-Ézer lhe desse sua palavra, que diferença faria?

— Você promete? — perguntou Júlia, trêmula, desejando ter um escriba por perto para fazer um acordo formal.

— Eu prometo.

Júlia suspirou lentamente. Que estranho... Duas palavras proferidas por uma mulher que ela nem conhecia, e tinha certeza de que podia acreditar nela. Podia confiar nela. Talvez tivesse sido a maneira como Rapha-Ézer pronunciara aquelas palavras.

Subitamente, Júlia foi dominada por uma inexplicável tristeza. *Eu prometo.* Ouviu outra voz dizendo aquelas palavras, viu olhos escuros risonhos, cheios de afeição indulgente.

Eu prometo...

Marcus já havia dito aquelas palavras para ela, e onde estava agora? O que significara sua promessa? Seu próprio irmão lhe mentira. Como poderia acreditar em mais alguém?

Em uma situação tão desesperada, como pode não acreditar?, uma voz pareceu sussurrar.

O medo era seu eterno companheiro. A morte era o acontecimento mais aterrorizante da vida, mas o que Júlia mais temia era enfrentar esse momento sozinha.

— Oh, Ézer, estou com tanto medo — disse, e seus olhos se encheram de lágrimas.

— Eu sei o que é ter medo — disse Hadassah.

— Sabe?

— Sim. Desde que eu era criança, o medo quase me consumiu.

— E como o superou?

— Não fui eu, foi Deus.

Júlia imediatamente se sentiu desconfortável. Não queria ouvir falar em Deus. Não sabia por que, mas qualquer referência ao deus de Hadassah a afligia. Fazia-a recordar coisas que ela queria desesperadamente esquecer.

E agora Ézer dizia que seu deus era o mesmo de Hadassah.

— Que ironia — murmurou com tristeza.

— O que quer dizer?

— Minha vida acabou por causa de uma cristã, e agora você vem e se oferece para cuidar de mim. — Tremendo, fechou os olhos. — Tudo que sei é que preciso de alguém. *Qualquer pessoa.*

Isso era o bastante. No entanto, com tal declaração, Hadassah viu a estrada difícil e traiçoeira que se abria à sua frente. Pensando desse jeito, Júlia jamais seria capaz de mudar. E, como Alexandre a prevenira, Hadassah sabia que ainda podia morrer na arena. Mas tinha absoluta certeza de uma coisa: Deus a mandara ali com um propósito, e ela tinha que aceitar. Independentemente do preço.

— Eu nunca a deixarei, senhora Júlia, nunca a abandonarei. Não enquanto eu respirar neste corpo.

E, dito isso, Hadassah estendeu a mão.

Júlia a olhou. Com a face enrugada, pegou-a e se agarrou a ela por necessidade. Não conseguia pensar além disso.

31

Marcus passou várias semanas em Genesaré, andando pelas ruas da cidade. Vestindo as roupas que Esdras Barjachin lhe dera e imitando a postura reverente das pessoas que havia observado, conseguiu entrar em uma sinagoga. Queria ouvir a leitura das Escrituras e ficou à margem do grupo reunido. Embora não entendesse hebraico, sentiu um estranho conforto ao ouvir as Escrituras da Torá. Durante todo o tempo em que ouviu as palavras, pensou em Hadassah. Ela havia falado aquelas mesmas palavras, mas ele não lhe dera atenção.

Fosse hebraico, grego, aramaico ou latim, a língua lhe era estranha, pois o significado fugia ao seu alcance. Ele ouvia a musicalidade do idioma, seu enorme apelo, e queria entender. Queria ver, ouvir e absorver. Queria saber o que atraíra Hadassah a Deus e a mantivera com ele com tanta determinação e convicção até o fim.

Quem é você? O que é você?

Olhou em volta e viu devoção e paz no rosto de alguns homens, *esperança*. No de outros, viu espelhado o que ele mesmo sentia. Anseio.

Eu quero saber o que a sustentou. Deus, eu quero saber!

A dor crescia dentro dele. No entanto, ele permaneceu ali, ouvindo os homens que discutiam em grego os pontos sutis da lei judaica. Leis sobre leis, cercadas de tradição. Era tudo muito complicado para entender em tão poucos dias. Muito complicado para entender até em uma vida inteira. Frustrado, foi embora e ficou perambulando pelas margens do mar da Galileia, pensando em tudo que ouvira e tentando entender.

Certamente a vida não havia sido tão complexa para Hadassah. Ela havia sido uma garota simples e comum, não uma estudiosa ou teóloga brilhante. Tudo em que Hadassah acreditava se resumia a uma verdade para ela: Jesus. Tudo que ela fazia, tudo que dizia, o modo como vivia — o foco era sempre o homem de Nazaré.

Se sua própria vida pudesse ser tão clara...

Que anseio era esse que não parava de atormentá-lo? Ele o atormentava antes mesmo de Hadassah entrar em sua vida. Não havia definição para o que ele sentia, nem explicação para o que desejava. Tentara de tudo para preencher esse vazio que sentia por dentro: mulheres, bebida, jogos, dinheiro. Mas nada fora suficiente. Nada atendera a essa necessidade. O vazio permanecia, afligindo seu espírito.

Viajou a curta distância até Cafarnaum e se alojou em uma hospedaria grega. O proprietário era sociável e hospitaleiro, mas Marcus se manteve reservado, sem se comover com a atmosfera jovial. A atividade o deprimia, e ele passou a ficar à tarde no porto, observando os pescadores voltando com a pesca do dia. À noite, ele observava as tochas em chamas enquanto os barcos deslizavam sobre águas negras e pescadores lançavam suas redes.

Uma trombeta soou seis vezes, anunciando o Shabat do teto de uma sinagoga que, em uma área elevada, dava para uma cidade santa que não existia mais. Ele observou os homens e notou a vestimenta que usavam, com franjas nos quatro cantos. Havia aprendido que o fio azul-profundo em um dos cantos era um lembrete constante para o usuário respeitar a Lei.

Depois de alguns dias começou a se sentir inquieto e foi caminhando até Betsaida, mas, após várias noites ali, dirigiu-se para o leste, em direção a Betsaida-Julias. Ouvira dizer que Jesus de Nazaré transmitira ensinamentos nas encostas próximas a essa pequena cidade. Mas Jesus havia sido crucificado quarenta anos antes. Acaso suas palavras ainda ecoariam naquelas encostas tranquilas?

Ele havia pensado que poderia encontrar o deus de Hadassah naquela terra devastada que tinha o selo de Roma, mas Deus lhe escapava. Não estava no topo de uma montanha nem em uma cidade sagrada. Tampouco em um altar de pedra no coração de um templo. Nem em uma casa abandonada em uma aldeia da Galileia ou no caminho solitário até o mar.

Como posso encontrá-lo?

Não obteve resposta.

Com o espírito oprimido, entrou em desespero.

Seus planos cuidadosamente traçados não haviam dado em nada. Angustiado e aflito, não tinha mais certeza do motivo de sua ida à Palestina. Pior ainda, em algum ponto da longa caminhada, Hadassah se afastara dele.

Ele não conseguia mais ver seu rosto. Não conseguia mais se lembrar do som de sua voz. Apenas seu amor por aquele deus permanecia claro. Ele queria imaginá-la ali, criança, caminhando por aquelas mesmas praias, feliz. Talvez assim sentisse um pouco de paz. Mas sua mente o traía repetidamente, voltando para a visão ofuscada de uma garota de cabelos escuros ajoelhada no jardim da casa de Décimo, em Roma. Rezando. Orando por sua família.

Orando por *ele*.

Por que essa imagem se perpetuava? Por que o atormentava? Por que aquela fagulha de memória era tudo que ele tinha dela?

Evitando as pessoas, Marcus ficou nas colinas a leste de Betsaida-Julias, procurando a solidão para clarear seus pensamentos e reencontrar Hadassah. Buscava explicação para uma missão que perdera todo o foco. No entanto, quanto mais pensava nessas coisas, mais confusos seus pensamentos se tornavam, até que passou a se perguntar se não estaria enlouquecendo.

Seu cabelo e barba haviam crescido. Ele seguia os pastores com seus rebanhos, parava ao longe e os observava. Eram muito cuidadosos com os animais, guiando-os a pastos verdejantes, fazendo-os deitar à sombra para ruminar. Os animais bebiam das piscinas naturais formadas ao longo dos córregos e seguiam os pastores a cada batida do cajado. Marcus contemplava o zelo com que estes os conduziam para dentro do curral e os tratavam, fornecendo-lhes abrigo e proteção e postando-se à entrada a fim de proteger todo o rebanho.

Deitado sobre sua manta, ele olhava para o céu, a mente um turbilhão de pensamentos desordenados. Em algum momento de suas viagens, alguém havia dito que Jesus era chamado de "o Bom Pastor". Ou fora Hadassah quem dissera isso? Ele não conseguia se lembrar. Mas que sensação deliciosa devia experimentar cada uma daquelas ovelhas, guiadas e protegidas por um pastor que parecia existir simplesmente para cuidar delas com tanta ternura!

Marcus voltou muitas vezes àquele mesmo local para observá-las, mas a dor ainda o atormentava, afligindo-lhe a mente como um cão castigado buscando a cura para suas feridas. Seu coração estava em carne viva. Ele queria reacender a lembrança de Hadassah em sua mente, mas, a cada vez que tentava, lembrava-se da violência e do horror que acompanharam sua morte.

Por quê?, gritava seu coração. *Deus, por quê?*

Certa noite ele sonhou com um poço de fogo habitado por seres torturados que se contorciam à luz bruxuleante. O sonho foi se tornando mais intenso, mais vívido, até que ele pôde sentir o calor e o cheiro de fumaça sulfurosa o envolvendo. Foi tomado pelo terror e, como um lampejo de esperança, ouviu Hadassah o chamando.

— Eu não consigo encontrá-la! — gritou, angustiado, e acordou repentinamente, banhado em suor, com o coração batendo forte.

Noite após noite o sonho voltava, torturando-o. E então, tão subitamente quanto começara a atormentar suas noites, o sonho desaparecera, deixando um vazio muito pior. Uma escuridão o cercava, e, exausto, ele se sentia mergulhar dentro dela.

Abatido e confuso, desejou morrer para acabar com o tormento.

— Eu sei que você está aí. Você ganhou! Acabe logo com isso! — gritou para o alto.

Mas nada aconteceu.

Então desceu até a beira do mar e ficou olhando a água ondulante por horas a fio. O vento era cortante, mas ele mal sentia. Teve uma visão de si mesmo. Uma visão tão clara, como se estivesse parado diante de um espelho, mas ele viu além, viu dentro de sua alma. Cobriu os olhos, segurando a cabeça, e ouviu as palavras de sua irmã:

Eu ouvi o que ela disse a você! Eu ouvi quando ela pegou o seu amor e o desprezou. Ela preferiu o deus dela a você, Marcus. Você disse que aquele deus podia ficar com ela. Pois agora ele vai ficar.

Marcus gemeu.

— Não! — exclamou, pressionando a cabeça com mais força, desejando esmagar as palavras e imagens em sua mente.

Você disse que aquele deus podia ficar com ela.

— Oh, Deus, não...

Se não fosse por causa dele, ela estaria viva. Foram suas palavras precipitadas, palavras ditas com mágoa e raiva que a enviaram para a morte.

Eu fiz isso por você!, gritara Júlia naquele dia em que Hadassah entrara na arena para enfrentar os leões. E, embora ele gritasse que "não", não podia mais fugir. Tudo caiu sobre ele como uma tempestade esmagadora. Marcus viu Júlia, a irmã que tanto amara, segurando-o e gritando com uma fúria selvagem:

Você disse que aquele deus podia ficar com ela... Você disse que aquele deus podia ficar com ela... Você disse...

— Não! — gritou ao vento. — Eu nunca quis que ela morresse!

Você disse que aquele deus podia ficar com ela...

O vento recrudesceu. Marcus se lembrou de suas últimas palavras a Hadassah na casa de Júlia: *É uma pena, Hadassah! Você nunca saberá o que jogou fora!* E então o que disse a sua mãe: *Esse deus pode ficar com ela.*

Ele a queria para si, mas, quando não a pôde ter, foi embora, tomado de raiva e desprezo.

E ela pagou o preço.

De joelhos, ele cobriu a cabeça.

— *Eu* é que merecia ter morrido, não ela.

Diante do sombrio silêncio, sobreveio o peso do julgamento. Ajoelhado à beira do mar, cravou as mãos na areia e levantou o rosto.

— Eu vim amaldiçoá-lo, mas o amaldiçoado sou eu.

Nenhuma voz lhe respondeu. Nunca se sentira tão sozinho e vazio.

— Por que deveria me responder? Quem sou eu? Ninguém. O que sou? Nada.

Dominado pela culpa, vomitou, cheio de remorso, consciente de que merecia ser castigado, uma vez que, com suas palavras e atitudes, participara na morte de Hadassah. Não podia mais fugir e se esconder.

— Se você é Deus, faça justiça. Faça justiça!

O vento suave fez ondular as águas e uma leve onda lavou a costa. Ele ouviu as palavras da velha de novo, como se ela sussurrasse sobre a água.

Enquanto não encontrar Deus, viverá em vão.

Marcus enxergou a vaidade que prevalecera em toda a sua vida e o negro vazio que se estendia diante dele. Estava sendo condenado por seu pecado. Deveria perder a própria vida. Apesar da responsabilidade de Júlia no que acontecera, deveria ter sido ele naquele dia, parado no meio da arena, não Hadassah. Ela nunca fizera nada que merecesse a morte. Mas, olhando para trás, ele podia ver as inúmeras vezes que tomara um caminho que merecia a morte.

Esperou pelo julgamento, mas Deus se mantinha calado. Então se levantou e se julgou. Proclamou sua culpa, proferiu sua sentença e entrou no mar.

A água fria lambia seus tornozelos, depois joelhos e quadris. Ele se lançou para a frente e começou a nadar rumo às profundezas. A água foi se tornando mais rude e fria. Seus membros começaram a ficar dormentes. Exausto, foi nadando lentamente para longe da costa. Foi atingido por uma onda e engoliu água. Sufocando, instintivamente começou a lutar pela vida, ao mesmo tempo em que ansiava pela morte.

Quando sua consciência começou a deixá-lo e o frio o envolveu, ouviu alguém dizer seu nome suavemente:

Marcus.

Uma voz que provinha de tudo à sua volta, cingindo-o de uma quietude e um calor crescentes.

O FORNO

32

Marcus acordou na praia. Desorientado, olhou as estrelas. *Foi um sonho*, pensou, *deve ter sido um sonho*. Então por que seus pulmões doíam? Tirou de cima o peso de um manto seco e se sentou. A brisa do mar o acariciou, e ele sentiu a fria umidade de sua túnica contra a pele. Seu coração começou a bater mais rápido. Arrepios subiam por todo o seu corpo.

Um fogo crepitava.

Tremendo de medo, Marcus virou a cabeça. Havia um homem com uma longa túnica sentado do outro lado das chamas, assando um peixe. À luz bruxuleante, Marcus teve a impressão de que suas roupas brilhavam. Ele nunca tinha visto um rosto como aquele.

— Você é Deus?

— Sou servo do Senhor Altíssimo.

Marcus sentiu um arrepio de apreensão.

— Qual é seu nome?

— Não tenha medo — disse o homem, com uma voz ao mesmo tempo autoritária e tranquilizadora. — Eu sou Paracleto.

— De onde veio?

Paracleto sorriu e seu semblante pareceu ainda mais brilhante.

— Eu vim lhe trazer a Boa-Nova, Marcus Luciano Valeriano. Deus ouviu suas preces.

Marcus começou a tremer violentamente. Havia pedido a Deus que lhe tirasse a vida e pensara em se afogar quando nada acontecera. Acaso aquele estranho estaria ali para matá-lo em nome do Senhor? Bem, não era mais do que ele merecia. Esperou, sentindo o coração tronar em seus ouvidos e o suor cobrir sua pele.

— Levante-se e coma — orientou Paracleto, segurando o graveto com o peixe assado em sua direção.

Marcus se levantou lentamente e se inclinou sobre o fogo, tirando o peixe do graveto com cuidado. Sentou-se de novo e removeu a carne das espinhas.

Estava delicioso, derretia na boca. Depois da primeira mordida, percebeu como estava faminto. Paracleto lhe deu pão e vinho, e Marcus comeu e bebeu até ficar satisfeito. Aparentemente, Deus queria que ele morresse de estômago cheio.

A intensidade do olhar de Paracleto queimava o coração de Marcus.

— Muitas pessoas oraram por você, e essas preces foram ouvidas — disse ele. — Mas você deve *pedir* para receber.

Marcus foi tomado pela angústia.

— Com que direito eu pediria alguma coisa?

Ele sabia o que mais queria, mas era impossível.

— Posso receber o perdão de alguém cuja morte causei?

— Em Cristo, tudo é possível.

Marcus sacudiu a cabeça e fechou os olhos. Pensou em Hadassah. Viu-a caminhando na areia, de braços abertos, sorrindo e cantando. Quem, senão Deus, poderia lhe dar tal paz em tais circunstâncias? Quem, senão Deus, poderia lhe dar a fé de que ela precisava? Fé... de onde vinha isso?

— Peça e receberá.

Marcus o fitou. Como não merecia nada, apertou os dentes. Deveria clamar a Deus para salvá-lo agora, depois de tê-lo amaldiçoado repetidamente? Deveria implorar por misericórdia, mesmo nunca tendo sido misericordioso?

— Deus deu seu Filho unigênito para que todo aquele que nele crê não pereça e tenha a vida eterna.

— Meu lugar é o inferno, não o céu — disse Marcus com voz rouca. — Hadassah perdeu a vida por minha causa.

— E a encontrou. Deus ainda a segura na palma de sua mão. Ela não será tirada dele. Em verdade eu lhe digo, Marcus Valeriano, que nem a morte, nem a vida, nem os anjos, nem os principados, nem as coisas presentes, nem as coisas futuras, nem os poderes, nem a altura, nem a profundidade, nem qualquer outra coisa criada jamais será capaz de separar Hadassah do amor de Deus, que está em Cristo Jesus nosso Senhor.

Marcus foi tomado por alívio e gratidão.

O homem se levantou e se aproximou dele.

— Acredite naquele que me enviou. Ouça a Boa-Nova. Aquele que morreu ressuscitou, assim como o tirou do mar. Você pediu ao Senhor que tomasse sua vida, e assim ele fez.

Pousou a mão no ombro de Marcus, cujo coração se desmanchou ao seu toque. Lágrimas irromperam, lancinantes como uma ferida antiga e infectada que o atormentasse desde que nascera. Prostrado, ele caiu na areia e chorou.

— Vá a Cafarnaum — disse Paracleto. — Lá você encontrará um homem ao portão. Conte a ele tudo que aconteceu com você esta noite.

Após um longo tempo, Marcus se levantou, mas não viu ninguém na praia. Será que tinha sonhado? No entanto, diante de si, na areia, havia carvão em brasa e as espinhas de um peixe.

Sentiu um arrepio na nuca e um calor se espalhou pelo corpo inteiro.

Correu para Betsaida-Julias.

— Estou procurando Paracleto — disse, ofegante. — Sabe onde posso encontrá-lo?

— Não conheço ninguém com esse nome — era sempre a resposta, muitas vezes repetida.

Ninguém tinha visto um homem que se encaixasse na descrição de Marcus. Certamente alguém teria ouvido falar de um homem assim.

— Talvez você tenha visto um anjo — zombou um rapaz.

— Vá dormir para curar essa bebedeira! — disseram outros, rindo.

Marcus pegou a estrada para Cafarnaum. Já era quase madrugada quando se aproximou da cidade. Viu um homem sentado ao portão. Pessoas passavam por ele, mas o homem parecia observar a estrada. Seria a ele que Paracleto se referira? Marcus se aproximou a passos largos, e o homem o fitou intensamente. Sentia-se um tolo, mas deixou de lado a sensação e obedeceu à instrução de Paracleto. Contou o que lhe havia acontecido na noite anterior.

— A última coisa que ele disse foi que eu viesse a Cafarnaum e contasse tudo isso ao homem junto ao portão. E assim estou fazendo.

Marcus esperava que ele risse e o acusasse de estar bêbado. Mas, em vez disso, o homem abriu um sorriso.

— O Senhor seja louvado! Eu sou Cornélio. Disseram-me em sonhos que um romano chamado Marcus me encontraria aqui. É você?

— Eu sou Marcus — disse ele com voz rouca, acrescentando secamente: — Disseram-lhe o que fazer comigo?

O homem riu.

— Ah, sim! Venha comigo!

Ele levou Marcus até o mar. O romano o seguiu para dentro d'água, confuso. Cornélio se voltou e pousou a mão em seu ombro. Em seguida perguntou:

— Você crê que Jesus é o Cristo, o Filho do Deus vivo?

Marcus sentiu medo por um instante. O que acontecesse nesse momento mudaria sua vida para sempre. Apertou dentes e punhos, ainda lutando contra si. Ele cria?

Tenso e hesitante, ele sabia que tinha que tomar uma decisão consciente.

— Sim, eu creio — disse. — Perdoe minha incredulidade.
O homem o segurou com firmeza e o baixou na água.
— Eu o batizo em nome do Pai, do Filho e do Espírito Santo.
A água fria envolveu Marcus, cobrindo-o, e então ele foi erguido para o calor do sol. Ficou parado firmemente enquanto o homem a seu lado se regozijava no Senhor. Outros chegaram correndo, e tudo que Marcus pôde fazer foi ficar parado, observando o mar da Galileia, surpreso com a alegria que sentia.
Repentina. Inexplicável. Uma alegria completa.
Não era um sonho. Ele não havia imaginado nada do que acontecera ou do que fora dito pelo estranho chamado Paracleto na noite anterior. Ainda mais profunda era a mudança que sentia dentro de si depois de tomar a decisão de crer que Jesus era o Cristo, o Filho do Deus vivo. Sentia-se limpo. Sentia-se inteiro. O sangue corria em suas veias com uma nova vida, uma nova direção.
Marcus encheu os pulmões com o ar fresco e o soltou, sentindo-se livre. Riu e ergueu os olhos para o céu, com o coração repleto de gratidão. Chorou. Era tão surpreendentemente simples assim? *Eu creio.*
Ansioso, olhou para Cornélio, respondendo ao novo Espírito que sentia dentro de si.
— O que faço agora?
— Volte para Éfeso.
As palavras o atingiram como um soco.
— O que você disse?
— Você deve voltar a Éfeso — repetiu Cornélio, franzindo levemente o cenho.
Molhado e imóvel, Marcus sentia como se seu coração lhe houvesse sido arrancado. Olhou para Cornélio, um homem que ele não conhecia, e desejou nunca ter feito a pergunta.
— Por que está me dizendo isso? — questionou com voz rouca, irritado por sua alegria lhe ser arrancada tão depressa.
— Foram estas as palavras que recebi: "Diga a Marcus para voltar a Éfeso". — Cornélio pousou a mão em seu braço. — Você sabe o que o Senhor quer de você lá?
Ah, sim, ele sabia. A apavorante plenitude e misericórdia da ordem atingiu seu coração, mas sua mente se rebelou.
— Sim, eu sei — respondeu, sombrio.
Deus queria que ele perdoasse sua irmã.

33

— Conte-me outra história como a que me contou ontem — pediu Júlia, enquanto Ézer a ajudava a se acomodar no divã da sacada. — Algo excitante e romântico.

Hadassah sentiu o coração se apertar. Nas últimas semanas, ela contara a Júlia muitas histórias que ouvira quando criança, cujo objetivo era revelar os atributos do amor e da misericórdia de Deus. Mas Júlia não via nelas muito significado, apenas entretenimento. Não lhe tocavam o coração. Acaso ela seria sempre assim, buscando distração da dor, cega para a verdade da vida?

Ela queria algo excitante. Romântico.

Hadassah tinha vontade de sacudi-la e alertá-la sobre as tentações de Satanás e seu reino de trevas, sobre o retorno de Jesus para julgar o mundo, para *julgá--la*. Acaso Júlia queria estar entre aqueles que seriam lançados ao fogo do inferno por toda a eternidade? Era tão cega para a verdade proclamada ao alvorecer de cada dia? Cristo ressuscitou. Cristo é o Senhor. Cristo reina. Cristo julgará.

— Por que está tão calada? — Júlia perguntou.

Se tu reinas, Senhor, por que me sinto tão derrotada?

— Conte-me uma história, Ézer.

Hadassah suspirou lentamente, tentando se livrar da irritação que sentia. Júlia era tão exigente quanto antes. Ajudando-a a se deitar, cobriu-a com uma manta e foi mancando até o outro divã. Sentou-se com cuidado. Sua perna doía. Ela a esticou e esfregou, sentindo que Júlia a observava. Tentou pensar em uma história que a satisfizesse.

— Essa história aconteceu nos dias em que os juízes governavam Israel, quando havia fome naquelas terras. E certo homem de Belém, em Judá, foi peregrinar na terra de Moabe com a mulher e os dois filhos...

Júlia se recostou e fechou os olhos, ouvindo a voz rouca de sua companheira. A história lhe parecia familiar, mas não tinha importância. Ela não conseguia se lembrar dos detalhes nem dos fatos e serviria para entretê-la por algum tempo.

— Os filhos tomaram mulheres moabitas como esposas. O nome de uma era Orfa, e o da outra, Rute.

Júlia abriu os olhos, desanimada.

— Essa é a história em que o marido morre e a garota volta para Judá com a sogra e conhece um fazendeiro?

Hadassah se calou. Apertou as mãos firmemente no colo, lutando contra a raiva crescente.

— Sim, minha senhora.

— Já conheço. — Júlia deu um suspiro de dor. — Tudo bem, conte mesmo assim. Mas faça com que o homem que ela encontra seja um soldado, em vez de um fazendeiro, que trave algumas batalhas.

Como Ézer não disse nada, Júlia olhou para ela, perplexa. Estava tão calada... Por causa dos véus que lhe escondiam o rosto, Júlia não podia nem imaginar seus pensamentos. Ficou incomodada. Acaso a teria ofendido?

— Tudo bem — disse, tolerante. — Conte-a como quiser.

Hadassah não queria contar história nenhuma! Fechou os olhos e respirou devagar, perturbada pela raiva que crescia dentro dela — que era tudo, menos virtuosa. Quando abriu os olhos de novo, viu que Júlia ainda a fitava.

— Está brava comigo?

A moça falava como uma criança que sabia que havia desagradado à mãe. Hadassah ia negar sua raiva, mas mudou de ideia.

— Sim — disse francamente. — Estou brava.

Ela não sabia para onde sua admissão poderia levar, mas não se arrependia de ter falado abertamente.

Júlia pestanejou.

— Por quê? Porque eu já ouvi essa história? Eu não disse que não gostei. Foi divertida, de certa maneira. Eu só lhe pedi para mudar alguns detalhes para torná-la mais interessante. — Virou o rosto e acrescentou, em tom rebelde: — Mas não precisa, se não quiser.

— A senhora pode ter ouvido essa história antes, mas não escutou de verdade.

Júlia virou a cabeça de novo, com uma raiva repentina no olhar.

— Eu *escutei*, não sou estúpida. Posso lhe contar a história inteira. A mãe era Noemi, que mais tarde passou a se chamar Mara, porque estava amargurada por perder o marido e os dois filhos. Não é isso? E o nome do fazendeiro era Boaz. Um nome ridículo, na minha opinião. Bo-az. Por que não um nome forte como Apolo? Pelo menos saberíamos que era bonito! E Rute era a nora *perfeita*, uma mulher virtuosa. Mulher virtuosa! Era um burro de carga que fazia tudo que a sogra queria: "Faça a colheita, Rute. Durma em pé, Rute. Case-se com Boaz, não importa que seja velho. Abra mão de seu primeiro filho". A pobre garota não tinha vontade própria — disse Júlia com desdém, virando a cabeça para o outro lado.

— Rute tinha vontade própria. Tinha mente e coração fortes, entregou ambos a Deus e foi abençoada por isso.

— Essa é sua opinião.

— O fazendeiro com quem ela se casou fez dela a bisavó do rei Davi. Até Roma já ouviu falar do rei Davi — retrucou Hadassah.

Júlia virou a cabeça de novo e deu um sorriso frio.

— Será que notei orgulho na sua voz, Ézer? Foi desprezo o que ouvi?

O calor invadiu as faces de Hadassah. Notou a expressão presunçosa de Júlia e foi tomada pela vergonha. Ela *sentia* orgulho, sim, que ardera diante das palavras desdenhosas de sua senhora.

— Israel pode ter tido um rei Davi — admitiu Júlia com altivez —, mas Roma teve os grandes Júlio, César Augusto, Vespasiano e *Tito*. Acaso esse jovem não reduziu a antiga Jerusalém a uma pilha de escombros?

Hadassah se lembrava muito bem de Tito.

— Sim, minha senhora, foi isso que ele fez.

Ao ouvir as palavras sussurradas de Hadassah, a frieza desapareceu dos olhos de Júlia. Ela franziu o cenho.

— Você estava lá quando isso aconteceu?

— Sim, eu estava.

Júlia mordeu o lábio e desviou o olhar, perturbada.

— Desculpe por tê-la feito recordar isso. Às vezes eu digo coisas sem pensar.

Eram palavras surpreendentes como essas que deixavam Hadassah confusa em relação a Júlia. Ela era arrogante e desdenhosa, ou era sensível? Será que seu jeito agressivo servia somente para esconder uma vulnerabilidade mais profunda?

Senhor, me ajuda. Eu a amava como a uma irmã. Agora, mal consigo ficar no mesmo quarto que ela. Fico ouvindo suas constantes reclamações e exigências, então quero gritar com ela sobre o sofrimento que me causou. Ajuda-me a vê-la por teus olhos, Pai.

Rezando, começou a relaxar novamente. Júlia era cega e surda para a verdade. Era ignorante. Acaso alguém censurava uma cega por sua incapacidade de enxergar? Alguém tinha raiva dos surdos por não ouvirem?

Júlia era uma ovelha perdida que comera plantas venenosas e vagara entre as urzes. Perseguida por lobos, entrara em águas velozes que a arrastaram rio abaixo. Como toda a humanidade, ela ansiava pelo que lhe faltava desde que nascera e procurava desesperadamente preencher seu vazio interior. Ela aceitara as mentiras de Calabah, entregara-se às paixões sórdidas de Caio, permitira que sua consciência fosse queimada pelas práticas abomináveis de Primo e se apaixonara por Atretes, um homem cheio de ódio e violência. Não era natural que estivesse agora esmagada por seus pecados, morrendo por causa disso?

Hadassah sentiu a compaixão a dominar e seu corpo se aquecer, enfim a dor na perna diminuindo.

— Eu queria lhe contar a história de Rute porque fala de uma mulher que era filha de uma raça de origem incestuosa que realizava práticas pagãs. No entanto, ela tinha um coração para Deus. Ela escolheu abandonar sua terra natal e sua família e seguir a sogra. Ela disse: "Seu Deus será meu Deus". Deus a abençoou enormemente por causa de sua fé, não apenas durante sua vida, mas ao longo de gerações. Somos todos abençoados por meio dela.

Júlia deu uma risadinha.

— Como podemos ser todos abençoados por meio de uma judia que morreu há séculos?

— Rute é da linhagem de Jesus de Nazaré, o Salvador.

Júlia ficou tensa à menção do nome dele.

— Eu sei que você acredita que ele é um deus, Ézer, mas isso significa que devo acreditar também?

Hadassah se entristeceu diante da teimosia que via na expressão de Júlia.

— Não — disse. — Acredite no que escolher acreditar.

Júlia puxou o cobertor e o apertou mais sobre si, até suas mãos ficarem brancas.

— Se Jesus é um deus, é um deus sem poder. Conheci uma pessoa, há muito tempo, que acreditava nele, e isso não a ajudou em nada.

Hadassah fechou os olhos e baixou a cabeça, sabendo que era dela que Júlia falava. A moça não parecia nem um pouco arrependida, e ela se viu pensando se Alexandre não estaria certo, afinal. Ela corria perigo ali. Talvez houvesse sido o orgulho que a levara até Júlia, e não o chamado do Senhor. Satanás era mestre em enganar. Ela queria se levantar e ir embora, fechar a porta atrás de si e esquecer Júlia Valeriano. Queria deixar aquela jovem orgulhosa com seu destino. Chegaria o dia em que todo joelho se dobraria e toda língua confessaria que Jesus Cristo é o Senhor. Até Júlia.

Por que me trouxeste aqui, Senhor, se ela tem um coração de pedra?

Mas ainda assim ele a levara até ali. Ela queria negar, mas não podia. O senso de propósito havia sido forte demais, penetrante demais. Ainda era. Ela é que era fraca e hesitante.

Fortalece-me, Senhor. Fortalece-me para teu propósito. Não sei o que fazer com ela.

Levantou a cabeça e viu Júlia olhando para o céu, pestanejando para conter as lágrimas.

— O que foi, minha senhora?
— Nada.
— Está sentindo dor?
— Sim — disse Júlia, fechando os olhos com força.

Sentia tanta dor que nem mesmo uma curadora, que passava a vida perto de pessoas que sofriam, conseguiria imaginar.

Hadassah se levantou.

— Vou preparar um pouco de mandrágora para você.

Júlia escutou as batidas da bengala de Ézer e seus pés se arrastando levemente. Fechou os olhos, lutando contra as lágrimas. A presença e os modos de Ézer a faziam lembrar de outra pessoa que conhecera. Eram pensamentos e lembranças dessa outra que a atormentavam agora, mas ela sabia que jamais poderia confessar o que fizera. Por mais que desejasse se purificar, não ousava. Era inútil reviver o passado. Era deprimente contemplar o futuro. Até o presente se tornava cada vez mais insuportável.

Ézer era tudo que ela tinha, e Ézer era cristã.

Hadassah... Ah, Hadassah! O que foi que eu fiz?

Júlia prometeu a si mesma que nunca contaria a Ézer o que havia feito com uma escrava que não fizera nada de errado, que só a amara. Melhor morrer com culpa que morrer sozinha.

Ézer voltou com a mandrágora. Júlia bebeu ansiosamente, desejando paz e pensando que a encontraria no esquecimento provocado pela droga.

34

Enquanto Júlia dormia, Hadassah ficou sentada no peristilo, abrindo seu coração a Deus. Não esperava que sentimentos confusos despertassem dentro dela ao voltar àquela casa. Toda vez que um pensamento batia à porta de sua mente, ela o analisava com cuidado. Era verdadeiro? Era honroso? Era puro ou amável? Era de boa reputação? Muitos não eram, e ela os afastava. No entanto, pensamentos sombrios continuavam surgindo.

Era muito mais fácil manter o foco no Senhor quando estava sozinha. Ao cuidar de Júlia, sua armadura parecia frágil demais para protegê-la das lanças.

Ela lutava contra os pensamentos do passado e os atuais sentimentos, voltando sua mente para o bom propósito de louvar ao Senhor. Enumerou todas as vidas que ele tocara nos últimos dois anos. Agradeceu pela vida de Antônia e seu filho, por Severina e Boethus e por dezenas de outros. Rezou por Febe e Iulius. Orou por Marcus — mas pensar nele levava sua mente ao passado. Então, orou por Alexandre. Não esperava sentir tanto sua falta.

A porta da frente se abriu, interrompendo sua tranquilidade. Hadassah ficou quase aliviada quando viu Prometeu entrar. Sentiu seu espírito se iluminar, pois muitas vezes se sentara com ele ali, ouvindo-o e falando sobre o Senhor. Ela não revelara sua identidade a ele, mas encontrara sua camaradagem anterior renovada e até aumentada. Não o via mais como um menino cativo, e sim como um jovem liberto.

Observou-o atravessar a antecâmara e entrar no peristilo. Ao notar seu olhar, ficou em silêncio. Ele parecia muito aborrecido e caminhou até a fonte sem notá-la na alcova. Apoiou as mãos na borda de mármore do poço e praguejou. Inclinando-se, jogou água no rosto, esfregando o pescoço. Praguejou de novo. Lavou as mãos e esfregou o rosto, mas nada parecia ajudar. Ele tremia muito.

— Prometeu?

Ele estremeceu, surpreso, e ela viu a cor tomar o rosto do rapaz. Ele deixou cair os ombros e parecia derrotado ao levantar a cabeça. Não olhou para ela.

— Você parece chateado.
Ele se voltou para ela com olhos sombrios.
— Não sabia que estava aí, senhora Ézer.
— Desculpe por tê-lo assustado.
Ele desviou o olhar, constrangido.
— Como está a senhora Júlia?
— Está dormindo. Eu lhe dei um pouco de mandrágora para aliviar a dor.

Havia algo terrivelmente errado com Prometeu, e ela esperava que ele se sentisse à vontade para se abrir.

— Sente-se um pouco. Você parece cansado.

Relutantemente, Prometeu se aproximou da alcova e se sentou à frente dela, com o olhar fixo em suas mãos apertadas no colo.

— Você estava rezando?
— Sim.

O maxilar de Prometeu se retesou.

— Eu rezo o tempo todo. Mas não me ajuda muito.
— O que há de errado, Prometeu?

Ele se inclinou para a frente e passou as mãos nos cabelos. Subitamente, começou a chorar. Soluços profundos e violentos sacudiram seu corpo.

Hadassah pousou as duas mãos na cabeça do rapaz.

— O que aconteceu? Como posso ajudá-lo? — disse, quase chorando ao ver sua aflição.

— Eu pensei que tinha terminado. — Soluçou. — Pensei que, quando eu me voltasse para o Senhor, ele me lavaria e me deixaria branco como a neve, e *esqueceria* meus pecados.

— Ele fez isso.

Prometeu ergueu a cabeça, lágrimas rolavam por seu rosto e seus olhos ardiam de raiva.

— Então por que tudo continua acontecendo do mesmo jeito?
— Do que está falando?
— Você não entenderia — disse ele, levando as mãos à cabeça.
— Acho que você está desanimado. Eu também estou.

Ele levantou a cabeça, surpreso.

— *Você?* Mas você é tão forte no Senhor!
— Forte? — Recostando-se, ela suspirou. — Eu sou a mais fraca das mulheres, Prometeu. Às vezes não sei o que estou fazendo aqui, por que vim, o que o Senhor quer de mim, ou mesmo se quero fazer o que ele quer. A vida era muito mais fácil com Alexandre.

— A senhora Júlia é difícil.
— A senhora Júlia é *impossível*.

Ele deu um sorriso doloroso e compreensivo e então franziu o cenho, distraído com seus próprios problemas. Expirou lentamente. Com as mãos juntas entre os joelhos, olhava para o chão.

— Não mais impossível que eu. Acho que algumas pessoas simplesmente não podem ser salvas.

— Você *está* salvo, Prometeu.

Ele deu uma risada triste.

— Eu pensei que estava. — Olhou para ela com olhos úmidos e atormentados. — Mas não tenho mais tanta certeza.

— Por que diz isso?

— Porque encontrei um amigo hoje que me fez ciente disso. Nós conversamos por muito tempo e eu lhe falei sobre o Senhor. Ele me ouvia com atenção, e eu fiquei muito feliz. Pensei que ele ia aceitar Cristo. — Deu outra risada angustiada e engoliu em seco. — E então ele me tocou. No mesmo instante, eu entendi que não era o Senhor que ele queria.

Hadassah não entendeu.

— O que ele queria?

— Ele queria a mim.

A cor tomou o rosto de Prometeu. Ele não conseguia olhá-la.

— Então tudo voltou — disse, apreensivo. — Tudo aquilo que eu tentei tanto esquecer. — Olhou para o corredor, os arcos e degraus. — Eu me lembrei de Primo.

Hadassah captou a profunda tristeza em sua voz e ficou imaginando a razão. Certamente ele não sentia falta de Primo.

Prometeu se recostou, parecendo cansado e infeliz.

— Eu fui comprado por um mestre que tinha uma barraca sob as arquibancadas na arena. Você não deve saber o que isso significa.

— Sei sim.

Ele corou de novo.

— Então, se eu lhe disser que foi onde Primo me viu pela primeira vez, você vai entender o que *ele* era.

Ele desviou o olhar e ficou em silêncio por um longo tempo. Quando voltou a falar, suas palavras saíram secas e sem emoção.

— Ele me comprou e me trouxe para esta casa.

— Prometeu...

— Não diga nada — pediu ele, com voz torturada e olhos assombrados. — Você entendeu que eu fui o catamita dele, mas não entende como eu me sentia.

Hadassah entrelaçou os dedos, rezando pela sabedoria divina, pois viu que Prometeu estava determinado a fazê-la entender tudo, e ela não se sentia preparada para isso.

— Primo me amava. — Seus olhos se encheram de lágrimas novamente. — Houve momentos em que eu também o amei. Pelo menos, eu tinha sentimentos que apontavam nessa direção.

Ele se inclinou para a frente, cabisbaixo, para que ela não pudesse ver seu rosto.

— Meu primeiro amo era cruel. Primo era gentil, me tratava bem. É tudo tão confuso — disse baixinho, quase em um sussurro. — Ele cuidava de mim, e o que fazia... bem, às vezes era bom.

A repulsa tomou conta de Hadassah ao ouvir o que ele dizia, mas ela percebia a vergonha dele também. Prometeu ficou estático.

— Sente nojo de mim também, não é? — perguntou com voz rouca.

Ela se inclinou e pegou as mãos dele.

— Não podemos controlar nossos sentimentos como controlamos nossas ações.

Ele se agarrou às mãos dela como se estivesse se afogando.

— Nenhum dos dois é fácil.

Não disse mais nada por um longo tempo, até que recomeçou:

— Quando Celadus me tocou, fiquei tentado. — Baixou ainda mais a cabeça. — Eu sabia que, se ficasse mais um minuto, não iria mais embora. — Soltou as mãos de Hadassah e passou os dedos agitados pelos cabelos. — Então, saí *correndo*. — Começou a chorar de novo. — Não consegui resistir à tentação e vencê-la. Eu fugi como um covarde.

— Não como um covarde — Hadassah disse gentilmente. — Como José, quando a esposa de Potifar, o capitão da guarda do faraó, tentou seduzi-lo. Você *fugiu*, Prometeu. O Senhor abriu o caminho para sua fuga e você o seguiu.

— Você não entende, senhora Ézer — insistiu ele, olhando para ela, tenso. — Eu saí correndo *hoje*. Mas e se acontecer de novo e o homem for convincente em seus argumentos e sedutor como Calabah era com a senhora Júlia? E se eu estiver mais frágil? E se...

— Não fique tão ansioso em relação ao amanhã, Prometeu. O problema de hoje é suficiente para hoje. Deus não o abandonará.

— Parece tão fácil — disse, frustrado, enxugando as lágrimas. — Você diz que Deus não vai me abandonar, mas eu me sinto abandonado. Sabe, há cristãos aqui em Éfeso que querem distância de mim porque sabem o que eu era. Alguns nicolaítas vão ao Artemísion várias vezes por semana e usam as prostitutas do templo. Mas elas não são tratadas como eu.

Hadassah estava muito aflita.

— O que eles fazem é pecado, Prometeu.

— Eles fazem com *mulheres*.

— E acha que isso faz diferença?

— Um homem fez questão de me dizer que está escrito nas Escrituras que Deus considera a homossexualidade uma abominação. Que eu deveria ser apedrejado até a morte.

— A lei mosaica considerava as abominações do adultério e da fornicação merecedoras de morte também. Deus despreza a prostituição de qualquer espécie, do corpo ou do espírito.

Ela pensou em Júlia, no quarto acima, morrendo lentamente por uma doença que contraíra praticando uma vida de pecado. E adorando outros deuses. Onde estava o maior pecado?

— Eu vejo como alguns me olham — disse ele. — Não olham para os homens desse jeito. A maioria dos cristãos acha que não mereço nem desprezo, que estou condenado para sempre. E, depois de hoje, talvez estejam certos.

— Não, Prometeu. Você está ouvindo a voz errada.

Ele se recostou.

— Talvez sim, talvez não. Não sei mais. Tudo que sei é que às vezes me sinto sozinho, senhora Ézer, tão sozinho que anseio pela vida que tive com Primo.

Ela sentia vontade de chorar.

— Eu também me sinto sozinha, Prometeu.

— Mas você pode sempre recorrer a Deus, e ele a ouve.

— Ele também ouve você — disse ela em lágrimas, triste pelo que os outros estavam fazendo com ele em nome do Senhor. — Não meça Deus pelos homens. Ele o *ama*. Ele morreu por você.

— Então por que ele me coloca diante da tentação tantas vezes? Pensei que estivesse tudo acabado, mas não está. Não posso apagar da mente as memórias, não importa quanto eu tente. Algumas coisas estão sempre ali. Às vezes penso que minha vida era muito menos complicada quando eu não era cristão.

— Não é o Senhor que o coloca diante das tentações. É Satanás. Ele espera o momento oportuno e sabe exatamente onde você é mais vulnerável. No seu caso, são os prazeres físicos que experimentou, praticando a homossexualidade. Para aqueles que o perseguem, é o orgulho. Eles acham que são melhores que você, ou que o pecado deles é menos importante que o seu. Mas Deus não pensa como os homens, Prometeu. — Pegou as mãos dele. — Em Provérbios, lemos que há seis coisas que o Senhor odeia, e a sétima, que sua alma abomina: olhos altivos, língua mentirosa, mãos que derramam sangue inocente, coração que cria pensamentos perversos, pés que se apressam a correr para o mal, testemunha falsa que profere mentiras e aquele que semeia contendas entre irmãos. Quantos desses pecados as pessoas cometem que representam pedras em seu caminho com o Senhor? Não procure nos homens para entender, nem em si mesmo o que necessita. Deus vê sua dor e sua luta, e ele lhe dará forças para superá-las. Só Deus é capaz disso.

Prometeu expirou lentamente e assentiu.

— Eu ouço o Senhor falar comigo por meio de você — disse, bastante aliviado e sorrindo com tristeza. — Você me lembra uma pessoa que conheci. Ela foi uma das razões pelas quais eu quase não voltei para esta casa. — Sua expressão se suavizou. — E, de maneira estranha, ela é parte da razão de eu ter voltado.

O Senhor tocou o coração de Hadassah. Prometeu baixou sua máscara de felicidade e revelou a luta que abrigava dentro de si. Poderia ela fazer menos?

Retirou suas mãos das dele.

— Prometeu — disse com suavidade, erguendo os véus.

Ele fitou suas cicatrizes, sentindo pena e repulsa, e então sua expressão mudou.

— Oh, Deus... *Deus!* — sussurrou com voz rouca, reconhecendo-a.

Então caiu de joelhos e passou os braços ao redor de seus quadris, com a cabeça em seu colo.

— Não imagina quantas vezes eu quis falar com você! Você viu como eu vivia, sabia o que eu era. E mesmo assim me amou o suficiente para compartilhar a Boa-Nova comigo.

Ela acariciou o cabelo escuro de Prometeu como se ele fosse uma criança.

— Deus sempre o amou, Prometeu. Não foi por acaso que nos conhecemos. Eu não sabia se as sementes que eu tinha plantado se enraizariam em você, até que o vi de novo, há algumas semanas. Oh, que alegria foi saber que você também havia aceitado Jesus em seu coração! — Ela manteve a mão parada sobre a cabeça dele. — Você plantou sementes também, Prometeu. Deixe seu amigo para o Senhor. — Ela o acariciou de novo, sentindo seus músculos relaxarem.

— Oh, minha senhora.

Ela sorriu, melancólica.

— Eu só queria que soubesse que eu luto com o passado tanto quanto você. Quantas sementes plantei em Júlia? No entanto, nenhuma criou raízes.

Por quê, Senhor? Por quê?

Prometeu ergueu a cabeça e se afastou um pouco, fitando-a. Pegou suas mãos e as segurou com força.

— Não perca a esperança. Deus é bom e acaba de me mostrar que é soberano — afirmou com total segurança e o rosto iluminado de alegria. — Você está aqui, viva. De que outra forma isso seria possível, senão pela vontade dele?

Então ela chorou, e sua necessidade de encorajamento rompeu a superfície de calma autoimposta.

Restaurado, Prometeu se levantou e a consolou.

35

Marcus entrou na casa da mãe sem bater. Enquanto subia os degraus, uma escrava o viu e deixou cair a bandeja que carregava.

— Senhor Marcus! — gritou.

O som de cerâmica e vidro se quebrando ecoou pelo peristilo. Assustada, começou apressadamente a recolher os cacos.

— Sinto muito, meu senhor — desculpou-se, com os olhos arregalados. — Sinto muito. Eu não esperava vê-lo.

— Espero que seja uma surpresa agradável — disse ele, sorrindo.

Ela corou. Ele tentou recordar o nome dela, mas não conseguiu. Era bonita. Ele lembrava que seu pai a comprara pouco depois de chegar a Éfeso.

— Você não quebrou nada importante.

Iulius apareceu apressado pelo corredor superior.

— O que aconteceu? Alguém se machucou?

Viu Marcus e parou.

— Meu senhor!

— Há quanto tempo, Iulius — disse Marcus, estendendo a mão.

O servo viu que Marcus estava sem o anel de sinete e se perguntou o que teria acontecido. Pegou a mão de seu amo e começou a se curvar sobre ela, mas Marcus a apertou como um igual. Surpreso, Iulius recuou, constrangido. Marcus Valeriano nunca fora dado a familiaridade com escravos, exceto, é claro, com as moças mais bonitas.

— Sua jornada foi bem-sucedida, meu senhor?

— Podemos dizer que sim — disse Marcus, sorrindo. — Chego a esta casa como um homem muito mais rico do que quando saí. — Havia um brilho divertido em seu olhar. — Tenho muita coisa a contar para minha mãe. Onde ela está?

Iulius estava desconfortável. O que tinha a dizer a Marcus não seria bem-vindo. O que o jovem amo faria, agora que estava em casa?

— Ela está descansando na varanda do quarto.

— Descansando? A esta hora do dia? Está doente? As febres de novo, imagino — supôs Marcus, consternado.

Ela havia tido surtos de febre antes de ele partir.

— Não, meu senhor, ela não está doente. Não exatamente.

Marcus franziu o cenho.

— O que é, então?

— Ela não consegue andar nem falar. Apenas mexe um pouco a mão direita.

Alarmado, Marcus passou por ele. Iulius o interceptou antes que chegasse à porta.

— Por favor, ouça-me antes de vê-la, meu senhor.

— Fale logo!

— Apesar de parecer, ela não perdeu o juízo. Ela entende tudo o que acontece à sua volta e tudo o que dizemos. Nós desenvolvemos um jeito de conversar.

Marcus o empurrou para o lado e entrou no quarto da mãe. Viu-a sentada em uma cadeira, muito parecida com um pequeno trono. Sua mão estava frouxa, os dedos delgados, relaxados. Sua cabeça estava pendida para trás, como se bebesse o calor do sol. O coração de Marcus desacelerou. Ela parecia bem.

Só quando se aproximou que notou as mudanças físicas.

— Mãe — chamou com suavidade, mas com o coração partido.

Febe abriu os olhos. Ela havia rezado tanto por seu filho que não se surpreendeu quando ouviu a voz dele e o viu diante dela na sacada. Estava bonito — o epítome da graça e do poder masculinos —, mas mais velho, a pele bronzeada de sol.

— Mãe — repetiu ele.

Quando Marcus se ajoelhou diante dela e pegou sua mão, ela entendeu que ele era real.

— Ahhh...

— Sim, estou aqui. Estou em *casa*.

Ela queria desesperadamente abraçá-lo, mas tudo que podia fazer era chorar. Suas lágrimas o afligiram, e ela tentou contê-las.

— Ahhhh... — balbuciou, com a mão trêmula.

— Vai ficar tudo bem agora — Marcus respondeu, com os olhos marejados.

Iulius se aproximou e pousou a mão no ombro dela.

— Seu filho voltou.

Marcus notou a maneira pessoal como Iulius tocara sua mãe. Também notou o olhar do homem. Sentiu o calor da raiva o invadir.

— Não vou abandoná-la de novo — prometeu, enxugando-lhe as lágrimas com suavidade. — Encontrarei o melhor médico que se possa comprar.

— Os melhores já a viram, meu senhor — disse Iulius. — Não poupamos gastos. Fizemos tudo que estava ao nosso alcance.

Marcus encarou Iulius e se convenceu de que o escravo falava a verdade. No entanto, ele se sentia perturbado. Tudo bem que um escravo fosse devotado a sua senhora, mas os sentimentos que ele percebia em Iulius eram muito mais profundos que isso. Talvez o bom Deus o houvesse mandado para casa nesse momento.

Marcus voltou a atenção para sua mãe, olhando fixamente em seus olhos. Viu que ela sustentava seu olhar com a mesma intensidade. Um olho era claro e consciente, o outro, vago e opaco.

— Eu estava enganado ao pensar que você se tornou cristã? — perguntou.

Ela piscou duas vezes.

— Não estava enganado, senhor — disse Iulius.

Marcus não desviou o olhar dela.

— Um homem às margens do mar da Galileia me disse que havia crentes orando por mim. *Você* orou por mim, não é?

Ela fechou os olhos devagar e os abriu de novo.

Marcus sorriu. Ele sabia qual seria a única coisa que daria o maior consolo a sua mãe.

— Então saiba, mãe. Suas orações foram atendidas. Eu encontrei Cristo. Um homem chamado Cornélio me batizou no mar da Galileia.

Os olhos de Febe brilharam de lágrimas.

— Ahhhh — balbuciou ela, em um suspiro de louvor e gratidão.

Sua mão tremulou.

Marcus a pegou e beijou-lhe a palma, pousando-a em sua face.

— Eu voltei para casa, mãe. Para você. E para Deus.

36

Nos dias que se seguiram, Marcus ficou ao lado de sua mãe em todos os momentos em que ela estava acordada. Contou-lhe sobre sua viagem e seu encontro com Sátiro. Relatou sua jornada a Jerusalém e contou que vira as ruínas do templo e a pedra onde Abraão possivelmente colocara Isaque para sacrifício. Contou sobre os ladrões na estrada para Jericó e como Esdras Barjachin e sua filha, Tafata, salvaram sua vida. Falou da velha Débora da aldeia de Naim e como ela o mandara tomar o caminho do mar da Galileia. Falou do desespero e do vazio que sentira e de sua tentativa de tirar a própria vida. E, por fim, com reverência e admiração, falou de Paracleto e do Senhor.

— Não sei o que aconteceu, mãe. Só sei que me senti ressuscitado. — Segurou a mão dela, que ainda era delicada e graciosa. — E agora sei que Jesus está vivo. Eu vejo a presença dele no mundo à nossa volta.

Lembrou-se de Hadassah dizendo-lhe a mesma coisa certa vez. Na época, ele considerara isso uma tolice. Agora, parecia tão claro e ineludível.

— Eu o vejo especialmente no coração de pessoas como Débora e Cornélio e uma dúzia de outras que conheci desde então. Mas o vi muito antes disso.

Ele vira o Senhor na vida de uma simples escrava.

— Ha... da...

Ele baixou a cabeça e pousou a mão sobre a dela.

— Ha... da...

— Eu me lembro dela também, mãe. Eu me lembro de tudo sobre ela.

— Ha... da...

— Eu também sinto falta dela.

— *Ha... da...*

Ele levantou a cabeça, lutando contra a dor que às vezes ainda o oprimia.

— Ela está com o Senhor — disse, desejando se sentir consolado por tal conhecimento.

No entanto, perdê-la era como uma ferida que nunca cicatrizava. *Hadassah.* Uma palavra que era sinônimo de amor para ele. Como pudera ter sido tão tolo?

— Ahhh.
— Shhhh — ele fez, tentando aliviar a agitação de sua mãe.
Os olhos dela eram tão intensos, quase selvagens.
— Não falaremos dela de novo, se isso a incomoda tanto.
Ela piscou duas vezes.
— Ela precisa descansar, meu senhor — disse Iulius, sempre protetor. — O médico falou...
— Sim, você já me explicou.
Marcus ergueu a mãe nos braços e a levou de volta ao quarto de dormir.
— Conversaremos mais tarde — disse, beijando-lhe a face.
Então se endireitou e olhou para Iulius, indicando a porta. O escravo saiu.
A garota que havia deixado cair a bandeja no dia em que ele chegara à casa sentou-se perto da cama para cuidar de Febe.
— Mande me chamar quando ela acordar.
— Sim, meu senhor.
Ele fechou a porta do quarto ao sair. Iulius estava parado diante do parapeito da sacada que dava para o peristilo. Marcus olhou o velho com olhos apertados.
— Qual é exatamente a relação entre você e minha mãe?
Uma cor escura dominou as faces de Iulius.
— Eu sou escravo dela, meu senhor.
— Escravo?
— Tenho cuidado dela desde que adoeceu.
— E antes disso?
— Não diga nada do que vá se arrepender — disse Iulius, impassível.
A raiva cresceu rápido em Marcus.
— Quem é você para me dar ordens?
— Eu sou seu escravo, meu senhor, mas lhe digo uma coisa: se proferir uma palavra indelicada sobre o caráter de sua mãe, vou lhe bater como seu pai teria feito, e *danem-se* as consequências!
Atônito, Marcus o fitou. Iulius sabia tão bem quanto ele que tais palavras eram suficientes para mandar crucificá-lo.
— Você já respondeu a minha pergunta com suas palavras precipitadas.
— Não são precipitadas, meu senhor. São sinceras. Ela é a mais gentil das mulheres.
Marcus apertou os dentes.
— Minha mãe o ama da mesma maneira que você a ela?
— Claro que não!

Marcus não tinha tanta certeza. Havia entrado no quarto várias vezes quando Iulius estava sozinho com ela. A voz do escravo demonstrava uma ternura diferente quando falava com ela, e uma vez, quando Iulius a levantara da cadeira, ela pousara a cabeça em seu ombro, satisfeita.

Marcus não sabia muito bem como se sentia em relação a isso, não sabia se tinha direito de sentir alguma coisa. Onde ele estava quando sua mãe precisara dele? Iulius havia dedicado cada momento a cuidar dela, atendendo a todas as suas necessidades. Era atencioso e protetor. A devoção de Iulius não era uma questão de dever, e sim um constante ato de amor.

Ele apoiou as mãos no parapeito. De repente, envergonhado, confessou:

— Eu sou ciumento por natureza. Não me orgulho disso.

— Você ama sua mãe.

— Sim, eu a amo, mas isso não me dá o direito de fazer acusações contra você. Perdoe-me, Iulius. Sem seus cuidados, minha mãe não estaria viva. Obrigado.

Iulius ficou surpreso com a mudança de Marcus. Havia uma humildade nova nele, que nunca percebera antes.

— Não precisa se preocupar com nada, meu senhor. Para sua mãe, sou um escravo e nada mais.

— Você é mais que isso para ela.

Ele tinha visto o olhar de sua mãe quando Iulius falava com ela. Pousou a mão no ombro do homem.

— Você é seu amigo mais querido.

37

Passaram-se dias. Marcus esperava que alguém mencionasse sua irmã, mas ninguém o fazia. Por fim, curioso, perguntou quanto tempo havia desde a última visita de Júlia.

— Cerca de seis meses, meu senhor — disse Iulius.
— *Seis meses?*
— Sim.
— Ela sabe do estado de nossa mãe?
— Mandamos avisá-la várias vezes, meu senhor. A senhora Júlia veio aqui uma vez, mas ficou muito angustiada com o estado da mãe — disse Iulius.
— Tão angustiada que não se deu o trabalho de voltar.

Ainda deseja que eu a perdoe, Senhor?, Marcus pensou. Ele queria estrangulá-la com as próprias mãos. Seu coração começou a bater forte quando a raiva o dominou.

Iulius lamentou ter dito palavras tão críticas, preocupado com que talvez não refletissem os verdadeiros problemas de Júlia. Afinal ele não sabia por que ela não tinha voltado, e não era adequado fazer suposições. Buscou possíveis razões por trás de sua negligência.

— Ela não parecia bem, meu senhor.
— Devia estar sofrendo os efeitos da embriaguez da noite anterior.

Iulius imaginara o mesmo na época, mas não disse nada.

— Ela estava muito magra.

Marcus o fitou com frieza.

— Está defendendo a negligência de minha irmã?
— Não, meu senhor. Minha única preocupação é a senhora Febe. Sua mãe espera o retorno da filha.

Marcus desviou o olhar, sério.

— Ela espera a senhora Júlia da mesma forma que esperava por você, meu senhor.

O rapaz retesou o maxilar.

— Obrigado por seu gentil lembrete — retrucou com sarcasmo.
— Talvez seja sensato descobrir por que a senhora Júlia não voltou, meu senhor.
— Eu tenho um palpite — disse Marcus com um cinismo mordaz. — Calabah era contra minha irmã se relacionar com minha mãe. Tinha medo de que um

pouco de decência pudesse acabar com Júlia. — Deu uma risada frágil. — Mas duvido que haja muitas chances disso.

— Calabah Shiva Fontano deixou Éfeso há um ano.

Marcus levantou o olhar, surpreso.

— Interessante. O que mais ouviu falar dos assuntos de minha irmã?

— Há rumores de que o marido da senhora Júlia também partiu alguns meses depois da sua viagem à Palestina. Pelo que sei, ele não voltou.

Marcus ficou pensativo. Então a pobre Júlia estava sozinha. Não era mais do que ela merecia. Acaso ele não a alertara sobre Calabah e Primo? Ele podia até adivinhar o que havia acontecido. Calabah teria usado Júlia até se cansar dela, enquanto Primo aproveitava toda oportunidade que tinha para sistematicamente tirar de Júlia o máximo de dinheiro que pudesse conseguir.

Qual era sua situação agora? E por que ele deveria se importar?

Júlia provavelmente pedira ajuda à mãe e, vendo que não teria nenhuma, partira. Ela nunca gostara de estar perto de gente doente. Ele recordou como ela havia fugido do quarto quando seu pai chamara a família no leito de morte.

No entanto, não pôde deixar de pensar.

— Você disse que ela parecia doente?

— Sim, meu senhor.

Ele abrigava emoções conflitantes, e a mais forte era a raiva que sentia de Júlia. Tinha intensa consciência daquilo que o Senhor queria, e igualmente intensa era sua luta contra isso. Queria recordar sempre o que Júlia havia feito, ter um escudo contra sentimentos mais ternos. Ela não merecia ternura, merecia apenas julgamento.

— Seis meses — disse, sombrio. — Talvez ela tenha morrido.

Iulius ficou perturbado com a fria indiferença na voz de Marcus. Realmente esperava que sua irmã estivesse morta?

— E se ela não morreu, meu senhor? Sua mãe teria mais paz de espírito se soubesse que a senhora Júlia está bem e em segurança.

As feições de Marcus endureceram. Ele sabia que o que Iulius dizia era verdade. Se sua mãe orava por ele, também orava por Júlia.

A perspectiva de ver sua irmã despertou os profundos sentimentos que haviam ficado adormecidos nas últimas semanas. A bonança que antecedera a tempestade havia passado, e o forte vendaval de emoções caiu como uma vingança. Ele havia jurado nunca mais ver Júlia nem falar com ela. Quando fizera esse juramento, pretendia mantê-lo para sempre. Mas agora sabia que tinha que deixar de lado os próprios sentimentos e pensar nas necessidades de sua mãe. Quanto a Júlia, ele não se importava em absoluto com o que lhe houvesse acontecido.

— Muito bem — disse, sombrio. — Amanhã descobrirei onde ela está.

Orou a Deus para que ela estivesse morta e enterrada e que fosse o fim dessa história.

38

Hadassah escovava os cabelos de Júlia com movimentos lentos. Notou as falhas de calvície do tamanho de uma moeda — outra manifestação da doença venérea. Júlia andara muito agitada, com dores agudas por causa das úlceras. Hadassah havia lhe dado uma pequena dose de mandrágora e acrescentara uma mistura especial de ervas ao banho. Agora, Júlia estava serena e sonolenta, à luz do sol da tarde. Uma brisa agitou as folhas de videira, carregando consigo os cheiros fortes da cidade lotada.

Passando os dedos pelos fios sedosos, Hadassah começou a trançar os cabelos de Júlia, que lhe chegavam à cintura. Quando terminou, deixou a trança sobre o ombro da moça e disse:

— Vou buscar algo para que coma, minha senhora.

— Não estou com fome — suspirou Júlia. — Não estou com sede. Não estou cansada. Não estou nada.

— Quer que lhe conte uma história?

Júlia sacudiu a cabeça e então olhou para ela, esperançosa.

— Sabe cantar, senhora Ézer?

— Sinto muito, minha senhora. Não posso. — A infecção e o trauma haviam danificado suas cordas vocais, de modo que ela só podia falar com voz rouca. — Mas sei tocar lira.

Júlia desviou o olhar.

— Eu não tenho lira. Havia uma na casa, mas Primo a despedaçou e depois a queimou.

Ela ficara feliz na ocasião, pois o instrumento lhe fazia lembrar a escrava que tocava e cantava canções sobre seu deus.

— Vou pedir a Prometeu que compre outra.

Júlia levou uma mão trêmula à testa.

— Não desperdice seu dinheiro — disse com um sorriso triste.

Quanto ela havia desperdiçado nos últimos anos? Quando pensava em quanto dinheiro já tivera, mal podia acreditar que estava vivendo desse jeito.

Hadassah pôs a mão no ombro de Júlia.

— É a febre que faz sua cabeça doer, minha senhora.

Prometeu havia colocado uma mesinha ao lado do divã, sobre a qual havia uma tigela de água perfumada e uma pequena pilha de trapos. Hadassah molhou um e o torceu. Enxugou o rosto de Júlia.

— Procure descansar.

— Quem dera eu pudesse descansar. Às vezes sinto tanta dor que não consigo dormir. Outras, não quero dormir porque sonho.

— Com o que sonha?

— Com todo tipo de coisas. Sonho com pessoas que conheço... Ontem à noite sonhei com meu primeiro marido, Cláudio.

Hadassah acariciou a testa e as têmporas de Júlia.

— Fale-me sobre ele.

— Ele quebrou o pescoço ao cair do cavalo.

Ela relaxou sob os cuidados de Hadassah. Sentiu vontade de falar sobre seu passado, desabafar.

— Ele já não cavalgava muito bem, e depois eu soube que havia bebido várias taças de vinho antes de ir me procurar.

Hadassah deixou o pano de lado.

— Sinto muito.

— Eu não — Júlia retrucou em voz baixa. — Não na época. Eu deveria ter lamentado, mas não lamentei.

— E agora?

— Não sei — disse ela, franzindo os lábios. — Sim, às vezes — continuou com suavidade depois de um momento.

Acaso Ézer a condenaria? Júlia esperou, tensa. Ézer se aproximou e pegou sua mão. Júlia ficou tão grata que apertou com força a mão pequena e firme da mulher e prosseguiu.

— Foi minha culpa, de certa forma. Ele estava à minha procura. Eu tinha ido a um *ludus* para assistir ao treino dos gladiadores. Eu era louca por eles, por um em especial. Havia pedido a Cláudio uma dezena de vezes que me levasse, mas ele não aprovava. Ele só se interessava por seus estudos sobre as religiões do Império. E tudo isso me aborrecia, ele me entediava. — Suspirou. — Eu nunca teria me casado com ele se meu pai não me tivesse obrigado. Cláudio era vinte anos mais velho que eu, mas parecia ainda mais.

Ela prosseguia, tentando justificar suas ações, porém quanto mais falava mais injustificada se sentia. Por que o que acontecera havia tanto tempo a atormentava tanto agora? O incidente com Cláudio era apenas um entre tantos outros.

Hadassah pousou a outra mão sobre a de Júlia.

— Você era muito jovem.

— Muito jovem para ele — disse Júlia, soltando o ar com suavidade e um riso triste. — Acho que Cláudio me amava porque eu me parecia com sua primeira esposa, mas eu não era nada como ela. Que choque devo ter sido para ele depois das primeiras semanas de casamento!

— Você sabe como era a esposa dele?

— Eu não a conheci, claro, mas soube que ela era doce e gentil e compartilhava com ele a paixão pelo conhecimento.

Ela levantou a cabeça, fitando os véus, grata por não poder ver o rosto por trás deles.

— Eu não era nada disso — prosseguiu. — Às vezes, eu me pego desejando... — Balançou a cabeça e desviou o olhar. — Mas não adianta desejar.

— O que deseja, minha senhora?

— Queria ter sido um pouco mais gentil, pelo menos.

Hadassah queria abraçá-la, pois era a primeira vez que Júlia admitia até mesmo uma ponta de remorso por qualquer coisa.

— Não quero dizer que gostaria de tê-lo amado — prosseguiu. — Nunca poderia tê-lo amado, mas se eu tivesse sido... — Balançou a cabeça. — Oh, não sei. — Fechou os olhos. — Mas não adianta, suponho. Dizem que é inútil insistir no passado, mas parece que é tudo que me restou. Visões do passado.

— Às vezes temos que recordar as coisas que fizemos para nos purificar antes de prosseguir.

Júlia a fitou, angustiada.

— Para quê, senhora Ézer? Não posso mudar o que aconteceu. Cláudio está morto, é isso. E minha parte de culpa nisso sempre vai existir.

— Não necessariamente.

Júlia soltou um riso duro.

— Era isso exatamente que Calabah dizia.

Hadassah ficou surpresa.

— Calabah?

— Sim, Calabah Shiva Fontano. Ah, tenho certeza de que já ouviu falar dela. Todo mundo já ouviu falar de Calabah — disse Júlia com um sorriso amargo. — Ela morava aqui comigo. Ficou por quase um ano. Era minha amante. Isso a choca?

— Não — murmurou Hadassah.

— Calabah dizia que não há por que nos arrependermos do passado. Tudo que devemos fazer é viver o presente. — Deu uma gargalhada cáustica. — Eu lhe contei sobre Cláudio certa vez. Ela riu e disse que eu era tola por ter remorsos.

Talvez ela estivesse sendo tola nesse momento, contando tudo a Ézer.
— Mas você sentiu.
— Senti o quê?
— Remorsos.
— Um pouco, logo depois que ele morreu. Ou talvez fosse mais medo que remorso, não sei. Eu tinha medo de que alguém me envenenasse. Todos os servos de Cláudio o amavam, ele era muito bom para eles.

Ela ficou calada por um momento, pensativa. Cláudio havia sido gentil com ela também. Nunca lhe dirigira uma palavra dura, apesar de sua falta de modos e de decoro como esposa. Tal consciência a fez se sentir envergonhada.

— Ultimamente tenho me lembrado de coisas que eu disse a ele, coisas que gostaria de não ter dito.

Ela se levantou e andou os poucos passos que a separavam da varanda. Apoiando-se na mureta, olhou o mar.

— Também penso em Caio, meu segundo marido.

Ela se lembrava do olhar dele pouco antes de morrer por causa do veneno que ela lhe dera. Ela o envenenara lentamente, durante semanas. E só no final ele percebera...

— Mas de que adianta lamentar? — disse, inclinando a cabeça.
— O arrependimento nos leva a Deus.
— E Deus nos leva ao esquecimento — completou Júlia, erguendo o queixo. Por que Ézer sempre voltava para Deus?

— Está vindo um vento quente do mar — comentou, mudando de assunto deliberadamente. — Fico me perguntando que navios estarão chegando. Meu pai era dono de uma frota inteira. Trazia mercadorias de todos os portos do Império.

Ele e Marcus haviam discutido muitas vezes sobre o que as pessoas queriam. Seu pai dizia que era grãos para as massas famintas; Marcus dizia que era areia para as arenas. Seu irmão provara estar certo e ganhara o direito de uso de seis navios de seu pai. Com eles, começara a fazer fortuna. Marcus era, sem dúvida, um dos homens mais ricos do Império até aquele momento, enquanto ali estava ela, em relativa penúria, dependendo da bondade de uma estranha para se sustentar.

Onde estaria Marcus agora? Ainda estaria na Palestina? Ainda a odiaria?

Júlia quase podia sentir o ódio a quilômetros de distância. Onde quer que ele estivesse, o que quer que estivesse fazendo, ela sabia que o ódio de seu irmão por ela queimava dentro dele. Marcus sempre fora determinado em tudo que se propunha a fazer. E estava determinado a odiá-la para sempre.

Deprimida, ela se voltou. Não queria pensar em Marcus. Não queria sentir culpada pelo que havia feito. Estava só tentando protegê-lo de si mesmo. Hadassah, uma mera escrava, envergonhara-o ao se recusar a casar com ele.

Além disso, pensou Júlia, *Hadassah causou discórdia em meu lar*. Primo a odiava porque Prometeu se afastara dele. Calabah nunca havia dito por que odiava a escrava, mas a detestava. Intensamente. Júlia recordou sua própria raiva contra a serva, mas não a causa desse sentimento.

Ela jamais esqueceria as últimas palavras de seu irmão antes de abandonar a arena. *Que os deuses a amaldiçoem pelo que você fez!*

Tremendo, ela se sentou novamente no divã e jogou o cobertor em volta dos ombros.

— Está com frio, minha senhora? — perguntou Hadassah. — Talvez devêssemos entrar.

— Não, estou cansada de ficar lá dentro.

Ela se deitou e se aconchegou de lado, olhando, expectante, para Ézer, como uma criança que espera uma história para dormir.

— Conte-me outra história. Qualquer uma, tanto faz.

Hadassah começou a contar a história da samaritana no poço. Estava na parte em que Jesus dizia que era a Água Viva quando viu que Júlia, embalada pelo som de sua voz, havia adormecido. Levantando-se, Hadassah ajeitou o cobertor sobre ela e afastou os fios de cabelo úmidos de suas têmporas.

Quando as histórias serviriam para abrir os olhos de Júlia, em vez de fechá-los? No entanto, apesar da cegueira daquela mulher doente, Hadassah sentia um lampejo de esperança. O que Júlia dissera sobre Cláudio a surpreendera. Era a primeira indicação de que se arrependia ou se sentia responsável por alguma coisa. Nas últimas semanas, Júlia deixara de ser irascível. Agora seu humor era mais sombrio e profundo, como se sua mente estivesse remoendo o passado, fazendo um inventário antes de tudo terminar.

Hadassah pegou sua bengala e voltou para o quarto. Deixando-a de lado, arrumou as cobertas no divã de dormir, recolheu as roupas, separando as sujas. Dobrou as que estavam limpas e as guardou. O restante colocou no ombro, pegou a bengala de novo e saiu do quarto. Júlia talvez quisesse comer alguma coisa quando acordasse, e Prometeu logo voltaria.

Com a bengala debaixo do braço, apoiou-se no corrimão enquanto descia as escadas. Virou para passar pelo peristilo e se dirigiu à cozinha, nos fundos da casa.

Alguém bateu na porta da frente.

Assustada, Hadassah olhou para trás. Ninguém tinha visitado Júlia durante todas aquelas semanas que estava com ela. Alexandre e Rashid nunca iam àquela hora do dia e não se davam o trabalho de bater. Sabiam que ela estaria no andar de cima com Júlia e que não ouviria, de modo que entravam sem avisar.

Hadassah foi mancando até a porta e a abriu.

A pessoa já havia se afastado e começara a descer os degraus. Era um homem alto, forte e finamente vestido. Ao ouvir a porta se abrir, ele se voltou com relutância e olhou para ela, sombrio.

Hadassah prendeu a respiração e seu coração deu um pulo. *Marcus!*

Seus olhos castanho-escuros a observaram da cabeça aos pés. Ele franziu o cenho levemente e voltou a subir os degraus.

— Vim ver a senhora Júlia.

39

Marcus ficou surpreso ao ver uma mulher coberta de véus. Olhou-a de cima a baixo e franziu o cenho quando ela não disse nada.

— Esta casa ainda pertence a Júlia Valeriano, não é?

— Sim, meu senhor — disse ela com voz rouca.

Apoiando-se na bengala, recuou para que ele pudesse entrar. Ele passou por ela, entrou na antecâmara e imediatamente notou o vazio do lugar. Parecia deserto. Podia ouvir a fonte para além dos arcos. A mulher fechou a porta com suavidade e passou mancando por ele, o toque suave de sua bengala no piso ecoando no vestíbulo vazio. Pareceu-lhe surpreendente que Júlia tivesse uma aleijada em casa. E por que os véus?

— Por aqui, meu senhor — disse ela, precedendo-o em direção à escada.

Ele notou as roupas que ela levava ao ombro e supôs que era a lavadeira.

— Onde estão os outros servos?

— Não há outros servos, meu senhor. Só Prometeu e eu. Ele está trabalhando na cidade.

Ela deixou as roupas empilhadas no pé da escada.

Uma aleijada e um catamita, pensou Marcus com humor sombrio. Como Júlia havia decaído. As coisas deviam estar ruins mesmo. Observou a criada subir os degraus. Ela subia com a perna boa e arrastava a aleijada, um passo de cada vez. Era um processo difícil, provavelmente doloroso também. Sentiu pena, que foi depressa ofuscada pela curiosidade acerca de seu traje estrangeiro.

— Você é árabe?

— Não, meu senhor.

— Então por que os véus?

— Estou desfigurada, meu senhor.

Sem dúvida, isso incomodava Júlia. Ele não podia imaginar sua irmã permitindo a presença de uma escrava desfigurada na casa, muito menos perto dela. Uma dezena de perguntas surgiu em sua mente enquanto ele subia os degraus, mas controlou a língua. Tudo que precisava saber logo saberia por Júlia.

— Ela estava dormindo quando a deixei — disse a escrava em voz baixa.

Marcus a seguiu até um dormitório. Parou sob as arcadas e observou a criada se dirigir, mancando, à sacada. Ela foi até o divã e se abaixou, falando com suavidade para não assustar a ocupante adormecida.

— Uma visita? — perguntou Júlia, sonolenta, sentando-se.

Voltou-se levemente e permitiu que a serva a ajudasse a se sentar.

Atordoado, Marcus observou a mudança na aparência física de sua irmã. Igualmente chocada, Júlia olhou para ele com olhos vazios e o rosto tão branco que parecia esculpido em mármore. Ela o fez lembrar os judeus famintos que haviam chegado a Roma depois da longa e cansativa marcha desde a queda de Jerusalém. E, recordando isso, lembrou-se novamente de Hadassah e do que sua irmã havia feito com ela.

— Marcus — disse Júlia, trêmula, e estendeu a mão. — Que bom que veio.

Acaso ela supunha que ele havia esquecido tudo?

Marcus ficou onde estava.

Júlia sentia seu ódio. Tinha visto o choque em seus olhos e ficara brevemente satisfeita, pensando que talvez ele sentisse pena dela e se arrependesse de todas as coisas cruéis que lhe havia dito. Mas agora via que os olhos dele eram frios, e sua postura, rígida. Baixou a mão, sentindo-se desconfortável sob o olhar e os lábios apertados do irmão. Sem uma pitada de misericórdia nos olhos, ele olhava para ela, absorvendo os estragos da doença.

— Parece que você está doente.

Acaso ele estava feliz com isso? Ela ergueu o queixo levemente, escondendo sua dor.

— Podemos dizer que sim, mas você não deveria se surpreender.

Ao vê-lo levantar uma sobrancelha, ela sorriu com frieza, dizendo:

— Não se lembra das últimas palavras que me disse?

— Eu me lembro bem, mas não perca tempo pondo em mim a culpa do que aconteceu com você. Olhe para si mesma. Suas escolhas têm mais a ver com o estado em que se encontra agora do que com qualquer coisa que eu possa ter dito.

Sua indiferença a machucava.

— Muito bem. Você veio para se regozijar.

— Eu vim para saber por que você não se deu o trabalho de visitar nossa mãe.

— Agora você sabe.

Marcus ficou em silêncio. Sentiu raiva diante do descaso de Júlia. Ela nem sequer perguntara como estava sua mãe. Cerrou os dentes e desejou não ter ido, pois, vendo como estavam as coisas, sabia qual era seu dever e isso não lhe fazia bem.

Júlia olhou para a mulher velada.

— Meu xale — pediu imperiosamente, estendendo os braços levemente para recebê-lo.

Esperava que Ézer perdoasse sua brusquidão, mas precisava manter as aparências. Precisava salvar seu orgulho diante do desdém de seu irmão. Nada havia mudado, muito menos ele.

Estendeu a mão e Ézer lhe deu o apoio de que precisava para se levantar do divã.

— É melhor encarar o ódio em pé — disse Júlia, sorrindo para Marcus com frieza. — Pode ir — dirigiu-se a Ézer.

— Estarei lá fora se precisar de mim, minha senhora.

Marcus observou a serva velada sair mancando do quarto.

— Que escolha curiosa para uma criada pessoal — comentou quando ela fechou a porta atrás de si.

— Ézer é livre para ir e vir como quiser — disse ela. Forçou os lábios a esboçar um sorriso zombeteiro. Precisava atacá-lo por magoá-la e sabia a melhor maneira de fazê-lo. — Ela é cristã, Marcus. Isso não lhe parece deliciosamente irônico?

A dor atravessou o rosto dele.

Ela notou que o ferira e segurou o xale com força, tremendo, apesar de sua determinação. Lamentava ter aludido ao passado, mas sentia-se justificada diante da atitude dele. Ele a magoara e esperava que ela simplesmente aceitasse?

— Como a mamãe está?

— Que bom que finalmente perguntou.

Ela apertou os lábios, lutando contra a força do julgamento do irmão. Como ele a odiava!

— E onde *você* esteve todos esses meses? — Júlia alfinetou.

Ele não respondeu.

— Mamãe ficará melhor quando a vir.

— Duvido.

— Não duvide de nada que eu lhe diga.

— Iulius sugeriu que você viesse? Não posso imaginar que tenha vindo por sua própria vontade — disse ela, apertando o xale ao seu redor e indo até a mureta.

— Iulius me convenceu de que mamãe sente sua falta.

— Sente minha falta? — disse Júlia, rindo com frieza. — Ela nem me reconhece. Fica sentada naquele trono que ele fez para ela, babando e fazendo aqueles barulhos horríveis. Eu não suportaria vê-la assim.

— Poderia tentar pensar em como a mamãe se sente e no que *ela* necessita, em vez de pensar sempre em si mesma.

— Eu, no lugar dela, desejaria que alguém me desse cicuta e acabasse logo com a minha vida miserável!

Marcus passou o olhar escuro sobre o corpo magro da irmã e voltou a seus olhos vazios.

— Desejaria mesmo?

Ela respirou fundo ao ver o que o rosto de Marcus mostrava tão claramente. Ela estava doente, morrendo, e ele não se importava nem um pouco. Na verdade, ela não tinha dúvidas de que ele a queria morta. Lutou contra as lágrimas que faziam seus olhos arderem.

— Não sabia que você podia ser tão frio e cruel, Marcus.

— Eu teria que percorrer um longo caminho para alcançá-la — respondeu ele.

Marcus foi até a mureta e descansou o braço ali. Olhou para Júlia e esboçou um sorriso irônico.

— O que aconteceu com Calabah e Primo?

Inclinando a cabeça para trás, ela fingiu desfrutar a brisa suave.

— Foram embora — disse, como se não importasse.

— E a deixaram atolada em dívidas?

— Não precisa se preocupar comigo — apontou ela com leveza.

Ele estava se divertindo vendo sua completa humilhação.

— Não estou preocupado — respondeu, olhando para o porto. — Apenas curioso.

Júlia apertou as mãos, firmando-se na mureta.

— Ainda tenho esta casa.

— Repleta de dívidas, sem dúvida.

Cada palavra que ele pronunciava era uma farpa.

— Sim — disse ela. — Está satisfeito?

— Isso facilita as coisas. — Marcus aprumou-se. — Mandarei retirar suas coisas e liquidarei suas dívidas.

Surpresa, ela o fitou, na esperança de que finalmente ele tivesse se suavizado em relação a ela. Mas os olhos de seu irmão eram duros.

— Mamãe ficará aliviada por tê-la sob seu teto de novo — ele falou pausadamente.

Sentindo o frio olhar de Marcus, Júlia se rebelou.

— Eu prefiro ficar aqui.

— Não me interessa o que você prefere. Iulius disse que mamãe ficará melhor se você estiver lá, e assim será.

— Que bem posso fazer a ela? Estou doente, embora obviamente você não se importe.

— Tem razão, não me importo.

— Eu estou *morrendo*. Importa-se agora?

Marcus estreitou os olhos, mas não disse nada.

Júlia desviou o olhar do semblante duro do irmão e apertou a mureta com os dedos.

— Ela tem *você*, não precisa de mim.

— Ela ama a nós dois, só Deus sabe por quê.

Júlia o fitou com os olhos marejados.

— E se eu disser que não vou?

— Pode dizer não quanto quiser, não me interessa. Pode gritar, delirar, chorar, nada vai mudar. Você não tem mais marido, não é? Nem pai. Isso me dá pleno direito legal sobre você. E você não vai pisar em mim como pisou nos outros. Gostando ou não, vai fazer o que eu decidir. E, por enquanto, eu decidi que você vai voltar para casa. — Afastou-se da mureta. — Vou mandar alguém para embalar tudo que você tem e arranjar servos para atender às suas necessidades.

Atravessou a varanda para sair.

— Eu tenho meus próprios servos — disse ela.

Marcus parou e olhou para ela com o rosto lívido de raiva.

— Não vou manter o catamita de Primo debaixo do meu teto — disse, entredentes. — Você sempre foi boa em dispensar servos, dispense esse também. Venda-o, doe-o, liberte-o. Não me interessa o que faça, mas não o leve, entendeu? E quanto à outra...

— Eu quero Ézer. *Preciso* dela.

— Você terá uma serva mais jovem e mais capaz de atendê-la.

Júlia sentiu medo. A ideia de ficar sem a terna misericórdia de Ézer era insuportável.

— Eu *preciso* dela, Marcus. Por favor.

— Você sempre *precisou* de muita coisa, não é, Júlia? Eu vou providenciar para que tenha tudo de que *precisa*.

Ele se voltou, caminhando em direção à porta.

— Eu imploro se quiser, mas não a mande embora!

Marcus continuou andando.

— Marcus! *Por favor!*

Ele abriu a porta e a bateu ao sair. Já ouvira Júlia chorar muitas vezes, não se comoveria com seu apelo choroso.

A mulher velada estava sob um arco com vista para o peristilo. Ele foi até ela e lhe comunicou rapidamente sua decisão.

— Considere-se livre para ir aonde quiser — disse e começou a se afastar, ansioso para resolver tudo.

— Eu escolho ficar com a senhora Júlia.

Marcus a fitou, surpreso. Talvez fosse outra questão que a segurasse ali.

— Se seu problema é dinheiro, garantirei que tenha o suficiente para se sustentar pelo resto da vida.

— Não é uma questão de dinheiro, meu senhor. Eu sou uma mulher independente.

Ele se surpreendeu.

— Então que motivo tem para ficar com ela?

— Eu lhe dei minha palavra.

— Ela não cumpre a dela.

— Mas eu cumpro a minha.

Era a resposta mais simples e a última que ele queria ouvir.

— Faça o que quiser — disse ele com raiva e seguiu pelo corredor.

Hadassah ficou olhando para Marcus. Levou a mão ao coração acelerado e pôde respirar de novo. Ele aparecera tão inesperadamente... Se ao menos tivesse mandado uma mensagem antes, talvez ela pudesse ter se preparado. E poderia ter preparado Júlia. A ideia de estar sob o mesmo teto que ele novamente a encheu de dor e alegria.

Ela foi até a porta e a abriu. Júlia estava deitada no divã de dormir, chorando. Sentou-se e estendeu os braços como uma criança que precisava desesperadamente de conforto.

— Não deixe que ele a mande embora, por favor!

Hadassah se sentou ao lado dela e a abraçou.

— Eu estou aqui.

— Não me deixe — chorou Júlia. — Vou morrer se você me deixar.

— Eu não vou deixá-la, minha senhora — disse Hadassah, acariciando-lhe os cabelos. — Eu nunca a deixarei.

— Ele me odeia. Ele me odeia tanto...

Hadassah sabia que ela estava certa, sentira o ódio que emanava dele no momento em que ele entrara no quarto de Júlia. Vira o brilho sombrio em seus olhos.

— Por que ele a odeia?

O que poderia ter acontecido para virar o coração de Marcus contra a irmã que ele tanto amava?

Júlia fechou os olhos, seus lábios tremiam. Ela se recostou, enxugando as lágrimas.

— Não quero falar sobre isso. Foi há muito tempo, pensei que ele já tivesse esquecido.

Ela fungou, as lágrimas continuavam rolando. Olhou para Ézer.

— Ele disse que devo me livrar de Prometeu.

Hadassah gelou.

— O que quer dizer com "se livrar" dele?

— Vendê-lo, fazer o que eu quiser. Mas Prometeu tem sido gentil comigo, não quero fazer nada com ele. Meu irmão o despreza porque ele era catamita de Primo, e Marcus odiava Primo. E odiava Calabah. E me odeia da mesma maneira.

Hadassah pegou a mão de Júlia.

— Minha senhora — disse com gentileza, querendo desviar a atenção de Júlia de si mesma —, o Senhor lhe deu a oportunidade de realizar um ato de bondade.

Acalmando-se um pouco, Júlia a fitou, chorosa.

— Como?

— Você pode libertar Prometeu.

Ela pensou por um momento e franziu o cenho.

— Ele vale muito dinheiro.

— Não precisa de dinheiro agora que seu irmão vai pagar suas dívidas e você vai voltar para casa.

Da maneira que Ézer falava, a situação parecia mais esperançosa, e não a última de inúmeras catástrofes. Júlia mordeu o lábio.

— Não sei. Marcus provavelmente não vai gostar disso. — Deu uma risada triste. — E por que eu deveria me importar com o que Marcus pensa, se ele não se importa comigo? — Olhou para Ézer com brilho nos olhos. — Vou fazer isso. Vou libertar Prometeu.

— Liberte Prometeu pela gentileza que ele demonstrou durante sua doença, minha senhora, não para irritar seu irmão. Caso contrário, não será uma bênção para você.

Júlia desanimou.

— Você está descontente comigo.

— Deixe seus sentimentos de lado e faça o que é certo.

A moça ficou calada por um momento.

— Não sei o que é certo. Acho que nunca soube. — Olhou para Ézer e sentiu o calor de seu espírito. — Mas vou fazer o que você sugere.

40

Os criados de Marcus chegaram algumas horas depois de sua partida. Júlia passou a tarde escrevendo um documento de manumissão para Prometeu. Apresentou-lhe o pergaminho assim que ele voltou do trabalho que havia arranjado na cidade. Passou-se um momento antes de ele perceber o que ela lhe dera.

— Minha senhora — disse ele, emocionado.

Júlia deu um sorriso trêmulo.

— Você foi um servo bom e fiel, Prometeu. Eu lhe desejo o bem.

Ela estendeu a mão, que o rapaz pegou e beijou com fervor. Júlia nunca sentira o coração tão leve.

— Vá em paz.

Ela viu Ézer esperando por ele do lado de fora. Prometeu quase a abraçou, mas recuou, olhando em direção a Júlia. Disse algo baixinho e saiu.

Enfraquecida, a moça se sentou no divã de dormir. Ézer se sentou ao lado dela.

— Pronto, eu fiz.

— Sim — disse Ézer, pousando a mão sobre a dela. — Como se sente?

— Maravilhosamente bem.

— Você fez uma coisa boa, minha senhora. E o Senhor viu o que fez.

— É estranho — disse Júlia, perplexa, dando um riso suave. — Não me lembro de já ter me sentido tão feliz.

— A bênção de dar é maior que a de receber.

Júlia sacudiu a cabeça.

— Então acho melhor aproveitar essa sensação enquanto durar, porque não tenho mais nada para dar. Tudo me foi levado.

— Você tem muito mais para dar do que imagina.

Hadassah queria falar mais, mas um dos servos de Marcus se aproximou.

— Estamos quase terminando de embalar as coisas, minha senhora — disse para Júlia. — Providenciamos uma liteira e um quarto já foi preparado para sua chegada.

Ela pegou a mão de Hadassah.

— Ézer vem comigo.
— Na liteira só cabe uma pessoa.
— Então arranje outra!
— Sinto muito, minha senhora, mas...
— Não importa — disse Hadassah —, tudo bem.
— Não está tudo bem! Isso é só outra maneira de Marcus me punir. Ele quer me impedir de ficar com você.

Hadassah fez um sinal e o criado saiu. Voltou-se para sua senhora.

— Eu a seguirei, minha senhora. Vá e não se preocupe.
— Promete? — perguntou Júlia, arregalando os olhos.
— Já prometi. Pode ter certeza. — Ela passou os braços em volta de Júlia por um momento. — Não estarei muito atrás.

Assim que Júlia partiu, Hadassah foi até a pequena alcova do peristilo onde Prometeu dissera que a esperaria. Ele se levantou quando ela se aproximou.

— Eu sei que isto foi coisa sua — disse ele, com o documento selado na mão.
— É coisa do Senhor.
— Eu sempre sonhei em ter minha liberdade — confessou ele, sentando-se ao lado dela —, mas agora tenho dúvidas. Quero estar onde você esteja.
— Isso não é possível, Prometeu. O senhor Marcus deu instruções estritas.
— Ah — ele soltou, desanimado —, eu entendo.
— O Senhor lhe deu esta oportunidade, Prometeu.

Ela tirou uma bolsa das dobras de sua faixa. Pegou a mão dele e a colocou na palma.

— É um presente para ajudar você a começar sua nova vida — disse, fechando a mão dele ao redor da bolsinha de moedas de ouro. Então o orientou sobre onde encontrar o apóstolo João. — Confesse seus pecados do passado e sua luta atual. Ele o instruirá em todos os caminhos do Senhor.
— Como você pode ter tanta certeza?
— Eu tenho certeza. João vai amá-lo como Deus o ama. Vá até ele, Prometeu. Se ainda não pode moldar sua vida segundo Jesus, molde-a segundo um homem que caminhou com o Senhor enquanto esteve nesta terra. Observe como ele continua fazendo isso.
— Sim, eu irei — disse Prometeu. — Mas e quanto a você?
— Vou ficar com Júlia enquanto ela viver.
— Sou grato a ela por minha liberdade, minha senhora, mas foi um ato isolado de bondade após uma longa lista de crueldades. Um capricho, não uma mudança de caráter. Se ela descobrir quem você realmente é, tenho medo de pensar no que será capaz de fazer.

— Que perigo real eu enfrento, Prometeu? Minha alma pertence a Deus. Renove sua mente e lembre-se do que você aprendeu. *Nada* pode nos separar do amor de Deus que está em Cristo Jesus. — Tocou seu rosto com ternura. — E nada pode nos separar da família de Deus.

Ele pousou a mão sobre a dela.

— Queria que você viesse comigo.

Ela levou a mão ao colo.

— Eu estou onde devo estar — disse e se levantou devagar. — Preciso ir para a senhora Júlia.

Hadassah foi mancando em direção à antecâmara. Prometeu a acompanhou, seguindo seu ritmo. Ela o fitou enquanto se dirigia à porta.

— Você vai ficar aqui até a casa ser vendida? — perguntou.

— Sim. E suas coisas? — ele retrucou, procurando uma maneira de retardar sua partida.

— Foram embaladas e levadas com as de Júlia. Não tenho nada para carregar além desta bengala. — Ela notou a profunda preocupação do rapaz e tentou tranquilizá-lo. — Não é uma distância grande, Prometeu. Vou ficar bem.

— Quando a verei de novo?

— Eu irei às reuniões sempre que possível e nos veremos lá.

Ele tinha medo da separação.

— Não é o suficiente. Foi você que me manteve responsável — disse ele.

Ela sabia a que Prometeu se referia.

— Salomão disse: "Confia no Senhor de todo o teu coração, e não te estribes no teu próprio entendimento; reconhece-o em todos os teus caminhos, e ele endireitará as tuas veredas".

— Tentarei me lembrar disso.

— Não *tente*. Repita isso para si mesmo até que fique gravado em seu coração. E lembre-se disso também. — Então recitou a canção do pastor. — Repita para mim.

Ela repetiu junto, até ele memorizar.

— Repita-a pela manhã, ao meio-dia e à noite, e mantenha-a na mente como um padrão de pensamento.

Em seguida abriu a porta e saiu. Prometeu a ajudou a descer a escada. Quando chegaram ao portão, abriu-o para ela. Hadassah parou e olhou para ele.

— Você sabe o que aconteceu para que o senhor Marcus odeie tanto a irmã?

— Não — disse ele. — Eu estava muito envolvido em minha própria tristeza para notar a de outra pessoa. Além disso, logo depois de você ser mandada para a arena, eu fugi.

Hadassah suspirou.

— Eu gostaria de saber o que aconteceu entre eles.

— Talvez tenha sido por sua causa.

Ela o fitou, surpresa.

— Por que pensa isso?

— Ele estava apaixonado por você, não é?

Ela ficou profundamente triste com suas palavras, pois despertavam lembranças pungentes. Marcus a amara de verdade?

— Acho que eu era só diferente das mulheres que ele conhecia. Um desafio. Mas não creio que ele tenha me amado de uma forma que resistisse ao tempo.

Se ele a amasse, acaso não teria escutado suas palavras sobre o Senhor? Recordou a declaração de amor de Marcus no quarto de Júlia. Recordou sua raiva quando ela se recusara a casar com ele. Ela havia ferido seu orgulho, não seu coração. E por isso ele a amaldiçoara e partira. Ela nunca mais o vira, até o dia em que trombara com ele em frente às termas. Nunca pensara que o veria de novo depois disso, e agora viveria sob o teto dele. Sentia um tremor e um entusiasmo perturbador. Talvez Marcus nunca a houvesse amado de verdade, mas ela ainda estava apaixonada por ele.

— Primo pensava que Marcus Valeriano a amava — contou Prometeu. — Ele provocava a senhora Júlia com isso. Dizia que o senhor Marcus vinha ver uma escrava, em vez da própria irmã.

— Isso não é verdade. Ele era absolutamente dedicado a Júlia. Marcus sempre amou a irmã. Ele a adorava.

— Mas não a ama mais.

Ela se calou.

— Talvez torne a amá-la — disse, estendendo a mão e tocando o braço de Prometeu. — Você estará em minhas orações todos os dias. Permaneça firme no Senhor.

— Sim.

— Ele o protegerá. — Estendendo os braços, ela o abraçou. — Você é meu irmão querido, Prometeu. Eu o amo muito.

— Eu também a amo — ele retribuiu com voz rouca, incapaz de dizer mais nada.

Seus olhos estavam úmidos.

Hadassah o soltou e saiu pelo portão. Ele o fechou e encostou a testa nele.

— Deus, protege-a. Senhor, fica com ela.

Voltando-se, Prometeu subiu os degraus rumo à casa deserta, repetindo o que ela lhe ensinara.

— O Senhor é meu pastor, nada me faltará.

41

Marcus estava saindo do triclínio com Iulius quando um dos servos recebeu a mulher velada na antecâmara.

— Rapha! — chamou Iulius, surpreso e feliz, e avançou, deixando Marcus sozinho.

A mulher estava inclinada sobre sua bengala, mas estendeu a mão para cumprimentá-lo.

— Iulius, você parece ótimo. Como está a senhora Febe?

— Igual à última vez que a viu. Não esperávamos você esta noite. A senhora Febe já se recolheu.

— Estou cuidando da senhora Júlia.

— É você, então? A senhora Júlia disse que estava esperando uma criada pessoal, mas nunca imaginei...

— Nem deveria.

— Como isso aconteceu?

— O Senhor nos reuniu. Onde ela está?

— Estava esgotada quando chegou e o senhor Marcus mandou que lhe levassem vinho. Eu verifiquei há pouco, e ela estava dormindo.

Marcus se aproximou com um sorriso sardônico.

— Como provavelmente adivinhou, ela se embebedou até desmaiar.

Hadassah sentiu o coração se acelerar ao som de sua voz. Fitou-o quando ele parou à sua frente.

— Boa noite, meu senhor.

Ele a estudou com frieza.

— Eu não a esperava.

— Eu disse que viria.

— Sim, eu lembro. — Ele franziu o cenho e sentiu certo desconforto. — Mas pensei que seria amanhã ou depois.

— Com sua permissão, vou até ela agora.

— Como quiser.

Ela foi mancando em direção aos degraus. Era evidente que estava cansada e com dores.

— Rapha, espere — disse Iulius, indo até ela.

Falou baixinho demais para que Marcus pudesse ouvir. Ela pousou a mão no braço dele. Iulius sacudiu a cabeça e a pegou no colo. Marcus o observou levar a mulher escada acima.

Incomodado com a chegada dela, Marcus foi para o peristilo. Sentou-se no pequeno nicho que costumava dividir com Hadassah e se recostou na parede. Fechando os olhos, ficou ouvindo a fonte. Sentia-se perplexo com a mulher velada, ela o deixava desconfortável.

Ouviu passos descendo a escada. Abrindo os olhos, endireitou-se no banco.

— Iulius, gostaria de falar com você.

O escravo atravessou o peristilo.

— Ela teve que *andar* até aqui — disse ao chegar a Marcus, com um tom levemente acusador.

Marcus se irritou.

— Eu teria mandado uma liteira para ela amanhã.

— Ouvi dizer que ela havia deixado Alexandre Demócedes Amandino, mas não fazia ideia de que estava cuidando da senhora Júlia. É incrível!

— Por quê? Quem é ela para que alguém se importe onde está ou o que está fazendo?

— Ela é *Rapha*.

Apertando os lábios, Iulius chamou uma das criadas e lhe pediu que levasse uma bandeja ao quarto da senhora Júlia.

— Oh! Rapha está aqui? — perguntou a garota, surpresa e feliz.

Marcus olhou para ela. A casa inteira conhecia aquela mulher?

— De fato — disse Iulius à criada —, e ela permanecerá com a senhora Júlia indefinidamente. Mande colocar um divã de dormir em seus aposentos e certifique-se de que haja bastante roupa de cama. Rapha não pediu compressas quentes, mas acho que está com muita dor devido à longa caminhada da casa da senhora Júlia até aqui.

Marcus ficou irritado com a segunda menção ao fato de ela ter vindo andando.

— Diga a ela que fique à vontade para usar nossas piscinas — soltou friamente.

— Obrigado, meu senhor. Tenho certeza de que ela ficará muito grata — agradeceu Iulius.

Marcus o olhou com uma carranca.

— Mais uma coisa, Lavínia — acrescentou Iulius. — Ela pediu que ninguém de fora seja informado de que está aqui. Diga aos outros. Ela não quer que nada interfira em seus cuidados à senhora Júlia.

— Vou dizer a todos.

A garota saiu correndo com um entusiasmo que Marcus não pôde deixar de notar.

— Até parece que o procônsul acabou de entrar nesta casa, em vez de uma escrava aleijada coberta de véus — ele ironizou.

Iulius lhe lançou um olhar confuso.

— Será possível que nunca tenha ouvido falar dela?

— Fiquei fora muito tempo, lembra, Iulius? E tenho muitas perguntas a fazer. Primeiro: quem *é* ela?

— Ela é uma curadora. Ouvi falar dela no mercado não muito depois de sua mãe ser acometida pela paralisia. Diziam que Rapha podia curar com um simples toque. Mandamos buscá-la.

— Obviamente ela não é milagreira, como diz sua fama, senão minha mãe estaria falando e andando.

— Rapha não alega nada disso, senhor — Iulius se apressou em dizer. — Mas foi ela quem nos convenceu de que sua mãe entendia o que estava acontecendo à sua volta. Os outros médicos que a viram disseram que seria melhor acabar com sua situação miserável com uma dose de cicuta.

Marcus gelou.

— Continue.

— O médico que trouxe Rapha também sugeriu a eutanásia. Rapha objetou. Ela insistiu que sua mãe estava *consciente*, sabia que sua mente ainda funcionava, embora seu corpo não. Então enfrentamos um terrível dilema, meu senhor. O que seria melhor para a senhora Febe? Consegue imaginar a agonia de ficar preso dentro de um corpo inútil? Pude ver muito medo e desespero nos olhos dela, mas não tinha conhecimento de que ela sabia o que estava acontecendo. Rapha insistiu que sim e que ela devia viver. Pediu para ficar sozinha com ela, e, quando nos permitiu entrar de novo, sua mãe estava como agora. Seja o que for que Rapha disse ou fez, deu *esperança* a sua mãe. E, igualmente importante, Rapha deu propósito à vida da senhora Febe.

— Que propósito? — perguntou Marcus, chocado com tudo que Iulius lhe dizia.

— Ela reza. Incansavelmente, meu senhor. Desde que acorda e é levada para a sacada até a noite, quando a levamos de volta à cama, ela reza. Claro, desde que voltou para casa, ela passa mais tempo com o senhor.

— Está sugerindo que estou interferindo no *trabalho* dela?

— Não, meu senhor. Perdoe-me se me expressei mal. O senhor é a resposta a muitas orações de sua mãe. Seu retorno serviu para reafirmar e fortalecer a fé da senhora Febe. O senhor é a sólida certeza de que Deus ouve suas orações e responde.

Marcus se levantou do banco de mármore, pensativo.

— Perdoe-me por ainda ter dúvidas sobre essa mulher velada. Júlia a chamou de Ézer, não de Rapha. Talvez não seja a mesma pessoa de quem você fala. É uma prática bastante comum algumas mulheres se cobrirem de véus, e, entre elas, tenho certeza de que muitas são aleijadas.

— Tenho certeza de que tem razão, meu senhor, mas não há dúvidas sobre ela, e isso não é tanto pelo modo como Rapha se veste quanto pelo que sentimos quando ela está perto.

Marcus franziu o cenho.

— O que você sente?

— É difícil explicar.

— Tente — ele pediu com sarcasmo.

— Confiança, tranquilidade, conforto. — Estendeu as mãos. — De uma maneira estranha, sua fé em Deus nos dá confiança nele também, mesmo para aqueles que não acreditam.

— Você não acredita?

— Por causa da fé de sua mãe, eu passei a acreditar. Porém há momentos em que duvido.

Marcus entendia isso muito bem. Ele agora acreditava que Jesus tinha vindo à Terra, que se permitira ser crucificado para expiar os pecados dos homens e que havia ressuscitado. No entanto, tinha dificuldade de acreditar que Cristo era soberano. Havia muito mal no mundo.

E essas mesmas dúvidas despertavam sua cautela.

— Apesar do que você diz, Iulius, não estou tão inclinado a permitir uma estranha entre nós, especialmente tão misteriosa como essa.

— Tenho certeza de que ela teve boas razões para mudar de nome.

— E quais poderiam ser?

— Se lhe perguntar, tenho certeza de que ela vai explicar.

42

Marcus não encontrava oportunidade de falar com Rapha-Ézer. Seus representantes souberam que ele havia voltado a Éfeso e foram vê-lo, levando consigo registros dos negócios realizados em sua ausência. Ele passou da manhã até a noite nos dias seguintes fechado com eles na biblioteca. Eles o urgiam a assumir o comando novamente.

— As oportunidades de ganhar dinheiro agora são enormes, meu senhor, e seus instintos sempre se mostraram corretos — disse um deles. — O que nós não percebemos é cristalino para você.

A natureza de Marcus o fazia se sentir tentado a aproveitar as oportunidades que via nos relatórios. Seria muito fácil entrar novamente na arena dos negócios e focar sua atenção em outras coisas, além dos problemas familiares. Só de ouvir seu representante e de examinar os relatórios, sua mente vibrava, repleta de ideias sobre como aumentar sua riqueza.

No entanto, uma voz em sua cabeça sugeria que ele resistisse à tendência de ganhar dinheiro. Qual seria sua motivação? Ele já tinha riqueza suficiente para uma vida inteira. E sua mãe precisava dele.

E ainda havia o problema inconcluso com Júlia.

Sua consciência o atormentava constantemente em relação à irmã, ao passo que a razão o mantinha distante. Cada vez que se aproximava dos aposentos de Júlia, tinha vontade de vê-la, conversar com ela sobre o que lhe acontecera na Palestina, mas, ao mesmo tempo, outra voz o fazia recordar o que ela havia feito a Hadassah.

"Pronto, acabou", ela dissera com o semblante distorcido de ódio e satisfação, e ele se lembrava do corpo de Hadassah caído na areia.

Essa noite ele estava esgotado. Havia passado a maior parte da tarde com a mãe. Estava cansado do som de sua própria voz, exausto de tentar pensar em coisas agradáveis para distraí-la. Ela olhava para ele de um jeito que o fazia se perguntar se acaso não entendia seus sentimentos mais profundos — aqueles que ele tentava tão desesperadamente esconder.

Ao passar pelo quarto de dormir de Júlia para descer até o triclínio a fim de fazer uma pequena refeição, sentiu-se novamente impelido a entrar e conversar com ela. A porta estava aberta. Ouviu uma voz suave, parou e espiou.

Júlia estava sentada de lado no divã de dormir enquanto a mulher velada penteava seu cabelo com movimentos longos e suaves e falava com ela. Ele fechou os olhos com força, pois a cena o fazia se lembrar penetrantemente de Hadassah. Abriu os olhos de novo e ficou observando Ézer cuidar de sua irmã. Ele tinha visto Hadassah pentear o cabelo de Júlia com os mesmos movimentos lentos enquanto cantava algum salmo de seu povo. Sentiu o coração doer de saudade.

Deus, será que nunca vou esquecê-la? Essa é tua maneira de me punir por minha responsabilidade na morte dela?

Ele ficou parado à porta, consternado por algo tão comum lhe despertar tanta dor. Quanto tempo levaria para o amor desaparecer e as memórias se tornarem suportáveis? Acaso Júlia sentia algum remorso?

A mulher velada voltou a cabeça levemente. Ao vê-lo, pousou a escova no colo.

— Boa noite, meu senhor.

Júlia se voltou bruscamente. Ele viu como estava pálida.

— Boa noite — disse ele, mantendo a voz fria sob controle.

— Entre, Marcus — Júlia convidou com olhos suplicantes.

Ele quase fez o que ela pediu, mas se conteve.

— Eu não tenho tempo esta noite.

— Quando vai ter tempo?

Ele ergueu a sobrancelha ao ouvir seu tom rabugento e dirigiu a atenção à criada.

— Você tem tudo de que precisa?

— Por que não pergunta a *mim*, Marcus? *Sim*, senhor tão generoso, temos todo o conforto *material* que poderíamos desejar.

Ignorando-a, ele se dirigiu a Ézer com indiferença.

— Quando sua senhora dormir, vá até a biblioteca. Tenho algumas perguntas a lhe fazer.

— Que perguntas? — quis saber Júlia.

Hadassah também se questionou o mesmo e seu coração bateu mais rápido ainda. Marcus ficou parado à porta, rígido, olhando para ela com olhos duros e escuros.

Júlia sentiu a tensão de Ézer.

— Você não precisa dizer nada a ele, Ézer. Não deve nada a meu irmão.

— Ela vai responder ou sairá desta casa.

Diante da frieza dele, o tênue controle de Júlia desapareceu.

— Por que me trouxe de volta aqui, Marcus? — gritou. — Para tornar minha vida mais insuportável do que já é?

Irritado com a acusação, Marcus se afastou da porta e seguiu pelo corredor.

— Marcus, volte! Desculpe, Marcus!

Ele não voltou. Quantas vezes Júlia já chorara antes para conseguir o que queria? Mas não dessa vez. Nunca mais. Fechando seu coração para ela, ele desceu as escadas.

O cozinheiro havia preparado uma bela refeição, mas Marcus não tinha apetite. Aborrecido, foi até a biblioteca e tentou se distrair revendo alguns dos documentos que seus representantes haviam deixado. Por fim, afastou-os com impaciência e ficou sentado, sombrio, olhando para a frente, com as emoções tumultuadas.

Desejava não ter levado Júlia de volta para casa. Ele poderia ter quitado suas dívidas, visto que ela tinha os servos de que precisava, e a deixado em sua própria casa.

— Meu senhor?

Marcus viu a mulher velada parada à porta. Afastou da mente as memórias angustiantes e voltou ao presente.

— Sente-se — ordenou, indicando a cadeira à sua frente.

Ela obedeceu. Pareceu-lhe surpreendente que uma aleijada pudesse se mover com tanta graça. Ela se sentou ereta, virando o corpo levemente para estender a perna ruim.

— Iulius me disse que seu nome é Rapha, não Ézer — disse ele.

Hadassah mordeu o lábio, desejando poder conter o tremor que sentia no estômago sempre que estava na presença de Marcus. Havia tentado se preparar para essa conversa, mas estar ali naquela pequena sala, tão perto dele, a deixava trêmula.

— Rapha é como me chamavam, meu senhor. Significa "curador" em hebraico.

Ela falava com uma voz rouca e suave, o que o fez se lembrar agradavelmente de Débora. Seria o sotaque?

— Então você é judia. Pensei que Júlia havia dito que você era cristã.

— Eu sou ambos, meu senhor. Judia de raça, cristã por opção.

Sempre na defensiva, ele se ofendeu. Disse com um sorriso frio:

— Isso a coloca em um plano mais alto que minha mãe, que é uma gentia cristã?

Atordoada diante da pergunta acusadora, ela se entristeceu.

— Não, meu senhor — respondeu, apressando-se em explicar. — Em Cristo, não há judeu ou romano, escravo ou livre, homem ou mulher. Somos todos um em Cristo Jesus.

Ela se inclinou um pouco para a frente, abrandando a voz, como se quisesse tranquilizá-lo.

— A fé de sua mãe a torna tão filha de Abraão quanto eu, meu senhor. *Qualquer um* que faça essa escolha se torna herdeiro da promessa. Deus é imparcial.

As palavras dela aliviaram as dúvidas de Marcus.

— Ao dizer "qualquer um", você se refere a mim?

— Sim, meu senhor.

Ele queria dizer que aceitara o Senhor na Galileia, mas o orgulho o impediu.

— Disseram-me que você salvou a vida de minha mãe.

— Eu, meu senhor? Não.

— Iulius disse que o médico que a acompanhava sugeriu que a vida de minha mãe fosse interrompida com cicuta. Você intercedeu por ela, não foi?

— Sua mãe vive porque essa é a vontade de Deus.

— Pode ser, mas Iulius disse que, depois que você ficou sozinha com minha mãe, ela mudou.

— Eu conversei com ela.

— Só conversou?

Hadassah era grata pelos véus que escondiam o calor que tomava seu rosto. Ao contrário do que fizera com Febe, sabia que jamais poderia mostrar seu rosto a Marcus. Ela preferiria ser mandada de volta à arena a vê-lo olhar para suas cicatrizes com a mesma repulsa que via no rosto dos outros.

— Eu não conjurei nenhum feitiço nem proferi encantamentos — disse, pensando que assim respondia à pergunta por trás das palavras dele.

Ele ergueu a mão. Notava a tensão crescendo nela, mas não conseguia entender a razão.

— Não a estou acusando, Ézer, estou apenas curioso. Gosto de saber sobre as pessoas que vivem em minha casa.

Ela ficou calada por um momento.

— Quando olhei nos olhos de sua mãe, eu soube que ela estava consciente. Ela ouvia o que eu dizia e entendia. Ela estava com medo e muito angustiada devido à sua condição. Creio que teria bebido de bom grado a cicuta que Alexandre oferecera somente para poupar os outros da responsabilidade de cuidar dela. Eu simplesmente lhe disse o que ela já sabia.

— E o que ela já sabia?

— Que Deus a ama, meu senhor, como ela é. E que ela está viva por uma razão.

Marcus passou a mão pela borda da escrivaninha, seus pensamentos tumultuados. Ele queria saber mais sobre essa mulher.

— Iulius me disse que você é muito conhecida em Éfeso.

Hadassah ficou calada.

— Por que abriu mão de sua posição?

A frieza e a brusquidão de sua pergunta a surpreenderam.

— Eu escolhi ficar com sua irmã.

— Simples assim? Por que mudou de nome? — ele perguntou, de forma mais repentina do que pretendia.

— Porque eu não sou *Rapha*. Jesus é o curador, não eu — disse ela, repetindo o que dissera a Alexandre e esperando que ele entendesse melhor.

— Seu nome verdadeiro é Ézer?

— Ézer significa "auxiliadora". Essa é a posição que tenho e tudo que espero ser.

Ele percebeu a maneira cautelosa com que ela respondeu.

— Por que escolheu Júlia?

— Não posso responder a isso, meu senhor.

— Não pode ou não quer?

— Eu sei que estou onde o Senhor quer que eu esteja. Não sei por que ele quer que eu esteja aqui.

Ele franziu as sobrancelhas, porque as palavras dela o atingiram fortemente, trazendo de volta a convicção que ele sentira na Galileia. Deus o queria ali também, com Júlia. E ele se rebelava contra o que sabia que o Senhor mais queria dele.

— Suponho que, em sua opinião, Deus também ama minha irmã e tem um propósito para ela, tal como é.

Antes que ela pudesse responder, ele acenou com a mão.

— Pode ir.

Assim que ela se foi, Marcus se levantou, frustrado. Talvez ele só precisasse sair de casa um pouco. Foi para o corredor.

— Deseja uma liteira, meu senhor? — perguntou Iulius, vendo um servo entregar-lhe a capa.

Marcus a vestiu e, enquanto ajeitava o broche de ouro sobre o ombro, disse:

— Estou com vontade de andar. Se minha mãe acordar e mandar me chamar, diga que fui às termas.

Foi até a porta e a abriu. Desceu os degraus e bateu o portão ao sair.

Dirigiu-se ao clube masculino, onde passava a maior parte do tempo antes de sair de Éfeso, pensando que poderia encontrar distração ao rever velhos conhecidos. O ar da noite esfriou sua raiva e, quando chegou a seu destino, estava relaxado. Foi bem recebido, com surpresa e tapinhas nas costas da meia dúzia de homens que conhecia.

— Ouvimos dizer que você tinha voltado a Éfeso, mas não vimos sinal algum seu — disse um deles.

— Onde estava, Marcus?

— Sem dúvida esteve em seu empório examinando os livros para ver quanto dinheiro ganhou durante sua ausência.

Todos riram.

— Ouvi dizer que você foi à Palestina.

— Palestina! — exclamou um deles. — Pelos deuses, por que alguém, em sã consciência, iria para aquela terra miserável?

A companhia exuberante irritou Marcus, em vez de acalmar seus nervos. Ria com eles, mas seu coração não estava ali. Era como se estivesse novamente em Roma com Antígono, desejando estar em outro lugar. Só ele havia mudado? Ele era o único que percebia a sórdida corrupção que corroía o mundo?

— Você precisa ir aos jogos amanhã.

— Vou levar Pilia.

— Ah, Pilia — gemeu outro, revirando os olhos como se estivesse em êxtase.

Os homens riram e fizeram comentários irreverentes, dizendo como Pilia se implantava na memória de qualquer um com quem passasse a noite, especialmente depois dos jogos.

Marcus pensou em Arria, pensou em sua irmã.

Mergulhou na piscina e se sentiu grato quando a água se fechou sobre sua cabeça e apagou as vozes de seus amigos. Amigos? Ele não os conhecia mais. Nadou até a outra extremidade e saiu. Andando entre os pilares, entrou no caldário, onde permaneceu até o suor escorrer de seu corpo. Pulou o tepidário e mergulhou no frigidário, grato pelo choque de água fria, que afastou todos os pensamentos de sua mente.

Mas só por pouco tempo.

Submeteu-se a uma massagem vigorosa antes de sair do clube. Desceu a rua — mais um corpo entre o caos impessoal da multidão que se amontoava perto do Artemísion. Parou para olhar o templo. Era espalhafatosamente belo, um imenso monumento à engenharia humana.

Com a mente afiada, via-o como o melhor empreendimento para fazer dinheiro em Éfeso. Artesãos de ídolos cercavam o enorme complexo, ganhando dinheiro em troca das toscas estátuas da deusa que supostamente habitava o templo. Outros vendiam animais para sacrifício por moedas de ouro. Outros, ainda, vendiam amuletos e feitiços secretos encerrados em caros medalhões. O incenso era vendido a pitadas e a preços que mediam a profundidade da fé de um adorador. Até orações podiam ser compradas.

Dentro ficavam os prostitutos do templo, homens e mulheres, a preços variáveis, dependendo da riqueza de quem que quisesse homenagear a deusa.

Marcus balançou a cabeça com tristeza. Quanto um sacerdote cobrava por uma bênção? Quanto por uma esperança que se mostraria vazia?

Ele olhava a rua ladeada de estalagens que atendiam os que chegavam de longe para ver o templo e adorar Ártemis. A maioria chegava, adorava e partia, ao passo que outros ficavam durante meses, mergulhando nos volumes escritos pelos sacerdotes nas sagradas cartas aos efésios esculpidas na tiara de Ártemis. Alguém por acaso sabia o que queriam dizer? Acaso significavam alguma coisa?

Ficou olhando para o Artemísion. Quantos haviam ido a esse edifício para encontrar esperança e partiram em desespero, sem ter suas perguntas respondidas ou suas necessidades satisfeitas? Quantos sentiram o mesmo vazio doloroso, a necessidade de encontrar uma direção que ele sentira por tanto tempo, e estavam destinados a ficar assim até a morte e além dela?

Repentinamente, em meio a sua contemplação, sentiu que alguém o encarava. Voltou-se. Havia um árabe do outro lado da rua. As pessoas se aglomeravam ao redor dele, caminhando em direção ao Artemísion ou entrando nas barracas próximas ao templo, mas o homem não se mexia nem desviava o olhar. Marcus ficou alerta, imaginando por que ele o encarava daquela maneira. Não o reconheceu, por isso não conseguia entender a intensidade de seu olhar. Mas então o árabe desapareceu entre a multidão.

Perplexo, Marcus retomou sua caminhada, tentando encontrar o homem entre a turba que se dirigia ao Artemísion. Teria entrado em alguma barraca?

Alguém esbarrou em Marcus, quase o derrubando. Ele perdeu o fôlego e cambaleou, segurando-se para não cair. Praguejou, pois sabia que havia sido uma ação deliberada, talvez planejada, para roubar-lhe a bolsa. Voltou-se para ver com quem havia se chocado e viu o árabe novamente, afastando-se depressa em direção ao templo e se misturando à multidão tão rapidamente que Marcus não conseguiu acompanhar.

Ele balançou a cabeça, deu meia-volta e subiu a Rua Kuretes.

Sentiu uma dor ardente no flanco. Quando levou a mão ao local, percebeu a umidade. Arregalou os olhos quando viu a mão ensanguentada e praguejou. Com o sangue escorrendo pelo flanco, correu para chegar logo em casa. Trêmulo, empurrou o portão e subiu os degraus. Assim que entrou, tirou a capa. Apertando os dentes por causa da dor, subiu a escadaria.

Iulius saiu do quarto de Febe.

— Meu senhor! — exclamou, preocupado ao ver o sangue que manchava a túnica de Marcus.

— Fui atacado — ele explicou, apreensivo, recusando a ajuda do escravo. — É só um corte.

Ao chamado de Iulius, Lavínia surgiu, apressada.

— Pegue água e ataduras. Meu senhor foi atacado — orientou o servo, seguindo Marcus. — Ande, garota, depressa!

Hadassah saiu do quarto de Júlia e viu Iulius ajudando Marcus a entrar em seus aposentos. Alarmada, seguiu-os, mas, quando ela apareceu à porta, ele a dispensou, furioso.

— Vá cuidar de Júlia. Eu cuido de mim mesmo.

Ela o ignorou. Iulius imediatamente recuou para que ela pudesse ver a ferida. Marcus ouviu seu leve suspiro.

— Não é nada — ele disse e riu ao vê-la tremer levemente. — Ver sangue a incomoda?

Só o seu sangue, ela teve vontade de dizer.

— Normalmente não, meu senhor.

Ela se aproximou, tremendo ao ver o corte ao longo das costelas de Marcus.

— Como aconteceu?

— Um árabe, eu acho. Só Deus sabe por quê.

Ela recuou, atordoada. Lavínia chegou com bandagens e uma bacia de água. Ele prendeu a respiração quando Hadassah começou a limpar a ferida.

— Deixe Iulius cuidar disso — disse ele, vendo como as mãos dela tremiam. — Acho que sei por que você deixou o médico — zombou, rindo baixinho.

— Um pouco mais embaixo e poderia ter atingido um órgão vital — disse Iulius, assumindo o controle.

Sentindo-se enfraquecida, Hadassah saiu do quarto.

43

Alexandre soube que algo estava errado assim que Hadassah avançou até o átrio, muito agitada.

— Onde está Rashid?

— Ele não está — respondeu, alarmado. — O que aconteceu?

— Onde ele está?

— Não sei. Por que pergunta?

— Porque um árabe atacou Marcus esta noite e preciso saber se foi ele.

Alexandre não tentou sugerir que poderia ter sido outra pessoa. Não era segredo que o árabe pensava que Marcus Valeriano era uma ameaça à vida de Hadassah e deveria morrer. Rashid era absoluta e rigorosamente leal a Hadassah, quer ela quisesse ou não.

— Ele foi saber do progresso da doença de Júlia.

— Progresso? — disse Hadassah, consternada, sabendo muito bem que Rashid desejava que Júlia morresse logo.

Alexandre apertou os lábios.

— Ele soube por Prometeu que ela foi levada à casa do irmão. E o rapaz também contou a Rashid que você foi com ela.

— Eu fui porque quis. O que ele está pensando?

— Ele não teria feito nada se não visse Marcus Valeriano como uma ameaça à sua vida.

A evasiva de Alexandre só serviu para convencê-la.

— Marcus não é uma ameaça para mim. Nenhum dos Valeriano é uma ameaça para mim.

— Rashid pensa o contrário.

— Então corrija seu modo de pensar!

Alexandre ficou surpreso.

— Nunca ouvi você falar nesse tom. Acha que eu aprovo o comportamento de Rashid? Não me culpe por sua natureza sanguinária. Foi você quem o escolheu entre os que estavam nos degraus do templo, lembra?

— Deus o escolheu.

— Então é Deus quem está dirigindo os passos dele.

— Deus não leva homem algum a assassinar!

Rashid entrou na câmara, silenciando os dois. Enquanto tirava o manto, Hadassah viu o cabo de uma faca habilmente encaixada no cinto. O rosto dele ficou sério, seus olhos, brilhantes.

— Valeriano?

Ela estremeceu ao ver seus medos confirmados.

— Vivo, graças a Deus — informou.

— Da próxima vez, ele não terá tanta sorte — prometeu Rashid.

Hadassah foi até ele.

— Se você tem alguma estima por mim, Rashid, não tentará mais matar Marcus.

O semblante do homem endureceu.

Ela pousou a mão em seu braço.

— Por favor, Rashid, eu imploro. Prefiro que Deus me mate agora a que você tire a vida de outra pessoa.

— Eu disse que a protegeria e é o que farei.

— A que custo para mim, Rashid?

— O sangue dele estará em *minhas* mãos, não nas suas.

— Se você matar Marcus, vai custar meu coração.

Rashid franziu o cenho, sem entender.

— Seu coração?

Alexandre ficou imóvel, encarando-a.

— Você o ama — disse, surpreso.

— Você o *ama*? — perguntou Rashid, espantado.

— Sim, eu o amo — ela respondeu com suavidade. — Desde antes da arena. E depois. E enquanto eu viver.

Alexandre deu meia-volta, tomado pela dor ao ouvir suas palavras apaixonadas. Rashid puxou o braço e se afastou, olhando para ela com desprezo.

— Só uma mulher tola poderia amar um homem que tentou matá-la!

— Não sei se Marcus teve algo a ver com isso. Foi Júlia.

— A mulher a quem você serve agora — disse Rashid com desdém.

— Sim.

— Como pode? — perguntou, irado pelo que havia acontecido com Hadassah e pelo fato de ela não querer se vingar.

— Cristo nos amou da mesma maneira. Enquanto ainda éramos pecadores, ele morreu por nós para que pudéssemos ser salvos. Como posso fazer menos?

— Ah, então está falando de outro tipo de amor.

— Também falo do amor entre uma mulher e um homem, Rashid — disse ela. — Por favor, não faça mal algum a Marcus Valeriano.

Alexandre estava do outro lado da sala, embaixo do arco.

— Faça o que Hadassah está pedindo, Rashid — disse em tom monótono, olhando a cidade. — Confie que Deus realizará sua própria vingança.

Rashid se levantou; o sangue de guerreiro pulsava em suas veias.

— Você não disse que eu fui escolhido para protegê-la?

O médico virou para ele.

— Você sabe tão bem quanto eu que Deus pôs a mão sobre a mãe e a filha. Esteja certo, Rashid, o filho está nas mãos de Deus também.

Rashid ficou em silêncio, fitando-o com olhos escuros e enigmáticos.

Hadassah se aproximou dele novamente.

— Por favor, meu amigo — sussurrou. — Prometa.

Rashid afastou os véus do rosto dela e olhou abertamente as terríveis cicatrizes.

— Está implorando misericórdia por aqueles que fizeram isto com você?

Ela corou.

— Sim.

Ele soltou os véus, como se queimassem.

— Você é uma tola!

— Pode ser, mas prometa mesmo assim, Rashid. Eu sei que, se me der sua palavra, nunca vai quebrá-la.

A demonstração de confiança o acalmou. Ele olhou para Alexandre e viu o olhar triste do médico. Alexandre imaginou que o árabe o entendia. As feições de Rashid endureceram quando olhou de novo para aquela mulher pequenina à sua frente, aleijada, cheia de cicatrizes. Os olhos de Hadassah eram claros, confiantes. Contrariamente à sua vontade, o coração dele amoleceu. Não importava que ele nunca a entendesse. Ela o entendia.

— Prometo manter as mãos longe de Valeriano até que ele levante as dele contra você.

Hadassah pegou a mão do árabe.

— Eu queria mais, mas vou me contentar com isso — disse, sorrindo, com carinho nos olhos. — Deus estará em seu caminho, meu amigo.

Ela baixou os véus sobre o rosto de novo.

Alexandre lhe deu as ervas de que ela precisava para tratar a ferida de Marcus Valeriano. Instruiu-a a cauterizar o corte antes de aplicar um cataplasma e enfaixar.

— Tem certeza de que não quer que eu vá com você?

— Eu sei o que fazer.

Ele a acompanhou até a liteira e a ergueu para pô-la dentro.

— Cuide-se — disse, temeroso por ela.

Ela pegou a mão dele e a levou à face velada. Quando o soltou, ele fechou as cortinas e recuou. Os servos a ergueram e a levaram. Alexandre nunca se sentira tão solitário.

Encontrou Rashid limpando sua faca.

— Você vai manter sua palavra?

Rashid parou o que estava fazendo. Levantou a cabeça devagar e olhou para ele. Alexandre sentiu o frio nas profundezas escuras daqueles olhos. Sem responder, o árabe voltou a limpar a faca.

44

— Onde ela está? — perguntou Júlia, angustiada, quando Lavínia atendeu a seu chamado, em vez de Ézer.
— Saiu, minha senhora. Não disse aonde ia.
— Quando ela vai voltar?
— Ela não disse, minha senhora.
— Pelos deuses, você não sabe nada? O que aconteceu para que ela me deixasse?
— Seu irmão foi atacado, minha senhora.
Júlia arregalou os olhos.
— Atacado?
Ela começou a se levantar do divã, mas sua cabeça rodava. Deitou-se de novo, levando uma mão trêmula à testa.
— Ele vai ficar bem, minha senhora. Não se aflija.
— Como posso não me afligir? Quem ousaria atacar meu irmão?
— Ele disse que foi um árabe, minha senhora.
— Marcus o conhecia?
— Acho que não.
Júlia queria ver por si mesma se Marcus estava bem, mas estava tonta demais. Mesmo se conseguisse ir vê-lo, ele não permitiria que entrasse em seu quarto.
— Ézer disse que não me abandonaria — falou com voz lamentosa.
— Tenho certeza de que ela vai voltar, minha senhora — garantiu Lavínia, ajeitando as cobertas. — Talvez ela tenha ido ao médico.
— Um pano frio — pediu Júlia. — Estou com dor de cabeça.
Lavínia mergulhou um pano limpo na bacia de água e o torceu para colocá-lo gentilmente sobre a testa e os olhos da moça.
— Veja o que consegue descobrir — Júlia ordenou, dispensando-a.
Como Lavínia não retornou logo em seguida, Júlia ficou inquieta e preocupada. Retirou o pano da testa e se sentou devagar, segurando-se na beira do divã até que sua cabeça parou de girar. Então se levantou e foi até a porta, cambaleante. A casa estava muito silenciosa. Seria o ferimento de Marcus mais sério do que Lavínia havia dito? Acaso Marcus teria morrido?

Júlia saiu ao corredor e apoiou-se pesadamente na parede. O mármore estava frio. Desejou ter colocado sua capa, mas não desperdiçaria forças para voltar. Precisava saber sobre Marcus.

Deslizando a mão pela superfície, caminhou trêmula pelo corredor em direção aos aposentos do irmão. Ouviu vozes. Chegou à porta e olhou para dentro. Iulius estava inclinado sobre o divã de dormir. Ela viu a perna de Marcus meio levantada. No chão, uma túnica manchada de sangue.

— Foi muito ruim? — Júlia perguntou com voz trêmula. Reunindo todas as suas forças, entrou no quarto.

Era evidente que havia saído da cama, pois vestia uma camisola amarrotada que pouco ajudava a esconder seu corpo magro. Os cabelos escuros emaranhados emolduravam seu rosto muito pálido. Ela tremia — se de medo ou fraqueza, Marcus não sabia.

Nem se importava.

— Você está bem? — perguntou Júlia, olhando o curativo encharcado de sangue em seu flanco.

— Não vou morrer.

— Tive medo por você — confessou ela, balançando levemente, com a mão fina e branca contra os seios. — Quer que eu fique um pouco aqui para lhe fazer companhia?

Marcus se recostou no divã.

— Leve-a de volta ao quarto — disse, recusando-se a responder à pergunta da irmã, feita com voz trêmula.

Iulius foi até Júlia. Marcus havia falado alto o suficiente para que ela ouvisse, e ela não protestou quando o servo a ajudou a se apoiar e a tirou do quarto.

Apertando os dentes, Marcus lutava contra a pena que sentia dela e o remorso por tê-la repelido com tanta frieza. Ela estava tão pálida, tão magra. Cada vez que a via, parecia mais e mais frágil. Ela sempre valorizara sua beleza. O que devia sentir agora se olhando no espelho e vendo aquele rosto branco e macilento? Em outros tempos, ela teria se esforçado para se vestir e mandar trançar e enrolar o cabelo antes de sair do quarto ou receber convidados. No entanto, essa noite, ela fora direto de seu leito ver o que havia acontecido com ele.

Iulius retornou. Não mencionou Júlia. Marcus ia perguntar, mas teve de prender a respiração quando o criado tirou o curativo ensanguentado de suas costelas.

— A ferida ainda está vazando, meu senhor.

— Lave de novo com vinho e depois enfaixe. Se eu morrer, paciência — disse, irritado.

— Beba um pouco de vinho, meu senhor — disse Iulius, entregando-lhe uma taça cheia.

Quando Marcus fez menção de se sentar, a ferida começou a sangrar novamente. Deitou-se. Iulius encharcou um pano no fino vinho tinto de boa safra. Marcus ficou rígido enquanto o escravo lavava a ferida e a enfaixava. Ele deu ao amo outra taça de vinho e notou que seus olhos estavam turvos e sombrios.

— Não fique tão preocupado, Iulius — disse Marcus, sonolento. — O líquido que vazou você colocou para dentro de novo.

Seu corpo relaxou quando ele desmaiou. Iulius se inclinou sobre ele, sem saber se fora a perda de sangue ou o excesso de vinho que o afetara tanto.

Hadassah entrou. Iulius correu até ela para pegar o pequeno embrulho que ela carregava.

— A ferida ainda está sangrando, senhora Ézer.

— Traga o braseiro — pediu ela, pegando o pacote ao chegar à cama.

Inclinando-se, tocou o ombro de Marcus. Ele não despertou. Pôs a mão trêmula sobre o peito dele e sentiu os batimentos lentos e firmes de seu coração.

Abrindo o embrulho, retirou os pequenos saquinhos de ervas e um cautério. Levou a ponta do instrumento às brasas.

— Temos que fechar a ferida e enfaixá-la com ervas — explicou a Iulius. — Você precisará segurá-lo bem firme.

Ela tirou o cautério do fogo e passou o metal quente ao longo da ferida, fechando-a. Marcus gemeu, erguendo-se levemente, mas logo desmaiou. O cheiro de carne queimada deixou Hadassah enjoada, mas ela reaqueceu o cautério e terminou a tarefa.

— Preciso de uma tigela pequena — disse.

Iulius providenciou uma.

Hadassah misturou as ervas com sal e fez um cataplasma, aplicando-o sobre a ferida. Em seguida sentou-se na beirada do divã de Marcus e passou a mão em sua testa.

— Vou ficar com ele — disse.

— A senhora Júlia veio vê-lo. O senhor Marcus ordenou que eu a levasse de volta para o quarto.

— Ele falou com ela?

— Não, minha senhora.

Hadassah ficou sentada, pensativa. Colocou a mão sobre o peito nu de Marcus e sentiu os batimentos firmes de seu coração.

— Veja se ela está acordada, Iulius. Se estiver, traga-a aqui para que possa ver que seu irmão está dormindo. Isso vai acalmá-la.

— Sim, minha senhora.

Júlia entrou apoiada no braço de Iulius. Hadassah se levantou, pegando a mão dela e fez um gesto para que se sentasse onde ela mesma estivera.

— Ele está tão pálido...

— Perdeu sangue.

— Ele vai ficar bem?

— Acho que sim, minha senhora — disse Hadassah, acrescentando para animá-la: — Nenhum órgão vital foi atingido. Nós cauterizamos a ferida, e o cataplasma deve evitar que ela infeccione.

— Ele não me quis aqui — disse Júlia, pousando a mão sobre a dele.

A mão de Júlia parecia muito pálida e pequena perto da mão grande, forte e bronzeada de Marcus.

— Ele pediu a Iulius que me levasse de volta para o meu quarto.

Hadassah se aproximou e passou os braços ao redor dela. Afastou seu cabelo emaranhado do rosto.

Júlia se inclinou para ela e fechou os olhos, sentindo-se confortada.

— Fiquei com medo de que você tivesse me abandonado, Ézer.

— Não precisa ter medo, minha senhora.

— Minha cabeça sabe disso, mas meu coração...

Ela suspirou, lutando contra a fraqueza que a invadia. Esse pequeno esforço foi quase demais para ela.

— Estou muito feliz por você estar aqui conosco — concluiu.

Hadassah a sentiu tremer.

— Precisa descansar agora, minha senhora. Em poucos dias seu irmão estará bem — disse, inclinando-se para ajudar Júlia a se levantar.

— Iulius pode me ajudar a voltar para o meu quarto. Fique com ele. Por favor, eu o deixo a seus cuidados.

— Você está pensando nos outros acima de si — observou Hadassah, tocando a face de sua senhora.

Júlia deu um sorriso irônico.

— Será? Ou será que minha última esperança repousa nele? — disse e saiu apoiada em Iulius.

Hadassah ficou com Marcus a noite toda. Ele despertou uma vez e a fitou com um olhar aturdido. Franzindo a testa, murmurou alguma coisa. Ela se levantou e se inclinou sobre ele.

— O que foi, meu senhor? — perguntou, pousando a mão em sua testa. Estava fria.

Ele pegou a borda dos véus e os puxou debilmente. Hadassah sentiu seu coração dar um pulo. Endireitando-se depressa, com gentileza soltou os dedos dele e se sentou novamente, tremendo.

Marcus se ajeitou, relaxou e adormeceu. Ela ficou observando-o. Sentia um grande fascínio, pois ele tinha uma constituição forte e bela. Pensou que poderia ficar ali sentada para sempre, só olhando para ele. Lágrimas fizeram seus olhos arderem e ela desviou o olhar. Rezou para que a paixão que sentia por ele fosse transformada em ágape. A lembrança de seus beijos, dados havia muito tempo, ainda fazia seu coração acelerar. Pediu a Deus que apagasse essa lembrança de sua mente. Mas o anseio persistia.

Ele se mexeu de novo, inquieto e dolorido. Ela estendeu a mão e pegou a dele. Ao seu toque, ele se acalmou.

— Por quê, Senhor? Por que fazes isso comigo? — ela sussurrou, desolada.

Não houve resposta.

———·—·———

Quando o amanhecer lançou os raios de sol por sobre a mureta da sacada, Marcus acordou. Desorientado, lentamente virou a cabeça e viu Ézer sentada ao lado de seu divã de dormir. Ergueu-se um pouco e respirou fundo, imediatamente recordando o ataque da noite anterior.

Hadassah levantou a cabeça.

Estremecendo em virtude da intensa dor, ele praguejou e se deitou.

— Fique quieto, meu senhor, ou a ferida pode reabrir — disse ela, pousando a mão levemente sobre a dele.

Ela foi recuar, mas Marcus segurou sua mão com força.

— Você ficou comigo a noite toda?

— A senhora Júlia estava preocupada com você.

— Não precisa. Foi um ferimento superficial.

Ele afrouxou o aperto, segurando a mão dela com leveza, sem prendê-la.

— Talvez, meu senhor. Mas, se fosse um pouco mais baixo, poderia ter atingido um órgão vital.

— E um pouco mais alto teria cortado minha garganta. Você está tremendo — disse ele, curioso.

Ela retirou a mão e ele franziu o cenho.

O coração de Hadassah disparou sob sua análise atenta. O que ele estaria pensando? Ele baixou o olhar e fitou as mãos dela em seu colo. Ela tentou relaxar. Agora que ele havia acordado, devia chamar Iulius para cuidar dele. Foi se levantar, mas havia ficado sentada por muito tempo. Sentiu cãibra na perna ruim, e um suspiro de dor escapou de seus lábios antes que ela o pudesse controlar. Cerrando os dentes, deu um passo para trás, envergonhada por sua falta de graça.

Marcus notou, mas não se importou.

— Não está indo embora, está? — perguntou.

Franzindo a testa, ele observou os véus de novo. Podia ver a forma do rosto dela embaixo, mas não distinguia nenhuma característica. Uma linha fina fora cortada nos véus à altura dos olhos, e as pontas, bordadas, para que ela pudesse enxergar, mas ele não conseguia ver por trás daquele anteparo de gaze colorida. Ela baixou a cabeça e girou o corpo levemente. Embora o gesto parecesse natural, ele sabia que ela estava evitando sua observação e seu toque.

— Precisa comer, meu senhor. Vou pedir a um dos servos que lhe traga comida.

Marcus queria que ela ficasse. Queria saber mais sobre aquela mulher e perguntava-se por que ela despertava sua curiosidade.

Quando ela se voltou para a porta, inventou um pretexto.

— O curativo parece que está escorregando.

Ézer se voltou, inclinando a cabeça levemente para observá-lo.

— Está vendo? — disse ele e deu um puxão, rangendo os dentes por causa da dor.

— Vai ficar firme, meu senhor, se parar de puxá-lo.

Ele sorriu.

— Vou parar de puxar se você se sentar aqui e conversar comigo.

— Não é mais um garotinho, meu senhor.

O sorriso de Marcus se tornou irônico.

— Não, não sou, senhora Ézer. — Apontou para a cadeira. — Sente-se e fale comigo como homem, não como um menino.

Ele aproveitaria qualquer meio disponível para passar mais tempo com ela, mesmo que, como dono da casa, tivesse que ordenar. Ela despertava seu interesse mais que qualquer pessoa em muito, muito tempo.

Hadassah se sentou onde estivera antes, mas ele sentiu a distância que ela impunha entre eles.

— Você conversa com Júlia durante horas, mas parece que não suporta minha companhia nem por alguns minutos.

— Acabei de passar a noite com você.

— Eu estava dormindo — disse ele, rindo.

— Sua irmã está muito doente, meu senhor.

Marcus tinha a sensação de que seu interesse a deixava embaraçada.

— Só estou curioso sobre você — disse com franqueza e se sentou.

Fazendo uma careta de dor, colocou os pés no chão.

— Precisa descansar, meu senhor.
— Estou mole de tanto descansar.
E sua cabeça doía por causa do excesso de vinho.
— O senhor perdeu muito sangue.
— Não o suficiente para me manter deitado como se eu fosse um inválido, como você pretende me tratar — disse ele, preferindo deixar a arte da autocompaixão para sua irmã.

Quando Ézer virou a cabeça, ele ficou imaginando se a aparência dele a incomodava. Estava só de tanga. Considerando a ocupação dela, imaginou que essa seria uma possibilidade remota, mas se cobriu.

— Se a senhora Júlia precisar de você, tenho certeza de que mandará Lavínia vir correndo buscá-la.

Ela olhou para ele de novo.

— O que causou essa ruptura entre irmãos, meu senhor?
— Que pergunta ousada — disse ele, contrariado. — Vamos falar de outras coisas.
— Isso o atormenta mais.
— O que a faz pensar assim? — ele perguntou com um sorriso zombeteiro.
— Acha que pode ver dentro de mim me conhecendo tão pouco?

Ela hesitou.

— Está em paz com as coisas como estão?
— Em paz? Minha mãe está paralisada, Júlia está debaixo de meu teto de novo, morrendo de uma doença fétida provocada por sua própria promiscuidade e sua vida sórdida. Tem que admitir que essas não são circunstâncias para se ter paz, senhora Ézer.
— É tão puro a ponto de poder condená-la, meu senhor?

O olhar de Marcus escureceu.

— Digamos que eu limitei minhas experiências ao sexo oposto.

Ela não disse nada.

— Duvida de minha palavra?
— Não, meu senhor, mas pecado é pecado.

Ele sentiu o calor tomar seu rosto.

— Minha irmã lhe contou sobre Calabah?
— Eu sei sobre Calabah.
— Pecado é pecado? Júlia lhe disse que elas eram amantes? Só isso já deveria mostrar a profundidade de sua depravação — disse ele, arqueando uma sobrancelha com ar imperioso e condescendente. — Ela se deu o trabalho de lhe contar que seu marido também era homossexual, com gosto por garotos jovens? Prometeu foi um deles. Por isso eu não o queria em minha casa.

— Prometeu se arrependeu e entregou a vida a Deus — disse ela com suavidade. — Ele voltou por livre vontade para servir a senhora Júlia. Ela disse que ele havia fugido de Primo. Tornou-se cristão e voltou para a casa dela. Se não fosse por ele, meu senhor, sua irmã não teria ninguém. Todos os criados a abandonaram.

— Pode ser — disse ele, sombrio. E depois, olhando-a com tristeza, acrescentou: — Não era essa a conversa que eu esperava ter com você.

— Essa é a verdade.

— Mesmo assim.

— O senhor ergue sua raiva contra Júlia como um escudo. O motivo eu não sei. Só queria que entendesse que sua irmã estava sozinha, exceto por Prometeu. O que quer que ele tenha sido antes...

— Muito bem — disse ele, impaciente, interrompendo-a. — Vou mandar buscá-lo, se isso lhe agradar.

— Não foi por isso que eu lhe disse essas coisas. Prometeu está bem, a senhora Júlia o libertou. Foi um ato puramente altruísta da parte dela. Ele tem trabalho a fazer pelo Senhor. É Júlia que me preocupa. E o senhor. Não deve abandoná-la.

Ele sentiu o calor o dominar.

— Eu não a abandonei. Ela está aqui, não é?

— Sim, está. O senhor lhe deu abrigo, comida, criados para cuidarem dela. No entanto, não lhe dá o que ela mais necessita.

— E o que é? — ele perguntou com ironia.

— Amor.

Ele apertou os dentes.

— Perdoe-me por afastá-la de seus deveres, senhora Ézer. Pode ir.

Hadassah se levantou devagar e pegou sua bengala.

— Por favor, meu senhor. Pelo seu bem e pelo dela, perdoe-lhe tudo o que ela fez.

— Você não sabe o que ela fez — disse ele, furioso, querendo que ela saísse depressa.

— Nada é tão terrível que não possa ser posto de lado em nome do amor, em nome de Deus.

— É por causa do amor que não posso perdoá-la.

As palavras passionais de Marcus deixaram Hadassah mais perplexa que antes. Só de uma coisa ela tinha certeza:

— Até que possa perdoá-la, o senhor nunca saberá plenamente o que significa ser perdoado. Por favor, pense nisso. O tempo está se esgotando.

Marcus ficou pensando nisso muito tempo depois de Ézer sair. Apesar do desejo de afastar da mente suas palavras, elas se repetiam sem interrupção e o feriam profundamente. Recordou o alívio e a alegria que sentira junto ao mar da Galileia. Ansiava a volta desses sentimentos, pois em algum ponto do caminho ele perdera de vista o que havia encontrado. Foram necessárias as palavras de uma aleijada coberta de véus para torná-lo a lembrar. E ele não gostara disso.

Passou os dedos pelos cabelos, se levantou e foi até a sacada. Não sabia se conseguiria deixar o passado de lado, perdoar, muito menos esquecer. Ele não era Jesus, era um homem, e a solidão às vezes era insuportável... Deus estava tão distante. Sentira-se perto dele na Galileia, mas, ali, sentia-se sozinho.

Ézer estava certa. A paz lhe escaparia até que obedecesse ao mandamento que recebera na Galileia. Ele havia sentido brevemente o imenso alívio do perdão às margens daquele mar. O perdão recebido não podia ser guardado para si; ele devia derramá-lo sobre sua irmã, querendo ou não.

No entanto, ainda guerreava contra o desejo de puni-la pelo que fizera, de fazê-la sofrer como ela fizera os outros sofrerem.

— Não posso...

Baixando a cabeça, Marcus rezou pela primeira vez desde que voltara a Éfeso. Palavras simples, do fundo do coração.

— Jesus, não posso perdoar a minha irmã. Só tu podes. Por favor... ajuda-me.

45

Júlia estava deitada em seu divã de dormir com uma compressa fria sobre os olhos. Hadassah saíra para pedir ao cozinheiro que preparasse um caldo que talvez acalmasse seu estômago. Ela não conseguia comer havia três dias, desde que Marcus mandara Iulius retirá-la de seu quarto. Não conseguia parar de pensar em Marcus e no modo como ele a olhava. Colocou a mão trêmula sobre o tecido, pressionando-o contra a cabeça latejante. Desejou morrer para que a dor e a miséria de sua vida acabassem.

Ouviu alguém entrar em seu quarto e fechar a porta.

— Não estou com fome, Ézer — disse ela, tristonha. — Por favor, não me force a comer. Sente-se aqui comigo e me conte outra história.

— Não é Ézer.

Júlia ficou paralisada ao ouvir a voz de Marcus. Afastou a compressa, pensando que talvez o estivesse imaginando ali.

— Marcus — disse, hesitante.

Mas, ao ver que ele era real, preparou-se para o inevitável ataque.

Ele a observou se sentar, trôpega, e ajeitar as cobertas e almofadas. Suas mãos tremiam ao afastar o cabelo do rosto. Estava magra e pálida como a morte.

— Sente-se, por favor — disse ela, indicando graciosamente a cadeira que Ézer normalmente ocupava.

Ele ficou em pé.

Pela expressão dele, Júlia não conseguia perceber nada. Seu belo rosto era como uma fachada de pedra. Ele parecia bem de saúde, apesar do recente ataque contra sua vida. Ela, no entanto, piorava dia após dia. Sentiu vontade de chorar quando ele passou os olhos escuros sobre ela. Sabia que estava com o cabelo ralo e desgrenhado, o corpo emaciado e a pele pálida, quase translúcida. As febres haviam voltado, e isso minava suas forças e a fazia tremer como uma velha.

Sorriu para ele com tristeza.

— Você já teve orgulho de minha beleza, tanto quanto eu.

Ele lhe devolveu um sorriso triste.

O coração de Júlia batia pesadamente, temendo o silêncio do irmão.

— Mudou de ideia, Marcus? Vai me mandar para longe, onde possa esquecer que tem irmã?

— Não. Você vai ficar aqui até morrer.

Ele falou da morte dela com tanta naturalidade que Júlia enregelou.

— Está ansioso por esse dia, não é? — Ela baixou o olhar, pois o dele se tornara sarcástico. — Eu também.

— Isso é um truque para me fazer sentir pena de você?

Ela ergueu os olhos, magoada por seu desdém.

— Sua pena é preferível a seu ódio.

Marcus suspirou e atravessou o quarto. Parou ao lado do divã de Júlia.

— Vim para lhe dizer que decidi não a odiar.

— É uma decisão difícil, sem dúvida. Eu lhe sou muito grata.

O tom de Júlia lhe despertou raiva.

— Você esperava mais?

Ela não tinha forças para se defender.

— Por que vem a mim agora, Marcus? Para ver o que aconteceu comigo?

— Não.

— Fui amaldiçoada — disse ela, lutando contra as lágrimas que sabia que ele odiava. — Você pode ver o quanto.

— Os deuses a quem eu apelei não existem, Júlia. Se foi amaldiçoada, foi por seus próprios atos.

Ela desviou o olhar.

— Então foi por isso que veio? Para me lembrar do que eu fiz? — ela o questionou, dando uma risada aflita e desesperada. — Não é necessário. Quando olho para trás, sinto aversão. Vejo as coisas deploráveis que fiz como se as cenas estivessem pintadas nestas paredes que olho todos os dias. — Pousou a mão fina e branca sobre o coração. — Eu me lembro, Marcus. Eu me lembro de tudo.

— Quem me dera eu não lembrar...

Ela olhou para ele com os olhos escuros de angústia.

— Você sabe por que eu mandei Hadassah para a arena? Porque ela me fazia sentir *impura*.

Marcus foi tomado por um calor daqueles que levam um homem à ira e a atos de violência. Apertou os dentes.

— Eu quero esquecer o que você fez com ela.

— Eu também. — Suas olheiras escuras exibiam a devastação de sua doença. — Mas não creio que seja possível.

— Eu tenho que esquecer, ou vou enlouquecer.

— Marcus, perdoe-me! Eu não sabia o que estava fazendo.

Ele a fitou bruscamente.

— Sabia sim — disse com frieza, incapaz de suportar suas mentiras.

Júlia fechou os olhos, seus lábios tremiam. Pela primeira vez seria sincera consigo mesma.

— Tudo bem — concordou, com a voz embargada. — Eu sabia. Eu sabia, mas estava tão atormentada que não me importava com o que estava fazendo. Achei que, se Hadassah estivesse morta, tudo voltaria a ser como antes. — Ela o fitou, desesperada. — Consegue entender isso?

Ele a olhou com frieza.

— E voltou?

— Você sabe que não — disse ela, desviando os olhos do olhar frio do irmão. — Eu a amava também, Marcus, mas só me dei conta quando já era tarde demais.

— Você a amava? — disse ele. — Você *amava* Calabah.

— Calabah me enganou.

— Você entrou nesse relacionamento com os olhos bem abertos. Eu a *avisei*, mas você não quis me ouvir. Não me diga agora que não sabia.

Marcus deu meia-volta e foi em direção ao arco, para a varanda privada de Júlia, incapaz de ficar perto dela.

Júlia fitou as costas rígidas do irmão e teve vontade de chorar.

— Não espero que você entenda. Como poderia? Depois que Hadassah morreu, eu senti um vazio terrível. Não só porque você me amaldiçoou e foi embora naquele dia, mas porque... porque Hadassah foi a única pessoa que realmente me amou.

Marcus se voltou para ela.

— Sua autocompaixão me enoja, Júlia. E quanto a papai e mamãe? Eles não a amavam o suficiente? E quanto a mim?

— Não era o mesmo tipo de amor — disse ela com suavidade.

Ele franziu o cenho.

— Você sabe como ela era. Hadassah me amava como eu era, não como esperava que eu fosse. Sem expectativas, incondicionalmente. Ela viu o meu pior lado e mesmo assim... — Júlia sacudiu a cabeça, desviando o olhar.

O silêncio tomou a sala.

— Tudo degringolou — disse ela, desolada. — A vida azedou.

Ela olhava para ele, implorando perdão.

— Eu não quero ouvir isso, Júlia. — Ele virou de costas. — Não posso ouvir isso.

— Eu não sabia o que me faltava, até que Ézer apareceu. Marcus, ela é como Hadassah. Ela é...

Marcus se voltou e Júlia viu nos olhos dele a dor e a raiva que ele tentava tanto negar. Ela sabia que era sua culpa.

— Sinto muito. Eu sinto muito, Marcus — sussurrou, com a voz entrecortada. — O que mais posso dizer?

— Nada.

Ela engoliu em seco.

— Eu a traria de volta, se pudesse.

Ele ficou calado por um longo tempo.

— Não posso ficar neste quarto com você, a menos que cheguemos a um entendimento. Não vamos falar de Hadassah de novo, entendeu?

A proposta atingiu Júlia como se ele houvesse colocado sobre ela uma sentença de morte.

— Entendi — disse ela, com o coração tão pesado que parecia uma pedra.

Nenhum dos dois disse nada por um longo tempo.

— Tem visto a mamãe? — Marcus perguntou, erguendo levemente a sobrancelha.

— Ézer me levou até ela ontem de manhã — disse Júlia baixinho. — Foi bom ficar sentada com ela na varanda, fechar os olhos e fingir que as coisas eram como antes.

— Ela está contente.

— Assim parece. Estranho, não é?

Os lábios de Júlia estremeceram. Ela lutava contra os sentimentos tumultuados. Apesar da conversa banal, ela sabia: ele a odiava e continuaria odiando, independentemente do que ela dissesse. E por que não deveria odiá-la? Ela tinha que aceitar isso. Quase desejava que seu irmão não a houvesse procurado. Ficar sem vê-lo já era doloroso; vê-lo e sentir o muro que havia entre eles era uma agonia.

A porta se abriu e Lavínia entrou com uma bandeja. Estava sorrindo e falava baixinho com alguém atrás de si. Parou à porta quando viu Marcus e corou.

Júlia reconhecia aquele olhar. Quantas outras servas haviam se apaixonado por Marcus? Hadassah fora apenas uma entre muitas.

— Deixe a bandeja na mesa, Lavínia, obrigada.

A garota obedeceu depressa e saiu, passando por Ézer, que entrava no quarto.

— Senhor Marcus — disse Ézer —, boa tarde.

Sua voz era calorosa e acolhedora e o fez sorrir.

— Boa tarde, senhora Ézer.

Ela atravessou o quarto mancando e deixou a bengala de lado. Tocou o ombro de Júlia. Foi um leve roçar de dedos, mas Júlia relaxou como se estivesse reconfortada e sorriu para a mulher velada.

Ézer tocou-lhe a testa.

— A febre voltou, minha senhora — disse, pegando a compressa úmida que Júlia havia deixado cair.

Deixou-a de lado e pegou outra, mergulhando-a na tigela de água fria. Torceu e enxugou o rosto de Júlia com delicadeza.

A moça se recostou, liberando a tensão que Marcus não notara até esse momento. Ela estendeu a mão e Ézer a pegou, sentando-se na borda do divã de dormir. Afastou gentilmente as mechas úmidas das têmporas de Júlia, então voltou a cabeça para ele.

— Fui ver sua mãe há alguns minutos, meu senhor. Iulius colocou sementes para os pássaros. Eles vêm e ficam na mureta, onde ela pode vê-los.

— Ela sempre gostou de pássaros — disse ele, grato pela presença dela.

Isso aliviou a tensão entre ele e sua irmã.

— Duas rolinhas estavam olhando por cima das pedras. Talvez façam um ninho ali.

— Lembra-se em Roma, Marcus, como mamãe adorava trabalhar no jardim e observar os pássaros? — recordou Júlia, melancólica. — Oh, Ézer, queria que você tivesse conhecido aquele jardim. Era tão bonito! Você adoraria.

Marcus se lembrou de quando Hadassah ia ao jardim para se prostrar diante do Senhor.

— As árvores floresciam toda primavera — prosseguiu Júlia. — E havia uma passarela de pedra que contornava os canteiros de flores. Mamãe tinha até um templo perto do muro. A casa estava igual quando você voltou para lá? — perguntou, olhando para Marcus.

— Sim, mas vazia. Quando voltei da Palestina, me disseram que mamãe incumbiu um dos velhos amigos de papai no Senado de cuidar para que a renda fosse usada em favor dos pobres.

— Oh — disse Júlia, sentindo a dor da perda. — Eu fui tão feliz quando criança, correndo por aqueles caminhos...

Pensar que outras pessoas moravam ali era inquietante. No entanto, viu que era uma coisa boa. Talvez sua mãe houvesse sentido a mesma sensação agradável que ela sentira quando dera a liberdade a Prometeu.

Enquanto ouvia Júlia, Marcus também recordava. Lembrou-se de sua irmã, jovem e cheia de vida, correndo para ele e pulando em seus braços. Ela era inocente, sempre ansiosa para ouvir todos os detalhes de suas aventuras. Ouvia as fofocas de sua amiga Otávia e o convencia a levá-la aos jogos escondida. E ele concordava porque, à época, achava que as restrições do pai eram irracionais. Mas agora ele se perguntava se o pai não conhecia Júlia mais claramente que ele.

Marcus nunca tinha levado em conta quais seriam os efeitos de seu próprio exemplo, muito longe da perfeição.

— Encontrou o homem que o atacou? — perguntou Júlia.

Ele ficou grato por desviar seus pensamentos.

— Não tive tempo nem disposição para procurar.

— Mas precisa, Marcus. Ele pode tentar de novo.

— Vou reconhecê-lo da próxima vez que o vir. Isso será alerta suficiente.

— E se você não o vir primeiro? — disse ela, preocupada. — Ou ainda se esse árabe for um mercenário que esteja trabalhando para outra pessoa? Deve haver alguma razão por trás desse ataque sem sentido. Você precisa encontrá-lo e descobrir, para destruir seus inimigos antes que eles o destruam.

Marcus olhou para Ézer. Embora ela não dissesse nem fizesse nada, ele notou que essa conversa a deixava perturbada.

— Pode ter sido apenas um ladrão — disse ele, querendo esquecer o ocorrido.

— Você tem recursos, Marcus. Poderia encontrá-lo, se quisesse.

— *Se* eu quisesse — ele repetiu, enfaticamente.

Sentindo sua brusquidão, Júlia disse:

— Eu não queria discutir, Marcus. Só não quero que você se machuque de novo.

Ele sorriu com ironia. Ninguém jamais o machucara tanto quanto ela.

Compreendendo seu olhar, Júlia se sentiu gelar por dentro e baixou a cabeça.

Ézer pousou a mão sobre a dela e a fez levantar a cabeça. Marcus podia senti-la fitando-o através daqueles véus. Não podia ver seu rosto, mas sentia sua decepção.

— Tenho trabalho a fazer — disse ele secamente, apertando os dentes.

Fazendo um aceno de cabeça para Ézer, atravessou o quarto em direção à porta.

— Vai vir me visitar de novo, Marcus? — Júlia perguntou, suplicante.

Ele saiu sem responder.

46

Júlia finalmente adormeceu, e Ézer deixou Lavínia a vigiando para poder ir até a alcova no peristilo e rezar em solidão. Rashid estava em primeiro lugar em sua mente, mas ela não era tola a ponto de não reconhecer o perigo que corria se Marcus encontrasse o árabe. O ato precipitado de Rashid também poderia pôr Alexandre em risco.

Hadassah pensou em revelar sua identidade a Júlia e orou, pedindo orientação ao Senhor. A resposta que obteve foi a convicção de que Júlia pensaria que ela estava armando algum plano contra a vida de seus familiares se revelasse quem era e falasse de sua ligação com o árabe. Mesmo erros imaginários haviam sido suficientes no passado para que Júlia praticasse retaliações. Se despertasse suas suspeitas, a calamidade poderia recair rapidamente sobre todos. E, se isso acontecesse, o que seria de Júlia?

Fique calada e saiba que eu sou Deus, disse o Espírito dentro de Hadassah. E ela obedeceu, depositando suas esperanças nele.

Hadassah ouviu um criado abrir a porta da frente e cumprimentar Marcus. Seus sentidos se aguçaram. Ele havia saído de casa depois de falar com Júlia e passara a noite fora. Ao atravessar a antecâmara, ele olhou na direção dela e parou. Ela se recostou contra a parede da pequena alcova, o coração acelerado.

Abrindo o broche dourado sobre o ombro, Marcus deixou o criado retirar seu manto. Quando ele entrou no peristilo, Hadassah se levantou.

— Por favor, sente-se — disse ele, acomodando-se do outro lado do banco curvo de mármore. Recostou-se, soltando um suspiro e levando a mão ao flanco.

Hadassah observou seu rosto, pálido e cansado.

— Seu ferimento...

— Está bem — disse ele secamente. — Iulius trocou o curativo antes de eu sair.

— Deve se permitir tempo para se recuperar, meu senhor.

— Não sou um homem acostumado a ficar parado por muito tempo.

— Posso ver que não.

Ele notou a leveza no tom de voz dela e sorriu. Olhou em volta, recordando quantas vezes havia se sentado ali com Hadassah. Ela costumava ir ali à noite ou de manhã bem cedo para orar.

— Obrigada por ir ver Júlia — agradeceu Hadassah.

Voltando ao presente, ele olhou para Ézer.

— A visita não correu muito bem — disse com ironia.

Ele achava estranho se sentir tão à vontade com uma mulher que mal conhecia. Ela o intrigava mais e mais, a cada vez que a via.

— Já é um começo.

— Isso quer dizer que eu deveria continuar — ele comentou, com um sorriso irônico. — Não sei se quero repetir a experiência.

Suas emoções passaram a noite toda à flor da pele. Ficava vendo o rosto de Júlia, branco e tenso, seus olhos implorando por algo que ele sentia que não poderia lhe dar.

— Talvez fosse melhor se eu a deixasse em paz.

— Melhor para quem?

— Você é bem direta, não? — ele disse friamente. — Melhor para nós dois. Algumas memórias devem ficar enterradas.

Hadassah o entendia muito bem. Ela tivera que se esforçar desde o início para deixar de lado algumas coisas que Júlia havia feito a ela e aos outros. Não fora fácil. Mesmo se apoiando no Senhor, houvera momentos de grande luta. Mas às vezes, quando ela menos esperava, Júlia a surpreendia com doçura. Marcus precisava ver isso, recordando-a desse jeito.

— Como era sua irmã quando criança?

Ele sorriu com amargura.

— Adorável.

— Fale-me sobre ela.

Ele falou, começando por sua infância em Roma, sua espontaneidade e sua sede de vida, seu riso fácil e sua vivacidade. Enquanto falava, ele sentia a tristeza se aprofundar, pois amava sua irmã à época, amava-a com um protecionismo e um orgulho ferozes.

— E então ela conheceu Calabah — disse ele. — Otávia as apresentou. Eu conheci Calabah muito antes de Júlia. Ela era famosa em Roma. Havia rumores de que assassinara o marido, mas nada foi provado. Ela tinha amigos nos altos escalões. Júlia não foi a primeira a ser corrompida por sua influência, nem será a última.

— Acha que a corrupção de Júlia é total responsabilidade de Calabah? — perguntou Hadassah em voz baixa.

Ele a fitou, notando um sutil desafio. Expirou forte e levou a cabeça para trás de novo.

— Eu também tive participação nisso — confessou.

— Que participação, meu senhor?

— Eu introduzi Júlia aos jogos, para a tristeza de meu pai. Acho que ele teria ficado feliz em mantê-la longe do mundo. Olhando para trás agora, acho que talvez ele estivesse certo. Algumas pessoas percebem a depravação no que veem e se afastam. Outras ficam entorpecidas diante do sofrimento alheio e precisam de mais e mais excitação para se satisfazerem, até que nada mais as satisfaz. Júlia é assim.

— Você não vai mais aos jogos?

— Já não vou há muito tempo. Perdi o gosto por eles de repente.

Assim como perdera o gosto por outras coisas que antes considerava agradáveis. Como poderia ser sua vida se Hadassah estivesse viva? Agora ele compartilhava sua fé...

Mas, se ela estivesse viva, você nunca teria saído em busca de Deus.

Esse pensamento repentino o perturbou.

— Parece perplexo, meu senhor.

— Muitas coisas mudaram dentro de mim desde que fui à Galileia.

— À Galileia, meu senhor?

Ele riu.

— Ficou surpresa? É compreensível. Todos pensaram que eu estava louco. Por que um romano iria voluntariamente para a Palestina? — Seu sorriso se apagou. — Eu tive minhas razões. Fui de navio até a Cesareia Marítima e depois Jerusalém. Esse lugar é a cidade da morte. Não fiquei muito tempo, passei algumas semanas em Jericó com uma família judia e depois fui para Naim.

Ele sorriu, divertido, lembrando-se da velha Débora.

— Naim?

— Já ouviu falar? Que surpresa. Não é nada mais que um grão de areia. Uma senhora idosa me fez tomar o caminho do mar da Galileia.

Marcus notou que Ézer torcia os dedos com força e se perguntou por que sua história a deixava tão agitada.

— Por que foi para lá?

— Houve uma jovem escrava nesta casa — disse ele, olhando em volta. — Ela acreditava que Jesus Cristo é o Filho do Deus vivo. Eu queria descobrir se ele realmente existia.

— E descobriu?

— Sim. — Sorriu. — No exato momento em que desisti de conseguir descobrir. Um homem chamado Paracleto apareceu para mim e respondeu às minhas perguntas. Disse-me para ir a Cafarnaum, onde um homem estaria me esperando em um portão. Havia mesmo um homem lá à minha espera, de nome Cornélio. Ele me batizou no mar da Galileia e disse que Deus queria que eu voltasse a Éfeso. E então... — Deu um sorriso pesaroso e abriu as mãos, impotente. — Aqui estou.

— Oh, meu senhor, eu não sabia — murmurou ela.

O calor e a alegria na voz dela o fizeram lembrar o que ele sentira quando fora batizado: um homem renascido.

Ele deu um riso seco.

— E por que deveria? Não sou um grande cristão.

— Oh, mas o Senhor é fiel, Marcus. Ele o moldará.

O sorriso de Marcus desapareceu.

— Se eu não desmoronar primeiro — disse, inclinando-se para a frente e apertando as mãos entre os joelhos. — Eu sei o que Deus quer de mim, mas não estou disposto a fazê-lo. Agora não. Talvez nunca.

Lágrimas corriam pelas faces de Hadassah. Trêmula, ela se inclinou e pegou as mãos dele.

— Por nós mesmos não podemos fazer nada. É Deus que nos leva a seu propósito.

O amor que Marcus percebia na voz dela o aqueceu por inteiro. Ela tinha mãos fortes e macias, e ele não queria soltá-las. Seus olhos ardiam, pois Júlia estava certa: Ézer era muito parecida com Hadassah. Sentiu seu coração disparar. Desejou poder ver o rosto dela.

Hadassah soltou as mãos de Marcus e se recostou devagar.

Ele a viu pousar as mãos no colo. Podia sentir a tensão dela e desejou que conseguisse relaxar e conversar com ele como conversava com sua irmã.

— Gostaria de saber mais sobre você — disse ele com suavidade.

— Já me conhece bem o suficiente, meu senhor.

Ele sorriu levemente, inclinando a cabeça. Esse mesmo sorriso tinha vencido e partido o coração de inúmeras outras mulheres.

— Eu sei que você trabalhou com Alexandre Demócedes Amandino, mas pouco mais que isso.

— Estou aqui por causa de Júlia, meu senhor.

— Ah, sim, Júlia.

Ele suspirou e se recostou na parede, de modo que seu rosto ficou coberto pelas sombras.

— Já contou a ela que aceitou Jesus como seu Salvador, meu senhor?

— Bela maneira de mudar de assunto — disse ele com um riso suave. — Não.

— Por que não?

— Porque ela nunca acreditaria. Eu mesmo não sei se acredito. Talvez tenha sido tudo um sonho que nunca aconteceu. Certamente, agora não sinto o que senti na Galileia.

— E o que sente?

— Sinto-me um estranho no mundo.

— Isso é porque o senhor não é mais deste mundo.

Ele riu com ironia.

— Eu já me sentia estranho no mundo muito antes de ir para a Palestina, Ézer. Meu descontentamento vem de muito tempo.

— Deus escolhe seus filhos antes da criação da Terra. O senhor sentia sede pela água viva desde que nasceu, Marcus. Até buscar Cristo, o senhor não conseguia encontrar uma maneira de preencher o vazio. Só Jesus satisfaz. Rezo muito para que Júlia seja uma das escolhidas dele também.

— Duvido.

— Então por que ela está tão consumida pela tristeza?

— Porque está morrendo de uma doença que ela mesma provocou. Não cometa o erro de pensar que ela se arrepende de alguma coisa que tenha feito.

— Não acha possível que a sede que o motivava seja a mesma que motiva sua irmã?

— Vamos falar de outra coisa.

— Não há nada mais importante que o senhor perdoar a sua irmã.

— Eu não quero falar sobre isso!

— Ela é carne de sua carne. Se o sofrimento dela estiver de acordo com a vontade de Deus, ele vai causar o arrependimento que a levará à salvação.

— E se não estiver? — ele desafiou com frieza, indignado por ela não obedecer à sua vontade.

— Então ela vai morrer sem conhecer Cristo. Ficará diante do Deus Todo-Poderoso e será julgada por seus pecados. É isso que quer, Marcus? Que Deus a julgue e a lance no fogo do inferno por toda a eternidade?

Perturbado, ele desviou o olhar, cerrando os dentes.

— Meu senhor — disse Ézer com gentileza —, Deus o mandou voltar para casa para trazer a Boa-Nova a Júlia.

— Então dê *você* a Boa-Nova a ela.

— É o que não me canso de fazer. E vou continuar fazendo, enquanto Deus permitir.

Marcus notou as lágrimas na voz dela.

— Se ela tem sede de Deus, poderá encontrá-lo da mesma maneira que eu o encontrei.

— Não sem seu perdão, Marcus.

— Então que Deus a perdoe!

— Ele a perdoará, se ela pedir perdão. Mas às vezes precisamos pegar as pessoas pela mão e guiá-las até esse momento, porque elas têm muito medo de dar o primeiro passo sozinhas. Leve-a pela mão.

— Maldita seja — soltou, apertando o punho. — Maldita seja você por fazer isso comigo.

Atordoada e magoada, ela se calou.

Ele sentiu seu retraimento.

— Desculpe — disse, fechando os olhos. — Não é com você que estou zangado. Deus me pede demais.

— Será? Jesus perdoou aqueles que o crucificaram. Perdoou as pessoas que zombaram dele enquanto morria na cruz. Perdoou até os discípulos por abandoná-lo. Não somos todos assim, Marcus? Falíveis, receosos, de fé fraca. E, ainda assim, Jesus nos ama e nos aponta o caminho para a verdadeira liberdade e para o que isso significa.

Ela se inclinou um pouco, e ele sentiu a sinceridade de suas palavras.

— Deus o perdoou para que o senhor perdoasse a sua irmã — ela acrescentou.

Marcus se levantou, irritado por se sentir tão atormentado. Pensara que teria alguns minutos de conversa interessante, e não palavras para desassossegar seu espírito e renovar sua dor.

— Você conhece uma parte, senhora Ézer, eu conheço o *todo*. Se soubesse tudo que Júlia já fez, entenderia por que me sinto assim.

— Então me conte.

— Estou bem sem contar!

— Bem?

— Júlia pode fazer suas confissões. E, se é de perdão que ela precisa, pode pedi-lo a Deus!

Hadassah o observou se afastar. Com o coração apertado, ela inclinou a cabeça mais uma vez, em oração. Ficou na pequena alcova até muito tempo depois de os criados adormecerem. Por fim, levantou-se e foi para o quarto.

Sozinho e angustiado, Marcus a observava silenciosamente do corredor acima.

47

Marcus sentou-se com sua mãe na varanda. Conversava com ela sobre coisas banais enquanto rolinhas comiam o pão que Iulius lhes deixara na mureta. Segurava a mão de sua mãe, acariciando-a e desejando que ela pudesse falar claramente para que ele a entendesse. Quando voltara de viagem, ele ficara intrigado com o fato de ela não parar de repetir as primeiras sílabas do nome de Hadassah. Febe o fitava com tanta intensidade que ele tinha certeza de que ela tentava lhe dizer alguma coisa. Mas a lembrança constante de Hadassah só servia para fazê-lo sofrer. Ela devia ter notado, pois, felizmente, parara de mencioná-la.

— Ju... li... — disse.

— Eu falei com ela, mãe — disse ele, sem acrescentar mais nada. — Ézer está atendendo a todas as necessidades de Júlia.

Ela emitiu um som suave. Marcus sabia que ela se esforçava para lhe transmitir seus pensamentos e que só relaxava quando conseguia. Viu-a relaxar agora, descansando os ombros contra a cadeira acolchoada. Sua boca caiu levemente. Ele beijou sua mão e ficou sentado em silêncio, cabisbaixo, sem saber o que dizer.

Tinha menos para falar cada vez que ficava a seu lado. O que poderia dizer que lhe desse algum consolo? Que estava tudo bem na casa? Que ele estava feliz? Não, nada disso. Mas pensava que as lutas eram suas, e que era melhor guardá-las para si mesmo. O que sua mãe, limitada como estava por sua doença, poderia fazer para ajudá-lo? Ele só a sobrecarregaria ainda mais.

Febe observava o filho e sabia que não estava tudo bem. Sentia sua inquietação. Percebia que seu silêncio não era um sinal de contentamento, mas de um coração perturbado. Marcus não sabia quanto Iulius contava a Febe sobre o que estava acontecendo em sua família. Febe sabia que ele tinha visto Júlia e também sabia que ele não a perdoara. Iulius lhe dissera que Marcus havia informado a Júlia que decidira deixar o passado para trás. Febe sabia por quê. Porque ele não queria encará-lo.

Muitas vezes, ela rezava enquanto ele estava sentado a seu lado na varanda. *O que mais posso fazer, Senhor? Deixa que o Espírito me dê as palavras. De todo o meu coração, eu imploro por meus filhos. Eu daria a minha vida por eles, mas quem melhor que tu conheceria esse tipo de amor? Tu já derramaste tua vida por eles. Oh, Deus, se eles pudessem ver, se pudessem conhecer e entender plenamente. Ah, se eu pudesse viver só para ver esse dia...*

— Ézer me intriga — comentou Marcus, interrompendo a oração de Febe. — Gostaria de saber mais a seu respeito, mas ela sempre leva a conversa para outros assuntos.

— Ju... li...

— Sim, Júlia. Ézer não sai do lado da cama até Júlia dormir. Sei que ela visita você todos os dias também.

Febe piscou uma vez em resposta.

— Suponho que ela ora com você.

Mais uma vez, Febe fechou e abriu os olhos.

— A oração parece ser o único passatempo dela — disse ele com um leve sorriso. — Ela fica sentada no peristilo, rezando. Hadassah gostava de fazer isso. Alguns dias atrás, ela passou a noite inteira lá.

Depois de uma pausa, ele continuou:

— Eu a chateei.

Inquieto, ele beijou a mão de sua mãe e a deixou sobre o colo dela, levantando-se. As rolinhas voaram. Apoiou-se na mureta, olhando a cidade.

— Talvez eu vá falar com o médico. Acho que não vou conseguir com ela as respostas que desejo.

Febe não emitiu nenhum som. Havia muito tempo ela percebera que Hadassah devia ter bons motivos para não revelar sua identidade. Quaisquer que fossem as razões, deviam ser de Deus. Se fosse a vontade do Senhor, Marcus saberia que Hadassah estava viva. Acreditava que Deus escolheria o momento certo para revelá-la.

Iulius surgiu na varanda.

— Desculpe interromper, meu senhor, mas chegaram visitas. Esdras Barjachin e sua filha, Tafata.

Surpreso e encantado, Marcus se inclinou para beijar a face de sua mãe.

— Volto mais tarde. Vou receber as pessoas que me abrigaram em Jericó.

Ela fechou e abriu os olhos. Se não fosse por essa família, Marcus teria perecido na estrada para Jericó. Ela queria ouvi-los conversar. Quando Marcus saiu, Febe olhou para Iulius. Ele parecia capaz de ler seus pensamentos.

— Eu mesmo lhes servirei — disse ele com um sorriso, fazendo um gesto para Lavínia ficar com ela.

Marcus desceu as escadas rapidamente. Alegre, riu ao ver seus amigos. Parado no centro da antecâmara, vestindo sua túnica, Esdras parecia muito pouco mudado. O mesmo não acontecia com a jovem a seu lado.

— Esdras! — exclamou Marcus, apertando a mão do judeu e recebendo-o calorosamente. — Que bom vê-lo!

— Igualmente, Marcus — o homem retribuiu, apertando o braço dele.

Marcus observou a garota logo atrás de Esdras. Estendeu as mãos para ela, que as pegou, levemente trêmula.

— Tafata, você está ainda mais bonita do que me lembro — ele elogiou, sorrindo enquanto se inclinava para beijar-lhe a face.

— Vejo que chegou em segurança, meu senhor — disse ela. — Queríamos ter certeza.

— Voltei sem mais contratempos. — Sorriu. — Venham ao triclínio. Iulius, mande trazer refrescos. Nada de carne de porco, e traga o melhor vinho.

Marcus notou que Tafata observava a sala elegante, com suas urnas romanas, vidros coríntios, divãs ricamente cobertos e mesas de mármore, e então, por fim, tornou a pousar timidamente os olhos sobre ele. Ele já tinha visto esse olhar no rosto de outras mulheres e sabia que ela não havia superado sua paixão. Sentiu o pulso se acelerar e percebeu que a atração que sentia por ela era forte.

— Minha casa é sua enquanto permanecerem em Éfeso — disse Marcus, indicando a Esdras o divã de honra. — Sua mulher também veio?

— Josebate morreu logo depois que você partiu de Jericó — disse Esdras, acomodando-se. Estendeu a mão para Tafata, que se sentou a seu lado.

Marcus apresentou suas condolências e falaram brevemente sobre a esposa de Esdras.

— O que os trouxe a Éfeso?

— Um trabalho de grande importância — respondeu Esdras, sorrindo mais uma vez. — Mas, antes de lhe contar, precisamos discutir algumas coisas.

— Senti falta das nossas conversas, meu amigo. Vocês ficarão aqui conosco, há espaço de sobra. E poderão ir e vir para cuidar de seus assuntos como quiserem.

— Você encontrou Deus? — perguntou Esdras sem rodeios.

Marcus ficou em silêncio por um momento, sentindo a urgência da pergunta. Esdras e Tafata o fitavam, expectantes, e ele sabia que sua resposta determinaria se eles ficariam ou partiriam, se confiavam nele ou não.

— Você deve lembrar sobre quem falávamos com frequência em seu terraço — disse Marcus.

— Jesus — disse Esdras, anuindo.

Marcus contou sobre sua jornada a Naim e sobre Débora, que o mandara ao mar da Galileia, onde ele conhecera Paracleto. Contou-lhes da corrida a Cafarnaum, onde encontrara Cornélio o esperando.

— Então eu acreditei que Jesus era o Cristo e fui devidamente batizado em seu nome.

— Mas que boa notícia! — exclamou Esdras, rindo. — Eu só fui batizado em Cristo quando cheguei à igreja de Antioquia. A essa altura, Tafata e Bartolomeu também haviam aceitado o Senhor.

— Bartolomeu? — perguntou Marcus, olhando para ela.

Ela baixou os olhos.

— É um jovem de Jericó — disse Esdras. — Ele sempre acompanhava Tafata para casa quando voltavam do poço. Seu coração é de Deus. Quando resolvi viajar para a Antioquia e aprender mais sobre Jesus na igreja de lá, Bartolomeu decidiu deixar seus pais e ir conosco.

— Vou conhecer esse seu jovem? — Marcus perguntou a Tafata.

— Não estamos comprometidos, meu senhor — ela se apressou em dizer, corando.

— Desculpe — disse Marcus, sorrindo levemente. — Pensei que... — continuou, olhando para Esdras.

— Bartolomeu não queria interferir de forma alguma em nossa reunião — comentou brevemente Esdras, então ele e Tafata fizeram silêncio.

Marcus olhava do pai para a filha. Pousou os olhos no rosto de Tafata. Ela o fitou timidamente, e ele notou que os olhos dela estavam cheios de profunda emoção — e incerteza.

— Você disse que estão aqui por uma grande questão — continuou Marcus por fim, desviando o olhar de Tafata.

— Em Antioquia me disseram que o apóstolo Paulo escreveu uma carta para a igreja daqui. Um dos irmãos ouviu e disse que é uma carta muito importante. Vim lê-la eu mesmo e pedir permissão para copiá-la e levá-la à igreja de Antioquia.

— Não sei nada sobre essa carta, nem sobre a igreja daqui.

Esdras pareceu surpreso.

— Você não se encontrou com outros cristãos desde seu retorno?

— Não tive tempo nem disposição. Minha mãe e minha irmã estão com problemas de saúde, e também tenho responsabilidades com meus navios e o empório.

Iulius serviu o vinho que havia sido colocado diante deles. Entregou uma taça dourada a Esdras e outra a Tafata. Depois de servir a todos, ele se afastou e foi supervisionar a comida.

— Acho que receber o encorajamento dos irmãos fortalece minha fé — explicou Esdras. — Nossos irmãos e irmãs de Antioquia estão orando por nós durante esta viagem.

Eles conversavam com facilidade, como no terraço de Jericó. Marcus estava gostando da conversa. Tafata falava pouco, mas sua presença era agradável, pois sua beleza encantava o ambiente. Observando-a de quando em quando, Marcus recordou que pensara muito nela durante as primeiras semanas após sua saída de Jericó.

Um movimento chamou sua atenção. Ele ergueu os olhos e viu Ézer descendo os degraus com dificuldade. Depressa, levantou-se do divã.

— Gostaria que vocês conhecessem uma mulher — disse a Esdras, dirigindo-se à antecâmara. — Senhora Ézer, tenho convidados da Palestina. Por favor, junte-se a nós.

Ela foi mancando lentamente em direção ao arco do triclínio, onde ele a esperava. Marcus estendeu o braço. Ela hesitou, mas logo pousou a mão sobre o braço dele em busca de apoio e entrou a seu lado. Ele fez as apresentações e esperava que durante a conversa ela revelasse algo de seu passado para aquelas pessoas de seu país. Esdras Barjachin ficou surpreso e satisfeito quando Ézer o cumprimentou em aramaico. Falou com ela na mesma língua, e ela respondeu.

Marcus a fez sentar no divã mais próximo dele.

— Eu preferiria que vocês falassem em grego — sussurrou, antes de se endireitar.

— Peço desculpas, meu senhor. Seu amigo perguntou minha posição nesta casa, e eu lhe disse que cuido de sua irmã Júlia.

Ela recusou o vinho que Iulius lhe ofereceu e se voltou para Tafata, que a observava com curiosidade explícita.

— Podem falar livremente. A senhora Ézer também é cristã — disse Marcus com um sorriso torto. — Melhor que eu, meu amigo. — E voltando-se para Ézer: — Esdras Barjachin e sua filha vieram a Éfeso para conhecer a igreja daqui.

Hadassah assentiu e ficou sentada escutando com interesse enquanto Esdras lhe dizia por que estava em Éfeso.

— Se não fosse pelo senhor Marcus, ainda estaríamos em Jericó vivendo sob o peso da Lei.

— Se não fosse por esses dois, meus ossos estariam apodrecendo em um barranco ao lado da estrada para Jericó.

Marcus contou como fora atacado por ladrões e deixado para morrer.

— Tafata cuidou de mim até eu me recuperar.

— Foi o Senhor que nos levou até você — disse a garota com suavidade — E o Senhor restaurou sua saúde.

Sentindo uma pontada no coração, Hadassah notou como a jovem e bela Tafata olhava para Marcus. Estava claro que, durante as semanas em que ele estivera em sua casa, ela se apaixonara por ele. Acaso ele também a amava?

Hadassah nunca esteve mais consciente de suas cicatrizes e deficiências que naquele momento. Ela não conseguia olhar para Marcus, certa de que veria os sentimentos que brilhavam no rosto de Tafata espelhados no dele. Como ele poderia não se apaixonar por uma garota tão doce e bonita?

Lavínia se aproximou.

— Pois não? — falou Marcus, irritado, quase certo do motivo pelo qual ela estava ali.

— A senhora Júlia acordou, meu senhor. Está chamando a senhora Ézer.

— Pode me dar licença, meu senhor?

— Claro — disse ele, disfarçando sua contrariedade com a interrupção. Bem que Júlia poderia ficar sem a mulher por uma ou duas horas...

Hadassah se levantou, ciente de que Esdras, Tafata e Marcus a observavam. Sentiu-se estranha e envergonhada por chamar tanta atenção. Despediu-se brevemente de Esdras e Tafata, dizendo que havia sido um prazer conhecê-los e desejando-lhes sucesso em seu empreendimento. Ao sair da sala, falou brevemente com Lavínia sobre a refeição de Júlia.

— O sotaque dela é galileu — comentou Esdras.

— Ela me contou muito pouco sobre si ou sua terra natal — confidenciou Marcus, observando Ézer, que mancava em direção aos degraus. — Na verdade, às vezes eu a sinto evasiva.

— Talvez ela tenha motivos — disse Esdras, pensativo.

Marcus franziu o cenho, imaginando que motivos ela poderia ter. Depois de ver Ézer subir os degraus, Tafata se voltou, perguntando:

— Por que ela se cobre de véus assim?

— Ela me disse que está desfigurada. Ela não era conhecida como Ézer antes de vir cuidar de minha irmã. As pessoas a chamavam de *Rapha*.

— A curadora — traduziu Esdras.

— Mas ela se opõe ao título.

O homem ergueu as sobrancelhas, interessado, mas a conversa logo retornou à sua missão.

— Eu estava ansioso para ler relatos sobre Jesus quando cheguei a Antioquia — disse Esdras. — No entanto, descobri que somente um apóstolo escreveu um relato completo da vida de Jesus, Mateus, e não tive oportunidade de lê-lo por causa da escassez de cópias. Lucas, o médico que viajou com Paulo, narrou uma história. João Marcos, que acompanhou Paulo em sua primeira viagem missionária, registrou o que ouviu. — Esdras se inclinou para a frente. — Em Antioquia, ocorreu-me que seria necessário fazer cópias desses documentos para todas as igrejas. Elas devem ser absolutamente precisas para que o evangelho permaneça puro. Precisamos dos relatos escritos de testemunhas oculares para nos instruir.

— Muitos crentes pensam que o Senhor voltará a qualquer dia e que não há necessidade de gastar tanto tempo e dinheiro nessa missão — explicou Tafata.

Esdras apelou para Marcus.

— É por isso que acredito que o presente que você me deu foi o maná vindo do céu, Marcus. O ouro que você nos deixou em Jericó financiou esta jornada e está financiando outras. Se o apóstolo João me permitir, copiarei a carta de Paulo integralmente e a levarei de volta a Antioquia, onde será novamente copiada por dois outros escribas cujo trabalho é bastante meticuloso. Os documentos serão cuidadosamente examinados e comparados para garantir que nenhuma letra ou palavra seja alterada. *Precisamos* preservar esses relatos de testemunhas oculares para as futuras gerações.

Tafata não parecia compartilhar da convicção ou do zelo de seu pai.

— Dizem que Jesus prometeu que retornará antes de passar esta geração.

— Sim — Esdras concordou—, mas Deus deu seu Filho unigênito para que todo aquele que nele crê não pereça e tenha a vida eterna. Só por essa promessa, filha, sabemos que esta geração de crentes *nunca* passará. — Então se voltou para Marcus: — Deus colocou em meu coração o zelo por sua Palavra, a Palavra que ele deu aos seguidores do Caminho por meio de seus apóstolos. Não devemos viver para o presente, como fazem os gentios. Devemos pensar no futuro, em nossos filhos e nos filhos deles. Os relatos das testemunhas oculares devem ser copiados e preservados.

Marcus viu os olhos de Esdras arderem de determinação e entusiasmo e sentiu seu próprio sangue se agitar.

— E o que mais você necessitar para atingir seu propósito, meu amigo, eu lhe darei de bom grado.

Esdras assentiu.

— Deus preparou você para este dia — disse, abrindo um sorriso largo e relaxando. — Se esta jornada alcançar o que eu espero, quero encontrar outros escribas com o mesmo fardo sobre o coração e mandá-los a Corinto e Roma. Dizem que a igreja de Corinto recebeu quatro longas cartas de Paulo. Outro escriba poderia ser enviado a Roma, porque ouvi dizer que há uma carta para todos os santos lá, sob a guarda de um casal em cuja casa a igreja se reúne.

— Roma não é um lugar saudável para um cristão — disse Marcus, sacudindo a cabeça.

— Nem Éfeso — retorquiu Esdras.

— Não mesmo — assentiu Marcus, recordando a morte de Hadassah. — Éfeso é o centro de adoração a Ártemis, perdendo apenas para Roma e a adoração ao imperador como um deus.

— Deus não nos deu um espírito medroso, Marcus. Se essa obra for do Senhor, ele nos protegerá.

Perturbado, Marcus olhou para Tafata. Se ela viajasse com o pai, estaria em grande perigo. Ela parecia muito menos convicta que ele em relação a essa missão, mas permanecia obediente.

Assim como Hadassah havia sido.

Marcus olhou para Esdras e viu que o velho o observava atentamente. Havia algo na mente de Esdras, mas, aparentemente, ele não estava pronto para revelar na presença de sua filha.

Marcus tinha a sensação de que sabia o que era.

48

Muitas horas depois de Esdras e Tafata saírem, Marcus foi para o andar de cima. Enquanto caminhava pelo corredor, ouviu a voz de Ézer. Ficou parado diante da porta de Júlia, escutando.

— Sim, minha senhora, mas lembre-se rato que vive no campo de trigo. Ele também não pensa no futuro. Os altos caules de trigo lhe fornecem abrigo e alimento, e ele não tem medo do amanhã. E então vem a colheita e seu mundo é arrancado, e sua vida junto. Nem uma única vez aquele pobre rato pensou no dono do campo, nem sequer reconheceu sua existência. No entanto, o dia da colheita chegou mesmo assim.

— E está chegando — disse Júlia, soltando um suspiro cansado. — Eu entendo o que você está dizendo, Ézer. Eu sou o rato.

— Minha senhora... — começou Ézer, com a voz cheia de esperança.

— Não. Por favor, ouça. É bom saber que haverá justiça um dia. Mas você não vê? A justiça está sendo feita agora. Não importa se eu reconheço Deus ou não, Ézer. Meu destino está determinado.

— Não, Júlia...

— É tarde demais para mim. Não fale mais do Senhor — Júlia pediu com tristeza. — Dói ouvir falar dele.

— Ele pode acabar com sua dor.

— A dor vai acabar quando eu morrer.

— Você não precisa morrer.

— Ah, sim, *preciso*. Você não sabe as coisas que eu fiz, Ézer. Coisas imperdoáveis. Marcus sempre dizia que tudo tem um preço, e ele estava certo.

Marcus fechou os olhos, abalado com a total desesperança na voz de Júlia. Queria puni-la, e assim fazia. Mas agora ele ouvia sua angústia, que ecoava dentro dele. Ele queria que sua irmã morresse? Ele aceitara Cristo, fora salvo. Ele tinha esperança. E ela, o que tinha?

O que ele havia deixado para ela?

Oh, Deus, me perdoa! Ao orar, Marcus soube que Deus estava ali e sabia o que tinha de fazer. Entrou no quarto em silêncio, sem ser notado, mas quando se aproximou Ézer levantou a cabeça. Júlia estava olhando para o outro lado. Ézer soltou a mão dela, pegou sua bengala e se levantou, recuando para que ele tomasse seu lugar.

— Por favor, não vá — pediu Júlia, virando a cabeça.

E então viu Marcus.

Ele sentou no lugar que Ézer deixara vago. Os olhos de Júlia não tinham brilho nem vida, totalmente resignados diante do que pudesse acontecer. Ele pegou a mão dela.

— Júlia, eu estava errado — falou com voz rouca.

Ela deu um sorriso triste.

— Não, não estava.

— Eu estava com raiva quando disse aquelas coisas...

— Você tem todo o direito de ter raiva de mim — disse ela. — Mas não vamos falar disso nunca mais. Não posso falar sobre isso.

Ele levou a mão dela aos lábios.

— Desculpe-me, pequena — soltou, cheio de arrependimento.

Sentiu a mão de Ézer em seu ombro, apertando com suavidade, e seus olhos se encheram de lágrimas.

Júlia segurou a mão dele.

— Lembra-se de quando eu fiz o primeiro aborto, em Roma? Calabah disse que seria fácil, que quando o problema da gravidez acabasse tudo ficaria bem de novo. Mas nunca ficou. — Com tristeza, fitou o teto. — Às vezes eu me vejo fazendo contas e pensando em quantos anos essa criança teria hoje. Fico me perguntando se era menino ou menina — confessou ela, pestanejando, com os olhos marejados.

Engoliu em seco e apertou os dedos de Marcus, agarrando-se a ele.

— Eu matei o meu bebê, assim como matei Caio.

— O quê? — disse Marcus baixinho, atordoado.

— Eu o matei. Calabah me deu o veneno, e eu o ministrei em pequenas doses para que a morte dele parecesse natural. — Ela olhou para o irmão com olhos assombrados. — Mas no fim ele soube o que eu estava fazendo. Eu sabia, pelo jeito como Caio olhava para mim. Até então eu não havia me incomodado, Marcus. Mas agora não consigo parar de pensar nisso.

Ela sacudiu a cabeça contra os travesseiros, com olhos atormentados.

— Eu ficava dizendo a mim mesma que era justiça. Ele foi infiel a mim, não uma, mas muitas vezes. Ele era cruel e malvado. Lembra quando você me perguntou se eu havia dormido com o grego dono dos cavalos? Eu dormi. Fiz isso para pagar as dívidas dele. Mas, especialmente, fiz isso para me vingar de Caio por me machucar. Ele me bateu por causa disso. E teria me espancado até a morte se... — Fechou os olhos, lembrando-se de como Hadassah a protegera, recebendo os golpes.

Marcus podia ver a pulsação rápida na garganta de sua irmã. Sua pele branca estava coberta de suor.

— Tudo bem, Júlia. Continue.

— Ela me protegeu. — Seus olhos se encheram de lágrimas e transbordaram. — Ela me *cobriu* — sussurrou, espantada, como se houvesse acabado de se lembrar do incidente que acontecera havia tanto tempo.

Seu rosto convulsionou, ela desviou o olhar e disse baixinho:

— Sabia que eu mandei Hadassah deixar o bebê de Atretes nas rochas aqui em Éfeso? — Ela virou a cabeça de novo e o observou. — Não sabia, não é? Estou cheia de segredos terríveis. Eu o amava tanto, mas ele me odiava porque eu me casei com Primo. Queria não ter me casado, mas eu não podia fazer nada. As coisas terríveis que Calabah dizia faziam sentido, mas Atretes não quis ouvir. Quando ele se afastou de mim, eu também quis me vingar e usei meu próprio filho para isso. Eu usei meu próprio filho...

Marcus pousou a mão nos cabelos dela.

— Hadassah não teria feito isso.

— Ela disse que meu bebê era um menino perfeito, e eu a mandei...

— Ela era obediente a Deus acima de tudo e de todos, Júlia, você sabe disso. Seu filho está vivo, pode ter certeza.

As lágrimas escorriam pelas faces de Júlia, molhando seus cabelos.

— Espero que sim — sussurrou ela, com a voz entrecortada. — Deus, por favor, espero que sim.

Então prendeu a respiração, curvando-se levemente de lado quando foi tomada pela dor. Chorava baixinho, inconsolável.

Ézer misturou um pouco de mandrágora ao vinho aguado e a apoiou para que ela pudesse beber. Júlia foi relaxando lentamente enquanto a mulher velada secava o suor de sua testa e murmurava para ela, acariciando seu rosto com ternura. Suspirando, Júlia se virou de lado, segurando a mão de Ézer contra sua face.

— Ela vai dormir agora — disse Ézer, começando a limpar o quarto.

Marcus podia ver que a mulher estava exausta, pois, enquanto recolhia as roupas, mancava de forma mais pronunciada. Ele tirou a bengala dela e a deixou de lado. E, antes que ela pudesse protestar, pegou-a no colo.

— E você também — disse e a levou ao divã de dormir, encostado à parede.

Enquanto a segurava, ele sentiu seu cheiro sutil e seu coração disparou. Ela era magra e leve, e ele se lembrou de pegar Hadassah no colo certa vez, da mesma maneira. Quando colocou Ézer no chão, sentiu a tensão dela. O véu havia se afastado um pouco, e ele viu sua garganta cheia de cicatrizes. Incapaz de se conter, ele estendeu a mão para tocar com suavidade sua pele, e ela ficou rígida, pressionando os véus contra o rosto.

Marcus recuou devagar, com o coração acelerado. O que estava acontecendo com ele?

— Ézer... — disse com voz rouca.

— Vá — ela pediu, com a voz embargada de lágrimas. — Vá embora, por favor.

Ele obedeceu, mas, em vez de ir para sua câmara, desceu novamente. Jogando um manto sobre os ombros, saiu.

Ele precisava saber mais sobre ela.

Caminhou em direção ao centro de Éfeso. Era tarde, e as pessoas se reuniam em cantos e portas para rir e conversar. Passou por elas e continuou andando a passos decididos. Quando chegou a seu destino, bateu forte à porta. Um criado a abriu.

— O horário de atendimento é...

Marcus empurrou a porta e entrou na antecâmara.

— Diga ao médico que Marcus Luciano Valeriano está aqui para vê-lo por um motivo importante.

Ficou andando de um lado a outro enquanto esperava.

Alexandre surgiu com uma expressão fria.

— Rapha o mandou aqui?

— Não vim por causa de minha irmã — disse Marcus, notando que Alexandre estreitava os olhos. — Tenho algumas perguntas que gostaria que me respondesse.

Alexandre deu um sorriso irônico.

— Perguntas sobre sua saúde?

— Perguntas sobre a mulher que você enviou para cuidar de minha irmã.

— Eu não a enviei, Valeriano. Na verdade, se dependesse de mim, Rapha ainda estaria aqui comigo!

O médico deu meia-volta e saiu.

Destemido, Marcus o seguiu em direção ao pátio interno.

Alexandre se voltou para ele com os olhos escuros de raiva.

— Rapha está perdendo tempo com sua irmã, eu lhe disse isso quando a vimos pela primeira vez. Não há nada que ela possa fazer, a menos que invoque outro milagre de Deus.

— *Outro* milagre?

— Você nem sabe quem está em sua casa, não é, Valeriano?

— Então me diga.

— Tudo começou meses atrás, quando fomos chamados à casa de um artesão de imagens cuja esposa estava em trabalho de parto havia dois dias. Quando eu a examinei, vi que o bebê teria que ser extraído, ou ela e a criança morreriam. Rapha não permitiu. Ela tocou o abdome da mulher, o bebê se virou e nasceu. Simples assim — disse Alexandre, estalando os dedos e dando um riso duro. — Sua irmã nos chamou porque ouviu falar da reputação de Rapha. Ela queria um milagre também, mas não conseguiu.

Marcus estreitou os olhos.

— Você tem uma maneira singularmente desagradável de falar de Júlia. Certamente já cuidou de outras mulheres que viveram livremente como ela.

— Mais do que eu gostaria.

— E acha que todas merecem o esquecimento?

— A promiscuidade tem suas próprias recompensas.

Marcus observou o homem por um instante e sacudiu a cabeça.

— Sua aversão por minha irmã é muito mais profunda que uma repugnância a seu estilo de vida. É *pessoal*.

— Eu nunca tinha visto sua irmã antes da noite em que Rapha e eu fomos chamados à casa dela. Mas rapidamente pude perceber que ela é uma das mulheres mais egocêntricas que eu já conheci. Para ser sincero, eu estava mais que disposto a deixá-la à mercê do destino.

— Mas Ézer tinha outras ideias.

Alexandre ficou em silêncio por um momento. Queria atacar Marcus, chamar Rashid para terminar o que tentara fazer com sua preciosa faca. Mas sabia que ambas as opções eram impossíveis. Estava permitindo que seus sentimentos atrapalhassem seu bom senso. Então se forçou a responder calmamente:

— Ela não gostava da fama que estava ganhando. As pessoas estavam começando a vê-la como uma deusa, e ela sempre disse que Deus é *Rapha*, não ela. E por isso foi embora.

— Ela poderia ter ido a qualquer lugar, poderia ter deixado Éfeso. Por que ela escolheu ficar com minha irmã?

— Talvez tenha pena dela, Valeriano. Por que questionar a boa sorte? Sua irmã não tinha dinheiro, e Rapha tinha mais do que queria.

— O quê? — perguntou Marcus, atordoado.

— Rapha sustentou sua irmã até você voltar e a levar para sua casa.

Alexandre notou que essa informação era nova para Marcus e desejou ter ficado calado.

— O dinheiro não significa nada para Rapha. Ela o dá mais rápido do que o recebe.

— Não entendo... Por que ela ajudaria Júlia?

— Você nunca vai entender, Valeriano. Não sei se algum dia eu mesmo entenderei — emendou Alexandre, com um sorriso de desprezo.

Quantas pessoas no mundo abririam mão de fama e fortuna para cuidar de alguém que tentara matá-las?

Depois de um momento, Marcus murmurou, perturbado:

— Ela me faz lembrar uma pessoa que conheci.

Alexandre gelou, calafrios apreensivos lhe subiam pela coluna. Observou o rosto de Valeriano.

— Eu sei que ela é da província da Galileia — disse Marcus.

O médico sentiu a aflição aumentar.

— Como sabe disso?

— Reconheci o sotaque. E ela é cristã. — Marcus sacudiu a cabeça e olhou para Alexandre, franzindo levemente o cenho ao notar o olhar no rosto do jovem médico. O homem estava com medo! — Você sabe algo sobre ela, não sabe?

Alguém entrou na antecâmara. Quando o som de passos se aproximou do pátio, Marcus se voltou levemente e vislumbrou um homem de túnica branca, longa e esvoaçante. O homem parou e o fitou com os olhos escuros e fixos, debaixo de um manto vermelho com uma faixa preta.

— *Você!* — disse Marcus, reconhecendo-o como o homem que o atacara perto do Artemísion.

Rashid sacou a faca.

— Abaixe essa faca, seu idiota! — gritou Alexandre.

— Quem é esse homem, Amandino? — perguntou Marcus. — E o que ele tem a ver com você?

— Sou Amraphel Rashid Ched-or-laomer — disse o árabe com frieza.

Marcus o avaliou com desdém.

— Sugiro que me informe o motivo pelo qual você tentou me matar perto do Artemísion. E então pode *tentar* de novo. Mas já vou avisando que não morro com tanta facilidade quando atacado de frente.

— Rashid, não seja tolo! — Alexandre o repreendeu.

Um silêncio denso e pulsante se seguiu enquanto Rashid avaliava Marcus. Muitos jovens romanos gostavam de treinar combate corpo a corpo. Valeriano tinha compleição forte, e Rashid não via medo em seus olhos.

— Não vai responder? — perguntou Marcus com sarcasmo. Dirigiu suas próximas palavras a Alexandre, que se interpôs entre os dois. — Quem é esse homem, Amandino?

— Um tolo de cabeça quente — respondeu Alexandre, furioso por ser colocado nessa posição. — Abaixe essa faca, Rashid!

O árabe ignorou a ordem. Valeriano o havia reconhecido. Uma palavra e Rashid sabia que estaria morto. Se não fosse seu juramento a Rapha, mataria o romano nesse mesmo instante.

— O que este porco romano quer?

— Respostas! Agora! — exigiu Marcus imperiosamente. — Quem é este homem?

— Ele já disse — retrucou Alexandre, exasperado diante da arrogância inata dos Valeriano. Talvez todo romano achasse que podia dar ordens a quem bem quisesse. Lançou a Rashid um olhar colérico, dizendo: — Esqueceu seu juramento?

Um músculo pulsava sob o olho direito de Rashid. Ele fitou Marcus por mais um momento e em seguida guardou habilmente a faca na bainha presa à faixa de tecido, mas manteve a mão levemente no cabo.

Estava claro para Marcus que não receberia resposta alguma de Alexandre. O médico estava imóvel, olhando para os dois, com ar furioso.

— O que você quer de mim, Ched-or-laomer? — Marcus dirigiu a pergunta ao árabe de rosto pétreo.

Com seus olhos negros queimando como carvão em brasa, Rashid se manteve calado, desdenhoso.

Alexandre sabia que, com um leve movimento da parte deles, um ou os dois morreriam.

— Como Rashid é teimoso demais para falar o que pensa, eu lhe direi que ele jurou não levantar a mão contra você novamente.

Alexandre não revelou as condições sob as quais Rapha havia lhe arrancado o juramento.

Marcus mantinha um ar irônico e não estava convencido. Seu olhar deixava claro que pensava que Alexandre estava por trás de tudo.

— Pense o que quiser, Valeriano, mas não tenho nada a ver com o ataque dele a você. Rashid tem ideias próprias — disse o médico, fitando o árabe de semblante duro que o colocara naquela situação insustentável.

Valeriano tinha amigos nos altos escalões. Uma palavra no ouvido certo, e ele, Rashid e Hadassah se encontrariam na arena. E desta vez ninguém sairia vivo.

— Como você achou necessário arrancar-lhe um juramento, deve saber mais do que está me dizendo — Marcus comentou.

— Eu sei que ele é sanguinário e irracional! Mas talvez seja porque seu dono romano o abandonou moribundo nos degraus do templo de Asclépio — explicou Alexandre com um riso frágil. — Meu azar foi que Rapha o escolheu, entre todos os demais, para levá-lo à tenda onde ficava meu consultório médico. Nós o tratamos. Infelizmente, ele sobreviveu — ironizou, lançando a Rashid um olhar sombrio.

— Nem todos os romanos são desprezíveis — retrucou Marcus.

— Você já teve um escravo árabe? — perguntou Alexandre, tentando descomplicar o assunto.

— Nunca na vida deixei um escravo moribundo nos degraus do templo, nem o faria. E, para responder à sua pergunta, não, eu nunca tive um escravo árabe. — Lançando um olhar desdenhoso a Rashid, acrescentou: — Nem pretendo.

Rashid sorriu com frieza.

— Como eu lhe disse, foi um terrível mal-entendido — Alexandre se dirigiu a Rashid, esperando que o tolo tivesse o bom senso de manter a farsa. — Talvez agora você acredite em mim.

— Devo aceitar a palavra de um romano? — o escravo perguntou.

Marcus se aproximou.

— Qual era o nome desse seu dono?

— Rashid é um homem livre agora — disse Alexandre quando ficou claro que o árabe não tinha a intenção de agraciar Marcus com resposta alguma a pergunta alguma.

— Segundo qual autoridade? — perguntou Marcus, sem dar as costas a Rashid. — Sua, Amandino?

— Pela autoridade de tudo que é decente e justo! Devo salvar um homem e devolvê-lo àqueles que quase causaram sua morte?

Marcus se surpreendeu com a raiva de Alexandre. Parecia muito intensa, passional demais. Que razão ele tinha para tais emoções em relação aos romanos e seus escravos? Ele o observou, pensando em suas palavras.

— Você tem o hábito de resgatar aqueles que foram descartados de maneira tão desprezível?

Alexandre ficou grato pelo fato de o assunto ter se afastado de Hadassah, ao mesmo tempo em que se sentia perturbado por ter de defender suas práticas médicas.

— Eu precisava de pacientes com quem treinar minhas habilidades.

— Treinar? — Marcus repetiu, contrariado.

— Como a maioria dos médicos, eu desprezo a prática da vivissecção — disse Alexandre, furioso. — Essa parecia ser minha única alternativa para estudar a anatomia humana. Ninguém se importa de perder um escravo abandonado. Quando eu fazia isso, escolhia com cuidado, tratando apenas aqueles que achava que poderia salvar. Ou então escolhia casos desafiadores que me dessem a oportunidade de tentar uma cura.

— Quantos desses seus experimentos morreram?

Alexandre retesou a mandíbula.

— Muitos — respondeu —, mas menos do que se eu não tivesse intercedido. Talvez você seja como muitos outros que não sabem o que acontece fora de seu pequeno reino particular. Qualquer um que tenha observado as práticas do templo sabe que os sacerdotes só aceitam aqueles cujas chances de sobrevivência são boas. Eles recuperam a saúde dos escravos para vendê-los e embolsar o dinheiro. O restante das pobres almas deixadas nos degraus é abandonado por todos. Eu vi alguns que sofriam de doenças particularmente repulsivas sendo despachados pelos sacerdotes antes do amanhecer. Assim podem remover os corpos antes que a multidão chegue com oferendas votivas. — Deu um sorriso cínico. — Afinal não é bom para os negócios que os adoradores vejam tantos morrerem nos degraus de um templo em honra a um deus da boa saúde e da cura, não é?

— Foi assim que você encontrou Rapha?

Alexandre ficou paralisado diante da pergunta. Pensou depressa e vislumbrou uma maneira de proteger a identidade dela, dizendo a verdade.

— Ela foi a primeira — admitiu. — Nunca mais tratei alguém tão gravemente ferido. Foi pela graça de Deus que ela sobreviveu, Valeriano, não por minhas habilidades.

— O que o fez escolhê-la, então?

— Ela diria que foi Deus. Talvez tenha sido. Quando a vi, a única coisa que eu soube foi que tinha que fazer tudo que pudesse para mantê-la viva. Não foi fácil. Ela sofreu dores insuportáveis durante meses e vai carregar as cicatrizes do que enfrentou pelo resto da vida. É por isso que ela usa véus, Valeriano. Sempre que as pessoas viam o rosto dela, afastavam o olhar — esclareceu Alexandre, com um sorriso sarcástico. — Essa é uma infeliz característica da humanidade, não é? A maioria das pessoas não vê a beleza interior por trás das cicatrizes superficiais. — Olhou com frieza nos olhos de Marcus. — E outros só querem satisfazer sua curiosidade mórbida.

— Você acha que é por isso que estou aqui, não é? Para satisfazer minha curiosidade?

— E não é? Seja qual for o mistério que você acha que existe, Valeriano, está só em sua cabeça. As razões de Rapha para usar véus são óbvias e bem fundamentadas. Qualquer pessoa com um pingo de decência respeitaria seus desejos. Talvez fosse bom você pensar nos sentimentos dela, especialmente porque é somente Rapha que separa sua irmã do fogo do inferno!

Marcus olhou para os dois homens, sabendo que não descobriria mais nada ali. Atravessou a antecâmara e foi até a porta.

Assim que ele saiu, Rashid olhou para Alexandre.

— Acha que ele acreditou em você?

— Por que não acreditaria? Eu disse a verdade.

— Não a verdade toda.

— Eu disse o suficiente — emendou Alexandre, indiferente, com a voz tomada de raiva. — Muito mais até do que ele merecia ouvir.

49

Marcus foi ver Júlia quando voltou para casa. Assim que notou Ézer parada na varanda ao luar, com as mãos para o céu, sentiu uma pontada de dor. Observou-a por um momento, tentando dominar suas emoções. Sacudindo a cabeça, desviou a atenção de Ézer e foi até a cama de Júlia.

Franziu o cenho. Mesmo dormindo, Júlia parecia perturbada. Talvez porque a morte estava próxima. Inclinou-se e afastou delicadamente alguns fios de cabelo escuro de seu rosto pálido. Sentiu-se tomado de tristeza. Como era possível que a irmã que ele adorava tivesse chegado a isso? Como era possível que ele mesmo tivesse pensado que não a amava mais?

Ela se mexeu ao toque dele, mas não acordou.

Endireitando-se, ele foi até Ézer, que agora estava com as mãos levemente apoiadas na mureta.

— Ela parece estar dormindo profundamente — disse, parando ao lado dela.

O coração de Hadassah batia como as asas de um pássaro preso. Esperava que Marcus saísse do quarto depois de ver Júlia, não que fosse falar com ela.

— É a mandrágora, meu senhor. Ela só vai acordar amanhã — disse ela, olhando para a cidade, porque não suportava a dor de olhar para ele.

Sempre que o fitava, pensava na linda jovem que fora vê-lo, acompanhada do pai. Seus dedos ficaram brancos de tanto apertar a mureta e lutar contra as turbulentas emoções. Ainda estava apaixonada por Marcus. Soubera disso desde a primeira vez que o vira novamente. Ela tentara vencer esse sentimento, mas seu amor só se fortalecia a cada dia. No entanto, quando vira Tafata olhando para ele com um olhar amoroso, quisera fugir da dor que cresceu dentro dela.

Só mais tarde, durante suas orações, ocorrera-lhe quanto Satanás podia ser astuto. Seu amor por Marcus poderia se tornar uma ferramenta contra ela, pois, quando seu coração e sua mente estavam nele, Júlia ficava esquecida.

Nada deveria distraí-la de sua missão ali. Nem ninguém. Não podia perder tempo lamentando o que poderia ter sido com Marcus ou ser dominada pela tristeza por ele se casar com outra mulher. Era certo e natural que ele se casasse. Deus havia dito que não era bom para o homem ficar sozinho. E Marcus estava sozinho.

Assim como você, foi o pensamento insidioso que invadiu sua mente. Mas ela se recusava a se abrir para ele.

Oh, Deus, ajuda-me a não desperdiçar um único momento do tempo de Júlia pensando em mim e nas coisas que poderiam ter sido.

Ainda assim, a dor tomou conta de seu coração quando o homem que ela amava parou ao seu lado.

— Ela está perto do fim, não é? — disse Marcus, sombrio.

— Sim.

— Ela está decidida a não acreditar em um Salvador, Ézer, qualquer um.

Ele sabia como era. Acaso não havia feito o mesmo durante todos aqueles meses que viajara pela Palestina?

— Eu não vou desistir dela.

Ele olhou para a cidade escura e adormecida. Apesar de sua afluência e grandeza, Marcus sentia que Éfeso estava morrendo por sua própria corrupção, assim como Júlia estava morrendo pela dela. No entanto, ele vira na irmã o mesmo anseio que ele mesmo sentira. Por que não reconhecera antes o que era?

Fechou os olhos. Até que ponto a recusa de Júlia em aceitar Cristo era decorrente da falta de perdão por parte de Marcus? Em algum momento durante as últimas semanas, ela havia passado da revolta à aceitação de seu destino. Mas a salvação exigia mais que só lamentar o passado. Exigia arrependimento. Exigia Cristo. Júlia tinha que continuar seguindo a estrada, mas estava tão perto do fim que parecia incapaz de compreender qualquer outro caminho que se abrisse para ela, exceto aquele que pavimentara para si. A morte.

Oh, Deus, quanto disso é responsabilidade minha, por eu não querer perdoá-la como tu me perdoaste?

— Ah, meu senhor — sussurrou Ézer —, se ao menos eu conseguisse fazê-la ver...

Suas palavras desviaram os pensamentos de Marcus de si mesmo. Não sabia se ela estava orando ou falando com ele.

— Você tentou, Ézer — disse, querendo consolá-la.

Ele é que não havia feito o que Deus queria que fizesse.

Ela inclinou a cabeça.

— Quero que Júlia saiba que a morte não é o ocaso, e sim a alvorecer. Oh, Deus, como faço isso?

Notando as lágrimas em sua voz, Marcus pousou a mão sobre a dela, que ergueu a cabeça e retirou a mão. Embora ela continuasse a seu lado, Marcus sentiu a distância entre eles.

— Por que tem que ser assim? — ele disse com voz rouca, sem saber ao certo o que estava perguntando nem a quem.

— Precisa me ajudar com Júlia — pediu Ézer, com a mão apertada sobre o coração. — O senhor precisa me ajudar.

— Como?

— Perdoe a sua irmã.

— Eu já a perdoei — ele respondeu, zangado e se defendendo. — Acha que eu quero que minha irmã queime no inferno?

Mas então desviou o olhar, envergonhado. Acaso não havia desejado isso? Até poucas horas atrás, não era exatamente o que ele queria?

— Perdoe-a mais uma vez, Marcus. Perdoe-a de novo e de novo, independentemente do que ela tenha feito para magoá-lo. Faça-o quantas vezes forem necessárias para ela acreditar que está falando sério. Eu já disse e fiz tudo o que podia, e não consegui. Talvez Deus espere que você mostre a ela o caminho. Por favor, Marcus, mostre o caminho a Júlia.

Ela foi sair, mas ele a pegou pelo pulso.

— Por que você a ama tanto?

— Tem que haver um motivo?

— Sim.

— Jesus nos pede para amarmos uns aos outros como ele nos amou.

— Não me dê um mandamento como resposta, Ézer. Para mim deveria ser mais fácil amá-la, considerando que é minha irmã. No entanto, você é quem a tem amado. O tempo todo tem sido você, mais que qualquer outra pessoa.

Ele sentia a tensão dela. Queria poder arrancar-lhe os véus, mas a advertência de Amandino ainda estava fresca em sua mente. E os sentimentos dela? E os de Júlia?

— Não posso lhe dar respostas se eu mesma não as tenho — disse ela.

Em sua voz trêmula, ele notou as emoções que ela queria esconder. Mas por quê?

— Tudo que sei é que, desde a primeira vez que vi sua irmã, eu a amei como se fosse de minha própria carne e sangue — acrescentou ela. — Houve momentos em que desejei que Deus me desse uma trégua, mas ele me sobrecarregou de amor por Júlia. E eu a amarei até que Deus diga o contrário.

Marcus a soltou devagar. Afastando-se dele, Hadassah voltou mancando ao quarto de Júlia e se sentou na cadeira ao lado da cama. Ele entrou e se colocou atrás dela. Ela o deixara vislumbrar sua própria luta. Marcus pousou as mãos nos ombros da mulher velada e a sentiu enrijecer.

Ela sempre se afastava dele. Por quê? E por que ele desejava tão desesperadamente que ela não se afastasse? Confuso e perturbado, ele recuou.

— Mande me chamar quando ela acordar — disse e saiu do quarto.

Júlia acordou brevemente pela manhã e depois entrou em coma.

50

Esdras Barjachin foi falar com Marcus na mesma tarde. Enquanto estavam fechados na biblioteca, Alexandre Demócedes Amandino chegou, a pedido de Rapha.

— Ela está assim o dia todo — começou Hadassah. — O efeito da mandrágora já passou há horas.

Ele levantou as pálpebras de Júlia e recuou.

— É bastante improvável que ela saia disso — falou com franqueza. — É o último estágio antes da morte.

— Ela não pode morrer, Alexandre! Ainda não. Precisa me ajudar a tirá-la desse estado.

— É o que estou tentando lhe explicar. Não há nada que possamos fazer. *Acabou*. Já fizemos tudo que podíamos. Deixe-a ir.

— Então ela simplesmente vai embora assim?

— Em paz.

Hadassah afundou na cadeira e chorou. Alexandre franziu o cenho. Por alguma louca razão, Hadassah se dedicara a essa jovem egoísta e cruel, e o fizera de todo o coração. Repentinamente, ele desejou que tudo houvesse saído como ela esperava.

Suas lágrimas o perturbavam. Por ela, Alexandre fez outro exame mais aprofundado em Júlia. Ela havia emagrecido até lhe restarem apenas pele e ossos desde a última vez que a vira. As lesões haviam piorado, espalhando a infecção por todo o corpo. Pela primeira vez desde que conhecera Júlia Valeriano, ele ficou comovido. Independentemente do que tivesse sido ou feito, ela era um ser humano.

Ao se endireitar, viu a bandeja de comida intocada.

— Se ela acordar, não lhe dê nada sólido para comer. Somente caldo ou um mingau ralo — disse ele, sem saber que a bandeja havia sido levada para Hadassah. — Mas acho que seria mais sensato não nutrir esperanças.

Ele pegou uma caixinha de medicamentos em seu estojo e entregou a Hadassah. Ela a girou na mão, reconhecendo os entalhes.

— Ainda tenho um pouco de mandrágora — informou, devolvendo-a.

Ele a pegou e a apertou na mão. Com um suspiro, colocou-a de volta no estojo e o deixou de lado.

— Precisamos conversar — disse, pondo a mão sob seu braço e puxando-a para levantá-la com firmeza.

Quando estavam na varanda, ele a fez girar para fitá-lo.

— Você fez tudo que pôde, Hadassah. Precisa deixá-la ir.

— Não posso. Ainda não.

— Então quando?

— Quando ela aceitar Cristo...

— Se ela não o aceitou até agora, nunca o aceitará.

— Não diga isso!

Alexandre a puxou para seus braços, apoiando sua nuca.

— Você não pode salvar o mundo, pequena.

Ela se agarrou à túnica dele.

— Não posso salvar ninguém — disse, derrotada, afundando o rosto em seu peito. Estava exausta fisicamente, sobrecarregada e triste.

— Decidi pegar um navio para Roma e oferecer meus serviços ao exército romano — Alexandre revelou inesperadamente.

Atordoada, Hadassah recuou.

Ele não estava pronto para lhe contar todas as suas razões, então escolheu apenas as que ela aceitaria com facilidade.

— Médicos militares têm menos restrições que eu, e viajar com as legiões vai expandir meus conhecimentos e experiências. Poderei aprender sobre novas ervas e colhê-las. Pense nas possibilidades, Hadassah. Você sabe que o estíptico *barbarum* foi descoberto na fronteira, assim como a *radix britannica*, que tem tido sucesso no combate aos efeitos do escorbuto. Precisamos aprender mais, e não posso fazer isso aqui, no conforto de Éfeso.

Ele a segurou pelos pulsos, e seus olhos queimavam, intensos.

— Seu trabalho aqui acabou, Hadassah. Quero que você venha comigo.

Olhando para ele, vendo seu amor e preocupação, ela ficou tentada. Alguns momentos antes da chegada de Alexandre, ela ouvira Lavínia dizer a outra escrava que Marcus estava falando com Esdras Barjachin. Teve ainda mais certeza de que Esdras estava ali para oferecer a mão de sua filha em casamento a Marcus. E, para que ele encontrasse a felicidade, o melhor seria concordar.

Agora que Júlia não estava mais consciente de sua presença, Hadassah se perguntava que propósito haveria para ela ficar ali por mais tempo. Perguntava-se por que Deus a levara para lá.

— Venha comigo — pediu Alexandre.

Ela queria ir. Queria fugir da mágoa e da sensação de fracasso que a dominavam. O que mais poderia fazer por Júlia? E amar Marcus só lhe causava angústia, porque não levaria a nada. Deus tinha planos para ele — planos que incluíam uma bela e jovem judia cristã de Jericó, não uma mulher manca cheia de cicatrizes.

— Pense em todas as pessoas que você poderia ajudar — prosseguiu Alexandre, persuasivo, encorajado pela incerteza que via nos olhos de Hadassah. — Você está aqui há meses, cuidando de uma mulher que está morrendo, enquanto poderia ter ajudado uma dezena de doentes a viver. Por que ficar mais tempo se obviamente não há esperança para ela?

Ela fechou os olhos, tremendo como se estivesse exposta ao vento.

— Venha comigo. — Ele levantou os véus e tomou seu rosto. — Por favor, Hadassah, venha comigo.

Oh, Deus, por que não posso dizer "sim"? Por que me prendes aqui?, gritou seu coração. Mas ela sabia que, independentemente do que sentisse e de quanto doesse, já havia feito sua escolha havia muito tempo.

Ele percorreu o rosto dela com os olhos, tentando entender.

— Não posso deixá-la, Alexandre. Devo ficar com Júlia até ela dar o último suspiro.

A dor atravessou o semblante de Alexandre, e ele afastou as mãos do rosto dela.

— Tem certeza de que não é Marcus Valeriano que a prende aqui agora?

Ela puxou os véus para baixo e não respondeu.

Alexandre não a deixaria se afastar dele. Segurou-a forte pelos braços.

— O que você diria se eu dissesse que a amo? Porque eu a amo! Hadassah, eu a amo! Isso não faz diferença?

— Eu também o amo, Alexandre.

Ao ouvir suas palavras suaves, o espírito dele alçou voo, só para ser abatido no segundo seguinte, quando ela prosseguiu:

— Eu sempre o amarei por sua gentileza comigo, por sua compaixão por inúmeros outros, por sua sede de conhecer a verdade...

— Eu não estou falando de amor fraternal.

Ela estendeu a mão e tocou o rosto dele com ternura. Ficou calada por um longo instante, até que sorriu com tristeza.

— Oh, Alexandre, eu gostaria de poder lhe dar o que você deseja, mas não o amo do jeito que amo Marcus.

As palavras feriram o coração de Alexandre, e ele teria se afastado se ela não mantivesse a mão em sua face, urgindo-o a encará-la. Então ele a fitou, encontrando seus olhos calorosos.

— Nem você me ama do jeito que ama sua profissão.

Ele queria negar, argumentar, mas não podia. Sabia que ela estava certa. Suspirou com suavidade e desviou o olhar.

— Você tem o dom de chegar ao âmago das coisas.

— Nem sempre — disse ela, pensando em Júlia.

Se pudesse chegar ao âmago das coisas, não poderia ter encontrado uma maneira de chegar até Júlia?

Oh, Deus, exceto por ti, Senhor, eu me sinto tão só!
Alexandre decidiu lhe contar o resto. Soltando-a, começou:
— Marcus Valeriano foi me procurar ontem à noite.
O coração de Hadassah disparou.
— O que ele queria?
— Queria saber mais sobre você. Ele está juntando as peças, Hadassah. E Rashid chegou no momento errado.
— Marcus o viu?
— Sim, e houve alguns momentos em que precisei relembrar a Rashid o juramento. Marcus vai satisfazer a curiosidade sobre você de um jeito ou de outro. E o que ele fará quando descobrir quem você é não sei dizer. Mas nunca se esqueça de que essas pessoas são as mesmas que a jogaram aos leões. — Ele colocou a mão por baixo dos véus para roçar sua face. — Você estaria mais segura comigo.
— Mesmo assim, devo ficar aqui.
Ele a fitou. Queria aceitar suas palavras e respeitar sua decisão, mas não podia. Continuou pressionando, usando todos os meios de que dispunha para dissuadi-la de ficar. Se ele tivesse parado para se perguntar por que estava tão determinado, simplesmente pensaria que era a preocupação com ela que o motivava. Ele nunca teria imaginado ou acreditado que havia um propósito mais profundo e sombrio.
— E se eu for embora de Éfeso? — argumentou ele em tom de desafio, mas de forma gentil. — Para onde você vai quando ela morrer? Se eu não estiver mais aqui, o que você vai fazer?
Ela sacudiu a cabeça, incapaz de pensar nesse momento.
— Você precisa pensar, Hadassah. Temos que ficar juntos. Pense no que poderíamos aprender e no que poderíamos fazer pelos outros. Assim que Júlia se for, você terá que partir.
— Quando você vai embora?
— Daqui a alguns dias.
Estava mentindo para ela pela primeira vez, sem escrúpulo algum, porque acreditava que era para o bem dela.
— Vou encaminhar todos os meus pacientes para Flégon e Troas — prosseguiu ele, com um sorriso irônico. — Desnecessário dizer que ambos ficarão surpresos com isso. Nós discordamos em muitas coisas, mas eles são os médicos mais habilidosos e experientes de Éfeso. Prefiro confiar meus pacientes a eles a pedir ajuda aos sacerdotes do templo de Asclépio.
Hadassah sacudiu a cabeça.
— Eu fiz tudo que podia aqui — sussurrou.
Alexandre não sabia se Hadassah estava falando com ele ou consigo mesma, mas sentiu a vulnerabilidade dela. Uma força que ele não reconheceu em si o fez aproveitar a oportunidade.

— Você fez tudo que o homem conhece. O que mais pode fazer?
— Confiar em Deus.
Ele se afastou, frustrado.
— Vou embora assim que ajeitar tudo no consultório.
— E Rashid? — ela perguntou.
— Ele vai ficar e observar.
— Leve-o com você.
Ele a fitou, surpreso.
— Mesmo que eu quisesse, ele não iria, você sabe disso. E, agora que Marcus tem ciência de que foi Rashid que o atacou, a vida dele corre perigo. Você sabe o que fazem com um escravo que levanta a mão contra um romano.
— Então ele tem que partir com você.
— Ele não vai, a menos que você vá também.
Hadassah estava arrasada. A situação de Rashid parecia ofuscar as preocupações que ela tinha por Júlia.
Era o que Alexandre esperava, certo de que a colocava como prioridade.
— Mande me avisar o que decidir. — Inclinou-se para beijar a face de Hadassah por cima dos véus. — Não há mais nada que você possa fazer aqui. Deixe a pobre garota descansar em paz, Hadassah. Deixe-a ir.
Ela o observou sair da sala, perturbada com o que ele havia dito. Deixá-la ir? Deixá-la ir para o inferno? Como era seu costume, voltou-se para o Senhor. *O que eu devo fazer? Mostra-me a verdade.*
Hadassah sabia que Alexandre se preocupava sinceramente com ela e com Rashid. No entanto, enquanto rezava, também sabia que havia algo de errado em tudo que ele havia dito.
E então entendeu. Viu claramente o que havia por trás de sua inquietação, pois o Espírito que habitava dentro dela lhe revelou. Nem tudo estava perdido, nada era difícil demais para Deus. Nem mesmo a morte iminente poderia afastá-lo daqueles que eram seus. E Júlia ainda podia ser uma serva de Deus. Se Hadassah partisse agora, estaria abandonando Júlia no momento em que mais precisava dela.
Oh, Deus, perdoa minha dúvida e renova teu Espírito dentro de mim para que eu possa cumprir teu propósito aqui. Permite que eu não confie em meu próprio entendimento ou no de Alexandre.
Quando se levantou, ela sabia que Alexandre não reconhecera as forças invisíveis que haviam atuado naquilo que ele acabara de tentar fazer. Ele não reconhecera o joio do trigo, nem o inimigo sombrio e malévolo que lhe dera as palavras para que semeasse e assim a enfraquecesse.
Poderia ter dado certo. Sim, poderia. Mas pela graça de Deus... Grata e fascinada, Hadassah mais uma vez tomou seu lugar ao lado da cama de Júlia, louvando a Deus por sua proteção.

Ao anoitecer, Lavínia entrou com uma bandeja de comida. Viu a bandeja intocada que havia levado ao meio-dia e olhou para Ézer.

— A refeição não foi de seu agrado, minha senhora?

— Tenho certeza de que a comida está maravilhosa, Lavínia, mas por favor leve as bandejas. Mandarei buscar algo quando estiver pronta.

A moça obedeceu, sabendo, por suas palavras, que Ézer jejuaria e rezaria até o fim chegar.

— Posso lhe trazer vinho, minha senhora?

— Uma bacia de água fresca da fonte seria bom.

Lavínia voltou rapidamente com o pedido de Hadassah.

— Obrigada, Lavínia.

Ela mergulhou um pano limpo na água, o torceu e lavou o rosto de Júlia delicadamente. Júlia não acordou.

Marcus veio na tarde seguinte. Hadassah se levantou, afastando-se quando ele se sentou ao lado da cama. Ele parecia preocupado, e ela se perguntou se estaria pensando no que Esdras Barjachin lhe dissera. Ele pegou a mão inerte da irmã entre as suas e ficou observando seu rosto. Quando falou, Hadassah sabia que se dirigia a ela.

— Iulius disse que mamãe se recusa a comer. Ela fica sentada na varanda com os olhos fechados. Ele disse que não sabe se ela está jejuando e orando ou simplesmente indo embora. — Marcus baixou a cabeça, dizendo com voz rouca e sofrida: — Meu Deus, será que vou perder as duas ao mesmo tempo?

Os olhos de Hadassah se encheram de lágrimas, pois o rosto de Marcus estava tomado de cansaço e tristeza. Ela sofria por ele.

— Não devemos perder a esperança, meu senhor.

Havia sinceridade em suas palavras, mas pareciam vazias no quarto silencioso, com Júlia inerte na cama.

— Esperança... — disse ele com tristeza. — Eu acreditava que havia encontrado a esperança, mas não sei mais.

Marcus se inclinou para a frente e passou levemente os dedos pelos cabelos escuros de Júlia, espalhados pelo travesseiro. Levantou-se devagar e se inclinou, dando-lhe um beijo na testa.

— Mande me chamar se houver alguma mudança.

Hadassah tomou seu lugar ao lado de Júlia.

O CÁLICE DE OURO

51

Marcus entrou no quarto enquanto a luz da manhã se esgueirava pela parede. Hadassah o fitou e viu a palidez e a tensão em seu rosto. Levantou-se da cadeira ao lado da cama de Júlia para ele se sentar perto da irmã.

— Nenhuma mudança? — ele perguntou.

— Não, meu senhor.

— Já se passaram três dias — disse ele, aflito. — Por favor, fale com minha mãe, Ézer. Ela ainda não está comendo nada e passou a maior parte da noite acordada. Estou preocupado, ela não tem forças para jejuar.

— Rezarei com ela, meu senhor.

Ela não faria mais que isso, pois, se Febe achava que Deus lhe pedia para orar e jejuar, assim ela o faria. Marcus se sentou, cansado. Ela percebeu sua angústia e pousou a mão em seu ombro, apertando levemente.

— Confie no Senhor, Marcus. Estamos todos em suas mãos, e ele nos garantiu que tudo obra para o seu bom propósito.

— Eu não tenho a sua fé, Ézer.

— Tem o suficiente.

Quando ele foi cobrir a mão dela com a sua, ela recuou. Foi mancando em direção à porta e saiu. Deprimido, ele apoiou os cotovelos na beirada da cama. Passando os dedos pelos cabelos, descansou a cabeça nas mãos.

— Jesus... — disse, mas não ouviu nada. — Jesus...

Estava cansado e desanimado demais para rezar ou pensar. Nos três dias desde que Júlia havia adormecido, sua mãe parecia estar se esvaindo também. Ele perderia as duas e tinha de se resignar a isso.

Jesus, seu coração chorou mais uma vez.

Um vento agradável entrou pela varanda e, como um sussurro de gentileza, roçou a testa de Júlia. Ela inspirou fundo e expirou, virando a cabeça para ele. Abriu os olhos e viu Marcus sentado ao lado de sua cama, com a cabeça entre as mãos.

Ele estava abatido. Júlia estendeu a mão debilmente e deslizou os dedos nele, desejando confortá-lo. Marcus se sobressaltou e levantou a cabeça.

— Júlia — disse com voz rouca, olhando para ela.

— Fico feliz por você ter voltado — ela comentou com suavidade.

Ele segurou com força sua mão e a beijou. Lágrimas enchiam os olhos dela, de modo que ela mal podia ver seu rosto. Ele a amava, afinal. Oh, Deus, ele a amava!

Uma brisa estranhamente reconfortante acariciou o rosto de Júlia. Ela se sentia fraca e leve, como se aquele vento suave pudesse levantá-la e levá-la embora, como uma folha de outono. Mas ela ainda não estava pronta. Tinha medo, não sabia para onde a brisa a levaria. Uma escuridão opressiva parecia se fechar à sua volta, e o peso de seu coração não diminuiu nem por um momento.

— Sinto muito por tudo, Marcus — sussurrou ela.

— Eu sei. Eu a perdoo, Júlia. Vamos esquecer isso.

— Ah, se fosse tão fácil assim...

— É sim, pequena. Ouça, Júlia, eu fui um idiota. Há muitas coisas que quero lhe dizer.

Mas o tempo estava se esgotando.

— Lembra que Hadassah costumava contar histórias? Quero lhe contar uma história, a *minha* história.

E assim ele começou falando do tempo em que três imperadores governaram Roma em um ano e metade de seus amigos foram mortos. Falou de seu desejo por mulheres, por banquetes intermináveis, bebidas, jogos, coisas de que costumava usufruir para saciar um anseio íntimo. Seu lema era: "Coma, beba e seja feliz, pois amanhã estaremos mortos". Mas mesmo assim nada o satisfazia, nada preenchia o vazio que havia dentro dele.

Então Hadassah entrara na vida de sua família, atada a outros sobreviventes do holocausto em Jerusalém.

— Mamãe a comprou e a deu a você. Havia algo diferente nela desde o começo. Apesar de tudo que ela havia passado, havia paz dentro dela. Eu a encontrava à noite no jardim enluarado orando a Deus por você, por mim, por todos nós. — Ele suspirou, apertando a mão de sua irmã. — Você não foi a única a zombar dela.

Hadassah foi mancando pelo corredor superior após deixar os aposentos de Febe. Quando se aproximou do quarto de Júlia, ouviu Marcus falar. Entrou em silêncio, e seu coração deu um salto ao ver a moça de olhos abertos. Ela ouvia atentamente Marcus, que lhe contava sobre a queda de Jerusalém e um velho que chorava ao lado do que restava do muro do templo.

Marcus ergueu os olhos quando Ézer entrou. Continuou contando a sua irmã que fora atacado por ladrões na estrada para Jericó e como Esdras Barjachin e a filha Tafata salvaram sua vida.

— Eu disse a ele o que Hadassah havia me dito sobre o Senhor e o vi mudar, Júlia.

Hadassah notou a profunda emoção na voz de Marcus quando ele contou à irmã sobre sua jornada à aldeia de Naim. Apertou forte a bengala.

— Eu encontrei a casa onde Hadassah morava e me abriguei lá. Costumava passear pelas encostas das colinas, depois comprava vinho e bebia até esquecer. As pessoas deviam pensar que eu estava louco, mas me deixavam em paz. Ninguém se atrevia a questionar um romano. Ninguém exceto uma senhora muito idosa que me importunava o tempo todo — contou ele, dando um riso rouco. — Débora.

Hadassah se sentou pesadamente do outro lado da cama de Júlia. Sem desviar os olhos de Marcus, Júlia foi tateando até encontrar a mão dela. Hadassah olhava para Marcus através dos véus... e das lágrimas.

Ele prosseguiu, contando como Débora o levara para a montanha e o mandara ir ao mar da Galileia, onde ele conhecera Paracleto, e depois, em Cafarnaum, Cornélio.

— Eu nunca tive uma sensação como a que senti naquele dia, Júlia. De *liberdade*, de uma alegria inexplicável. Era como se eu tivesse passado toda a minha vida morto e de repente estivesse vivo — disse, pousando levemente a mão na testa da irmã. — Você também pode se sentir assim.

— Você não fez o que eu fiz — Júlia observou com tristeza. — Você nunca pecou da maneira que eu pequei.

Hadassah apertou gentilmente a mão dela.

— Todos nós pecamos, Júlia, e não existe um pecado maior que o outro. Deus vê todos os pecados da mesma forma. Foi por isso que ele enviou Jesus para expiar por nós, por todos nós.

Júlia pestanejou para conter as lágrimas e olhou para o teto.

— Vocês não podem entender. Vocês são bons. Eu sou má.

Oh, Deus, abre seus ouvidos para que ela possa ouvir com o coração!

— Júlia — chamou Hadassah —, você se lembra da samaritana do poço? Lembra-se de Maria Madalena? A samaritana foi a primeira a saber que Jesus era o Messias, e Maria, a primeira a saber que ele havia ressuscitado no túmulo.

— Ézer não entende — disse Júlia ao irmão —, ela não sabe. Oh, Marcus, eu sei que você não quer que eu fale dela de novo, mas não posso evitar. Não consigo parar de pensar nisso. Não posso...

— Então diga o que precisa dizer.

Ela olhou para o teto mais uma vez, sentindo-se miserável e perdida.

— Ela era minha melhor amiga — sussurrou com os lábios trêmulos ao confessar o pecado que mais pesava em seu coração. — Ela me amava, e eu a mandei para a morte na arena porque estava com ciúme. Matar Hadassah foi como matar o amor.

Ézer recuou, atordoada. Marcus olhou para ela, notando o tumulto que a invadira.

Júlia pestanejou para conter as lágrimas e encarou o irmão.

— Marcus, você a amava. Eu ouvi quando você a pediu em casamento. Na arena, eu lhe disse que mandei matá-la porque ela o rejeitou, mas foi mais que isso. Eu matei Hadassah porque ela era tudo que eu não era. Ela era fiel, gentil, *pura*. Não importava como eu a tratasse, ou como Calabah e Primo a tratassem, ela nunca mudava.

Júlia foi tateando até pegar a mão de Marcus e a apertou com força.

— Foi difícil para ela lhe dizer "não", Marcus, mas eu sei que você não pensava assim. Você estava tão furioso que nem me viu quando saiu. E foi assim: eu a vi em meu quarto de joelhos, chorando. Mas não quis lhe contar.

Marcus inclinou a cabeça.

Júlia chorou também, ao recordar.

— Que o Deus dela me perdoe. Eu estava lá aplaudindo quando ela morreu, mas, quando acabou, quando ela estava morta e você foi embora, eu só gritava. Eu continuava ouvindo o rugido daqueles leões e a via caída, morta, na areia. Eu sabia o que tinha feito, eu sabia. Oh, Deus, *eu sei*. E Calabah e Primo zombaram de mim por isso. — Ela tremia, soluçando. — Não há perdão para mim! Como posso pedir perdão a alguém que eu assassinei? Hadassah está morta. Oh, ela está morta, e a culpa é minha. A culpa é minha.

Angustiado, Marcus olhou para Ézer.

— Dê-lhe um pouco de mandrágora — pediu.

Não lhe ocorria outra maneira de consolar a irmã ou de poupar a si mesmo de tanta dor.

Hadassah tremia violentamente.

— Deixe-me sozinha com ela, meu senhor.

— Maldição, dê *alguma coisa* para ela!

— Por favor — insistiu Hadassah com voz gentil, mas urgente e firme. — Faça o que lhe peço.

— Não me deixe — disse Júlia, chorando, quando ele soltou sua mão e se levantou. — Estou com medo.

— *Vá!*

Marcus saiu, tanto para fugir da dor quanto para fazer o que Ézer lhe pedia. Agarrou-se ao parapeito em frente à câmara de Júlia, tentando controlar suas emoções. Quanto de tudo isso era culpa dele?

Meu Deus, quantas mortes se seguirão por causa de minha cegueira?

---|-|---

Hadassah se sentou na beirada da cama.

— Fique calma, minha senhora — disse, acariciando a testa de Júlia. — Chamarei Marcus daqui a pouco, mas preciso falar com a senhora a sós.

E soltou a mão de sua ama. Seu coração batia rápido.

— Eu a perdoo, Júlia.

Ela viu a moça franzir levemente o cenho.

— Eu a perdoo — repetiu, enquanto levantava os véus.

A princípio, Júlia a fitou e não a reconheceu, vendo apenas as cicatrizes terríveis que a desfiguravam. Então olhou nos olhos de Ézer e arregalou os seus até que tomaram todo o seu rosto pálido. Prendendo a respiração, recuou.

Hadassah sempre vivera com medo e sabia o poder que esse sentimento exercia sobre as pessoas.

— Não tenha medo de mim, Júlia, não sou um fantasma — falou. — Estou viva e a amo.

Júlia respirava ofegante.

— Você está morta. Eu vi o leão, vi seu sangue.

— Eu fiquei gravemente ferida. Mas Deus falou com Alexandre, e ele me recolheu na Porta da Morte para tentar me fazer viver. — Pousou levemente a mão sobre a de Júlia. — Eu a amo.

— Oh... — exclamou Júlia e, com dedos trêmulos, estendeu a mão e tocou o rosto de Hadassah. — Sinto muito. Oh, Hadassah, sinto muito. — Chorou de novo. — Eu lamento, eu lamento.

— Oh, Júlia, não precisa mais lamentar — disse Hadassah com voz clara, embora trêmula de emoção. — Eu já a havia perdoado antes de entrar na arena. Eu abençoei seu nome porque foi graças a você, foi por ter sido mandada para a arena, que Deus me livrou do *meu* medo.

Ela contou a Júlia sobre o medo que sentira em Jerusalém, o medo da perseguição se alguém descobrisse que ela era cristã. Falou sobre sua luta para levar a Boa-Nova a Júlia e sua família, sobre o medo de que alguém soubesse de sua fé em Jesus.

— E eu bati em você — Júlia relembrou, envergonhada. — Eu a xinguei e a injuriei.

Como Hadassah podia dizer que a amava? Como era possível?

Hadassah pegou sua mão e beijou-lhe a palma.

— Não pense mais nisso. Temos outros assuntos mais importantes agora. Você precisa fazer sua escolha. Eu sempre rezei por você, implorei a Deus que ele abrisse seus olhos e seu coração. Você acredita em Jesus?

— Ah, Hadassah — lamentou Júlia, sentindo o peso de seus fardos se aliviar. — Como posso negar que ele existe, se só ele poderia ter salvado você da morte? — Ela tocou a face e os lábios de Hadassah. — Estou tão feliz! Estou tão feliz por seu Jesus amá-la tanto e permitir que você sobrevivesse!

Os olhos de Hadassah se encheram de lágrimas.

— Não é *meu* Jesus, Júlia, é *nosso* Jesus. Você não vê? Deus não poupou minha vida por *mim*. Ele poupou minha vida por *você*.

Júlia pestanejou, maravilhada, e pela primeira vez em muito tempo a esperança tomou conta de seu ser.

Hadassah tocou a face pálida daquela mulher doente.

— Por que outra razão Deus teria feito esse milagre? Que outro propósito poderia haver? Por que mais ele me mandaria aqui para você?

Júlia estava atônita.

— Apesar de tudo?

Hadassah riu baixinho, de alegria.

— Ah, sim! Assim é o Deus Todo-Poderoso — revelou, tomando a mão dela. — Apesar de nós mesmos, ele nos ama! Você confessou seus pecados, Júlia. Vai confessar sua fé nele? Ele bateu na porta de seu coração durante toda a sua vida. Deixe-o entrar, minha amada. Por favor, Júlia, deixe-o entrar.

— Como poderia não deixar? — refletiu Júlia, segurando firmemente a mão de Hadassah e vendo o amor que brilhava em seus olhos. — Oh, Deus! Ah, Jesus, por favor.

No momento em que ela proferiu essas palavras, foi como se algo entrasse em seu ser, preenchendo-a, elevando-a, dominando-a. Ela se sentiu mais leve, livre. E se sentiu fraca, muito fraca. Sua mão deslizou.

— Tão fácil — disse, suspirando.

Hadassah acariciou sua face e sorriu.

— Desperta, oh, tu que dormes, e levanta-te dentre os mortos, e Cristo te iluminará.

Júlia levou a mão de Hadassah ao coração.

— Não deve ser tão fácil.

— Jesus fez todo o trabalho.

— Ela precisa ser batizada — disse uma voz.

Hadassah enrijeceu. Seu coração deu um salto. Marcus! Soltou a mão de Júlia e cobriu o rosto depressa com os véus.

— Sim — concordou, trêmula, e se levantou.

Sua perna doía. Apoiando-se na bengala, ela se afastou da cama. Acaso ele tinha visto seu rosto? Ela não suportaria isso.

— Hadassah está *viva* — disse Júlia, sorrindo, radiante, enquanto ele se inclinava para ela.

Ele nunca havia visto os olhos dela brilhando tanto como nesse momento.

— Eu sei, Júlia, eu ouvi.

Ele não conseguia olhar para Hadassah, pois sabia que, se o fizesse, ia esquecer tudo e querer saber por que ela havia se escondido dele. Seu coração batia descontrolado, e ele sentiu a garganta subitamente seca. Alegria e raiva se agitavam dentro dele, e só uma pergunta ecoava em sua mente: *Por quê?*

Por que ela não se revelara para ele? Por que não lhe dissera que estava viva? Por que o deixara com seu desespero?

Mas não era hora de obter as respostas que tanto queria. Era hora de se concentrar em Júlia. Se olhasse para Hadassah, Marcus sabia que, por sua necessidade desesperada, desviaria sua atenção de Júlia. Por isso não olhou para ela nem lhe dirigiu a palavra. Simplesmente pegou a irmã no colo com suavidade, embalando-a contra seu coração. Júlia era tão leve que parecia uma criança em seus braços.

Ela estendeu a mão para Hadassah.

— Venha comigo.

— Sim, eu irei — assegurou Hadassah, incapaz de olhar para o rosto de Marcus. Ao chegar à porta, ele hesitou e olhou para ela.

— Não espere por mim, meu senhor — disse ela. — Vá. Agora.

Marcus carregou Júlia pelo corredor e desceu as escadas. Atravessou o peristilo, tomado pela luz do sol, e pegou outro corredor que atravessava mais arcos, até as piscinas da família. Sem tirar as sandálias, desceu os degraus de mármore. Sentiu a água fria em torno das pernas e quadris, encharcando a fina camisola de Júlia.

— Que Deus me perdoe se eu me exceder ao fazer isso — disse Marcus em voz alta —, mas não há mais ninguém aqui.

Ele levantou Júlia levemente e inclinou a cabeça para beijá-la. Então baixou sua irmã na água, imergindo-a.

— Eu a batizo em nome do Pai, do Filho e do Espírito Santo. — Depois a levantou.

A água escorreu do rosto, cabelos e corpo de Júlia.

— Você foi sepultada com Cristo e ressuscitou para a nova vida.

— Oh, Marcus — Júlia sussurrou, maravilhada.

Seus olhos pareciam atravessá-lo, focados em algo que ele não podia ver. Marcus caminhou dentro d'água até chegar aos degraus. Subiu e se sentou na beira da piscina, embalando sua irmã no colo.

Ouviu os passos de Hadassah e ergueu os olhos quando ela entrou na câmara de banho. Seu coração batia forte. Ela hesitou, mas logo seguiu em direção a ele, batendo a bengala nos ladrilhos de mármore.

— Pronto — informou ele com voz rouca, que ecoou com suavidade pelos murais das paredes.

— Louvado seja o Senhor — disse ela, com um suspiro suave de alívio.

De repente, a respiração de Júlia se alterou. Ficou mais acelerada, como se estivesse animada com alguma coisa. Arregalou os olhos.

— Oh! Está vendo?

— Vendo o quê, pequena? — perguntou Marcus, apertando-a mais e tocando levemente seu rosto úmido.

— São tão lindos — murmurou ela, fascinada. — Tão lindos... — Pestanejou, sonolenta. — Marcus, eles estão cantando...

Seu rosto se suavizou e a beleza voltou a tomar conta dele. Ela deu um longo e profundo suspiro e fechou os olhos. Seu corpo relaxou completamente nos braços de Marcus, a cabeça apoiada em seu ombro.

— Está tudo bem — disse Hadassah, baixando a cabeça com gratidão. Apertou a mão contra o coração e fechou os olhos. — Ela está em casa.

— Graças a Deus — soou uma voz familiar, trêmula de emoção.

Marcus ergueu os olhos e viu Febe parada sob o arco e Iulius logo atrás dela.

— *Mãe!*

52

Febe avançou sem ajuda.

— Eu soube no momento em que ela aceitou Cristo — disse, olhando para o rosto da filha, que parecia uma linda e doce criança adormecida. — As sensações e a força voltaram a meu corpo.

Marcus saiu da piscina com Júlia nos braços, levando-a até a mãe. Lágrimas escorriam pelas faces de Febe, mas ela sorria e seus olhos brilhavam.

— Oh, como eu rezei para ver este dia — disse, beijando a testa de Júlia. — E eu vi. Eu vi... — Começou a chorar. — Minha filha... Minha filha...

Iulius se aproximou para confortá-la. Passou o braço em volta de sua cintura e ela virou para ele. Hadassah os observava enquanto saíam com Marcus, que ainda mantinha Júlia confortada em seu peito. Após um momento, Hadassah foi mancando até um banco de mármore próximo à parede e se sentou. Estava cansada da longa vigília. Recostou a cabeça contra a pedra fria, querendo dançar, pular e cantar louvores, mas, por ora, estava satisfeita, descansando.

Lavínia entrou na câmara de banho.

— Minha senhora, você está bem?

— Estou só cansada, Lavínia. Está tudo certo, estou bem.

— Vai comer agora, minha senhora? Já se passaram três dias desde que tocou em alguma comida.

Hadassah teria preferido dormir a comer, mas viu a profunda preocupação da garota e se levantou, apoiando-se em sua bengala.

— O tempo do jejum acabou.

Lavínia abriu um sorriso brilhante.

— Vou avisar o cozinheiro.

— Fale primeiro com Iulius, Lavínia. A senhora Febe também está com fome.

— Sim, minha senhora — disse ela, curvando-se respeitosamente e saindo depressa.

Hadassah desejou poder abandonar a casa e evitar ver Marcus novamente, mas ainda era escrava, pertencia àquele lugar. Não era mais livre para ir e vir como Ézer ou Rapha.

Levantou-se e foi mancando pelo corredor até o peristilo, sentindo a perna doer. Sentou-se na pequena alcova para descansar e tentar pensar. O sol da manhã aquecia o pátio, e ela sempre gostara do som suave da fonte. Viu Lavínia e outro servo carregando as bandejas escada acima. A casa estava quieta, uma quietude pacífica, diferente das últimas semanas. As sombras haviam desaparecido e a escuridão se dissipara.

Ela se lembrou de algo que seu pai dissera havia muito tempo: "O último será o primeiro, e o primeiro, o último". Júlia estava com o Senhor, ao passo que ela tinha que esperar. Fechou os olhos, grata.

Deus é misericordioso. A redenção de Júlia era prova disso, e Hadassah sentiu que seu objetivo ali estava cumprido. Seu trabalho havia terminado.

Ah, se ela pudesse morrer nesse momento e estar com o Senhor também... Estava cansada, seu corpo e seu coração doíam.

O que faço agora, Senhor? Para onde vou?

Ouviu passos firmes no corredor superior e quis se levantar e fugir. Seu coração batia descontroladamente, mas se acalmou quando viu que era Iulius, não Marcus, que descia os degraus e cruzava o peristilo até ela.

— A senhora Febe gostaria que se juntasse a ela.

Hadassah se levantou e o seguiu.

Iulius se voltou para ela quando chegou à escada. Cada passo que ela dava revelava seu cansaço.

— Vou carregá-la — disse ele.

Quando a ergueu, ela suspirou de dor.

Febe estava sentada em sua poltrona, semelhante a um trono, na varanda. O divã usado pelos amigos que a visitavam estava perto dela, e havia uma mesa posta com comida e vinho. Iulius deixou Hadassah no chão e saiu.

Febe sorriu para ela.

— Por favor, sente-se, Hadassah. Você já passou do limite da exaustão.

Hadassah se sentou com as costas eretas, a cabeça levemente baixa e as mãos frouxas no colo. Estava tonta em virtude do jejum. Apertou os dentes por causa da dor que subia da coxa até o quadril.

— Você tem sido uma serva boa e fiel — começou Febe, sorrindo, com um olhar caloroso. — Há muito tempo, em Roma, eu confiei minha filha a você. Pedi que cuidasse dela. Pedi que ficasse ao lado dela em todas as circunstâncias. E você fez mais que isso, Hadassah. Apesar de tudo que Júlia fez para você e para si mesma, você continuou sendo amiga dela. — Seus olhos se encheram de lágrimas. — Eu agradeço a Deus por trazer você para a nossa vida e continuarei agradecendo todos os dias, até eu deixar esta terra.

Hadassah baixou a cabeça, emocionada diante dos elogios e da promessa.

— Foi Deus, minha senhora, não eu.

Sim, foste tu, Senhor.

— Eu gostaria de lhe pedir mais uma coisa, Hadassah, mas a decisão é sua — disse Febe, trêmula. — Você me encorajou meses atrás, quando veio me ver com aquele médico. Eu aprendi a confiar no Senhor para tudo.

O que Deus quisesse para Marcus, seria. Uma mãe não podia interferir nos planos de Deus e tentar organizar as coisas. Só podia fazer o que sabia que deveria ter sido feito havia muito tempo e orar por aquilo que seu coração desejava. Só podia ter esperança.

— Assim como você tem nos agraciado, agora eu a agracio — continuou Febe, estendendo um pergaminho.

Hadassah o pegou com dedos trêmulos.

— É um documento de manumissão, Hadassah. Você agora é livre. Pode ficar ou pode ir, como desejar.

Hadassah não conseguia falar. Foi dominada pela emoção, mas não de júbilo. Sentiu-se tomada pela tristeza. Talvez essa fosse a resposta de Deus. Ela estava livre para deixar os Valeriano, livre para voltar a Alexandre e viajar com ele, livre para estudar sobre ervas e processos de cura na fronteira.

Febe notou que Hadassah estava cabisbaixa, segurando com sua mãozinha delicada o documento sobre o colo. Sentiu o coração se apertar.

— Tenho esperança de que você fique — falou com suavidade —, mas sei que o que fizer será segundo a vontade de Deus.

— Obrigada, minha senhora.

— Você deve estar com tanta fome quanto eu — disse Febe rapidamente, pestanejando para conter as lágrimas.

Ela partiu o pão e entregou metade a Hadassah, que o mergulhou no vinho que Febe lhe serviu. Ergueu os véus levemente para poder comer sem revelar seu rosto.

Jantaram em silêncio.

— Marcus se juntaria a nós, mas decidiu fazer os preparativos para o enterro de Júlia — Febe comentou.

— Vou preparar o corpo dela, minha senhora.

— Não é necessário, minha querida. Iulius e Lavínia já estão cuidando disso. Você precisa descansar. Seu trabalho está feito, Hadassah. Júlia está com o Senhor. — Febe estendeu a mão levemente. — Por favor, fique à vontade comigo. Recoste-se no divã como se estivesse visitando uma amiga. Eu a considero uma amiga.

Mais que isso, disse o coração de Febe. *Eu a considero minha filha.*
— Seria um prazer se você ficasse aqui mais tempo.
Oh, Senhor, permita que ela fique para sempre.
Hadassah obedeceu e se reclinou, suspirando de alívio ao liberar a tensão sobre sua perna ruim. De estômago cheio, ela lutava contra o sono e tentava ouvir Febe falar de Júlia quando criança. Sentia os olhos pesados.
— Foram momentos longos e difíceis — disse Febe.
Levantou-se e arrancou pedaços de pão para colocar na mureta para as rolinhas. Um passarinho pousou perto e se aproximou, saltando. Tinha a plumagem simples de uma fêmea de pardal. Encantada, Febe estendeu a mão, mas o pássaro levantou voo, empoleirando-se na videira florida mais além.
Febe se perguntava se Hadassah faria o mesmo — voar. Olhou para a jovem deitada no divã, quieta, relaxada, e notou que ela havia dormido. Sorriu e se aproximou, curvando-se para beijar-lhe a testa por sobre os véus.
Eu entreguei uma filha para ti, Pai. Peço-te que deixe esta ficar.
Ouvindo os passos de Marcus, Febe se endireitou. Quando ele entrou no quarto, ela viu no rosto do filho sua intenção, então levou rapidamente o dedo aos lábios, pedindo silêncio, juntando-se a ele sob o arco. Pegou seu braço, conduzindo-o até o quarto.
— Quero falar com ela.
— Deixe-a dormir agora, Marcus.
— Não posso esperar!
— Ela está exausta. Lavínia me disse que ela estava fazendo jejum desde que Júlia entrou em coma, e você sabe muito bem quantas horas ficou sentada ao lado dela.
— Vou falar com ela.
— Mais tarde. Agora não, você está cansado e furioso.
Ele suspirou. O que sua mãe dizia fazia sentido.
— Por que ela não me contou, mãe? — perguntou, profundamente magoado. — Ela está aqui há meses. Eu conversei com ela. Ela teve todas as oportunidades para me contar quem era. Por que se calou?
— Ela deve ter sentido necessidade de se esconder de você, ou não teria feito isso.
— Ela me considera uma ameaça?
— Como ela poderia pensar isso?
— Aquele servo árabe dela pensava. Ela deve achar que eu tive alguma participação na entrega dela aos leões. A verdade é que ela não confia em mim.
— E ela não tem razão para isso?

— Eu a pedi em casamento!

— E a abandonou, furioso, quando ela recusou — Febe o fez recordar com delicadeza.

— Não sou mais aquele jovem superficial que eu era antes.

— Então pare de agir como se fosse, Marcus — disse Febe com mais firmeza. — Ponha as necessidades dela antes das suas.

Ele passou a mão pelos cabelos e deu meia-volta, frustrado. Pensou no olhar frio de desprezo no rosto de Rashid. Recordou cada palavra de Alexandre sobre os meses que ela sofrera em virtude dos ferimentos causados por seus amos. Ambos tinham certeza de que ele tivera participação no que acontecera com ela. De que outra forma poderiam ter tido essa impressão, senão por Hadassah?

— Ela deve pensar que eu a queria morta tanto quanto Júlia.

— Talvez seja algo menos complicado que isso. Algo mais humano.

— O quê?

— Não sei, Marcus. Foi só uma ideia.

Ela notava a tensão nas emoções do filho.

— Lembra quando Hadassah chegou à nossa casa? — perguntou Febe. — Ela era uma coisinha patética, magricela, com olhos grandes demais para o rosto e o cabelo cortado como o de um menino. Você disse que ela era feia, e seu pai e Júlia tinham a mesma opinião. Eu não sei por que, mas isso me fez ter certeza de que ela era certa para Júlia. Eu simplesmente sabia. Agora sabemos que Deus atua em nossa vida mesmo antes de acreditarmos. Ele põe seu plano em movimento e o cumpre no tempo certo.

Ela se aproximou do filho e pousou uma mão reconfortante em seu braço.

— Eu acreditei naquilo que ela dizia sobre Jesus, Marcus. Seu pai também acreditou, no fim da vida. Você foi amaldiçoar Deus por tirar a vida dela e voltou louvando-o. E Júlia, nossa rebelde e amada Júlia, teimosa até o último momento, agora está com o Senhor. Cada um de nós passou a conhecer Cristo porque o vimos atuando na vida de Hadassah. Ela foi um presente de Deus para nós.

— Eu sei disso, mãe.

Mesmo quando achava que ela estava morta, Hadassah havia sido o ar que ele respirava.

— Eu a amo — ele afirmou com voz rouca.

— Eu também — disse Febe, apertando o braço de Marcus. — E, como nós a amamos, vamos tratá-la com o mesmo cuidado e a mesma sensibilidade que ela sempre teve por todos nós.

Ela hesitou, sabendo que o que tinha a dizer seria uma surpresa para ele.

— Eu assegurei sua liberdade.

Marcus se voltou abruptamente.

— Por escrito? — indagou, alarmado.

— Claro.

Ele olhou para Hadassah e viu o pequeno pergaminho que havia caído sobre as lajotas de mármore.

— Você não tinha esse direito, mãe! — disse ele, novamente irritado e temeroso.

— Você não quer que ela seja livre?

— Ainda não.

Febe entendeu claramente.

— Ah, entendo. Ela não pode ser livre enquanto não responder a suas perguntas e aceitar suas exigências.

— Você me acha assim tão insensível?

— Às vezes você é muito insensível — afirmou ela com tristeza. — Desculpe se isso o magoa, mas eu fiz simplesmente o que me senti levada a fazer, Marcus.

— Esse documento não vale o pergaminho em que está escrito — disse ele, com o tom que costumava usar nos negócios. — Não sem a *minha* assinatura. Legalmente, Hadassah é minha propriedade, não sua.

Febe amamentara aquele menino e não se intimidava com ele.

— Seu pai me deu Hadassah e eu a dei a Júlia. Quando Júlia foi para os braços do Senhor, achei justificado acreditar que Hadassah me pertencia novamente. E lhe dei a liberdade que ela merece. Você a anularia? Assim como os sentimentos dela?

— E se ela for embora?

Febe sorriu e tocou levemente a face de Marcus. Ela entendia perfeitamente.

— Você tem duas pernas, Marcus. Nada o impede de ir atrás dela.

53

Hadassah despertou sob o luar, ainda deitada confortavelmente no divã de Febe Valeriano. O ar era refrescante, e o céu era de um azul índigo-escuro, pontilhado de estrelas cintilantes.

— O paraíso declara tua glória e os céus proclamam a obra de tuas mãos... — sussurrou ela, olhando para cima.

Ergueu os véus e sorriu, contemplando, maravilhada, aquela beleza, enquanto observava o azul clarear. O amanhecer estava próximo.

Levantou-se e ergueu as mãos para o Senhor, em gratidão por Júlia e Febe, ambas restauradas. Então baixou os véus novamente. Entrando em silêncio no quarto de dormir, viu uma pequena lamparina de latão queimando sobre uma mesa. Febe estava dormindo.

Hadassah saiu do quarto. Foi mancando pelo corredor superior e entrou no quarto de Júlia. A cama havia sido retirada, e o quarto, limpo. Exceto por sua própria cama, que continuava junto à parede, os poucos pertences que levara consigo e uma mesa com uma bacia e um jarro d'água, o quarto estava vazio.

Sentindo-se amarrotada, retirou os véus e o *palus* escuro. Derramou água na bacia e se lavou. Em seguida escolheu um *palus* azul para vestir, cobrindo o rosto com véus que combinavam. Foi até a sacada para ver o nascer do sol.

"Seu trabalho acabou", dissera Febe, e Hadassah sabia que não tinha mais motivos para ficar. No entanto, seu coração se apertou ao pensar em ir embora. E ficar seria pior, infinitamente pior.

"Ela é feia", dissera Marcus havia muito tempo no jardim da casa de Roma. Fora a primeira vez que ela o vira, as primeiras palavras que o ouvira dizer. "Ela é feia." Se ele a achava feia naquela época, o que pensaria dela agora, cheia de cicatrizes, dilacerada por um leão romano?

O que os outros pensariam, se vissem alguém como ela ao lado de Marcus Luciano Valeriano?

Baixando a cabeça, lutou contra seus sentimentos. Se não fizesse o que sabia que devia fazer, hesitaria, e o sofrimento seria pior. Voltando-se, passou sob o arco do quarto de Júlia. Sem se deter, atravessou o corredor acima do peristilo. Desceu os degraus e saiu pela porta da frente.

Era uma longa distância até a casa de Alexandre, mas ela precisava de tempo para clarear as ideias e deixar para trás tudo que poderia ter acontecido com Marcus. Seu pai sempre dizia que ela devia dedicar seu trabalho ao Senhor. E ela se esforçava para fazer exatamente isso.

Um homem que ela não conhecia atendeu quando ela bateu à porta.

— Posso falar com Alexandre Demócedes Amandino, por favor?

Alguém puxou a porta abruptamente e ela viu Rashid.

— Minha senhora! — disse ele, então gritou para Alexandre: — Rapha voltou, meu senhor! — E a pegou nos braços.

Alexandre entrou correndo.

— Você veio andando até aqui? — perguntou, pegando-a dos braços de Rashid e dirigindo-se ao pátio, onde a colocou em um confortável divã. — Por que não me mandou uma mensagem ou não veio de liteira?

— Nem pensei nisso — ela respondeu, com a cabeça em seu ombro. — Eu só queria fugir o mais rápido possível.

— Viu como eu estava certo? — soltou Rashid, sombrio, olhando para o médico.

— Traga-lhe um pouco de vinho — disse Alexandre. — Falaremos sobre o que fazer depois.

— Quem é o homem que atendeu a porta? — perguntou Hadassah.

— Uma pessoa que recolhi nos degraus do templo há algumas semanas — disse Alexandre, sorrindo.

Ao afastar os véus de seu rosto para ver se ela estava bem, seu sorriso se apagou.

— Você está chorando...

Ela pousou a mão no braço dele.

— Está tudo bem agora. Acabou, Alexandre — falou com os olhos marejados. — Júlia faleceu. Ela aceitou Cristo no final.

Ele sorriu com ironia.

— Ficarei feliz se você estiver feliz.

— E estou. Ela está com o Senhor.

Rashid lhe entregou uma taça, dizendo:

— Ela teve justiça. Está morta, e tudo acaba aí.

Hadassah o encarou.

— Uma mulher que comeu e bebeu sua cota de sangue e viveu uma vida de depravação não será recompensada — o árabe afirmou.

— Ela se arrependeu.

— Um arrependimento conveniente no fim não muda seu destino.

— Não foi conveniente, Rashid, foi sincero.

— E você acha que isso faz diferença para Deus se vingar? — ele perguntou friamente, os olhos pretos brilhando. — Ele já não fez isso antes? Enquanto lhe obedeciam, Deus os abençoava. Filhos de Abraão... — Torceu os lábios. — Veja só Sião. Jerusalém foi esmagada por sua iniquidade e não existe mais. Assim como essa Valeriano não existe mais.

Hadassah o fitou e viu o que ele era: um filho da ira.

— Ela se arrependeu, Rashid, e proclamou sua fé em Cristo. Ela está salva.

— Então, apesar de tudo que ela fez para você e para os outros, vai receber a recompensa eterna? Basta proferir algumas palavras com o último suspiro para ela herdar o céu assim como você?

— Sim — disse ela simplesmente.

— Não acredito nisso. Deus é um deus de *justiça*.

— Oh, Rashid, se Deus fosse apenas justo, todos nós morreríamos, até não restar nenhum ser humano na face da Terra. Você não vê? Você já não matou em seu coração? Eu o neguei quando ele me deu oportunidade de proclamá-lo aos outros e deixei o medo reinar. Graças a Deus, ele é *misericordioso*.

Repudiando a Boa-Nova, o árabe se afastou.

— Você voltou — disse Alexandre, quebrando o silêncio e pousando a mão sobre a dela. — Só isso importa.

Nesse momento, Andrônico entrou.

— Marcus Luciano Valeriano está aqui, meu senhor. Está pedindo para falar com a senhora Hadassah.

Soltando um leve suspiro, ela cobriu o rosto com os véus. Alexandre se levantou e se postou na frente dela.

— Mande-o ir para Hades.

— Mande você mesmo — Marcus retrucou, entrando no pátio.

Ele viu Hadassah se levantar do divã. Fez uma pausa e disse em voz baixa:

— Você saiu sem se despedir.

Rashid levou a mão ao cabo da faca, puxando-a com a facilidade e a leveza dadas pela prática enquanto se colocava no caminho de Marcus.

— E você pensa em levá-la de volta?

— Por direito, ela ainda pertence à minha família.

As palavras de Marcus soaram mais duras do que ele pretendia.

— Meu senhor, sua mãe me concedeu a liberdade.

— Onde está o documento que prove isso?

Alexandre e Rashid olharam para ela, que sacudiu a cabeça.

— Não sei — gaguejou Hadassah. — Acho que o perdi.

— Perdeu? — Alexandre questionou, atônito. — Como pôde perder algo tão importante?

Marcus retirou o pequeno pergaminho do cinto.

— Ela o deixou cair na varanda — disse, estendendo-o a Hadassah.

Surpreso, Rashid fitou o romano por um instante, como se debatesse consigo mesmo, então, lentamente, colocou-se de lado e permitiu que Marcus se aproximasse de Hadassah. Alexandre ficou impressionado com o olhar terno que viu nos olhos de Valeriano.

Ele está apaixonado por ela!, pensou, chocado. *E não se importa que todos vejam.*

— Você partiu sem se despedir — repetiu Marcus, com voz suave. — Nem de Lavínia nem de Iulius. Nem mesmo de minha mãe.

— Desculpe.

Ela mal conseguia respirar. Seu coração batia acelerado.

— Estava fugindo de mim?

Ela baixou a cabeça, incapaz de fitá-lo.

— Minha mãe tentou me dizer que você estava viva, mas eu não entendi.

— Achei melhor você não saber.

— Por quê, Hadassah? — ele perguntou, com voz trêmula. — Você pensa que eu tive alguma coisa a ver com o que aconteceu? Pensa que eu sabia que Júlia mandou você para a arena?

Tomada por emoções confusas, Hadassah sacudiu a cabeça, calada. Ao notar a tristeza e o desespero na voz dele, o amor que ela sentia por Marcus a dominou. Mas amá-lo fazia com que ficar fosse muito mais difícil.

— Eu juro que não sabia que você foi mandada para a arena. Deus é testemunha de que eu não sabia, até estar ali na arquibancada com Júlia e...

Ele se calou, e seu rosto convulsionou ao recordar.

Alexandre olhou para Rashid.

— Quando vi, já não havia nada que eu pudesse fazer — disse Marcus, rouco. — Eu tinha passado horas com Júlia bebendo vinho, rindo das piadas grosseiras de Primo, fingindo me divertir porque queria esquecer você. — Deu um riso sombrio. — Então os cristãos foram levados para enfrentar os leões. — Respirou fundo, envergonhado. — Eu tinha visto pessoas morrerem o dia todo e não sentira nada, mas não podia ver cristãos morrerem, pois sabia que poderia ter sido você. — Suspirou. — Pedi licença para comprar mais vinho, eu queria me embebedar e esquecer. Mas Júlia me deteve, disse que tinha uma surpresa para mim. Disse que tinha feito algo que consertaria tudo. Quando vi o olhar dela, eu soube.

Hadassah podia ver que a dor daquela percepção ainda se refletia em seu rosto, em seus olhos atormentados.

— Oh, Deus, no fundo da minha alma, eu sabia o que ela tinha feito, mas não quis acreditar! Então eu a vi. Você se afastou dos outros e foi para o meio da arena, lembra? Ficou ali, sozinha.

Seu rosto se contorceu de novo pela angústia da lembrança. Ele se aproximou mais, desejando poder ver através dos véus, ver seus olhos e saber o que ela estava pensando.

— Acredita em mim, ou ainda acha que eu tive participação nessa coisa abominável?

— Eu acredito em você.

— Mas você teve medo, não sabia o que eu faria se descobrisse que você estava viva.

Ela sacudiu a cabeça.

— Seus amigos temiam por você — disse ele, olhando para Alexandre e Rashid. — Eles estavam certos em temer. Júlia poderia tê-la mandado de volta para a arena, no começo.

— Eu sabia disso.

— Mas não sabia o que eu faria — retrucou ele com tristeza.

Como ela não disse nada, ele pensou que sua conclusão estava correta.

— Você lembra que certa vez me disse que orava para que Deus abrisse meus olhos? Ele abriu, Hadassah, com sua santa vingança. Eu vi naquele dia. Eu vi tudo. Vi Júlia e seus amigos, e eu mesmo, como se tivessem acendido uma lamparina em um quarto escuro e tudo ficasse iluminado de repente. — Apertou o punho. — Quando o leão a derrubou, senti minha própria vida me deixar. Tudo que era importante para mim me foi arrancado, como poeira ao vento. Eu culpei Júlia. Culpei a mim mesmo, culpei Jesus.

Alexandre não saía do lado de Hadassah. Olhando para ele, Marcus entendeu que ele também a amava. Fora esse homem que cuidara dela quando ela mais precisara de ajuda. Por um momento, o orgulho de Marcus lhe disse que ele deveria ir embora e deixar Hadassah com Alexandre. Por que desnudar sua alma e ser rejeitado? Mas ele não podia ir embora. Quaisquer que fossem os sentimentos entre Hadassah e o médico, Marcus tinha que lhe contar tudo, independentemente de seu orgulho.

Ele respirou devagar e prosseguiu:

— Eu fui à Palestina para amaldiçoar Deus porque pensava que ele a havia abandonado, como eu a abandonara. Eu fui porque a amava. E ainda amo.

Alexandre franziu o cenho. Baixou os olhos e viu Hadassah tremendo. Mas, quando Marcus estendeu a mão para tocá-la, ela recuou. O que a mantinha distante desse homem? Era medo? Ou seria algo mais?

Rashid também franzia a testa, perturbado e embaraçado diante do apelo apaixonado de Valeriano. O romano não tinha vergonha de abrir seu coração a uma mulher. E esse fato deixou uma coisa bem clara: esse homem não poderia ter participado da condenação de Hadassah à arena. Ele mesmo preferiria ter enfrentado os leões.

Fez-se silêncio no pátio, uma quietude tensa. Alexandre inspirou lentamente, dando um sorriso triste. Olhou Marcus nos olhos e recuou.

— Vamos deixá-lo a sós com ela.

Com relutância, Rashid voltou a guardar a faca no cinto.

Hadassah apertou o braço de Alexandre.

— Por favor, não vá — sussurrou.

Ele pousou a mão sobre a dela.

— Você sabe que eu a amo — disse com suavidade —, mas é melhor você ouvi-lo e decidir o que realmente quer.

— Isso não vai mudar nada — ela afirmou, chorando. — Não é possível.

— Não é possível? Você se esqueceu daquilo em que acredita, Hadassah? Deus pode realizar o impossível. — Ele tocou os véus com ternura. — É a vontade de Deus que a prende, ou sua própria vontade?

Como ela não respondeu, ele pegou-lhe a mão e disse:

— É melhor você descobrir.

Beijando-lhe a palma, ele a soltou e fez um sinal para Rashid.

O coração de Hadassah batia loucamente enquanto Alexandre e Rashid saíam. Marcus a fitava com uma intensidade que a deixava tonta.

— Eu a amo — repetiu ele. — Eu a amava antes e amo agora. Não percebe que eu comecei a me apaixonar por você de novo, mesmo pensando que era outra pessoa, alguém chamada Ézer?

Ela se sentiu amolecer.

— É muita honra, Marcus — disse, trêmula, com lágrimas nos olhos.

— Honra? — repetiu ele. — É uma palavra vazia. O que eu quero é amor.

Ela sentiu um nó no estômago.

— Eu não sabia o que era perdão até você se revelar para Júlia — disse ele. — Quando aceitei Cristo na Galileia, eu me senti perdoado, mas foi você que me ensinou o que significa perdoar.

Acaso ela o perdoaria por não tê-la protegido?

— Eu não ensinei nada, Marcus. Foi Deus.

— Você foi o instrumento dele. Você sempre foi a luz em minha casa, mesmo quando sentia tanto medo de mim que chegava a tremer. Eu deveria tê-la tirado da casa de Júlia naquele dia, independentemente do que você disse.

— E então o que seria de nós? O que seria dela?

O tempo de Deus havia sido perfeito.

Ele notou as lágrimas na voz dela e deu os últimos passos que os separavam. Com o coração batendo forte, entregou-lhe o pergaminho. Ao pegá-lo, a mão de Hadassah tremia. Ela manteve a cabeça baixa.

— Eu a pedi em casamento uma vez e você recusou, dizendo que era porque eu não acreditava em Deus. Agora eu acredito, Hadassah.

— Isso foi há muito tempo, Marcus.

— Foi ontem para mim.

Ela se afastou.

— Eu não sou a mesma pessoa.

Ela tremia inteira, sentia os joelhos frouxos. Queria que ele fosse embora, mas, se fosse, ela achava que morreria.

— Diga que não me ama, Hadassah. Diga que não sente nada por mim e a deixarei em paz.

Ela pestanejou para conter as lágrimas.

— Eu o amo como um irmão em Cristo.

Ele roçou o véu com os dedos e ela se afastou.

— Jure que é só isso.

— Cristãos não juram.

— Então diga claramente. Diga que você não me ama como eu a amo.

Ela sacudiu a cabeça, incapaz de falar.

— Eu quero me casar com você, Hadassah. Quero ter filhos com você. Quero envelhecer ao seu lado.

Ela fechou os olhos.

— Não diga mais nada, por favor. Não posso me casar com você.

— Por que não?

— Você vai se casar, mas não com alguém como eu, Marcus. Você vai se casar com uma linda jovem de Jericó.

Ele pousou as mãos nos ombros dela e a sentiu tensa.

— Só há uma mulher com quem eu já quis me casar. Você. Só há uma mulher com quem eu vou me casar. Você.

— Tafata está apaixonada por você.

— Ela acha que está — disse ele sem arrogância —, mas vai passar.

Ela se voltou e o fitou.

— Reconsidere. Ela é linda, gentil e ama o Senhor.

— Eu já disse "não" a Esdras. Bartolomeu é muito mais adequado para ser marido de Tafata.

— Bartolomeu?

— Um jovem que os acompanha desde Jericó. Esdras não o levava em conta antes porque o pai de Bartolomeu é grego. — Ele riu baixinho. — E eu o fiz recordar que sou romano.

— Isso não importa agora que você está em Cristo. Somos todos um...

— Bartolomeu é cristão. É o segundo convertido de Esdras. O velho só precisa deixar de lado seus antigos preconceitos. O garoto ama Tafata como eu amo você.

Ele tocou os véus e ela deu um passo para trás, afastando-se. Marcus franziu o cenho.

— Hadassah, lembra quando a pedi em casamento a primeira vez? Você disse que não poderia se unir a um incrédulo. Disse que eu era mais forte, que você tinha medo de que eu a afastasse de Deus. Você se lembra?

— Sim.

Ela havia dito que seu desejo de lhe agradar acabaria se tornando mais importante que agradar a Deus.

— Agora estamos juntos, Hadassah. Eu acredito que Jesus é o Cristo, o Filho do Deus vivo.

Ela ansiara tanto por ouvi-lo dizer essas palavras. Orara incessantemente por isso nos últimos anos. Ela as desejara de todo o coração havia muito tempo, no jardim daquela casa em Roma. E agora não conseguia falar, pois as lágrimas a sufocavam.

— Você estava apaixonada por mim na época — disse Marcus. — Eu sentia isso toda vez que a tocava. E senti de novo outro dia, quando estávamos sentados na alcova e eu peguei sua mão.

Ele via o suave movimento do véu cada vez que ela respirava, e seu coração começou a bater mais rápido.

— Deixe-me ver você.

— Não! — disse ela, angustiada, e pressionou os véus contra o rosto, afastando-se. — Não!

Nesse momento ele entendeu o que a impedia.

— É isso que a faz se afastar de mim? Suas cicatrizes?

Ele a fez virar com firmeza e segurou seus pulsos, forçando as mãos para baixo.

— Marcus, não!

— Você acha que isso tem importância para mim?

— Por favor, não!

Ignorando seu protesto, ele retirou os véus e os deixou cair descuidadamente no chão. Chorando, Hadassah virou o rosto. Ele a pegou pelo queixo e forçou sua cabeça para cima para poder olhar para ela. Ela fechou os olhos com força.

— Oh, minha amada.

As feridas eram profundas, as cicatrizes desciam da testa até o queixo e a garganta. Soltando seus pulsos, ele tocou seu rosto com ternura, passando o dedo sobre a marca do leão.

— Você é linda. — Ele segurou a cabeça de Hadassah e beijou-lhe a testa, a face, o queixo e a boca. — Você é linda.

Ela abriu os olhos quando ele recuou um pouco, e Marcus a fitou. O que ela viu nos olhos dele fez derreter qualquer traço de resistência, acabando com todo o constrangimento que sentia.

— Para mim, você é mais bonita que qualquer mulher no mundo — ele declarou, rouco. — E mais preciosa que todo o ouro de mil navios.

Ele beijou as lágrimas que corriam por suas faces e baixou os lábios para cobrir os dela. Quando ela relaxou em seus braços, ele a puxou para mais perto. Quando ela passou os braços em volta dele, ele se sentiu no céu.

— Ah, Hadassah — murmurou, respirando seu perfume inebriante.

Recuou, trêmulo, acariciando seus cabelos.

— Case-se comigo — pediu. — Case-se comigo agora.

Ela lhe sorriu, e seus olhos brilhavam por trás das lágrimas. Mais uma vez, Deus a pusera frente a frente com seu maior medo: Marcus tinha visto seu rosto. Tinha visto suas cicatrizes. E o amor em seus olhos só se tornara mais terno.

Deus, que maravilha és tu! Seu coração gritou de alegria quando ela pronunciou as palavras que durante anos desejara dizer a Marcus:

— Eu me caso com você, meu senhor.

Ele riu, bebendo o amor em seus olhos.

— Minha amada — disse, acariciando-lhe o rosto. — Eu me sinto igual a quando fui batizado nas águas do mar da Galileia.

A alegria que sentira naquela ocasião se derramou sobre ele. Lágrimas molhavam suas faces.

— Senti tanto sua falta. Parecia que metade de mim tinha sido arrancada.

Ela estendeu a mão e tocou o rosto de Marcus, maravilhada.

— Eu também senti tanto sua falta.

Ele a beijou novamente, seu desejo por ela tão intenso como sempre fora, e só aumentava. Ele adorava sua pele, suave e sedosa. Adorava seu olhar quando a tocava, um reflexo do fascínio e do prazer que ele mesmo sentia por ela. O amor o preenchia tanto que o espírito que habitava nele cantava em celebração. E ele sabia que isso era um presente — o presente de um pai amoroso que sempre esperara que ele voltasse para casa.

O eco na escuridão não havia sido a voz de Hadassah. Era a voz de Deus, chamando-o, não o deixando ir.

Oh, Senhor, que coisa maravilhosa fizeste. Tu me deste o desejo de meu coração. A mim, o menos merecedor dos homens. Oh, Senhor, meu Deus, teu amor me surpreende. Oh, Abba, eu te amo. Eu te agradeço. Cristo Jesus, Pai, vou louvar-te e adorar-te enquanto eu respirar nesta terra e por toda a eternidade, de joelhos diante de teu trono no céu.

Apertou Hadassah contra o peito, e seu coração transbordava.

Finalmente... finalmente ele estava em casa.

EPÍLOGO

Tenho, porém, contra ti que deixaste o teu primeiro amor. Lembra-te, pois, de onde caíste, e arrepende-te, e pratica as primeiras obras; quando não, brevemente a ti virei, e tirarei do seu lugar o teu castiçal, se não te arrependeres.

Apocalipse 2,4-5

O casamento de Marcus Luciano Valeriano e Hadassah, mulher livre, conduzida e abençoada pelo apóstolo João, deu assunto ao povo de Éfeso durante meses. Afinal, quando fora a última vez que o herdeiro de uma das maiores famílias mercantis de Roma se casara com uma ex-escrava judia? E quando houve generais reformados e procônsules socializando abertamente com trabalhadores das docas, ex-escravos e ex-prostitutas? Pois foi isto que Marcus ordenou ao final da cerimônia: que seus escravos fossem libertados e convidados a participar da festa de casamento com todos os outros.

Hadassah, radiante de alegria, parada ao lado de Marcus, prometeu-lhe sua vida e seu amor. As pessoas que estavam perto o bastante para ver seu rosto não podiam deixar de se comover pelo amor que brilhava ali. Duas dessas pessoas eram Alexandre e Rashid. E, embora o coração de Alexandre parecesse estranhamente vazio enquanto observava a união de Hadassah e Marcus, estava contente por saber que ela estava feliz.

Logo após o casamento, Alexandre fechou o consultório e ofereceu seus serviços a uma legião romana que navegaria para a Britânia. Mandou uma breve nota de despedida a Hadassah... e nunca mais voltou a Éfeso.

Quanto a Rashid, imediatamente após o casamento, desapareceu. Algumas pessoas relataram, muito mais tarde, que ele voltou para a Síria, se casou e formou uma família. Outras, porém, tinham certeza de ver, de tempos em tempos, um árabe nas sombras de Éfeso, perto da casa de Marcus e Hadassah, observando os que iam e vinham, guardando discretamente Hadassah e sua família. E que família, pois Hadassah e Marcus foram abençoados com sete filhos e três filhas! Todos encheram Febe de uma alegria interminável durante os últimos anos de sua vida. Mas ela não podia negar seu amor especial por uma neta em particular: uma linda garotinha risonha de olhos escuros, a quem seus pais deram o nome de Júlia.

Quando a perseguição aos cristãos se intensificou, João foi exilado na ilha de Patmos. Marcus usou todos os seus contatos políticos e financeiros para proteger sua família. Quando sua mãe descansou, ele orou, agradecendo por ela estar livre da contenda que se avizinhava. Em pouco tempo, acrescentou uma nova carga aos seus navios: cristãos fugitivos que precisavam ser deslocados para um lugar seguro.

A cada dia que passava, a igreja de Éfeso adotava mais e mais as doutrinas e práticas mundanas. Por fim, o Senhor apareceu para João e lhe revelou o futuro. Em seu Apocalipse, João alertou Éfeso do que aconteceria se o povo não se arrependesse e retornasse ao amor e à devoção iniciais ao Senhor.

Marcus, que passava cada vez mais tempo em oração com Hadassah, acordou certa manhã com uma mensagem clara no coração e na mente: "Vá embora". Sem hesitar, liquidou todos os bens da família na Jônia, colocou Hadassah e as crianças a bordo de seu melhor navio e, com uma tripulação criteriosamente escolhida, zarpou. Ninguém em terra sabia o destino deles.

Em dois séculos — em 263 —, Éfeso caiu. Aquela que havia sido a segunda cidade mais poderosa do Império Romano foi destruída pelos godos, e até o Artemísion, uma das sete maravilhas do mundo, foi queimado e destruído. Hoje restam apenas ruínas dispersas de uma cidade cosmopolita, outrora gloriosa.

O Senhor havia retirado o candelabro.

GLOSSÁRIO

abaton: dormitório sagrado adjacente ao templo de Asclépio. As pessoas que buscavam a cura passavam a noite "incubadas" ali.

civitas (pl. *civitates*): cidade pequena ou vila.

filactério: caixinha quadrada, preta, de pele de bezerro, que continha tiras de pergaminho nas quais estavam escritas quatro passagens selecionadas, duas do livro do Êxodo e duas do Deuteronômio. O filactério era preso por longas tiras de couro no interior do braço de um devoto judeu, entre o cotovelo e o ombro mais próximo do coração. Outro era amarrado na testa durante as orações, em resposta às palavras de Deus em Deuteronômio 6,6-8: "E estas palavras, que hoje te ordeno, estarão no teu coração [...]. Também as atarás por sinal na tua mão, e te serão por frontais entre os teus olhos".

harúspice: pessoa em um templo que supostamente sabia interpretar sinais sobrenaturais, por meio dos órgãos vitais de animais sacrificados pelos sacerdotes.

mandrágora: erva mediterrânea da família das solanáceas usada especialmente para promover a concepção, como catártica ou como narcótica e soporífera.

mezuzá: originalmente palavra hebraica para "batente", mezuzá também passou a se referir a uma caixinha colocada no batente da porta, ou, mais importante, ao pergaminho dentro dessa caixa. Nos pergaminhos eram gravadas certas Escrituras escolhidas (duas passagens do Deuteronômio) e também *Shaddai*, o nome do Todo-Poderoso. Deus havia ordenado ao povo judeu que (talvez metaforicamente) "escrevesse nos batentes de sua casa e em seus portões". Os pergaminhos eram substituídos depois de um tempo e um sacerdote ia abençoar o mezuzá e a casa. (*Ver também* filactério.)

posca: bebida feita de *acetum* (um álcool parecido com vinagre) e água.
propileu: termo arquitetônico referente ao portão de entrada para um templo.

soferim: termo judaico referente a um escriba, homem que copiava as Sagradas Escrituras para filactérios e mezuzás.
statio (pl. ***stationes***): ponto de parada na estrada onde se podiam trocar cavalos por outros alugados e onde as guarnições de soldados que patrulhavam as estradas ficavam estacionadas. Em geral, havia *stationes* a cada quinze quilômetros nas estradas.

tallis: xale usado sobre a cabeça ou os ombros, por homens judeus ortodoxos e conservadores, durante as orações matinais. É feito de lã ou seda, retangular, com franjas nas bordas.

AGRADECIMENTOS

Quero agradecer a dois editores muito especiais, que passaram noites se dedicando a meu trabalho, passado e presente: meu marido, Rick Rivers, que me ajudou a escrever desde o início, e a editora da Tyndale House, Karen Ball. Rick corta os excessos, Karen aprimora o estilo. Ambos enfrentaram o deserto de capítulos sem título, atravessaram pântanos de sentenças gastas e abriram caminho por entre densas pontuações singulares e grafias originais.

Que o Senhor abençoe vocês dois.

Impresso no Brasil pelo Sistema Digital Instant Duplex
da Divisão Gráfica da DISTRIBUIDORA RECORD
DE SERVIÇOS DE IMPRENSA S.A.